KB111186

잃어버린 시간을
찾아서 5

게르망트 쪽 1

À LA RECHERCHE DU TEMPS PERDU
LE CÔTÉ DE GUERMANTES

잃어버린 시간을
찾아서 5

게르망트 쪽 1

마르셀 프루스트 김희영 옮김

민음사

레옹 도데*에게

『셰익스피어로의 여행』, 『자식의 공유』, 『검은 별』, 『유령과 산 사람』,

『이미지의 세계』 등 수많은 걸작을 쓴 작가이자

비할 데 없는 내 친구에게

감사와 존경의 표시로 이 책을 바칩니다.

마르셀 프루스트

---

* Léon Daudet(1867~1942). 프랑스 작가 알퐁스 도데의 장남으로 극우파 작
가이자 정치가로 활동했다. 『회고록』(1914)이 유명하며 아카데미 공쿠르 상 심
사 위원이었던 관계로 1919년 「꽃핀 소녀들의 그늘에서」가 공쿠르 상 수상작으
로 선정되는 데 많은 도움을 주었다.

일러두기

1 이 책은 Marcel Proust의 *Le Temps retrouvé, A la recherche du temps perdu* (Gallimard, "Bibliotheque de la Pleiade", 1989)를 번역했다. 그리고 주석은 위에 인용한 책과 *Le Temps retrouvé*(Gallimard, Collection Folio, 1990), *Le Temps retrouvé*(Le Livre de Poche, 1993), *Le Temps retrouvé*(GF Flammarion, 2011)를 참조하여 역자가 작성했다. 주석과 작품 해설에서 각 판본은 플레이아드, 폴리오, 리브르드포슈, GF-플라마리옹으로 구분하여 표기했다.

2 총 7편으로 이루어진 프루스트의『잃어버린 시간을 찾아서』를 원고의 길이와 독서의 편의를 고려하여 13권으로 나누어 편집했다. 1편「스완네 집 쪽으로」(1, 2권), 2편「꽃핀 소녀들의 그늘에서」(3, 4권), 3편「게르망트 쪽」(5, 6권), 4편「소돔과 고모라」(7, 8권), 5편「갇힌 여인」(9, 10권), 6편「사라진 알베르틴」(11권), 7편「되찾은 시간」(12, 13권)

3 작품명 표기에서 단행본은『 』, 개별 작품은「 」, 정기간행물은《 》로 구분했다.

차례

🦋 「게르망트 쪽」의 주요 등장인물

화자의 가족

나 발베크에서 만난 할머니의 옛 친구 빌파리지 부인 덕분에 게르망트 저택의 별채로 이사한다. 콩브레 시절부터 동경하던 게르망트 부인을 만나 사랑에 빠진다. 게르망트 부인으로 표상되는 귀족 사회와 할머니의 죽음, 드레퓌스 사건이라는 전대미문의 갈등과 분열을 체험하면서 현실의 고통스러운 인식에 입문하게 된다.

아버지 세속적인 출세에 관심이 많다. 작가가 되기 위한 아들의 꿈이나 학사원 회원이 되려는 자기 계획에 도움이 되리라는 생각에 아들의 사교계 출입을 권장한다.

어머니 병약하고 나태한 아들과 어머니의 병 때문에 고통스러운 나날을 보내다가 어머니의 임종을 맞이한다.

할머니 화자의 외할머니로 딸과 손자를 지극히 사랑한다. 세비녜 부인의 서간문 인용하기를 좋아하는 지적이고 감수성 풍부한 여인이지만 병과 노화로 낯선 인간이 되어 간다.

프랑수아즈 콩브레의 레오니 아주머니 댁 요리사였으나 지금은 화자의 집에서 가정부로 일한다. 고풍스러운 언어와 전통적인 가치를 존중하여, 새로운 유행과 말투를 따르는 딸과 대조를 보인다.

게르망트가와 귀족들

게르망트 공작(바쟁) 프랑스 명문 게르망트가의 12대 후손이자 사촌 누이인 오리안의 남편이다. 거대한 체구와 막대한 부로 포부르생제르맹을 압도하지만 오만방자하고 상스러운 인물이다.

게르망트 공작 부인(오리안) 게르망트 공작의 아내이자 콩브레 근방에 있는 게르망트 성의 성주 부인으로 화자에게 있어 오랫동안 욕망의 대상이 되어 왔다. 뛰어난 지성과 재담으로 사교계를 석권하지만, 귀족 사회에 대한 권태와 남편 게르망트 공작의 바람기에 대한 불만을 하인을 괴롭히면서 해소한다.

샤를뤼스 남작(팔라메드) 게르망트 공작의 동생이자 생루의 외삼촌이다. 귀족적인 오만함과 뛰어난 지성의 소유자이나 기이한 언행으로 사람들을 놀라게 한다. 당대의 시인이자 명문가 출신인 로베르 드 몽테스큐를 모델로 한 것으로 알려져 있다.

마르상트 백작 부인(마리에나르) 게르망트 공작 및 샤를뤼스와 형제 사이로, 조키 클럽 회장을 지낸 마르상트 씨의 아내이자 생루의 어머니다. 남편과 사별한 후 천사 같은 마음씨와 고결함으로 포부르생제르맹의 존경을 한 몸에 받는다.

생루(로베르) 게르망트가의 후계자로 동시에르 병영에서 근무하는 군인이자 화자의 친구다. 유대인 여배우 라셸을 사랑하나 가족의 반대로 뜻을 이루지 못하고 모로코로 파견된다. 진보적인 지식인으로 드레퓌스 지지파이다.

빌파리지 후작 부인(마들렌) 게르망트 공작과 샤를뤼스 남작, 마르상트 백작 부인의 고모이자 노르푸아 후작의 정부이다. 젊었을 때는 미모가 뛰어나고 재기 넘치는 여인이었으나 신분이 확실치 않은 남자와 결혼한 탓에 포부르생제르맹 귀족 사회에서 조금은 소외되었다. 문학과 예술에 대한 보수적이고 전통적인 가치관을 지녔다.

노르푸아 후작 외교관의 전형으로 빌파리지 부인의 정부이다. 19세기 말 현란한 외교사와 정치사를 논하는 데 뛰어난 기량을 발휘하며 학사원에서도 막대한 권력을 행사한다.

게르망트 대공(질베르) 게르망트 공작의 사촌으로 유대인 반대파이다. 훗날 아내와 사별하고 막대한 재산가인 베르뒤랭 부인과 결혼한다.

게르망트 대공 부인(마리질베르 또는 마리에드비주) 바비에르 공작 가문 태생으로 게르만적인 아름다움을 구현한다.

스테르마리아 부인 브르타뉴 귀족으로 발베크의 호텔에서 화자의 마음을 사로잡았던 여인이다. 생루의 부탁으로 화자의 식사 초대에 응하지만 결국 나타나지 않아 쾌락을 기대했던 화자에게 커다란 실망감을 안겨 준다.

캉브르메르 후작 부인 콩브레의 르그랑댕 여동생으로 캉브르메르 후작과 결혼하여 귀족의 반열에 오른다. 게르망트 일가와 사귀는 것이 꿈이다.

예술가와 부르주아

라 베르마 화자에게 일찍이 연극에 대한 꿈을 키워 준 당대 최고의 여배우이다. 그녀가 오페라좌에서 연기하는 페드르는 예술의 표현 형식과 소재에 대한 물음을 제기하는 계기가 된다. 당시 유명했던 사라 베르나르를 모델로 했다.

베르고트 어린 시절부터 화자의 우상이었던 작가의 표상이다. 할머니 병환으로 괴로워하는 화자를 위로하기 위해 방문한다.

엘스티르 「스완네 집 쪽으로」에서는 비슈라는 이름으로 베르뒤랭 살롱을 드나들던 속물이었으나 발베크에서는 인상파의 대가로 나온다. 「게르망트 쪽」에서는 르누아르의 「뱃놀이 오찬」과 마네의 「아스파라거스 한 다발」을 환기하는, 보다 '사실적인 두 그림'의 화가로 등장한다. 유사성에 근거하는 재현 논리와 예술 작품의 교환 가치를 중요시하는 귀족 사회의 예술적 취향에 대한 성찰의 계기를 마련한다.

라셀 생루가 사랑하는 유대인 여배우로 정신적, 지적으로 생루에게 많은 영향을 미친다. 화자는 과거 사창가에서 그녀에게 '라셀, 주님께서'란 별명을 붙였었다. 생루 덕분에 게르망트 공작 부인 댁에서 「일곱 공주」를 공연하지만 실패로 끝난다.

르그랑댕 콩브레에서는 은둔자를 자처했으나 실은 게르망트 일가와 사귈 기회만을 노리는 속물이다.

모렐 아돌프 할아버지의 시종이었던 부친의 부탁으로 화자를 찾아와 할아버지의 유품을 전해 준다. 조끼 만드는 쥐피앵의 조카딸에게 호감이 있다. 훗날 유명한 바이올리니스트가 된다.

블로크 화자보다 한두 살 많은 학교 친구로 연극 연출가로 활동하고 있다. 과장되고 무례한 언행과 이국적인 모습으로 사람들에게 불쾌감을 준다. 유대인 배척주의의 빌미를 제공하는 인물로 희화화된다.

스완(샤를) 전편에서는 화류계 출신의 오데트와 결혼하여 그들 사이에 태어난 질베르트와 더불어 행복한 부르주아 생활을 영위하는 가장이었으나, 드레퓌스 사건으로 사회적, 육체적 죽음을 선고받는다.

스완 부인(오데트) 남편 스완이 유대인으로 사교계에서 배척당하자 열렬한 민족주의자로 변신한다. 마르상트 부인의 주선으로 포부르생제르맹의 살롱에 출입하게 된다.

알베르틴 가난한 고아 출신으로 스완 부인의 살롱을 드나들던 건설부 관료인 봉탕 씨의 조카이다. 발베크에서 자유분방하고 활기찬 모습으로 화자를 매혹했으나 화자의 청에 응하지 않다가, 파리에서는 갑자기 예고도 없이 화자를 찾아와 발베크에서 거절했던 키스를 허락한다. 화자의 가장 큰 사랑으로 「갇힌 여인」과 「사라진 알베르틴」의 주인공이다.

쥐피앵 게르망트 공작 저택 안마당에서 조끼 짓는 재봉사로 일하다 조카딸에게 일을 맡기고 관청에 다닌다. 섬세한 감성과 꿈꾸는 듯한 눈길로 묘하게 사람을 끄는 매력이 있다.

1부

아침에 울리는 새들의 지저귐도 프랑수아즈에게는 싱겁게만 들렸다. '하녀들의' 말소리가 그녀를 깜짝깜짝 놀라게 했기 때문이다. 그들의 온갖 발소리에 마음이 편치 않은 그녀는 그 까닭을 생각하고 있었다. 우리가 이사를 온 것이었다. 물론 전에 살던 집 '칠 층'*에서도 하녀들이 부산스럽지 않았던 건 아니지만, 그래도 그곳 하녀들과는 잘 아는 사이여서 그들이 분주하게 돌아다니는 소리조차 그녀에게는 정답게 느껴졌다. 그런데 지금은 집의 고요함마저 고통스러운 주의를 요했다. 그전까지 우리가 살던 집이 면한 큰길의 소음과 달리 무척이나 조용한 이 새로운 동네에서는 지나가는 행인이 부르는 노랫소리까지(노래가 희미하게 들릴 때도 오케스트라의 모티프처

* 『잃어버린 시간을 찾아서』 2권 148쪽, 236쪽 주석 참조.

럼 여전히 멀리서도 뚜렷이 구별되는) 유배지로 떠나온 프랑수아
즈의 눈에 눈물이 고이게 했다. 그토록 '사방에서 존경받던'
집을 떠나 콩브레의 의식에 따라 눈물을 흘리며 짐을 꾸리고,
우리 집이 세상에서 가장 훌륭하다고 우기며 마음 아파하는
프랑수아즈를 보면서 난 비웃었지만, 다른 한편으로는 옛것
은 쉽게 버리면서도 새것엔 쉽게 적응하지 못했던 사람으로
서, 프랑수아즈가 아직 우리를 잘 알지 못하는 문지기로부터
그녀의 정신 건강에 필요한 존경의 표시를 받지 못한 집에 살
게 되어 거의 탈진 상태에 빠진 걸 보자, 오히려 이 나이 든 하
녀가 가깝게 느껴졌다. 그녀만이 날 이해해 줄 것 같았다. 프
랑수아즈의 젊은 하인은 당연히 이해하지 못했으리라. 콩브
레풍과는 거리가 먼 그 젊은 하인은, 가구를 새집으로 운반하
고 다른 동네에 산다는 자체로, 흡사 사물의 새로움이 여행과
같은 휴식을 준다는 듯 휴가 중인 것처럼 보였다. 시골에 와
있는 듯했다. 창문이 잘 닫히지 않은 기차에서 '찬바람을 쐬
어' 코감기에 걸린 것마저 시골을 보고 왔다는 감미로운 인상
으로 여겨, 여행을 많이 하는 주인집에서 일하기를 늘 열망했
던 그는 재채기를 할 때마다 아주 멋진 자리를 찾았다고 좋아
했다. 그래서 난 이런 하인의 생각은 하지도 않고 프랑수아즈
에게 달려갔다. 그러나 나는 관심조차 없었던 우리 출발에 대
해 프랑수아즈가 눈물 흘리며 슬퍼하는 모습을 보며 내가 비
웃었던 것과 달리, 지금 내가 느끼는 슬픔을 함께 나누는 그
녀는 오히려 내게 냉정한 태도를 보였다. 소위 신경이 예민한
사람들의 '감수성'은 그들 자신의 이기심을 더 키우는 법이

다. 자신이 느끼는 거북함에는 점점 더 신경을 쓰면서도, 남들이 그런 거북함을 보이면 견디지 못한다. 그러나 프랑수아즈는 그녀가 느끼는 아주 가벼운 거북함조차 다른 사람에게 보이지 않으려고 애쓰면서, 내가 괴로워하는 모습에도 동정하는 기색을 보이지 않으려고, 아니, 단지 그 괴로움을 그녀가 안다는 사실을 내가 알고 기뻐하기라도 할까 봐 고개를 돌렸다. 그녀는 내가 새로 이사 온 집 얘기를 하고 싶어 할 때도 같은 식으로 행동했다. 게다가 이사 때문에 아직 '열'이 떨어지지 않던 나는, 이제 막 소 한 마리를 삼킨 보아 뱀마냥, 내 눈이 '소화시켜야 하는' 그 긴 장식장 탓에 배가 불룩 튀어나온 듯 고통스러운 느낌을 받고 있었던 반면 프랑수아즈는 여인의 불충함과 더불어, 이사 오고 나서 이틀 후 예전 집에 두고 온 옷가지를 찾으러 갔다 돌아왔을 때에는 예전에 살던 거리에서 숨이 막힐 것 같았다느니, 그곳에 가는 데도 여러 번 '길을 잃었으며' 그렇게 불편한 계단은 처음 보았다느니 '왕국'을 줘도, 100만 프랑을 줘도 — 터무니없는 가정인 — 그런 곳에는 절대 다시 살러 가지 않을 거라느니 하면서, 우리 새 집의 '온갖 것'(다시 말해 부엌과 복도)이 예전 집보다 훨씬 잘 '꾸며졌다고' 떠벌렸다. 이제 이 집이 게르망트에게 속한다는 사실을 말해야 할 것 같다. 할머니에게는 아직 말하지 않았지만, 할머니 건강이 나빠져서 좀 더 맑은 공기가 필요했기 때문이다.

'이름'이, 우리가 그 이름에 불어넣는 낯선 이미지를 보여 주면서 현실의 장소를 가리켜 그 미지의 것과 현실의 장소를 확인해야 하는 나이에 이르면, 우리는 도시가 담을 수는 없지만 그 이름과 분리될 수 없는 영혼을 찾아 떠나야 한다. 그때 이름은 우의적인 그림에서처럼 도시나 강에만 개별성을 부여하는 게 아니라 물리적인 세계, 그리고 사회적인 세계마저 차이로 아롱지게 하면서 경이로운 사람들로 가득 채운다. 그리하여 각각의 성이나 저택 혹은 이름난 궁전은, 마치 숲에 고유한 정령이, 물에 고유한 여신이 있듯이, 자신만의 여인이나 요정을 지닌다. 때때로 이름 깊숙이에 몸을 숨긴 요정은, 우리 상상의 삶이 키우는 정도에 따라 그 모습이 변하기도 한다. 이처럼 내 마음속에서 여러 해 동안 환등기의 슬라이드와 성당 채색 유리에 비친 그림자로만 존재하던 게르망트 부인을 둘러싼 분위기는, 이와는 아주 다른 거품 이는 급류의 물기가 몽상 속에 스며들자 그 빛이 조금씩 퇴색했다.

그렇지만 만약 우리가 이름에 상응하는 현실 속 인물에 다가가면 요정은 사라지기 마련인데, 이름이 인물을 반사하기 시작하면서 요정다운 것이 인물에 하나도 남지 않기 때문이다. 그러므로 우리가 현실의 인물로부터 멀어지면 요정은 다시 태어날 수 있다. 하지만 우리가 인물 곁에 있으면 요정은 완전히 소멸되고, 마치 멜뤼진*이 사라지던 날 뤼지냥 가문이 소멸되었듯 요정과 더불어 이름도 사라진다. 그때 '이름'은, 연이어 덧칠된 것 아래 결코 만난 적 없는 낯선 여인의 아름다운 초상화 원본을 발견할지도 모르는 이름은, 거리에서 스친

---

* 『잃어버린 시간을 찾아서』 3권 246쪽 주석 참조.

사람이 우리가 아는 사람인지, 인사를 해야 하는지 하지 말아야 할 사람인지를 알기 위해 참조하는 그런 단순한 증명사진에 지나지 않게 된다. 그러나 어느 지나간 해의 감각이 — 여러 다양한 음악가의 목소리와 연주 방식을 그대로 보존하는 녹음기처럼 — 기억을 통해 당시 우리 귀에 들렸던 특이한 음색 그대로 이름을 들려주기만 하면, 비록 이름이 겉으로는 변하지 않은 듯 보인다 할지라도, 우리는 그 변하지 않은 철자가 우리에게 연이어 의미하던 다양한 몽상들 사이의 거리를 느낄 수 있다. 우리는 잠시나마 오래전 어느 봄에 들었던 새의 지저귐을 다시 들으면서, 마치 그림을 그리려고 물감을 짜듯이, 우리가 기억한다고 믿었던 나날로부터 그 잊어버렸던 신비롭고도 싱그러우며 정확한 빛깔을 끌어낼 수 있다. 마치 서투른 화가처럼 동일한 화폭에 우리의 온 과거를 펼쳐 놓고 의지적인 기억과도 흡사한 관습적이고 단조로운 색채로 칠해 놓은 그런 나날로부터. 그런데 그때 과거를 구성하던 각각의 순간들은 이와 반대로 뭔가 독창적인 것을 창조하기 위해 우리가 더 이상 알아보지 못하는 당시의 빛깔들을 특이한 조화속에 사용하고 있었다. 예를 들면 어떤 우연으로 게르망트라는 이름이 페르스피에 양의 결혼식 날 내가 느꼈던 그대로, 그토록 많은 세월이 지난 후 오늘날과는 아주 다른 울림을 자아내면서, 젊은 공작 부인의 부풀린 목장식을 벨벳처럼 만들어 그토록 부드럽고 지나치게 반짝거리며 지나치게 새것인 연보랏빛을 다시 내게 돌려준다면, 또 내가 도저히 꺾을 수 없는 빙카 꽃이 다시 피어난 듯 푸른 미소로 반짝거리는 그녀 눈동자를 돌려준다면, 그 빛깔들은 여전히 나를 황홀하게 할 것이다. 그때 게르망트라는 이름은 산소나 다른 기체를 담은 작은 풍선과도 같아, 내가 만약 그 풍선을 터트려 안에 담겨 있는 걸 나오게만 한다면, 나는 그해의 콩브레 향기를, 바람에 살랑거리는 산사나무 꽃향기가 섞인 그날의 콩브레 향기를, 광장한 모퉁이에서 비를 알리는 전조인 바람이 차례로 햇살을 날아가게 하고 성당 제의실 붉은 모직 양탄자를 펼쳐 놓고 거의 제라늄 분홍빛에 가까운 반짝이는 살색으로, 말하자면 환희속에 그토록 축제에 고귀한 빛을 띠게 하는 바그너풍 부드러움으로 덧칠하던 향기를 호흡할 수 있으리라.* 그러나 오늘날에는 죽은 철자 가운데서 갑자기 실체가 꿈틀거리며 그 형태와 새겨진 모양이 느껴지는 아주 드문 순간을 제외하고는, 일상생활의 현기증 나는 소용돌이 속에서 실질적인 용도로밖에 쓰이지 않는 이름은, 너무 빨리 돌아가는 각기둥 모양 팽이마냥 모든 빛깔을 잃고 잿빛으로 보이지만, 대신 우리가 몽상 도중 과거로 되돌아가는 그 연속적인 움직임을 늦추거나 혹은 멈추기 위해 부단히 노력하고 명상한다면, 우리 삶의 여정 동안 동일한 이름이 연이어 보여 주던 여러 빛깔들이 조금씩 나란히 겹쳐지면서, 하지만 완연히 구별되는 형태로 나타난다.

물론 내 유모가 「게르망트 후작 부인에게」란 옛 노래를 부르면서 — 어쩌면 지금의 나처럼 그 곡이 누구에게 경의를 표

---

* 바그너의 「로엔그린」을 연상시키는, 게르망트 부인의 콩브레 성당에서의 첫 출현에 대해서는 『잃어버린 시간을 찾아서』 1권 304~307쪽 참조.

하려고 작곡되었는지도 모르면서 — 나를 재웠을 때, 또는 그로부터 몇 년 지난 후 나이 든 게르망트 원수(元帥)가 샹젤리제에서 걸음을 멈추고 "허 참, 녀석 참 잘생겼군!" 하고 말하면서 호주머니 사탕 상자에서 초콜릿 사탕을 꺼내 줘 우리 유모를 자랑스럽게 만들었을 때도, 게르망트라는 이름이 내 눈에 어떤 모습으로 비쳤는지는, 지금의 나는 당연히 알 수 없었다. 나의 첫 유년 시절은 이미 내 안이 아닌 내 밖에 있으며, 태어나기 전의 일과 마찬가지로 다른 사람의 이야기를 통해서만 알 수 있다. 그러나 나중에 내 안에서 지속되는 이름이 연이어 일고여덟 가지 서로 다른 모습을 띠는 것을 발견한다. 첫 모습이 가장 아름다웠다. 즉 내 꿈은 점차 현실 때문에 더 이상 자리를 지킬 수 없어 포기해야 했고, 그래서 조금 더 뒤쪽에서 새로이 방어 진지를 구축하다가 끝내는 더 뒤쪽으로 물러가야 했다.* 그리고 게르망트 부인과 마찬가지로, 세월이 흐르면서 내 귀에 들리는 이런저런 말로 몽상을 수정하고 풍요롭게 만든 이름에서 생겨난 그녀 저택도 변했다. 그 저택은 구름이나 호수 표면처럼 반사하는 물체가 되어 저택의 돌마저 내 몽상을 투영했다. 높은 곳에서 영주와 영주 부인이 신하의 생사 여탈권을 결정하던, 단순히 오렌지 빛깔 띠에 지나지 않던 그 두께 없는 성탑은, 그토록 화창한 오후 부모님과 함께 '게르망트 쪽으로' 흘러가는 비본 내를 따라 산책하던 길 끝자락에

---

* '지킬 수 없는 자리'라는 전쟁의 은유를 통해 적군의 공격으로 계속해서 후퇴하는 것에 비유하고 있다.

서 공작 부인이 내게 송어 낚시 법을 가르쳐 주거나 울타리를 둘러친 근방 목초지의 낮은 벽을 따라 드리운 보랏빛과 붉은 빛 꽃송이 이름을 일러 주던 그런 급류가 흐르는 땅의 풍경으로 바뀌었다. 그러다 여러 시대를 거치면서 노란 꽃 모양 성탑마냥 아직은 텅 빈 하늘, 훗날 파리의 노트르담 대성당과 샤르트르의 노트르담 대성당이 솟아오르게 될 하늘에는 이미 게르망트라는 자랑스러운 종족이 프랑스 전역에 걸쳐 솟아 있었으며, 그리하여 그곳은 세습의 땅이자 시적(詩的)인 영지가 되었다. 그때 랑*의 언덕 꼭대기에는 아직 아라랏** 산꼭대기에 놓였던 노아의 방주 같은 성당 중앙 부분은 세워지지 않았다. 방주의 창문에 기대 걱정스러운 얼굴로 하느님의 진노가 진정되었는지 살펴보던 수많은 족장들과 의인들이 지상에 번식시킬 수많은 종류의 식물과 동물 들을 넘치도록 가져와, 그중 소 몇 마리가 성탑까지 도망쳐 나가 성탑 지붕 위를 한가롭게 거닐며 샹파뉴*** 평원을 멀리 응시했으며, 날이 저물어 보

---

* 피카르디 지방에 있는 이 마을은 12~13세기에 세워진 대성당으로 특히 유명하다. 파리의 노트르담 대성당이나 샤르트르의 대성당보다 앞서 세워진 이 성당은 프랑스 최초의 고딕 성당 중 하나로, 지을 때 황소가 꼭대기까지 돌을 날랐으며, 이 소를 기념하기 위해 성당 아래 소 조각상이 세워졌다고 한다.
** 「창세기」 8장 4절에 보면 "일곱째 달 열이렛날에 방주가 아라랏산 위에 내려앉았다."라고 적혀 있다. 중국과 터키 고고학자들이 터키의 아라랏산에서 노아의 방주를 발견했다고 주장해 화제가 되기도 했다.
*** 프랑스 북동쪽 현재의 샹파뉴아르덴주와 거의 일치한다. 샹파뉴의 어원은 평원을 뜻하는 라틴어 '캄파니아(Campania)'다. 지리적으로 유럽 중심부에 위치한 탓에 12~14세기에는 유럽 대륙의 교역지로 번창했었다.

베*시를 떠난 나그네는 컴컴하게 가지 드리운 대성당 측면이 석양의 금빛 영사막에 펼쳐지고 회전하면서 그의 뒤를 쫓아오는 모습을 아직은 보지 못했다. 이처럼 게르망트는 어느 소설의 배경과도 같이 나로서는 그려 보기 힘든, 그만큼 더 발견하고 싶은 욕망으로 가득한 상상 속 풍경이었으나, 이런 게르망트가 갑자기 역에서 8킬로미터 떨어진 곳에 문장(紋章)의 특징들이 스며든 채로 현실의 땅과 도로 사이에 끼워진 것이었다. 나는 이웃하는 여러 고장 이름들을 마치 파르나소스산, 혹은 헬리콘산** 기슭에 자리 잡은 고장인 듯 떠올렸으며, 그 이름들은 내게 신비로운 현상이 일어나는 데 필요한 물질적 조건인 듯 — 지형학 분야에서 — 소중해 보였다. 나는 콩브레 성당의 채색 유리창 아랫부분에 그려진 문장(紋章)들을 다시 떠올렸다. 4등분 문장***은 이 명문이 여러 세기에 걸쳐 결혼이나 정복에 따라 독일이나 이탈리아, 프랑스의 도처에서 탈취해 그들 것으로 만든 온갖 영주권들로 가득 채워졌다. 북쪽의 광활한 대지와 남쪽의 강력한 도시들이 한데 모여 게르

---

* 『잃어버린 시간을 찾아서』 2권 42쪽 주석 참조.
** 파르나소스산은 아테네에서 200킬로미터 떨어진 곳으로, 아폴론 신전이 있는 성지 델포이가 위치하는 곳이다. 로마 시인들은 이 산에서 영감을 얻었으며, 파르나소스산 남동쪽에 있는 뮤즈들의 거처인 헬리콘산보다 이 파르나소스산을 더 숭배했다고 한다.
*** 원래 문장(紋章)은 멀리서도 알아볼 수 있도록 디자인이 간단하나, 시간이 지나며 여러 구획으로 나뉘어 4등분(quartier)된 데서 또다시 4등분되는 등 무한히 나뉘었다. 이런 4등분 문장은 가문의 오랜 역사와 봉토, 직위를 표시했다.

망트가문을 형성하면서 그들의 물질성을 상실하고 푸른 들판의 녹색 무늬 성탑과 은빛 성을 문장 위에 우의적으로 새겨 놓았다. 게르망트가문의 유명한 장식 융단 얘기를 들은 적이 있기에, 내 눈에는 힐데베르트*가 자주 사냥하러 갔던 고대 숲 기슭에서 전설적인 맨드라미 빛깔 이름 위로 중세의 푸르고도 조금은 거친 장식 융단이 구름마냥 뚜렷이 드러나 보이는 듯했으며,** 또 이 신비스럽고도 미묘한 대지 안쪽을, 오래된 세기의 비밀을 여행하듯 꿰뚫기 위해서는 그곳 영주 부인이자 호수의 귀부인***인 게르망트 부인에게, 마치 부인의 얼굴과 말이 나무숲과 강가의 향토색 짙은 매력이나 그 가문의 고문서에 실린 옛 관습과도 같은 아주 오랜 특징을 지녔다는 듯이, 파리에서 잠시 다가가기만 해도 될 것 같았다. 하지만 그때 나는 이미 생루를 알고 있었다. 그는 내게 게르망트 성이라는 이름은 그들 가문이 성을 차지한 17세기부터 붙었다고 말했다. 게르망트가문은 이웃 마을에 거주했으며, 가문 칭호도 그 지역에 따른 것이 아니었다. 게르망트 성이 세워지고 나서야 마을이 성의 이름을 물려받았고, 또 성의 전망을 해치지 않기 위해 당시 유효했던 봉건적인 구속력에 따라 길을 구

---

* 힐데베르트는 메로빙거 왕조의 프랑크 왕국 클로비스 1세의 넷째 아들로, 파리 생제르맹데프레 성당을 세웠다.
** 게르망트라는 이름에 대해서는 『잃어버린 시간을 찾아서』 1권 297쪽 주석 참조.
*** 『원탁의 기사』에 나오는 랑슬로 또는 랜슬롯은 호수의 요정 비비안 손에 자랐다.

획하고 집 높이를 제한했다고 한다.* 장식 융단으로 말하자면 부셰**가 그린 것인데, 게르망트가에 속하는 어느 예술 애호가가 19세기에 사들여 그 자신이 그린 매우 형편없는 사냥 그림과 함께 나란히 싸구려 붉은 무명과 플러시 천으로 장식해서 대단히 보기 흉한 거실에 걸어 놓았다고 한다. 이런 새로운 사실을 알려 주면서 생루는 게르망트라는 이름과 무관한 요소들을 성안에 끌어들였고, 때문에 나는 더 이상 이름을 형성하는 철자의 울림을 통해서만 건물의 석조 공사를 탐색하는 것이 불가능했다. 그러자 호수에 반사되던 성이 이름 밑바닥에서 지워지면서 게르망트 부인 주위에 그 거처로 나타난 것은, 파리에 있는 부인의 저택, 이름처럼 투명하기만 한 게르망트 저택이었는데, 어떤 물질적인 어두운 요소도 이 이름의 투명함을 훼손하거나 가로막기 위해 끼어들지 않았다. 성당이라는 단어가 성전뿐 아니라 신도들의 모임도 의미한다면, 이

* 실제로 게르망트 성은 일드프랑스주 센에마른 데파르트망에 위치한다. 16세기 중반에 세워진 이 성은 루이 14세 통치 아래 프랑스 최고의 건축가라 할 수 있는 망사르와 조경 전문가 앙드레 르 노트르에 의해 다시 설계되었다.(르네상스 양식인 이 성은 영화 「아마데우스」와 「위험한 관계」의 촬영지로도 유명하다.) 그러나 소설 속에 묘사된 게르망트 성 모습은 바이외 근처, 역시 망사르가 건축한 발루아 성에서 더 많은 영감을 받았다고 지적된다. 프루스트는 이 성을 1907년에 방문했으며, 그곳에 있는 프랑수아 부셰의 장식 융단을 찬미했던 것으로 알려져 있다.(『게르망트』, 폴리오, 667쪽 참조.)
** 프랑수아 부셰(François Boucher, 1703~1770). 프랑스 화가이자 장식가로 이탈리아의 티에폴로에게서 많은 영향을 받았으며, 귀족이나 상류 계급의 우아한 풍속과 애정 장면을 즐겨 그려 프랑스 로코코 예술 발전에 크게 기여했다. 1734년에는 고블랭 공장을 위해 많은 장식 융단의 밑그림을 그렸다.

게르망트 저택도 공작 부인의 생활을 함께 나누는 모든 이들을 아울렀지만, 이런 친지들을 한 번도 본 적 없는 내게 있어 그들은 단지 유명한 시적(詩的) 이름에 지나지 않았고, 또 그들 자신도 이처럼 이름에 지나지 않은 이들하고만 사귀었으므로, 공작 부인 주위에 기껏해야 점점 퇴색해 가는 광대한 빛무리를 펼치면서 그녀의 신비로움을 확대하고 보호할 뿐이었다.

그녀가 베푸는 연회에 초대된 손님들이 육체나 수염이 있는, 또는 장화를 신은 사람이라고는 도저히 상상할 수 없는 것처럼, 그들이 평범한 얘기를 하리라고는, 비록 독창적인 내용이라 할지라도 인간적이고 이치에 맞는 방식으로 그런 얘기를 하리라고는 도저히 상상할 수 없었으므로, 이런 이름들의 소용돌이는 게르망트 부인이라는 작센 도자기로 만들어진 작은 조각상 주위로 유령의 식사나 유령의 무도회보다 훨씬 적은 물질적인 요소를 끌어들여, 부인의 유리 저택에 어떤 진열창과 같은 투명함을 띠게 했다. 훗날 생루가 그의 외숙모 성에 속하는 전속 신부와 정원사에 관한 일화를 들려주었는데, 그때도 게르망트 저택은 — 예전에 루브르 궁이 그랬듯이 — 파리 한복판, 이 가문이 세습받은 영지로 둘러싸여, 기이하게 살아남은 고대 법률에 따라 게르망트 부인이 여전히 봉건적인 특권을 행사하는 일종의 성(城) 같은 곳이었다. 그러나 이 마지막 거처마저 우리 가족이 빌파리지 부인 댁 가까이, 게르망트 부인 저택과 이웃하는 별채로 살러 오면서 그만 사라지고 말았다. 어쩌면 아직도 남아 있을지 모르는 그런 오래된 저택 가운데 하나인 이 집 대문을 열고 들어서면, 안마당 옆쪽에는 — 민주주의가 밀물처럼 밀려오며 쌓인 충적토인지, 아니면 봉건 영주 주위로 다양한 생업이 몰려 있던, 보다 옛 시대의 유산인지 — 가게 뒷방이나 작업실, 구두 수선점이나 양복점이 마치 대성당 측면에 기대진 것들이 복원자의 미학적인 노력 덕분에 치워지지 않고 그대로 있듯이 자리 잡고 있었으며, 또 닭을 키우고 꽃을 가꾸는 구두 수선공 겸 문지기가 있었다. 마당 안쪽 본채에는 어느 '백작 부인'이 살고 있어, 말 두 필이 끄는 낡은 사륜마차를 타고 문지기실에 딸린 작은 뜰에서 금방 꺾은 것처럼 보이는 한련화 몇 송이를 모자에 꽂고 (동네 귀족의 저택을 방문할 때마다 명함 귀를 접기 위해 마차에서 내리는 하인을 마부 옆에 앉히고) 외출할 때면 그녀는 지나가는 문지기 아이들이나, 같은 건물에 사는 부르주아 세입자들에게 경멸이 담긴 친절과 평등주의자의 오만함으로 그들 얼굴을 혼동하며 흐릿한 미소를 보내거나 손을 흔들며 인사했다.

우리가 살려고 온 집 마당 안쪽에는 우아하면서 아직은 젊은 공작 부인이 살고 있었다. 게르망트 부인이었다. 나는 프랑수아즈 덕분에 아주 빨리 이 저택에 관한 정보를 수집할 수 있었다. 왜냐하면 게르망트네 사람들은(프랑수아즈가 자주 '밑에' 또는 '아래층'으로 지칭하는) 아침부터 계속 프랑수아즈의 관심을 끌었으므로, 안마당 쪽을 쳐다보지 말라는 금지에도 불구하고 프랑수아즈는 엄마의 머리를 손질하는 동안에도 참을 수 없다는 듯 남몰래 눈길을 던지면서 "저기 수녀님 두 분이 계시네요. 아마도 밑에 가나 봐요."라든가 "어머! 부엌 창가에 아주 괜찮은 꿩 두 마리가 있네요. 어디서 왔는지 물어볼 필요도 없겠어요, 공작님께서 사냥하신 걸 테니까요."라고 말했다. 저녁에 내 잠자리 물건을 챙겨 주는 동안에도 피아노 소리나 노랫소리가 들리면 그녀는 "아래층에 손님이 왔나 봐요. 즐거운가 보죠."라고 결론지었다. 그녀의 반듯한 얼굴과 지금은 거의 하얗게 된 머리칼 아래로, 젊음이 넘치는 단정한 미소가 그녀 이목구비 하나하나를 마치 네 사람이 한 조를 이루어 춤추는 '카드릴'마냥 섬세하게 준비된 순서에 맞추어 제자리에 갖다 놓았다.

그러나 게르망트가의 삶이 프랑수아즈의 호기심을 가장 활기차게 자극하는 동시에 가장 큰 만족감과 아픔을 주는 순간은, 정문의 두 문짝이 활짝 열리면서 공작 부인이 사륜마차에 올라타는 바로 그 순간이었다. 대개는 우리 집 하인들이 그들의 점심 식사라고 부르는, 어느 누구도 방해해서는 안 되는 일종의 경건한 부활절 의식 같은 것을 축성하고 나서 얼마 지나지 않은 시각이었다. 이 의식 동안 하인을 호출하는 일은 '금기'였으므로, 아버지도 감히 그들을 부르지 못했다. 아버지는 자신이 초인종을 한 번 울리든 다섯 번 울리든 하인들은 아랑곳하지 않을 것이며, 이런 무례를 범해도 별 소득이 없을뿐더러 오히려 그렇게 했다가는 화를 입으리라는 걸 잘 아셨다. 왜냐하면 프랑수아즈가 (나이를 먹으면서 무슨 일에나 때에 맞는 얼굴을 할 기회를 놓치지 않았으므로) 틀림없이 하루 종일 아버지에게 작고 붉은 설형문자로 뒤덮인 얼굴을 보일 것이며, 거의 판독하기 어려운 이 문자가 프랑수아즈의 불만에 대한 긴 기록과 그 심오한 이유를 밖으로 펼칠 것이기 때문이었다. 게다가 그녀는 무대 뒤를 향해 말하듯이 말을 늘어놓았으므로 우리에게는 잘 들리지 않았다. 그녀는 이것이 — 우리 가족을 실망시키는 '굴욕적이고 모욕적인' 말이라고 생각하면서도 — 자칭 노래가 따르지 않는 독송(讀誦) 미사라며, 자신은 거룩한 하루를 보내고 있을 뿐이라고 말했다.

마지막 의식을 끝내자 초기 기독교에서처럼 미사 집행자이자 신도 중 한 사람인 프랑수아즈는 마지막 포도주 잔을 들이켜고 목에서 냅킨을 벗어 입술에 남은 붉은 액체와 커피를 닦고는 다시 접어 냅킨 고리 안에 넣으면서, 열성인 척 그녀에게 "저어 부인, 포도 좀 더 드세요. 맛이 아주 좋아요."라고 말하는 젊은 하인에게 애처로움을 담은 눈빛으로 감사 인사를 하고 '그 형편없는 부엌 안이' 너무 덥다는 핑계를 대며 곧바로 창문을 열러 갔다. 창문 손잡이를 돌려 바람을 맞는 동시에 마당 안쪽으로 관심이 없는 듯한 눈길을 능숙하게 던지면서, 공작 부인이 아직 준비를 마치지 못한 증거를 몰래 간파하고는 멸시와 열정이 섞인 눈으로 말을 맨 마차를 지긋이 바라보다가 이런 지상의 사물에 돌렸던 한순간의 관심을 다시 하늘 쪽으로 높이 쳐들었는데, 부드러운 대기와 태양의 열기를 온몸으로 느끼며 이미 하늘이 맑게 개었음을 인지했다. 그러고는 지붕 한 모퉁이 내 방 굴뚝 꼭대기에, 매번 봄이 올 때마다 콩브레 부엌에서 울던 비둘기와 똑같은 비둘기들이 둥지를 틀러 온 모습을 쳐다보았다.

"아! 콩브레, 콩브레." 하고 프랑수아즈가 외쳤다.(거의 노래를 부르듯 기도문을 낭송하는 그녀의 어조는, 순수한 아를 여인과도 흡사한 얼굴과 마찬가지로, 그녀가 남쪽 지방 출생이며, 또 그녀가 그리워하는 그 잃어버린 고장이 실은 그녀의 실제 고향이 아닌 그녀가 택한 두 번째 고향일지도 모른다는 의구심을 품게 했다. 그러나 어쩌면 틀린 생각인지도 모른다. 왜냐하면 어디에도 '남쪽 지방'이 없는 곳은 없으며, 남쪽 지방 사람을 특징짓는 온갖 장단의 감미로운 변화를, 우리는 지속적으로 사부아 사람이나 브르타뉴 사람 들의 말에서도 발견할 수 있으니 말이다!) "아! 콩브레, 내 불쌍한 땅, 언제면 널 다시 보게 될꼬! 언제면 네 산사나무 꽃과 라일락 꽃 아래서 물새 소리를 들으며, 누군가가 귀에 대고 속삭이는 것처럼 흘러가는 비본 내의 소리를 들으며 거룩한 하루를 보낼 수 있을꼬! 우리 젊은 주인이 채 삼십 분도 안 되었는데 줄곧 울려 대어 내가 빌어먹을 복도를 온종일 뛰어다니게 하는 저 지긋지긋한 종소리를 듣는 대신 말이야. 거기다 도련님은 내 걸음이 빠르지 않다고 여기고 나보고 종이 울리기도 전에 종소릴 들어야 한다는구나. 그래서 일 분만 늦어도 무지무지하게 '화를 내시지.' 아! 불쌍한 콩브레! 어쩌면 내가 죽고 나서야 무덤 구덩이에 돌멩이를 던지듯 날 처넣을 때라야 널 보게 될지 모르겠구나! 그러면 네 하얀 산사꽃 향기를 다시는 맡을 수 없겠지. 하지만 죽음의 휴식을 취하면서도 생전에 날 괴롭히던 저 세 번의 종소리는 여전히 들리겠지!"

그러나 그녀 말은 안마당에 자리 잡은 조끼 짓는 재봉사가 부르는 소리로 중단되었다. 이 재봉사는 예전에 할머니가 빌파리지 부인을 보러 갔을 때 그토록 할머니 마음에 들었던 바로 그 사람으로, 프랑수아즈의 호감도에서도 그리 낮지 않은 자리를 차지했다. 우리 집 창문이 열리는 소리가 들리자마자 그는 머리를 쳐들고 이웃인 프랑수아즈에게 아침 인사를 하기 위해 벌써부터 그녀의 주의를 끌려고 애쓰고 있었다. 예전에 프랑수아즈가 지녔던 젊은 여인의 교태와 이제는 나이 든 여인의 불쾌한 심기, 화덕 열기로 둔해진 늙은 요리사의 불평불만 섞인 얼굴이 쥐피앵 씨를 위해 환하게 빛났다. 신중함과 친근함 그리고 수줍음이 섞인 매력적인 태도로 프랑수아즈는 재봉사에게 우아한 인사를 보냈지만, 재봉사의 인사에 소리 내어 답하지는 않았다. 안마당을 바라보지 말라는 엄마의 명령을 어기긴 했으나, 감히 창문 너머로 소리를 낼 정도로 무시할 수는 없었기 때문이다. 프랑수아즈에 따르면 그렇게 했다가는 마님으로부터 '긴 훈계' 선물을 받을 게 뻔했으니까. 그녀는 쥐피앵에게 말을 맨 사륜마차를 가리키면서 "훌륭한 말이에요, 그렇지 않나요!" 하고 말하는 척했지만, 실은 "말에다 웬 낡아 빠진 덮개를 씌웠담!" 하고 입속에서 중얼거렸는데, 이는 특히 쥐피앵이 낮은 소리로 소곤대면서도 그녀가 잘 알아들을 수 있게 입에다 손을 대고 "당신도 원한다면 이 모든 걸 다 가질 수 있어요. 어쩌면 저들보다 더 많은 말을 가질 수 있을걸요. 하지만 당신은 이 모든 걸 좋아하지 않으시니."라고 대답하리라는 걸 잘 알았기 때문이다.

그러면 프랑수아즈는 "각자 취향이 다르니까요. 이 댁에서는 소박한 걸 좋아하시죠."라는 의미가 담긴 겸손하면서도 얼버무리는 기쁜 표정을 지으며 엄마가 올까 봐 겁이 나서 창문을 닫는 것이었다. 게르망트네보다 더 많은 말을 가질 수 있다는 이 '당신'이란 말은 실은 우릴 두고 한 말이었다. 하지만 쥐피앵이 프랑수아즈를 두고 '당신'이라고 한 것도 그리 틀린 건 아니었는데, 순전히 그녀 자신의 개인적 자존심에서 비롯된(쉴 새 없이 기침을 해 대 온 집안이 감기에 걸릴까 봐 겁이 났을 때에도 자신은 감기에 걸리지 않았다며 냉소적인 비웃음으로 우릴 화나게 만들 때와 같은) 기쁨을 제외하고는, 마치 동물과 식물이 한 몸이 되어 동물이 식물을 위해 먹이를 잡아먹고 소화한 후 완전히 흡수할 수 없는 마지막 찌꺼기를 식물에게 양분으로 제공하는 것처럼, 프랑수아즈와 우리는 공생 관계에 있었기 때문이다. 미덕과 재산, 생활 수준과 지위 등으로 프랑수아즈의 작은 자존심을 만족시켜 주는 임무를 맡은 것은 바로 우리 가족이었으며, 거기다 프랑수아즈에게 예전 관습에 따라 점심 식사 의식을 자유롭게 거행하고(식사가 끝난 후 창문가로 공기를 조금 마시러 가는 일을 포함하여) 물건을 사러 갈 때는 거리를 잠시 산책하고, 일요일에는 조카딸을 만나러 가는 — 그녀 삶에 없어서는 안 되는 만족감의 일부를 이루는 — 권리를 인정하고 추가했다. 그러므로 프랑수아즈가 처음 며칠 동안 — 내 아버지의 온갖 명예로운 직책이 아직 알려지지 않은 이 집에서 — 그녀 자신이 '비탄'이라고 부르는, 즉 코르네유 작품에서 찾아볼 수 있는 격렬한 의미에서의 '절망'*이나, 약혼녀와 고향을 애타게 그리워하다가 '비탄에 빠져' 자살하

---

* '권태'를 의미하는 프랑스어의 ennui는 코르네유를 위시한 17세기 작가에게는 '비탄, 격렬한 절망'을 의미했다.

는 병사의 붓끝에서나 찾아볼 수 있는 그런 병에 걸려 점점 쇠약해졌다는 것도 이해할 만한 일이다. 프랑수아즈의 이런 비탄은 쥐피앵 덕분에 곧바로 치유되었다. 왜냐하면 쥐피앵은 만일 우리 가족이 마차라도 가지기로 결심했다면 프랑수아즈가 느꼈을 그런 생생하고도 세련된 기쁨을 곧바로 그녀에게 선사했기 때문이다. "참 좋은 세계의 사람들이야, 이 쥘리앵들은(프랑수아즈에겐 새로운 이름을 들으면 자기가 이미 아는 이름으로 바꾸어 버리는 버릇이 있었다.)* 참으로 선량한 사람들이야. 얼굴에 그렇게 쓰여 있어." 사실 쥐피앵은 우리에게 마차가 없다면, 그건 바로 우리가 원치 않기 때문이라는 걸 모두에게 알리고 이해시켜 줄 줄 알았다. 이 프랑수아즈의 친구는 관청에 일자리가 생겨 거의 집에 있지 않았다. 그는 우리 할머니가 그의 딸로 착각한 '여자아이'와 함께 처음에는 조끼를 지었지만, 할머니가 빌파리지 부인을 방문하러 갔을 때 아직 어린애에 지나지 않았던 그 여자아이가 — 이미 스커트를 썩 잘 만들 줄 알았던 — 부인복을 만드는 쪽으로 방향을 바꿔 스커트 전문 양재사가 된 후부터는 직업에 따른 모든 이점을 잃고 있었다. 여자아이는, 처음에는 여자 양재사 집에 '견습공'으로 고용되어 바느질을 하거나 옷 밑단 장식을 다시 꿰매거나 단추나 '스냅 단추'를 달고 핀으로 허리둘레를 고정하는 일을 하다가 금방 두 번째, 첫 번째 자리로 올라서더니 상류 사회 부

---

* 프랑수아즈는 쥐피앵이라는 이름 대신 그녀가 이미 알고 있던 이름인 쥘리앵이라고 부른다.

인네 가운데 단골이 생기면서부터는 자기 집에서 일했다. 다시 말해 의상실의 젊은 친구들 중 한두 명을 조수로 고용하여 우리 아파트 안마당에서 함께 일했다. 그러자 쥐피앵의 존재가 별 도움이 되지 않았다. 물론 여자아이는 이제 성인이 되었고 아직도 조끼 짓는 일을 자주 했다. 그러나 친구의 보조를 받는 그녀는 어느 누구도 필요로 하지 않았다. 그래서 그녀의 쥐피앵 아저씨는 일자리를 찾아야 했다. 처음에는 정오쯤 마음대로 집에 돌아오다가, 그때까지 조수 노릇만 하던 사람의 후임자로 결정난 뒤부터는 저녁 식사 전까지 돌아오지 않았다. 그러나 그가 '정식으로 고용된 것'은 다행히도 우리가 이사 오고 나서 몇 주 후였다. 그래서 쥐피앵의 친절은 프랑수아즈에게 그토록 견디기 힘들었던 이사 초반을 별 고통 없이 극복하는 데 꽤 오랫동안 도움이 되었다. 하기야 프랑수아즈에 대한 '잠정적인 처방'으로서 쥐피앵의 효용성을 부인하는 것은 아니지만, 쥐피앵의 첫인상이 내 마음에 들지 않았다는 걸 인정하지 않을 수 없다. 멀리서 보면 통통한 뺨과 혈색 좋은 안색이 줬을지 모르는 좋은 인상을, 몇 걸음 가까이 가서 보면 연민에 찬 비통하고도 꿈꾸는 듯한 눈빛으로 가득한 두 눈이 완전히 망쳐 버려, 마치 중병을 앓거나 몹시 슬픈 장례식을 지금 막 치른 사람을 연상시켰다. 물론 그런 사람은 아니었지만, 말을 하기 시작하면 완벽하게 잘하는 그의 모습이 오히려 냉정하고 비웃는 듯한 인상을 풍겼다. 그의 시선과 말 사이의 이런 불일치가 뭔가 가짜 같다는 느낌을 주어 호감이 가지 않았고, 그 자신도 이 점을 거북해했다. 마치 모두가 연미복을 입은 저녁 파티에서 혼자서만 평상복을 입거나, 한 왕족에게 말을 해야만 할 때도 정확히 뭐라고 해야 할지 몰라 아무것도 아닌 말로 어려움을 얼버무리는 사람 같았다. 하지만 쥐피앵의 화법은 — 순전히 비교하는 데 지나지 않지만 — 이와 반대로 아주 매력적이었다. 그의 두 눈이(하지만 그를 알고 나서는 더 이상 신경을 쓰지 않는) 온 얼굴에 넘쳐흐르는 것과 마찬가지로, 나는 그에게 보기 드문 지성이 있음을, 거의 본능적인 문학적 소양이 있음을 금방 간파할 수 있었는데, 아마도 일부러 교양을 쌓지 않고 급히 책 몇 권을 읽은 것만으로도 언어의 가장 정교한 표현법을 터득하거나 자기 것으로 만들 줄 아는 사람 같았다. 내가 아는 사람 중 재능이 많은 이들은 대부분 매우 젊은 나이에 죽었다. 그래서 난 쥐피앵의 삶도 빨리 끝나리라고 확신했다. 그에게는 선의와 동정심, 가장 섬세하고도 가장 관대한 감정이 있었다. 프랑수아즈의 삶에서 쥐피앵이 맡은 역할은 곧 필요없어졌다. 그녀 자신이 그를 대역하는 법을 배웠던 것이다.

거래 상인이나 하인이 우리 집으로 물건을 가져올 때에도, 프랑수아즈는 온 사람은 거들떠보지도 않는 척하면서 의자를 가리키며 초연한 태도로 하던 일을 계속했는데, 상대가 엄마의 답을 기다리며 부엌에서 보내는 그 짧은 순간도 얼마나 능란하게 잘 이용했던지 "이 집에 없는 건, 바로 원하지 않기 때문이라는" 확신을 머릿속에 분명히 새기지 않고 돌아가는 사람은 거의 없을 정도였다. 우리에게 '돈이 있다는'(생루가 부분 관사라고 일컫는 것의 용법을 잘 알지 못하는 프랑수아즈는, 돈이 조금 있다는 표현이나 물을 조금 가져다 달라는 말 대신, 그냥 '돈이 있다.'라거나 '물을 가져다 달라.'라고만 말했다.*) 사실을 모든 사람이 알고, 또 우리가 부자임을 알려 주기를 열망한 것은, 한낱 부(富)에 지나지 않는 부가, 미덕 없는 부가 프랑수아즈 눈에 최상의 것으로 보였기 때문만은 아니었다. 그러나 부가 없는 미덕 또한 그녀가 원하는 이상은 아니었다. 그녀에게 있어 부는 미덕의 필요조건 같은 것이었으며, 미덕도 부가 없다면 아무 가치도, 매력도 없었다. 그녀는 이 둘을 거의 분리하지 않았으므로 드디어는 하나에 다른 하나의 특성을 부여하기에 이르렀고, 그리하여 미덕에서는 뭔가 안락함을, 부에서는 뭔가 교훈적인 것을 인정하기에 이르렀다.

창문을 빨리 닫고 나더니(그러지 않으면 엄마가 "온갖 상상도 못할 욕설을" 퍼부을 거라고 생각했으므로) 프랑수아즈는 한숨을 쉬며 부엌 식탁을 정돈하기 시작했다.

"라셰즈 거리에도 게르망트 저택이 있던데요." 하고 시종이 말했다. "그 댁에서 일하던 친구가 있는데 두 번째 마부였죠. 또 다른 녀석도 아는데, 내 친구는 아니고 친구 처남인데, 게르망트 남작 댁에서 사냥할 때 말을 돌보는 녀석과 함께 연대에서 군 복무를 한 적이 있답니다. '아무렴 어때요, 우리 아버지도 아닌데.'"** 하고 마치 그해에 유행하던 후렴구를 노래하듯 자기 이야기에 새로운 농담을 뿌리는 습관이 있는 시종

---

* 프랑수아즈의 틀린 어법 중 하나이다.
** 조르주 페도(Georges Feydeau)의 희극 「막심 레스토랑의 부인」에 나오는 유명한 대사이다.

이 덧붙였다.

　프랑수아즈는 이미 나이 든 여인이 느끼는 눈의 피로 때문에, 게다가 멀리 허공에서 콩브레의 모든 걸 보고 있었으므로 이 말에 담긴 농담의 뜻은 이해하지 못했지만, 거기에 뭔가 농담이 들어 있을 거라고 짐작은 했는데, 이 말이 다음 말과 연결되지 않았고, 그녀가 익살꾼이라는 것을 아는 자가 강조하면서 내던진 말이었기 때문이다. 그래서 그녀는 "언제나 저래, 우리 빅토르는!" 하고 말하는 듯 인자하고도 환한 미소를 지었다. 게다가 프랑수아즈는 기분이 좋았다. 이런 재치 있는 말을 듣는다는 건, 단연코 모두가 감기에 걸려도 마다하지 않고 서둘러 몸치장을 하는 그런 상류 사회의 기품 있는 기쁨에 버금갈 만한 기쁨이었으니까. 끝으로 프랑수아즈는 그 시종을 자기 친구라고 믿었는데, 공화국이 성직자에 대해 취하려는 그 끔찍한 조치를 그가 매번 격노하면서 비난해 댔기 때문이다. 프랑수아즈는 우리의 가장 가증스러운 적이 우리를 반박하고 설득하려고 애쓰는 자가 아니라, 우리 마음을 아프게 하는 소문을 지어내고 확대하면서도 그런 모습을 보이지 않으려고 무척이나 조심하는 자라는 사실은 간과하고 있었다. 그런 모습이라도 보인다면 우리 고통은 줄어들 것이며, 그들이 우리를 괴롭히면서 보여 주는 그 끔찍하고도 의기양양한 태도에 조금은 존경심마저 품을 수 있었으련만.

　"공작 부인은 이 모든 사람들과 친척이겠지." 하고 프랑수아즈는 마치 안단테로 곡을 다시 시작하듯 라셰즈 거리의 게르망트 이야기로 화제를 돌렸다. "누가 말했는지는 잊어버렸지만 그들 중 하나가 공작의 사촌과 결혼했다는군. 어쨌든 그들은 '여담'*이야. 게르망트는 위대한 가문이니까." 하고 그녀는 존경심이 깃든 어조로 덧붙였는데, 마치 파스칼이 종교 진리의 근본을 이성과 성경의 권위에 두었듯이, 이 가문의 위대함을 친척 수와 유명한 이름이 내뿜는 광채에 두는 듯했다.** 그러나 친척 수와 유명한 이름이 내뿜는 광채를 표현하기 위해서는 '위대하다'는 단 하나의 단어만이 존재했으므로, 그녀에게서 이 둘은 하나를 이루는 듯 보였고, 또 그녀의 어휘는 어떤 돌마냥 군데군데 흠이 난 채로 프랑수아즈의 상념 속에 어두운 그림자를 드리웠다.

"나는 '그들이(eusse)'*** 콩브레에서 40킬로미터 떨어진 게르망트 성을 소유한 분이 아닌지 묻고 있네. 만약 그렇다면 그들은 알제의 사촌 누이와도 친척일 텐데." 어머니와 나는 이 알제의 사촌이란 사람이 누구인지 오랫동안 생각해 보다가 드디어는 프랑수아즈가 알제라고 부른 것이 실은 앙제를 가리킨다는 걸 깨달았다. 먼 데 있는 것이 가까이 있는 것보다

---

* 프랑수아즈의 또 다른 말실수로, '일가친척(parentèle)'이란 말 대신 '여담 혹은 삽입구'를 의미하는 parenthèse라고 말했다.
** 이 대목에서 프루스트는 파스칼을 직접 인용한다기보다는 생트뵈브가 파스칼에 대해 잘못 해석한『포르루아얄』을 인용한 것으로 보인다. 파스칼은『팡세』에서 종교의 증거로 "도덕, 학설, 기적, 예언, 형상"을 내세웠지만, 생트뵈브는 "단지 이성의 합리적인 추론에 따라 신을 찾다가 지친, 그래서 성경을 읽기 시작하는 인간의 모습"을 말했다고 지적된다.(『게르망트』, 폴리오, 668쪽 참조.)
*** 프랑스어에서 '그들'을 의미하는 eux란 단어를 아직도 몇몇 지방에서는 eusse라고 발음한다.

더 쉽게 알려지는 법이다. 프랑수아즈는 1월 1일 우리가 받는 그 보기 흉한 대추 야자열매 때문에 알제라는 이름을 잘 알았지만, 앙제라는 이름은 알지 못했다.* 이처럼 그녀의 언어는 프랑스어와 마찬가지로 지형학에서도 오류투성이였다. "난 그 점에 대해 그들 집사에게 얘기하고 싶었네. 그들이 그를 어떻게 부르더라." 하고 그녀는 말을 하다 말고, 마치 예의상 질문한 듯 스스로 답했다. "아! 그래. 앙투안이라고 불렀지." 하고 마치 앙투안이 어떤 직책이라도 되는 듯이 말했다. "이 점에 대해서는 그자가 말해 줄 수 있겠지만. 그런데 진짜 귀족인 양 유식한 척하는 폼이, 마치 혓바닥이 잘렸거나 말하기를 배우는 걸 잊어버린 사람 같다니까. 사람들이 말을 걸어도 '화답할(faire réponse)'** 생각조차 하지 않으니." 하고 프랑수아즈는 세비녜 부인처럼 '화답하다'라고 말했다. "하지만." 하고 그녀는 진심이 아닌 말을 덧붙였다. "난 내 냄비 안에서 뭐가 익는지만 알면 다른 사람 냄비에는 참견하지 않아. 어쨌든 그자는 가톨릭 신자가 아니야. 게다가 용감한 사내도 아니고."(이런 말을 들으면 프랑수아즈가 용맹에 대한 의견을 바꾸었다고 생각할지 모른다. 콩브레에 있을 때 그녀는, 용맹이란 인간을 야수로 격하하는 것이라고 했으니까. 그러나 그녀 의견은 전혀 바뀌지 않았다. 용감하

---

* 알제(Alger)는 알제리의 수도이며, 앙제(Anger)는 파리 남서쪽 루아르강 근처 도시이다.

** 세비녜 부인은 딸 그리냥 부인에게 보낸 편지에서(1631년 3월 27일) '대답하다(répondre)'란 단어 대신에 '화답하다(faire réponse)'란 표현을 썼다. 프랑수아즈가 약간은 고풍스러운 프랑스어를 한다는 점을 암시하는 대목이다.

다는 건 단지 근면함을 의미했으니까.) 또 사람들은 그가 마치 까치처럼 도둑질을 한다고 하더군. 하지만 남의 험담을 그대로 믿어서야 쓰나. 그 댁에서는 종업원들도 문지기 때문에 떠난다고 하던데. 문지기 부부가 시기심이 많아 공작 부인을 화나게 하는 모양이야. 그런데 이 앙투안은 진짜 게으름뱅이라 그의 '앙투아네스(Antoinesse)'도 그보다 낫다고는 할 수 없지." 하고 프랑수아즈는 덧붙였는데, 앙투안이란 이름에서 그 아내를 가리키는 여성형을 찾기 위한 문법적인 창조에서 아마도 무의식적으로 '샤누안'과 '샤누아네스'란 단어를 떠올렸던 모양이다.* 이 점에서는 그녀가 그렇게 틀린 것은 아니었다. 지금도 노트르담 근처에는 샤누아네스라고 불리는 길이 있는데, 그 이름을 붙인 것이 고대 프랑스인들이라는 사실을 고려한다면(그곳에는 수도사들만이 살았으므로) 프랑수아즈는 그들과 동시대인이라고 할 수 있을 것이다. 게다가 프랑수아즈는 이 말을 하자마자 즉시 이런 식으로 여성형을 만드는 새로운 예를 제시했다. "게르망트 성이 공작 부인 소유라는 건 확실하네. 또 그 고장에선 그분이 '여성 시장(mairesse)'이라네. 상당한 거지."

"상당하다는 건 알겠네요." 하고 비꼬는 말이라는 걸 간파

---

* '샤누안(chanoine)'은 성 아우구스티누스 교단의 수도사를 가리키며 '샤누아네스(chanoinesse)'는 같은 교단의 수녀를 가리킨다. 이런 어미 변화에 근거해, 프랑수아즈는 자신만의 독창적인 기지를 발휘하여 '앙투안'이란 남성 이름에 여성형 어미를 붙여 '앙투아네스'란 이름을 새로이 만들거나, '시장(maire)'이란 단어에 여성형 어미를 붙여 '여성 시장(mairesse)'이란 단어를 만든다.

하지 못한 하인이 확신에 찬 어조로 말했다.

"아니, 정말로 상당하다고 생각하나? 하지만 '그들(eusse)' 같은 사람에게는 시장이나 여자 시장이 되는 게 아무 일도 아닐걸. 아! 만약 게르망트 성이 내 거라면, 파리에서는 나를 좀처럼 보지 못할 거야. 그렇지만 주인들이나, 우리 주인님과 마님처럼 돈 많은 사람들은 가고 싶으면 언제든 갈 수 있고, 또 막는 사람도 아무도 없을 텐데, 도대체 무슨 생각으로 콩브레에는 가지 않고 이 비참한 도시에 남을 생각인 건지. 부족한 게 아무것도 없는데도 어쩌자고 은퇴할 생각도 하지 않고 뭘 기다리는 건지. 죽기만을 기다리시나? 나 같으면 마른 빵이라도 먹을 게 있고 겨울에 몸을 따뜻하게 해 줄 장작만 있다면, 벌써 예전에 콩브레에 있는 우리 오빠의 초라한 오두막에라도 갔을 텐데. 거기선 적어도 산다는 느낌이 들거든. 우리 앞에 있는 이 모든 집들도 없고 시끄럽지도 않고, 밤중이면 8킬로미터 밖에서도 개구리 노랫소리가 들리고."

"정말 아름답겠군요. 부인." 하고 젊은 하인은 흡사 곤돌라 생활이 베네치아 고유 특징이듯, 개구리 노랫소리가 콩브레의 고유 특징이라도 되듯 열광하며 외쳤다.

게다가 시종보다 우리 집에 늦게 들어온 하인은 자신이 좋아하는 화제보다는 프랑수아즈의 관심을 끄는 화제를 더 많이 입에 올렸다. 또 사람들이 단순히 요리사로만 대하면 얼굴을 찌푸리던 프랑수아즈도 이 하인이 그녀를 '가정부'라고 칭하면, 마치 이류 왕족에게 호감이 있는 젊은이가 그 왕족을 전하라고 부를 때처럼 특별한 호감을 느꼈다.

"적어도 그곳에서는 우리가 무엇을 하는지, 어떤 계절에 사는지를 안다네. 부활절이 되어도 성탄절 무렵처럼 심술궂은 금빛 미나리아재비도 보지 못하고. 내 늙은 몸뚱이를 일으킬 때만 겨우 가냘프게 삼종 소리가 들리는 이곳과는 다르지. 그곳에서는 매 시간 종소리가 들리지. 작은 종이긴 하지만. 그때마다 나는 '저기 오빠가 밭에서 돌아오네.' 하고 혼잣말을 하며 날이 저무는 걸 보고, 또 땅에서의 수확을 감사하는 종소리를 들으면서도 등잔불을 켜기 전에 집에 돌아갈 수 있다네. 여기서는 아침이다 하면 밤이고, 잠자리에 들어도 뭘 했는지 짐승처럼 말할 수도 없지만."

"메제글리즈도 매우 아름다운 곳인가 보죠, 부인." 젊은 하인은 대화가 좀 추상적으로 흘러가자 곧 그 대화를 중단하고, 우연히 우리 가족의 식탁에서 들은 메제글리즈 얘기를 꺼냈다.

"오! 메제글리즈." 하고 프랑수아즈는 사람들이 메제글리즈나 콩브레, 탕송빌이란 이름을 발음할 때마다 자신의 입술에 떠올리는 커다란 미소를 지으며 말했다. 그 이름들은 그만큼 그녀 삶의 일부를 이루었고, 그리하여 밖에서 그 이름을 만나거나 대화 중에 듣거나 하면, 이를테면 교수가 교실에서 이런저런 현대 인물들을 언급할 때 그 이름이 강단에서 들려오리라고는 상상도 못한 학생들이 느끼는 것과도 흡사한 기쁨을 느꼈다. 그녀의 기쁨은 또한 이 고장이 그녀에게는 뭔가를 의미하지만 다른 사람에게는 그렇지 못하다는 걸 느끼는 데서, 그녀와 함께 많은 놀이를 했던 옛 친구들로부터 비롯된다는 걸 느끼는 데서 연유했다. 그리하여 질문하는 사람들로부터 자신의 많은 부분을 되찾은 그녀는, 그들을 재치 있다고 생각한다는 듯 미소를 지었다.

"그래, 그렇게 말할 수 있지. 메제글리즈는 꽤나 아름다운 곳이지." 하고 그녀는 능숙하게 웃으며 말했다. "그런데 어떻게 메제글리즈 얘기를 들었지?"

"어떻게 메제글리즈 얘기를 들었냐고요? 많이 알려진 곳이잖아요. 사람들이 말해 주던걸요. 그것도 아주 여러 번요."라며 그는 우리가 우리와 관계된 일이 다른 사람에게는 어느 정도로 중요한지 객관적으로 확인하려 할 때마다, 그럴 수 없게 만드는 제보자의 부정확함으로 대답했다.

"아! 거기서는 화덕 아래보다는 벚나무 아래에 있는 편이 낫다고 할 수 있네."

그녀는 욀랄리에 대해서도 착한 사람인 양 말했다. 욀랄리가 죽고 나자 프랑수아즈는 자기 집에 먹을 것이 없어 '굶어 죽게 된' 건달이, 어쩌다 부자의 선심에 기대어 '잘난 척 시건방을 떠는' 자들을 싫어하는 것처럼, 욀랄리가 살아 있는 동안 자신이 그녀를 싫어했다는 사실을 까맣게 잊어버렸다. 욀랄리가 매주 아주머니로부터 '잔돈푼을 받아 내는 데' 뛰어난 솜씨를 보인 것도 그렇게 가슴 아파하지 않았다. 아주머니에 대해서도 프랑수아즈는 계속 찬사를 늘어놓았다.

"그럼 콩브레에서는 주인마님 사촌 되시는 분 집에 계셨던가요?"하고 젊은 하인이 물었다.

"그렇다네. 옥타브 마님 댁이었지, 아! 정말 성녀 같은 분이셨어. 그 댁에는 필요한 것은 늘 전부 있었네. 그것도 좋은 것,

맛있는 것만 있었지. 정말 훌륭한 마님이셨어. 마님은 자고새 새끼나 꿩, 그 무엇도 아끼지 않으셨네.(프랑수아즈는 plaindre 란 동사를 라브뤼예르와 마찬가지로 '아끼다'라는 의미로 사용했다.)* 하루에 대여섯 명이나 저녁 식사를 하러 와도 고기가 모자란 적이 없었고 고기도 최상품이었다네. 그리고 백포도주며 적포도주며 필요한 건 다 있었지. 마님의 친척이 와서 몇 달, '몇 해(an-nées)'**를 보내도 마님이 비용(dépens)을 다 부담하셨네.(이런 성찰은 우리 비위를 조금도 거스르지 않았는데, 프랑수아즈가 살던 시대에는 dépens이란 단어가 소송 비용을 의미하는 법률 용어로만 쓰이지 않고, '비용(dépense)'이란 뜻도 포함하고 있었기 때문이다.)*** 아! 정말이지 그 댁에서 배가 고픈 채로 나오는 사람은 한 명도 없었네. 주임 신부님도 여러 번 그 점을 강조하셨지. 여인네들 중에 주님 곁으로 곧바로 가기를 기대할 수 있는 사람이 있다면, 틀림없이 우리 마님일 거라고 말일세. 불쌍한 마님, 아직도 마님이 작은 목소리로 내게 하던 말이 들리네. '프랑수아즈, 알다시피 난 아무것도 먹지 못하지만, 내가 먹는 것처럼 다른 사람들에게 맛있는 음식을 대접해 줘요.' 물론 마님 자신을 위해서 한 말은 아니었지. 마님은

---

* plaindre의 의미는 '동정하다', '불쌍히 여기다', 혹은 '아껴 쓰다'인데, 17세기 작가 라브뤼예르는 '아끼다'의 의미로 사용했다.(『게르망트』, 폴리오, 668쪽 참조.)

** 프랑수아즈는 남쪽 지방 출신답게 '몇 해(années)'란 단어를 '아네(ane)'라고 발음하지 않고 '앙네(āne)'라고 발음한다는 것을 보여 준다.

*** 현대 프랑스어에서는 소송 비용은 dépens, 비용은 dépense라고 표기되나, 옛 프랑스어에는 이런 구별이 없다.

버찌 한 상자만큼도 무게가 나가지 않았네. 그 몸에 남아 있는 것은 정말이지 아무것도 없었네. 마님은 내 말을 들으려고 조차 하지 않았어. 절대로 의사를 보러 가려 하지 않았으니까. 아! 거기선 아무도 급하게 서둘러 먹지 않았네. 마님께서는 하인들도 배불리 먹기를 원했으니까. 그런데 여기선 오늘 아침만 해도 요기할 틈도 없이, 만사가 너무 빨리 돌아가지 않겠나."

그녀는 특히 우리 아버지가 드시는 토스트로 만든 비스코트*에 잔뜩 화가 나 있었다. 아버지가 폼을 잡으려고, 자기를 '쫓아내려고' 비스코트를 이용한다고 생각한 것이다. "저도 그런 건 한 번도 본 적 없는데요." 하고 하인이 프랑수아즈의 말에 맞장구를 쳤다. 마치 모든 걸 다 보았다는 듯이, 그의 마음속에는 온 나라와 온 관습에 대한 천년 동안의 경험이 쌓였지만 그 어느 곳에도 토스트란 관습은 존재하지 않는다는 듯이 말했다. "그래요. 하지만 모든 것은 변하는 법이죠. 캐나다에서도 노동자들이 파업을 한다고 하더군요. 요전 날 저녁 장관님이 주인님께 그 때문에 20만 프랑을 받았다고 하더군요." 하고 집사가 중얼거렸다. 집사는 그런 사실을 비난할 생각이 전혀 없었는데, 이는 자신이 정직하지 않아서가 아니라 모든 정치가를 수상쩍은 사람으로 여겨, 공금 횡령이라는 중죄도 그에게는 아주 가벼운 도적질, 경범죄만큼이나 덜 중대해 보였기 때문이다. 그는 이 역사적인 말을 자신이 과연 정확히

---

* 비스코트는 토스트를 말려 비스킷처럼 오래 먹을 수 있게 가공한 것이다.

들었는지 아닌지도 물어보지 않았고, 죄인 자신이 공금 횡령한 사실을 아버지에게 털어놓았음에도 아버지가 장관을 문밖으로 내쫓지 않았다는, 이 사실임 직하지 않은 일에도 놀라는 빛이 없었다. 그러나 콩브레의 철학은 프랑수아즈에게 캐나다 파업이 이런 비스코트 습관에 영향을 주리라는 희망을 갖지 못하게 했다. "세상이 이대로 존재하는 한 우리를 종종걸음 치게 하는 주인들이 있을 테고, 자기들 하고 싶은 대로 하는 하인들이 있을 테고." 이런 지속적인 종종걸음 이론에도, 점심 식사 시간을 재는 데 어쩌면 프랑수아즈와 같은 잣대를 대지 않았을 어머니는 벌써 십오 분 전부터 이렇게 말하고 있었다. "도대체 뭣들 하고 있지? 식탁에 앉은 지가 벌써 두 시간이나 됐는데." 그래서 어머니는 주저하면서도 서너 번 종을 울렸다. 프랑수아즈와 하인과 집사는 이 종소리를 호출 소리로 듣지 않고 가려고 하지도 않았는데, 그들에게 이 소리는 마치 다시 연주회가 시작되기 전 휴식 시간이 몇 분밖에 없음을 느끼게 해 주는, 악기를 조율하는 첫 소리로밖에 들리지 않았다. 그러다 초인종 소리가 다시 반복해 끈질기게 울려 대면 그제야 우리 집 하인들은 그 소리에 주의를 기울이고 남은 시간이 별로 없으며 일을 다시 시작해야 할 때가 가까워졌다고 생각하며, 그러다 이전 소리보다 조금 더 요란하게 울리면 한숨을 쉬며 다시 일을 시작해야 하는 걸 운명으로 받아들이며 하인은 문 앞에 담배를 피우러 내려갔고, 프랑수아즈는 우리 가족에 대해 잠시 명상하며 "아마도 좀이 쑤셔서 잠시도 가만히 있지 못하나 봐."라고 말하면서 칠 층 자기 방으로 옷가지를 정돈하러 올라갔으며, 집사는 내 방에 와서 편지지를 달라고 해선 사적인 편지를 재빨리 발송했다.

　게르망트네 집사의 거만한 태도에도 프랑수아즈는 첫날부터 내게 게르망트 부부가 태곳적부터 물려받은 권리 덕분에 이 저택에 사는 게 아니라 최근에 이 저택을 빌렸으며, 내가 아직 보지 못한 저택 측면 정원도 아주 작고 인접한 다른 정원들과도 별반 다르지 않다는 것을 가르쳐 주었다. 나는 마침내 이곳에는 봉건 시대 교수대나 요새화된 방앗간, 물고기를 키우는 연못, 기둥 모양 비둘기 집, 영주에게 사용료를 내던 화덕, 배 모양 헛간, 감옥, 고정교나 도개교, 더 나아가 이동교나 유료교, 첨탑, 성벽에 건 헌장과 석총이 없다는 걸 깨달았다. 하지만 발베크 만(灣)이 그 신비로움을 잃고 지구에 있는 수많은 소금기 어린 다른 바다와 맞바꿀 수 있는 요소로 내 눈에 비치기 시작할 즈음, 엘스티르가 이거야말로 휘슬러*가 은빛 도는 푸른빛 조화 속에 그린 유백색 만(灣)이 아닌가라고 말하면서 발베크 만에 갑자기 그 개별성을 돌려주었듯이, 게르망트라는 이름에서 비롯된 마지막 거처가 프랑수아즈의 비난 아래 죽어 가고 있었을 때, 아버지의 옛 친구 중 한 분이 어느 날 공작 부인 얘기를 하면서 "부인은 포부르생제르맹에서 가장 지위가 높다네. 부인 집도 포부르생제르맹에서 첫째가지."라고 말씀하셨다. 아마도 포부르생제르맹에서 첫째가는

---

* 휘슬러의 「푸른색과 은색의 하모니」(1865)를 가리킨다.(휘슬러에 대해서는 『잃어버린 시간을 찾아서』 4권 21쪽 주석 참조.)

살롱, 첫째가는 집이란 내가 연이어 꿈꾸어 온 다른 수많은 저택들에 비하면 하찮은 것에 지나지 않을 수도 있다. 그러나 이 집에는 또한, 아마도 마지막 거처일 테지만, 비록 작지만 뭔가 그 물질적인 속성을 뛰어넘는 그만의 숨겨진 특징이 있었다.

그러므로 나는 더욱 게르망트 부인의 '살롱'에서 그 친구들을 직접 만나 부인의 이름이 지닌 신비로움을 탐색할 필요를 느꼈다. 아침에 걸어서 외출하거나 오후에 마차로 외출할 때의 그녀라는 인간에게서는 이름에서 풍기는 신비를 전혀 찾아볼 수 없었기 때문이다. 물론 이미 콩브레의 성당에서도 섬광 같은 변신의 순간에 부인은 게르망트라는 이름과 비본 내의 오후를 느끼게 하는, 빛깔로는 결코 환원할 수도 꿰뚫을 수도 없는 전혀 다른 뺨을 가지고 나타나, 마치 백조나 버드나무로 변신한 신과 요정이 이후부터는 자연의 법칙에 따르며 물위를 미끄러지거나 바람에 나부끼는 것처럼, 충격에 휩싸인 내 몽상의 자리를 대신했다. 그렇지만 이처럼 사라진 반사광은 내 눈이 그녀를 떠나자마자, 저녁놀의 장밋빛과 초록빛 반사광이 그것을 부서뜨리는 뱃사공의 노 뒤에서 다시 형성되듯이 나타났으며, 그리하여 내 고독한 상념 속에서 이름은 재빨리 그 얼굴의 추억을 자기 것으로 만들었다. 그러나 지금은 자주 그녀를 창가나 안마당과 길에서 볼 수 있었다. 그래서 적어도 그녀 속에 게르망트라는 이름을 담지 못하고 또 그녀를 게르망트 부인이라고 생각하는 데 이르지 못하면, 나는 내 정신이 요구하는 행동을 끝까지 밀고 나가지 못한 게 마치 무기력한 내 정신 탓인 양 자신을 비난했다. 그러나 우리의 이웃인 그녀도 같은 잘못을 저지른다고 생각했다. 게다가 그녀는 어떤 마음의 동요나 내 불안감도 의식하지 못하고, 하물며 그것이 잘못인 줄은 꿈에도 모른 채 잘못을 저지르는 듯했다. 그리하여 게르망트 부인은 남들처럼 평범한 여인이 되어 이런저런 여인의 옷차림이 그녀와 동등하거나 어쩌면 그녀를 앞설지도 모른다는 듯 그런 우아한 옷차림을 동경하고 유행을 좇는 데 똑같이 신경 쓰는 모습을 보여 주었다. 나는 부인이 길에서 옷차림이 멋진 여배우를 감탄하며 바라보는 모습을 본 적이 있다. 그리고 아침에 도보로 외출하기에 앞서 마치 행인들의 의견이 그녀를 재판하는 법정이라도 된다는 듯, 행인들 한가운데로 그녀의 접근할 수 없는 삶을 친숙하게 끌고 다니면 그들의 천박함을 더욱 부각하게 된다는 듯, 거울 앞에서 다른 사람을 연기하는 모습을, 조소하는 투가 아니라 확신을 품고 열정적으로, 또는 기분 나쁜 듯, 자랑스러운 듯, 마치 궁중 연극에서 시녀 역을 맡아서 하는 왕비처럼 자기보다 신분 낮은 멋쟁이 여인 역할을 연출하는 모습을 엿볼 수 있었다. 그리고 신화에서처럼 자신의 고귀한 태생을 망각하고 베일이 잘 쓰였는지 거울을 들여다보며 소매를 바르게 펴고 외투를 매만지는 부인 모습은, 흡사 백조로 변신한 신이 마치 자기가 진짜 백조인 듯 백조라는 동물의 모든 동작을 하면서, 부리 양쪽에 그려진 눈을 가지고도 앞을 보지 못하고, 신이라는 사실도 기억하지 못한 채 갑자기 단추나 우산에 달려드는 깃과도 같았다. 그러나 도시의 첫 모습에 실망한 여행자가 그곳 미술관을 방문하고 주민과 사귀고 도서관에서 연구하다 보면 도시의 매력을 파악하리라고 생각하듯이, 나는 게르망트 댁을 드나들고 부인의 친구가 되고 부인의 삶 속으로 들어가게 되면, 찬란한 오렌지 빛 덮개 아래 그녀 이름이 진정 객관적으로 남들을 위해 가두고 있는 것을 알게 되리라 생각했다. 아버지의 친구분이 게르망트 사회가 포부르생제르맹에서도 뭔가 예외적인 곳이라고 했으니까.

나는 게르망트 일가가 영위하는 삶이 뭔가 우리가 체험하는 것과는 완전히 다른 원천에서 나온다고 추측했으므로 아주 특별하리라 생각했고, 공작 부인의 저녁 파티에 내가 아는 사람들, 즉 현실의 인간이 참석하리라고는 전혀 상상하지도 못했다. 왜냐하면 인간이 갑자기 본성을 바꾼다는 건 불가능하므로, 그들은 내가 아는 것과 비슷한 얘기를 할 테고, 그들 동반자들도 어쩌면 인간이 쓰는 언어로 대답하려고 자신을 낮출 테며, 또 포부르생제르맹의 첫째가는 살롱에서 저녁 파티가 진행되는 동안에도 내가 경험한 것과 동일한 순간이 흘러갈 텐데, 어떻게 그런 일이 가능하겠는가. 사실 내 정신은 어려움에 부딪혀 어찌할 바를 몰랐고, 예수 그리스도의 몸이 성체 안에 있다는 사실도, 이 센강 우안*에 위치한 포부르생제르

---

* 게르망트 저택의 정확한 위치에 대해서는 이 부분을 제외하고는 작품 어느 곳에도 명시되어 있지 않다. 그러나 '센강 우안(rive droite)'이라는 이 표현은, 흔히 센강 좌안(rive gauche) 파리 7구에 위치한다고 알려진 포부르생제르맹의 실제 지형도와는 모순된다. 발자크의 소설에서 센강 우안, 즉 현재 엘리제 궁전이 있는 포부르생토노레에는 벼락출세한 부자들이, 그리고 센강 좌안 포부르생제르맹에는 정통 귀족들이 산다고 묘사된 것과 달리, 프루스트의 작품에서 포부르생제르맹은 이 두 지대를 다 포함하며, 이는 아마도 게르망트 부인의 모델로

맹의 첫째가는 살롱이자 아침마다 가구 먼지를 떠는 소리가 들려오는 이곳에 비하면, 그리 오묘한 신비로 생각되지 않았다. 그러나 나와 포부르생제르맹을 가르는 경계선은 순전히 관념적인 것이기에 더욱 현실적으로 보였다. 나는 적도 저편에 펼쳐진 게르망트 댁의 신발 닦는 깔개, 어느 날 그 집 문이 열렸을 때 나처럼 깔개를 본 어머니가 형편없이 낡았다고 감히 말했던 그 깔개가 이미 포부르생제르맹의 일부를 이루고 있음을 깨달았다. 게다가 가끔 우리 집 부엌 창문을 통해 엿볼 수 있는 그들의 식당이나, 붉은 플러시 천이 드리운 가구들로 장식된 그 어두컴컴한 회랑이, 포부르생제르맹의 신비스러운 매력을 소유하며 또 보다 본질적인 방식으로 그 일부를 이루고 지리적으로도 그곳에 위치한다고 어떻게 믿지 않을 수 있단 말인가? 그들의 식당에 초대받는다는 사실 자체가, 식탁에 가기에 앞서 복도에 놓인 긴 가죽 소파에 게르망트 부인과 나란히 앉은 이들이 모두 게르망트네 사람들이라는 이유로 이미 포부르생제르맹에 가 있는 것이며 그곳 분위기를 호흡하는 것일 텐데. 그야 물론 포부르생제르맹이 아닌 다른 곳의 파티에서도 우리가 그 모습을 그려 보이려면 번갈아 마상 경주나 국유림 형태로 나타나는 인간들, 단지 이름에 지나지 않는 인간들이 천박한 멋쟁이 서민들 가운데서 당당하게 군림하

알려진 여러 부인들이 센강 우안(파리 8구)에 살았다는 데 그 이유가 있을 것이다. 그러나 보다 근본적으로는 프루스트에게서 포부르생제르맹은 역사적 현실과는 무관하게, 단순히 귀족 정신이 존재하는 곳이라는 보다 확대된 의미로 풀이할 수도 있다.

는 모습을 볼 수 있었다. 그러나 이곳 포부르생제르맹의 첫째 가는 살롱의 어두운 회랑에는 그들밖에 없었다. 그들은 값진 소재로 만들어진 전당(殿堂)을 떠받치는 기둥들이었다. 일상적인 모임에서도 게르망트 부인은 그들 사이에서만 초대 손님을 골랐고, 음식이 차려진 식탁보 둘레에 모인 열두 손님들은 생트샤펠 성당의 금빛 사도상들처럼 성스러운 식탁을 축성하는 상징적 기둥이었다.* 이 저택 뒤 높은 벽 사이로 펼쳐진 정원의 작은 끝머리로 말하자면, 게르망트 부인은 여름마다 저녁 식사 후에 리큐어나 오렌지 주스를 그곳으로 가져오게 했는데, 밤 9시에서 11시 사이에 그곳 철제 의자에 가서 앉기만 해도 — 회랑의 가죽 소파와 똑같이 위대한 힘을 부여받은 — 포부르생제르맹 특유의 산들바람을 호흡할 수 있다고 내가 생각한 것도 당연한 일이었다. 마치 피기그**의 오아시스에서 낮잠을 자기만 해도 이미 아프리카에 있다고 느끼는 것처럼. 우리의 상상력과 믿음만이 몇몇 물건이나 존재를 다르게 하고 특별한 분위기를 창출할 수 있다. 그러나 슬프게도 나는 포부르생제르맹의 이 그림 같은 풍경이나 자연스러운 사건들, 지방색 짙은 진기한 물건과 예술 작품 사이로 결코 발을 들여놓지 못하리라. 그리하여 공해상에서(영영 상륙할 희망도 없이) 돌출된 회교 사원 첨탑이나 첫 번째 야자수, 또는 이

---

* 1245년에서 1248년 사이에 건축된 파리 시테섬 안의 이 고딕 성당은 채색 유리로 유명하다. 또 이곳에는 그리스도의 열두 제자가 조각되어 '성당의 진정한 기둥을 이루고 있다.'(『게르망트』, 폴리오, 668쪽 참조.)
** 모로코 북동부 사하라 사막에 있는 오아시스 도시를 말한다.

국적 산업과 식물 재배의 시작을 알리는 표시를 바라보듯이 그 해안에 놓인 낡은 신발 깔개를 바라보며 몸을 떠는 걸로 만족해야 했다.

그러나 게르망트 저택이 내게는 현관 입구에서 시작되었다면, 공작의 판단에는 그의 저택에 딸린 건물들로 훨씬 넓게 확대되었던 모양인지, 공작은 건물 안에 있는 모든 세입자, 즉 소작인이나 시골뜨기를 국가 재산 취득자로 간주하고, 그들 의견 따위는 아랑곳하지 않은 채 아침마다 창가에서 잠옷 바람으로 수염을 깎았으며, 덥거나 추운 날씨에 따라 셔츠나 잠옷, 또는 긴 털 달린 희귀한 빛깔의 스코틀랜드풍 재킷, 아니면 재킷보다 더 짧은 밝은 빛깔 반코트 차림으로 안마당에 내려와서는 마구간지기에게 새로 사들인 말의 고삐를 잡아 그의 눈앞에서 빠르게 걸려 보게 했다. 말이 한두 번 쥐피앵 가게의 진열창을 망가뜨렸고, 이에 쥐피앵이 변상을 요구하자 공작은 몹시 화를 냈다. "공작 부인이 이 집이나 이 교구에 베푸는 숱한 은혜는 생각하지도 않고, 아무개가 우리에게 뭔가를 요구하다니 기가 막히군." 하고 게르망트 씨가 말했다. 그러나 쥐피앵은 공작 부인이 어떤 '은혜'를 베풀었는지 전혀 모르겠다는 표정으로 꿋꿋이 버텼다. 물론 게르망트 부인은 은혜를 베풀긴 했지만 모든 사람에게 베풀 수는 없었으므로 어느 한 사람에게 베푼 기억으로 인해 다른 사람에게는 그 은혜를 베풀지 않았는데, 이는 그 은혜를 받지 못한 사람에게는 그만큼 더 불만이 되었다. 자선을 베푸는 관점을 떠나 다른 관점에서 보아도, 이 동네가 — 꽤 멀리 떨어진 곳까지 — 공작에게는 자기 집 안마당의 연장선이나 그의 말이 달리는 보다 넓은 주행로로밖에 보이지 않는 모양이었다. 새로 사들인 말이 어떻게 빠르게 달리는지 확인한 공작은 말을 마차에 매달고 근처 모든 거리를 지나가게 했는데, 고삐를 잡은 마부는 마차 뒤를 쫓아 달리면서 보도 위에 서 있는 공작 앞을 여러 번 지나가야 했고, 또 공작은 그 거대한 몸집에 밝은색 옷을 걸치고 여송연을 입에 문 채 머리는 뒤로 젖히고 호기심 많은 듯 외알 안경을 굴리면서 딱 버티고 섰다가, 드디어는 직접 마부석에 올라타 시험 삼아 말을 몰아 본 다음, 새로운 말을 맨 마차를 타고 정부를 만나러 샹젤리제로 떠났다. 게르망트 씨는 안마당에서 조금은 자신의 세계와 관련 있는 두 부부에게만 인사했다. 한 부부는 그와 사촌 사이로, 그들은 노동자 부부처럼 아이들을 돌보기 위해 집에 있는 법이 없었다. 아내는 아침부터 '스콜라'*에 대위법과 푸가를 배우러 다녔고, 남편은 아틀리에로 나뭇조각이나 가죽에다 돋을무늬 압착 세공을 하러 다녔다. 또 다른 부부는 노르푸아 남작과 남작 부인으로, 항상 검은 옷을 입은 그들은 성당에 가려고 하루에도 몇 번씩 외출했는데, 아내는 공원에서 의자를 빌려주는 사람, 남편은 장의사 일꾼처럼 보였다. 이 부부는 우리가 아는 전직 대사의 조카

---

* 스콜라 칸토룸(Schola cantorum)을 말한다. 처음에는 교황청 성가대를 양성했지만 나중에는 교회 외 음악 교육을 전담하는 기관이 되었다. 여기에서 말하는 스콜라는 뱅상 댕디(Vincent d'Indy, 1851~1931)가 프랑크의 음악 정신을 계승하기 위해 1896년에 파리에 세운 것이다. 그레고리오 성가와 대위법 음악 교육을 전담했다.

들로, 이 때문에 아버지는 계단 둥근 천장 아래서 대사와 마주쳤지만 대사가 어디서 오는 길인지는 잘 이해하지 못했다. 그토록 대단한 인물이며 가장 저명한 유럽 인사들과 친분 있으며 귀족 계급의 헛된 명예 따위에는 무관심한 대사가 이처럼 보잘것없는 귀족이자 성직자를 지지하는 편협한 자들과 교제할 리 없다고 생각했기 때문이다. 그들이 이 아파트에서 산 지는 얼마 되지 않았다. 남편이 게르망트 씨와 인사말을 나누고 있을 때, 쥐피앵이 이 남편에게 한마디 건네려고 안마당으로 나왔는데, 남편의 작위를 정확히 알지 못한 쥐피앵은 그만 "노르푸아 씨."라고 부르고 말았다.

"아! 노르푸아 씨, 아! 정말 잘도 생각해 냈군요! 참으세요. 저자는 곧 당신을 시민 노르푸아라고 부를 테니까요." 하고 게르망트 씨는 남작을 돌아다보며 외쳤다. 쥐피앵이 자기를 '공작님'이 아닌, '므시외(monsieur)'라고 부른 데 대한 울분을 드디어 터뜨린 것이었다.

어느 날 게르망트 씨는 내 아버지의 전문 분야 관련 일로 문의할 일이 있다며 정중히 자기소개를 했다. 그 후에도 여러 번 아버지에게 이웃으로서 도움을 청했는데, 아버지가 어떤 일에 몰두하고 있어 아무도 만나고 싶어 하지 않으면서 계단을 내려올 때도, 공작은 아버지 모습이 보이기만 하면 재빨리 마구간 사람들을 팽개치고 안마당으로 나오는 아버지에게로 달려와, 예전에 왕의 시종이었던 조상으로부터 물려받은 그 시중들기 좋아하는 습관과 더불어 아버지 외투 깃을 바로 잡아주고 아버지 손을 붙잡아 자기 손에 꼭 쥐면서, 수치심을 모르는 화류계 여자처럼 그 소중한 살을 접촉하는 데 인색하지 않다는 모습을 보여 주려는 듯 아버지 손을 어루만지기조차 하면서, 무척이나 당황해서 도망칠 생각밖에 없는 아버지를 자기 마음대로 조종하며 대문까지 끌고 갔다. 하루는 부인과 함께 마차를 타고 외출하려는 순간 우리와 마주치자 공작은 큰 몸짓으로 인사했는데, 필시 부인에게 내 이름을 알려 주었던 모양이다. 하지만 부인이 내 이름이나 얼굴을 기억하는 일이 행운이라고나 할 수 있을까? 게다가 저택 세입자 중 하나로 지칭되는 소개란 얼마나 초라한 것일까! 가장 효과적인 소개는 내가 문학에 뜻을 품었다는 사실을 알고 자기 집에 오면 몇몇 작가들을 만날 수 있다는 말을 덧붙여 전해 온 빌파리지 부인 댁에서 공작 부인을 만나는 것이리라. 그러나 아버지는 내가 사교계에 가기에 아직 너무 어리며, 또 내 건강 상태를 걱정해서 새로운 외출을 하려고 쓸데없는 구실을 붙이는 걸 원치 않으셨다.

게르망트 부인의 한 하인이 프랑수아즈와 수다를 많이 떨었으므로 곧 공작 부인이 출입하는 몇몇 살롱 이름이 내 귀에 들렸지만, 난 그 모습을 그려 볼 수 없었다. 그 살롱들은 내가 그녀 이름을 통해서만 보는 그녀 삶의 일부인데, 어떻게 그 모습을 상상할 수 있단 말인가?

"오늘 저녁에는 파름 대공 부인* 댁에서 그림자놀이를 보여

---

* 파름 대공 부인의 이름은 오랫동안 화자의 몽상의 대상이었다.(『잃어버린 시간을 찾아서』 2권 342쪽.)

주는 대연회가 열려요." 하고 하인이 말했다. "하지만 우리는 그곳에 가지 않아요. 마님께서 5시에 샹티이로 가는 기차를 타시거든요. 오말 공작 댁에서 며칠 보내려고요.* 마님의 시녀와 시종만 따라가요. 전 여기 남고요. 파름 대공 부인은 만족하지 않을걸요. 벌써 네 번이나 대공 부인이 우리 공작 부인께 편지를 보내셨거든요."

"그럼 올해에는 게르망트 성에 가시지 않나요?"

"그곳에 안 가시는 건 아마 올해가 처음일 거예요. 공작님의 류머티즘 때문에 의사가 난방 장치를 설치하기 전에는 가지 말라고 했거든요. 그러나 예전에는 해마다 1월까지 거기가 계셨죠. 난방 장치가 준비되지 않으면, 마님께서는 칸에 있는 기즈** 공작 부인 댁에 며칠 가 계실 거예요. 아직은 확실하지 않지만요."

"그리고 극장에도 가시나요?"

"이따금 오페라좌에 가시죠. 우리는 대개 저녁에만, 파름 대공 부인께서 회원으로 가입하신 칸막이 좌석으로 가는데 일주일에 한 번 꼴이죠. 그곳 공연은 아주 근사하답니다. 연극이나 오페라 모두 다요. 공작 부인께서는 회원 가입을 원치 않으셔서, 한번은 마님 친구 칸막이 좌석에, 한번은 다른 친구 칸막이 좌석에 가시죠. 대개는 게르망트 대공 부인이 잡아 놓은 아래

---

* 오말 공작은 루이필리프의 넷째 아들로 샹티이 성의 소유자였다. 1890년경에는 샹티이에서 일요일 오찬이 유행했다.
** 로렌 지방의 오랜 명문 귀족이다. 조상 중 한 사람인 기즈 공작의 암살에 대해서는 『잃어버린 시간을 찾아서』 4권 51쪽 주석 참조.

층 특별석에 가지만요. 게르망트 대공 부인은 공작님 사촌 부인으로, 바비에르 공작의 동생 되시는 분이죠. 아니, 댁에서는 층계를 그렇게 올라가시나요?"라고 하인이 말했는데, 그는 자신을 게르망트네와 동일시하면서도 '주인'에 대한 일반적인 관념이 있어, 프랑수아즈에게도 마치 공작 부인 댁에서 일하는 사람인 양 매우 공손히 대했다. "퍽 건강하시군요, 부인."

"아! 이 빌어먹을 다리가 없다면야! 평지라면 그래도 낫지만 (평지란 안마당이나 길, 프랑수아즈가 돌아다니기를 싫어하지 않는 곳, 한마디로 평탄한 땅이란 뜻이다.) 이런 고약한 계단이고 보니. 그럼 잘 있어요. 어쩌면 오늘 저녁에 다시 볼지도 모르지만."

공작의 아들은 흔히 대공이라는 작위를 가지며, 부친이 사망할 때까지 그 작위를 간직한다는 걸 하인으로부터 배운 프랑수아즈는 그와 더불어 더 많은 얘기를 나누고 싶었다. 아마도 이런 귀족 숭배는 귀족에 대한 저항 정신이 섞인 채로 동화되어, 프랑스 농토에서 세습적으로 이끌어 낼 만큼 민중 속에 강하게 뿌리내린 것임에 틀림없었다. 왜냐하면 나폴레옹의 천재성이나 무선 전신에 관한 두서없는 얘기는 프랑수아즈의 주의를 전혀 끌지 못해 벽난로 재를 퍼내거나 침대보 씌우는 동작을 조금도 늦추지 못했지만, 게르망트 공작의 차남은 일반적으로 올레롱* 대공으로 불린다는 등 귀족들 특징에 관한 얘기가 나오면 그녀는 "그거 참 멋있네요."라고 외치면서 마

---

* 올레롱(Oléron)은 프랑스 대서양 연안에 실재하는 섬이다. 그러나 이 작품에서는 마치 이곳에 게르망트가의 영지가 있어 차남이 이 영지 이름에 따라 올레롱 대공이라 불린다는 듯이 서술되었다.

치 채색 유리창 앞에 서 있듯이 잠시 넋을 잃었기 때문이다.

프랑수아즈는 또한 아그리장트 대공의 시종이 공작 부인에게 자주 편지를 가져오는 관계로 그와 사귀게 되었는데, 그는 사교계에서 생루 후작과 앙브르사크 양의 결혼 얘기가 떠돈다며 결혼이 거의 결정되었다는 말을 들었다고 전했다.

게르망트 부인이 자기 삶을 옮겨 붓는 이런 별장이나 오페라좌 특별석이 내게는 그녀 저택 못지않게 환상적으로 보였다. 기즈와 파름, 게르망트-바비에르*라는 이름들은, 게르망트 부인이 방문하는 피서지와 부인의 마차 바퀴 자국이 그녀 저택에 연결하는 나날의 축제를 다른 모든 것들과 구별지었다. 물론 이 이름들이 부인 삶은 이런 별장 생활이나 축제로 이루어져 있다고 말해 주었다 해도, 그녀 삶에 관해서는 어떤 것도 밝혀 주지 못한 게 사실이다. 별장 생활이나 축제가 공작 부인의 여러 삶을 각각 다르게 규정했음에도 그 신비로운 양상만 바뀌었을 뿐, 부인의 삶은 어떤 것도 증발하지 않은 채로 자리를 이동하여 칸막이로 보호되고 항아리 속에 가두어져서는 모든 이들이 스쳐 가는 삶의 물결 한가운데에 놓였다. 공작 부인은 카니발 기간에는 지중해를 바라보며 점심을 들 테지만 기즈 부인 별장에서일 것이며, 거기서 이 파리 사교계 여왕은 무늬가 있는 하얀색 피케** 드레스를 입고 수많은 대공 부인

---

* 바비에르는 독일 바이에른의 프랑스어 표기로, 인명인 경우 프랑스어 표기를 존중하여 게르망트-바비에르로 표기하고자 한다.
** 옷감을 짤 때 무늬를 넣은 이중직 피륙을 가리킨다. 여름 드레스나 재킷에 많이 사용된다.

들 가운데 자리한 여느 초대 손님에 지나지 않았을 테지만, 내게는 마치 유명 발레리나가 환상적인 발동작으로 동료 발레리나들의 자리를 하나하나 차지해 나가듯 새롭게만 보여 더욱 감동적이고 더욱 그녀다워 보였다. 그녀가 중국 그림자놀이를 본다면 파름 대공 부인의 저녁 파티에서일 테고, 비극이나 오페라를 듣는다면 게르망트 대공 부인의 아래층 특별석에서이리라.

이처럼 우리는 한 인간의 몸속에 그 인간이 지닌 온갖 삶의 가능성을, 그가 아는 이들이나 방금 헤어지고 다시 만나러 가는 이들의 추억을 담는 탓에, 만약 프랑수아즈를 통해 게르망트 부인이 걸어서 파름 대공 부인 댁으로 점심을 들러 간다는 말을 들은 후, 그녀가 정오 무렵 살구 빛 새틴 드레스를 입고 석양의 구름과도 흡사한 미묘한 빛깔 얼굴로 집에서 내려오는 모습을 보았다면, 그 순간 나는 내 앞에 조개껍질의 반짝이는 분홍빛 진주모 사이로 포부르생제르맹의 온갖 쾌락이 그 작은 부피 안에 담겨 있는 모습을 보는 듯했으리라.

아버지가 근무하는 정부 부서 내에 A. J. 모로라는 친구가 있었는데, 그는 다른 동명인들과 구별하기 위해 자기 이름 앞에 AJ란 이니셜을 붙이는 데 많은 신경을 썼고, 드디어는 사람들로부터 그냥 AJ라고 불리게 되었다. 그런데 이 AJ가 어떻게 해서 오페라좌의 특별 공연 입장권을 손에 넣었는지는 모르겠지만 아버지에게 입장권을 보내왔다. 라 베르마를 처음 보고 실망한 후 나는 다시 그녀를 보러 가지 않았는데, 마침 라 베르마가 「페드르」 1막에 출연할 예정이었으므로 할머니가 아버지에게 내게 그 자리를 주도록 부탁해서 허락을 받았다.

사실을 말하자면, 몇 해 전에 그토록 내 마음을 흔들었던 라 베르마의 목소리를 들을 가능성에 나는 별다른 가치를 부여하지 않았다. 그리고 예전에 내 건강이나 휴식보다도 더 좋아했던 것들에 대한 무관심을 확인하면서 뭔가 슬픔 같은 걸 느꼈다. 내 상상력이 엿본 현실의 소중한 조각들을 가까이서 보고 싶은 열정이 사그라져서가 아니었다. 이제는 내 상상력이 그 현실의 조각들을 위대한 여배우의 대사 낭송에 두지 않았기 때문이다. 엘스티르를 방문한 후부터 지난날 라 베르마의 연기와 비극 예술에 대해 가졌던 나의 내적인 신앙은 이제 몇몇 장식 융단이나 현대 그림들로 자리를 옮겼다. 하지만 나의 신앙이나 욕망이 라 베르마의 대사 낭송이나 그녀 자태에 더 이상 지속적인 찬미를 보내지 않게 된 후부터, 내 마음속에 지녔던 그 낭송과 자태의 '분신'은, 마치 고대 이집트의 죽은 자들이 그 생명을 유지하기 위해 끊임없이 양분을 줘야 했던 또 다른 '분신들'처럼 점차 시들어 가고 말았다.* 라 베르마의 예술은 하찮고 초라한 것이 되었다. 그 안에는 어떤 심오한 영혼도 살고 있지 않았다.

아버지가 준 입장권 덕분에 오페라좌의 커다란 계단을 올

---

* 프랑스의 고고학자 가스통 마스페로(Gaston Maspéro, 1846~1916)에 의하면 고대 이집트에서는 인간이 살아남기 위해, 즉 영혼을 지키기 위해서는 육체의 보존이 필수적이었다고 한다. 따라서 영혼은 인간 존재의 분신처럼 간주되었으며, 육체가 썩으면 동시에 그 분신인 영혼도 부패하므로 영혼에도 음식이 필요하다고 생각했다.(『게르망트』, 폴리오, 669쪽 참조.)

라가던 중, 나는 내 앞에 있는 한 남자를 보고 처음엔 샤를뤼스 씨로 착각했다. 샤를뤼스 씨와 풍채가 비슷했으니까. 그는 직원에게 뭔가를 묻느라 머리를 돌렸고 그제야 내가 착각했음을 깨달았다. 그래도 그의 옷차림뿐 아니라, 표 받는 사람과 자리 안내하는 사람에게 말하는 투로 미루어, 나는 단번에 망설이지 않고 그 낯선 사람이 샤를뤼스와 동등한 사회 계급에 속한다고 생각했다. 왜냐하면 여러 개별적인 특징이 있었음에도, 아직까지 그 무렵에는 이런 귀족 계급에 속하는 젊은 부자 멋쟁이들과 재계나 실업계의 젊은 부자 멋쟁이들 사이에는 현저한 차이가 있었기 때문이다. 재계나 실업계의 젊은이들은 아랫사람에 대해 단호하고도 거만한 투로 말하는 게 멋지다고 생각했지만, 반면 온화한 미소를 띤 대귀족은 겸손함과 인내심이라는 외양 아래, 여느 평범한 관객인 척하는 태도를 교양 높은 자의 특권이라고 생각하며 이를 실천했다. 이처럼 그가 몸속에 지닌 그 넘기 힘든 특별한 작은 세계의 문턱을 호인다운 미소 아래 감추는 걸 보고, 그 순간 극장에 들어오던 몇몇 부유한 은행가의 아들들이 만일 최근에 발간된 사진 실린 잡지에서 오스트리아 황제의 조카이자 마침 그 무렵 파리에 와 있던 작센 대공*의 얼굴과 그의 얼굴이 닮은 사실을 알아채지 못했다면, 틀림없이 보잘것없는 인물로 취급했을 것이다. 나는 그가 게르망트 부부의 절친한 친구임을 알아보았다. 내가 개찰원 앞에 이르렀을 때, 작센 대공 혹은 그런 분인

---

* 작센 왕조의 프레데리크 아우구스투스 3세(1865~1932)를 가리키는 듯하다.

듯 보이는 남자가 웃으면서 하는 말을 들었기 때문이다. "좌석 번호를 모르겠군요. 내 사촌이 자기 칸막이 좌석을 물어보기만 하면 된다고 해서."

그는 아마도 작센 대공*이었던 모양이다. 그리고 그가 "내 사촌이 자기 칸막이 좌석을 물어보기만 하면 된다고 해서."라고 말했을 때, 그의 눈이 보고 생각했던 이는 어쩌면 게르망트 공작 부인이었는지도 모른다.(이 말이 사실이라면 난 그녀가 사촌의 특별석에서 그 상상도 할 수 없는 삶의 한순간을 사는 모습을 볼 수 있을 텐데.) 그 순간 미소를 띤 그 특별한 시선과 그토록 단순한 말들이 가능한 행복과 어렴풋한 매혹의 더듬이로 내 마음을 번갈아 어루만졌다.(어떤 추상적인 몽상이 할 수 있는 것 이상으로.) 그는 적어도 개찰원에게 그 말을 하면서 내 일상적인 삶의 평범한 저녁에 새로운 세계를 향한 어떤 가능성의 길을 끌어들였다. 아래층 특별석을 의미하는 '욕조'**라는 단어를 방금 발음한 그에게 누군가가 가리키는 복도, 그래서 그가 접어든 복도는 축축하고 금이 간 바다 동굴과 물의 요정들이 사는 신화 속 왕국으로 연결되는 것 같았다. 내 눈앞에서는 단지 연미복 차림 신사가 멀어져 갔을 뿐이다. 나는 반사경을 서툴게 조작하듯 정확히 그에게 초점을 맞추지 못한 채 그가 작센 대공이며 게르망트 공작 부인을 만나러 간다는 관념만을 그 주위에 맴돌게 했다. 또 비록 그는 혼자였지만 그의 외부에

* 프랑스어로는 삭스 대공(prince de Saxe)이다.
** 아래층 특별석을 프랑스어로는 baignoire라고 하는데 '욕조'란 뜻이 있다. 이 단어에서 연상되는 바다 동물이나 물의 요정 은유는 바로 여기서 비롯된다.

있는 이 관념이, 환등기 영상마냥 그 거대하고도 고르지 못한 만질 수 없는 이 관념이, 마치 다른 인간의 눈에는 띄지 않은 채 그리스 용사들 앞에서 인도하던 그 '여신'마냥 그를 앞장서며 안내하는 것 같았다.*

정확히 기억나지 않는 「페드르」의 한 시구를 생각해 내려고 애쓰면서 나는 자리에 앉았다. 내가 외운 시구에는 필요한 음절 수가 모자랐지만 이를 세어 보려고 하지 않았으므로, 이런 불균형과 고전 연극의 운문 사이에 어떤 공통된 운율도 존재하지 않는 느낌이 들었다. 이 거대한 문장을 12음절 운문으로 만들기 위해서는 6음절을 제거해야 한다고 했어도 나는 놀라지 않았으리라. 하지만 갑자기 그 시구가 생각났고, 그러자 나를 괴롭히던 비인간적인 세계의 설명할 수 없는 거친 표면이 마법처럼 사라졌다. 시구를 이루는 음절은 곧 12음절의 알렉상드랭**을 충족했으며, 여분의 음절도 수면에 꺼지는 공기 방울처럼 매우 여유롭고 유연하게 떨어져 나갔다. 내가 맞서 싸우던 그 거대한 여분은 실은 단 하나의 음보(音步)***에 지나지 않았다.

아래층 앞자리 좌석 몇 장을 매표소에서 팔고 있었는데 속

---

* 트로이 전쟁 때 아테나 여신이 아킬레우스를 인도한 데 대한 암시이다.
** 프랑스 고전 시는 12음절 시, 즉 '알렉상드랭'을 이상적 형태로 간주한다. 그러나 이 문단에서 말하는 시는 18음절의 시로, 그중 6음절이 여분인 '음보'에 해당한다.
*** 여기서 음보라고 옮긴 프랑스어 pied는 음절(syllabe)로 구성되는 프랑스 시에는 해당되지 않는 개념으로, 영시나 그리스 로마 시에서 강음절과 약음절이 한 운율을 이루는 것을 가리킨다.

물들이나 호기심 많은 사람들은 평소 가까이 볼 기회가 없는 인물들을 보려고 표를 샀다. 사실 보통 때는 감추어져 있는 인물들의 진짜 사교 생활의 한 단면을 이곳에서는 공개적으로 볼 수 있었다. 파름 대공 부인은 친구들을 칸막이 좌석과 2층 앞자리 좌석, 아래층 특별석으로 배분하고 있어, 그들은 마치 객석이 살롱이기라도 한 듯 각자 자리를 바꾸거나 여기저기 여자 친구 곁에 가서 앉았다.

내 옆에는 오페라 정기 회원이 무엇인지도 모르면서 그 회원들의 얼굴을 알아본다는 듯 큰 소리로 이름을 불러 대는 천박한 사람들이 앉아 있었다. 그들은 회원들이 마치 자기 살롱에 가듯 이곳에 온다고 덧붙였는데, 그들이 연극 공연에는 별로 주의를 기울이지 않는다는 뜻이었다. 그러나 이와 반대되는 일이 일어났다. 라 베르마를 듣기 위해 아래층 앞자리 좌석에 앉은 어느 천재 대학생이 장갑을 더럽히지 않으려고, 우연히 옆에 앉은 사람을 방해하지 않으려고, 또는 그 사람과 잘 지내려고, 이따금 덧없는 시선을 보내며 간헐적인 미소를 곁들이다 객석에서 얼핏 본 친지의 눈길과 마주치자 불손한 표정으로 피할 생각만 하다가, 드디어는 여러 번 망설인 끝에 그 친지에게 인사를 하러 가려고 결심했지만 정작 친지 곁에 도착하려는 순간, 때마침 공연 시작을 알리는 세 번의 바닥 두드리는 소리가 들려 마치 홍해로 도망치는 히브리인*들처럼, 남녀 관객들을 강제로 일어서게 하면서 그 거친 물결 사이로 그

---

* 구약 성경의 「탈출기」, 14장을 말한다.

들의 옷을 찢거나 밟으면서 도망쳐야만 했다. 반대로 사교계 인사들은 그들 칸막이 좌석에서(앞으로 튀어 나온 2층 좌석 뒤에 서) 칸막이벽을 걷어 올린 높다란 곳에 매달린 작은 살롱이나 작은 카페에 앉아, 나폴리풍 건물에서 흔히 찾아볼 수 있는 금색 테두리 거울과 붉은색 의자에도 겁내지 않고 바바루아즈*를 먹는 듯했다. 그들은 오페라 전당을 받쳐 주는 둥근 기둥의 금색 주신(柱身)에게 무관심한 듯 손을 대고 있었으며, 또 그들 칸막이 좌석으로 종려나무와 월계수 잎을 내미는 모양으로 조각된 두 얼굴이 그들에게 바치는 과분한 명예에도 감동하지 않은 듯 보였으므로, 만약 그럴 마음만 있다면 그들만이 연극을 감상할 수 있는 정신적 여유를 가진 것처럼 보였다.

처음에는 희미한 어둠만이 보이다가 갑자기 눈에 보이지 않는 보석의 광채와도 같은 어느 유명 인사의 두 인광(燐光)이 보이기도 하고, 검은 배경 위에 뚜렷이 드러난 앙리 4세의 메달인 양 오말 공작의 약간 기울인 옆얼굴이 드러나기도 했는데, 이런 공작에게 얼굴이 보이지 않는 한 귀부인이 소리쳤다. "공작님, 외투를 벗겨 드리죠." 이 말에 공작은 "아니, 어떻게 그럴 수 있나요, 앙브르사크 부인." 하고 대답했다. 그녀는 공작의 막연한 사양 인사에도 외투를 벗겨 주었고, 이렇듯 명예로운 일로 모든 이들의 부러움을 샀다.

그러나 다른 아래층 특별석에는 거의 어디서나 어둠의 장

---

* 빙과류 푸딩. 독일 바이에른 지방 귀족 집에서 프랑스인 요리사가 만든 것이 시초였다고 전해진다.

소에 사는 하얀 여신들이 그늘진 벽 쪽으로 몸을 피신하여 시선에서 벗어났다. 그렇지만 극이 진행됨에 따라 그들의 어렴풋한 인간 형상들이 객석에 드리운 깊은 어둠으로부터 하나둘 부드럽게 빠져나와 빛을 향해 솟아오르면서 반라의 몸을 떠올리다가 수직 경계와 명암이 교차하는 표면에서 멈추었고, 거기서 그들의 빛나는 얼굴은 가볍게 웃음 짓는 깃털 부채의 나부낌 뒤로, 물결치듯 흐르는 움직임에 따라 기울어진 듯 보이는 진홍빛의 진주 섞인 머리칼 아래로 나타났다. 그 뒤로 어둡고 투명한 왕국으로부터 영원히 격리된 인간들의 처소인 아래층 앞자리 좌석이 시작되었으며, 평평한 수면 여기저기에는 물의 여신들이 반사하는 맑은 눈길이 경계선 구실을 했다. 이들 여신의 눈에는 옆에 놓인 보조 의자와 아래층 앞 좌석에 앉은 사람들이 괴물로 보였는데,* 단지 시각의 법칙과 광선의 입사각에 따르는 그들은 아무리 유치한 영혼이라도 우리와 비슷한 영혼을 갖고 있지 않음을 아는 외부 현실의 두 요소에게 ─ 광물과 우리가 소개받지 못한 사람들 ─ 미소나 눈길을 보내는 것은 무분별한 짓이라고 판단하는 것 같았다. 이와 반대로 그들 영역의 경계 저편에는 찬란한 바다 소녀들이, 울퉁불퉁한 심연에 매달린 수염 난 트리톤** 신(神)이나, 파도가 실어 온 매끄러운 해초로 갈고닦인 자갈로 만들어진 머리에다 둥근 천연 수정의 눈길을 지닌, 물속에 잠긴 반인 반

───────────

* 칸막이 좌석이나 특별석에 앉은 귀족 눈에는 아래층 앞 좌석에 앉은 부르주아들이 괴물처럼 보인다는 뜻이다.
** 그리스 신화에 나오는, 사람 얼굴에 물고기 몸을 한 바다의 신이다.

신 쪽을 끊임없이 돌아다보며 미소를 지었다. 소녀들은 그들을 향해 몸을 기울이고 사탕을 권했다. 이따금 물길이 열리면서 뒤늦게 도착하여 당황한 미소를 짓는 네레이드*가 어둠 속에서 꽃을 피우기도 했다. 그러다 막이 끝나면, 그들을 물 위로 이끌었던 지상의 조화로운 웅성거림을 더 이상 들을 수 없게 된 그 성스러운 자매들은 단번에 어둠 속에 잠겨 사라졌다. 그러나 어느 누구도 가까이 다가오지 못하도록 하는 그 호기심 많은 여신들이, 인간이 하는 짓을 보려고 가볍게 마음 졸이며 문턱에 얼굴을 내미는 그 모든 은신처 중에서도 가장 유명한 것이 바로 게르망트 대공 부인의 아래층 특별석이란 이름으로 불리는 그 어슴푸레한 덩어리였다.

멀리서 자기보다 열등한 여신들의 놀이를 주관하는 위대한 여신인 양 대공 부인은 일부러 산호초마냥 붉은 빛깔의 측면에 놓인 긴 의자 구석진 자리, 커다란 유리 반사경 옆에 앉았는데, 반사경은 아마도 거울인 듯, 뭔가 눈부신 수정 같은 바닷속에 한 줄기 광선이 파 놓은 수직의 어두운 액체 단면을 연상시켰다. 동시에 깃털이자 화관인 커다란 하얀 꽃은, 몇몇 바닷속 꽃이 피어나듯 새의 날개같이 솜털이 보송보송한 채로 대공 부인의 이마에서 한쪽 뺨을 따라 드리웠으며, 교태를 부리듯 사랑스럽고도 싱그러운 유연성으로 뺨의 곡선을 따르는 꽃은 마치 알키온**의 포근한 둥지에 놓인 분홍빛 알처럼 그 곡선을

---

* 『잃어버린 시간을 찾아서』 4권 112쪽 주석 참조.
** 제우스 신이 바다 위에 떠 있는 둥지에서 알을 까도록 얼마 동안 이 둥지 주위에 바람을 잠재웠다고 알려진 전설 속 바닷새이다.

반쯤 가두었다. 대공 부인의 머리칼에는 그녀의 눈썹까지 내려오다 다시 목 높이에서 더 낮게 이어지는, 남쪽 바다에서 채집한 몇몇 하얀 조가비에 진주를 섞어 짠 그물망이, 마치 파도에서 막 빠져나온 바다의 모자이크인 양 펼쳐지면서 이따금 어둠에 잠겼지만, 그 안에서도 부인의 눈으로부터 나오는 반짝거리는 움직임이 인간이란 존재임을 드러냈다. 온갖 상이한 전설에 나오는 미광 속 소녀들보다 더 높은 곳에 대공 부인을 두게 하는 이 아름다움은, 그녀의 목덜미나 어깨와 팔, 허리에 전부 물질적으로 또 포괄적으로 새겨져 있지는 않았다. 그러나 그녀의 감미로운 미완의 선(線)들은 눈에 보이지 않는 선들의 정확한 출발점이자 불가피한 시작이었으므로, 우리 눈은 여인 주위에 생긴 그 경이로운 선들을 마치 어둠 속에 투영된 이상적 형상의 빛띠로 연장할 수밖에 없었다.

"저분이 게르망트 대공 부인이래요." 하고 내 옆에 앉은 여인이 같이 온 남자에게 '대공 부인(princesse)'이라는 단어의 p자를 여러 번 반복하면서 작위가 우스꽝스럽다는 점을 지적했다. "저분은 진주를 아끼지 않나 봐요. 내가 진주를 저만큼 가질 수 있다면, 저런 식으로 과시하지는 않을 거예요. 별로 적절해 보이지 않거든요."

그렇지만 객석에 앉아 누가 왔나 살피던 사람들은 대공 부인을 알아보는 순간, 아름다움의 합법적인 왕좌임을 인정하는 목소리가 마음에서 솟아오르는 걸 느꼈다. 사실 뤽상부르 공작 부인이나 모리앙발 부인, 생퇴베르트 부인, 그 밖의 여러 부인들에게서 그들의 얼굴을 구별해 주는 것은 언청이에 커다란 붉은 코, 또는 주름진 두 뺨에 코밑 잔수염이란 요소의 연계였다. 하기야 이런 특징도 우리 관심을 끌기에는 충분했는데, 단지 손으로 쓴 필체의 관습적인 형태와도 같은 그 특징이 뭔가 거기서 유명한 인상적인 이름을 읽게 해 주었기 때문이다. 그러나 그것은 또한 추함이 귀족들의 전유물이며, 귀부인의 얼굴도 품위만 있다면 아름답지 않아도 상관없다는 생각까지 들게 했다. 그러나 그들 이름의 글자 대신 그림 밑에 그 자체로 아름다운 모양의 나비나 도마뱀과 꽃을 그려 놓는 몇몇 화가들처럼,* 대공 부인은 그녀가 앉은 칸막이 좌석 모서리에 아름다운 육체와 얼굴 형태를 부착했고, 그렇게 함으로써 아름다움이야말로 가장 고귀한 서명(署名)임을 보여 주었다. 평상시 자신과 친밀한 사람들하고만 극장에 함께 오는 게르망트 부인의 존재가 귀족 사회의 애호가 눈에는 아래층 특별석이 제시하는 그림의 진짜 증명서인 양 보여, 뮌헨과 파리의 궁전에서 보내는 대공 부인의 특별한 가족적인 삶의 장면을 환기하는 듯했다.

우리 상상력은 악보에 표시된 곡과 늘 다른 곡을 연주하는 고장 난 배럴 오르간**과 비슷해서, 게르망트-바비에르 대공 부인 얘기를 들을 때면 내 마음에서는 매번 몇몇 16세기 작품에 대한 추억이 노래를 부르기 시작했다. 그런데 부인이 연미복 차림의 뚱뚱한 신사에게 설탕 가루가 묻은 사탕을 내미

---

* 휘슬러의 나비 서명에 대해서는 『잃어버린 시간을 찾아서』 4권 277쪽 참조.
** 거리의 악사가 손잡이를 돌려 자동으로 연주하는 소형 풍금을 말한다.

는 장면을 본 지금 나는 그런 추억에서 벗어나야 했다. 그렇다고 해서 그녀와 초대 손님들이 모두 비슷한 존재라고 단정하는 것과는 거리가 멀었다. 그들이 저곳에서 하는 건 단지 놀이에 지나지 않으며, 또 그들의 진정한 삶을 시작하기 위해(물론 그들 삶의 가장 중요한 부분은 아니지만) 그들은 내가 모르는 의식에 따라 사탕을 내밀거나 거절하는 척하고 있으며, 마치 번갈아 발가락 끝으로 우뚝 서서는 스카프 주위를 빙 도는 발레리나의 발짓처럼, 그저 미리 정해진 순서에 따라 별 의미 없는 몸짓을 하고 있음도 잘 알았다. 누가 알 수 있으랴? 사탕을 내미는 순간에도 여신은 어쩌면 냉소적인 어조로 (그녀의 미소 짓는 모습이 보였으므로) "사탕을 원하세요?"라고 말했을지? 무슨 상관인가? 어쨌든 나는 여신이 반인 반신의 신사에게 건네는 말에서, 메리메와 메이야크*풍의 그 의도적인 무미건조함을 세련된 멋으로 생각했을 것이며, 또 반인 반신의 신사는 아마도 여신과 더불어 그들의 진짜 삶을 다시 살기 시작할 순간을 위해 그들 마음속에 요약되어 담긴 숭고한 사상이 무엇인지 알고, 그 놀이에 응할 준비를 하면서 똑같이 신비롭고 장난기 어린 어조로 "고마워요, 전 버찌 맛이 좋은데요."라고 대답했으리라. 그리고 난 「신인 여배우의 남편」**의 한 장면을 들었을 때처럼, 똑같이 탐욕스럽게 그 대화에 열중했으리라. 이

* 메리메에 대해서는 『잃어버린 시간을 찾아서』 4권 121쪽 주석 참조. 앙리 메이야크(Henri Meilhac, 1831~1897)는 19세기 후반에 활동한 극작가로 오펜바흐의 희가극 「아름다운 엘렌」(1864)과 비제의 「카르멘」 대본을 공저했다.
** 메이야크와 알레비가 공저한 작품으로 1879년에 초연되었다.

작품에는 내게 그토록 친숙하며, 메이야크라면 수없이 집어 넣었을 그런 시나 위대한 사상은 없었지만, 이런 시와 사상의 부재가 오히려 그 자체로서 어떤 멋을, 즉 관례적인 멋을, 따라서 더 신비롭고 교훈적인 멋을 보여 주었기 때문이다.

"저 뚱뚱한 자가 가낭세 후작이랍니다." 하고 내 옆에 앉은 남자가 아는 체했는데, 등 뒤에서 수군거리는 이름을 잘못 들었던 모양이다.

팔랑시 후작은 쭉 내민 목과 비스듬하게 기울인 얼굴, 외알 안경 안쪽 유리에 붙은 크고 동그란 눈으로 투명한 그늘 안에서 천천히 움직이고 있었는데, 수족관의 유리 칸막이 너머 호기심 많은 관객 무리도 보지 못하고 지나가는 물고기마냥, 아래층 앞 좌석 관객들을 무시하는 듯 보였다. 때때로 후작은 잠시 덕망 높은 눈길을 멈추더니, 이끼로 덮여 숨을 쌕쌕거렸지만 관객들은 그가 아픈지 조는지 헤엄을 치는지 알을 낳는 중인지, 또는 단지 숨을 쉬는지조차도 알 수 없었다. 아래층 특별석에 대한 이렇듯 친숙한 태도와 대공 부인이 사탕을 내밀 때 취하는 무관심한 태도 때문에, 나는 후작에게 더없는 부러움을 느꼈다. 그때 대공 부인은 그에게 다이아몬드처럼 아름답게 다듬어진 눈길을, 지성과 우정으로 그 순간에는 촉촉이 물기가 어려 있는 눈길을 던졌지만, 눈이 휴식을 취하고 순전히 물질적인 아름다움으로, 오로지 광석의 광채로만 환원되었을 때 만약 아주 작은 반사가 눈을 가볍게 움직이기라도 하면, 그때 눈은 비인간적인 불길로 찬란하게 수평으로 아래층 뒷자리 깊숙이까지 타오르게 했다. 그동안 라 베르마가 연기하는 「페드르」의 막이 오를 준비를 했으므로, 대공 부인은 아래층 특별석 앞쪽으로 나왔다. 그러나 부인 자신이 연극 등장인물인 양, 그녀가 통과한 다른 빛의 지대에서는 그 장신구 색깔뿐 아니라 질료 자체도 변하는 모습이 보였다. 거기 물기 없는 욕조인 특별석에서 솟아오른 대공 부인은 더 이상 바다의 세계에 속하지 않고, 그리하여 이제 네레이드이기를 멈추면서, 자이르 혹은 어쩌면 오로스만으로 분장한 어느 근사한 비극 배우인 양 하얗고 푸른 터번을 두르고 나타났다.* 그리고 그녀가 맨 앞줄에 앉았을 때, 나는 분홍빛 진주모의 뺨을 다정하게 보호하던 알키온의 포근한 둥지가 실은 부드럽고 반짝거리는 벨벳 같은, 천국의 거대한 새였음을 알게 되었다.

그동안 내 눈길은 게르망트 대공 부인의 특별석에서 다른 데로 향하고 있었다. 형편없는 옷차림에 키가 작고 못생긴 여자가 불꽃 이는 눈길로 두 젊은이를 데리고 들어와 내게서 몇 자리 떨어진 곳에 앉았기 때문이다. 드디어 막이 올랐다. 과거에 내게 있었던 어떤 정신적인 자질이나 취향도 남아 있지 않은 걸 깨닫고 난 슬퍼할 수밖에 없었다. 그때 나는 그 경이로운 현상의 어느 하나도 놓치지 않으려고 세계 끝까지 가서라도 감상할 수 있기를 바라면서, 마치 천문학자가 혜성이나 일식을 세밀하게 관찰하려고 아프리카나 서인도제도에 설치하

* 18세기 계몽주의 작가 볼테르의 비극 「자이르」(1732)에 나오는 인물들이다. 예루살렘의 술탄 오로스만은 죄수인 자이르에게 반한다. 질투가 절정에 달했을 때 그는 자이르를 칼로 찌르고 자신도 죽는다. 1873년에 사라 베르나르가 이 역을 연기하여 더 유명해졌다.

는 그 감도 높은 판처럼 내 정신을 준비했으며, 몇 점 구름이 (배우의 불쾌한 기분이나 관객들의 뜻하지 않은 사건이) 최고의 집 중력으로 이루어지는 공연을 방해할까 봐 마음을 졸였다. 그 때 나는 공연을 위해 제단처럼 축성된 극장에 가지 않고는 최 상의 조건에서 연극을 관람하지 못한다고 생각했으며, 라 베 르마가 작은 붉은 커튼 아래로 나타났을 때에는, 비록 부차적 인 것에 지나지 않았지만, 그녀가 임명한 그 하얀 카네이션을 단 개찰원이나 옷차림이 허술한 사람들로 가득한 아래층 뒷 좌석 위로 튀어나온 그 특별석 아랫부분, 그녀의 사진이 든 프 로그램을 파는 여자들, 작은 공원의 마로니에 나무들, 당시 내 인상에 동반하며 내 속내를 들어주던, 그래서 내 인상과는 분 리될 수 없는 것처럼 보였던 그 모든 것들이 라 베르마의 출현 과 하나를 이루는 것 같았다. 「페드르」와 '고백 장면'*과 라 베 르마는 당시 내게 있어 어떤 절대적인 실존을 의미했다. 일상 적인 경험의 세계로부터 물러난 그 실존은 그 자체로 존재하 여 내가 그쪽으로 가지 않으면 안 되었지만, 아무리 내 눈과 영혼을 크게 뜨고 깊숙이 그 안으로 꿰뚫고 들어간다 해도 나 는 여전히 적은 것밖에 흡수하지 못했을 것이다. 하지만 그때 삶은 얼마나 상쾌해 보였던가! 옷을 입거나 외출 준비를 하는 순간들과 마찬가지로 내가 보내는 삶의 무의미함은 별로 중 요하지 않았다. 왜냐하면 저 너머에는 절대적인 방식으로 존

---

* 페드르가 의붓아들인 이폴리트에게 사랑을 고백하는 장면으로 『잃어버린 시 간을 찾아서』 3권 32쪽 참조.

재하는, 그 선하고 접근하기 힘들며 전부를 소유하는 게 불가능한 보다 견고한 현실인 「페드르」와 '라 베르마가 말하는 방식'이 있었으니까. 무대 예술의 완벽함에 대한 몽상으로 포화 상태에 빠진 나는 — 만약 누군가가 당시 낮이나 또는 어쩌면 밤의 어느 순간에라도 내 정신을 분석했다면, 그러한 몽상의 상당량을 추출할 수 있었으리라. — 마치 충전 중인 배터리와 흡사했다. 그래서 몸이 아파 병으로 죽을 거라고 믿으면서도 라 베르마를 들으러 가지 않고는 못 배기는 그런 순간까지 이르렀으리라. 그런데 지금은 멀리서 보면 창공의 푸른빛처럼 보이지만 가까이서 보면 평범한 사물의 시계 안으로 들어오는 언덕과 마찬가지로, 이 모든 것이 절대의 세계를 떠나 그저 내가 거기 있음으로 해서 인식하는, 다른 것들과 비슷한 그런 것에 지나지 않았고, 배우들도 내가 아는 이들과 똑같은 본질로 만들어져 그저 「페드르」의 시구를 더 잘 낭송하려고 노력하는 사람들에 지나지 않았으며, 이 시구 역시 모든 것으로부터 분리되어 숭고하고도 개별적인 본질을 이루지 못한 채 다소간에 성공적인, 그것이 끼어 있는 방대한 프랑스 시 목록 안에 다시 들어가려고 준비된 것에 지나지 않았다. 아직도 내게 영향을 미치는 그 집요한 욕망의 대상은 더 이상 존재하지 않았지만, 반대로 해마다 모습을 바꾸면서 어떤 위험도 아랑곳하지 않고 나를 갑작스러운 충동적 행동으로 몰고 가는 그 변하지 않는 몽상, 이런 몽상에 쏠리기 쉬운 성향은 여전히 존재했으므로, 나는 그만큼 더 깊은 절망감을 맛보았다. 아픈 몸을 이끌고 어느 성으로 엘스티르의 그림이나 고딕풍 장식 융단을 보려고 외출했던 날은, 내가 베네치아로 떠나려고 했던 날이나 라 베르마를 관람하려고 외출했던 날, 또는 발베크로 떠났던 날과 얼마나 흡사했던가! 내가 지금 희생의 대가를 치르는 대상도 얼마 안 가면 무관심해질 거라는 생각이 들었으며, 지금은 그토록 잠 못 이르는 수많은 밤과 고통스러운 통증의 순간을 보내면서도 보러 가고 싶어 하지만, 그때 가서는 바로 그 옆을 지나치면서도 성안에 있는 그림이나 장식 융단을 보러 갈 생각조차 하지 않으리라고 예감했다. 이처럼 대상의 불안정한 성질을 통해 나는 내 노력의 덧없음을 간파했고, 동시에 예전에는 주목하지 않았던, 마치 다른 사람으로부터 피로해 보인다고 지적받으면 피로가 두 배로 커 보이는 신경 쇠약 환자마냥, 그 노력이 엄청났다는 것도 깨달았다. 하지만 그동안 내 몽상은 내 몽상과 관계되는 거라면 뭐든지 매력적인 것으로 생각했다. 그리하여 항상 어느 한쪽을 향해 가는, 이를테면 동일한 꿈 주위에 집중된 관능적인 욕망에서조차, 나는 그 첫 번째 동인으로 하나의 관념을, 그걸 위해 내 삶을 희생해도 좋은 그런 관념의 존재를 인식했으며, 또 그 중심에는 언제나 콩브레 정원에서 오후 나절 책을 읽으면서 했던 몽상에서처럼 완벽함의 관념이 있었다.

이제 나는 아리시와 이스멘과 이폴리트의 억양과 연기에서, 내가 주목했던 애정이나 분노의 정확한 의도에 대해 예전만큼 관대하지 못했다. 배우들이 ─ 그들은 같은 사람이었다. ─ 동일한 재능으로, 때로는 그 목소리에 어루만지는 듯한 억양이나 의도적으로 계산된 모호함을 띠게 하려고, 때로는 그들 몸짓에 비극적인 넓이와 애원하는 듯한 부드러움을 부여하려고 노력하지 않아서가 아니었다. 그들의 억양은 목소리에 때로 "부드럽게 꾀꼬리처럼 노래하라, 어루만져라."라고, 때로는 그 반대로 "격노하라."라고 주문했고, 그러면 억양은 목소리에 달려들어 광란 속으로 몰고 가려고 애썼다. 그러나 목소리는 저항했고, 발성법과는 무관하게 절대적으로 타고난 목소리 그대로 물질적인 결점과 매력, 일상적인 평범함이나 꾸밈을 가진 상태로 머무르면서, 낭송된 시구가 주는 느낌에도 변하지 않는 그런 음향의, 또는 사회 현상의 전체를 펼쳐 보였다.

마찬가지로 배우들의 몸짓은 팔이나 페플로스* 옷에게 "당당해져라."라고 말했다. 그러나 이 말에 복종하지 않는 팔다리는, 자기가 맡은 역할은 전혀 모르는 이두근이 어깨와 팔꿈치 사이에서 제멋대로 뽐내도록 내버려 둔 채 일상적인 삶의 무의미함을 표현했고, 라신이 보여 주려는 미묘함 대신 근육의 연결만을 계속 드러냈다. 그러다 팔다리가 쳐든 옷자락은, 단지 직물의 무의미한 유연성만이 물체의 낙하 법칙과 경쟁한다는 듯, 다시 수직으로 떨어졌다. 그때 내 옆에 있던 키 작은 여인이 소리쳤다. "어머, 박수 소리도 없네! 저 형편없는 옷차림 하고! 너무 늙었어. 더는 할 수 없나 봐. 저 정도면 이제 그만둬야 하는데."

* 고대 그리스 여성이 착용했던 옷으로 『잃어버린 시간을 찾아서』 4권 220쪽 주석 참조.

주위 사람들이 "쉿." 하는 소리에 키 작은 여인과 함께 온 두 젊은이가 그 여인의 입을 다물게 하자 여인의 분노는 이제 눈 속에서만 폭발했다. 그 분노는 성공이나 명성에 대해서만 보내질 수 있는 것이었는데, 막대한 돈을 벌었지만 이제 라 베르마에게 남은 것이라곤 빚밖에 없었으니까. 늘 사업상으로 또는 친구들과 만날 약속을 해 놓고도 가지 못해 약속을 취소하려고 심부름꾼을 온 거리에 돌아다니게 하고, 미리 호텔에 스위트룸을 예약해 놓고도 한 번도 사용하지 않고, 개를 목욕시키려고 향수탕을 준비하고, 곳곳의 지배인들에게 위약금을 지불해야 했다. 더 이상 많은 비용을 감당하지 못한, 또 클레오파트라만큼 음탕하지 않은 그녀는 여러 지방과 왕국에서 위르벤* 마차를 빌리고 속달 우편을 보내는 것으로 돈을 탕진할 방법을 찾아냈을 것이다. 그러나 그 키 작은 여인은 운이 없던 여배우여서 라 베르마에 대해 지극한 증오심을 품고 있었다. 라 베르마가 무대에 등장했다. 그러자 오! 기적이 일어났다. 전날 밤에 아무리 애를 써도 생각나지 않다가 자고 일어나면 암기한 것이 모두 떠오르는 학과처럼, 그리고 기억의 열렬한 노력으로 뒤쫓아가 보지만 만나지 못하다가 어느 순간 더 이상 그들을 생각하지 않을 때, 저기 눈앞에 생전 모습 그대로 나타나는 망자의 얼굴처럼, 내가 그토록 본질을 포착하기 위해 열정적으로 추구했을 때는 나로부터 빠져나갔던 라 베르마의 재능이, 이제 망각의 세월 후 이 무관심한 시간에 그

* 당시 파리에서 마차나 자동차를 빌려주던 회사 이름이다.

자명한 힘으로 감탄을 자아냈다. 예전에 나는 이 재능을 따로 분리하기 위해 어떻게 보면 내가 들은 것에서 배역 자체를, 페드르를 연기하는 모든 배우에게 공통된 부분인 배역을 제외시키려고 했다. 또 그 배역을 미리 연구하여 뽑아내고 나머지 요소를 통해서만 베르마 부인의 재능을 모으려 했다. 이처럼 그녀가 맡은 배역 밖에서 내가 파악하기를 원했던 재능은, 그러나 그 배역과 하나를 이루고 있었다. 위대한 음악가가 뛰어나게 연주를 잘하는 경우(피아노를 연주할 때 뱅퇴유가 그러했듯이) 우리는 그 곡을 연주한 사람이 피아니스트인지 아닌지 잘 알지 못한다. 왜냐하면 그 연주가 연주자 자신이 해석한 것으로 가득 채워져 그토록 투명해졌으므로(여기저기 찬란한 효과를 뿌리는 온갖 손가락 묘기나, 어떻게 감상해야 할지 모르는 방청객이 그 물질적이고 명백한 현실에서 재능을 발견했다고 믿는 온갖 음의 조각들을 끌어들이지 않고도) 그 결과 연주자는 방청객 눈에 보이지 않고 위대한 걸작을 향한 창문에 지나지 않아지기 때문이다. 나는 아리시와 이스멘과 이폴리트의 목소리와 몸짓을 당당하고 섬세한 가두리처럼 둘러싸고 있는 의도는 쉽게 파악할 수 있었지만, 반면 페드르의 의도는 내재화되어 내 정신은 그녀의 발성법이나 자태에서, 단조로운 표면의 절제된 단순함에서, 그토록 깊숙이 흡수되어 흘러나오지 않는 그 영감의 산물을, 효과를 뽑아내거나 포착하지도 못했다. 아리시나 이스멘의 대리석 같은 목소리에는 눈물이 전혀 스며들지 않아 넘치는 눈물이 목소리 위로 흐르는 모습이 보였지만, 라 베르마의 목소리에는 정신에 저항하는 무기력한 물질의 찌꺼기가 단 한 방울도 남아 있지 않아, 목소리 주위에서도 여분의 눈물이 흐르는 것을 느낄 수 없을 정도로 그 미세한 세포조차 섬세하고 부드러웠다. 마치 우리가 어느 위대한 바이올리니스트에게 육체적 특징이 아니라 영혼의 우월함을 칭찬하기 위해 그의 악기가 아름다운 소리를 낸다고 말하는 것처럼, 또 사라진 님프 대신 생기 없는 샘물만이 하나 덩그러니 놓여 있는 고대 풍경화에서처럼, 우리가 포착할 수 있는 구체적이고 의식적인 의도는 거기 적합한 낯설고도 차가운 투명함을 지닌 어떤 음색의 질감으로 변하고 있었다. 그녀의 팔은 시적인 대사가 입술 밖으로 목소리를 나오게 하는 것과 같은 발성법으로, 마치 빠져나오는 물에 떠내려가는 나뭇잎처럼 가슴 위로 추켜올려지는 듯했고, 그녀가 천천히 만들어 왔고 또 앞으로 수정해 나갈 무대 위에서의 자태는, 동료 배우들의 동작이 남긴 흔적에서 엿볼 수 있는 것과는 전혀 깊이가 다른 성찰로 이루어졌으며, 이 성찰은 원래의 의도적인 기원을 상실한 채 어떤 빛의 방사(放射) 속에 녹아 페드르라는 인물 주위에 풍요롭고도 복합적인 요소들을 파동 치게 했지만 매혹된 관객은 이를 예술가의 성공이 아닌 삶의 한 요소로 받아들였다. 하얀 베일 자체도 그토록 미세하고 몸에 꼭 붙은, 모양이 살아 있는 질료로 만들어진 듯, 반은 이교도적이고 반은 장세니스트적인* 고뇌의 실로 짜여, 마치 추위를 타는 연약한 누에고치마

---

* 라신의 「페드르」에는 장세니스트로 표현되는 기독교적인 정신과 고대 그리스의 전설적인 이교도적 색채가 녹아들어 있다. 이런 「페드르」의 모순된 기원에 대해서는 『잃어버린 시간을 찾아서』 3권 36쪽 주석 참조.

냥 고뇌 주위에 오그라든 듯했다. 목소리며 자태며 몸짓이며 베일이며 이 모든 것이, 시(詩)라는 관념의 육체(인간 육체와는 달리 영혼과 마주하여 영혼을 보지 못하게 가로막는 불투명한 장애물로서의 육체가 아니라, 영혼이 전파되고 발견되는 그런 정화되고 살아 있는 의복으로서의 육체)를 둘러싼 덮개, 영혼을 숨기는 대신 오히려 영혼을 찬연히 빛나게 하여 영혼이 거기 흡수되고 전파되는 그런 보충적인 덮개에 지나지 않았으며, 이는 마치 반투명해진 여러 상이한 실체들이 흘러내리고 포개지면서 그 실체를 관통하는 중심의 갇힌 광선을 보다 다양하게 굴절시키고, 또 광선을 감싸는 불꽃에 스며든 물질을 보다 폭넓고 소중하고 아름답게 만드는 것과도 같다. 이처럼 라 베르마의 연기는 라신의 작품을 둘러싼, 그 역시 천재인 배우가 생동감 넘치게 만든 제2의 작품이었다.

내 인상은, 사실을 말하자면, 조금은 호의적이었지만 예전과 크게 다르지는 않았다. 단지 이 인상을 나는 더 이상 연극의 천재라는 조금은 추상적이고 그릇된 선입관에 대조해서 검토하지 않았으며, 또 연극의 천재란 바로 이런 것임을 깨달았다. 내가 처음 라 베르마를 들었을 때 기쁨을 느끼지 못했다면, 예전에 질베르트를 샹젤리제에서 처음 만났을 때처럼, 내가 지나치게 큰 욕망을 품고 다가갔기 때문이라는 생각이 들었다. 이 두 환멸 사이에는 이런 유사성뿐 아니라 어쩌면 보다 심오한 유사성이 있었을지 모른다. 한 인간이나 작품이(또는 연기가) 우리에게 야기하는 인상은 아주 특징적이며 특별하다. 우리에게는 '아름다움'이나 '스타일의 폭', '비장미'라는 관념이 있어, 부득이한 경우 어떤 평범한 재능이나 단정한 얼굴에서도 이를 알아보는 듯한 착각에 사로잡히지만, 이내 우리의 주의 깊은 정신은 그 앞에서 어떤 지적인 등가물도 가지지 못한 형태가 집요하게 나타나는 걸 보면, 거기서 미지의 것을 끄집어내야 한다고 생각한다. 우리 정신은 날카로운 소리나 기이하게 묻는 듯한 억양을 들으면서 이렇게 질문한다. "이게 아름다움일까? 내가 느끼는 것이 찬미일까? 바로 이것이 색채의 풍요로움이며 고귀함이며 힘이란 걸까?" 그러면 다시 정신에 응답하는 것은 날카로운 목소리이자 기이하게 묻는 듯한 어조, 우리가 알지 못하는 존재로 인해 야기된 횡포한 인상, 순전히 물질적인 인상으로, 그 안에는 '연기의 폭'을 위해 어떤 빈 공간도 남아 있지 않았다. 바로 이런 사실로 우리가 귀 기울여 진지하게 듣는 경우, 우리를 가장 많이 실망시키는 작품이 실제로는 가장 훌륭한 작품들로, 거기에는 바로 우리 관념의 목록 중 이런 개별적인 인상에 일치하는 작품이 하나도 없기 때문이다.

바로 이것이 라 베르마의 연기가 내게 보여 준 것이었다. 바로 이것이 정말로 고귀함과 지적인 발성법이 의미하는 바였다. 이제 나는 시적이고 강력한, 폭넓은 연기의 가치를 이해했다. 아니, 차라리 사람들이 관례적으로 붙이는 호칭의 의미를, 하지만 신화적인 것과 전혀 무관한 별들에게 마르스와 베누스, 사투르누스*라는 이름을 붙이는 방식을 이해했다고나 할

---

* 전쟁의 신 마르스(그리스 신화의 아레스)는 화성, 미의 여신 베누스(그리스

까. 우리는 한 세계에서 느끼고 다른 세계에서는 생각하고 명명하며, 그리하여 이 두 세계 사이에 어떤 일치점을 설정할 수 있지만, 그 간격을 메울 수는 없다. 바로 이것이 내가 넘어서야 했던 거리감이자 균열이었다. 내가 처음 라 베르마의 연기를 보러 갔던 날, 나는 내 모든 귀를 기울여 들으면서도 '고귀한 연기와 독창성'이란 내 관념에 도달하는 데 어려움을 느꼈으며 그러다 잠시 마음을 비운 후에야 박수를 쳤는데, 이 박수소리는 내가 느낀 인상에서 생겨나지 않고 뭔가 "드디어 라 베르마를 듣는구나."라는 말을 하면서 느끼는 기쁨이나 선입관에 연유했다. 그리고 한 인간 또는 지극히 개인적인 작품과 아름다움의 관념 사이에 존재하는 커다란 차이는, 그 인간이나 작품이 우리에게 느끼게 하는 것과 사랑이나 찬미의 관념 사이에도 마찬가지로 존재한다. 그래서 우리는 그 사랑이나 찬미의 관념을 알아보지 못한다. 나는 라 베르마를 들으면서 기쁨을 느끼지 못했다.(질베르트를 만났을 때 그랬던 것처럼.) "내가 그녀를 찬미하지 않는 걸까?" 하고 중얼거려 보기도 했다. 하지만 그때 나는 여배우의 연기를 연구할 생각에만 온통 몰두해 있었으므로 그 연기에 담긴 모든 것을 받아들이기 위해 내 생각을 가능한 한 폭넓게 열어 두려고 애썼다. 이제 와서 생각하니 바로 이것이 찬미였다.

　라 베르마의 연기는 단순히 라신이 천재라는 사실만 보여

신화의 아프로디테)는 금성, 농경 신 사투르누스(그리스 신화에 나오는 제우스의 아버지 크로노스)는 토성에 각각 연결된다.

주었을까?

처음에 나는 그렇다고 생각했다. 그렇지만 곧 내가 틀렸다는 걸 깨달았다. 「페드르」의 막이 내리고 관객들이 앙코르를 외치는 동안 내 옆에 앉은 그 화난 늙은 여자는 이 모든 박수 소리에 자신이 동참하지 않는다는 걸 보여 주기 위해 사람들의 이목을 끌 반대 표시라고 생각되는 행동을 보다 분명히 하려고, 작은 체구를 뒤로 젖히고 몸을 비스듬히 하면서 얼굴 근육을 굳히고 가슴 앞으로 팔짱을 꼈지만, 어느 누구의 주목도 끌지 못했다. 다음 무대에 오른 작품은 별로 유명하지 않은, 공연할 때만 존재감을 갖는 그런 신작 중 하나였는데, 지난날 내가 보잘것없지만 특별하게 생각하던 작품이었다. 그러나 나는 고전극에 대해, 어느 영원한 걸작도 임시방편 작품과 마찬가지로 무대 아래 설치된 각광의 길이와 공연 시간이 같다는 사실에 그리 실망하지 않았다. 긴 대사가 차례로 낭송될 때마다 나는 관객이 좋아한다는 걸 느꼈고, 그 작품이 과거에 알려지지 않았던 만큼 어느 날엔가 틀림없이 유명해질 것이며, 걸작이 처음 초라한 빛 속에 출현했을 때는 한 번도 들어 본 적 없는 작품 제목이 나중에 작가의 다른 작품들 옆에 나란히 놓여 같은 빛 속에 휩싸이리라고 결코 생각하지 못하는 정신과는 정반대되는 정신 작용에 따라, 그 작품이 미래에 얻을 명성을 덧붙이는 것이었다. 그리고 이 배역도 어느 날엔가 페드르 역에 뒤이어 아름다운 연기 목록에 끼이리라고 생각했다. 배역 자체에는 문학적 가치가 없었지만, 라 베르마는 이 배역에서도 페드르 역 못지않게 숭고했다. 그리하여 나는 비극 배우에게서 작가의 작품이란 탁월한 연기 창조를 위해 그 자체로는 별로 중요하지 않은, 그저 하나의 질료에 지나지 않는다는 것을 깨달았다. 이는 마치 내가 발베크에서 알게 된 위대한 화가 엘스티르가 별 특징 없는 학교 건물과 그 자체로도 걸작인 대성당에서 동일하게 가치 있는 두 그림의 소재를 발견한 것과도 같다. 또 화가가 거대한 빛의 효과 속에 집과 마차와 인물 들을 녹여 동질적인 실체로 만들어 내듯이, 마찬가지로 라 베르마는 평범한 예술가라면 따로따로 드러나게 했을 단어들을 녹여 똑같이 평평하게 만들거나 들어 올리면서, 그위에 두려움이나 다정함의 광대한 천을 펼쳐 보였다. 물론 예술가마다에겐 각자 고유한 억양이 있으며, 또 라 베르마의 발성법은 운문의 이해를 방해하지도 않았다. 하나의 운(韻)*을 듣고, 다시 말해 앞의 운과 비슷하면서 다른 뭔가가 앞의 운에 의해 유발되어 새로운 관념의 변주를 끼워 넣을 때, 우리는 사상과 운율이라는 두 체계가 포개지는 걸 느끼는데, 바로 이것이 이미 조직화된 복잡성, 아름다움의 첫 요소가 아닐까? 그러나 라 베르마는 단어나 운문 또 '긴 대사'마저 그것들을 그보다 더 큰 전체 안에 들어가게 했으며, 따라서 그 운문이나 대사가 어떤 주어진 경계에서 멈추고 중단되는지를 보는 것도 큰 매력이었다. 이처럼 시인은 운율을 맞추기 위해 곧 내던져질 단어를 잠시 머뭇거리게 하는 데서 기쁨을 느끼며, 음악

---

* 고전 운문에서 규칙적으로 운이 같은 글자를 다는 것으로, 행이나 구 끝에 다는 각운과, 앞머리에 다는 두운이 있다.

가는 오페라 대본의 여러 대사들을 어긋나게 하며 끌어가는 리듬 속에 그 대사들을 한데 어우러지게 하는 데서 기쁨을 느낀다. 그러므로 라신의 운문과 마찬가지로 현대 극작가의 대사 속에도 라 베르마는 그녀만의 걸작이라 할 수 있는 고통과 고귀함과 정념의 광대한 이미지를 끌어들일 줄 알았으며, 또 거기서 우리는 여러 다른 모델을 그린 초상화에서 화가를 알아보듯 그녀를 인식한다.

이제 나는 예전처럼 라 베르마의 자태와 아름다운 색채 효과를, 금방 사라져 다시는 나타나지 않을 조명 속에 그녀가 제시한 이미지로 고정시키고 싶지 않았으며, 또 같은 시구를 그녀에게 백번이나 되풀이하게 하고 싶지도 않았다. 내 과거의 욕망은 시인의 의지보다, 비극 여배우보다, 그녀의 무대를 연출한 그 뛰어난 무대 장치가의 의지보다 훨씬 까다로웠으며, 하나의 시구가 공중에서 퍼뜨리는 매력이나, 끊임없이 다른 것으로 변하는 불안정한 몸짓, 그 연속적인 장면들도 무대 예술이 우리에게 주는 덧없는 결과이자 일시적인 목적 또는 유동적인 걸작에 지나지 않으며, 연극에 지나치게 열중한 관객이 그걸 고정된 형태로 포착하려고 한다면 금방 부서져 버리리라는 것도 깨달았다. 그래서 나는 다른 날 다시 라 베르마를 들으러 오는 것도 원치 않았다. 나는 그녀에게 충분히 만족했다. 그 대상이 질베르트이건 라 베르마이건 간에, 나는 내일 느낄 인상에 전날 느낀 인상이 거부하는 기쁨을 요구했으므로, 그토록 내가 찬미하던 대상에 대해서도 환멸을 느낄 수밖에 없었다. 그러나 내가 방금 느낀 이 기쁨, 또 훗날 내가 어쩌면 보다 풍요로운 방식으로 사용할지도 모르는 이 기쁨을 규명하기 위해 애쓰는 대신, 나는 예전에 중학교 시절 친구들에게 했던 것처럼 이렇게 중얼거렸다. "나는 정말 라 베르마가 첫 번째라고 생각해." 하지만 어렴풋이 내 선호도에 대한 주장과 내가 그녀에게 붙인 이 '첫 번째'라는 등수가 — 비록 조금은 안도감을 주었지만 — 라 베르마의 재능을 어쩌면 정확히 표현해 주지 못할지도 모른다고 생각했다.

두 번째 연극이 시작되는 순간 나는 게르망트 대공 부인이 앉은 아래층 특별석 쪽을 바라보았다. 대공 부인은 내 정신이 허공에서 쫓는 그 감미로운 선을 형성하는 움직임에 따라 지금 막 아래층 특별석 안쪽으로 머리를 돌리고 있었다. 초대받은 손님들이 일어서서 안쪽을 향해 돌아섰고, 그러자 그들이 만드는 두 울타리 사이로 여신 같은 위엄과 자신감에 넘치는, 하지만 늦게 도착해서 공연 도중에 모든 사람들을 일어나게 한 데 대해 당황한 척 미소 짓는 모습에서 풍기는 그런 낯선 상냥함과 더불어, 하얀 모슬린 옷에 감싸인 공작 부인이 들어왔다. 그녀는 곧바로 사촌 동서에게 갔고, 맨 앞줄에 앉은 금발 젊은이에게 공손히 인사하더니, 동굴 깊숙이 떠돌아다니는 성스러운 바다 괴물 쪽으로 돌아가서는 조키 클럽의 반인 반신 인간들에게 — 그들 중에서도 그 순간 특히 내가 되고 싶었던 인간은 바로 팔랑시 씨였다. — 십오 년 동안 그들과 날마다 친분을 쌓아 온 것을 암시하는 듯한 오랜 친구로서의 친밀한 인사를 했다. 나는 신비로움을 느꼈지만, 그 빛나는 푸른 광채에서 그녀가 친구들에게 손을 맡기며 건네는 웃음 띤 눈길의 비밀은 해독하지 못했다. 만약 내가 프리즘을 분해하고 그 결정체를 분석할 수 있다면, 그 순간 거기 나타났던 미지의 삶의 본질을 포착했을지도 모른다. 게르망트 공작이 공작 부인의 뒤를 따라 들어왔다. 외알 안경의 반사와 웃을 때 보이는 치아의 반짝임, 카네이션과 주름 잡힌 가슴 장식의 하얀빛 때문에 그의 눈썹과 입술과 연미복은 사람들의 시선을 끌지 못했다. 공작은 머리를 움직이지 않은 채 똑바로 서서는, 자리를 비키는 그 열등한 괴물들에게 손바닥을 펼쳐 그 어깨 위에 내려놓으면서 다시 앉으라고 명하고 젊은이에게 깊숙이 머리를 숙였다. 사람들은 공작 부인이 사촌 동서에게서 소위 과장(誇張)(프랑스적인 절제된 재치에 익숙한 공작 부인의 관점에서 본다면 곧 게르만적인 시와 열정을 표현하는 단어라고 할 수 있는)이라고 불리는 것을 간파하고 그녀를 비웃는다고 생각했으며, 오늘 저녁만 해도 사촌 동서가 '배우처럼 옷을 입고 있어' 그녀에게 안목에 대해 가르쳐 주고 싶어 할 거라고 느꼈다. 대공 부인이 머리에서 목까지 내려오는 멋진 부드러운 깃털에 조개와 진주로 만든 그물망을 쓴 것과 달리, 공작 부인은 지극히 단순한 깃털 장식을 머리에 꽂고 있어, 그녀의 메부리 코와 튀어나온 눈을 굽어보는 모양이 흡사 새의 깃털 같았다. 새하얀 눈이 쌓인 모슬린의 물결로부터 솟아오르는 그녀의 목과 어깨, 이어 그녀의 드레스 위로 백조 깃털로 만든 부채가 스쳐 갔고, 금속이나 다이아몬드로 만든 막대 모양 또는 구슬 모양의 수많은 반짝거리는 장식품을 단지 코르사주에만 단 드레스가, 그녀의 몸을 영국풍 정확함으로 빚은 것처럼 보이게 했다. 이처럼 두 사람의 옷차림은 매우 달랐지만, 대공 부인은 지금까지 자기가 앉았던 자리를 사촌 동서에게 내주 었고, 그 후에는 그들이 돌아다보며 서로에게 감탄하는 모습 이 보였다.

어쩌면 다음 날 게르망트 부인은, 조금은 지나치게 복잡한 대공 부인의 머리 장식에 대해 말하면서 미소 지을 테지만 그래도 역시 멋지고 근사하게 손질되었다고 말할 것이며, 대공 부인 쪽에서도 자신의 취향에 비추어 사촌 동서의 옷 입는 방식이 약간은 차갑고 딱딱하고 뭔가 양재사 냄새를 풍긴다고 생각하면서도, 그 엄격한 취향의 절제된 옷차림에서 섬세한 세련미를 발견했으리라. 게다가 이 두 여인 사이에는 교육이 미리 규정한 조화와 만유인력이 옷차림뿐 아니라 태도에서도 그 대조적인 특징을 완화했다. 그들 태도의 우아함이 서로를 끌어당기는 그 눈에 보이지 않는 자기력선 덕분에 대공 부인의 과장하기 쉬운 성향은 보다 은은해진 한편 공작 부인의 엄격한 모습은 그런 태도에 끌려 보다 유연해지면서 달콤한 매력으로 변했다. 지금 공연 중인 연극에서 라 베르마가 개인적인 시적 정취를 얼마나 발산하고 있는지 이해하고 싶다면, 그녀가 맡은 배역을, 그녀만이 연기할 수 있는 배역을 어떤 배우에게라도 맡기기만 하면 되는 것처럼, 눈을 들어 위층 앞 좌석을 쳐다보기만 해도, 당신은 두 칸막이 좌석 사이로 게르망트 대공 부인과 같은 '옷맵시'를 낸다고 믿는 모리앙발 부인이 괴상하고 잘난 체하는 데다 교양 없어 보이며, 게르망트 공작 부인의 옷차림과 멋을 흉내 내고자 끈질기게 돈을 들이는 캉브르메르 부인이 곧고 딱딱하고 삐죽한 철사 위에 수직으로 까마귀 털을 꽂은 어느 시골 기숙사 여학생과 흡사해 보인다는 것도 알게 될 것이다. 어쩌면 이 마지막 여인은 그해 가장 찬란한 여인들만 모아 놓은 이 극장에서는 설 자리가 없는 듯 보였는데, 여인들은 모두 칸막이 좌석을 채우면서(가장 높은 층에 있는 칸막이 좌석을 아래층에서 쳐다보면, 마치 인간 꽃으로 누빈 커다란 광주리가 붉은 벨벳 끈에 묶인 채 아치 모양 극장 천장에 대롱대롱 매달린 것처럼 보이는) 죽음과 스캔들과 질병, 불화로 곧 모습이 변할 테지만 지금은 관심과 열기와 현기증과 먼지와 우아함과 권태로, 무의식적인 기대와 고요함에 마비된 어떤 영원한 비극적 순간에 사로잡힌 채 꼼짝하지 않는 그런 덧없는 파노라마를 제공했다. 나중에 회고해 보면 그 순간은 폭탄이 폭발하기 직전 또는 화재의 첫 불길이 터지기 직전의 순간과도 같다.

캉브르메르 부인이 극장에 올 수 있었던 것은, 진짜 왕족 대부분이 그렇듯이, 속물근성은 없지만 대신 마음속에서 스스로 소위 안목이란 걸 '예술'로 간주하며 그런 안목에 버금가는 자선을 베풀고 싶은 소망과 자만심에 불타는 파름 대공 부인이, 캉브르메르처럼 상류 사회에 끼지 못하는 부인들에게 여기저기 몇몇 칸막이 좌석을 양보했기 때문이다. 캉브르메르 부인은 잠시도 게르망트 공작 부인과 게르망트 대공 부인에게서 눈을 떼지 못했는데, 이 두 부인과 진정한 의미에서의 친분이 없는 탓에 인사를 구걸하지는 않아도 되었으므로, 보다 쉽게 그 부인들을 바라볼 수 있었다. 그렇지만 두 부인 댁에 초대받는 일은 그녀가 십 년 전부터 끈질기게 인내심을 가지고 추구해 온 목적이었다. 틀림없이 오 년 안에는 목적을 달성할 수 있으리라고 예감했다. 그러나 자신이 어떤 치유될 수 없는 치명적인 병에 걸렸다고 믿은 그녀는, 평소 의학적인 지식이 있다고 자랑하고 있었으므로 그때까지 살지 못할까 봐 겁이 났다. 하지만 그날 저녁만은 적어도 그녀가 전혀 알지 못하는 그 모든 부인네들이 그녀 곁에 그 친구들 중 한 사람, 즉 자기들 사회와 그들 사회를 똑같이 드나드는 아르장쿠르 부인의 동생인 보세르장 후작을 보게 되리라는 생각에 무척 행복했다. 하류 사회 부인들은 상류 사회 부인들이 보는 아래서 과시하기를 좋아한다. 보세르장 후작은 다른 칸막이 좌석을 망원경으로 볼 수 있도록 캉브르메르 부인 뒤편 가로로 놓인 의자에 앉았다. 그는 칸막이 좌석에 앉은 사람들을 모두 알고 있어, 뒤로 젖힌 멋진 자세와 아름다운 금발에 섬세한 얼굴로 몸을 반쯤 일으켜 존경심과 도도함이 섞인 푸른 눈에 미소를 띠고 인사했으며, 이런 그의 모습은 마치 오만한 궁중 신하인 대영주를 그린 옛 판화처럼 그가 앉은 경사면의 장방형 액자 안에 정확히 새겨졌다. 그는 자주 그렇게 캉브르메르 부인의 극장 초대를 승낙했고, 객석이나 출입구에서 여기저기 그를 둘러싼 그 찬란한 친구 무리 가운데서도 그녀 옆에 충직하게 남았지만, 마치 자신이 형편없는 동반자와 함께 있다고 느껴 그들을 난처하게 하고 싶지 않았는지 되도록 그들에게 말을 거는 걸 피했다. 그때 만일 디아나* 여신마냥 아름답고 가벼운 대공 부인이 비할 데 없는 망토 자락을 뒤로 끌며 지나가, 모든 이들의 얼굴과 뒤이어 그들 시선이 그녀 쪽으로 돌려진다면(어느 누구보다도 캉브르메르 부인의 시선이) 보세르장 씨는 곁에 있는 여인과의 대화에 열중하면서도 대공 부인의 우정 어린 눈부신 미소에 마지못해 상냥하게 대한다는 듯, 이런 상냥함이 일시적으로 조금은 난처하게 느껴진다는 듯, 예의 바른 조심성과 자비로운 냉담함으로 답례했다.

캉브르메르 부인은 아래층 특별석이 대공 부인에게 속한다는 사실을 알지 못했지만, 대공 부인이 자신이 초대한 손님에게 무대와 객석의 구경거리보다 더 많은 관심을 가지고 상냥하게 대하는 걸로 보아 그 초대 손님이 게르망트 공작 부인임을 짐작했을 것이다. 그러나 이런 원심력과 경쟁하여, 똑같이 상냥하게 대하려는 욕망으로 생성된 또 다른 반대 방향의 힘이 공작 부인의 주의를, 그녀 자신의 옷과 깃털과 목걸이와 코르사주로, 또한 옆에 앉은 대공 부인의 옷으로 향하게 했다. 공작 부인은 자신이 사촌 동서의 신하이자 노예이며 이곳에 온 것은 오로지 그녀를 만나기 위해서고, 이 칸막이 좌석의 소유자가 떠나고 싶은 마음이 들면 어디라도 따라갈 준비가 되었으며, 나머지 객석 사람들은 그저 보기에 신기한 낯선 이들로 구성된 무리로밖에 보이지 않는다고 선언하는 듯했다. 그렇지만 그 안에는 다른 날 같으면 그들 칸막이 좌석에 초대받

---

* 『잃어버린 시간을 찾아서』 4권 338쪽 주석 참조.

아 틀림없이 그 배타적이고 상대적이고 매주 반복되는 충성 서약을 했을 그녀의 친구들이 많았다. 캉브르메르 부인은 그 날 저녁 그곳에서 공작 부인을 보자 깜짝 놀랐다. 공작 부인 이 늦게까지 게르망트 성에 머무른다는 사실을 잘 알고 있었 기에 아직 그곳에 있을 거라고 생각했기 때문이다. 그러나 그 녀는 공작 부인이 파리에 볼 공연이 있다고 생각되면, 사냥꾼 들과 더불어 차를 마시자마자 곧바로 마차에 말을 매고 빠른 속도로 황혼이 지는 숲을 가로지르고 도로를 달려 콩브레에 서 기차를 타고 저녁이면 파리에 도착한다는 얘기를 들은 적 이 있었다. "저분은 라 베르마를 들으러 일부러 게르망트 성 에서 왔나 봐." 하고 캉브르메르 부인은 감탄하며 생각했다. 그러자 언젠가 스완이 샤를뤼스 씨와 함께 쓰는 모호한 은어 로 "공작 부인은 파리에서 가장 고귀한 분 중 한 분으로 가장 세련되고 가장 선택받은 엘리트시죠."라고 말했던 것이 생각 났다. 나로 말하면, 게르망트와 바비에르와 콩데*라는 이름에 서 이 두 사촌의 삶과 생각을 상상했으므로(얼굴은 이미 보았기 에 더 이상 그럴 수 없는) 「페드르」에 관해 세계 최고 비평가의 의견보다 이 두 사촌의 의견을 더 알고 싶었다. 물론 비평가의 의견은 나보다야 우월하겠지만 거기서 난 결국 같은 성질의 지성밖에 발견하지 못할 것이다. 그러나 게르망트 공작 부인 과 대공 부인이 생각하는 것과, 이 두 시적 인물의 성격에 대

---

* 콩데(Condé) 가문은 부르봉 왕가에서 나온 명문으로, 종교 전쟁 초기 지도 자였던 초대 콩데 공인 루이 1세에 이어, 스페인군을 물리친 '그랑 콩데'라고 불 리는 루이 2세가 명성을 떨쳤다.

해 내게 매우 소중한 자료를 제공해 주는 것을 나는 그들 이름의 도움으로 상상할 수 있었으므로, 그들의 의견에 어떤 비논리적인 매력이 있으리라고 믿었고 열에 들뜬 갈증과 향수로 게르망트 쪽을 산책하던 시절의 여름날 오후 매력을 그 의견이 되돌려 주기를 바랐다.

캉브르메르 부인은 이 두 사촌이 정확히 어떤 몸치장을 하고 있는지 식별하려고 애썼다. 나는 그들의 몸치장이 그들에게 있어 특별한 것임을 믿어 의심치 않았는데, 하인들이 입은 제복의 붉은 깃이나 푸른 앞가슴 장식이 예전에는 오로지 게르망트와 콩데 가문에만 속했다는 의미에서뿐 아니라, 그들이 머리에 꽂은 깃털이 새와 마찬가지로 단지 아름다운 장식이 아닌 몸의 연장이란 점에서 그러했다. 내 눈에 이 두 여인의 몸치장은 그 내면의 활동이 눈처럼 하얗거나 알록달록한 물질로 변한 듯 보였고, 또 어떤 숨겨진 상념에 상응하는 것처럼 보이는 게르망트 대공 부인의 몸짓(내가 이미 본 적 있는)과 마찬가지로, 대공 부인의 이마에 내려오는 깃털이나 공작 부인의 눈부신 금박 장식 코르사주가 마치 어떤 의미를 지닌 듯, 이 두 여인에게만 고유한 속성인 듯 보여, 그 의미를 알고 싶었다. 마치 공작새가 헤라 여신*과 떨어질 수 없듯, 내 눈에는 극락조가 대공 부인과 떨어질 수 없는 것처럼 보였고, 공작 부인의 금박 코르사주는 아테나 여신의 반짝거리는 술 달린 방

---

* 그리스 신화에서 제우스의 아내인 헤라 여신은 흔히 제우스의 바람기를 감시하는 공작새와 함께 나타나며, 아테나 여신은 무장한 모습으로 그려진다.

패처럼 어떤 여인도 빼앗지 못할 것 같았다. 그래서 별 감동을 주지 못하는 그 차가운 우의적 그림들이 그려진 극장 천장보다, 더 자주 이 아래층 특별석 쪽으로 눈길을 돌렸는데, 마치 평상시 구름으로 덮여 있던 하늘이 기적적으로 갈라지면서, 붉은 차양 아래 한데 모인 신들이 잠시 드러난 눈부신 '하늘'의 두 기둥 사이로 인간의 연극을 보는 듯했다. 나는 이 순간적인 신격화를 혼란스러운 마음으로, 하지만 다른 불멸의 신들에게 들키지 않았다는 안도감 섞인 마음으로 관조했다. 공작 부인은 남편과 함께 나를 한번 본 적이 있지만 틀림없이 기억하지 못할 것이며, 칸막이 특별석에 앉은 탓에 아래층 앞 좌석 관객이라는 그 익명 집단인 석산호류를 바라보듯 나를 볼 테지만 다행히 내 존재가 관객 사이에 녹아 있어 나는 행복하다고 느끼고 있었는데, 그때 마침 빛의 굴절 법칙 덕분에 푸른 두 눈의 무관심한 흐름 속에 개체로서의 삶이 제거된 나라는 원생동물의 어렴풋한 형태가 아마도 부인 눈에 그려졌는지 그녀 눈에서 반짝하는 빛이 보였고, 그러자 갑자기 여신에서 여인으로 변한, 내 눈에 천배는 더 아름다워 보이는 공작 부인이 칸막이 좌석 가장자리에 올려놓은 하얀 장갑 낀 손을 내 쪽으로 들어 우정의 표시로 흔들었고, 그 순간 내 시선은 부인이 누구에게 인사를 하는지 보려고 자기도 모르게 타오르는 반사적인 불길로 작열하는 대공 부인 눈길과 마주친 듯 느꼈으며, 또 공작 부인은 나를 알아보고 반짝거리는 천상의 미소 세례를 내게 소나기처럼 퍼부었다.

이제 나는 매일 아침 그녀가 외출하는 시간보다 훨씬 일찍 멀리서 길을 돌아 보통 때 그녀가 내려오는 골목 모퉁이에서 엿보다가, 지나갈 시간이 가까워지면 방심한 표정으로 반대 방향을 바라보며 길을 올라가다 그녀와 같은 지점에 이르러, 여기서 만나리라고는 전혀 기대하지도 않았다는 듯 그녀를 향해 눈을 들어 올렸다. 처음 며칠 동안은 그녀를 놓치지 않으려고 보다 확실하게 그녀 집 앞에서 기다렸다. 마차가 드나드는 대문(내가 기다리는 사람이 아니라 다른 수많은 사람들을 연이어 통과시키는)이 열릴 때마다 대문의 흔들림이 마음속까지 길게 퍼져 아주 오랜 시간이 지난 후에야 마음이 가라앉곤 했다. 알지도 못하는 유명 연극배우를 보려고 배우들이 나오는 문 앞에서 '오랫동안 서서 진을 치는' 극성팬들이나, 감옥 혹은 궁정 안쪽에서 무슨 소리가 들릴 때마다 금방이라도 튀어나올 것 같은 죄수나 위인에게 욕을 퍼붓거나 갈채를 보내려고 기다리는 격노한 또는 심취한 군중도, 그때 이 귀부인의 출현을 기다리면서 내가 느꼈던 감동은 느끼지 못했으리라. 단순한 옷차림일 뿐인데도 그 우아한 걸음걸이로(살롱이나 칸막이 좌석에 들어갈 때의 자태와는 전혀 다른) 부인은 아침 산책을 — 내게는 이 세상에서 산책하는 사람이 오직 그녀뿐인 것처럼 보이는 — 우아함에 대한 시(詩) 한 편, 화창한 날씨의 가장 섬세한 보석이나 가장 진기한 꽃으로 만들 줄 알았다. 그러나 그로부터 사흘이 지난 후 나는 내 술책을 문지기에게 들키지 않으려고 훨씬 멀리, 공작 부인이 평소 지나가는 길의 한 지점까지 갔다. 극장에서 저녁 공연이 있기 전에는 이처럼 날

씨가 좋으면 나는 자주 점심 전에 잠깐씩 외출을 했으며, 비가 올 때면 해가 반짝거리기 시작만 해도 몇 걸음 걸으려고 내려갔는데, 햇살을 머금어 금빛 옻칠로 변한 아직 물기가 감도는 보도 위, 태양이 금빛으로 그을린 안개를 먼지처럼 휘날리는 네거리의 찬란한 개화 속에 어느 교사 뒤를 따라 걸어가는 기숙사 여학생이나 하얀 팔소매 차림인 우유 파는 소녀의 모습이 보이기만 해도(때로는 그 뒤를 쫓아가기도 하는) 나는 벌써 낯선 삶을 향해 뛰어든 듯 가슴에 손을 얹고 꼼짝하지 않았다. 소녀의 모습이 사라져 다시는 나오지 않은 그 문과 길과 시간을 기억해 두려고 애썼다. 다행히도 나를 스쳐 갔던 이미지들의 덧없음이 내가 그것들을 되찾겠다고 약속하는 순간 내 기억 속에 고정되지 못하게 방해했다. 발베크의 길과 마찬가지로 파리의 온 거리가, 내가 그토록 메제글리즈 숲으로부터 솟아오르게 하고 싶었던 그런 미지의 아름다운 소녀들로 꽃피고, 소녀들이 저마다 그녀만이 충족시켜 줄 수 있는 관능적 욕망으로 나를 자극하는 모습을 본 후에는, 비록 내 몸이 병약하고, 아직 한 번도 제대로 일을 하거나 책을 쓰기 시작할 용기를 갖지 못한다 해도 나는 예전보다 슬프지 않았으며, 또 세상이 보다 살기 좋은 곳이라는 생각과 함께 삶을 편력하는 일도 보다 흥미롭게 생각되었다.

오페라좌에서 돌아오면서 나는 다음 날을 위해 며칠 전부터 내가 다시 보고 싶어 했던 여인들 목록에 가벼운 금발을 높이 틀어 올린 키 큰 게르망트 부인의 이미지를 사촌 동서의 아래층 특별석에서 그녀의 미소가 약속한 애정과 함께 추가했다. 프랑수아즈가 일러 준 대로 공작 부인이 드나드는 길을 따라다니면서도, 이틀 전에 목격한 두 소녀를 다시 만나기 위해서라면 수업이나 교리 문답을 빠지는 일도 마다하지 않았을 것이다. 하지만 그동안, 때때로 게르망트 부인의 반짝거리는 미소와 더불어 그 미소가 내 마음속에 불러일으킨 부드러움의 감각도 되살아나는 듯했다. 자신이 무엇을 하는지도 정확히 모르면서 나는 그 미소와 감각을,(이제 방금 받은 보석 단추가 옷에 어떤 효과를 주는지 바라보는 여인처럼) 오래전부터 내가 품어 왔던 낭만적인 관념들 옆에, 또 알베르틴의 냉담한 태도와 지젤의 때 이른 출발과 그전에는 고의로 질질 끌어 왔던 질베르트와의 결별로 내 마음속에서 사라져 버린 그런 낭만적인 관념들 옆에(이를테면 한 여인의 사랑을 받거나 그녀와 동거 생활을 하는 관념을) 나란히 놓으려 했다. 그런 다음에는 내가 거리에서 본 두 소녀의 이런저런 이미지를 그 관념에 접근시켜보다가 곧바로 공작 부인의 추억을 거기 맞추려 했다. 이런 관념들에 비하면 오페라좌에서의 게르망트 부인의 추억은, 빛나는 혜성의 긴 꼬리 옆에 있는 작은 별자리만큼이나 미미해보였다. 더욱이 나는 게르망트 부인을 알기 전부터 이런 관념들에 매우 친숙했다. 반대로 추억은, 내가 불완전하게만 소유하는 추억은 이따금 내게서 빠져나갔다. 추억은 그저 아름다운 여인의 이미지처럼 내 마음속에 몇 시간 떠돌다가, 그 이미지가 나타나기 전에 품었던 낭만적인 관념과 더불어 점차 하나의 유일하고도 결정적인 연상 작용으로(어떤 다른 여성적 이미지와도 완연히 구별되는) 발전했으며, 따라서 추억이 가장 잘 떠오르는 바로 이런 짧은 시간 동안 나는 그 추억이 정확히 어떤 것인지 알아야 했다. 하지만 그때는 이것이 얼마나 중요한 추억이 될지 전혀 알지 못했다. 그것은 단지 내 마음속에서 이루어진 게르망트 부인과의 첫 만남인 듯 감미롭기만 했으며, 게르망트 부인에 대한 최초의 스케치이자 그녀의 삶에 따라서 만든, 따라서 현실의 게르망트 부인에 대한 유일하고도 진정한 스케치였다. 추억에 별다른 주의를 기울이지 않고 추억을 간직하는 행운을 가졌던 이런 짧은 시간 동안 추억은 정말로 매혹적이었으리라. 왜냐하면 그런 시간에는 내 사랑의 관념이 서두르거나 지치는 일 없이, 어떤 필요나 고뇌의 흔적도 없이 언제나 여전히 자유롭게 추억 쪽으로 돌아갔기 때문이다. 그러다 점점 이 관념이 추억을 보다 결정적인 형태로 고정하면서 추억은 보다 강력한 힘을 지니게 되었지만, 추억 자체는 보다 흐릿해졌다. 나는 더 이상 추억을 되찾을 수 없었다. 아마도 몽상하는 동안 내가 추억을 완전히 변형시켰는지도 모른다. 게르망트 부인을 볼 때마다 나는 내가 상상했던 것과 보는 것 사이에 어떤 괴리감을, 게다가 언제나 다른 종류의 괴리감을 확인했다. 이제는 날마다 게르망트 부인이 길 위쪽에서 나타날 때마다 키가 큰 부인의 모습, 가벼운 머리칼 밑에 놓인 눈길이 맑은 얼굴, 내가 서서 기다리던 그 모든 것들을 여전히 볼 수 있었다. 하지만 반대로 몇 초가 지나 내가 찾으러 온 이 만남을 기대하지도 않았다는 듯, 다른 방향으로 눈길을 돌리다 공작 부인과 거의 같은 지점에 이르러 내 눈길을 공작 부인 쪽으로 들어 올리면, 그때 나는 밖의 공기 탓인지 염증 탓인지 잔뜩 찌푸린 얼굴에 난 붉은 반점을 보았고, 이 찌푸린 얼굴은 「페드르」를 관람했던 저녁의 상냥함과는 너무도 거리가 먼 지극히 무뚝뚝한 표정으로, 내가 놀란 듯 일상적으로 보내는 인사, 그녀 마음에 들지 않는 것처럼 보이는 인사에 답했다. 그렇지만 며칠 후에는 게르망트 부인 추억에 비길 만한 힘이 없으면서도 두 소녀의 추억이 내 사랑의 관념을 차지하기 위해 여전히 그 추억과 투쟁했고, 그러다 드디어는 게르망트 부인의 추억이 그 자체로 가장 많이 떠오르면서 다른 두 경쟁자는 제거되었다. 결국 나는 여전히 의도적으로, 또 내 선택과 기쁨에서 우러나온 듯 내 온갖 사랑의 상념을 게르망트 부인의 추억 쪽으로 이동시켰다. 이제는 더 이상 교리 문답 소녀나 어느 우유 배달 소녀를 꿈꾸지 않았다. 그렇지만 내가 거리로 구하러 온 것을, 극장에서 미소가 약속했던 애정이나 그녀의 실루엣과 금발 아래서 빛나던 얼굴을 — 아마도 멀리서 본 탓에 그랬겠지만 — 더 이상 거기서 찾을 수 있다고 기대하지는 않았다. 지금 나는 게르망트 부인이 어떻게 생겼는지, 그녀의 무엇 때문에 내가 그녀를 알아볼 수 있는지도 말할 수 없었으며, 그만큼 그녀라는 인간 전체에서 얼굴 모습은 옷과 모자와 마찬가지로 날마다 변했다.

왜 나는 어느 날 모자 달린 연보랏빛 망토 아래 푸른 두 눈 주위에 그토록 균형 잡힌 매력의 부드럽고 매끄러운 얼굴이, 또 그 안에 코의 선이 흡수된 듯 보이는 얼굴이, 내 앞쪽에서 다가오는 모습을 보면서 즐거운 충격과 더불어 게르망트 부인을 가까이서 보지 않고는 결코 집에 돌아가지 못하리라는 걸 알았을까? 왜 나는 감색 토시를 끼고 이집트 여신처럼 옆으로 길게 째진 눈에 새부리와도 같은 코가 붉은 뺨을 따라 난 그녀의 옆모습이 지름길에 나타나는 걸 보면서, 어제와 똑같이 떨리는 마음으로 똑같이 무관심을 가장하며 똑같이 방심한 표정으로 내 눈길을 다른 쪽으로 돌렸을까? 어느 날 나는 단순히 새부리 모양 코 여인이 아니라 거의 새에 가까운 여인을 보았다. 게르망트 부인의 옷과 토시조차도 모피로 휘감겨 한 조각 천도 보이지 않았으므로, 그녀는 빽빽하고 부드러운 황갈색 단색 털로 뒤덮인 어떤 독수리마냥 그토록 자연스럽게 털이 나 있는 듯했다. 이런 자연스러운 털로 뒤덮인 작은 머리 한복판에 새부리 모양 코는 휘었고, 툭 튀어나온 눈은 꿰뚫어 보는 듯 날카롭고 푸르렀다.

어떤 날 내가 게르망트 부인을 만나지 못하고 이리저리 몇 시간이나 길에서 돌아다니고 있을 때, 갑자기 이 서민적인 귀족 동네의 두 저택 사이에 감춰진 한 유제품 가게 구석에서 '프티 스위스'*를 보여 달라고 청하는 한 우아한 여인의 어렴풋하고 친숙하지 않은 얼굴이 뚜렷이 드러나, 내가 여인의 얼굴을 채 식별하기도 전에 공작 부인의 시선이 어느 얼굴의 부분보다 내게 이르는 데 시간이 덜 걸린다는 듯 섬광처럼 나를 후려쳤다. 또 어떤 날은 그녀를 만나지 못한 채 정오를 알리는 종소리를 들으며 이제 기다려 봐야 소용이 없음을 깨닫고 쓸쓸히 집에 돌아가는 길로 접어들며 실망에 잠긴 채 멀어져

---

* 크림 모양의 치즈를 말한다.

가는 마차를 멍하니 바라보고 있을 때, 갑자기 한 부인이 나를 향해 마차 문에서 목례를 보낸다는 걸 깨달았으며, 그리하여 긴장이 풀린 듯한 그 창백한 모습이, 혹은 반대로 활기차고 긴장한 모습이, 높다란 깃털 장식 달린 둥근 모자 아래로 내가 알아보지 못하는 한 낯선 여인의 얼굴을 이룬다고 여겼는데, 바로 그 여인이 게르망트 부인이며 이런 부인이 인사를 하는데도 내가 답례조차 하지 않은 것을 깨달았다. 또 이따금 집에 돌아가는 길에 문지기 방 모퉁이에서 그녀를 발견하기도 했는데, 내가 그토록 싫어하는 그 눈길이 탐문하는 듯한 가증스러운 문지기가 부인에게 허리를 굽혀 인사하면서 동시에 '고자질'까지 했던 모양이다. 게르망트 집 모든 고용인은 창문 커튼 뒤에 숨어서 잘 들리지 않는 대화를 들으려고 부들부들 몸을 떨며 염탐했고, 그런 후에는 공작 부인이 '수다쟁이'가 팔아넘긴 정보로 이런저런 하인의 외출을 금지했다. 게르망트 부인이 보여 주는 이런 상이한 얼굴들의 연이은 출현 덕분에 그 얼굴들은 그녀의 옷차림이라는 전체적인 틀 안에서 때로는 비좁게, 때로는 넓게 상대적인 공간을 차지했고, 내 사랑은 날마다 변하는 살과 옷감의 어느 특정 부분에도 고정될 수 없었으며, 내 마음의 동요도 이처럼 그녀가 날마다 살과 옷감을 고치고 거의 온통 새것으로 만들어도 달라지지 않았다. 그녀의 살과 옷감을 통해 혹은 낯선 뺨이나 새로운 옷깃을 통해 내가 느끼는 것은 항상 게르망트 부인이었으니까. 이 모든 것을 움직이는 그 눈에 보이지 않는 인간을, 그 적의가 날 슬프게 하고 그 다가옴이 내 마음을 흔들어 놓는 인간을 나는 사랑했고, 이런 그녀의 삶을 사로잡아 거기서 그녀의 친구들을 내쫓고 싶었다. 푸른 깃털을 세우거나 불같은 안색을 보이거나 그녀가 하는 행동은 내 눈에 중요성을 상실하지 않았다.

매일처럼 나를 만나는 걸 게르망트 부인이 무척이나 귀찮아 한다는 사실을, 프랑수아즈가 아침마다 내 외출 준비를 도와주면서 보이는 냉정함이나 비난과 연민으로 가득한 얼굴을 통해 간접적으로나마 인지하지 못했다면, 나 스스로는 결코 깨닫지 못했을 것이다. 프랑수아즈에게 옷을 달라고 하면 그녀의 일그러지고 뭉개진 얼굴에서 역풍이 일어나는 것이 느껴졌다. 난 프랑수아즈의 신뢰를 얻으려고 애쓰지 않았으며, 그렇게 해 봐야 신뢰를 얻는 데 이르지 못하리라고 느꼈다. 프랑수아즈에게는 우리 부모님과 내게 뭔가 불쾌한 일이 일어날 조짐이 보이면 즉시 알아보는 힘이 있었는데, 나는 언제나 그 힘의 성질이 모호하게 생각되었다. 아마도 그것은 초자연적인 힘이 아니라, 특별한 정보망에 의해 프랑수아즈에게만 설명될 수 있을지도 몰랐다. 우편으로 유럽의 식민지 관할 본부에 한 정보를 전달하기에 앞서 이미 며칠 전에 원주민들이 아는 경우가 있는데, 이는 텔레파시가 아닌 실제로 이 언덕에서 저 언덕으로 그 정보가 봉홧불의 도움을 받아 전달되기 때문이다. 이처럼 나의 산책이라는 특수한 경우에도, 어쩌면 게르망트 부인이 노상에서 늘 날 마주치는 데 그만 지쳤다고 한 말을 부인의 하인들이 듣고 프랑수아즈에게 전했는지도 모른다. 물론 부모님은 프랑수아즈가 아닌 다른 사람에게 내 시중을 맡길 수 있었겠지만, 그렇게 했어도 내게 별 득이 되지는 않았을 것이다. 프랑수아즈는 어떤 점에서는 다른 이들보다 덜 하인다웠다. 사물을 느끼는 방식이나, 선량하고도 동정심 많으며, 통명스러우면서도 거만하고, 꾀바르면서도 편협하고, 피부가 하야면서도 손이 붉은 그녀는 "자기 집에서 잘 지내던" 부모가 어쩌다 망해 할 수 없이 고용살이를 하게 된 시골 아가씨였다. 우리 집에서 그녀의 존재감은, 전원생활이 나그네 쪽을 향해 오는 일종의 뒤바뀐 여행 덕분에 전원 공기와 농가 사회생활이 오십 년 전부터 우리 집에 옮겨져 오는 것으로 나타났다. 마치 아직도 몇몇 지방에서 지방 박물관 진열창이 농촌 여자가 장식줄로 수놓아 만든 진기한 수공예품으로 꾸며지듯이, 우리의 파리 아파트도 전통적이고 지역적인 감정의 영향을 받은, 또 지극히 오래된 법칙에 복종하는 프랑수아즈의 말에 따라 꾸며졌다. 프랑수아즈는 여기다 색실로 유년 시절 벚나무와 새 들을, 아직도 그녀의 눈에 선한 어머니가 돌아가신 침상을 그려 넣을 줄 알았다. 그러나 이 모든 것에도, 파리에서 우리 가족의 시중을 들려고 들어왔을 때부터, 그녀는 —— 누구라도 그 입장이었다면 그녀보다 더했겠지만 —— 다른 층 하인들의 의견이나 법 해석에 동조하면서 우리에게 표시해야 할 존경심을 대신하거나, 오 층 요리사가 늘 자기 여주인에게 쓰는 거친 말씨를 반복하며 얼마나 하인다운 만족감에 도취했던지, 우리는 생전 처음으로 그 가증스러운 오 층 아파트 세입자와 어떤 연대감을 느꼈으며, 결국 우리도 주인이었구나 하고 말했을 정도였다. 프랑수아즈의 성격이 이렇게 변한 것은 어쩌면 불가피한 일이었는지도 모른다. 몇몇 생활 방식은 지나치게 비정상적이어서 필연적으로 어떤 특징적인 결함을 낳기 마련인데, 가령 왕이 베르사유 궁정에서 궁인들과 보내는 생활은 이집트의 파라오나 베네치아의 집정관 생활만큼이나 기이한 것이다. 그런데 하인들의 생활은 아마도 이보다 더 괴물 같은 기이함을 띠며, 다만 습관이 우리에게 그 모습을 가리는 것뿐일지도 모른다. 그러나 프랑수아즈를 해고해야 한다 해도, 이보다 더 특별한 세부적인 요소 때문에 나는 똑같은 하인을 둬야 할 운명이었을 것이다. 왜냐하면 훗날 내 시중을 들러 여러 하인들이 들어왔지만, 그들 역시 하인 특유의 결점이 있었고, 또 우리 집에서 생활하면서 빠른 변화를 겪었기 때문이다. 공격의 법칙이란 반격의 법칙을 요구하는 법이어서 하인들은 내 모난 성격에 다치지 않으려고, 누구나 자신의 성격 속에 내 모난 성격에 해당하는 부분에는 오목한 부분을, 반대로 내 오목한 부분에는 내 결점을 이용해 볼록한 부분을 파 놓았다. 그런데 나는 내 결점도, 그들이 그 사이에 파 놓은 볼록한 부분도 알지 못했는데, 바로 그것이 내 결점이었기 때문이다. 그러나 하인들이 점점 무례해지면서 내게 그 결점을 가르쳐 주었다. 그들이 변함없이 습득한 결점에 따라, 나는 내가 타고난 변함없는 결점을 알게 되었고, 그들의 성격은 내 성격에 대한 일종의 음화 원판을 제시했다. 예전에 사즈라 부인이 하인들을 가리켜 "그 종족, 그 종자."라고 말했을 때 어머니와 내가 비웃은 적이 있다. 그러나 내가 프랑수아즈를 다른 하인과 바꾸고 싶어 하지 않은 이유는 바꿔봐야 그 사람 역시 필연적으로 하인이라는 일반 종족에, 내 하인이라는 특별 종자에 속하리라고 예감했기 때문이다.

프랑수아즈의 이야기로 다시 돌아가 보면, 내가 굴욕적인 일을 당할 때마다 언제나 그녀 얼굴에 미리 동정하는 빛이 담겨 있지 않은 적이 없었다. 그래서 프랑수아즈의 동정을 받는 데 그만 화가 난 나는 반대로 내가 어떤 승부에서 이겼다고 우기려 했지만, 이런 거짓말은 그녀의 공손하지만 눈에 띄는 불신과 자기 말이 틀림없다는 확신으로 쓸데없이 번번이 산산조각 나고 말았다. 그녀는 내 진실을 알았다. 그러나 그녀는 그 진실에 대해 침묵했고, 아직도 입안에 가득 들어 있다는 듯, 그중 큼직한 조각만을 삼킨다는 듯, 입술을 조그맣게 움직였을 뿐이다. 프랑수아즈는 진실에 대해 침묵했으며, 적어도 나는 오랫동안 그렇게 믿어 왔다. 왜냐하면 그때까지도 나는 진실이, 말이란 수단을 통해 남에게 알려지는 것이라고만 믿었으니까. 뿐만 아니라 남들이 내게 한 말은 내 예민한 정신 속에서 어떤 변치 않는 의미를 지녀, 누군가가 날 좋아한다고 말하는데도 좋아하지 않는다는 건 있을 수 없는 일이라고 생각했다. 프랑수아즈 자신도 우편으로 주문하자마자 즉시 만병통치약이나 수입을 백배로 올리는 비결을 무료로 보내 주겠다고 하는 아무개 신부나 신사가 낸 광고를 신문에서 읽으면서 전혀 의심하지 않았을 것이다.(반면 우리 주치의가 코감기에 잘 듣는 아주 간단한 연고를 처방하려고 하기라도 하면 그보다 심한 통증도 잘 견디던 그녀는 코를 훌쩍거려야 한다고 불평하면서 "마치 닭 털을 뽑는 것처럼 연고가 코를 따끔따끔하게 하네요."라며 더 이상 살고 싶은 생각이 없다고 한탄했다.) 그러나 프랑수아즈는 내게 진실 폭로에는 말이 필요치 않으며, 말에 기대지 않고, 더 나아가 말을 참조하지 않고도 수많은 외부 기호들에서 진실을 포착할 수 있다는, 물리적 자연에서의 대기 변화와 유사한 그런 성격 세계에서, 눈에 보이지 않은 몇몇 현상에서조차, 진실을 보다 확실히 포착할 수 있는 사례를 보여 준 최초의 인간이었다.(그러나 나는 이 사실을 — 책 마지막 부분에 가면 알게 되겠지만 — 훗날 프랑수아즈보다 훨씬 더 소중한 인물이 보다 고통스러운 방식으로 제기한 뒤에야 깨달았다.) 어쩌면 나도 프랑수아즈처럼 그 점을 의심해 볼 수 있었을지 모른다. 왜냐하면 그 시기의 나는, 진실이라곤 전혀 찾아볼 수 없는 말을 하면서도 내 몸과 행동이 무의식적으로 털어놓는 속내(프랑수아즈가 정확하게 해석하는)를 통해 진실을 폭로하는 일이 자주 있었으니까. 하지만 그렇게 하려면 내가 때로 거짓말쟁이이자 사기꾼이 되어야 한다는 사실도 깨달았어야 했다. 그런데 거짓말과 사기는 모든 이들과 마찬가지로 내게서도 매우 절박하고 우발적인 방식에 따라, 또 자신을 방어하기 위해 어떤 특별한 이해타산에 따라 이루어졌으므로, 어떤 고결한 이상에 몰두하는 내 정신은, 내 성격이 그늘에서 그런 하찮고 시급한 일을 하도록 내버려 두고는 쳐다보려고도 하지 않았다. 프랑수아즈가 상냥히 굴며 내 방에 그대로 있어도 좋으냐고 묻는 저녁이면, 내 눈에는 그녀 얼굴이 투명해진 듯 보였고, 그래서 그녀에게서 선의와 솔직함을 엿보았다고 생각했다. 그러나 쥐피앵은 — 그에게 경솔한 면이 있다는 걸 훨씬 나중에야 알게 되었지만 — 프랑수아즈가, 나란 인간이 내 목을 매는 밧줄만큼의 가치도 없으며 자기를 힘들게 하려고 온갖 수작을 다 부린다 했다고 폭로하지 않았던가. 쥐피앵의 이런 말들은 그 즉시 나와 프랑수아즈의 관계에 대한 사진을 낯선 빛깔로 찍어 냈는데, 여태껏 프랑수아즈가 전혀 망설이는 기색 없이 나를 좋아하고 기회가 있을 때마다 놓치지 않고 나를 칭찬해 왔으므로 여태껏 나는 이와 다른 사진을 찍어 왔고 그런 사진을 바라보면서 자주 내 눈을 쉬게 하는 것을 좋아해 왔다. 나는 물리적 세계만이 우리가 눈으로 보는 세계와 그 모습이 다르지 않다는 것을 깨달았다. 어쩌면 모든 현실이 우리가 직접 지각한다고 믿는 현실과 다르며, 또 눈에는 보이지 않지만 우리에게 작용하는 관념의 도움을 받아 우리가 구성하는 현실과도 다르다고 생각했다. 이는 마치 나무나 태양과 하늘이, 우리와는 눈이 다르게 구성된 존재를 통해 지각되거나, 혹은 이런 지각을 위해 눈이 아닌 다른 기관이 있어 거기에 비시각적인 등가물을 부여하여, 나무나 태양과 하늘이 우리가 보는 모습이 아닌 다른 모습이 되는 것과도 같다. 이처럼 쥐피앵이 현실 세계에 대해 열어 보인 이 갑작스러운 틈은 나를 겁에 질리게 했다. 그러나 이것은 아직도 내가 거의 신경 쓰지 않는 프랑수아즈의 일일 뿐이었다. 우리의 모든 사회적 관계도 그런 것일까? 사랑의 관계도 마찬가지일까? 그렇다면 그것은 도대체 어느 날 어떤 절망으로까지 나를 몰고 갈까? 미래의 비밀이었다. 아직은 프랑수아즈에만 해당되는 문제였다. 쥐피앵에게 그 말을 할 때 그녀는 진지했을까? 아니면 단지 쥐피앵과 나 사이를 틀어지게 하거나, 어쩌면 쥐피앵의 조카딸을 자기 대신 우리 집에 들어오지 못하게 하려고 한 말일까? 나는 프랑수아즈가 나를 좋아하는지 아니면 싫어하는지를 직접적으로 확실히 알 수 없음을 깨달았다. 이렇게 해서 프랑수아즈는, 인간이란 내가 생각했듯이 장점이나 결점과 계획, 우리에 대한 견해를 가진 명료한 부동의 존재가 아니라(울타리 너머로 온 화단이 내려다보이는 정원처럼) 우리가 결코 꿰뚫고 들어갈 수 없고 직접적으로 인식할 수도 없는 그림자이며, 이런 주제에 대해 말과 행위의 도움을 받아 만들어 내는 믿음은 각각 서로에게 불충분한 데다가 모순투성이 지식만을 제공할 뿐이며, 우리는 이런 증오와 사랑이 번득이는 그림자를 마치 진실인 양 번갈아 상상한다는 것을 내게 가르쳐 준 최초의 인간이었다.

나는 정말로 게르망트 부인을 사랑했다. 내가 신에게 바랄 수 있는 최상의 행복은, 그녀에게 온갖 중상모략을 퍼부어 그녀를 파산하게 하고 실추시킨 뒤 나로부터 그녀를 갈라놓는 모든 특권을 빼앗아 살 집도, 인사를 허락하는 이도 하나 없게 된 그녀가 스스로 내 도움을 간청하러 오는 것이었다. 나는 그녀가 그렇게 하는 모습을 상상해 보았다. 대기 변화나 내 건강 상태 변화가 과거 인상들이 기록된, 어느 망각된 두루마리를 내 의식에 가져오는 저녁이면, 나는 내 마음속에 지금 막 생겨난 쇄신의 힘으로, 보통 때는 나로부터 빠져나가는 상념을 해독하거나 마침내 본격적으로 일을 시작하는 대신, 비참한 처지인 공작 부인이 사정이 바뀌어 힘 있는 부자가 된 내게 구걸하러 온다는, 한낱 공허한 말과 몸짓에 지나지 않는 순전히 무익하고도 진실이 없는 모험 소설을 소리 높여 말하거나, 표면상 파란만장한 방식으로 생각하기를 좋아했다. 공작 부인을 내 집 지붕 아래로 맞이하며 벌어질 상황들을 상상하고 내가 할 말들을 지껄이면서 몇 시간을 보냈지만 상황은 달라지지 않았다. 어쩌면 불행하게도 나는 현실에서 가장 상이한 장점들을 한데 가진 여인을 연인으로 택했는지도 모른다. 바로 이 점이 그녀 눈에 내가 매력적인 인간으로 비치리라는 기대를 전혀 할 수 없었던 이유이다. 왜냐하면 공작 부인은 귀족 아닌 사람 중에서 가장 부자인 사람만큼이나 부자였으며, 거기다 그녀를 인기 있는 존재로, 모든 사람들 사이에 여왕으로 만드는 개인적인 매력까지 갖추고 있었다.

아침마다 내가 그녀를 맞이하러 가는 게 그녀 마음에 들지 않았던 모양이다. 이틀이나 사흘 정도 용기를 내어 자제해 보려고도 했지만, 내게는 무척이나 큰 희생으로 생각되었을 이런 자제를, 어쩌면 게르망트 부인은 눈치채지 못했거나 설령 눈치챘다 해도 내 의지와는 무관한 어떤 사정 탓으로 돌렸으리라. 사실 나는 불가능한 상태에 처하지 않고는, 그녀가 다니는 길목에 나가는 일을 멈추지 못했을 것이다. 그녀를 만나고, 잠시나마 그녀의 주목을 받는 대상이, 인사를 받는 인물이 되고 싶은 욕망이 끊임없이 되살아나, 이런 욕망이 그녀 마음을 언짢게 할 거라는 걱정보다 더 강렬해졌다. 얼마 동안 멀리 떠나 있어야 했다. 하지만 내게는 그럴 용기가 없었다. 때로 그렇게 할까 생각도 해 봤다. 프랑수아즈에게 가방을 싸라고 말했다가 금방 풀게 했다. 그러면 시대에 뒤처지지 않으려는 모방의 재능이 가장 자연스럽고 가장 자명한 형태를 변형시킨다는 듯, 프랑수아즈는 딸의 어휘에서 빌린 표현으로 내게 '딩고'*라고 말했다. 그녀는 나의 이런 모습을 좋아하지 않았으며, 현대인들과 대적하고 싶지 않을 때는 생시몽의 언어를 쓰면서 내가 언제나 "이것저것 재 보느라 망설인다."**라고 말했다. 그녀는 내가 주인으로서 말할 때면 더더욱 좋아하지 않았다. 그런 짓이 내게 자연스럽지 않으며 적절하지도 않다는 걸 잘 아는 그녀는, 그것을 "의지가 내게 어울리지 않도다."라는 말로 번역했다. 게르망트 부인에게 가까이 다가가는 방향이 아니라면 나는 떠날 용기가 없었다. 불가능한 일은 아니었다. 아침 내내 외롭고 수치스러운 심정으로 길을 빙빙 돌며 내가 하고 싶은 말 가운데 어느 하나도 그녀에게까지 결코 도달하지 못하리라는 걸 느끼면서, 아무 진전도 없이 무한히 계속될 것 같은 이런 제자리 돌기 산책을 하느니, 차라리 게르망트 부인으로부터 멀리 떨어진 곳으로 가는 편이 그 곁에 더 가까이 있는 듯 느껴지지 않을까? 하지만 그녀가 친구를 까다롭게 사귄다는 걸 잘 알고 있으니 이런 그녀를 알고 또 나를 높이 평가해 주며, 나에 대한 말을 그녀에게 해 줄 수 있고, 또 내가 원하는 걸 얻어 주지는 못할망정 적어도 그 사실을 알려 줄 수 있는 누군가에게 가서, 어쨌든 그 사람 덕분에 내가 그녀에게 보내는 이런저런 메시지를 전해 줄지 어떤지를 의논할 수 있다면, 그것만으로도 내 고독한 무언의 몽상에 말이라는 새로

운 활성화된 형태가 부여되어 내게는 진일보한 것처럼, 거의 실현된 것처럼 보이지 않을까? '게르망트' 사람으로서 신비스 럽게 살아가는 동안 그녀가 하는 일은 내게 지속적인 몽상의 대상이었으므로, 내가 거기에 간접적인 방식으로나마 끼어들 수 있다면, 공작 부인 저택이나 저녁 파티, 그녀와의 긴 대화 로부터 배제되지 않은 누군가를 지렛대로 이용할 수만 있다 면, 매일 아침 길에서 그녀를 바라보는 일보다 거리감이야 있 겠지만 보다 효과적인 접촉이 되지 않을까?

나에 대한 생루의 우정과 찬미가 과분하다고 보여 지금까 지 나는 거기에 무관심했었다. 그런데 갑자기 이런 것들이 소 중하게 느껴지면서, 나는 생루가 게르망트 부인에게 자신의 우정과 찬미를 얘기해 주길 바랐고, 또 그에게 그렇게 해 달라 고 부탁할 수 있을 것 같았다. 사랑에 빠진 사람은, 자신은 소 유하지만 남들은 모르는 특권은, 그것이 아무리 사소할지라 도, 마치 이단자나 혜택 받지 못한 자들이 으레 그렇듯이, 모 두 사랑하는 여인에게 누설하고 싶어 한다. 여인이 그 특권을 몰라주는 걸 괴로워하면서, 또 그 특권이 결코 눈에 띄지 않는 까닭에, 어쩌면 우리에 대한 그녀 의견에 남들은 모르는 이점 의 가능성을 덧붙였는지 모른다고 생각하면서 스스로를 위로 하려고 애쓴다.

생루의 말대로 직업상 의무 탓인지 아니면 애인과 벌써 두 번이나 헤어질 뻔한 슬픔 탓인지, 그는 오랫동안 파리에 오지 않았다. 그가 여러 번 자기 주둔지로 찾아와 주면 정말로 기쁘 겠다고 말했고, 또 내 친구가 발베크를 떠나며 이틀 후에 보낸 첫 번째 편지 봉투에서 주둔지 이름을 읽었을 때 내가 큰 기쁨을 느꼈던 일이 떠올랐다. 대지 풍경이 믿기지 않을 정도로 발베크 해변에서 가까운 그곳은 광막한 들판에 둘러싸인 작고 귀족적인 군사 도시로, 화창한 날씨에는 멀리서 끊어지듯 이어지는 음향 안개가 떠돌면서 — 구불구불하게 늘어선 포플러 장막이 눈에 보이지 않는 시냇물의 흐름을 그리면서 — 훈련 중인 부대의 이동을 드러내고, 길과 거리와 광장의 대기조차 끊임없는 군대 음악의 진동으로 물들며, 짐수레나 전차의 가장 평범한 소리가 환각에 젖은 귀에는 정적 속에서도 무한히 되풀이되는 나팔 소리의 아련한 호출로 이어진다. 그곳은 사실 파리에서 그리 멀지 않았으므로 급행을 타면 그날로 어머니와 할머니 곁으로 돌아가 내 침대에서 잠을 잘 수도 있었다. 이런 사실을 깨닫자마자 나는 고통스러운 열망에 사로잡혀, 파리에 돌아가지 않고 이 작은 도시에 남기로 결심할 의지가 생기지 않았다. 그렇지만 기다려 줄 할머니 없이 자기 소지품을 감시하는 나그네의 헐벗은 영혼으로, 합승 마차까지 가방을 들어다 주는 짐꾼 뒤를 쫓아가는 걸 가로막을 의지가 내게는 없었으며, 자신이 원하는 것에 대한 생각을 멈추고 원하는 게 무엇인지 잘 아는 그런 건방진 사람의 태도로 마차에 올라타서는 마부에게 기병대 병영 주소를 주는 걸 막을 의지도 없었다. 그날 밤 안으로 내가 머무르는 호텔로 생루가 자러 와서는 이 낯선 도시와 처음 접촉하는 데서 오는 불안감을 덜어 주리라고 생각했다. 한 보초병이 생루를 찾으러 갔고, 나는 11월의 바람 소리가 울리는 커다란 선박과도 같은 병영 문 앞에서 그를 기다렸다. 저녁 6시여서 그런지 사람들이 두 명씩 짝을 지어 잠시 정박한 어느 이국 항구에 상륙하듯 비틀거리면서 거리로 나왔다.

생루는 모든 방향으로 몸을 휘저으며 외알 안경을 자기 앞에 날리면서 도착했다. 그의 놀라움과 기쁨을 느끼고 싶어 나는 내 이름을 대지 않았었다.

"아! 이거 난처하게 됐군." 하고 갑자기 날 본 그가 귀까지 빨개지며 소리쳤다. "일주일 휴가가 지금 막 끝났네. 그러니 앞으로 일주일 안에는 외출하지 못해."

그는 발베크에서 저녁마다 내가 느끼는 불안을 자주 목격하고 위로해 주어 누구보다도 그 불안이 어떤 것인지 잘 알았으므로, 나 혼자 이 밤을 보내야 한다는 생각에 골몰하다 잠시 한탄을 멈추고 내 쪽으로 머리를 돌려 작은 미소를 지었는데, 거기에는 직접 눈에서 비치는 시선과 외알 안경을 통해서 오는 그런 고르지 못한 다정한 시선이 어려 있었으며, 이 두 시선은 모두 나와 재회한 감동을 넌지시 비추었고, 또 늘 이해하지 못했지만 지금은 내게도 소중해진 우리 우정을 비추었다.

"어떡하지, 어디 가서 자지? 정말이지 우리가 묵는 호텔은 권하지 못하겠네. 박람회장 옆인데 축제가 시작되어 사람들이 너무 많아. 아니, 거기보다는 플랑드르 호텔이 나을 것 같네. 18세기에 지어진 작은 옛 궁전인데 오래된 장식 융단이 있어 꽤 '오래된 역사적 처소'처럼 '만든다네.'"

생루는 모든 말마다 이 '만든다(faire)'라는 표현을 '보인다(avoir l'air)'라는 의미로 썼는데, 구어체도 문어체와 마찬가지로 때때로 이런 단어의 의미 변화나 표현의 정교함에 대한 필요를 느끼기 때문이다. 신문 기자들이 자주 사용하는 '화법'이 어느 문학 유파에서 온 것인지 우리가 잘 모르는 것처럼, 생루의 어휘나 말투도 서로 다른 세 탐미주의자들을 모방해서 만들어졌는데, 그는 그들 중 어느 누구도 개인적으로 알지 못했지만 그들의 언어가 간접적인 방식으로 그에게 주입되고 있었다. "게다가." 하고 그가 결론을 내렸다. "이 호텔은 지나치게 예민한 자네 청각에는 적당할 거야. 옆방이 비었을 테니까. 뭐 사소한 점인 줄은 알지만, 또 내일 다른 여행자가 오지 말라는 법도 없고. 이런 불확실한 지표로 그 호텔을 선택할 필요는 없네. 아니, 내가 그곳을 추천하는 건 호텔 외관 때문이라네. 방도 꽤 매력적이고 가구도 전부 오래되었지만 편안해서 어딘지 모르게 마음을 안심시켜 준다네." 그러나 생루만큼 예술가가 아닌 내게 있어, 아름다운 집이 주는 기쁨이란 너무도 피상적이고 거의 아무것도 아니었으므로, 지난날 콩브레에서 어머니가 저녁 인사를 하러 오지 않았을 때 느꼈던 내 불안이, 혹은 발베크에 도착하던 날 쇠풀 냄새 나는 그 천장 높은 방에서 느꼈던 고통스러운 불안이 다시 시작되는 걸 진정시킬 수 없었다. 생루는 멍하니 바라보는 내 시선에서 이 사실을 알아차렸다.

"자네는 이 아름다운 궁전에도 별 관심이 없는 모양이군. 이 가련한 친구. 얼굴이 아주 창백하군. 그런데 이 무지한 난 자네가 바라볼 마음도 없는 장식 융단에 대해서만 지껄였으니. 자네가 어떤 방에 들어갈지 잘 알고, 개인적으로도 그 방이 꽤 쾌적하다고 생각하지만, 자네처럼 감수성이 예민한 사람에게는 그렇지 않을 수 있다는 것도 잘 알겠네. 내가 이해하지 못한다고 생각하지 말게. 같은 걸 느끼지는 못하지만, 그래도 난 자네 입장에서 생각할 준비가 되어 있으니까!"

한 준사관이 마당에서 말을 뛰어오르게 하는 시험에 열중하느라 지나가는 병사들의 경례에 답하지 않고 방해하는 사람들에게도 욕설을 퍼붓다가 생루를 보자 미소를 보냈고, 생루가 친구와 같이 있는 걸 보자 인사했다. 그러나 말은 거품을 물면서 몸을 벌떡 일으켰다. 생루는 말 머리에 달려들어 고삐를 잡아 말을 진정시키고는 다시 내게로 왔다.

"그렇다네." 하고 그가 말했다. "나는 자네가 느끼는 걸 이해하고 괴로워한다네. 나도 불행하다네." 하고 그는 내 어깨에 손을 얹으면서 덧붙였다. "자네 곁에 있을 수만 있다면, 아마도 내일 아침까지는 같이 얘기를 하면서 그 슬픔을 조금이라도 덜어 줄 텐데. 책도 몇 권 빌려줄 수 있지만, 이런 기분이라면 읽을 수도 없을 테지. 그렇다고 해서 교대 근무도 절대 허락받지 못할 테고. 내 여자 친구가 와서 두 번이나 연이어 써먹었거든."

그리고 그는 자신의 난처한 입장 때문에, 또 의사처럼 내 병에 적합한 처방을 찾느라 눈썹을 찌푸렸다.

"빨리 내 방에 달려가 불을 때게." 하고 그는 지나가는 병사에게 말했다. "더 빨리 가. 서둘러."

그러고는 다시 내게 얼굴을 돌렸는데 그의 외알 안경과 근시 눈길이 우리의 커다란 우정을 넌지시 비추었다.

"어떻게, 자네가 여기, 내가 그토록 자네 생각을 한 이 병영에 와 있다니, 내 눈을 믿을 수 없군. 꿈을 꾸는 것 같네. 어쨌든 건강은 좀 좋아졌나? 조금 후에 모든 걸 말해 주게. 내 방으로 올라가세. 마당에 너무 오래 있지 말고, 바람이 무척 세네. 난 느끼지 못하지만 자넨 익숙하지 않으니 감기라도 걸릴까 걱정되는군. 그리고 글 쓰는 일은 시작했나? 아니라고? 참 이상한 사람이군! 만약 내게 자네 같은 재능이 있다면 아침부터 저녁까지 계속해서 쓸 텐데. 아무것도 하지 않는 게 재미있는 모양이지. 나 같은 평범한 사람들은 늘 일할 준비가 되어 있는데, 능력 있는 사람은 원치 않으니 정말 유감이군. 아! 참, 자네 할머니 안부를 물어보지 않았군. 할머니가 주신 프루동의 글이 날 떠나지 않네."*

키가 크고 미남이며 위풍당당한 장교 하나가 근엄하고도 느린 걸음걸이로 계단에 나타났다. 생루는 장교에게 경례를 했는데 손을 군모 높이에 붙이고 있는 동안에도 계속 불안정한 자세로 꼼짝하지 않았다. 거칠게 몸을 일으키며 얼마나 힘을 주어 손을 갖다 붙였던지 경례가 끝나자마자 갑자기 손이 툭 아래로 떨어지더니, 어깨와 다리와 외알 안경 위치가 모조리 바뀌었고, 이런 순간은 부동의 순간이라기보다는 지금 막 이루어진 과도한 동작과 앞으로 시작할 동작이 서로의 효과를 무산시키는 그런 감동적인 긴장의 순간이었다. 그동안 장

---

* 생루는 무정부주의자인 프루동의 열렬한 숭배자이다. 이런 생루를 기쁘게 하기 위해 화자의 할머니는 프루동의 친필 서한 몇 장을 선물로 준다.(『잃어버린 시간을 찾아서』 4권 370쪽 참조.)

교는 가까이 다가오지 않은 채 침착하고 관대하며 기품 있고 당당한, 다시 말해 생루와 대조적인 모습으로 서두르지 않으면서 그 또한 손을 군모 쪽으로 들어 올렸다.

"중대장에게 한마디 해야겠네." 하고 생루가 내게 속삭였다. "미안하지만 내 방에 가서 기다려 주겠나. 4층 오른쪽 두 번째 방일세. 곧 따라가겠네."

그리고 생루는 모든 방향으로 휘날리는 외알 안경을 앞세우며 돌격하는 발걸음으로, 그 품위 있고 느리게 걷는 중대장을 향해 곧바로 걸어갔는데, 그때 중대장은 누군가가 끌어온 말에 올라타기에 앞서 어느 역사적 그림에서 연구한 고상한 몸짓과 더불어 제일 제정 시대 때 전투에 출전하는 듯 보였지만, 사실은 동시에르에 머무르는 동안 빌린 집으로 돌아가고 있을 뿐이었다. 그의 집은 이런 나폴레옹 숭배자를 미리 조롱이라도 하듯, '공화국의 광장'이라고 불리는 곳에 있었다. 나는 침대와 배낭이 두 줄로 나란히 놓인, 벽지도 바르지 않은 방들을 힐끔 엿보다가 하마터면 못이 박힌 발판에 미끄러질 뻔하며 한 걸음 한 걸음 계단을 올라갔다. 누군가가 생루의 방을 가르쳐 주었다. 나는 닫힌 문 앞에 잠시 서 있었다. 뭔가 움직이는 소리를 들었던 것이다. 뭔가가 움직이고 다른 것은 떨어지는 소리였다. 빈방이 아니라 누군가가 있는 듯 느껴졌다. 그러나 그것은 장작불 타는 소리에 지나지 않았다. 불은 가만히 있을 수 없다는 듯 아주 서투르게 장작을 움직였다. 나는 방 안에 들어갔다. 장작 하나가 불에 굴러 떨어졌고 다른 하나가 타올랐다. 불은 움직이지 않을 때에도 경박한 사람들처럼 내내 요란한 소리를 냈는데, 불꽃이 타는 모습을 본 나는 그것이 불꽃임을 알았지만, 만일 내가 벽 반대쪽에 있었다면, 누군가가 코를 풀며 걸어간다고 생각했을 것이다. 드디어 방 안에 앉았다. 리버티 벽지*와 18세기 옛 독일산 천이, 건물의 나머지 부분에서 발산되는 투박하고 싱거우며 팽드미**마냥 상하기 쉬운 냄새로부터 이 방을 보호했다. 바로 여기 이렇게 매력적인 방에서라면 행복하고 조용하게 식사도 하고 잠도 잘 수 있을 것 같았다. 탁자 위 사진들과 나란히 놓인, 연구 중인 책 덕분에 나는 생루가 방 안에 있는 듯한 느낌을 받았고, 마침내 친숙해진 벽난로 불길을 통해 내 사진과 게르망트 부인의 사진을 알아보았다. 불길은 열렬하면서도 고요하고 충직하게 기다리며 누워 있는 짐승처럼, 이따금 숯불을 떨어뜨리면서 잘게 부수거나 벽난로 내부를 핥았다. 생루의 회중시계가 똑딱거리는 소리가 나로부터 그리 멀지 않은 곳에서 들렸다. 내가 회중시계를 직접 눈으로 보지 못했으므로 이 똑딱 소리는 줄곧 자리를 옮기는 것 같았다. 소리는 내 뒤에서 내 앞에서, 또는 오른쪽에서 왼쪽에서 오는 듯했으며, 때로는 아주 멀리 있는 듯 약해졌다. 갑자기 회중시계를 탁자 위에서 발견했다. 그러자 똑딱 소리가 정해진 장소에서 들려왔고 거기서 더 이상 움직이지 않았다. 나는 그 장소에서 똑딱 소리를 들었다고

---

* '리버티' 벽지와 천은 꽃무늬가 프린트된 것으로 아르누보의 산실이었던 영국의 리버티 백화점에서 유행시켰다.(『잃어버린 시간을 찾아서』 2권 403쪽 주석 참조.)
** 샌드위치나 토스트를 만드는 껍질이 부드러운 식빵을 말한다.

믿었지만, 소리에는 장소가 없으므로 소리를 들은 것이 아니라 실은 보고 있었던 것이다. 적어도 우리가 소리를 움직임에 결부하는 까닭에 소리는 움직임을 예고하며, 움직임이 필연적이고 자연스럽게 보이는 데 도움이 된다고 생각한다. 솜 마개로 귀를 완전히 틀어막은 병자는 그 순간 생루의 벽난로에서 불씨와 재를 만들면서 철판에 숯을 반복적으로 떨어뜨리는 불꽃 소리를 듣지 못할 때가 종종 있으며, 동시에르의 중앙광장에서 규칙적으로 음악 소리를 공중에 퍼뜨리며 지나가는 전차 소리도 듣지 못할 때가 있다. 그때 만일 병자가 책을 읽고 있다면, 마치 신의 손이 책장을 넘기듯 그것은 고요히 넘겨질 것이다. 욕조에서 흐르는 둔탁한 물소리는 하늘에서 지저귀는 새소리마냥 약해지고 가벼워지고 그러다 멀어진다. 소음이 물러나고 가늘어지면서 우리에 대한 모든 공격적인 힘또한 제거된다. 조금 전에는 머리 위 천장을 뒤흔드는 것 같았던 망치 소리에 얼이 빠졌지만, 지금은 산들바람이 부는 노상에서 놀고 있는 나뭇잎들의 속삭임처럼 가벼운, 어루만지는 듯한 먼 소리를 들으면서 즐거워한다. 우리는 카드 점을 치지만 카드 치는 소리는 듣지 못하며, 그래서 카드를 섞지 않았는데도 카드 스스로가 움직이며, 또는 카드를 가지고 놀고 싶은 우리 욕망을 앞질러 카드가 우리와 함께 놀기 시작한다고 생각한다. 이런 점에서 '사랑'의 경우에도(이런 '사랑'에 삶에 대한 사랑과 명예에 대한 사랑도 추가할 수 있다. 이 두 감정에 정통한 사람들이 있는 것처럼 보이기 때문이다.) 소음을 내지 말아 달라고 간청하기보다는 소음에 맞서 귀를 틀어막는 사람처럼 행동해야 하지 않을까. 또 그들의 예를 따라 주의력과 방어력을 우리 자신에게 돌려, 우리가 사랑하는 외적 존재가 아니라 그 존재 때문에 괴로워하는 우리의 능력 자체를 극복해야 할 대상으로 삼아야 하지 않을까.

소리의 문제로 다시 돌아가 귀관을 틀어막는 솜 마개를 좀 더 두껍게 하면, 우리 머리 위쪽에서 소녀가 연주하던 시끄러운 곡조는 아주 약한 피아니시모가 된다. 이런 솜 마개 중 어느 하나에 기름을 칠하면, 집 전체가 기름의 횡포에 복종하며 그 법칙도 집 밖으로 확대된다. 피아니시모로도 더 이상 충분치 않게 되면 솜 마개는 즉각적으로 건반 뚜껑을 닫게 하고 피아노 연습은 갑자기 끝난다. 머리 위쪽에서 왔다 갔던 하던 신사도 단번에 걸음을 멈춘다. 마차와 전차 왕래가 마치 국가원수를 기다린다는 듯 중단된다. 또 이런 소리의 약화는 수면을 보호하는 대신 때로는 방해하기도 한다. 어제만 해도 그칠 줄 모르는 소음이 지속적으로 거리나 집 안 움직임을 그려 보이면서 마치 지루한 책처럼 우리를 잠들게 했는데, 오늘은 이런 수면 위에 펼쳐진 정적의 표면에 다른 것보다 더 세게 뭔가가 부딪치면서 자신의 소리를, 숨결처럼 가볍고 다른 어떤 음향과도 관계없는 신비스러운 소리를 들리게 한다. 그러면 그 소리가 내뿜는 설명에 대한 요구가 우리 잠을 깨우고 만다. 이와 반대로 병자의 고막을 틀어막는 솜 마개를 잠시 떼어 내면, 갑자기 빛이, 소리의 찬란한 태양이 다시 눈부시게 나타나 우주 안에 되살아난다. 유배를 갔던 수많은 소음들이 서둘러 전속력으로 돌아온다. 마치 음악가 천사들이 노래하는 목소리인 듯, 우리는 목소리의 부활에 참여한다. 텅 빈 거리는 노래하는 전차의 재빠르고도 연속적인 날개의 울림으로 순식간에 채워진다. 방 안에서도 그 순간 병자는 프로메테우스마냥 불이 아니라 불의 소리를 창조한다. 이처럼 솜 마개를 좀 더 두껍게 하거나 떼어 내거나 할 때, 그것은 마치 외부 세계의 음향에 덧붙인 두 페달 위를 번갈아 가며 밟는 것 같다.

　다만 소리 제거가 일시적으로 끝나지 않을 때가 있다. 완전히 귀머거리가 된 사람은 자기 옆, 뚜껑 열린 주전자에서 눈보라의 반사와도 같은 새하얀 북극 반사를 눈으로 직접 지켜보지 않고는 우유를 데울 수 없다. 그 반사는 우유가 넘친다는 전조이므로 마치 주님께서 파도를 멈추게 하듯 전기 스위치를 끄는 편이 더 현명하다. 이미 간간이 끓어오르기 시작한 달걀 모양 우유가 냄비에서 비스듬하게 넘쳐흐를 정도로 팽창하면서 반쯤 기울어진 여러 돛 모양으로 주름 잡힌 크림을 부풀리고 둥글게 하여 진주 빛 돛 하나를 폭풍우 속으로 내던지지만, 전기를 끄고 폭풍우를 제때에 가라앉히면 돛들은 빙글빙글 제자리에서 돌다 목련 꽃잎이 되어 떠돌아다닐 것이다. 만약 병자가 즉시 필요한 조치를 취하지 않으면, 오래지 않아 그의 책과 회중시계는 이런 우유 물결이 지나간 새하얀 바다에 잠겨 거의 모습을 나타내지 못하고 늙은 하녀의 도움을 청해야 하며, 그러면 그가 유명 정치가이든 뛰어난 작가이든, 하녀는 그가 다섯 살 난 아이만큼도 철이 없다고 말할 것이다. 또 때로는 마법의 방문 앞에 조금 전까지만 해도 없던 사람이 나타나기도 하는데, 우리가 들어오는 소리를 듣지 못한 손님은 작은 인형극에 나오는 인물처럼 단지 몸짓만을 하지만, 이 몸짓은 구술적인 언어를 역겨워하는 이들에게는 더할 수 없는 휴식을 안겨 준다. 그리고 아무것도 듣지 못하는 귀머거리인 경우, 하나의 감각을 상실하는 것은 그 감각을 취득한 것만큼이나 세상을 더 아름답게 해 주는 법이므로, 그는 소리가 아직 창조되지 않은 거의 에덴동산과도 같은 지상에서 이제 산책하는 기쁨을 맛본다. 가장 높은 폭포도 그의 눈에는 움직이지 않는 바다보다 더 고요한 크리스털 덮개를, '천국'의 폭포마냥 그렇게도 순수한 덮개를 펼쳐 보인다. 귀머거리가 되기 전 그에게서 소리란 움직임의 원인으로 추정되는 것을 지각하는 형태였으므로, 소리를 내지 않고 움직이는 사물은 원인 없이 움직이는 것처럼 보인다. 그러므로 이제 온갖 음향적인 속성을 벗어던진 사물은 자발적인 활동을 보여 주며 살아 있는 듯하다. 사물은 움직이고 정지하고 저절로 불이 붙는다. 선사 시대의 날개 달린 괴물마냥 저절로 날아간다. 이웃 없는 고독한 귀머거리 집에서는 그의 불구가 완전해지기 전에도 이미 하인이 보다 조심스럽게 침묵 속에 시중을 들었는데, 이제는 뭔가 은밀하게 마치 요정극에 나오는 왕을 위하듯 벙어리들이 그 일을 담당한다. 그리고 극장에서처럼 귀머거리가 그의 창문을 통해 바라보는 건물은 — 병영이며 성당이며 시청은 — 그저 무대 장치의 일부에 지나지 않는다. 어느 날인가 그 건물이 무너지는 날이 오면, 거기에는 먼지 구름과 눈에 보이는 파편만이 휘날릴 것이다. 하지만 무대 위 궁전보다 덜 물질적이며 그렇다고 해서 그만큼 얄팍하지 않은 건물은 무거운 건축물 석재를 떨어뜨리면서도 저속한 소음으로 정적의 순결함에 흠집 내는 일 없이 마법의 세계로 추락할 것이다.

조금 전부터 내가 있는 군대의 작은 방을 감돌던 비교적 고요한 정적이 그만 깨지고 말았다. 문이 열리면서 로베르 생루가 외알 안경을 떨어뜨리면서 활기차게 들어왔다.

"아! 로베르, 자네 방은 참으로 아늑하군." 하고 내가 말했다. "이곳에서 식사를 하고 잠을 자는 게 허락된다면 얼마나 좋을까."

사실 이런 일이 금지되지만 않았다면, 병영이라는 커다란 공동체 안에서 규율을 지켜 불안을 모르는 수많은 의지와 근심을 모르는 수많은 정신이 유지하는 이런 평온하고 경계하는 즐거운 분위기 속에서 나는 보호를 받으며, 어떤 슬픔으로도 오염되지 않은 휴식을 맛볼 수 있었으리라. 또 여기서는 시간이 행동으로 바뀌었으므로, 시간을 알리는 서글픈 종소리는 소집 나팔의 즐거운 팡파르로 대체되어 그 음향의 추억이 잘게 먼지 조각으로 뿌려지면서 도시 보도 위를 지속적으로 맴돌았다. 그것은 우리가 틀림없이 듣게 될 확실한 목소리이자 음악적인 목소리로, 복종을 요구하는 권위의 명령이었을 뿐만 아니라 행복을 부추기는 지혜의 명령이었다.

"아! 호텔로 혼자 가기보다는 여기 내 옆에서 자는 게 더 좋단 말이지." 하고 생루가 미소를 지으며 말했다.

"아! 로베르, 이 일을 그렇게 냉소적으로 말하다니 정말 잔인하군." 하고 내가 말했다. "그렇게 할 수 없다는 걸 잘 알잖나. 또 내가 거기서 무척이나 고통스러워하리라는 것도."

"그거 참 날 기쁘게 해 주는군." 하고 그가 말했다. "나도 자네가 오늘 저녁 이곳에 머무르는 걸 더 좋아할지도 모른다는 생각을 하던 중이었네. 그래서 중대장에게 허락을 받으러 갔던 거고."

"허락받았나?" 하고 난 소리쳤다.

"전혀 어렵지 않았네."

"오! 그를 숭배하네."

"그건 좀 지나친 말일세. 자, 이제는 당번병을 불러 저녁 식사를 준비하게 하겠네." 하고 그는 덧붙였고 나는 그동안 얼굴을 돌려 눈물을 감췄다.

생루의 동료 가운데 이런저런 친구가 여러 번 들어왔다. 생루는 그들을 모두 문밖으로 내쫓았다.

"여기서 나가, 꺼져."

나는 그들을 그냥 내버려 두라고 말했다.

"아닐세. 자넬 귀찮게 할 거야. 진짜 교양 없는 자들로 경마나 말을 돌보는 일 외에는 다른 것은 애기할 줄 모르니까. 그리고 나 자신도 그토록 오랫동안 소망해 오던 이 소중한 시간을 저자들이 망치는 걸 원치 않네. 내 동료들의 저속함을 언급한다 해서 군대에 있는 사람 모두에게 지성이 결여되었다는 의미는 아니란 걸 알아 두게. 오히려 반댈세. 우린 아주 훌륭한 분을 소령으로 모시고 있는데, 그분은 군대 역사를 논증이나 일종의 대수학으로 다루는 강의를 하신다네. 미학적인 관점에서 봐도, 차례로 귀납적이고 연역적인 아름다움에 자네도 무관심하지만은 않을 걸세."

"그분이 혹시 내가 이곳에 남아 있는 걸 허락한 중대장인가?"

"천만에. 고맙게도, 자네가 그렇게 하찮은 일로 '숭배하는' 그 남자는 이 세상에 둘도 없는 바보라네. 부하들의 급식이나 복장은 더할 나위 없이 열심히 보살피는 사람인데, 급식 당번 중사나 의류반 책임자와 몇 시간씩 보낸다네. 그게 바로 그 사람의 정신 상태지. 게다가 그 사람은 이곳에 있는 다른 모든 이들과 마찬가지로, 내가 조금 전에 말한 그 훌륭한 소령을 몹시 멸시한다네. 어느 누구도 소령과 교제하지 않으려고 하네. 프리메이슨* 단원이고 고해 성사를 하러 가지 않기 때문이지. 보로디노 대공은 결코 그 프티 부르주아 소령을 자기 집에 초대하지 않으려 할 걸세. 그렇지만 보르디노 대공의 증조부 역시 하찮은 소작인이었고, 만약 나폴레옹 전쟁이 없었다면 십중팔구 소작인이 되었을 그런 인간인데, 이 얼마나 뻔뻔스러운 짓인가. 게다가 대공은 자신이 사교계에서 차지하는 이도 저도 아닌 처지에 대해 잘 아는 모양일세. 자칭 대공이라는 자가 거북하다고 느꼈는지 조키 클럽에도 거의 나오지 않으니까." 하고 로베르가 덧붙였다. 동일한 모방 정신으로 스승들의 사회 이론과 부모의 사교적인 편견을 채택하는 데 이른 그는, 자신도 깨닫지 못하는 사이에 그의 민주주의 사랑을 제정 시대 귀족에 대한 멸시에 통합하고 있었다.

로베르 생루의 아주머니 사진을 바라보면서, 나는 그가 사

---

* 『잃어버린 시간을 찾아서』 3권 21쪽 주석 참조.

진의 소유자로서 어쩌면 내게 그 사진을 줄지도 모른다는 생각에 그가 더욱 소중하게 여겨졌으며, 동시에 그 사진을 가지기 위해서라면 아무리 많은 시중을 들어도 하찮다는 생각이 들었다. 왜냐하면 이 사진은 이미 내가 게르망트 부인과 가졌던 만남에 추가된 또 하나의 만남인 듯 보였기 때문이다. 아니, 그 이상으로, 마치 우리 둘 관계를 갑자기 진전시키면서 그녀가 내 곁에서 정원용 모자를 쓴 채 걸음을 멈추고 처음으로 그 볼살과 목덜미 곡선과 눈썹꼬리(지금까지는 부인이 지나치게 빨리 스쳐 가 내 얼떨떨한 인상과 불확실한 기억으로 가려 있던)를 마음대로 바라보게 해 주는 그런 만남의 연장 같았다. 그 모습을 관조하는 일은, 게다가 지금껏 깃을 세운 옷차림밖에 보지 못했던 내게 여인의 목과 팔을 관조하는 일은 관능의 발견이자 특별한 은총이었다. 바라보는 게 금지되었다고 여겨졌던 이런 선들을, 마치 내게 유일하게 가치 있는 기하학 개론서로 연구하듯 저기 사진에서 연구할 수 있을 것 같았다. 나중에 로베르의 얼굴을 바라보면서 그가 조금은 사진 속 외숙모와 닮아 보여, 그의 얼굴이 직접적으로 외숙모 얼굴에서 생겨나지는 않았다 해도 그 두 얼굴 사이에 공통적인 기원이 있다는 사실에, 거의 신비로움에 둘러싸인 듯한 감동을 느꼈다. 내 콩브레 시절 이미지 속에 고정된 게르망트 부인의 모습, 그 매부리코와 꿰뚫어보는 눈은 — 다른 이미지에서는 이와 비슷하지만 피부가 매우 섬세하고 날씬한 모습으로 나타나는 — 외숙모의 얼굴과 거의 겹쳐지는 로베르의 얼굴을 뚜렷이 드러나게 하는 데 쓰이는 듯했다. 나는 로베르에게서 이 세계 한가운데 그토록 개별적인 모습으로 남아 있는 게르망트의 특징적인 모습을, 신화 시대에 여신과 새의 결합에서 생겨난 것처럼 보이지만 신과 같은 조류의 영광 속에 격리된 채 남아 있어 소멸되지 않은 종족의 모습을 부러운 듯 바라보았다.

로베르는 내 다정한 태도에 이유도 모른 채 감동했다. 게다가 불의 따뜻함과 샴페인이 이마에는 땀방울을, 눈에는 눈물방울을 맺게 하면서 상쾌함을 더했다. 자고새 요리에도 샴페인이 뿌려졌다. 마치 자신이 알지 못하는 삶에서 거기 없을 거라고 믿었던 것을 발견할 때 느끼는(이를테면 사제관에서 진수성찬을 먹는 자유사상가처럼), 어떤 문외한이든 그런 문외한이 느끼는 심정으로 나는 감탄하면서 자고새 요리를 먹었다. 다음 날 아침 잠에서 깨어나자 나는 온 마을이 내다보이는 아주 높은 곳에 위치한 생루 방의 창문을 통해 새로운 이웃인 전원 풍경, 어젯밤에는 너무 늦게 도착한 탓에 이미 어둠 속에 잠들어 있어 보지 못했던 풍경을 알기 위해 호기심 어린 눈길을 던졌다. 그러나 이처럼 들판이 깨어 있는 이른 시간에 내가 십자형 유리창을 열면서 본 것은, 단지 연못가 옆 성의 창문에서 보이는 듯한 새벽안개의 부드러운 하얀 옷 속에 휩싸인, 아직은 아무것도 구별할 수 없는 들판이었다. 하지만 병영 마당에서 말을 돌보던 병사들이 말의 빗질을 끝낼 무렵이면 아침 안개가 걷히리라는 걸 나는 알았다. 그때까지는 헐벗은 언덕 하나가 이미 그림자가 제거된 채로 가느다랗고 꺼칠한 등을 병영 쪽으로 세우는 모습밖에 다른 모습은 보이지 않았지만, 서리가 끼어 빛이 스며든 커튼 너머 처음으로 나를 바라보는 그 낯선 언덕으로부터 눈을 떼지 못했다. 그러나 이 병영에 규칙적으로 출입하게 된 후부터 언덕을 눈으로 보지 않고도 언덕이 저기 있다는 의식, 따라서 우리가 부재하는 이를 혹은 죽은 이들을 생각하듯이, 다시 말해 그들의 존재를 더 이상 믿지 않으면서도 생각하는 그런 발베크의 호텔이나 파리에 있는 우리 집보다 더 현실적인 의식 덕분에, 그 반사된 언덕의 형태는 내가 깨닫지 못하는 사이에 동시에르에서 내가 받은 아주 작은 인상들 위에, 또 이날 아침을 비롯하여 언덕을 바라보는데, 시각의 중심처럼 보이는 이 아늑한 방에서 생루의 명으로 준비된 초콜릿 차가 내게 주던 그 따뜻한 열기의 쾌적한 인상 위에 언제나 그 실루엣을 그려 넣고 있었다.(언덕을 바라보는 일 말고 다른 것을 하겠다는, 산책하겠다는 생각이 거기 낀 동일한 안개 때문에 불가능하게 되었지만.) 이처럼 언덕의 형태를 흡수하며 초콜릿 차와 당시 내 모든 상념의 실타래에 연결된 그 안개는, 마치 변질되지 않은 순금 덩어리가 발베크에 대한 내 인상에 연결되듯, 거무스름한 사암토 외부 계단이 가까이서 보이기만 해도 콩브레에 대한 내 인상에 어떤 잿빛을 띠게 하듯, 내 생각이 전혀 거기에 미치지 않는데도 그때의 내 모든 상념을 적시러 왔다. 게다가 안개는 아침 늦게까지 버티지 못했는데, 태양이 처음에는 헛되이 안개를 향해 화살 몇 개를 쏘아 대다가 반짝이는 장식 끈을 달며 드디어는 안개를 물리쳤기 때문이다. 언덕은 잿빛 산등성이를 태양 아래 드러냈고 한 시간 후 내가 도시로 내려갈 때면, 햇살이 붉은 나뭇잎이나 벽에 붙은 선거 포스터의 붉고 푸른빛에 어떤 열광을 더해, 그 열광이 나를 들뜨게 하고 가슴을 고동치게 하여 나는 보도 위에서 노래 부르며 기쁨으로 펄쩍펄쩍 뛰고 싶은 마음을 겨우 억눌렀다.

그러나 두 번째 날부터 나는 호텔로 자러 가야 했다. 그곳에서는 필연적으로 슬픔을 맛보리라는 걸 이미 알고 있었다. 그 슬픔은 냄새를 맡을 수 없는 아로마와도 같은, 내가 태어난 이래 모든 새로운 방, 다시 말해 모든 방이 발산하는 냄새였다. 보통 때 내가 사는 방에서는 나는 방 안에 있지 않았고, 내 상념은 다른 곳에 머물면서 대신 습관만을 보내왔다. 그러나 새로운 고장에서는 나보다 민감하지 않은 이런 습관이라는 하녀에게 내 옷가지를 보살피는 일을 맡길 수 없었으며, 나는 그녀보다 앞서 떠나거나 혼자 도착해서 혹은 단지 몇 해란 세월이 지난 후에야 다시 만난 그 '자아'를, 콩브레 시절 이래 더 이상 자라지도 못하고 항상 똑같은 모습으로 남아 있으며, 발베크에 처음 도착한 날 풀어 헤친 가방 구석에서 위로도 받지 못하고 울고 있던 그 자아를 낯선 사물들과 접촉하도록 해야 했다.

그런데 내 생각은 틀렸다. 나는 잠시도 혼자가 아니었으므로 슬퍼할 틈이 없었다. 옛 궁전에는 현대식 호텔에서는 쓰이지 않는 어떤 사치의 여분이 남아 있어, 이 여분은 온갖 실용적인 임무를 떠나 그 한가로움 속에서 일련의 삶을 누리고 있었다. 이를테면 목적 없이 왔다 갔다 하다 매 순간 마주치는, 항상 제자리를 빙빙 도는 복도, 회랑처럼 길게 뻗었으면서도 살롱처럼 장식된 홀, 이런 것들은 숙소의 일부를 이룬다기보다는 거기 그냥 살고 있는 듯하여 어느 방에도 포함될 수 없지만, 내 방 주위를 배회하다 곧 그들의 동반자를 내게 보여 주려는 듯 찾아왔고, 한가롭지만 소란스럽지 않은 이웃이자 과거의 평범한 유령들인 이 동반자들은 사람들이 예약한 방문 앞에서 소리 없이 남아도 좋다는 허락을 받았는지 오가는 길에 마주칠 때마다 말없이 신중한 모습을 보였다. 요컨대 우리의 현 생활을 담고 있으며 추위와 타인의 시선으로부터 보호해 주는 단순한 용기로서의 숙소라는 관념은, 사람들 무리만큼이나 현실적인 방들의 집합소인 이 처소에는 적용될 수 없었는데, 사실 그곳은 정적 속에 살지만 우리가 들어갈 때마다 만나거나 피하거나 받아들일 수밖에 없는 삶의 처소였다. 우리는 18세기 이래 낡은 금빛 기둥 사이로, 그림이 그려진 천장의 구름 아래로 펼쳐지는 데 익숙한 커다란 살롱을 방해하지 않으려고 애쓰면서 존경하는 마음으로 바라보았다. 그러다 그 작은 방들에 대해 보다 친숙한 호기심이 들었고, 그 수를 셀 수 없는 방들은 놀란 듯, 뭔가 균형의 개념은 전혀 고려하지 않는다는 듯, 커다란 살롱 주위를 달리다 정원까지 무질서하게 도망쳐 가서는 거기서 망가진 세 칸짜리 계단을 통해 쉽게 정원으로 내려가는 것이었다.

승강기를 타지 않고 외출하거나 돌아오고자 할 때면, 또는 중앙 계단에서 남의 눈에 띄고 싶지 않을 때면, 더 이상 사용되지 않는 작은 개인용 계단이 내게 그 발판을 내밀었다. 그 발판은 하나가 다른 하나에 얼마나 정교하게 맞물렸던지, 그 점진적인 변화가 마치 색채나 향기와 맛이 종종 우리 마음속에 특별한 육감적인 쾌감을 불러일으키듯 어떤 완벽한 균형을 이루었다. 그러나 오르고 내려가는 쾌감이 무엇인지 나는, 마치 지난날 호흡과 같은 일상적 행위가, 그리하여 우리가 의식하지 못하는 행위가 지속적인 쾌감일 수 있음을 어느 알프스 산 휴양지에서 처음 깨달았던 것처럼, 이곳에 와야만 알 수 있었다. 내가 처음으로 이 계단에 발을 올려놓았을 때, 친숙해지기도 전에 이미 내가 알고 있던 계단은 오래 사용한 물건만이 우리에게 부여하는 그런 친숙해지려는 노력을 면제해 주었으며, 이는 마치 계단들이 어쩌면 거기 남겨진 뭔가를 소유하여, 그들이 매일같이 환대하던 옛 주인들이 그들 몸속에 내가 아직 물들지 않은, 일단 내 것이 된 후에는 빛이 바랠 수밖에 없는 습관의 감미로움을 미리 합쳐 놓은 듯했다. 방문을 열자 이중문이 뒤로 닫히면서 두꺼운 휘장이 정적을 들어오게 했고, 나는 그 안에서 뭔가 왕족이 된 것 같은 도취감을 느꼈다. 끌로 새긴 구리 장식 대리석 벽난로는, 총재 정부* 시대의 예술을 표현할 줄만 안다고 사람들은 잘못 생각할지 모르지만 내게는 불을 제공했고, 작고 낮은 안락의자는 양탄자에 앉는 것만큼이나 편안한 자세로 내 몸을 따뜻하게 하는 데 도움이 되었다. 벽은 방을 나머지 세상으로부터 격리하면서 에워쌌고, 방을 완전하게 만드는 것들을 방 안에 들여놓거나 가두기 위해 책장 앞에서 비켜섰으며, 또 침대 넣는 구석을 마련하면서 침대 양쪽에서는 기둥이 가볍게 알코브** 위의 높은 천장

* 로베스피에르의 몰락 이후 1795년에서 1799년 사이에 구성된, 다섯 총재가 집권한 정부였다. 나중에 나폴레옹의 통령 정부에 의해 해체되었다.
**『잃어버린 시간을 찾아서』 1권 23쪽 주석 참조.

을 떠받쳤다. 그리고 방 안쪽은 방만큼이나 넓은 두 개의 화장실로 이어져, 이런 화장실 중 하나로 명상을 하러 올 때면 향기로운 냄새를 풍기는 아이리스 꽃 열매로 만든 관능적인 묵주가 벽에 걸려 있었고, 내가 이 은신처에 칩거하는 동안 문을 열어 둔 채로 있으면, 문은 화장실을 세 배로 보이게 하는 데 만족하지 않고 조화로움을 깨뜨리지 않은 채로 내 시선에 집중하는 기쁨에 이어 확대하는 기쁨을 맛보게 했으며, 여기에다 여전히 침범할 수 없는 내 고독, 하지만 더 이상 가두어져 있지 않은 내 고독의 기쁨에 자유의 감정을 덧붙였다. 이 작은 방은 안마당으로 나 있었으며, 다음 날 아침 어떤 창문도 열려 있지 않은 높은 벽 사이에 갇힌 이 안마당에 노랗게 물든 나무 두 그루만으로도 맑은 하늘에 보랏빛 부드러움을 주기에 충분한 듯 보여, 나는 이런 쓸쓸한 아름다운 안마당이 이웃한다는 사실에 큰 행복을 느꼈다.

잠자리에 들기 전 나는 방에서 나가 이 모든 요정의 나라를 탐색하고 싶었다. 긴 복도를 따라 걸어가자, 마치 내가 졸리지 않으면 모퉁이에 놓인 안락의자며 스피넷*이며, 콘솔 탁자 위에 놓인 시네리아 꽃이 꽂힌 푸른색 도자기 꽃병이며, 오래된 액자 속에 두른 꽃과 화분이 섞인 머리칼에 카네이션 꽃다발을 손에 든 옛 귀부인의 환영을 제공한다는 듯, 복도는 내게 이 모든 것에 차례로 경의를 표하게 했다. 복도 끝에 이르자 어떤 문도 열려 있지 않은 꽉 닫힌 벽이 내게 "이젠 돌아가

---

* 17~18세기에 보급된 소형 피아노의 일종이다.

야 해요. 하지만 여긴 당신 집이나 다름없어요."라고 순진하게 말한 반면 푹신한 양탄자는 이에 지지 않으려는 듯 만일 잠이 안 오면 신발을 벗은 채 와도 된다고 덧붙였으며, 들판을 바라보던 덧문 없는 창문들은 자지 않고 하얀 밤을 지새울 테니 오고 싶으면 언제라도 오라고, 누군가를 깨울까 봐 걱정할 필요 없다고 단언했다. 그리고 휘장 뒤에서 나는 작은 화장실 하나를 발견했는데, 벽에 막혀 더 이상 도망칠 수 없는 화장실은 거기 수줍게 숨어 있어 달빛에 푸르게 물든 둥근 창을 통해 겁에 질린 듯 나를 바라보았다. 나는 잠자리에 들었다. 그러나 솜털 이불과 작은 기둥과 작은 벽난로의 존재가 내 주의력을 파리에 있을 때와는 다른 수준에 두면서 일상적인 몽상의 진로에 전념하지 못하도록 나를 방해했다. 이런 특별한 상태인 주의력이 잠을 감싸고 작용하고 바꾸면서 이런저런 일련의 추억과 동일 평면에 놓았으므로, 이 첫날 밤 내 꿈을 채운 이미지들은 평소에 내 잠이 이용하던 것과는 완연히 구별되는 기억에서 빌린 이미지들로 채워졌다. 내가 만일 잠이 들면서 평소의 기억 쪽으로 다시 끌려 들어가려고 한다면, 익숙하지 않은 침대나 몸을 뒤척일 때의 자세에 기울이는 가벼운 주의력만으로도 내 꿈의 실타래를 바꾸거나 유지하기에 충분했다. 외부 세계의 지각처럼 잠의 경우에도 마찬가지다. 우리 습관을 조금만 바꿔도 잠은 시적(詩的)인 것이 되며, 옷을 벗고 침대에 들어가 그냥 자기도 모르게 잠들기만 해도 잠의 차원이 변하여 그 아름다움이 느껴진다. 잠에서 깨어나 시계가 4시를 가리키는 걸 보고 새벽 4시밖에 되지 않았는데 하루가 다 지나갔다고 믿을 만큼 이 몇 분 동안의 수면이, 우리가 애써 찾지 않았는데도 마치 어느 황제의 황금 지구본마냥 거대하고도 충만한 신의 권한 덕분에 하늘에서 저절로 내려온 듯 보였다. 아침이 되어 할아버지가 메제글리즈 쪽으로 산책할 준비를 다 끝내고 내가 일어나기만을 기다리실 거라는 생각으로 걱정하고 있을 때, 날마다 내 창문 아래를 지나가는 군대 나팔 소리가 나를 잠에서 깨웠다. 그러나 두세 번 — 내가 이렇게 말하는 것은 우리 삶이 빠져 들어가고, 밤마다 바다가 작은 반도를 에워싸듯 그 삶을 에워싸는 깊은 수면 속에 담그지 않고는 인간 삶을 적절하게 묘사할 수 없기 때문이다. — 이렇게 끼어든 잠은 음악의 충격도 견딜 만큼 너무도 단단해서 나는 아무 소리도 듣지 못했다. 어떤 날에는 잠이 한순간 그 음악 소리에 굴복하기도 했다. 그러나 여전히 잠에 무디어진 내 의식은, 흡사 미리 마취한 기관이 세포 조직을 태우면 처음에는 아무 감각도 없다가 마취가 깨어날 무렵에야 가벼운 화상처럼 인지하듯, 아침의 아련하고도 상쾌한 지저귐으로 그 의식을 어루만지는 피리 소리의 뾰족한 끝에 부드럽게 닿았을 뿐이다. 정적이 음악으로 변하는 이런 짧은 휴지 후에, 기병대 용기병들이 완전히 지나가기도 전에 정적은 잠과 더불어 다시 시작되어, 솟아오르는 음향의 꽃다발에서 활짝 핀 마지막 꽃다발을 빼앗을 때까지 계속 이어졌다. 솟아오르는 꽃줄기가 가볍게 스친 내 의식 지대는 매우 협소하고 여전히 잠으로 둘러싸여 있어, 나중에 로베르 생루가 내게 음악 소리를 들었느냐고 물었을 때, 나는 마치 낮에 도시의 보도 위로 솟아오르는 아주 작은 소리에도 그 소리를 듣는 것처럼, 혹시 군악대 소리가 내 상상의 산물은 아니었는지 확신할 수 없었다. 어쩌면 잠에서 깨어날까 봐, 반대로 깨어나지 못할까 봐, 혹은 군대 행진을 보지 못할까 봐 걱정하면서 꿈속에서 그 음악 소리를 들었는지도 몰랐다. 왜냐하면 그 소리가 나를 깨운다고 생각되는 순간에 나는 그냥 잠이 들어 있었고, 한 시간 후 내가 깨어 있다고 생각하는 순간에도 실은 여전히 자고 있었으며, 또 잠이라는 영사막 위에 다채로운 광경을 희미한 그림자로 비추는 놀이를 스스로에게 하면서도 잠이 보지 못하도록 가로막은 광경에 직접 참여하는 듯한 환상에 사로잡혔기 때문이다.

우리가 낮에 하려고 했던 것이 실은 잠이 들면서 꿈에서만, 다시 말해 잠으로 굴절되면서 우리가 깨어 있을 때와는 다른 길을 따를 때라야만 성취되는 경우가 있다. 같은 이야기도 시간이 흐르면 다르게 끝난다. 어쨌든 우리가 잠자는 동안 체험하는 세계는 너무도 달라, 잠들기 힘든 사람들은 다른 무엇보다 우리의 현실 세계로부터 빠져나가려고 애쓴다. 여러 시간 동안 두 눈을 감고, 눈 뜨고 있을 때와 비슷한 상념을 절망적으로 반복한 후에, 그들은 이전 순간이 논리적 법칙과 현재의 자명성과는 정확히 모순되는 추론의 무게 때문에 무거워졌으며, 이런 기억의 짧은 '부재'가 그들에게 이제 문을 열어, 어쩌면 그들이 그 문을 통해 조금 후면 현실의 지각에서 빠져나갈 수 있고, 현실로부터 조금 멀리 떨어진 곳에서 잠시 머무를 수 있으며, 또 이것이 얼마 동안은 '충분한' 수면을 취하게 해 주리라는 의미임을 깨닫기라도 한다면, 그들은 용기를 되찾게 될 것이다. 그러나 우리가 현실에 등을 돌리고, '자기 암시'가 마녀처럼 상상의 병 혹은 신경증 재발 같은 유해한 음식을 준비하여, 무의식적인 수면 동안 점차로 올라오는 발작이 잠을 중단할 정도로 심해져서는 그 발작이 시작될 시간만을 엿보는 동굴의 입구에 이르기만 해도, 우리는 이미 큰 걸음을 내디딘 셈이다.

거기서부터 멀지 않은 곳에 각기 다른 졸음들이, 독말풀이나 인도 대마와 에테르의 수많은 엑기스에 의한 졸음, 벨라도나와 아편과 쥐오줌풀의 졸음이 마치 미지의 꽃들처럼 자라는 전용 정원이 있으며, 꽃들은 예정된 미지의 인간이 와서 만지고 꽃피게 하여 그 특유한 꿈의 아로마 향기를, 놀라서 감탄에 빠진 이의 마음속에 오랜 시간 발산할 날까지 거기 그냥 닫힌 채로 있다. 정원 구석에는 수도원이 있으며, 그 열린 창문을 통해 잠들기 전에 배운 학과를, 또 잠에서 깨어난 후에야 알게 될 학과를 반복하는 소리가 들린다. 그동안 깨어남의 전조가 우리 관심사로 맞추어진 내적 자명종을 울리게 하여 가정부가 7시라고 말하러 올 때면, 이미 우리는 자리에서 일어날 준비가 되어 있다. 꿈의 세계로 열려 있으며, 또 사랑의 슬픔에 대한 망각이 끊임없이 작업하면서 때로는 회상 가득한 악몽으로 중단되고 해체되면서 잠에서 깨어난 후에도 금방 다시 일을 시작하는 방의 어두운 내벽에는 꿈의 추억들이 걸려 있지만,* 그것들이 얼마나 어두운지 대낮에 이와 유사한 관념의 빛이 우연히 스쳐 갈 때라야 우리는 비로소 추억들을 처음으로 인식한다. 그중 몇몇 추억은 자는 동안에는 그토록 조화롭고 명료했지만 이미 더 이상 알아볼 수 없게 되어 이런 꿈의 추억을 인식하지 못한 우리는 서둘러 땅으로 돌려보낼 수밖에 없다. 마치 너무 빨리 부패한 시체나 혹은 심하게 훼손된 물건이 거의 가루가 되어 아무리 뛰어난 복원자라 할지라도 이전 모양으로 되돌리지도 거기서 무엇 하나 꺼내지도 못하듯이.

철책 옆에는 깊은 잠이 우리 머리에 바를 물질을 찾으러 가는 채석장이 있으며, 이 물질이 우리 머리에 얼마나 단단하게 스며들었는지, 잠든 자를 깨우려면 잠든 자의 의지가 금빛 찬란한 아침에도 젊은 지크프리트**마냥 힘껏 도끼를 여러 번 내리쳐야 한다. 그 너머로 악몽이 다시 시작되고, 의사들은 이런 악몽에 대해, 악몽이 불면증보다 우리를 더 지치게 한다고 주장하지만, 이와 반대로 악몽은 생각하는 이에게 주의를 집중하는 일로부터 빠져나오게 해 준다. 악몽은 그 환상적인 그림책과 더불어 죽은 친척이 큰 사고를 당해도 빨리 회복되는 걸

---

* 이 부분은 오디세우스가 망자의 왕국에 들어가는 장면과, 베르길리우스의 「아이네이스」에서 주인공이 지옥에 들어가는 장면에서 영감을 받았다고 지적된다.(『게르망트』, 폴리오, 670쪽 참조.)
* 독일 게르만족의 전설적인 영웅으로 바그너의 「니벨룽겐의 반지」의 주인공이다. 거대한 용을 무찔렀을 때 용의 피를 뒤집어씀으로써 불사신의 용사가 되었다고 한다.

방해하지 않는다. 그동안 우리는 이런 친척을 쥐 장에 가두고, 거기서 흰 쥐보다 더 작아진 친척은 커다란 붉은 반점에 뒤덮여서는 각각의 반점마다 깃털을 꽂고 키케로*풍으로 연설을 한다. 그림책 옆에는 자명종의 회전판이 있어, 우리는 그 회전판 덕분에 잠시 후 오십 년 전에 이미 붕괴된 집으로 한순간 돌아가는 귀찮은 일을 감수해야 하지만, 이런 집의 이미지도 점차 잠이 물러감에 따라, 회전판이 멈출 때만 우리가 보게 되는, 또 뜬눈으로 보게 되는 것과 일치하는 이미지에 이를 때까지 여러 다른 상으로 지워진다.

이따금 나는 잠자는 동안 마치 구덩이 속으로 떨어지는 듯한 깊은 잠에 빠져서는 아무 소리도 듣지 못했으며, 그리하여 우리가 잠든 동안 그 활동이 두 배로 늘어나는 민첩한 식물성 힘이, 흡사 님프들이 헤라클레스에게 젖을 먹이듯,** 우리에게 가져다준 것을 모두 소화하면서 과다하게 섭취한 무거운 몸을 잠시 후에 꺼내면 무척 행복해진다.

사람들은 이것을 납덩이 같은 잠이라고 부른다. 이런 잠이 끝난 후에 잠시 우리는 자신이 단순한 납 인형으로 변한 것처럼 느낀다. 우리는 더 이상 어느 누구도 아니다. 그런데 어떻

***

** 마르쿠스 키케로(Marcus Tullius Cicero, 기원전 106~기원전 43). 로마 시대의 문인이자 정치가로 카이사르와 반목한 후부터 문필에 전념했다. 라틴 문학의 수사학을 완성했으며 유려한 문체로 유명했다.
* 그리스 신화에서 헤라클레스가 제우스의 아내 헤라의 젖은 만졌지만, 님프들의 젖을 먹었다는 말은 나오지 않는 것으로 미루어, 아마도 프루스트가 역시 제우스의 아들이자 님프들 손에 키워진 디오니소스와 혼동한 것처럼 보인다고 지적된다.(『게르망트』, 폴리오, 670쪽 참조.)

게 잃어버린 물건을 찾듯이 자신의 생각이나 인성을 찾으면서 다른 것이 아닌 내 고유한 자아를 찾는다고 말할 수 있을까? 우리가 다시 생각하기 시작할 때면 왜 예전 인성이 아닌, 그와는 다른 인성이 마음속에서 구현되는 것일까? 우리는 무엇이 선택을 명하는지, 또 우리가 될 수 있었을 그 수많은 인간들 가운데 왜 하필이면 정확히 어젯밤에 나였던 자에게 그 선택의 손길이 갔는지 알지 못한다. 실제로 뭔가가 중단될 때 (완전히 잠에 들었거나 혹은 우리 자신과 아주 다른 꿈을 꾸고 있을 때) 무엇이 우리를 이끌고 가는 것일까? 거기에는 심장이 고동을 멈추고, 그래서 일정 간격으로 혀를 잡아당기는 인공호흡법으로 소생시킬 때처럼 실제로 죽음이 있었다. 아마도 방은, 우리가 단 한 번밖에 보지 못한 방이라 할지라도 추억을 깨어나게 하며, 또 그 추억에는 그보다 더 오래된 추억이 걸려 있었는지도 모른다. 아니면 지금 우리가 의식하는 몇몇 추억이 우리 마음속에서 잠들고 있었는지도 모른다. 깨어남에 따르는 부활은 ── 우리가 잠이라고 부르는 정신 이상의 그 자비로운 발작 후에 ── 요컨대 우리가 잊었던 이름이나 시구와 후렴구를 다시 떠올릴 때 일어나는 현상과도 흡사하리라. 그리고 사후 영혼의 부활 또한 어쩌면 기억의 현상으로 이해될 수 있으리라.

잠자기를 마쳤을 때, 나는 햇빛이 비치는 하늘에 마음이 끌리면서도 겨울이 시작되어 그토록 눈부시고 차가운 늦가을 아침 냉기에 조금은 망설이면서, 눈에 보이지 않는 그물에 걸려 공중에 남아 있는 듯 보이는 나뭇잎이 한두 개 금빛이나 분홍빛 흔적만을 가리키는 나무를 보려고, 담요 속에 몸을 파묻은 채 머리를 들고 목을 내밀었다. 마치 탈바꿈 중인 번데기처럼 나는 같은 환경에 적응하지 못하는 여러 다른 부분을 가진 '이중적인 존재였다. 내 눈은 열기가 없어도 색깔만 있으면 만족했고, 반대로 내 가슴은 열기에만 신경 쓰고 색깔에는 관심이 없었다. 나는 벽난로에 불을 붙인 후에야 자리에서 일어나 보랏빛과 금빛이 감도는 아침의 그 투명하고도 부드러운 정경을 바라보면서, 거기에 좋은 파이프처럼 불이 붙어 피어오르는 난롯불을 쑤시며 싸늘한 아침에 부족한 열기를 인위적으로 덧붙였다. 불은 파이프 담배와 마찬가지로 물질적인 편안함에서 비롯된 속된 기쁨과, 동시에 그 뒤로 한 순수한 영상이 어렴풋이 그려지면서 보다 미묘한 기쁨을 주었다. 화장실 벽에는 하얀 꽃무늬가 뿌려진 새빨간 벽지가 붙어 있어 익숙해지기가 조금 힘들 것 같았다. 그러나 꽃들은 내게 새로워 보였고, 갈등을 일으키는 일 없이 그것과 접촉하게 했으며, 잠에서 깨어날 때의 상쾌함과 노래를 조정하여 강제로 나를 일종의 개양귀비 한복판에서 세상을 보게 했는데, 새로운 집이라는 그 즐거운 병풍 뒤에서, 부모님 집과는 다른 방향에 놓인 그 신선한 공기가 흘러드는 집에서 나는 파리에 있을 때와는 전혀 다른 시선으로 세상을 보았다. 때로는 할머니가 몹시 보고 싶어서 또는 할머니가 아플까 봐 걱정이 돼서 마음이 무척 불안했고, 아니면 파리에 두고 온, 현재 진행 중인, 별로 진척될 기미가 없는 일이 생각났으며, 때로는 이곳에 와서까지 내가 매달릴 구실을 찾는 어떤 어려운 일이 생각나기도 했다. 이런 걱정들 때문에 나는 잠을 이룰 수 없었으며, 내 전 존재를 한순간에 가득 채우는 이런 슬픔 앞에서 어쩔 줄 몰랐다. 그래서 나는 호텔에서 사람을 시켜 병영으로 생루에게 혹시 물리적으로 가능하다면 잠시 와 주었으면 좋겠다는 — 어려운 일이라는 건 알았지만 — 편지를 보냈다. 한 시간이 지나자 생루가 왔다. 그가 초인종을 누르는 소리를 듣자 나는 걱정거리에서 해방된 것 같은 기분이 들었다. 이런 걱정이 내 힘을 넘어서는 것이라면, 그는 그보다 더 강하다는 걸 알았으며, 그래서 내 주의력은 그 걱정에서 벗어나 그걸 진정시켜 줄 생루를 향했다. 들어오자마자 생루는 아침부터 그가 그토록 많은 활동을 펼쳤던 밖의 공기를, 내 방과는 전혀 다른 활기찬 분위기를 내 주위에 퍼뜨렸고, 나는 곧 그에 적합한 반응으로 대처했다.

"자넬 방해했다고 너무 원망하지 말게. 뭔가 날 괴롭히는 일이 있어서. 자넨 이미 짐작했겠지만."

"천만에, 나도 자네가 나를 보고 싶어 할 거라고 생각했고 또 그래 줘서 고맙네. 내게 와 달라고 해서 정말 기쁘네. 그런데 무슨 일인가? 뭔가 잘 안 되나? 내가 자넬 위해 뭘 해 주면 되겠나?"

그는 내 설명을 듣고 적절하게 대답했다. 그러나 그는 말을 꺼내기에 앞서 나를 그와 똑같은 사람으로 만들었다. 그를 그토록 바쁘고 민첩하고 만족하게 만드는 그 중요한 임무에 비해, 조금 전까지 나를 잠시도 괴로워하지 않고는 못 배기게 했던 그 걱정거리가 그에게서와 마찬가지로 내게서도 하찮은 것이 되었다. 마치 며칠 전부터 눈을 뜰 수 없는 환자로부터 왕진 요청을 받은 의사가 능숙하고도 부드럽게 눈꺼풀을 벌리고 모래 한 알을 꺼내 보여 주면, 환자가 병이 나았다고 안심하는 것과도 같았다. 내 모든 걱정은 생루가 보내 주겠다고 약속한 전보 한 통으로 해결되었다. 그러자 삶이 아주 다르게, 아름답게 보였고 나는 너무도 힘이 넘치는 듯 느껴져 움직이고 싶었다.

"이젠 뭘 할 건가?" 하고 내가 생루에게 말했다.

"난 가야 하네. 십오 분 후에 행진이 있는데 내가 꼭 있어야 한다네."

"그럼 여기 오기가 무척 힘들었겠군."

"아니, 그렇게 힘들지는 않았네. 중대장이 아주 친절했어. 자넬 위한 일이라고 하니 가도 된다고 하더군. 하지만 그분의 호의를 남용하는 모습은 보이고 싶진 않네."

"하지만 나도 빨리 자리에서 일어나 자네가 훈련하는 곳에 갈 수 있다면 정말 흥미로울 텐데. 쉬는 시간에는 자네와 이야기도 나눌 수 있을 테고."

"별로 권하고 싶진 않네. 자넨 깨어 있었고, 틀림없이 별 대수롭지 않은 일로 머리가 아팠을 걸세. 하지만 이젠 그 일이 자넬 불안하게 하지 않을 테니 다시 베개 위로 돌아가 잠을 청하게. 자네 신경 세포에 든 무기질 성분이 빠져나가는 걸 막는 데 꽤나 효과적일 거야. 그렇다고 너무 빨리 잠들지는 말게. 우리 군악대가 자네 창문 아래로 지나갈 테니. 하지만 곧 조용해질 걸세. 그럼 이따 저녁 식사 때 만나세."

그러나 얼마 지나지 않아 생루의 친구들이 저녁 식사 중에 펼치는 전술론에 흥미를 느끼기 시작하면서부터 나는 자주 들판에서 벌어지는 연대 훈련을 보러 갔다. 마치 음악을 전공하는 누군가가 연주회를 들으면서 나날을 보내다 오케스트라 연주자들의 생활로 둘러싸이는 카페에 드나들면서 큰 기쁨을 느끼듯이, 각기 다른 지휘관들을 가까이서 보는 것이 내 나날의 소망이 되었다. 연병장에 이르기까지는 꽤 많이 걸어야 했다. 그래서 저녁이면 식사가 끝나자마자 잠을 자고 싶은 생각에 머리가 현기증이라도 이는 듯 자주 앞으로 떨어지곤 했다. 다음 날 아침이면 발베크에서 생루가 나를 리브벨로 저녁 식사 자리에 데리고 가서 해변의 연주회를 듣지 못했을 때처럼 군악대 소리도 듣지 못했다는 걸 깨달았다. 그리하여 내가 자리에서 일어나려는 순간 피로로 몸을 일으킬 수 없다는 생각이 감미롭게 느껴졌다. 근육질에 영양 공급을 하는 잔뿌리 조직이 피로 때문에 예민해져서는 눈에 보이지 않는 땅 속 깊이 날 묶어 놓은 것 같았다. 나는 힘이 넘쳤으며, 삶이 내 앞에 더 길게 펼쳐졌다. 어린 시절 콩브레에서 게르망트 쪽으로 산책한 다음 날 상쾌한 피로를 느꼈던 시절까지 되돌아갔기 때문이다. 시인들은 우리가 어려서 살던 이런저런 집이나 정원에 들어가면 예전 우리 모습을 잠시나마 되찾을 수 있다고들 말한다. 그러나 이것은 매우 무모한 순례 여행으로, 성공하는 만큼이나 환멸로 끝나는 경우도 많다. 여러 다른 세월에 따라 함께 존재하는 그 고정된 장소들은 차라리 우리 마음속에서 찾는 편이 낫다. 그리고 잠을 푹 잔 다음 날 느껴지는 커다란 피로감이 어느 정도는 그 일에 도움이 될 수 있다. 게다가 이런 숙면과 커다란 피로감이, 전날 밤의 어떤 반영도 어떤 기억의 빛도 우리의 내적 독백을 비추지 않는 (내적 독백이 스스로 멈추지 않는 한) 가장 깊은 잠의 지하 갱도로 우리를 내려가게 하면서, 몸을 덮고 있는 흙과 응회암을 그토록 완전하게 뒤집어, 근육이 잠기고 그 가지를 비틀고 새로운 삶을 호흡하는 바로 그곳에서, 어린 시절의 정원을 되찾게 해 준다. 이런 정원을 다시 보기 위해서는 여행을 하기보다 우리 마음속으로 깊이 내려가야 한다. 땅을 덮었던 것은 더 이상 땅 위가 아니라 땅 아래에 있다. 죽은 도시를 방문하려면 여행만으로는 충분치 않으며 발굴해야 한다. 얼마나 덧없는 우연한 몇몇 인상들이 이런 유기체의 분해보다 더 정교한 정확성으로, 보다 가볍고 비물질적이며 현기증 나는 확실한 비상으로 우리를 과거로 돌아가게 하는지는 나중에 알게 될 것이다.

가끔은 피로감이 더 커졌다. 잠을 이루지 못해 며칠 동안 연대 훈련을 따라다녔기 때문이다. 그때 호텔로의 귀가는 얼마나 큰 축복이었는지! 침대에 들어가자마자 나는 우리가 좋아하는 17세기 '소설들'*을 가득 채우는 마법사나 요술사 들로부터 드디어 해방된 느낌을 받았다. 내 졸음과 다음 날 아침의 늦잠은 멋진 요정 이야기에 지나지 않았다. 멋진, 어쩌면 고마

---

* 이탈리아나 스페인과는 달리 프랑스에서는 17세기에 이르러서야 소설이 나타났지만, 이내 사람들로부터 사랑을 받았다. 세비녜 부인이, 스페인의 몬탈보와 이탈리아의 아리오스트와 타소의 작품을 그녀 서간문에서 자주 인용한 것도 이런 열광에 한몫했다고 한다.(『게르망트』, 폴리오, 670~671쪽 참조.)

운 요정 이야기였다. 나는 지금까지 아무리 큰 고통에도 도피처가 있으며, 모든 걸 실패할 때도 항상 휴식을 찾을 수 있다고 생각해 왔다. 이런 생각은 뜻하지 않은 사태를 불러왔다.

휴가인데도 생루가 외출하지 못하는 날이면, 나는 그를 보러 자주 병영에 갔다. 병영은 멀리 떨어져 있었다. 도시에서 빠져나와 구름다리를 건너야 했는데, 다리 양편으로 광대한 전망이 펼쳐졌다. 조금은 강한 산들바람이 거의 언제나 이 높은 지대에 불어와 병영 마당 삼면에 지어진 건물들을 가득 채웠고, 건물들은 바람의 동굴인 양 끊임없이 으르렁거렸다. 몇몇 임무로 붙잡힌 로베르를 그의 방문 앞이나 식당에서 기다릴 때면, 나는 그가 소개해 준 친구들과 담소를 나누면서(나중에는 로베르가 없을 때도 그들을 만나러 갔다.) 창문 너머 100여 미터 아래 떨어진 곳에서 헐벗은 들판을, 하지만 여기저기 새로 심은 묘목이 아직 비에 젖은 채 햇빛을 받아 유약을 칠한 듯 반짝거리는 반투명 초록빛 모판을 만드는 들판을 바라보면서, 그들로부터 로베르 이야기를 듣곤 했는데, 그럴 때면 로베르가 얼마나 그들로부터 사랑을 받으며, 또 그들의 인기를 독차지하고 있는지 금방 알 수 있었다. 다른 기병 중대에 속하는 여러 지원병 가운데 귀족 상류 사회에 끼지 못하고 귀족들을 외부에서만 접했던 부유한 부르주아 젊은이들 사이에서 생루의 성격을 안다는 사실 자체가 불러일으키는 호감은, 토요일 저녁 파리로 휴가를 나갔다가 위제 공작과 오를레앙 대공과 함께 생루가 카페 드 라 페에서 야식을 먹는 모습을 보면서 그들이 받는 화려한 인상으로 배가되었다.* 또 이 때문에 그들은 그의 잘생긴 얼굴과 키가 너무 커서 걷거나 인사할 때 흐느적거리는 모양, 끊임없이 흔들거리는 외알 안경, 지나치게 높이 쓴 군모의 '기발함', 지나치게 얇고 지나치게 분홍빛인 바지에 '멋'이란 관념을 도입했고, 이런 멋은 연대에서 가장 멋진 장교들이나 내가 병영에서 잘 수 있도록 도와준 그 위풍당당한 중대장에게서는 ─ 생루와 비교해서 지나치게 근엄하거나 거의 평범하다고 할 수 있는 ─ 찾아볼 수 없다고 단언했다.

그중 한 명이 내게 중대장이 말 한 필을 새로 샀다고 말했다. "원하는 말은 모두 다 사라지. 그래도 일요일 아침 난 아카시아 가로수 길에서 또 다른 멋으로 말을 타는 생루를 보았네!" 하고 다른 한 명이 대꾸했는데, 그는 자신이 무슨 말을 하는지 잘 알고 있었다. 왜냐하면 이 젊은이들은, 생루와 동일한 사회 계층의 인사들과 교제하지는 않았지만 돈과 여가 덕분에 돈으로 살 수 있는 모든 멋에 관한 경험에서는 귀족과 크게 다르지 않은 계층에 속했기 때문이다. 게다가 의복을 예로 들어 본다면 그들의 멋은, 내 할머니가 그렇게나 마음에 들어 했던, 격식에 개의치 않은 생루의 자유로운 우아함에 비하면 지나치게 공을 들이고 지나치게 완벽했다. 대은행가나 증권업

---

* 여기서 말하는 위제 공작은 자크 드 크뤼솔(Jacques de Crussol, 1868~1893)을 가리킨다.(위제 공작에 대해서는 『잃어버린 시간을 찾아서』 4권 152쪽 참조.) 오를레앙 공작은 앙리 도를레앙으로 루이 필리프의 증손자이다. '카페 드 라 페'는 파리 오페라좌 옆에 위치한 카페로 '평화의 카페'란 뜻이다.

자의 아들에게 있어, 극장에서 나와 굴을 먹던 중 옆 테이블에서 생루 준사관을 목격하는 것은 그야말로 감동이었다. 그리고 월요일 휴가에서 돌아올 때면 병영에서 얼마나 많은 얘기들을 했던지. 로베르와 같은 중대인 그들 가운데 하나는 로베르가 자기를 보고 '아주 다정하게' 인사했다고 했고, 같은 중대는 아니지만 그럼에도 생루가 자신을 알아봤다고 믿는 또다른 누군가는 로베르가 자기 방향으로 외알 안경을 두세 번 조준했다고 말했다.

"그래, 내 동생이 그를 '카페 드 라 페'에서 봤다고 하더군." 하고 애인 집에서 하루를 보내고 온 다른 녀석이 말했다. "그런데 그가 입은 연미복이 아주 헐렁해서 잘 맞아떨어지지 않더라는 거야."

"조끼는 어땠나?"

"하얀색 조끼가 아니라 일종의 종려나무 훈장으로 장식된 보랏빛 조끼였다지. 놀랍지 않나!"

고참병들에게는(조키 클럽에 대해 한 번도 들어 본 적 없는 이 서민들은 단지 생루를 지극히 부유한 준사관의 범주에 두었는데, 파산하든 파산하지 않든 일정한 생활 수준을 유지하면서 수입이나 빚의 액수가 상당히 높고 병사들에게는 관대한 사람들은 모두 그 안에 포함되었다.) 생루의 걸음걸이며 외알 안경이며 바지나 군모가 특별히 귀족적으로 보이지는 않았지만, 그렇다고 해서 흥미로운 점과 의미를 제공하지 않는 것은 아니었다. 그들은 이러한 특징 속에서 연대 장교 중 가장 인기 있는 젊은이 것이라고 그들이 단번에 결정적으로 정해 놓은 성격과 스타일을 알아보았고, 누구와도 닮지 않은 태도나, 상관이 뭘 생각하든 무시하는 모습을 병사들에 대한 생루의 호의에서 비롯된 자연스러운 결과인 양 여겼다. 그렇지만 어느 고참병이 욕심 많은 게으른 부대원들에게 생루의 군모에 얽힌 맛깔스러운 일화를 지나치게 세세하게 늘어놓을 때면, 방에서 아침에 마시는 커피나 오후에 침대에서 취하는 휴식이 더 나아 보이기도 했다.

"모자 높이가 장비를 넣는 내 배낭만큼이나 높아."

"자식, 우릴 속이려고. 아무렴 네 배낭만큼이나 높을까?" 하고 문학사 학위를 받은 젊은 지원병이 군대 사투리를 섞어 가면서 신병티를 내지 않으려고, 또 감히 모순된 말로 자신을 즐겁게 해 주는 사실을 확인시키려고 말했다.

"아! 내 배낭만큼 높지 않다고? 아마도 재 본 모양이지. 그렇다면 중령 녀석이 감방에 처넣을 듯이 그를 노려보았다는 이야기는 또 어떻고. 하지만 우리의 저 유명한 생루는 놀라기는커녕, 왔다 갔다 머리를 내렸다 들었다 하면서 내내 외알 안경만 흔들었다는 거야. 중령이 뭐라고 할지는 두고 봐야겠지만. 아! 중령은 아무 말도 하지 않을 수 있어. 그자의 마음에 들지 않을 건 뻔하지만. 그런데 그 군모는 그렇게 대단한 게 아니야. 시내에 있는 그의 숙소에는 그런 게 서른 개도 더 있다고."

"어떻게 그걸 알았지,* 친구? 저 빌어먹을 하사 녀석을 통해서였나?" 하고 젊은 대학 졸업생이 유식한 척, 최근에 배우기

---

* '어떻게'를 의미하는 comment 대신 의문이나 감탄을 강조하는 comment que를 사용하며 자신의 학식을 뽐내고 있다.

시작한 새 문법 형식으로 자신의 대화를 장식하는 게 자랑스러운 듯 그걸 늘어놓으며 말했다.

"어떻게 알았느냐고? 물론 생루의 당번병을 통해서지!"

"적어도 운이 나쁘지 않은 녀석이 또 한 놈 있다는 말이군!"

"나도 그렇게 생각해. 녀석은 나보다 돈이 많아. 확실해. 어디 그뿐인가? 생루가 녀석에게 자기 소지품이나 거의 모든 걸 다 주거든. 하루는 녀석이 식당에서 충분히 먹지 못하자 생루가 왕림해서는 취사병에게 이렇게 말했다는 거야. '충분히 잘 먹도록 해 주게. 돈은 얼마든지 낼 테니.'"

그리고 그는 별 의미 없는 말을 활기찬 억양으로 보충했는데 이런 평범한 흉내는 큰 성공을 거두었다.

병영에서 나와 한 바퀴 돌고 나서, 나는 생루가 친구들과 숙식하는 호텔에서 그와 같이 날마다 저녁 식사 하는 시간이 될 때까지 두어 시간 동안 휴식을 취하며 책을 읽으려고 해가 지자마자 곧 내가 머무는 호텔 쪽으로 발길을 돌렸다. 광장에는 저녁 하늘이 성의 원추형 지붕에 벽돌 빛깔과 잘 어울리는 작은 분홍빛 구름을 내려놓고 석양빛 반사로 그 벽돌 빛깔을 부드럽게 하면서 손질을 마무리하고 있었다. 어떤 움직임으로도 고갈될 수 없는 생명의 흐름이 내 신경에 몰려왔다. 광장 포석에 한 걸음 한 걸음 닿을 때마다, 내 발걸음은 마치 헤르메스*

---

* 제우스의 아들로 신들의 의사를 전달하는 전령 역할을 담당했다. 그 모습은 일반적으로 젊은 청년으로 표현되어, 날개 달린 차양 넓은 모자를 쓰고, 발에는 날개 달린 샌들을 신었으며, 손에는 전령의 지팡이를 들었다.

의 날개가 발꿈치에 돋친 듯 통통 튀어 올랐다. 한 분수에는 붉은 미광이 가득했고 다른 하나에는 벌써 달빛이 물을 유백색으로 물들였다. 이런 분수들 사이로 아이들은 고함을 지르거나 원을 그리고 놀면서도 칼새와 박쥐같이 어떤 시간의 필연성에 복종하는 듯 보였다.* 지금은 저축 은행과 군대 본부가 들어 서 있는 호텔 옆 옛 법원과 루이 16세 시대 오렌지 나무 온실은 이미 불 켜진 가스등의 창백한 금빛으로 안에서 조명되었고, 이 불빛은 아직 해가 있는 밖에서 보면, 마치 노란 거북 등껍질로 만든 머리 장식이 붉은빛 도는 얼굴과 잘 어울리듯, 마지막으로 반사되는 저녁놀이 다 지워지지 않은 채 남아 있는 18세기풍 높고 커다란 창문과 잘 어울렸으며, 또 내게 빨리 벽난로와 램프 불 곁으로 돌아가라고 설득하는 것 같았다. 내가 묵는 호텔 정면에서 홀로 저녁놀과 싸우는 이런 램프 불을 위해 나는 어둠이 깊어지기 전에 간식을 먹으러 가듯 즐겁게 집으로 돌아갔다. 숙소에 들어가서도 나는 밖에 있을 때와 동일한 충일감을 유지했다. 이 충일감은 그렇게도 종종 평범하고 공허해 보이는 표면들, 벽난로의 노란 불길과 저녁놀이 중학생처럼 장밋빛 연필로 되는 대로 병따개를 뒤섞어 놓은 듯한 거친 하늘색 벽지와, 줄 쳐진 종이 한 묶음과 잉크병이 베르고트의 소설책 한 권과 함께 나를 기다리는, 둥근 탁자에 깔린, 무늬가 특이한 두꺼운 식탁보 같은 물건들의 표면을 볼

---

* 제비과의 일종인 칼새(혹은 명매기)와 박쥐는 저녁이 되어야 나타나는 조류로 알려져 있다.

록 튀어나오게 하여, 그 물건들은 이후에도 내가 찾고자 한다면 언제라도 계속해서 꺼낼 수 있는 어떤 특별한 삶을 가득 담고 있는 듯했다. 나는 이제 막 떠나온 병영을, 사방에서 불어오는 바람으로 풍향계가 빙빙 돌아가는 병영을 즐겁게 생각했다. 마치 잠수부가 수면 위까지 올라온 관 속에서 호흡하듯, 나는 뭔가 건강한 생활과 자유로운 대기에 접한 것 같은 기분이 들었고, 바로 그 연결점이 이 병영, 초록빛 유약을 바른 운하가 깊게 파인 들판을 내려다보는 이 높은 전망대라고 느꼈으며, 그리하여 병영 창고와 그 건물들 안으로 내가 원할 때면 언제라도 갈 수 있고 환대를 받을 수 있다는 사실이 소중한 특권처럼 여겨지면서 그 특권이 오래 지속되기만을 바라게 되었다.

저녁 7시가 되자 나는 옷을 갈아입고 생루가 머무는 호텔에서 함께 식사하기 위해 다시 외출했다. 나는 그곳까지 걸어가는 게 좋았다. 어둠이 깊었고, 사흘 전부터 밤이 오기만 하면 눈을 예고하는 차가운 바람이 불기 시작했다. 걷는 동안 게르망트 부인에 대한 생각을 잠시도 멈춰서는 안 될 것 같았다. 로베르의 주둔지로 찾아온 것도 오로지 그녀에게 접근하기 위한 시도였으니까. 그러나 추억이나 슬픔은 유동적이다. 어떤 날은 추억이나 슬픔이 너무 멀리 가 있어 거의 눈에 띄지 않고 우리를 떠난 듯 보인다. 그러면 우리는 다른 것에 주의를 기울인다. 또 이 도시의 길들도 아직은 우리가 평소에 사는 곳에서처럼 단순히 한 장소에서 다른 장소로 가는 수단이 아니었다. 내게는 이 미지의 세계에서 주민들이 영위하는 삶이 경이롭게만 보였고, 어느 불 켜진 집의 창문은 내가 꿰뚫고 들어가지 못할 진정 신비로운 삶의 장면을 눈앞에 비추면서 오랫동안 나를 어둠 속에 붙들고 꼼짝 못하게 했다. 이쪽에서는 불의 정령이 군밤 장수의 좌판대가 놓인 선술집을 진홍빛 그림으로 보여 주었고, 그 안에서 두 명의 준사관은 허리띠를 의자에 풀어놓고 트럼프 놀이에 열중하면서, 마법사가 그들을 무대에 등장하는 인물처럼 어둠 속에서 나오게 하여 실제로 그 순간의 모습 그대로 그들 눈에는 보이지 않는 어느 걸음 멈춘 행인에게 불러내고 있다는 것도 전혀 모르고 있었다. 어느 작은 고물상 가게에는 반쯤 탄 촛불이 판화 위로 붉은빛을 비추면서 핏빛으로 물들였고, 그동안 어둠과 싸우던 커다란 램프의 밝은 불빛은 가죽 조각을 검게 태우면서 그 반짝이는 빛으로 단검에다 니엘로 상감*을 입혔으며, 또 싸구려 복제화에 불과한 그림들에는 과거의 고색이나 거장의 유약마냥 진기한 도금을 입혀 모조품과 서툰 그림밖에 없는 이 지저분한 가게를 더없이 경이로운 렘브란트의 화폭으로 만들었다. 때로 나는 눈을 들고 덧문이 닫히지 않은 어느 거대한 오래된 집을 바라보았는데, 그 안에서는 수륙 양서의 남녀가 매일 저녁 낮과 다른 원소 속에 사는 데 적응하여, 어둠이 떨어지자마자 램프 불이라는 보고에서 끊임없이 솟아올라 돌과 유리 내벽의 가장자리까지 철철 넘쳐흐를 정도로 방을 가득 채우는

---

* 가열한 금속 면에, 유황이나 염화암모늄으로 합금한 니엘로의 분말을 붙여, 식히면 흑색 그림이 나타난다. 15세기경 이탈리아나 독일에 뛰어난 작품이 많았다.

기름진 액체 속을 천천히 헤엄쳐 가면서 그들 몸의 움직임으로 끈적거리는 금빛 소용돌이를 번지게 했다. 나는 다시 가던 길을 계속 갔고 대성당 앞을 지나가는 어두운 골목길에 들어설 때면, 예전에 메제글리즈의 오솔길에서처럼 내 욕망의 힘 때문에 자주 걸음을 멈추곤 했다. 한 여인이 내 욕망을 충족시키기 위해 불쑥 나타날 것만 같았다. 어둠 속에서 갑자기 옷자락이 스쳐 가는 것만 느껴져도 어떤 강렬한 기쁨이 이 접촉을 우연으로 생각하지 못하게 하여, 나는 그 놀란 행인을 내 품에 안으려 했다. 이 고딕풍 골목길엔 그토록 현실적인 것이 있어, 내가 거기서 한 여인을 유혹하고 소유할 수만 있다면, 비록 그 여인이 매일 저녁 손님을 유인하는 창녀일망정, 나는 겨울과 낯선 고장, 어둠과 중세가 주는 신비스러움 덕분에 고대 쾌락의 여신이 그 여인과 나를 맺어 주려 한다고 믿을 수밖에 없었다. 나는 미래를 생각해 보았다. 게르망트 부인을 망각하는 일이 끔찍하고 잔인하게 느껴졌지만 합리적인 처신처럼 생각되었고, 거기다 처음으로 그 일이 가능하며, 어쩌면 쉬울지도 모른다는 생각이 들었다. 거리의 완벽한 정적 속에 내 앞쪽으로부터 말소리와 웃음소리가 들렸고, 그 소리는 틀림없이 반쯤 술에 취해 귀가하는 산책자들로부터 오는 듯했다. 나는 소리가 들리는 쪽을 바라보면서 그들을 쳐다보려고 걸음을 멈추었다. 그러나 한참 기다려야 했다. 주위 정적이 얼마나 깊었던지 아직도 먼 곳의 기척이 바로 옆에서 울리듯 분명하고 힘차게 들렸다. 드디어 산책자들이 다가왔고, 그들은 내 생각대로 앞쪽이 아니라 아주 먼 뒤쪽에서 왔다. 길들의 교차와 사이사이

끼어 있는 집들 탓에 소리의 굴절이 음향 착오를 일으켰는지, 아니면 소리가 들리는 장소를 몰라 그 위치를 정하기가 어려웠는지, 나는 거리감뿐 아니라 방향마저 착각했다.

바람이 더 거세졌다. 눈이 올 듯 가시가 곤두선 오톨도톨한 바람이었다. 나는 큰길로 다시 나와 작은 전차에 뛰어올랐다. 승강대 위에는 장교 한 사람이 서서 추위에 울긋불긋한 얼굴로 보도를 건너가는 바보 같은 병사들의 경례에 — 그들을 쳐다보지도 않는 것 같았지만 — 답하고 있었다. 병사들의 얼굴은, 갑자기 가을이 초겨울로 껑충 뛰면서 북쪽으로 더 많이 기울어진 듯한 도시에서, 마치 브뤼헐*이 그의 쾌활하고 먹고 마시기 좋아하는 동상 걸린 농부들에게 부여하는 그런 새빨간 얼굴을 연상시켰다.

생루와 그의 친구들을 만나기로 한 호텔에서는 마침 축제가 벌어져 인근 사람들과 외국인들이 많이 모여 있었는데, 꼬챙이에 꿴 닭이 빙빙 돌아가고 돼지고기가 구워지고 아직 살아 있는 바닷가재가 소위 호텔 주인이 '영원한 불길'**이라고 일컫는 것 속으로 내던져지는 그런 붉은빛이 감도는 부엌이 들여다보이는 안마당을 내가 지나가는 동안, 새로 도착한 사

---

* 피터르 브뤼헐(Pieter Brueghel de Oude, 1527년경~1569). 16세기 네덜란드 화가. 사회 불안과 혼란을 그린 플랑드르 파의 대표적 화가이다. 브뤼겔로 많이 알려졌다.
** 1908년 프루스트는 카부르 근처 식당에서 '영원한 불길로 구운 셰르부르의 아가씨들'이란 메뉴를 보고 즐거워했다고 한다.(『게르망트』, 폴리오, 671쪽에서 재인용.)

람들이 무리를 지어 안마당으로 밀려들면서(뭔가 옛 플랑드르 거장이 그린 「베들레헴 인구 조사」*에 어울리는 듯한) 주인이나 주인의 조수에게 식사와 숙박을 할 수 있는지 물어보았고(조수는 상대방의 안색이 충분히 좋지 않다고 생각되면, 되도록 시내의 다른 숙소를 가르쳐 주었다.) 그동안 한 종업원이 버둥거리는 가금의 목을 잡고 지나갔다. 그리고 이곳에 처음 온 날 내 친구가 나를 기다리던 작은 방에 가기에 앞서 건너갔던 큰 식당 또한, 이전 시대의 순박함과 플랑드르풍 과장법으로 그려진 성경의 한 식사 장면을 연상시켰으며, 수많은 생선과 영계, 뇌조와 멧도요,** 비둘기가 갖가지 장식으로 꾸며져 김이 무럭무럭 나는 채로 숨을 헐떡이는 종업원들에 의해 운반되고 있었다. 그들은 그 음식들을 더 빨리 나르려고 마루 위를 미끄러져 가면서 거대한 벽에 붙은 탁자에 내려놓아 거기서 음식은 금방 여러 토막으로 잘렸지만 ─ 내가 도착했을 때는 식사가 대부분 끝났으므로 ─ 손도 대지 않은 채 그냥 쌓였다. 풍성한 음식과 음식을 나르는 이들의 분주함은 손님들의 주문에 부응한다기보다는, 문자 그대로 그들이 충실히 따르는, 하지만 동시에 지역 삶에서 빌린 실제적인 세부 사항으로 순박하게 그려진 성스러운 텍스트에 대한 존중과, 또 축제의 찬란함을 풍성한 음

***'베들레헴 인구 조사'는 플랑드르의 여러 화가들이 즐겨 다루던 주제로, 특히 브뤼헐은 1566년 요셉과 성모 마리아가 인구 조사에 응하기 위해 베들레헴에 갔던 성서의 주제를 다룬 독특한 겨울 풍경을 화폭에 담아 냈다.
* 뇌조는 자고새와 유사한 새로 계절에 따라 깃털이 변한다. 멧도요는 눈이 뒷머리에 달려 모든 걸 다 볼 수 있는 새이다.

식물과 종업원들의 열성적인 모습을 통해 나타내려는 미학적이고 종교적인 배려에 더 많이 부응하는 듯 보였다. 그들 중 하나는 식당 끝에 있는 식기대 옆에서 부동 자세로 꿈꾸고 있었다. 우리 식사 준비가 어느 방에 준비되었는지 대답해 주기에 나는 그들 중 유일하게 침착해 보이는 그 종업원에게 물어보려고, 늦게 오는 사람들이 먹을 음식을 식지 않게 하려고 여기저기 켜 놓은 불판 사이를(그럼에도 식당 한가운데는 디저트가 거대한 인형의 손에 들려 있었는데, 때로 이 인형을 수정으로 만든 오리 날개, 실은 수정이 아니라 조각가인 요리사가 플랑드르풍 취향으로 날마다 벌겋게 달군 쇠를 가지고 얼음에다 새겨 놓은 오리 날개가 떠받치고 있었다.) 빠져나와, 다른 종업원에게 부딪쳐 넘어질 뻔한 위험도 무릅쓰고 곧바로 그 종업원에게 갔다. 나는 그에게서 이런 성스러운 주제에 전통적으로 나오는 코가 납작하고 순박하고 서투르게 그려진 얼굴을, 다른 사람은 아직 짐작도 하지 못하는 신의 현존이라는 기적을 이미 반쯤 예감하는 듯한 꿈꾸는 표정을 충실하게 재현한 인물을 알아본 느낌이 들었다. 게다가 아마도 임박한 축제 때문인지 이런 인물들에 모든 꼬마 천사와 최고 천사 들 가운데서 충원된 천국의 요소가 더해졌다. 금발 머리에 얼굴은 열네 살 정도로 보이는 한 어린 음악가 천사가 실제로는 아무 악기도 연주하지 않은 채 징이나 접시 무더기 앞에서 꿈꾸고 있었으며, 그동안 조금 더 나이 든 천사들은 드넓은 식당을 분주하게 돌아다니면서 몸을 따라 내려뜨린, 마치 프리미티프 그림에 나오는 끝이 뾰족한 듯한 날개 모양 냅킨을 쉴 새 없이 펄럭거리며 공기를 휘저었다. 종려나무의 가림막으로 가려진 그 경계가 모호한 지대, 천국의 심부름꾼들이 멀리 천상 높은 곳에서 내려온 듯한 지대로부터 빠져나와, 나는 생루의 식탁이 있는 작은 방까지 길을 헤쳐 갔다. 거기서 생루와 늘 함께 식사하는 친구들 중 몇 명을 발견했고, 그들은 부르주아 한둘을 제외하고는 모두 귀족 출신이었는데, 중학교 시절부터 서로 친구가 되리라는 걸 직감하고 기꺼이 사귀었으며, 부르주아 친구가 공화파라 할지라도 손을 깨끗이 씻고 미사 참례만 한다면 원칙적으로는 그들에 대해서도 별다른 적대감이 없음을 증명해 보였다. 첫날부터 나는 식탁에 앉기 전 생루를 식당 한구석으로 데리고 가서 모든 이들이 지켜보는 가운데, 그러나 우리 말에 귀 기울이지 않는 그런 사람들 앞에서 이렇게 말했다.

"로베르, 자네에게 이런 말을 하기에는 때와 장소가 잘못 선택되었지만, 그래도 몇 초밖에 걸리지 않을 걸세. 병영에서는 항상 물어보는 걸 잊어버려서 말이야. 자네 책상 위에 놓인 사진이 혹시 게르망트 부인 아닌가?"

"그렇다네. 내 착한 아주머니라네."

"그렇군. 정말 내가 미쳤네. 전부터 이미 알고 있었는데, 왜 한 번도 생각하지 못했지. 친구들이 초조해할 테니 빨리 말하겠네. 저들이 보고 있으니, 다음번에 하도록 하지. 별로 중요한 일도 아니니까."

"하지만 조금 걸을까? 저들이야 얼마든지 기다릴 수 있네."

"아닐세. 난 예의를 지키고 싶네. 매우 친절한 사람들이니까. 게다가 이젠 정말로 별 상관도 없네."

"그렇다면 자네가 그 친절한 오리안 아주머니를 안단 말인가?"

'친절한 오리안'이든 '착한 오리안'이든 이 말은 생루가 오리안을 특별히 착한 사람으로 생각한다는 뜻은 아니었다. 이 경우 '착한', '뛰어난' 혹은 '친절한'이라는 형용사는 단지 '그'라는 접두사를 강조하기 위한 것으로, 두 사람이 다 아는 인물이나, 그렇게 친밀한 사이가 아닌 상대방에 대해 뭐라고 해야 할지 모를 때 쓰인다. '착한'이라는 말은 식사에 나오는 전채(前菜)와 같은 용도로 쓰이며, 또 "자주 만나세요?" "그분을 뵙지 못한 지도 여러 달 되었어요." "화요일에 그분을 만나요." "그녀도 더 이상 젊지 않겠죠."라는 말이 나올 때까지 잠시 기다리게 해 준다.

"그분 사진이라니, 그 사실이 날 얼마나 즐겁게 해 주는지 말로 다 할 수 없네. 우리가 이제는 그분과 같은 건물에서 살게 되어 그분에 관해 무척 놀라운 일을 알게 되었네.(뭐라고 말하기는 난처하지만.) 그래서 그분에게 무척 관심이 생겼는데, 물론 문학적인 관점에서 하는 말일세. 자네도 이해하겠지만 뭐라고 말해야 할지, 발자크의 관점에서라고나 할까. 자넨 무척 총명하니, 내가 설명하지 않아도 잘 알 걸세. 그러나 빨리 끝내도록 하지. 자네 친구들이 내 태도에 대해 뭐라고 생각하겠는가."

"아무 생각도 하지 않네. 자네가 무척 뛰어난 사람이라고 말해 두었으니까. 저들은 자네보다 훨씬 겁먹었을 걸세."

"고맙네. 그런데 정말로 게르망트 부인은 내가 자네와 아는 사이라는 걸 짐작도 못하겠지?"

"글쎄, 잘 모르겠네. 지난여름 이후로는 본 적이 없으니까. 아주머니가 파리에 돌아온 후에는 휴가를 받지 못했고."

"내가 말하고 싶은 건, 그분이 날 아주 바보로 여긴다는 걸세."

"믿지 못하겠는걸. 오리안은 뛰어난 인물은 아니지만, 그렇다고 해서 바보도 아니니까."

"자네도 알겠지만, 내게는 자만심이란 게 없으니, 자네가 나에 대한 호감을 남들에게 공개적으로 말하든 말하지 않든 보통 때는 별 관심이 없네. 그러니 자네 친구들에게(우리가 곧 합류하게 될) 나에 대해 호의적인 말을 한 건 유감이지만. 게르망트 부인에게는 자네가 날 어떻게 생각하는지 조금 과장이라도 보태서 말해 준다면 그보다 더 큰 기쁨은 없을 걸세."

"물론이지. 기꺼이 하고말고. 부탁할 게 그뿐이라면 어렵지 않네. 그런데 아주머니가 자넬 어떻게 생각하는지가 왜 중요한가? 난 자네가 농담을 한다고 생각하네만, 아무튼 이 정도의 얘기라면 다른 사람들 앞에서나 우리 둘만 있을 때에라도 얼마든지 할 수 있지 않은가. 이렇게 서서 불편한 자세로 얘기하다간 자네가 피로해질까 봐 걱정되네. 단둘이서 얘기할 기회가 얼마든지 있는데 말일세."

바로 이 불편함이 로베르에게 말을 꺼낼 용기를 주었다. 다른 이들의 존재가 내게 간단하게 두서없이 얘기할 수 있는 구실을 주었고, 또 이 말 덕분에 나는 공작 부인이 그의 친척이라는 사실을 잊었다고 거짓말을 하면서 쉽게 감출 수 있었으며, 또 내가 그의 친구이자 총명한 사람이라는 점을 게르망트 부인에게 알리고 싶어 하는 동기에 대해서도 질문할 틈을 주지 않을 수 있었다. 만약 그가 그런 질문을 했다면, 나는 무척이나 당황해서 아무 대답도 하지 못 했을 것이다.

"로베르, 자네처럼 총명한 사람이 친구를 기쁘게 해 주는 일은 따지지 말고 그냥 해 줘야 한다는 걸 이해하지 못하다니, 정말이지 놀랍네. 난 자네가 뭘 부탁해도, 또 뭐든 자네가 부탁해 주기를 몹시 바라지만, 절대로 설명 같은 건 요구하지 않으리라 맹세할 수 있네. 내가 원하는 게 조금 도를 넘어선 모양이군. 게르망트 부인을 알고 싶은 생각은 없네. 단지 자넬 시험해 보기 위해, 게르망트 부인과 저녁 식사를 하고 싶다고 말했을지는 모르지만, 자네가 그렇게 해 주지 않으리라는 걸 잘 알거든."

"틀림없이 난 그렇게 해 줬을 테고, 또 그렇게 할 걸세."

"언제 말인가?"

"파리에 가는 대로. 아마도 석 주 후쯤 되겠지."

"두고 보면 알겠지. 하기야 그분이 원치 않을 테니. 여하튼 뭐라고 고마운 인사를 해야 할지 모르겠네."

"괜찮네. 아무 일도 아닌데 뭐."

"그런 말 말게. 대단한 일이라네. 이제야 자네가 어떤 친구인지 알겠네. 자네에게 부탁하는 일이 중요하든 불쾌하든, 실제로 원하는 것이든 아니면 그저 떠보려고 하는 것이든, 그런 건 아무래도 괜찮네. 그렇게 하겠다고 말함으로써 자넨 자네의 섬세한 지성과 마음씨를 보여 줬어. 바보 같은 친구라면 이리저리 따졌을 테지만."

그는 방금 전에 바로 그렇게 따졌지만 어쩌면 나는 그의 자존심을 치켜세워 주고 싶었는지 모른다. 어쩌면 또한 가치를 평가하는 시금석이 내게 있어 유일하게 중요해 보이는 것, 즉 내 사랑을 도와줄 유용성에 있다고 생각하여 진심으로 그렇게 말했는지도 모른다. 그런 후 나는 내 이중적인 마음 때문인지, 아니면 감사하는 마음이나 이해관계, 또 자연이 게르망트 부인과 같은 모습을 조카인 로베르에게 부여한 그 모든 것으로부터 생겨난 애정이 정말로 넘쳐서 그랬는지 이렇게 덧붙였다.

"이젠 친구들에게 가세. 그런데 자네에게 두 가지 부탁을 하려고 했는데 그중 조금 덜 중요한 것만 말했네. 다른 하나가 내게는 훨씬 더 중요하지만, 자네가 거절하지 않을까 두렵군. 우리가 말을 트면 자네는 싫어하겠는가?"

"싫어할 리가 있나? 저런, '기쁨, 기쁨의 눈물, 꿈에도 생각해 보지 못한 지복이나니!'*"

"고맙네, 아니 고마워. 자네가 먼저 시작하면! 이것만으로도 기쁜데. 자네가 원하면 게르망트 부인에게 아무것도 하지 않아도 되네. 말을 트는 것만으로도 충분하니까."

"난 두 가지를 다 하겠네."

"아! 로베르, 저기." 하고 나는 식사 중에 다시 로베르에게 말을 걸었다. "조금 전에 우리가 나눈 대회는, 저절한 순간에

---

* 파스칼의 유고집인 『회상록』에 나오는 구절을 암시한다. 보다 정확한 인용은 "기쁨, 기쁨, 기쁨의 눈물"이다.(『게르망트』, 폴리오, 671쪽 참조.)

중단되기는 했지만 정말 희극적이네. 왜 그런지는 모르겠지만. 내가 자네에게 말한 귀부인이 누구인지 아나?"

"그렇네."

"내가 누구를 말하는지 아나?"

"자넨 날 발레 주의 멍청이,* '우둔한 자'로 아나 보군?"

"그분 사진을 내게 주지 않겠나?"

나는 그저 사진을 빌려 달라고 할 참이었다. 그러나 말을 하려고 하는 순간 수치스러운 생각이 들었고, 내 부탁이 무례하다는 걸 깨달았다. 그래서 그런 모습을 보이지 않으려고 보다 거칠게 부탁을 표현했으며, 거기다 지극히 자연스럽다는 듯 부풀렸던 것이다.

"그렇게 할 순 없네. 먼저 아주머니께 허락을 받아야 하거든." 하고 그가 대답했다.

그러면서 그는 곧 얼굴을 붉혔다. 나는 그가 마음속에 어떤 저의를 품고 있으며, 그중에는 나에 대한 저의도 포함되어 있어, 몇몇 도덕적 원칙에 따라 내 사랑을 부분적으로밖에 도와주지 못하리라는 걸 깨달았다. 그가 미웠다.

그렇지만 그의 친구들이 제삼자로 끼어들어 생루와 단둘이 있지 않게 되자 나는 그가 나를 얼마나 다르게 대하는지를 보고 그만 감동했다. 그의 상냥함이 아무리 극진하다 해도 의도적이라고 생각했다면 별 관심이 없었을 것이다. 그러나 그

---

* 스위스 남서부 발레주는 산악 지대여서 요오드 결핍으로 지능과 발육이 부진한 크레틴병 환자가 많다는 설이 있다.

의 상냥함은 의도된 것이 아니었으며, 그는 내가 없는 자리에서는 해야 할 말들을 했지만, 단둘이 있을 때는 침묵한다는 걸 느꼈다. 물론 단둘이 있을 때도 그가 나와 얘기하면서 기쁨을 느낀다는 걸 짐작할 수 있었지만, 이 기쁨은 거의 언제나 말로 표현되지 않았다. 보통 때는 내가 하는 같은 얘기를 내색하지 않고 그저 즐겨 들었는데, 지금은 자신이 친구들에게서 기대하고, 또 기대하도록 미리 알려 준 것에 부합되는 효과를 자아내는지를 곁눈질로 살피고 있었다. 처음 무대에 선 신인 배우의 어머니였어도 그렇게 딸이 하는 대사와 관객 반응에 주의를 기울이지는 않았을 것이다. 내가 한마디를 하면, 단둘이 있을 때는 미소만 짓고 말았을 것을, 사람들이 잘 알아듣지 못할까 봐 "뭐라고? 뭐라고?" 하면서 내 말을 되풀이하게 하여 주의를 끌도록 했고, 또 이내 다른 이들 쪽으로 얼굴을 돌려 그들을 바라보고 큰 웃음을 터뜨리면서 본의 아니게 그들의 웃음을 유도하는 역할을 했는데, 그는 처음으로 나에 대한 그의 생각을, 또 그가 자주 친구들에게 표현했을 생각을 내게 보여 주었다. 그래서 나는 마치 신문에서 자기 이름을 읽거나 거울에서 자기 얼굴을 보는 누군가처럼, 갑자기 외부로부터 나 자신을 보았다.

이런 어느 날 저녁, 나는 블랑데 부인에 관한 꽤 재미있는 얘기를 하려다가 곧 말을 멈췄는데, 생루가 이미 그 얘기를 알며, 또 이곳에 도착한 다음 날 하려니까, 그가 "벌써 발베크에서 했는데."라고 말하면서 내 말을 가로막았던 일이 생각났기 때문이다. 그런데 이런 그가, 자신은 그 얘기를 잘 알지 못하며 또 그것이 무척 재미있을 것 같다고 장담하면서 내게 계속하라고 부추기는 모습을 보자 놀라움을 금치 못했다. "잠시 잊은 모양이군. 하지만 곧 기억날 텐데." "천만에, 맹세하지만 네가 혼동한 거야. 넌 한 번도 그 얘기를 한 적이 없어. 어서해." 그리고 내가 얘기하는 동안 그는 열기에 들뜬 채로, 때로는 내게 때로는 친구들에게 황홀한 눈길을 쏟아부었다. 모든 이들의 웃음 속에 얘기를 마치고 나서야 나는 비로소 그 얘기가 그의 친구들 사이에서 내 재치를 높이 평가하게 해 줄 것이며, 또 바로 그런 이유로 그가 그 얘기를 알지 못한 척했다는 걸 깨달았다. 바로 이런 게 우정이다.

사흘째 되는 저녁, 나는 두 번의 저녁 동안 서로 얘기를 나눌 기회를 갖지 못했던 그의 친구 가운데 한 명과 함께 꽤 오랫동안 대화를 나누었으며, 또 그가 나와의 대화에서 느낀 기쁨을 낮은 소리로 생루에게 속삭이는 걸 들었다. 우린 소테른산 백포도주* 한 잔을 앞에 놓고 비우지 않은 채 거의 온 저녁을 대화로 보냈으며, 육체적 매력에 근거하지 않을 때 유일하게 신비로워 보이는 이런 남자들끼리의 호감이라는 멋진 베일로 남들로부터 격리되고 보호받았다. 생루가 나에 대해 품고 있는 이런 감정은 발베크에서도 수수께끼 같았는데, 우리 대화의 재미와도 별개이며 모든 물질적 관계에서 벗어난, 그 눈에 보이지도 않고 손으로 만질 수도 없는 이런 감정을, 그렇지

---

* 보르도 남쪽 소테른 지방에서 나는 백포도주이다.

만 생루는 마치 그 존재를 마음속에서 일종의 플로지스톤*이나 가스처럼 느낀다는 듯, 미소를 지으며 말할 수 있을 정도로 충분히 인식하는 것 같았다. 어쩌면 이곳에서 단지 하룻저녁에 생겨난 이런 호감에는, 몇 분 사이 작은 방의 열기로 피어난 꽃보다 더 놀라운 데가 있는지도 몰랐다. 로베르가 발베크 얘기를 꺼내자 나는 그가 정말로 앙브르사크 양과 결혼하기로 결정했는지 물어보지 않을 수 없었다. 그는 결정하지 않았을 뿐만 아니라 언급조차 한 적 없으며, 그녀를 본 적도 없고 그녀가 누구인지도 알지 못한다고 말했다. 만약 내가 이 결혼을 알려 준 사교계 인사들을 이 순간 만났다면, 그들은 앙브르사크가 생루 아닌 다른 사람과 결혼한다는, 생루가 앙브르사크 양 아닌 다른 사람과 결혼한다는 소식을 전해 주었을 것이다. 그들이 내게 말해 준 그 반대되는, 그것도 최근 일인 그 예언을 내가 그들에게 상기시켰다면, 그들은 아마 깜짝 놀랐으리라. 이런 작은 장난이 계속되고 거짓 소문을 키워 나가고, 각각의 이름 위에 가능한 한 많은 소문을 쌓게 하려고, 자연은 이런 장난꾼들에게 모든 걸 믿고 싶어 하는 것만큼이나 잊기 쉬운 짧은 기억력을 부여했던 것이다.

생루는 동료 가운데 그와 각별하게 지내는 한 친구에 대해 얘기했는데, 이곳 사람 중에서 그와 생루만이 유일하게 드레

** 독일 의사이자 화학자인 게오르그 슈탈(Georg Ernst Stahl, 1664~1734)은 불을 인간 육체의 주요 구성 원칙으로 간주하여 물질이나 금속에는 가연성이 있는 플로지스톤이라는 성분이 들어 있다고 주장했다. 플로지스톤은 산소 발견 이전에는 가연성의 주요소로 여겨졌다.

퓌스* 재심에 찬성하고 있었다.

"오! 그 친구는 생루와 달라요. 광신도죠." 하고 나의 새 친구가 말했다. "그에게는 확고한 신념조차 없어요. 사건 초기에 그 친구는 이렇게 말했죠. '기다려 보게나. 내가 잘 아는 분으로 무척 섬세하고 선량한 부아데프르** 장군이 계시니까. 그분 의견이라면 망설이지 않고 받아들일 수 있을 거야.' 그러나 부아데프르 장군이 드레퓌스에게 유죄 판결을 한 걸 알자, 그 친구는 장군이 별 가치 없는 인물이라고 말했죠. 교권주의와 참모 본부의 편견이 부아데프르로 하여금 진실된 판결을 내리는 걸 방해했다고 말예요. 하기야 우리 친구와 마찬가지로, 적어도 드레퓌스 사건 전까지는 교권주의자 아닌 이들은 아무도 없었으니까요. 그 친구는 어쨌든 진실은 밝혀질 거라고 말했어요. 사건이 소시에 장군 손으로 넘어갔고, 장군은 공화파 군인으로 (우리 친구는 과격 왕당파 집안 사람이니까.) 강철 같은 냉정한 인간인 데다 의식이 확고하니까요.*** 그러나 소시에

---

* 드레퓌스 사건은 이 작품 곳곳에서 유령처럼 맴돈다. 처음 구체적으로 언급된 것은 발베크 호텔 식당 책임자 에메의 입을 통해서이다.(『잃어버린 시간을 찾아서』 4권 279쪽 참조.)

* 부아데프르는 1893년부터 1898년까지 프랑스 참모 본부 책임자를 지낸 장군으로, 처음에는 드레퓌스 자신도 장군이 그를 복권해 줄 것으로 믿었다고 한다.

** 소시에 장군은 1894년부터 1898년까지 파리 군사 지휘관을 지낸 인물이다. 1896년 피카르 대령이 에스테라지의 필적을 알아보고 그가 간첩임을 밝혀냈을 때 참모 본부는 이 사실을 은폐하려 했지만 1897년 소시에 장군이 조사를 명함으로써 예심에 회부된다. 하지만 1898년 프랑스 군법 회의는 에스테라지의 무죄를 선고한다.

가 에스테라지의 무죄를 선고하자, 그 친구는 그 판결에서 드레퓌스가 아닌 소시에 장군에게 불리한 새 설명을 발견했죠. 바로 군인 정신이 소시에 장군의 눈을 멀게 했다는 거죠.(덧붙여 말하지만 그 친구는 교권주의자이자 군국주의자예요. 적어도 전에는 그랬죠. 지금은 뭐라고 해야 할지 잘 모르겠지만.) 가족들은 그 친구가 그런 생각을 품은 걸 보고 비탄에 빠졌어요."

"그러니까." 하고 나는 외톨이가 된 모습을 보이지 않으려고 반은 생루에게 얼굴을 돌리고, 반은 생루의 동료를 대화에 끌어들이기 위해 그 친구 쪽으로 얼굴을 돌리면서 말했다. "우리가 환경 탓으로 돌리는 영향력은 특히 지적 환경에 대해서는 사실이죠. 인간은 자기가 가진 사상에 의해 규정되니까요. 그런데 사상은 인간 수보다 적어요. 따라서 동일한 사상을 가진 인간들은 모두가 비슷할 수밖에 없죠. 사상에는 물질적인 면이 전혀 없기 때문에, 하나의 사상을 가진 인간을 단지 물질적으로만 둘러싸고 있는 사람들은 그 사상을 조금도 바꾸지 못하는 법이죠."

그때 젊은 군인 하나가 미소 띤 얼굴로 나를 가리키면서 생루에게 "뒤로크, 뒤로크와 완전히 똑같군."이라고 말하자 생루가 내 말을 끊었다. 나는 그 말이 무슨 뜻인지 잘 알지 못했으나 그의 두려워하는 표정에서 호감 이상의 무언가를 느꼈다. 생루는 이런 비교에 만족하지 않았다. 친구들 앞에서 나를 돋보이게 한 기쁨보다 두 배나 더 큰 그런 열광적인 기쁨을 느끼는 듯, 마치 결승점에 일등으로 도착한 말을 쓰다듬는다는 듯, 생루는 지극한 달변으로 나를 쓰다듬으며 되풀이했다.

"넌 내가 아는 사람 중에 가장 총명해." 그는 다시 말을 바꾸면서 덧붙였다. "아니, 엘스티르와 함께. 이렇게 말했다고 화내지는 않겠지? 세심함에서 나온 말이니 이해할 테지. 누군가가 발자크에게 '당신은 스탕달과 더불어 금세기 가장 위대한 소설가입니다.'라고 말하는 것과 같으니까. 지나치게 세심하기는 하지만, 어쨌든 대단한 찬사 아냐? 아니라고? 스탕달에 관해서는 동의하지 않는다고?" 하고 그는 내 판단을 솔직하게 신뢰한다는 듯 덧붙였는데, 이 신뢰는 그의 초록빛 눈에서 거의 어린애 같은 미소를 머금고 질문하듯 나타났다. "아아! 네가 나와 의견이 같다는 걸 알겠어. 블로크는 스탕달을 아주 싫어하던데. 이 점에선 그가 바보라고 생각해.『파르마의 수도원』*은 그래도 대단한 작품 아냐? 네가 나와 의견이 같다니 정말 기뻐.『파르마의 수도원』에 나오는 인물 중 누가 가장 마음에 들지? 말해 봐." 하고 그는 어린애처럼 극성스럽게 졸라 댔다. 그의 육체적 힘이 마치 협박처럼 들리면서 그가 하는 질문에 뭔가 무시무시한 느낌을 더했다. "모스카? 파브리스?"

---

* 이 책에서 여러 번 언급되는『파르마의 수도원』의 줄거리는 다음과 같다.(『잃어버린 시간을 찾아서』 4권 122쪽 참조.) 주인공 파브리스는 밀라노 대귀족의 차남으로 태어나 산세베리나 공작 부인인 고모의 극진한 사랑을 받으며 자란다. 워털루 전투에 참가하기도 하지만 마침내 성직에 들어가 많은 어려움에 처하나 그때마다 고모의 애인인 파르마 공국의 재상 모스카 백작의 보호를 받는다. 어떤 하찮은 일로 투옥된 파브리스는 옥중에서 형무소 소장의 딸 클레리아를 만나 사랑에 빠지고, 그 후 석방되어 파르마의 대주교 보좌에 임명되지만, 그들 사랑의 결실인 아들의 죽음에 충격을 받은 클레리아가 죽자 파브리스 역시 죽는다는, 낭만주의 색채가 짙은 작품이다.

나는 수줍게 모스카에게는 뭔가 노르푸아 씨를 연상케 하는 데가 있다고 대답했다. 그러자 젊은 지크프리트인 생루가 폭소를 터뜨렸고, "하지만 모스카 쪽이 훨씬 지적이고 덜 현학적이지……."라고 내가 채 말을 마치기도 전에 손뼉을 치며 브라보를 외치면서 숨이 막힐 정도로 웃어 대더니 "정확해, 대단해! 넌 정말 놀라워."하고 소리쳤다. 내가 말할 때면 남들이 칭찬하는 소리마저 지나치게 보였는지, 생루는 다른 사람들에게 침묵을 강요했다. 그리고 누가 소음을 내면 마치 오케스트라 지휘자가 지휘봉을 두드리면서 음악가들의 연주를 중단하듯이 그 훼방꾼을 꾸짖었다. "지베르그, 누가 말할 때는 잠자코 있어야지. 나중에 말하게. 그리고 넌 계속해."하고 그는 내게 말했다.

처음부터 다시 시작하게 될까 봐 겁이 났던 나는 한숨을 쉬었다.

"그리고 사상이란."하고 나는 말을 이었다. "인간의 이해관계에 개입할 수 없고 그 이점도 누릴 수 없으므로, 사상을 가진 인간들은 이해관계에 영향을 받지 않는다고 말할 수 있죠."

"자, 말문이 막히지 않나, 친구들."내가 팽팽한 줄 위라도 걸어가는 듯 불안과 걱정이 담긴 눈으로 지켜보던 생루가 내 말이 끝나자마자 외쳤다. "지베르그, 자네 무슨 말을 하려고 했지?"

"이분이 뒤로크 소령을 많이 생각나게 한다고 했네. 소령의 말을 듣는 것 같았거든."

"나 역시 그렇게 생각한 적이 여러 번 있네."하고 생루가 대답했다. "여러 가지 공통점이 있지만, 그래도 뒤로크에게 없는 많은 것들이 이 친구에게 있다는 걸 곧 알게 될 걸세."

스콜라 칸토룸*의 학생인 생루 친구의 동생은 모든 새로운 음악 작품에 대해 정확히 다른 스콜라 칸토룸의 학생들처럼 생각했지, 전혀 자기 아버지나 어머니나 사촌, 클럽의 친구들처럼 생각하지 않았다. 마찬가지로 이 귀족 출신 준사관도 일반적으로 모든 드레퓌스파와, 특히 블로크와 유사한 '정신 상태(mentalité)'(사람들이 그 무렵 말하기 시작한)**에 있었으며, 거기에 대해 가족의 전통이나 그의 경력에 필요한 이해관계는 어떤 영향도 미칠 수 없었다.(내가 블로크에게 그의 얘기를 하자, 블로크는 준사관이 자기 편이라는 사실에 무척 감동하면서 그를 아주 높이 평가했는데, 지금까지는 귀족 출신으로 받은 종교적, 군사적 교육 탓에 그를 아주 먼 나라 태생과 동일한 매력으로 치장하여 자기와는 아주 다른 세계 사람으로 상상해 왔기 때문이다.) 이와 마찬가지로 생루의 한 사촌이, 빅토르 위고나 알프레드 드 비니에 못지않은 시를 쓴다고 알려진 동양의 한 젊은 공주와 결혼하자, 사람들은 그녀가 『천일야화』의 궁전 속에 틀어박힌 동양 공주***의 정신을 환기하는 시 말고 다른 것은 쓸 수 없을 거

---

* 54쪽 주석 참조.
* 389쪽 주석 참조.
** 이 동양의 공주는 안나 드 노아유(Anna de Noailles, 1876~1933)를 가리킨다. 브랑코반 백작인 아버지와 루마니아 태생 어머니에게서 태어나, 많은 시 작품을 남긴 프랑스의 여류 시인이다. 프루스트는 그녀를 빅토르 위고나 샤토브리앙보다 더 높이 평가하면서, 젊은 '페르시아의 시인', '카르타고의 여신'으로 비유하기를 좋아했다고 한다.(『게르망트』, 폴리오 672쪽 참조.)

라고 추측했지만, 실제로 그녀와 가까이 접할 특권이 있었던 작가들은, 그녀와의 대화에서 세헤라자데가 아니라 알프레드 드 비니 혹은 빅토르 위고와 같은 위대한 천재의 인상을 받는 걸 깨달았으며, 그리하여 자신들의 생각과 일치하지 않은 데서 환멸을, 아니 차라리 그런 천재를 발견한 데서 기쁨을 느꼈다.*

로베르의 다른 친구들도 마찬가지였지만 나는 특히 이 젊은이 그리고 로베르와 더불어, 병영과 부대 장교들과 군대 전반에 관해 얘기 나누기를 좋아했다. 우리가 먹고 말하고 실제 생활을 하는 가운데서는 아무리 작은 일이라 해도 엄청나게 큰 중요성을 가지고 높이 평가되는 탓에, 다른 일들은 세상에 존재하지 않아서 그 일과 겨룰 수 없으며, 또 그 일과 비교하면 꿈과 마찬가지로 일관성도 없었으므로, 나는 병영의 여러 유명 인사들에게, 내가 생루를 만나러 갈 때 마당에서 얼핏 본 장교들이나 내가 잠에서 깨어나 연대가 창문 밑을 지나갈 때 본 장교들에게 관심을 가지기 시작했다. 나는 생루가 그토록 찬미하는 소령과 '미학적인 견지'에서도 나를 감탄하게 할 그의 군대 역사 강의에 대해 자세히 알고 싶었다. 나는 로베르에게서 그의 몇몇 언어 사용이 조금은 지나치게 공허하다는 걸 깨달았지만, 때로는 그러한 사용이 그가 그토록 잘 이해하는 어떤 심오한 사상에의 동화를 의미한다는 것도 알고

---

* 한 인간의 정신 상태는 그의 출신 성분에 달려 있지 않고, 그가 속한 정신적, 문화적 환경에 달려 있다는 화자의 성찰이다.

있었다. 군대의 관점에서 보면 불행한 일이지만, 로베르는 당시 특히 드레퓌스 사건에 몰두했다. 하지만 함께 식사하는 이들 중에서 로베르만이 드레퓌스 지지파였으므로, 그는 이 사건에 대해 거의 입을 열지 않았다. 다른 사람들은 모두 드레퓌스의 재심에 매우 격렬하게 반대했고, 내 옆에 앉은 새 친구는 예외였지만, 그의 견해 역시 조금은 유동적이었다. 탁월한 장교이자 여러 정치 현안에서 군대에 반대하는 움직임을 진정시켜 드레퓌스 반대파로 통하는 대령의 확고한 찬미자인 내 옆 친구는, 자기 대장이 드레퓌스 유죄에 의혹을 품은 듯한 몇 마디 말을 비쳤으며, 피카르에 대한 존경심도 여전히 간직하고 있다고 내게 알려 주었다. 이 마지막 문제에서 여하튼 대령이 상대적으로 드레퓌스 지지파일지도 모른다는 소문은, 마치 커다란 사건을 둘러싸고 어디서 흘러나오는지 모르지만 항상 생기기 마련인 소문과 마찬가지로, 그 근거가 불분명했다. 왜냐하면 얼마 되지 않아 대령이 전직 정보국장*을 심문하는 일을 맡았을 때, 그는 전례를 찾아보기 힘들 정도로 국장을 난폭하게 다루고 멸시했기 때문이다. 어쨌든 대령으로부터 직접 알아보는 것이 불가능함에도, 내 옆 친구는 생루에게 공손하게 ─ 한 가톨릭 귀부인이 유대인 귀부인에게 자신의 주임 사제가 러시아에서의 유대인 학살을 비난하며 몇몇 이스

---

* 전직 정보국장이란 마리 조르주 피카르(Georges Picquart, 1854~1914) 중령을 가리킨다. 1895년 정보국장으로 임명되어, 모두의 기억에서 사라진 드레퓌스 사건의 진상을 밝히지만, 1896년 국방 장관 비요는 이런 그를 동유럽에 이어 튀니지로 좌천시킨다.

라엘인들의 관대함에 존경을 표한다는 걸 알릴 때와 같은 어조로 — 대령이 드레퓌스 지지파, 적어도 어떤 드레퓌스 지지파에 대해서는 사람들의 생각처럼 그렇게 과격하며 편협하지 않다고 말했다.

"놀라운 일은 아닐세." 하고 생루가 말했다. "총명한 분이니까. 하지만 그래도 출신 계급에서 연유하는 편견과 특히 교권주의가 그분 눈을 멀게 하고 있다네. 그런데." 하고 그는 내게 말했다. "내가 조금 전에 말한 군대 역사 교수인 뒤로크 소령이야말로 우리 생각을 완벽하게 지지하는 분인 듯해. 하기야 그 반대라면 놀랐겠지만. 그의 지성은 탁월할 뿐만 아니라, 급진 사회주의자이며 프리메이슨 단원이니까."

생루가 드레퓌스 지지파에 대한 신앙을 선언하는 말에 마음이 상한 친구들에게 예의를 표하는 동시에 그가 마지막으로 한 말에 더욱 흥미를 느낀 나는, 옆 친구에게 군대 역사의 진정한 미학적 아름다움에 관한 소령의 논증이 정확한지 물어보았다.

"전적으로 사실입니다."

"무슨 뜻이죠?"

"예를 들어 당신이 군사 서적을 읽는다고 가정한다면, 거기서 읽는 모든 것, 가장 하찮은 사실이나 사건이 우리가 규명해야 할 어떤 사상의 기호에 지나지 않으며, 또 양피지 책에서처럼 자주 다른 많은 걸 감추고 있다는 거죠. 따라서 어떤 학문이나 예술 못지않은 지적인 영역 전체가 존재하며, 또 그것이 우리를 정신적으로 충족해 준다는 거죠."

"괜찮으시면, 예를 들어 줄 수 있나요?"

"그걸 말하기는 그렇게 쉽지 않아." 하고 생루가 말을 가로막았다. "만약 어느 군단이 뭔가를 시도했다는 사실을 네가 읽었다고 해 봐.* 그러면 더 멀리 갈 필요도 없이 이미 군단 이름이나 편성만으로도 의미가 있어. 만일 그 작전이 첫 번째 시도가 아니고, 또 같은 작전에 다른 군단이 출동했다면, 이는 틀림없이 앞 군단이 전멸했거나 큰 손실을 입거나 해서 더 이상 작전 수행이 불가능하다는 표시야. 그러면 현재 전멸한 군단이 어떤 군단이었는지 알아볼 필요가 있겠지. 만약 그 군단이 보다 강력한 공격을 위해 남겨진 돌격 부대였다면, 그보다 열세인 새 군단은 앞의 군단이 패한 곳에서 성공을 거둘 승산이 거의 없으니까. 더욱이 전투 초기가 아니라면, 이 새 군단은 다른 군단에서 온 여러 이질적인 요소로 구성될 수 있고, 바로 이 점이 교전국이 아직 보유한 전투력이나 그 전투력이 적의 전투력에 비해 뒤처질 시기가 임박했음을 밝혀 줄 테고, 그렇게 되면 이 군단이 시도하는 작전에 다른 의미를 부여하겠지. 왜냐하면 만약 그 군단이 더 이상 손실을 회복한 상태가 아니라면, 비록 작전이 성공한다 해도 오래지 않아 산술적으로도 전멸하게 될 테니까. 게다가 거기 맞서 싸우는 군단을

---

* 생루의 군사 이론에 대한 이 긴 연설은 1917년에 추가 집필된 것으로, 프루스트는 전쟁에 대한 예감과 실제 일어난 현실을 비교하기 위해 이 글을 썼다고 한다.(「되찾은 시간」에서의 전쟁 묘사를 미리 예고한다.) 이를 위해 그는 당시 《데바》에 게재되었던 앙리 비두(Henry Bidou)의 전쟁에 관한 논설을 참고했다.(「게르망트」, 폴리오, 673쪽 참조.)

가리키는 일련의 번호도 의미가 없는 건 아니야. 예를 들어 군단 수가 훨씬 적고 이미 적의 여러 주요 부대를 격퇴시킨 부대라면, 작전의 성격 자체가 달라진다네. 왜냐하면 그 작전이 방어 부대가 지키던 진지를 잃게 할지는 모르지만, 극소수 병력만으로 상당한 적 병력을 파괴하기에 충분해서 얼마 동안 진지를 지켰다는 사실만으로도 큰 성공이라고 할 수 있으니까. 너도 이해했겠지만, 전쟁에 참가한 군단의 분석만으로도 이렇게 중요한 사실을 발견할 정돈데, 진지 자체에 대한 연구나 진지가 관할하는 도로나 철도, 식량과 물자 보급에 관한 연구는 더 중요한 문제지. 우선 내가 모든 지리적 상황이라고 부르는 걸 연구해야 할 거야." 하고 그는 웃으면서 덧붙였다.(사실 이 표현이 그의 마음에 들었던지 이후 몇 달이 지난 후에도 그는 같은 표현을 썼고 그때마다 똑같이 웃었다.) "만약 교전국 중 하나가 작전을 준비하던 중 그 정찰대 일부가 진지 근방에서 다른 교전국에 전멸됐다는 기사를 읽는다면, 거기서 얻을 수 있는 결론은, 한쪽 군대가 자기 쪽 공격을 저지하려고 적이 어떤 방어 활동을 하는지 정찰을 시도했다는 거지. 한 지점에서 특별히 격렬한 군사 활동은 그 지점을 정복하려는 열망뿐만 아니라 적을 거기 붙잡아 두고, 적이 공격한 지점에서 적에게 대응하지 않으려는 열망을 나타낼 수 있거나 그 지점에서의 병력 감소를 맹렬한 공격으로 은폐하려는 위장 수법에 지나지 않을 수 있거든.(나폴레옹이 전쟁에서 사용한 아주 고전적인 위장 수법이야.) 한편 어떤 작전의 의미나 가능한 목적, 따라서 거기 동반하거나 뒤따르는 다른 작전들을 이해하려고 한다면,

적을 속이고 가능한 실패를 감추려는 데 목적이 있는 사령부의 발표를 참고하기보다는 해당 국가의 군사 조례를 검토하는 게 더 중요해. 한 군대가 시도하는 작전은 항상 유사 상황에 적용되는 현행 조례에 따른 것이라고 추정할 수 있어. 예를 들어 정면 공격에는 측면 공격이 따른다고 군사 조례에 정해졌을 때, 만약 이 측면 공격이 실패할 경우 사령부에서는 그것이 정면 공격과 전혀 무관한 교란 작전에 지나지 않는다고 주장할 수 있겠지만, 진실을 발견할 가능성은 이런 사령부의 주장이 아니라 그 조례에 있으니까. 또 각각의 군사 조례만 있는 게 아니라 군대 전통이나 관습과 이론도 있으니 그것도 고려해야 해. 그리고 군사 행동에 지속적으로 작용 또는 반작용을 되풀이하는 외교 활동에 대한 연구도 소홀히 해서는 안 되고. 보기에는 아주 무의미하고 당시에는 잘 이해가 가지 않던 사건도, 오래지 않아 적이 지원을 기대하면서, 적에게 물자가 부족해서 그들이 세운 전략이 실제로는 일부밖에 실행되지 않았음을 드러내 주니까. 이렇게 네가 군대 역사를 읽을 줄 안다면, 일반 독자에게는 모호한 얘기가, 마치 미술관을 방문한 보통 사람에겐 흐릿한 색채 때문에 놀라 어리둥절하게 하거나 두통을 줬던 그림이, 인물이 입은 옷이나 손에 든 것을 볼 줄 아는 미술 애호가의 눈에는 논리적으로 연결된 것처럼 보이듯이 네게도 그렇게 보이게 될 거야. 그러나 몇몇 그림에서 인물이 성배를 들었다는 사실을 주목하는 것만으로는 충분치 않고, 어째서 화가가 손에 성배를 들게 했는지, 그것으로 무얼 상징하려고 했는지도 알아야 하는 것처럼, 이런 군사 작전은 즉각적인 목적을 제외하고는 전투를 지휘하는 장군의 머릿속에서 대개는 옛 전투를 모방한 것이며, 그리하여 이 옛 전투는 새로운 전투의 과거이자 도서관, 문헌이나 어원학, 귀족 같은 거라고 할 수 있어. 지금 나는 전투의 지역적인 특성, 뭐라고 말해야 할지, 공간적인 특성을 말하는 게 아냐. 물론 이런 지역적 특성이 존재하는 경우도 있어. 전쟁터가 몇 세기를 통해 단 한 번만 전쟁터로 쓰인 적은 없고 또 앞으로도 결코 없을 테니까. 그곳이 전쟁터였다면, 지리적 상황이나 지질학적 속성, 적을 괴롭히는 데 적합한 결함(예를 들어 적을 둘로 가르는 강물 같은) 등 좋은 전쟁터로 만든 몇몇 조건을 갖추었기 때문이지. 그러므로 과거에 좋은 전쟁터였다면, 앞으로도 그럴 가능성이 높아. 우리가 아무 방에나 화가의 아틀리에를 만들지 않는 것처럼 아무 데나 전쟁터가 되는 건 아냐. 예정된 장소가 있어. 그러나 한 번 더 말하지만, 내가 말하는 건 이런 게 아니라 우리가 모방하는 전투 유형, 전략적 모방의 종류, 전술의 모작(模作)으로, 이를테면 울름 전투와 로디 전투, 라이프치히 전투와 칸나에 전투 같은 거야.* 아직도 전쟁이 일어날지, 일

---

* 여기 언급된 울름과 로디, 라이프치히 전투는 나폴레옹 전쟁과 관련 있다. 나폴레옹 전쟁은 1803년부터 1815년까지 나폴레옹이 유럽 동맹과 대립하여 벌인 일련의 전쟁을 가리킨다. 울름 전투(1805)는 나폴레옹이 오스트리아를 상대로 치른 전투로 프랑스의 승리로 끝났으며, 로디 전투(1796)는 나폴레옹이 이끄는 프랑스군이 이탈리아 밀라노 남동쪽에 있는 로디 다리에서 오스트리아군을 물리친 전투이고, 라이프치히 전투(1813)는 나폴레옹과 프로이센, 오스트리아, 러시아 연합군 사이에 벌어진 전투로 프랑스군이 패배했다. 칸나에 전투는 카르타고의 한니발이 기원전 216년 알프스 산을 넘어 이탈리아로 침입하여 교묘한

어난다면 어떤 민족 사이에서 일어나게 될지는 나도 잘 모르지만, 만약 일어난다면 틀림없이(또 지휘관이 의도하는 바에 따라) 칸나에˙전투나 아우스터리츠 전투, 로스바흐 전투, 워털루 전투 또는 그 밖의 것이 되겠지.* 어떤 이들은 이런 말도 거리낌 없이 해. 슐리이펜 원수와 팔켄하우젠** 장군은 프랑스에 맞서 모든 전선에 걸쳐 적을 꼼짝 못하게 하면서, 양쪽 측면으로부터 공격해 들어가, 특히 벨기에에서 우측으로 쳐들어가는 소위 한니발식 칸나에 전투를 계획한 반면 베른하르디*** 장군은 칸나에 전투 방식보다 프리드리히 대왕이 로이텐 전투에서 했던 사행진**** 쪽을 더 선호했다고 하고 말이야. 다른 이

용병술로 로마군을 격파한 유명한 전투이다. 정면에서는 지연전을 펼치면서 적의 주력 부대를 끌어들이고 동시에 우세한 기병대로 로마군 측면을 빠른 시간 내 공격하는 전술이다.

* 아우스터리츠(현재의 슬로바키아에 해당한다.) 전투는 1805년 나폴레옹이 우세한 적을 상대로, 후에 예술이라고 평가받은 군대 지휘와 배치를 통해 완승을 거둔 전투이다. 로스바흐 전투는 1757년 프로이센의 프리드리히 2세가 오스트리아, 프랑스 등의 연합군을 격파한 전투이다. 워털루 전투는 1815년 엘바 섬에서 돌아온 나폴레옹이 벨기에 워털루에서 영국과 프로이센이 이끄는 연합군과 맞서 패배한 전투로 나폴레옹의 몰락을 가져왔다.

** 슐리이펜(Schlieffen, 1833~1913)은 독일 군인으로 칸나에 전투를 따라하여, 우세한 프랑스군에 대항해서 열세인 병력으로 독일군이 승리하는 방법을 고안해 냈다. 팔켄하우젠(Falkenhausen, 1878~1966) 장군은 1차 세계 대전 동안 독일 사령관이자 벨기에 주지사로, 슐리이펜이 주도하는 전술과 비슷한 전술론의 저자였다.

*** 프리드리히 폰 베른하르디(Fridrich von Bernhardi, 1849~1930)는 독일 군사 이론가이자 장군이었다.

**** 사행진(斜行陣)이란 고대에서 행한 전술로, 대형 집단을 형성하는 대신 몇 개로 나뉜 소집단의 움직임으로 적을 공격하는 방법이다. 프리드리히 대왕은

들은 이처럼 노골적으로 자기 견해를 피력하지는 않지만, 이전에 내가 소개해 준 보콩세유 중대장 같은 이는 장래가 유망한데 자신만의 작은 프라첸* 공격을 열심히 연구하고 아주 세부적인 것까지 잘 파악해서 머릿속에 저장해 놓았으니, 어느 날이걸 실행할 기회가 온다면 실패하지 않고 우리에게 크게 기여하리라고 장담해. 리볼리** 전투의 중심 돌파 역시 여전히 전쟁이 일어난다면 반복될 거야. 『일리아드』와 마찬가지로 시대에 뒤떨어진 게 아니니까. 덧붙여 말하면 지금은 정면 공격이 거의 금지되었는데, 1870년*** 전쟁 때 실수를 되풀이하지 않기 위해서지. 공격, 오로지 공격을 해야 해. 나를 당혹스럽게 하는 건 단지 저 한물간 작자들이 이런 훌륭한 원칙에 반대한다는 것과, 내 젊은 스승 가운데 재능이 탁월한 망쟁****이 방어를 위한 자리를, 물론 일시적이긴 하지만 남겨 두고 싶어 한다는 거야. 방어로 공격과 승리의 서막을 장식했던 아우스터리츠 전투를 그가 예로 들 때면 난 뭐라고 대답해야 할지 모르겠어.”

　　나는 생루의 전술론을 들으며 행복했다. 동시에르에서의

7년 전쟁 동안 이런 사행진의 측면 공격으로 1757년 로이텐 전투(현재의 폴란드에 해당한다.)에서 오스트리아 대군을 격파했다.

* 1805년 아우스터리츠 전투 시 나폴레옹의 보병대는 러시아군을 프라첸 고지로 유인해서 격파했다.

** 리볼리 전투는 1797년 이탈리아 북부 리볼리에서 나폴레옹이 이끄는 프랑스군이 이탈리아와 오스트리아군에 대항하여 벌인 전투로, 나폴레옹이 거둔 중요한 승리 가운데 하나이다.

*** 『잃어버린 시간을 찾아서』 3권 24쪽 참조.

**** 망쟁(Mangin, 1866~1925)은 프랑스 장군으로 1차 세계 대전을 통해 유명해진 인물이다.

삶 동안 내가 소테른산 백포도주를 마시면서 장교들이 토론하는 것을 들었을 때, 포도주에 의해 매력적인 빛을 발하던 그 장교들에 대해, 마치 내가 발베크에 있을 때 오세아니아 왕과 왕비, 미식가 넷의 소모임, 노름꾼인 젊은 남자와 르그랑댕의 매부를 거대하게 보이게 했으나 지금은 축소되어 거의 존재하지도 않게 하는 그런 똑같은 빛의 확대에 어쩌면 내가 속지 않았을지도 모른다는 기대를 품게 했다. 오늘 나를 기쁘게 한 것이 지금까지는 항상 내게 무관심했다면, 내일은 그렇지 않을 수도 있으며, 또 이 순간의 나였던 존재도 어쩌면 머지않아 파괴될 운명일 수도 있었다. 왜냐하면 이 저녁 동안 군대 생활과 관계된 모든 것에 대해 내가 품고 있는 그 열렬하고도 덧없는 열정에, 생루가 방금 한 말이 전쟁의 예술에 관해 영속적인 성질의 지적 토대를 더했기 때문이다. 그리하여 그것은 아주 강하게 내 관심을 끌어 나는 자신을 속이는 일 없이, 이곳을 떠난 후에도 친구들이 동시에르에서 하는 일에 계속 관심을 가질 것이며 지체하지 않고 곧 그들 곁으로 다시 돌아올 거라고 믿을 수 있었다. 그러나 전쟁의 예술이란 말이, 이 단어의 정신적 의미에서 분명히 예술을 의미하는지 확인해 보려고 나는 이렇게 물었다.

"자네 이야기는 흥미롭군. 아니, 미안. 네 이야긴 정말 흥미로워." 하고 나는 생루에게 말했다. "그런데 한 가지 염려되는 점은, 내가 군사 예술을 열광적으로 좋아하게 될 것 같다는 거야. 그렇게 되려면 우선 군사 예술이 다른 예술과 그렇게 다르지 않으며, 또 그 법칙을 아는 게 전부가 아니라는 걸 확신해야 해. 넌 우리가 과거 전투를 모방한다고 말했는데, 네 말처럼 현대의 전투 아래서 과거 전투를 보는 건 정말 미학적인 일이라고 생각해. 이 생각이 얼마나 내 마음에 드는지 말로 표현할 수 없을 정도야. 하지만 그렇다면 전쟁을 지휘하는 사령관에게서 재능은 아무것도 아닐까? 정말로 기존 법칙만을 적용할까? 아니면 동등한 학문의 자격으로도 유명한 외과 의사가 존재하듯, 유명한 장군이 존재할까? 그런데 외과 의사들은 두 질병이 겉으로는 같은 증상을 보인다 해도, 아마도 자기들의 경험에서 나왔겠지만, 아무것도 아닌 것에서 뭔가를 인지하고 새롭게 해석하면서 이 경우에는 이렇게, 저 경우에는 저렇게 하는 편이 더 낫다고 하거나, 아니면 이 경우에는 수술을, 저 경우에는 수술을 하지 않는 편이 더 낫다고 하지 않나?"

"물론 나도 그렇게 생각해! 모든 법칙이 공격을 명하는데도 막연한 예감이 만류하자 나폴레옹도 공격을 멈추었으니까. 이를테면 아우스터리츠 전투나, 1806년 나폴레옹이 란느*에게 보낸 훈련을 봐. 그러나 장군들이 나폴레옹의 작전을 문자 그대로 모방한 경우에는 결과가 정반대였어. 1870년 전쟁 때도 그런 사례가 많아. 적이 '할지도 모르는' 행동에 대한 해석에서조차 현재 적이 하는 행동이 다른 많은 것을 의미하는 징후에 지나지 않는 경우도 있어. 우리가 논리적 추론이나 과

---

* 란느(Lannes) 원수는 1806년 이에나 전투에 참가했는데, 나폴레옹은 그에게 "적을 만나면 무조건 공격해야 한다."라는 편지를 보냈다고 한다.(『게르망트』, 폴리오, 675쪽 참조.)

학에만 매달린다면, 그런 해석 하나하나가 모두 똑같이 사실인 듯 보이지. 마치 어떤 복잡한 질병에 걸려 세계의 모든 의학 지식을 동원해도, 눈에 보이지 않는 종기가 섬유 샘종인지 아닌지, 수술을 해야 할지 말아야 할지를 결정하기에는 충분치 않듯이 말이야. 테브 부인* 같은 직감이나 점술이(내 말이 무슨 뜻인지 이해하겠지.) 명의와 마찬가지로 명장에게서도 결정을 내리게 하지. 난 네게 하나의 사례를 보여 주려고 전투 초기 정찰의 의미에 대해 얘기했던 거야. 그러나 그건 다른 열 가지 사실을 의미할 수 있어. 예를 들면 한 지점에서 적을 공격하려고 다른 지점을 공격하는 것처럼 보이게 하거나, 실제 작전 준비를 적이 눈치채지 못하게끔 천막을 치거나, 필요하지도 않은 지점에 적군을 유인하여 붙잡아 놓고 꼼짝 못하게 하거나, 적 병력을 확인하거나, 적을 탐색하고 적의 작전을 노출시키는 따위가 그렇지. 때로는 한 작전에 수많은 군대를 출동시키는 일이 그 작전이 진짜라는 걸 의미하지 않을 수도 있어. 그 작전이 한낱 위장에 지나지 않아도 그런 위장으로 적을 속일 기회가 많아지면 실제로 실행에 옮겨지거든. 이런 관점에서 나폴레옹이 치른 여러 전쟁 얘기를 네게 들려줄 시간이 있다면, 맹세하지만 넌 우리가 연구한 이런 간단한 고전적 방식을 야외에서 직접 실행에 옮기는 걸 볼 수 있을 거야. 산책 삼아서 말이지, 이 어린 친구. 아냐, 네 몸이 불편한 걸 깜빡 잊

---

* 프루스트는 1894년 손금 점을 보는 테브 부인을 찾아간 적이 있다.(『게르망트』, 폴리오, 676쪽 참조.)

었어. 미안해. 그런데 전쟁하는 중에 우리 후방에서 최고 사령부의 강도 높은 경계와 논의와 연구를 느끼면, 마치 단순한 물리적 빛에 지나지 않지만 정신의 발산물인 등댓불 앞에, 선박들에게 위험을 알리기 위해 공간을 뒤지는 등댓불 앞에 서 있을 때처럼 감동하게 되지. 어쩌면 네게 단지 전쟁 문학에 대해서만 말하는 게 틀린 건지도 몰라. 마치 흙의 성분이나 바람과 빛의 방향이 나무가 어느 쪽에서 자라날지를 말해 주는 것처럼, 실제로는 전투가 벌어지는 여러 조건이나 작전이 행해지는 고장의 특징 등이, 장군이 선택할 수 있는 계획을 어떻게 보면 명령하거나 제한하는 셈이니까. 그래서 산을 따라 이어지는 일련의 골짜기들과 이런저런 벌판 위에서 필연적으로 맞게 될 눈사태의 장엄한 아름다움과 더불어 군대의 행진이 이루어진다는 걸 넌 예측할 수 있어."

"지휘관에게 부여하는 선택의 자유나, 네가 조금 전에 말했던 상대방의 계획을 읽으려는 적의 예감을 이제 부정하는 거야?"

"그럴 리가! 우리가 발베크에서 함께 읽었던, 현실 세계와 비교해 가능 세계의 풍요로움을 다룬 철학책 기억해?* 전술에서도 마찬가지야. 주어진 상황에서 네 가지 작전이 부과된다면, 장군은 그중 하나를 선택할 수 있어. 마치 인간의 병이 다양하게 진전하는 만큼 의사 역시 그에 맞춰 대처해야 하듯

---

* 라이프니츠의 『단자론』(1714)을 가리킨다. 프루스트에 대한 라이프니츠의 영향에 대해서는 들뢰즈의 『프루스트와 기호들』(민음사, 2004), 72~73쪽 참조.

이. 이 점에서는 인간의 연약함과 위대함이 새로운 불확실성의 원인이 되지. 왜냐하면 이 네 가지 계획 중 어떤 우발적인 이유 때문에(이를테면 어떤 부차적인 목적을 달성해야 하거나, 시급하고 병력이 적고 양식 보급이 부족하거나 하는) 첫 번째 계획이 다른 계획보다는 완벽하지 않더라도 비용이 적게 들고 보다 빨리 실행될 수 있으며, 또 작전지에 군대를 먹이는 데 필요한 식량이 보다 풍부해서 이 첫 번째 계획을 장군이 택한다고 해 봐. 이 계획을 실행에 옮기고 나서, 적들이 처음에는 확실히 모르다가 곧 간파하게 되면 장군은 장애물이 너무 커서 성공하지 못할까 두려워(바로 내가 인간의 연약함에서 생긴 요행수라고 지칭하는) 이 작전을 포기하고 두 번째, 세 번째, 혹은 네 번째 계획을 시도할지 몰라. 그러나 또한 적이 공격받으리라고는 결코 생각하지 못한 지점에 적을 묶어 놓고 불시에 기습하려고 단지 위장으로(내가 인간의 위대함이라고 지칭하는) 첫 번째 계획을 시도할 수도 있어. 이렇게 울름 전투에서 마크 장군*은 서쪽에서 적을 기다렸지만 비교적 안전하다고 믿었던 북쪽으로부터 적에게 포위당했지. 내가 든 이 사례는 게다가 별로 적절치 않아. 울름 전투는 포위전의 뛰어난 전형으로 앞으로도 계속해서 반복될 테니까. 왜냐하면 이 전투는 장군들이 영감을 얻는 고전적인 사례일 뿐만 아니라, 어떻게 보면 결정화의 전형으로 필연적인 형태니까.(필연적이긴 하지만 선택이나 변화

---

* 마크(Mack) 장군은 독일의 울름 전투(1805)에서 오스트리아군을 물리치고 나폴레옹군이 대승을 거두는 데 기여했다.

의 가능성은 있지.) 그러나 이 모든 상황도 결국은 인위적이고, 별로 중요한 게 아냐. 우리가 말한 철학책으로 돌아가 보면, 현실도 논리적 원칙이나 과학 법칙처럼 거의 그런 상황에 부합하기 마련이지만, 위대한 수학자 푸앵카레*가 한 말, 즉 수학이 엄밀하게 정확한지 어떤지 확실치 않다고 한 말을 상기해 봐. 네게 이미 말한 조례만 해도 결국은 부차적인 중요성만 있고, 게다가 시간과 더불어 변하기 마련이야. 또한 우리 기병들은 아직도 1895년의 「야전 근무 칙령」**에 따라 행동하는데, 이 칙령은 기병 전투에서 공격이 야기하는 게 공포라는 정신적 효과 말고는 아무것도 없다고 여기는 그런 오래된 구식 이론에 기초하기 때문에, 시대에 뒤졌다고 할 수 있어. 그런데 우리 스승들 가운데서 가장 지적인 분들로 기병대에서 가장 뛰어난 인재들과, 특히 내가 너에게 말한 사령관 같은 분은, 이와 반대로 전투에서의 승리란 검과 창을 휘두르는 진정한 접전을 통해 이루어지며, 가장 끈질긴 쪽이 정신적으로 승리자가 되며 또 공포를 불러 일으켜서 물리적으로도 승리자가 된다고 생각해."

"생루 말이 맞아요. 다음번 「야전 근무 칙령」에는 그런 발전의 흔적이 나타날 거예요." 하고 내 옆 친구가 말했다.

---

* 프랑스 수학자인 앙리 푸앵카레(Henri Poincaré, 1854~1912)는 흔히 과학의 상대주의를 전개했다고 알려졌지만, 결코 수학이 '엄밀하게 정확한 것'은 아니라는 견해를 표명한 바가 없으며, 오히려 과학 언어로서 수학의 위상을 강조했다고 지적된다.(『게르망트』, 폴리오, 676쪽 참조.)
** 정확한 제목은 「야전 근무 조례에 관한 1895년 5월 28일 칙령」으로 1차 세계 대전 전까지 여러 번 수정되었다고 한다.(『게르망트』, 폴리오, 677쪽 참조.)

"동의해 주니 기쁘군. 네 의견이 내 의견보다 이 친구에게 더 깊은 인상을 준 것 같은걸." 하고 생루는 그의 동료들과 나 사이에 생긴 교감이 약간은 불쾌했는지, 아니면 이 교감을 공식적으로 인정하고 축성하는 게 친절하다고 생각했는지 웃으면서 말했다. "그리고 어쩌면 내가 조례의 중요성을 지나치게 축소해서 말했는지도 몰라. 조례가 변한다는 건 확실해. 조례는 군대 상황과 작전 계획, 밀집 계획을 지배하니, 조례가 그릇된 전략적 개념을 반영한다면, 패배의 가장 중요한 원인이 될 수도 있어. 네게는 이 모든 게 조금은 지나치게 전문적으로 들리겠지만." 하고 그가 말했다. "요컨대 전쟁이라는 예술에서 변화를 가장 많이 촉진하는 게 바로 전쟁 자체인 건 확실해. 전투 중에도 전투가 너무 오래 계속되면, 교전군의 한쪽은 적의 성공이나 실수가 주는 교훈을 이용해서 적에 대응하는 법을 개선하고, 그러면 적도 이어서 그걸 발전시키지. 그러나 다 지나간 일이야. 포병대의 무서운 발전과 더불어 미래 전쟁은, 전쟁이란 게 그때도 존재한다면 말이야, 단기간에 끝날 테니 우리가 배운 걸 이용하기도 전에 평화가 이루어질걸."

　"너무 그렇게 예민하게 굴지 마." 하고 나는 생루가 이 마지막 얘기에 앞서 했던 말에 대한 응답으로 이렇게 말했다. "난 네 말을 아주 열심히 듣고 있었어."

　"싫지 않다면 한마디 해도 될까." 하고 생루의 친구가 말을 이었다. "자네 말에 덧붙인다면, 만약 전투가 서로를 모방하고 또 중첩된다면, 이는 단지 지휘관의 정신 때문만은 아니야. 지휘관의 실수가(예를 들어 적의 실력을 제대로 평가하지 못한 탓에) 자기 부대에 엄청난 희생을 불러와 몇몇 부대가 참으로 숭고한 자기희생 정신으로 이 희생을 감수할 경우, 그들이 맡은 역할은 다른 전투에서는 다른 부대가 맡을 역할과 유사할 테니까 역사적으로 교체 가능한 사례로 인용되기도 해. 1870년 전쟁에 국한해 보면 생프리바*에서의 프로이센 경비대, 프뢰슈빌레르와 비상부르**에서의 알제리인 보병들이 그랬어."

"아! 교체 가능하다고. 아주 정확해. 대단해! 넌 정말 총명하다니까." 하고 생루가 말했다.

나는 개별적인 것 아래 보편적인 것을 제시할 때처럼 이 마지막 사례에 관심이 없지는 않았다. 그렇지만 지휘관의 재능이야말로 내 관심을 끌었고, 그 재능이 무엇인지, 어떤 주어진 상황에서 유능하지 못한 지휘관이 적에게 저항할 수 없으며, 유능한 지휘관은 또 위험에 빠진 전투를 만회하기 위해 어떻게 처신하는지 알고 싶었는데, 생루의 말에 따르면 이런 만회는 가능하며 나폴레옹이 여러 번 실현했다고 했다. 또 군대의 가치가 무엇인지 이해하기 위해 내가 이름을 아는 장군들 가운데 누가 가장 지휘관으로서 자질이 있는지, 전략가로서 재능이 있는지를 물어보았는데, 귀찮을 수도 있는 이런 질문에

---

* 생프리비(생프리바 라 몽타뉴)는 프랑스 로렌주의 모젤 데파르트망에 있는 마을 이름으로 1870년 전쟁 시 프로이센 경비대가 프랑스 군대에 맞서 싸웠던 격전지이다.
** 프뢰슈빌레르와 비상부르는 알자스주의 바랭 데파르트망에 있는 마을로, 1870년 전쟁 시 프랑스 식민지였던 알제리 보병들이 프랑스 군대와 함께 프로이센 군대에 맞서 용맹을 떨쳤던 곳이다.

내 새로운 친구들은 적어도 귀찮아하는 기색을 보이는 일 없이, 인내심을 가지고 친절하게 대답해 주었다.

나는 멀리서 펼쳐지는 차가운 깊은 밤, 이따금 들리는 기차 기적 소리가 이곳에 있는 기쁨을 더 생생하게 해 주고 시간을 알리는 종소리가 다행히도 이곳 젊은이들이 검을 차고 돌아가야 할 시간이 아직 멀었음을 알려 주는 그런 밤뿐만 아니라, 거의가 게르망트 부인의 추억과 관계된 걱정거리였지만 또한 외적인 걱정거리로부터도, 친구들의 친절이 보태져서 그 깊이가 더해진 생루의 친절함과 작은 식당의 열기, 우리에게 제공된 음식의 섬세한 맛 덕분에, 멀리 떨어져 있는 듯 느꼈다. 이 음식들은 내 식욕과 마찬가지로 내 상상력에도 동일한 기쁨을 주었다. 이따금 음식을 뽑아낸 자연의 작은 조각들이, 소금기 어린 물방울이 몇 방울 남아 있는 꺼칠꺼칠한 굴 껍질 성수반이나, 포도송이가 달린 울퉁불퉁한 줄기와 누런 잎이 붙어 있는 가지가 아직 먹지 않은 음식을 마치 어떤 풍경처럼 멀리서 시적으로 에워싸, 식사하는 도중에도 계속 포도나무 아래서 낮잠을 자거나 바닷가에서 산책하는 듯한 인상을 불러일으켰다. 또 다른 저녁에는 요리사가 단지 음식물을 예술품처럼 자연의 액자 속에 제공하여 음식 본래의 특성을 살리기도 했다. 끓는 물에 익힌 생선이 길쭉한 토기에 담겨 식탁에 나올 때면, 푸르스름한 풀잎 위로 뚜렷이 드러난 생선이, 본래 모습 그대로지만 산 채로 끓는 물에 내던져져 약간은 휜 채로 조개류, 그리고 이와 유사한 극미동물인 게나 새우, 홍합 등에 둘러싸여, 베르나르 팔리시*가 만든 도자기 그릇에서 나타나는 것 같았다.

"질투가 나는데. 무척 화가 나는데." 하고 생루가 반은 웃고 반은 진심으로 말하면서 내가 그 친구와 둘이서만 쉴 새 없이 대화하고 있음을 슬며시 암시했다. "저 친구가 나보다 더 총명하다고 생각해? 나보다 저 친굴 더 좋아해? 그러니까 저 친구밖에 없다는 거야?"(여성을 무척이나 사랑하고 여성만을 연인으로 두는 사회에 사는 남성 사이에서는, 그다지 순수하지 못한 말로 비칠지 몰라 감히 입 밖에 내지 못하는 농담도 허용되는 법이다.)

대화가 일반적인 주제로 옮겨 갔을 때 모두가 생루의 심기를 건드릴까 봐 드레퓌스 얘기를 피했다. 그렇지만 일주일 후 그의 동료 가운데 두 사람은 이런 군대 환경에 살면서도 생루가 드레퓌스파인 것이, 거의 반군대적인 인물이 된 것이 무척이나 신기하다고 말했다. "그 이유는." 하고 이 문제에 대해 자세하게 말하고 싶지 않았던 내가 말했다. "환경의 영향이란 것이 우리가 생각하는 만큼 그렇게 중요하지 않기 때문이죠……." 물론 나는 며칠 전에 생루에게 했던 나의 성찰을 되풀이하고 싶지 않았으므로 이 말만 하고 그만둘 생각이었다. 그럼에도 내가 지난번에 했던 말을 거의 그대로 반복했으므로, "요전 날에도 같은 얘기를 했지만……."이라고 덧붙이면서 변명하려고 했다. 그러나 나는 생루가 나와 몇몇 인간에 대

---

* Barnard Palissy(1510~1590). 프랑스의 도예가로, 유약 바르는 기술을 발견했다.

해 보이는 찬사의 이면은 생각하지 못했다. 이 찬사는 상대방 사상에의 완벽한 동화로 완성되는지, 사십팔 시간이 지나자 생루는 이 사상이 더 이상 자기 것이 아니라는 사실을 잊어버렸다. 그래서 나의 소박한 학설에도, 생루는 마치 그것이 전적으로 자기 머릿속에 들어 있었다는 듯, 또 내가 그의 영역에서 가로챘다는 듯, 그 학설을 열렬히 환영하고 인정하는 것이 자신의 의무라고 생각하는 것 같았다.

"그렇고말고, 환경은 중요하지 않아."

내가 그의 말을 중단하거나 이해하지 못할까 봐 겁이 났는지, 그가 힘주어 말했다.

"진정한 영향은 지적인 환경의 영향이야. 인간은 자신이 가진 사상에 따라 규정되잖아."

그는 음식을 잘 소화한 사람 같은 미소를 지으면서 잠시 말을 멈추었고, 외알 안경을 떨어뜨리더니 송곳 같은 시선을 내게 던졌다.

"그리고 동일한 사상을 가진 인간들은 모두 비슷해." 하고 도발적인 표정으로 말했다. 그가 그토록 잘 기억하는 이 말이, 실은 내가 며칠 전에 그에게 했던 말임을 아마도 기억하지 못하는 모양이었다.

내가 생루의 레스토랑에 매일 저녁 똑같은 기분으로 간 것은 아니었다. 어떤 추억이나 슬픔은, 우리가 알아차리지 못할 정도로 우리를 그냥 내버려 두다가, 때로는 다시 돌아와 오랫동안 우리 곁을 떠나지 않는다. 레스토랑에 가려고 시내를 지나가는 저녁이면, 게르망트 부인이 거의 숨을 쉴 수 없을 정도로 그리웠다. 마치 내 가슴 한 부분이 능숙한 해부학자의 손에 잘리고 도려내어져 같은 크기의 비물질적인 고뇌로, 사랑과 향수의 등가물로 대체된 느낌이었다. 상처를 꿰맨 자리가 아무리 잘 봉합되었다 해도, 한 존재에 대한 그리움이 이토록 사무쳐 몸속 내장의 자리마저 차지할 때면, 그리움은 내장보다 더 많은 자리를 차지하는 듯 보여 우리는 이 그리움을 지속적으로 느끼고, 더 나아가 우리 몸의 일부인 양 '생각하는데' 이 얼마나 모순된 일인가.* 다만 우리 몸보다는 우리 자신이 조금 더 가치 있어 보인다. 산들바람이 조금만 불어도 우리 몸은 억눌림에, 또 우수에 한숨짓는다. 하늘을 쳐다보았다. 하늘이 맑으면 나는 이렇게 중얼거렸다. "어쩌면 부인도 지금쯤 시골에서 나와 같은 별을 보고 있을지 몰라. 그리고 또 누가 알아. 식당에 도착하자마자 로베르가 내게 '좋은 소식이 있어. 아주머니가 편지를 보내왔는데 널 보고 싶어 해. 이곳에 온대.'라고 말할지." 게르망트 부인에 대한 상념은 창공의 움직임에만 연결되는 게 아니었다. 부드러운 공기의 숨결이 조금만 스쳐 가도, 예전에 메제글리즈 밀밭이 질베르트의 소식을 가져다주었을 때처럼 부인 소식을 가져다주는 것 같았다. 인간은 변하지 않는다. 우리는 한 존재에 대한 감정에, 그 존재가 일깨우지만 그 존재와는 무관한, 이미 예전에 다른 여인에 대해 느꼈던 많은 감정들을 집어넣는다. 그리하여 우리는 이런 특별한 감정을 뭔가 우리 마음속에서 보다 일반적인 진리에 이르게

---

* 그리움이 동시에 정신적이며 육체적인 것임을 말하고 있다.

하려고 애쓰며, 다시 말해 인류 전체에 공통된 보편적 감정에 포함시키려 한다. 이 보편적 감정과 더불어 개인과 개인이 우리에게 야기하는 아픔은 과거의 우리와 소통하게 하는 하나의 수단에 지나지 않게 된다. 내 아픔에 기쁨이 섞인 것도, 그 아픔이 이런 보편적 사랑의 아주 작은 부분임을 인식했기 때문이다. 아마도 질베르트에게 느꼈던 슬픔이나, 콩브레에서 저녁마다 엄마가 내 방에 없었을 때 느꼈던 슬픔, 또는 베르고트 작품의 몇몇 페이지에 대한 추억을 지금 내가 느끼는 괴로움 속에서 알아보았는지 모른다. 또 그 괴로움에 게르망트 부인의 냉담과 부재가, 학자의 정신 속에서 원인과 결과로 연결되듯 그렇게 명확하게 연결되지는 않았지만, 그렇다고 해서 나는 게르망트 부인이 이런 괴로움의 원인이 아니라고 결론지을 수도 없었다. 몇몇 신체적 고통은 아픈 부분과 무관한 부분으로까지 퍼지지만, 의사가 그 원인이 되는 정확한 지점을 만지기만 하면 금방 사라져 버리지 않는가? 그렇지만 의사의 손이 닿기 전에 확산되는 고통은 그토록 막연하고도 뭔가 운명적인 성격을 띠어, 고통을 설명하거나 정확한 위치를 찾아내는 데 더없이 무력한 나는 고통으로부터의 치유가 불가능하다고 믿었다. 레스토랑으로 발걸음을 옮기며 나는 중얼거렸다. "게르망트 부인을 보지 못한 지 벌써 십사 일이나 되었구나." 게르망트 부인에 관한 한 시간을 분으로 세는 내게만 이 십사 일이 그토록 거대하게 보였으리라. 내게는 별과 산들바람뿐 아니라 시간의 수학적인 분할까지 어딘가 고통스럽고 시적인 모습을 띠었다. 이제는 매일매일이 흐릿한 언덕의 움직이는 산마루처럼 보였다. 한편으론 내가 망각을 향해 내려 갈 수 있을 것 같았고, 다른 한편으론 공작 부인을 다시 보고 싶은 욕구에 휩싸인 것 같았다. 이처럼 나는 양쪽을 왔다 갔다 하면서 마음의 평정을 찾지 못했다. 어느 날 '오늘 저녁에는 아마 편지가 왔겠지.' 하고 생각하면서 저녁 식사 시간에 도착 한 나는 용기를 내어 생루에게 물었다.

"파리에서는 소식 없어?"

"있어." 하고 그가 우울한 표정으로 대답했다. "나쁜 소식 이야."

그 슬픔이 단지 생루에게만 해당되며 생루의 애인에게서 온 소식 때문이라는 걸 알고 나는 안도의 한숨을 내쉬었다. 그 러나 곧 그 여파로 생루가 오랫동안 나를 자기 숙모 댁에 데려 가지 못하리라도 것도 알았다.

편지를 통해서였는지 아니면 어느 아침 그녀가 두 번의 기 차 여행 사이에 짧게 방문했던 동안에 일어난 일 때문이었는 지, 그와 애인 사이에 다툼이 있었다고 했다. 그리고 지금까지 그들 사이에 있었던 다툼도 비록 덜 심각했다 할지라도 언제 나 해결될 수 없을 것처럼 보였다고 했다. 왜냐하면 그녀는 기 분이 나쁠 때면 마치 어두운 방에 틀어박혀 저녁 식사에 나오 지도 않고 이유도 설명하지 않아 결국에는 설득하는 데 지쳐 따귀를 때리면 더 심하게 울어 대는 아이들마냥, 그렇게 이해 할 수 없는 이유로 발을 동동 구르며 울어 댔기 때문이다. 생 루가 이런 불화 때문에 끔찍이 괴로워했다는 말은 그의 고통 에 그릇된 인상을 줄지도 모르는 지나치게 단순한 표현이다.

생루가 혼자 있을 때면, 그토록 정력적인 그에게 존경을 표하며 떠나던 애인의 모습이 떠올라 처음 몇 시간 동안 돌이킬 수 없다고 생각되던 고뇌도 막을 내렸고, 동시에 이런 고뇌의 멈춤이 얼마나 감미로웠던지 불화가 일단 확실해지면 거기 따르기 마련인 화해에 어떤 매력조차 느껴지는 것이었다. 그러다 얼마 지나지 않아 그는 이차적인 고통이나 사건 때문에 괴로워하기 시작했으며, 이 물결은 그녀가 어쩌면 그에게로 다가오고 싶어 하며, 그녀가 그의 말 한마디를 기다린다는 사실이 불가능해 보이지 않고, 하지만 그동안 그녀가 복수를 하려고 이런저런 저녁이나 장소에서 어떤 짓을 할지 모르므로 그런 일이 일어나지 않도록 전보를 보낼 사람은 오직 자신뿐이며, 어쩌면 그가 시간을 허비하는 동안 다른 사람들이 그 틈을 이용할지 모르며, 그리하여 며칠 후에는 그녀가 이미 다른 사람의 것이 되어 그녀를 되찾는 일이 너무 늦을지도 모른다는 생각에 따라 끊임없이 밀려왔다. 이런 모든 가능성에 대해 그는 아무것도 알지 못했고 그의 애인도 침묵을 지켰으므로, 그것이 그의 고통을 얼마나 얼빠지게 했는지, 드디어는 그녀가 동시에르에 숨었는지 아니면 인도로 떠났는지를 물어볼 지경으로까지 그를 몰고 갔다.

침묵은 힘이라고들 한다. 침묵은 다른 의미에서는 사랑받는 이들이 가진 무서운 힘을 뜻하기도 한다. 이 힘은 기다리는 이의 불안을 가중한다. 우리와 떨어져 있는 인간보다 더 가까이 가고 싶은 사람이 어디 있으며, 침묵보다 더 극복하기 힘든 장벽이 또 어디 있으랴? 누군가는 또한 침묵은 형벌이며,

감옥에서 침묵을 강요받은 자는 거의 미칠 지경이라고 말한다. 그러나 사랑하는 이의 침묵을 감수하는 일은 침묵을 지키는 일보다 훨씬 큰 형벌이다! 로베르는 중얼거렸다. "이렇게 소식이 없다니 그녀는 도대체 뭘 하고 있을까? 어쩌면 다른 남자들과 나를 속이고 있는 건 아닐까?" 또 이렇게도 말했다. "그녀가 이렇게 침묵할 정도로 난 뭘 했단 말인가? 어쩌면 날 증오할지도 몰라, 영원히." 그러고는 스스로를 자책했다. 사실 이런 침묵은 질투와 후회로 그의 정신을 혼미하게 했다. 게다가 감옥 속 침묵보다 더 잔인한 침묵은 그 자체가 감옥인 것이다. 두 사람 사이에 놓인 이 공허한 공기 조각은 물론 비물질적인 울타리지만 꿰뚫을 수 없어서, 버림받은 자로부터 온 시각적인 빛은 통과할 수 없다. 부재하는 여인 한 명이 아니라 부재하는 여인 수천 명을, 각각이 저마다 다른 배신의 몸짓에 몰두하는 장면을 보여 주는 이 침묵보다 더 끔찍한 조명 장치가 어디 있단 말인가? 때로는 갑자기 긴장이 풀리면서 로베르는 이 침묵이 한순간 멈출 것 같다는, 기다리던 편지가 올 것 같다는 생각을 하기도 했다. 그는 편지를 보았고, 편지는 오고 있었으며, 소리가 날 때마다 살펴보고 벌써 갈증을 해소한 듯했다. 그는 속삭였다. "편지다! 편지!" 이렇게 애정의 오아시스를 상상 속에서 엿본 후에도 그는 끝없이 침묵이라는 현실의 사막에서 꼼짝하지 못하는 자신의 모습을 보았다.

그는 온갖 결별의 고통을 하나도 망각하지 않고 모두 미리 느꼈으므로, 어느 순간에는 마치 실현되지 않을 해외 이주를 위해 모든 걸 정리하고 내일 어디 있을지도 모르면서 그들로부터 떨어져 나온 생각에 잠시 동요하는 ─ 흡사 병자의 가슴에서 떼어 낸 심장이 몸에서 떨어져 나온 후에도 계속 팔딱거리듯 ─ 사람들처럼 그렇게 결별을 피할 수 있다고 믿었다. 어쨌든 그의 애인이 돌아오리라는 희망이, 흡사 전투에서 살아 돌아오리라는 믿음이 죽음에 맞설 힘을 주듯이 그에게 결별을 견딜 수 있는 용기를 주었다. 습관이란, 인간이 키우는 모든 식물 중 살아남기 위해 가장 덜 비옥한 땅을 필요로 하며 그리하여 가장 황량한 바위에서도 맨 먼저 솟아나는 법이므로, 어쩌면 처음에는 꾸며 낸 결별에 지나지 않을지언정 드디어는 진지하게 그를 결별에 익숙하게 할지도 몰랐다. 그러나 그가 느끼는 불확실성의 감정은 그 여인의 추억과 결부되어 사랑과 흡사한 상태를 유지했다. 그렇지만 그는 어쩌면 연인과 더불어 몇몇 조건에 따라 사느니 차라리 그녀 없이 사는 편이 훨씬 덜 잔인하게 느껴질지도 모른다고 생각했으므로 그녀에게 편지를 쓰고 싶은 생각을 억지로 참았으며, 또는 그들이 헤어진 방식에 대해서도 그녀가 그에 대해 느끼리라 믿는 감정을, 사랑이 아니라면 적어도 찬미와 존경을 간직하기 위해서는 그녀의 사과를 기다릴 필요가 있다고 생각했다. 그는 최근 동시에르에 설치된 전화를 통해 그가 그의 여자 친구 옆에 둔 하녀에게 소식을 묻거나 지시를 내리는 걸로 만족했다. 게다가 이 통화는 매우 복잡하고 시간이 많이 걸렸다. 왜냐하면 도시의 추함에 관한 그녀의 문학 친구들 의견에 따라, 특히 그녀가 키우는 동물들, 개와 원숭이와 카나리아와 앵무새가 끊임없는 울어 대는 걸 본 파리의 집주인이 더 이상 참을 수 없다고 해서, 로베르의 애인은 베르사유 근교에 작은 집을 빌렸기 때문이다. 그동안 로베르는 동시에르에서 밤마다 한순간도 잠을 이루지 못했다. 한번은 그가 피로로 녹초가 되어 내 방에서 잠시 잠든 적이 있었다. 하지만 갑자기 그가 말하기 시작했고, 달려가서 뭔가를 막고 싶어 했다. 그가 말했다. "그녀 소리가 들려……. 당신은, 당신은……." 그러곤 잠에서 깨어났다. 시골 선임 부사관 집에 간 꿈을 꾸었다고 했다. 선임 부사관은 그 집 어떤 장소에는 접근하지 못하게 했는데, 생루는 그 집에 몹시 부유하고 방탕한 중위가 머무르고 있으며, 중위가 그의 여자 친구를 몹시 탐하고 있음을 알게 되었다. 갑자기 꿈속에서 애인이 쾌락의 순간에 습관적으로 지르는 그 단속적이고 규칙적인 신음 소리가 뚜렷이 들려오는 듯했다. 그는 선임 부사관에게 그 방에 데려가 달라고 억지를 부렸다. 선임 부사관은 그의 지나친 무례함에 화가 난 표정을 지으면서 그를 가지 못하게 막았고, 로베르는 이 꿈을 결코 잊을 수 없다고 말했다.

"어리석은 꿈이야." 하고 그는 여전히 숨을 헐떡거리며 덧붙였다.

그러나 나는 생루가 이 말을 하고 나서도, 한 시간 내내 여러 번 애인에게 화해를 청하기 위해 전화를 시도하는 모습을 보았다. 아버지께서 최근 집에 전화를 설치했지만 이것이 생루에게 도움이 될지 어떨지 나는 알지 못했다. 게다가 부모님께, 비록 부모님 집에 설치된 기계라 할지라도, 생루와 애인 사이에 — 아무리 품위 있고 고귀한 감정을 지닌 여인이라 할지라도 ── 중개자 역할을 하게 하는 게 적절치 않은 것처럼 생각되었다. 생루가 꾼 악몽이 그의 정신에서 조금씩 희미해져 갔다. 이 끔찍한 나날 동안 그는 멍하니 뭔가를 응시하는 눈길로 나를 보러 왔고, 이런 날들이 하루하루 이어지면서 내 마음속에는 여자 친구가 어떤 결심을 할지 물어보며 로베르가 마냥 서 있던 층계, 단단하게 주조된 층계의 아름다운 곡선이 그려져 갔다.*

마침내 그녀가 자기를 용서하는 데 동의하느냐고 물어 왔다. 그러자 즉시 그는 결별을 피하게 되었음을, 동시에 그녀에게 접근하려면 몇 가지 불리한 점도 감수해야 한다는 걸 깨달았다. 하지만 이미 예전보다는 덜 괴로웠고, 어쩌면 몇 달 후 다시 그녀와의 관계가 시작되면 어쩔 수 없이 살을 에는 듯한 고통을 느껴야겠지만, 그런 고통마저 거의 받아들였다. 그는 오래 망설이지 않았다. 그리고 만약 그가 망설였다면, 아마도 그건 그의 애인을 되찾을 수 있다는 확신이, 그렇게 할 수 있고 따라서 그렇게 할 거라는 확신이 있었기 때문인지도 몰랐다. 다만 그녀는 마음의 안정을 찾기 위해 새해 첫날에는 파리에 돌아오지 말라고 부탁했다. 그런데 파리에 가서도 그녀를 만나지 않을 용기가 그에겐 없었다. 한편 그녀는 그와 같이 여행하는 데에는 동의했지만, 그가 여행을 가려면 정식으로 휴가를 신청해야 했고, 보로디노 중대장이 이를 허락하지 않을 것 같았다.

---

* 18세기부터 설치된 곡선 모양 철제 계단 손잡이에 대한 암시이다.

"우리가 아주머니 댁을 방문할 날짜가 점점 연기되고 있으니 정말 미안해. 틀림없이 부활절에는 파리에 돌아가게 될 거야."

"그때는 게르망트 부인 댁에 갈 수 없어. 나는 이미 발베크에 가 있을 테니까. 하지만 아무래도 괜찮아."

"발베크? 거긴 이미 8월에 가지 않았어?"

"그래, 하지만 금년에는 건강 때문에 좀 더 일찍 가게 될 거야."

그의 걱정은 자기가 한 얘기에 비추어 내가 그의 애인을 나쁘게 생각하지나 않을까 하는 것이었다. "그녀가 약간 격한 건 사실이지만, 그건 그녀가 지나치게 솔직하고 자기 감정을 있는 그대로 표현하기 때문이야. 하지만 대단한 존재야. 얼마나 섬세한 시(詩)가 그 마음속에 들어 있는지 넌 상상도 못 할 걸. 해마다 위령의 날에는 브뤼헤*에 가서 보내. '멋지지' 않아? 너도 보고 나면 무척 훌륭한 사람이라는 걸 알게 될 거야……." 그리고 그 자신도 그녀를 둘러싼 문학가 동아리에서 사용하는 언어에 물든 탓인지 이렇게 말했다. "그녀에게는 뭔가 별에서 온 시인이자 예언자(vatique)** 같은 데가 있어. 내

---

* 브뤼헤[브뤼즈]라고 불리는 이 벨기에의 중세풍 도시는, 흔히 14세기에는 북방의 베네치아에 비유되었다. 아마도 라셀의 브뤼헤 순례 여행은 벨기에 작가 로덴바하(Rodenbach)의 소설 『브뤼헤, 죽은 도시』(1892)를 환기하는 것처럼 보인다.(『게르망트』, 폴리오, 677쪽 참조.) 그리고 위령의 날은 11월 2일이다.
** 시인과 예언자를 의미하는 라틴어 vates로 생루가 vatique란 신어를 만든 것이다.

말뜻 이해하지? 거의 신부(神父) 같은 시인이라는 걸."

식사하는 내내 나는 생루가 파리에 갈 때까지 기다리지 않고 그의 외숙모에게 날 초대하도록 부탁할 만한 구실만을 찾고 있었다. 그런데 그 구실을, 생루와 내가 발베크에서 알게 된 위대한 화가 엘스티르의 그림을 다시 보고 싶은 욕망이 마련해 주었다. 구실이라고는 하지만 거기에는 일말의 진실이 깃들어 있었다. 왜냐하면 예전에 엘스티르를 방문했을 때 나는 그의 그림에서, 그림 자체보다는 진짜 해빙이나 진짜 시골 광장, 살아 있는 해변의 여인들에 대한 이해와 사랑으로 이끌어 주기를 바랐는데(적어도 산사나무 오솔길처럼 내가 깊이 파헤치지 못한 현실을 묘사해 줄 것을 나는 그 그림에 요구했고, 이는 현실의 아름다움을 보존하기 위해서가 아니라, 그 아름다움을 발견하기 위해서였다.) 지금은 그와 반대로 그림의 독창성과 매력이 내 욕망을 자극했으며, 특히 나는 그의 다른 그림들을 보고 싶었다.

게다가 내게는 그의 가장 보잘것없는 그림조차도 설령 그보다 더 위대한 화가가 그린 걸작과는 다른 그 무엇을 재현하는 것처럼 보였다. 그의 작품은 우리가 결코 넘어서지 못하는 경계를 가진, 유일한 질료로 만들어진 닫힌 세계 같았다. 그에 관한 연구가 실린 잡지를 — 드물긴 했지만 — 열심히 수집하면서, 나는 그가 풍경화와 정물화를 그리기 시작한 것이 아주 최근 일이며 신화적 주제의 그림에서 출발하여(나는 그의 아틀리에서 이런 그림을 찍은 사진 두 장을 본 적 있었다.) 오랫동안 일본 예술의 영향을 받았다는 사실도 알게 되었다.

그의 작품 중 가장 특징적인 기법을 보여 주는 몇몇 작품은 지방에 있었다. 가장 훌륭한 풍경화 가운데 하나인 어느 앙들리 집을 묘사한 그림은, 맷돌용 석재로 둘러싸인 영광스러운 채색 유리가 있는 샤르트르 대성당 지역의 마을처럼 내게는 귀중해 보였으며,* 그곳 못지않게 강한 여행의 욕망을 불러일으켰다. 그리고 이 걸작의 소유자를 향해, 대로의 초라한 집구석에서 점성가마냥 틀어박혀 아마도 수천 프랑을 주고 구입했을 엘스티르의 그림이라는 세상을 비추는 거울 중 하나를 응시하고 있을 그 사람을 향해, 나는 어떤 중요한 주제에 대해 우리와 같은 방식으로 생각하는 이들의 마음과 성격까지도 하나로 묶어 주는 그런 호감을 가지고 끌려가는 느낌이 들었다. 그런데 내가 좋아하는 이 화가의 주요 작품 세 점이, 그런 잡지 중 하나가 가리키는 바에 따르면, 모두 게르망트 부인의 소장품이었다. 따라서 생루가 자기 애인의 브뤼혜 여행을 내게 알려 주던 저녁, 내가 식사 도중 다른 친구들 앞에서 불현듯 생각난 듯 이 말을 꺼냈다면, 그건 정말 진심에서 우러난 행동이었다.

"내 말 좀 들어 봐. 우리가 얘기했던 부인에 관해 마지막으로 몇 마디 할게. 발베크에서 만난 화가 엘스티르 기억해?"

---

* 센강에 위치한 앙들리 절벽에는 12세기에 사자왕 리처드가 세운 가이야르 성이 있다. 샤르트르는 파리에서 남서쪽 85킬로미터 지점에 위치한 곳으로 13세기에 지어진 고딕 성당과 좁고 긴 창문의 채색 유리가 유명한데, 이 채색 유리는 평범한 맷돌용 석재 테두리에 끼어 있다.(『잃어버린 시간을 찾아서』 1권 116쪽 참조.)

"물론이지."

"내가 그분을 찬미했던 것도 기억하지?"

"물론이지. 우리가 함께 보낸 편지도 기억하는걸."

"그럼, 가장 중요한 이유는 아니지만 그래도 어떤 부차적인 이유로, 내가 왜 그 부인을 만나고 싶어 하는지 이해하겠지? 넌 내가 어느 부인을 두고 하는 말인지 잘 알지?"

"물론이야. 잘도 빙빙 돌려서 말하는군!"

"부인 댁에 아주 아름다운 엘스티르 그림이 적어도 한 점은 있다는군."

"그래? 나는 몰랐는데."

"엘스티르는 틀림없이 부활절에 발베크에 있을 거야. 지금은 일 년 내내 그 해변에서 보내는 걸 자네도 잘 알잖나. 이곳을 출발하기에 앞서 나는 그 그림을 무척이나 보고 싶네. 자네가 숙모와 친밀한 사이인지 아닌지는 잘 모르겠지만. 그분이 거절하지 않게 그분 눈에 날 좀 돋보이게 해 주면 안 될까? 나 혼자서 그림을 보러 가도 괜찮은지 부탁해 주지 않겠나? 자네는 거기 없을 테니까."

"그렇게 하지 뭐. 그분 대신 내가 대답하겠네. 내가 그 일을 맡지."

"로베르, 난 자네가 정말 좋네!"

"날 좋아해 주니 고맙네. 하지만 '너'라고 말해 주면 더욱 고마울 거야. '자네'가 그렇게 하기로 약속했고, 아니, 네가 이미 시작했으니까."

"두 사람이 꾸미는 음모가 자네 출발에 관한 일이 아니기를 바라네." 하고 로베르의 친구 중 한 명이 말했다. "알다시피 생루가 휴가를 받고 떠난다 해도 변하는 건 아무것도 없을 걸세. 우리가 여기 있으니 자네에게는 재미가 덜하겠지만, 그래도 그의 출타를 잊을 수 있게 우리가 많이 노력하겠네!"

사실 로베르의 여자 친구가 혼자 브뤼헤로 갈 거라고 모두들 믿고 있었을 때, 지금까지 반대 의견을 표명해 오던 보로디노 중대장이 생루 준사관에게 브뤼헤로의 장기 휴가를 허락했다는 소식이 전해졌다. 그 일의 내막은 이러했다. 숱 많은 머리카락을 큰 자랑으로 여기던 보로디노 대공은, 과거 나폴레옹 3세의 이발사 조수였다가 지금은 이 도시에서 가장 유명한 이발사가 된 사람의 오랜 단골이었다. 보로디노 중대장은 이발사와 아주 사이가 좋았는데, 위풍당당한 태도에도 불구하고 서민들에게는 아주 소박하게 대했기 때문이다. 그러나 이발사는 '포르투갈 화장수'와 '수브랭 화장수',* 고데기와 면도기와 가죽 끈에다 샴푸나 머리 커트로 불어난 금액을 오 년이나 갚지 않은 대공보다는, 즉석에서 깨끗이 돈을 지불하고 마차와 승용마를 여러 대 소유한 생루 쪽을 훨씬 높이 평가했다. 애인과 함께 여행을 떠날 수 없는 생루의 난처한 얘기를 들은 이발사는, 대공의 머리를 하얀 보자기로 묶어 뒤로 젖히고는 면도칼로 목을 위협하는 순간 그 얘기를 열정적으로 말했다. 한 젊은이의 연애 모험담은 중대장인 대공의 입가에 관

---

* '포르투갈 화장수'는 베르가모트 향이 나는 머리용 화장수이며, '수브랭 화장수(왕들의 화장수란 뜻)'는 파리 포부르생토노레의 한 상점에서 제조되었다.(『게르망트』, 폴리오, 677쪽 참조.)

대한 나폴레옹풍 미소를 자아냈다. 대공이, 자신이 지불하지 않은 계산서를 생각했다는 말은 거의 사실임 직하지 않은 것으로, 대공은 공작의 추천이라면 불쾌하게 여겼을 테지만 이발사의 추천이어서 오히려 유쾌하게 생각했던 것이다. 턱에 아직 비누 거품이 가득한 채로 그는 휴가를 약속했고, 그날 저녁 바로 허가증에 서명했다. 늘 자기 자랑을 하는 버릇이 있는 데다, 놀라운 거짓말 재주로 완전히 자기 공인 듯 꾸며 내던 이발사도 이번만은 확실히 생루에게 혁혁한 도움을 주었지만 공치사를 하지 않았으며, 뿐만 아니라 허영심은 거짓말을 필요로 하지만 거짓말이 필요 없을 때는 겸손에 자리를 양보한다는 듯, 생루에게 그 일에 대해서는 한마디도 하지 않았다.

로베르의 친구들은 모두 내가 동시에르에 더 오래 머물기를 원했으며, 내가 아무 때나 이곳에 다시 오면, 설사 로베르가 없다 해도 그들의 마차며 말이며 집과 자유 시간을 내게 내주겠다고 말했는데, 이 젊은이들이 진심으로 허약한 나를 위해 그들의 사치나 젊음과 활력을 바치려 한다는 생각이 들었다.

"게다가 어째서." 생루의 친구들은 내가 더 있어야 한다고 주장하고 나서 이렇게 말했다. "해마다 이곳에 오지 말라는 법이 있단 말인가? 이곳의 소박한 삶이 마음을 끈다는 건 자네도 잘 알잖나! 또 자넨 마치 고참병인 양 연대에서 일어나는 온갖 일에도 관심이 많으니."

그들이 이런 말을 한 것은, 예전에 중학교에 다녔을 때 학교 친구들에게 코메디프랑세즈 배우들의 등급을 매겨 달라고 졸랐을 때처럼, 내가 이름을 아는 여러 다른 장교들을 그들이 받

는 존경심에 따라 등급을 매겨 달라고 이 친구들에게 열성적
으로 계속 부탁했기 때문이다. 갈리페 혹은 네그리에와 같은,
항상 다른 이들의 선두에 인용되는 장군들 대신, 생루의 한 친
구가 "하지만 네그리에는 형편없는 장성 중 하나야."라고 말
하면서 포와 젤랭 드 부르고뉴 같은 새롭고 온전하며 운치 있
는 이름을 던지면,* 나는 예전에 티롱이나 페브르 같은 평범
한 이름들이 아모리라는 참신한 이름의 돌연한 개화 앞에서
물러가는 모습을 보았을 때처럼** 행복감과 놀라움을 느꼈다.
"네그리에보다 뛰어나다고? 어떤 점에서 그렇지? 예를 들어
주게." 나는 연대 하급 장교 사이에서조차 커다란 차이가 있
기를 바랐고, 또 이러한 차이를 설명해 주는 이유에서 그들의
군사적 우월성의 본질을 파악하고 싶었다. 그들 중에서도 내
가 자주 목격한 관계로 가장 눈에 많이 띄었던 보로디노*** 대공
에 관한 얘기를 듣는 것이 가장 흥미로웠다. 그러나 생루나 생
루 친구들은 기병 중대에서 비할 데 없는 품위를 확보한 훌륭

---

* 갈리페 장군은 1899년에서 1900년까지 국방 장관을 지냈으며, 네그리에 장
군은 1870년 보불 전쟁에 참여했고 알제리에서도 두각을 나타냈다. 포 장군은
1914년에 알자스 군대를 지휘했으며, 젤랭 드 부르고뉴 장군은 1885년에 군대
에 관한 저술을 발간했다.

** 연극 배우인 티롱과 페브르에 대해서는 『잃어버린 시간을 찾아서』 1권
136~137쪽 참조. 아모리는 1880년에서 1900년 사이 오데옹 국립극장 소속
배우였다.

*** 보로디노 대공의 모델은 나폴레옹 1세의 손자인 발레브스키 백작으로 알
려졌는데, 프루스트가 지원병으로 입대했을 당시 상사였다. 보로디노의 모친 또
한 발레브스키 백작의 모친과 마찬가지로 나폴레옹 3세의 정부였다.(『게르망
트』, 폴리오, 678쪽 참조.)

한 장교라는 점에서는 그를 정당하게 평가했지만, 그 인간은 좋아하지 않았다. 물론 그에 대해서는, 다른 장교들과 잘 사귀지 않으며 다른 장교들에 비해 마치 특무 상사의 사나운 모습을 간직한 듯 보이는 몇몇 사병 출신 프리메이슨 단원 장교들 얘기를 할 때와 같은 어조로는 말하지 않았지만, 그들은 보로디노 씨를 다른 귀족 출신 장교들에 포함시키지 않았다. 사실 대공은 생루에 대한 태도에서도 다른 장교들과 큰 차이를 보였다. 장교들은 로베르가 준사관에 지나지 않는다는 사실을 이용하여, 여느 때 같으면 그의 유력한 가족이 멸시했을 그런 상관 집에 로베르가 초대받는 걸 보면 기뻐할 거라고 생각하고는 젊은 준사관에게 도움이 될 만한 거물이 오는 날이면 그 기회를 놓치지 않고 그를 식탁에 초대했다. 보로디노 중대장만이 로베르와 단순한 업무 관계를, 그러나 좋은 관계를 유지했다. 대공의 조부가 나폴레옹 황제에 의해 원수이자 대공, 이어 공작이 되었고, 혼인으로 나폴레옹 친척이 되었으며, 또 대공의 부친은 나폴레옹 3세의 사촌 누이와 결혼했으며 쿠데타* 이후에는 두 번이나 장관을 지냈는데도, 대공은 생루와 게르망트 사회에 비하면 자기 가문이 대단치 않다고 느꼈고, 생루와 게르망트 사회도 대공이 그들과 같은 시각에서 세상을 보지 않았으므로 대공에게서 그들이 전혀 중요하지 않다는 생각이 들었다. 대공은 특히 자신이 호엔촐레른** 왕가의 친척인데도 생

---

* 1851년 나폴레옹 3세가 쿠데타를 일으켜 의회를 해산하고 황제에 즉위한 일을 가리킨다.
** 호엔촐레른(Hohenzollern) 왕가는 프로이센 왕이나 독일 황제, 루마니아 왕

루의 눈에 진정한 귀족으로 보이기는커녕 소작인의 손자로 보인다고 짐작했다. 반면 그 자신은 생루를, 황제로부터 백작의 작위를 추인받아 — 포부르생제르맹에서는 이를 가리켜 재추인받은 백작*이라고 불렀다. — 황제에게 도지사 자리를 구걸하고, 다음에는 황제의 조카이며 편지에서 '저하'로 불리는 보로디노 국무 장관의 명령에 따라 아주 낮은 자리를 차지한 남자의 아들로 간주했다.

어쩌면 대공은 황제의 조카 이상이었는지도 모른다. 첫 번째 보로디노 공주는 나폴레옹 1세의 총애를 받아 엘바 섬까지 쫓아갔고, 두 번째 공주는 나폴레옹 3세의 총애를 받았다고 알려졌으니까. 중대장의 온화한 얼굴에서 나폴레옹 1세의 본래 모습이 아니라면, 적어도 일부러 연구한 듯한 위엄을 찾아볼 수 있었고, 특히 그의 착하고 우울한 시선과 그 늘어진 수염에서는 뭔가 나폴레옹 3세를 연상시키는 점이 있었다. 그들의 닮은 모습은 얼마나 놀라웠던지, 그가 스당** 전투 후에 나폴레옹 3세를 따라가겠으니 허락해 달라고 청하면서 비스마르크 앞에 끌려 나갔을 때, 비스마르크는 물러갈 차비를 하던 이 젊은이 쪽으로 우연히 눈길을 들었다가 갑자기 닮은 모습

을 배출한 명문이다.

* '재추인받은 백작(les comtes refaits)'이란, 1804년 황제가 된 나폴레옹이 새로운 귀족 계급을 만들면서 '앙시앵 레짐' 아래 귀족을 재추인하여 궁정에 편입했던 것을 가리킨다. 옛 귀족의 오랜 광휘가 자신의 입지를 굳히는 데 도움이 되었기 때문이다.

** 스당 전투는 1870년 프랑스와 프로이센 전쟁 중 프랑스가 참패한 전투이다.

에 놀라 생각을 바꾸고는 그를 다시 불러 모든 사람에게 거절했던 허락을 그에게만은 해 주었다고 한다.

만일 보로디노 대공이 생루나 연대에 있는 다른 포부르생제르맹 귀족들과 사귀려고 먼저 나서지 않았다면(평민 출신인 유쾌한 보좌관 두 명은 자주 초대하면서도) 이는 위대한 황족이라는 높은 자리에서 모두를 내려다보면서 이런 하급자들을 두 부류로 분류했기 때문인데, 한쪽은 그들 자신이 하급자라는 사실을 아는 자들로 대공은 위엄 있는 모습 아래 소박하고도 쾌활한 마음으로 이들과 즐겁게 교제했으며, 다른 한쪽은 대공보다 우월하다고 믿는 하급자들로 대공은 이들을 결코 용납하지 않았다. 그리하여 모든 연대 장교들이 생루를 환대하는데도, 또 X원수로부터 생루에 대한 추천을 받았는데도, 보로디노 대공은 군 복무에서만 그를 배려했고 ― 게다가 생루의 군 복무는 모범적이었다. ― 그를 초대할 수밖에 없는 특별한 상황을 제외하고는 결코 자기 집에 초대하지 않았다. 그런데 내가 체류하는 동안 그 특별한 상황이 생겼으므로 대공이 생루에게 나를 데리고 오라고 했다. 그날 저녁 중대장의 식탁에 앉은 생루를 보면서, 나는 옛 귀족과 제정 시대 귀족이라는 두 귀족 계급 사이의 차이를 그들 각자의 태도와 우아함에서 쉽게 식별할 수 있었다. 온갖 지성으로 거부해도 이미 핏속에 그 결함이 전해진 계급, 적어도 한 세기 전부터 실질적인 권위를 행사하지 못하면서도 그들이 받은 교육의 일부를 이루는, 보호자인 체하는 상냥함을 승마나 검술 같은 어떤 진지한 목적 없이 그저 심심풀이 훈련으로밖에 보지 않는 계급, 이런 계급 출신인 생루는, 귀족들이 자신들의 친숙한 태도가 부르주아들을 기쁘게 하고, 무례한 태도가 오히려 그들의 자존심을 충족시킨다고 믿을 만큼 그렇게 경멸하는 부르주아들을 만날 때도, 소개받는 부르주아가 누구이든 간에 어쩌면 한 번도 이름을 들은 적 없는 인간이라 할지라도, 정답게 그 인간의 손을 잡고 담소를 나누면서(끊임없이 다리를 꼬거나 풀었다 하면서 또는 흐트러진 자세로 몸을 뒤로 젖혀 발 한쪽을 손에 잡거나 하면서) 그를 '나의 존경하는 분'이라고 불렀다. 그러나 반대로 영광스러운 군 복무의 대가로 받은 막대한 세습재산이 있는 한 작위는 여전히 의미 있는 귀족에 속하며, 또 수많은 사람들을 지휘하고 어떻게 다루어야 할지 아는 그런 고위직에 대한 기억을 환기하는 보로디노 대공은 ── 그의 개별적이고 명확한 의식을 통해서도 그런지는 분명하지 않았지만, 적어도 그의 자세나 태도가 보여 주는 몸을 통해서는 알 수 있는 ── 아직도 그의 신분을 실질적인 특권으로 간주했다. 생루가 어깨를 건드리거나 팔을 잡는 평민들에 대해서도, 보로디노 대공은 위엄 있는 상냥한 태도로 말을 걸었으며, 그의 높은 신분에서 비롯된 신중함 덕분에 그에게 자연스러운 쾌활한 순박함은 진지한 호감과 의도적인 도도함이 스며든 어조로 완화되었다. 이는 틀림없이 그의 부친이 가장 높은 업무를 수행했으며, 또 탁자에 팔꿈치를 괴거나 손으로 발을 잡거나 하는 생루의 태도가 푸대접을 받았을 주요 대사관이나 궁정에서 그가 그렇게 멀리 있지 않았기 때문인데, 아니, 그보다는 특히 나폴레옹 1세가 그의 장군들과 귀족들을 선택하고, 나폴레옹 3세가 풀드와 루에르* 같은 이들을 발견한 저 커다란 보고인 부르주아 계급을 대공이 생루보다 덜 멸시했던 탓인지도 몰랐다.

황제의 아들 또는 손자로서, 군대를 지휘하는 일보다 더 중요한 일이 없었던 그의 부친이나 조부의 관심사는 새로운 주의를 끌 만한 대상을 발견하지 못했으므로 보로디노의 상념 속에서도 살아남지 못했다. 그러나 예술가의 정신이, 그가 사망한 지 여러 해가 지난 후에도 자신이 만든 조각품의 형체를 계속 빚어 가듯이, 이런 관심사가 보로디노 씨의 몸 안에서 물질로 구현되고 육화되어 그의 얼굴에 반사되었다. 그는 나폴레옹 1세의 활기를 목소리에 드러내며 기병 하사를 꾸짖었고, 나폴레옹 3세의 꿈꾸는 듯한 울적함과 더불어 담배 연기를 내뿜었다. 그가 평복 차림으로 동시에르의 길을 걸을 때면, 중산모 아래서 새어 나오는 어떤 눈의 광채가 중대장 주위에 잠행하는 황제의 빛을 비추는 듯했다. 특무 상사와 병참 장교를 데리고 부사관실에 들어설 때면, 마치 베르티에 원수와 마세나 원수**를 동반한 것처럼 모두들 몸을 떨었다. 기병 중대를 위해 바지 천을 선택할 때도 그는 탈레랑의 음모를 저지하고 알렉산더 황제를 속일 수 있는 그런 눈초리로 재단사인 하사를 쏘아보았다.*** 그리고 때로는 복장이나 장비 검열을 하는 도중,

---

* 아실 풀드(Achille Fould)는 원래 부르주아 출신 은행가였으나 나폴레옹 3세에 의해 1849년에 재정부 장관으로 임명되었다. 유진 루에르(Eugène Rouher) 또한 부르주아 출신으로 변호사에서 출발하여 1849년에는 법무부 장관이 되었다.
* 나폴레옹 시대의 군인들이다.
** 샤를모리스 드 탈레랑(Charles-Maurice de Talleyrand, 1754~1838)은 귀

걸음을 멈추고 그의 아름다운 푸른 눈을 꿈꾸게 내버려 두면서 콧수염을 비트는 모습은 마치 새로운 프로이센과 이탈리아를 건설하는 것 같았다.* 그러다 곧 나폴레옹 3세에서 나폴레옹 1세가 되어 장비가 덜 반짝인다고 지적했고, 병사들의 일상 식사도 맛보고 싶어 했다. 집에서 지내는 사적인 생활에서도, 그는 부르주아 출신 장교 부인들에게(프리메이슨 단원이 아니라는 조건 아래) 대사들에게나 적합한 푸른 세브르 도자기 그릇을 내놓았고(그의 부친이 나폴레옹으로부터 받은 것인데, 그가 살고 있는 넓은 산책로에 면한 시골 저택에서 그 그릇은, 마치 고가(古家)를 편리하고 번창한 농장으로 개조한 어느 시골 찬장에서 나그네가 발견하고 기뻐하며 감탄하는 그런 희귀한 도자기마냥, 더욱 가치 있어 보였다.) 황제로부터 물려받은 다른 선물들도 내놓았다. 즉 해외에서 국가를 대표하는 인사로 근무해도 기가 막히게 잘 해냈을 고상하고도 매력적인 태도(그것이 몇몇 이들에게는 귀족 계급에서 '태어나' 평생 동안 지극히 부당한 추방령에 처해진다는 걸 의미하지 않는다면)와 친숙한 몸짓, 친절함과 우아함, 그리고 왕의 빛깔이기도 한 푸른 유약 밑에 영광스러운 이미지를 담고 있는 그토록 신비스럽고도 빛나는, 살아남은 유품

족 출신 성직자이자 징치가이다. 나폴레옹을 정계에 진출시키는 데 많은 공헌을 했지만, 1806년 대륙 봉쇄를 계기로 러시아 황제인 알렉산더 1세와 내통하는 등 나폴레옹의 몰락을 재촉하기도 한, 뛰어난 지략가로 평가되는 인물이다.
* 나폴레옹 3세는 독일과 이탈리아의 통일을 실현하는 데 결정적인 역할을 했다. 독일의 비스마르크와 이탈리아의 카보오르를 지원하고 많은 외교적, 군사적 압력을 행사하면서 이들 나라의 통일을 도왔다.

인 시선이라는 것을 내놓았다. 대공이 동시에르에서 부르주아들과 가졌던 관계를 알기 위해서는 이 이야기를 하는 게 적합해 보인다. 중령은 사람들이 감탄할 만큼 피아노를 잘 쳤고, 또 군의관 부인 역시 콩세르바투아르에서 일등 상 받은 사람처럼 노래를 잘했다. 중령 부부와 함께 이 군의관 부부도 매주 보로디노 씨 댁에서 저녁 식사를 했다. 그들은 물론 대공이 휴가를 받아 파리에 갈 때마다, 푸르탈레스* 부인이나 뮈라** 씨 부부 댁에서 저녁 식사를 한다는 걸 알고 자랑스럽게 여겼다. 하지만 그들은 이렇게 말했다. "그분은 그저 중대장일 뿐이죠. 우리가 그분 집에 가면 무척이나 좋아해요. 게다가 진짜 친구이기도 하고요." 그러나 파리와 가까운 임지에 가려고 오래전부터 운동해 온 보로디노 씨가, 보베 시(市)로 발령받아 이사를 가게 되자, 그는 동시에르 극장과 자주 식사를 시켜 먹던 작은 레스토랑과 마찬가지로 이 음악가 부부 두 쌍을 완전히 잊어버렸다. 대공 집에서 자주 저녁 식사를 하던 중령과 군의관은 무척 화가 났지만, 평생 대공의 소식은 더 이상 듣지 못했다.

어느 날 아침 생루는 내 소식을 알려 주려고 할머니에게 편지를 써 보냈는데, 그 편지에서 동시에르와 파리 사이에 전화가 개통되었으니 할머니께 나와 통화를 해 보라는 제안을 했

---

* 멜라니 드 푸르탈레스(Mélanie de Pourtalès, 1836~1914)는 나폴레옹 3세의 부인 외제니 황후의 시녀였다.
**요아힘 뮈라(Joachim Murat, 1767~1815). 프랑스 군인으로 이탈리아 전쟁과 이집트 원정 등 주요 전투에서 나폴레옹을 도운 뛰어난 지략가였다. 나폴레옹의 누나 카롤린과 결혼하여 나폴리 왕이 되었다.

다고 털어놓았다. 간단히 말해 바로 그날로 할머니가 전화로 나를 호출할 테니, 4시 십오 분 전에 우체국에 가 보라고 권유했다. 당시에는 전화가 오늘날처럼 아직 통용되지 않았었다. 그렇지만 습관이란, 우리가 접촉하는 성스러운 힘으로부터 아주 짧은 시간에 그 신비를 제거하는 법이므로, 즉시 통화가 이루어지지 않자 내 머릿속에 떠오른 생각은 전화가 너무 오래 걸리며 불편하다는 생각뿐이었고, 하마터면 항의까지 할 뻔했다. 지금은 우리 모두가 다 그렇게 생각하지만, 나는 전화로 인한 갑작스러운 변화 속에 아주 짧은 순간이나마 눈에는 보이지 않지만 현존하는 이가 우리 옆에 나타나는 그 경이로운 마술이 충분히 빨리 실현되지 않는다고 생각했다. 우리가 말하고 싶어 하는 존재가 자신이 사는 도시의 식탁에서,(내 할머니 경우는 파리였지만) 다른 하늘 아래서 반드시 똑같지 않은 날씨에 우리가 모르는 상황이나 근심 속에 있다가, 우리의 변덕스러운 기분이 명하는 순간 수천 리를 뛰어넘어(그 존재와 그 존재를 담고 있는 모든 환경과 더불어) 우리 귓가에 느닷없이 옮겨지는 그런 마술이. 그때의 우리는 마치 인물이 표현하는 소망에 따라 마법사가 초자연적인 빛 속에 책을 뒤적이거나 눈물을 흘리거나 꽃을 꺾는 할머니나 약혼녀의 모습을, 바라보는 이의 눈 아주 가까이, 하지만 마법사가 실제로 있는 아주 먼 곳에 나타나게 하는 그런 동화 속 인물과도 같다. 이런 기적이 이루어지기 위해서는 입술을 작은 마술 판자에 갖다 대고 — 때로는 시간이 너무 오래 걸리지만 — 우리가 얼굴은 보지 못한 채 매일같이 목소리를 들으며, 또 현기증 나는 어둠 속에서 어둠의 문을 조심스럽게 감시하는 우리의 수호천사들인 그 '주의 깊은 처녀들'을 부르기만 하면 된다. 부재하는 이를 갑자기 우리 옆에 솟아오르게 하면서 그들 모습은 보여 주지 않는 '전능한 여신들', 끊임없이 음향의 항아리를 비웠다 채우고 또 옮기는 그 눈에 보이지 않는 세계의 '다나이데스,'* 어느 누구도 우리 말을 엿듣고 싶어 하지 않으면서도 우리가 한 여자 친구에게 속내이야기를 속삭이는 순간 잔인하게도 "난 듣고 있어."라고 외쳐 대는 냉소적인 '복수의 여신들,' 늘 화가 나 있는 '신비'의 시녀들, '눈에 보이지 않는 세계'의 까다로운 무녀들, 전화국의 '아가씨들'을!

우리의 호출 소리가 울리자마자 우리 귀만이 열려 있는 여러 환영들로 가득한 어둠 속에서 가느다란 소리, 거리감이 제거된 추상적인 소리가 들리더니 곧 사랑하는 이의 목소리가 말하기 시작한다.

사랑하는 이, 그 목소리가 바로 우리에게 말하며 저기 있다. 그러나 목소리는 얼마나 멀리 있었던가! 얼마나 여러 번 나는 우리 귓전에 그토록 가까이 울리는 목소리를, 마치 긴 여행을 하기 전에는 결코 만날 수 없다는 듯 괴로워하지 않고는 들을 수 없었던가! 가장 달콤한 사이라 할지라도 실망스러운 점이 있으며, 손을 내밀기만 하면 언제라도 사랑하는 이를 붙잡을

---

* 그리스 신화에 나오는 다나오스 왕의 딸 쉰 명을 가리킨다. 아이깁토스가 그의 아들 쉰 명과의 혼인을 제안하자 할 수 없이 청혼을 수락한 다나오스는 딸들에게 결혼 첫날밤 남편의 목을 베도록 명령한다. 그 일로 다나이데스는 지옥에서 바닥 없는 항아리에 영원히 물을 채워야 하는 형벌을 받는다.

수 있을 것 같은 순간에도 사랑하는 이로부터 우리가 얼마나 멀리 있을 수 있는지 나는 어느 때보다 더 절실히 느낄 수 있었다. 그토록 가까운 목소리는 우리가 멀리 떨어져 있는데도 실제로 우리 옆에 존재했다! 하지만 그것은 또한 영원한 이별의 전조이기도 했다! 얼마나 여러 번 멀리서 말하는 이의 얼굴은 보지 못한 채 이렇게 목소리를 들을 때면, 그 목소리는 내게 영원히 다시는 올라오지 못할 심연으로부터 부르짖는 듯했으며, 또 어느 날 목소리만이(홀로, 또 내가 다시는 결코 보지 못할 몸에 더 이상 붙어 있지 않은 채로) 이렇게 돌아와 영원히 먼지로 변할 입술에 스쳐 가는 말들을 내 귀에 속삭이러 올 때면 나는 얼마나 그 입술에 키스하고 싶었으며, 그때 내 가슴은 얼마나 고뇌로 조이는 듯했던가!

슬프게도 그날 동시에르에서 기적은 일어나지 않았다. 내가 우체국에 도착했을 때는 이미 할머니가 내게 통화 신청을 한 후였다. 나는 전화박스 안에 들어갔고, 전화는 통화 중이었으며, 아마도 응답할 사람이 아무도 없다는 사실을 모르는지 누군가가 지껄이고 있었다. 내가 수화기를 귀에 대자마자 그 판자 조각이 마치 폴리치넬라* 인형처럼 말하기 시작했기 때문이다. 나는 인형과 마찬가지로 수화기를 입 다물게 하려고 제자리에 놓았다. 하지만 다시 수화기를 내 귀 옆에 갖다 대기만 하면, 그것은 폴리치넬라 인형처럼 다시 재잘거렸다. 나는 하는 수 없이 수화기를 걸어 놓고, 마지막 순간까지 요란하게

---

* 이탈리아의 소극이나 인형극에 등장하는 꼽추 인형을 가리킨다.

울려 대는 그 둥근 나무토막의 진동을 억제하려고 직원을 찾으러 갔다. 그는 내게 잠시 기다리라고 했다. 그런 후 내가 말을 하자 짧은 침묵 후에 갑자기, 내가 그토록 잘 안다고 착각했던 목소리가 들려왔다. 왜냐하면 지금껏 할머니와 함께 이야기할 때면, 눈이 많은 부분을 차지하는 할머니 얼굴의 열린 악보를 통해 그 말을 쫓아갔었기 때문이다. 하지만 나는 할머니의 목소리를 그날에야 비로소 처음 들었다. 그리고 목소리가 전부인 채로, 다른 얼굴 모습은 동반하지 않은 채 이처럼 홀로 다가오는 순간, 목소리 비율도 변한 듯 보였으므로, 나는 할머니의 목소리가 이토록 부드러운지 처음으로 깨달았다. 어쩌면 목소리가 이토록 부드러웠던 적은 한 번도 없었는지 모른다. 할머니는 내가 멀리 떨어져 있어 불행하다고 여겼는지, 보통 때 같으면 교육적인 '원칙상' 억제하며 감추어 왔던 애정을 표현해도 괜찮다고 믿었으니까. 하지만 그 목소리는 부드러우면서도 또 얼마나 서글펐던가. 우선 그 부드러움 때문에 온갖 엄격함과 다른 이들에게 저항하는 요소들과 이기심이 다 걸러진 채 —— 지금까지 존재하는 어느 인간의 목소리보다도 더 부드러운 —— 섬세한 나머지 연약하기만 한 목소리는 매 순간 부서질 것만 같았고, 순수한 눈물의 파도 속으로 꺼져 가는 듯했으며, 그리하여 얼굴이라는 가면을 갖지 않은 목소리만을 홀로 가까이에서 지켜본 나는, 지금까지 살아오는 동안 할머니 목소리에 균열을 냈던 슬픔을 처음 알아보는 듯했다.

그러나 내 가슴을 찢어 놓은 이 새로운 인상은 단지 목소리만이 홀로 나타났기 때문일까? 아니다. 오히려 목소리의 고립은 또 다른 고립, 즉 나와 처음으로 떨어진 할머니의 고립에 대한 상징이자 환기였으며 또 직접적인 효과인 것도 같았다. 평상시 생활에서 매 순간 할머니가 내게 하는 명령이나 금지, 또는 내가 할머니에게 품은 애정을 무디게 만드는 복종의 귀찮음과 반항의 열기는 그 순간 모두 사라졌고, 앞으로도 그럴 것만 같았다.(할머니가 이제는 나를 당신의 법 아래, 당신 곁에 두려 하지 않고 내가 동시에르에 아주 머무르기를, 어쨌든 내 건강과 일에 도움이 될지 모르는 이곳 체류를 가능한 한 오래 연장하기를 바란다는 소망을 표명했으므로.) 그리하여 내 귀에 가까이 댄 이 작은 종 모양 수화기에서 내가 들은 것은, 날마다 우리 애정의 균형을 잡아 주던 그 대립되는 억압적인 힘은 모두 떨쳐 버리면서 내 마음을 온통 뒤흔들어 놓는, 그 저항할 수 없는 서로에 대한 애정이었다. 할머니가 내게 좀 더 이곳에 머물러 있으라고 하자, 나는 미칠 듯이 돌아가고 싶은 불안한 욕구에 사로잡혔다. 할머니가 지금 내게 준 자유가, 할머니가 동의하리라고는 꿈에도 생각하지 못했던 이 자유가, 할머니가 돌아가신 후에(할머니가 영원히 날 포기할 때도 난 여전히 할머니를 사랑할 것이기에) 내가 가질 자유만큼이나 갑자기 슬프게 느껴졌다. 나는 "할머니, 할머니!" 하고 외쳤으며 할머니에게 키스하고 싶었다. 하지만 내 옆에는 할머니가 돌아가셨을 때 어쩌면 나를 방문하러 다시 올지도 모르는, 그 손으로 만질 수 없는 유령 같은 존재인 목소리밖에 없었다. "말씀하세요!"라고 부르짖었지만, 할머니의 목소리는 나를 더욱 혼자 내버려 두더니 갑자기 들리지 않았다. 이제 할머니는 내 목소리를 듣지 못했고 나와 소통하지도 않았으며, 우리가 서로를 보며 목소리를 듣는 것도 아니어서, 나는 어둠 속을 더듬거리며 할머니를 계속 불러 댔고, 할머니가 나를 부르는 소리 역시 길을 잃고 헤매는 것 같았다. 아주 먼 유년 시절, 어느 날 군중 속에서 할머니를 잃어버렸을 때처럼, 할머니를 영영 찾지 못할지도 모른다는 생각보다는 오히려 할머니가 나를 찾고 있으며 또 내가 할머니를 찾고 있다고 할머니가 혼잣말을 하고 있을지도 모른다고 생각하면서 느꼈던 그런 불안으로 가슴이 떨렸다. 그 불안은 더 이상 대답할 수 없는 이에게, 우리가 지금까지 말하지 못했던 것이나 우리가 불행하지 않다는 확신을 그토록 전하고 싶은 이에게, 내가 그 말을 하는 날 느낄지도 모르는 고뇌와도 흡사했다. 내가 조금 전 망령들 사이로 헤매게 내버려 둔 것이 이미 사랑하는 이의 망령이었다는 생각이 들었으며, 그리하여 나는 홀로 전화기 앞에서 "할머니, 할머니." 하고, 마치 홀로 남은 오르페우스가 죽은 아내의 이름을 되풀이하듯* 계속 불러 봤지만 헛된 일이었다. 우체국을 나와 로베르를 만나러 식당에 가기로 결심하면서 나는 어쩌면 파리로 돌아오라는 전보를 받을지도 모르는 경우를 생각해 미리 기차 시간을 알고 싶다고 그에게 말하려고 했다. 그렇지만 이런 결심

---

* 망자의 세계로 에우리디케를 찾아간 오르페우스에 대한 암시로(『잃어버린 시간을 찾아서』 2권 81쪽 주석 참조.) 오르페우스가 죽은 후에도 그의 머리는 여전히 아내 '에우리디케'의 이름을 부르고 있었다고 비르길기우스는 「농경시」에서 전한다.(『게르망트』, 폴리오, 679쪽 참조.)

을 행동으로 옮기기 전에 나는 마지막으로 '밤의 소녀들', '말의 전령들', 그 얼굴 없는 여신들을 소환하고 싶었다. 그러나 그 변덕스러운 '문지기 아가씨들'은 경이로운 문을 열어 주려 하지 않았고, 또 어쩌면 그렇게 할 능력이 없었는지도 몰랐다. 그들은 관습에 따라 우리의 존경하는 인쇄술 발명가와 인상파 그림의 애호가이자 자동차 운전사인 젊은 대공(보로디노 중대장의 조카인)의 이름을 계속 헛되이 불러 댔지만, 이 구텐베르크와 바그람은 그들의 애원에도 대답하지 않았고,* 그래서 나는 그들을 부르는 '그 눈에 보이지 않는 자'가 듣지 못한 채로 그냥 거기 있으리라고 생각하며 그곳을 떠났다.

로베르와 그의 친구들 옆에 도착했을 때, 나는 내 마음이 그들과 함께 있지 않으며 내 출발이 변경할 수 없을 정도로 확고하다는 사실을 말하지 않았다. 생루는 내가 하는 말을 믿는 척했지만, 처음부터 내 모호한 태도가 뭔가 위장된 것이며, 다음 날 나와 만나지 못하리라고 이미 예감했다는 걸 나중에 알게 되었다. 음식이 식는 것도 그대로 내버려 둔 채, 로베르의 친구들이 로베르와 함께 내가 파리에 돌아갈 기차를 시간표에서 찾는 동안, 별이 반짝이는 차가운 밤 속에 기적 소리가 들

---

* 요하네스 구텐베르크(Johannes Gutenberg, 1400~1468)는 인쇄술 발명가이며, 바그람(Wagram)은 나폴레옹이 승리한 전투 명을 따, 베르티에(Berthier) 장군에게 부여한 이름이다. 파리 주요 전화국이 설치된 거리 이름이기도 하며, 바그람 전화국은 1892년에, 구텐베르크 전화국은 1893년에 설치되었다. 바그람 가문의 네 번째 대공인 알렉산더 베르티에(Alexandre Berthier, 1883~1918)는 자동차에 대한 열정과 현대 그림 수집으로 알려졌다.(『게르망트』, 폴리오 679쪽 참조.)

렸지만, 그렇게도 많은 밤 친구들의 우정과 멀리서 기차 지나가는 소리가 그곳에서 내게 주던 평화로움을 더 이상 느낄 수 없었다. 그렇지만 그들은 그날 밤에도 그 평화로움을 다른 형태로 주는 것을 소홀히 하지 않았다. 이제는 더 이상 출발을 혼자서 생각하지 않아도 되며, 생루의 동료인 그 활기찬 친구들과 보다 강력한 존재인 기차의 정상적이고 건전한 활동이 현재 실행 중인 일에 쓰인다고 느끼자, 아침저녁으로 동시에 르와 파리 사이를 왔다 갔다 하면서 할머니로부터의 오래 떨어짐을, 그처럼 단단하고 견딜 수 없던 것을 소급해서 산산조각 내고 언제라도 돌아갈 수 있는 것으로 만드는 기차를 생각하자, 출발도 덜 무겁게 느껴졌다.

"네가 하는 말이 사실이고, 아직은 떠날 생각을 하지 않는다는 걸 의심하진 않아." 하고 생루가 웃으면서 말했다. "하지만 네가 떠나는 것처럼 해 줬으면 좋겠어, 내일 아침 일찍 작별 인사를 하러 와 줬으면 좋겠어. 그렇지 않음 널 다시는 보지 못할지도 모르니까. 마침 시내에서 점심 식사를 해. 중대장이 허락했거든. 하루 종일 행진을 하니까 2시까진 병영에 돌아와야 해. 이곳에서 3킬로미터 떨어진 영주 댁에서 점심을 먹는데, 틀림없이 2시까지는 병영에 돌아갈 수 있게 제때 날 데려다 줄 거야."

그가 이런 말을 하자마자 곧 내가 묵는 호텔에서 날 찾으러 사람이 왔다. 우체국으로 전화를 받으러 오라는 전갈이었다. 우체국 문이 곧 닫히려 했으므로 난 달려갔다. 직원이 내게 한 말 중에 '시외 전화'란 단어가 끊임없이 반복되었다. 전화를 걸어 온 사람이 할머니였으므로, 나는 무척이나 초초했다. 우체국 문이 닫히려 했다. 마침내 통화가 되었다. "할머니?" 영어 억양이 심한 여자 목소리가 내게 대답했다. "그래요. 그런데 난 당신 목소리를 모르겠는데요." 나 역시 내게 말하는 목소리가 누구인지 알아보지 못했다. 게다가 할머니는 내게 '당신'이라고 말하지 않는데. 드디어 그 내막이 밝혀졌다. 전화 속 할머니가 찾던 젊은이는 나와 이름이 거의 비슷한 젊은이로, 호텔 별관에 묵고 있었다. 내가 할머니에게 전화를 걸려고 했던 바로 그날 나를 불러 댔으므로, 나는 단 한순간도 전화를 걸어 온 사람이 할머니임을 의심치 않았다. 그런데 실은 단순한 우연의 일치로 우체국과 호텔이 둘 다 실수를 했던 것이다.

다음 날 아침 나는 늦게 일어났고, 생루는 이미 이웃 마을 성관에 점심 식사를 하러 떠난 후라 보지 못했다. 오후 1시 30분쯤 어쨌든 그가 돌아오는 대로 만나려고, 병영에 갈 준비를 하고 그곳으로 가는 큰길을 건너다가 나는 내가 가는 방향에서 이륜마차가 오는 걸 보았고, 마침 마차가 내 옆을 스쳐 갔으므로 옆으로 비켜섰다. 한 준사관이 외알 안경을 끼고 마차를 몰고 있었다. 생루였다. 그 옆에는 그를 점심에 초대한 친구가 있었는데, 로베르가 저녁 식사를 하는 호텔에서 본 적이 있는 친구였다. 다른 사람과 같이 있었으므로 로베르를 부르진 못했지만, 나는 로베르가 마차를 세워 태워 주기를 바라면서 마치 낯선 이에게 하듯 크게 인사를 하며 그의 주목을 끌려고 했다. 로베르가 근시인 건 알았지만, 나를 보기만 하면 틀림없이 알아볼 거라고 생각했다. 그런데 그는 분명 내가 인사하는 걸 보았을 텐데 답례를 하면서도 마차는 멈추지 않았다. 그리고 전속력으로 마차를 몰면서 미소도 짓지 않고 얼굴 근육도 전혀 움직이지 않은 채, 마치 자신이 알지 못하는 병사에게 답한다는 듯, 군모 가장자리에 잠시 손을 올릴 뿐이었다. 나는 병영으로 달려갔지만 먼 거리였다. 내가 도착했을 때는 연대가 마당에서 정렬을 하는 중이라 들어갈 수 없었다. 생루에게 작별 인사를 하지 못한 게 슬펐다. 그의 방에도 올라가 보았지만, 그는 거기에도 없었다. 행진이 면제된 아픈 병사들과 신병 무리에서, 정렬을 지켜보던 젊은 대입 합격자와 한 고참병에게 생루 얘기를 물어볼 수 있었다.

"생루 준사관을 보았습니까?" 하고 내가 물었다.

"이미 내려갔는데요." 하고 고참병이 말했다.

"전 보지 못했는데요." 하고 대입 합격자가 말했다.

"보지 못했다고?" 하고 고참병이 내게는 더 이상 신경도 쓰지 않으며 말했다. "우리의 저 유명한 생루를 보지 못했다고? 새 바지를 입은 그의 멋진 모습을! 만약 중대장이, 장교 양복감인 모직으로 지은 그의 바지를 보았다면."

"아! 장교복 모직이라니, 농담도 잘해." 하고 몸이 아파 행진에 가지 못한 대입 합격자가 다소 불안해하면서도 고참병에게 대담하게 굴려고 애썼다. "장교복 모직이란 게 그저 그런 거 아냐?"

"므시외?" 바지 얘기를 하던 고참병이 화를 내며 물었다.

그는 장교복 모직으로 지은 바지를 대입 합격자가 의심하는 데 화가 났던 것이다. 팡게른스테르덴이란 마을에서 태어난 그는 브르타뉴 사람으로 영국인이나 독일인처럼 어렵게 프랑스어를 배운 탓에 감정이 격해지는 걸 느낄 때마다 말을 꺼내기 전에 "므시외." 하고 두서너 번 말하며 시간을 끌다가 준비를 마친 후에는 서두르는 일 없이 발음이 익숙하지 못한 점에 신경을 쓰면서 다른 단어보다 더 잘 아는 단어를 몇 개 되풀이하는 데 만족하며 연설에 전념했다.

"아! 그저 그런 모직이라고?" 하고 그는 화를 내며 말을 이었는데, 화를 내는 강도가 심해질수록 말이 점점 느려졌다. "아! 그저 그런 모직이라니! 내가 자네에게 장교복 모직이라고 말할 때는, 내가 그렇게 말할 때는, 그걸 안다고 생각하기 때문이야. 그런 말도 안 되는 허풍은 우리에게 통하지 않는다고."

"아! 그렇군요." 하고 마침내 논쟁에 굴복한 젊은 대입 합격자가 말했다.

"저기 바로 중대장이 지나가는군. 아냐, 저기 생루 쪽을 좀 봐. 다리를 쭉 내미는 모양하며 또 머리 모양하며. 저게 준사관이라고 할 수 있어? 또 외알 안경은 어떻고, 아! 외알 안경이 여기저기 돌아다니는군!"

내 모습에는 전혀 신경도 쓰지 않는 이 병사들에게 나는 창문 너머로 같이 바라보게 해 달라고 부탁했다. 그들은 내가 보는 걸 막지 않았지만 날 위해 비켜서지도 않았다. 나는 보로디노 중대장이 말을 속보로 달리며 위엄 있게 지나가는 모습을 보았는데, 마치 아우스터리츠 전투에 참전하는 환상이라도 품은 것 같았다. 몇몇 행인들이 연대가 출동하는 모습을 보려고 병영 철책 앞에 모여 있었다. 말 위에 똑바로 앉아 조금은 살찐 얼굴에 왕족의 충만감으로 가득한 뺨과 명철한 눈을 지닌 대공은 어떤 환각의 희생양인 것처럼 보였다. 마치 전차가 지나간 후 그 구르는 소리를 뒤잇는 정적이 아련한 음악적 진동으로 나를 관통하면서 줄무늬를 그려 넣을 때마다 나 자신이 그러했던 것처럼. 나는 생루에게 작별 인사를 하지 못한 게 무척 슬펐지만 그래도 그곳을 떠났다. 할머니 곁으로 돌아가는 게 내 유일한 관심사였으니까. 그날까지 이 작은 도시에 있으면서 할머니가 혼자 무엇을 할까 하고 생각할 때면, 나와 함께 있는 할머니 모습은 그려 보면서도 내 모습은 지워 버려, 이런 삭제가 어떤 효과를 자아낼지는 전혀 생각해 보지 못했다. 이제 나는 지금껏 한 번도 의심해 본 적 없던, 할머니 목소리에 의해 갑자기 환기된, 나로부터 실제 떨어져 나가 내가 이전에는 결코 알지 못한 어떤 나이에 이르러 체념한 할머니, 지난날 내가 발베크로 떠났을 때 '엄마'가 있으리라고 상상했던 텅 빈 아파트에서 이제 막 내게서 온 편지를 받은 그런 할머니의 유령 같은 존재로부터 해방되기 위해서는 되도록 빨리 할머니 품에 안겨야 했다.

아, 슬프게도! 이 유령 같은 존재를, 나는 할머니가 내 귀가를 알지 못한 채 거실에서 책을 읽고 있을 때 보았다. 나는 거기 있었고, 아니 어쩌면 거기 없었다. 왜냐하면 할머니는 아직 내가 온 걸 알지 못했으며, 또 누군가 들어오는 이에게 몰래 숨어서 하던 일을 들킨 여인마냥, 내 앞에서 한 번도 보인 적 없는 그런 모습으로 생각에 몰두하고 계셨기 때문이다. 거기 있었던 나는 ── 오래 지속되지 않으며 또 우리가 귀가한 짧은 동안만 허용되는, 우리 자신의 부재를 갑자기 목격할 수 있는 그런 특권적인 순간에 — 모자를 쓴 여행복 차림 증인이자 관찰자, 이 집 가족이 아닌 낯선 자, 다시는 결코 보지 못할 장소를 필름에 담는 사진사에 지나지 않았다. 할머니를 보았을 때, 내 눈에 기계적으로 찍힌 것은 분명 한 장의 사진이었다. 우리는 사랑하는 이들을 언제나 살아 움직이는 틀 안에서만, 끊임없는 우리 애정의 지속적인 움직임 안에서만 본다. 그들의 얼굴이 보여 주는 이미지가 우리에게 도달하기에 앞서 애정은 자신의 소용돌이에서 이미지들을 꺼내어 우리가 그들에 대해 늘 가지고 있는 관념 위에 다시 던지면서 그 관념에 부착하거나 일치시키는 것이다. 할머니의 이마와 뺨에서 할머니 정신의 가장 섬세하고 가장 영속적인 표현을 해석할 줄 알았던 내가, 또 모든 습관적 시선이 일종의 주술이며 우리가 사랑하는 얼굴 각각이 우리 과거를 반사하는 거울인데도, 어떻게 내가 할머니에게서 그 무거워져 가는, 변해 가는 모습을 보지 못할 수 있었단 말인가? 비록 삶의 가장 무관심한 광경을 바라보는 데 있어 생각에 잠긴 우리의 눈은, 마치 고전 비극이 그러하듯, 행동의 전개에 필요하지 않은 온갖 이미지는 소홀히 하고 그 목적을 명료하게 만드는 것밖에 기억하지 않는다 할지라도. 그러나 바라보는 것이 우리 눈이 아니라 순전히 물질적인 카메라 렌즈이거나 사진 건판이라고 한다면, 그때 우리는 이를테면 한 학사원 회원이 건물 앞마당에 나와 합승 마차를 부르는 장면을 보는 대신, 그가 술에 취해 혹은 얼어붙은 빙판에서 비틀거리면서 넘어지지 않으려고 조심하는 모습을, 그가 그리는 추락의 포물선만을 보게 될 것이다. 어떤 끔찍한 우연의 장난이 우리가 결코 보아서는 안 될 장면을 숨기려고 우리의 지적이고도 신앙심 깊은 애정이 때 맞춰 달려오는 것을 방해할 때면, 우리 시선이 애정을 앞질러 먼저 그곳에 도착하여 영화 필름마냥 기계적으로 작동하면서 이미 오래전부터 존재하지 않는, 우리 애정이 결코 그 죽음을 드러내고 싶어 하지 않는 사랑하는 이 대신, 우리 애정이 하루에도 수백 번 사랑한다는 거짓된 유사성으로 포장하는 새로운 존재를 보여 줄 때도 이와 마찬가지다. 그리고 이미 오래전 거울에서 얼굴을 바라보지 않게 되어 그가 결코 보지 않는 얼굴을, 매 순간 마음속에 지니고 있던 이상적인 얼굴상에 따라 만들어 내는 병자가, 거울에서 메마르고 황폐한 얼굴 한가운데서 이집트 피라미드마냥 거대한 분홍빛 코가 비스듬하게 치솟은 모습을 보면 뒷걸음질 치는 것처럼, 할머니가 여전히 나 자신이며 언제나 내 영혼 속, 늘 과거 같은 지점에서 겹쳐지는 인접한 추억의 투명함을 통해서만 할머니를 보아 왔던 나는, 이제 갑자기 우리 집 거실에서 새로운 세계, '시간'의 세계, "그 사람 잘 늙었네."라고 말하는 낯선 이들이 사는 세계의 일부가 되었으며, 그리하여 난생처음으로, 하지만 아주 짧은 순간에(왜냐하면 그 모습은 금방 사라졌으니까.) 거기 등잔불 아래 긴 의자에 앉은 붉고 무겁고 천박하고 병든 여자가, 내가 모르는 쪼그라든 늙은 여자가 꿈꾸듯 멍한 시선을 책 위로 이리저리 던지는 모습을 보았다.

게르망트 부인의 소장품인 엘스티르의 그림을 보러 가고

싶다는 내 부탁에 생루는 이렇게 말했다. "그분 대신 내가 대답하지." 그런데 정말로 슬프게도 그녀 대신 대답한 것은 생루뿐이었다. 우리 상념 속에 타인에 관한 아주 작은 이미지만 있어도 우리는 그 이미지들을 마음대로 조종하면서 타인에 관해 쉽게 대답하는 법이다. 물론 그런 순간에도 우리는 우리 자신과 다른, 각자의 성격에서 오는 어려움을 고려하고, 또 우리와 반대되는 성향을 완화하고자 그 성격에 영향을 줄 강력한 행동이나 이해관계, 설득, 감동의 방법에 도움을 청하기를 소홀히 하지 않는다. 그러나 우리의 성격과는 다른 이 차이를 상상하는 것은 여전히 우리 자신이다. 그 어려움을 제거하는 것도 우리이며, 효과적인 동기를 설정하는 것도 우리이다. 우리 마음속에서 타인에게 되풀이한 행동을 우리가 마음대로 조종하여 실제 삶에서 그가 행하는 모습을 보고 싶을 때면 모든 것은 변하고, 우리는 예기치 못한 저항에, 도저히 물리칠 수 없는 저항에 부딪친다. 그런 저항 중 가장 강력한 것이 아마도 사랑하는 남자가 사랑하지 않는 여인의 마음속에 불러일으키는 그 견딜 수 없는 역겨운 혐오감으로 생기는 저항일 것이다. 생루가 아직 파리에 오지 않은 채 흘러간 몇 주라는 그 긴 시간 동안, 나는 생루가 자기 숙모에게 내 부탁을 들어 달라는 편지를 써 보내지 않았으리라고는 의심하지 않았지만, 부인은 한 번도 내게 엘스티르의 그림을 보러 사기 집에 오라고 청하지 않았다.

나는 이 건물에 사는 또 다른 인물로부터도 냉대를 받았다. 쥐피앵이었다. 그는 내가 동시에르에서 돌아오는 길로 내 방에 올라가기에 앞서 자기 가게로 들어가 인사해야 한다고 믿은 걸까? 어머니는 그렇지 않다고, 놀랄 필요 없다고 말씀하셨다. 프랑수아즈가 어머니에게, 쥐피앵이 아무 이유도 없이 별안간 기분이 나빠진다고 얘기했다는 것이다. 그런 기분은 늘 오래가지 않고 금방 사라졌다.

그동안 겨울이 끝나 갔다. 어느 날 아침 소나기와 비바람이 몇 주 휘몰아친 후 굴뚝에서 — 바다에 가고 싶은 열망으로 내 마음을 뒤흔들던 그 무정형한 탄력적인 어두운 바람 대신 — 벽에 둥지를 튼 비둘기의 구구거리는 울음소리가 들려왔다. 봄이 되면 첫 번째로 피는 히아신스마냥 무지갯빛으로 아롱진 그 예기치 않은 울음소리는, 보랏빛 새틴 같은 음향의 꽃을 솟아오르게 하려고 자양분 많은 가슴을 살며시 찢으면서, 아직 닫혀 있는 내 어두운 방 안으로 첫 번째 맞는 화창한 날씨의 포근하고도 눈부신 노곤함을 열린 창문인 양 들여보냈다. 그날 아침 피렌체와 베네치아에 가려고 했던 시절 이래 잊고 있었던 카페콩세르의 노래를 흥얼대는 자신을 보면서 나는 깜짝 놀랐다. 그토록 대기는 예측할 수 없는 나날의 우연에 따라 우리 몸 깊숙이 작용하여 망각된 채로 새겨져 있던 멜로디를, 기억이 판독하지 못하는 멜로디를 어두운 저장소로부터 끄집어낸다. 보다 의식이 깨어 있는 몽상가가 이내 이 음악가를 동반했고, 그래서 나는 그가 연주하는 곡이 무엇인지 금방 알아보지 못하면서도 마음속에서 그 곡을 듣고 있었다.

발베크에 도착하기 전 내 마음속에 품었던 성당의 매력을 그곳에 도착해서는 발견하지 못한 이유가 특별히 발베크에만 해당되는 일은 아니며, 피렌체나 파르마와 베네치아에서도 내가 사물을 바라볼 때면 상상력이 내 눈을 대체할 수 없다는 것을 느끼고 있었다. 마찬가지로 새해 첫날 저녁 어둠이 질 무렵, 광고 기둥 앞에서 몇몇 축일이 다른 날들과 본질적으로 다르다고 믿는 자체가 한낱 환상이라는 것도 깨달았다. 그렇지만 부활절 전 성주간을 피렌체에서 보내려고 했던 시절의 추억이 계속해서 피렌체를 꽃의 도시와 같은 분위기로 만들고,* 부활절에는 뭔가 피렌체 같은, 피렌체에는 뭔가 부활절 같은 모습을 띠게 하는 것을 막을 수 없었다. 부활절 주간은 아직 멀었다. 그러나 내 앞에 펼쳐진 날들의 대열에서 성주간의 날들은, 그사이에 낀 나날들의 끝머리에서 보다 선명하게 드러났다. 마치 명암의 효과 속에 멀리 보이는 마을의 몇몇 집들처럼, 빛이 건드린 그 성주간의 날들은 온통 햇빛을 담고 있었다.

날씨가 점점 따뜻해졌다. 부모님 스스로가 내게 산책을 권하여 아침 외출을 계속할 구실을 제공했다. 가는 길에 게르망트 부인을 만나면 외출을 그만둘까 하는 생각도 했다. 하지만 내가 줄곧 외출을 생각한 것도 그 때문이며, 매번 새로 외출할 이유를 찾는 것도 바로 그 때문인데도, 나는 마치 그 이유가 게르망트 부인과는 무관하며 설령 부인이 존재하지 않는다 해도 같은 시간에 틀림없이 산책할 거라고 쉽게 자신을 설득하고 있었다.

---

* 1900년경에는 '꽃의 도시'란 피렌체의 호칭이 널리 퍼져 있었다.

아! 슬프게도 부인 외 어느 누구와의 만남도 내 관심을 끌지 못했지만, 부인은 나를 제외한 사람들과의 만남은 모두 견딜 만하다고 생각하는 모양이었다. 아침 산책 중 부인은 여러 바보들로부터, 그녀가 그렇다고 판단하는 자들로부터 인사를 받는 일이 있었다. 그러나 부인은 그들의 출현을 기쁨의 전조가 아니라면, 적어도 우연의 결과로 생각했다. 그래서 이따금 부인은 그들의 발걸음을 멈추게 했는데, 인간에게는 자신으로부터 벗어나, 타인의 영혼이 보여 주는 환대를, 비록 그 영혼이 보잘것없고 불쾌하다 할지라도 그것이 낯선 영혼이라면 받아들이고 싶은 순간이 있는 법이다. 그러나 내 마음에서는 단지 부인 자신만을 발견한다고 느꼈는지 부인은 몹시 화를 냈다. 그래서 나는 부인을 보는 일 말고 다른 일로 똑같은 길을 접어들었을 때에도, 부인이 지나가는 동안에는 마치 죄인처럼 몸을 벌벌 떨었다. 그래서 이따금 내 과도한 행동을 완화하려고 부인의 인사에 거의 답례하지 않거나 인사를 하지 않고 물끄러미 바라보기만 했는데, 이런 내 모습에 부인은 더 격분하여 나를 건방지고 무례한 사람으로 여기기 시작했다.

그녀는 이제 전보다 가벼운 옷차림, 적어도 더 밝은 빛깔 옷차림으로 길을 내려왔고, 벌써 봄이 온 듯 귀족들이 사는 옛 저택의 넓은 정문 사이에 끼어 있는 비좁은 상점 앞, 버터와 과일과 야채를 파는 가게 차양에는 햇빛을 막기 위한 가리개가 쳐 있었다. 나는 멀리서 양산을 펴고 길을 건너는 여인의 모습을 보며, 전문가의 의견대로 그런 움직임을 실행하고 뭔가 감미롭게 만드는 기술로 보건대 그녀는 오늘날 가장 뛰어난 예술가로구나 하고 중얼거렸다. 그러나 그녀는 여기저기 퍼져 있는 이런 평판에 대해서는 전혀 알지 못한다는 듯 앞으로 나아갔고, 그녀의 편협한 저항하는 몸은 아무것도 흡수하지 않는다는 듯, 보랏빛 실크 스카프 아래 비스듬히 뒤로 젖혀졌다. 쨍긋한 맑은 눈이 멍하니 앞을 보다가 어쩌면 나를 보았는지 그녀가 입술 끝을 깨물었다. 나는 부인이 토시를 치켜세우면서 가난한 사람에게는 적선하고 장사꾼 여자에게서는 제비꽃 한 다발을 사는 모습을, 마치 위대한 화가의 붓이 움직이는 모습을 바라볼 때와 같은 호기심으로 바라보았다. 그러다 내가 있는 지점에 이르자 부인은 내게 인사하며 엷은 미소를 덧붙였는데, 흡사 그녀가 날 위해 걸작이라고 할 만한 수채화 하나를 그려 주고 거기에 헌사까지 덧붙이는 느낌이었다. 부인의 옷차림 하나하나가 마치 그 영혼의 특별한 양상을 투영하는 듯, 내게는 자연스럽고 필연적인 배경처럼 보였다. 부인이 시내로 식사하러 가던 어느 사순절 아침, 나는 목이 약간 깊게 파인 밝은 붉은빛 벨벳 옷을 입은 부인을 보았다. 게르망트 부인의 얼굴은 금발 머리 아래로 조금은 꿈꾸는 듯 보였다. 나는 그 어느 때보다 덜 불행한 느낌이었다. 우수 어린 표정과 강렬한 옷 빛깔이 그녀를 세상 다른 사람들로부터 격리해 뭔가 불행하고 고독한 양상을 부여하면서 나를 안심시키는 듯했기 때문이다. 그 옷은 내가 그녀에게서 알지 못하는 나음을 붉은 빛깔로 둘러싸는 물질적 형태인 것 같았으며, 어쩌면 내가 그 마음을 위로해 줄 수 있을 것도 같았다. 부드럽게 물결치는 천 조각의 신비로운 빛 속으로 몸을 감춘 부인은 초기 기독교 시대의 한 성녀를 연상시켰다. 그러자 나는 그 순교자를 나의 모습으로 짓누르고 괴롭힌 것이 수치스럽게만 느껴졌다. "그래도 길은 모든 사람에게 속하니까."

"길은 모든 사람에게 속한다."라는 이 말에 다른 의미를 부여하면서, 또 자주 비에 젖어 이따금 이탈리아 옛 도시 거리가 그러하듯 소중하게만 느껴지는 이 사람 많은 거리에서 게르망트 공작 부인이 자신의 은밀한 삶의 순간들을 공동의 삶에 섞으며 많은 이들의 팔꿈치를 스치거나 자신의 신비스러운 모습을 모든 사람들에게 위대한 예술품마냥 찬란하게 무상으로 제공하는 모습에 감탄하면서 나는 그 말을 되풀이했다. 밤새 뜬눈으로 지새우다가 아침이면 외출하는 모습에 부모님은 내게, 오후엔 침대에 드러누워 좀 자 보라고 했다. 잠을 자기 위해서는 많은 명상은 필요 없지만 습관이 필요하며, 또 많은 생각을 하지 않아야 한다. 그런데 그런 시간에는 내게 이 두 가지가 다 없었다. 잠들기 전에 나는 오래 생각했으므로 잠이 올 것 같지 않았고, 또 잠이 들었다 해도 여전히 내게는 상념이 약간 남아 있었다. 그 상념은 어둠 속에서 거의 한 줄기 빛에 지나지 않았지만, 내가 자는 동안 잠을 이루지 못할 거라는 관념을 반사하기에 충분했고, 다음으로 이 반사에 또 다른 반사가 이어지면서, 나는 자면서도 자지 않는다고 생각했으며, 그러다 새로운 빛의 굴절로 깨어났는데……. 하지만 이 깨어남 역시 새로운 잠으로 이어지면서, 나는 내 방에 들어온 친구에게 조금 전 잠이 들었는데도 자지 않은 걸로 여겼다고 말하려 했다. 이런 그림자들은 거의 구별하기 힘들었다. 그걸 포착하려면 극도로 정교한 지각이 필요하지만 크게 도움은 되지 않는다. 이렇게 훗날 베네치아에서 해가 지고 얼마쯤 시간이 지나 주위가 완전히 깜깜해졌을 때, 어떤 시각적 페달의 효과인 듯 운하 수면에 끝없이 뻗어 가는 빛의 마지막 음조, 그렇지만 눈에 보이지 않는 음조의 울림 덕분에, 궁전 그림자가 석양의 잿빛 수면 위에 더 짙은 검은색 벨벳으로 언제까지나 그렇게 펼쳐지는 모습을 본 적이 있었다. 내 꿈 가운데 하나는 전날 밤 내 상상력이 머릿속에서 자주 표현하려고 했던 것과 어느 바닷가 풍경, 또 그 중세의 과거를 종합한 것이었다. 잠자는 동안 나는 채색 유리마냥 움직이지 않는 물결로 둘러싸인 바다 한가운데 고딕풍 도시가 솟아오르는 모습을 보았다. 육지 사이에 끼어 있는 좁고 긴 바다가 도시를 둘로 갈랐다. 초록빛 물결이 내 발밑에 펼쳐졌다. 물은 건너편 바닷가에 있는 동양풍 성당을 적시고, 다음에는 14세기에 이미 존재하던 집들을 적셔, 그 집들 쪽으로 가는 것이 마치 긴 세월의 흐름을 거슬러 올라가는 것 같았다. 이처럼 자연이 예술의 가르침을 받아 바다가 고딕풍으로 변하고, 불가능에 도달하기를 열망하며 또 거기 도달했다고 믿는 이런 꿈을 예전에도 여러 번 꾼 적이 있다는 생각이 들었다. 그러나 과거에서 자신을 증식하거나 새로운 것이라 할지라도 친숙해 보이는 것이 바로 잠을 자며 상상할 때의 속성인 탓에, 나는 내가 착각했다고 믿었다. 그런데 실은 이와 반대로 내가 자주 이런 꿈을 꾸었다는 걸 깨달았다.

우리 잠을 특징짓는 이런 압축은 또한 내 꿈속에, 하지만 상징적인 방식으로 투영되었다. 나는 어둠 속에서 눈을 감은 채

자고 있었으므로, 거기 있는 친구들의 얼굴을 구별할 수 없었다. 꿈을 꾸면서도 나는 끝없이 친구들을 말로 설득하려 했지만 내가 말을 하려고 하자마자 소리가 목에서 멈추는 걸 느꼈는데, 자는 동안에는 우리가 분명히 말을 하지 못하기 때문이다. 또한 나는 친구들 쪽으로 가려 했지만, 자는 동안에는 걷지 못하므로 다리를 움직일 수 없었다. 그러다가 잠을 잘 때는 옷을 벗고 있는 법이므로 갑자기 그들 앞에 나타나는 것이 부끄러워졌다. 이처럼 감긴 눈, 밀봉한 입술, 묶인 다리, 벌거벗은 몸, 내 잠 자체가 투영하는 이런 잠의 형상은, 스완이 내게 주었던, 뱀을 입에 문 여인의 모습으로 '선망'을 표현한 조토의 위대한 우의적인 형상들과도 흡사했다.*

생루는 단지 몇 시간 예정으로 파리에 왔다. 숙모에게 내 얘기를 할 기회가 없었다고 단언하면서도 "오리안은 전혀 상냥하지 않아."라고 말하며 순진하게도 자신의 본심을 드러냈다. "더 이상 예전의 오리안이 아냐. 변했어. 맹세하지만 네가 관심을 가질 만한 가치가 전혀 없어. 넌 오리안을 지나치게 높이 평가해. 내 사촌 형수인 푸아티에 부인에게 소개해 주고 싶은데, 어때?" 하고 그는 이 소개가 조금도 나를 기쁘게 해 주지 못한다는 건 깨닫지 못하고 이렇게 덧붙였다. "푸아티에 형수는 젊고 총명한 여성이라 네 마음에도 들 거야. 내 사촌인 푸아티에 공작과 결혼했는데, 공작은 호인이지만 형수에 비하면 조금은 단순해. 형수에게 네 얘길 했어. 데리고 오래. 형수

---

* 조토의 '선망'에 대해서는 『잃어버린 시간을 찾아서』 1권 148~149쪽 참조.

에겐 오리안과는 다른 아름다움이 있고, 또 더 젊어. 매우 상냥한 데다가 또 훌륭한 여인이지." 로베르가 새로이 ― 그만큼 열정적으로 ― 쓰기 시작한 이런 표현들은 문제의 인간이 아주 섬세한 성격임을 의미했다. "형수의 환경도 고려해야 하니까 드레퓌스파라고까지는 말하지 않겠지만, 이렇게 말했어. '만약 드레퓌스가 죄가 없다면, 악마의 섬*에 유배되는 게 얼마나 끔찍한 일일까요?' 이해할 거야, 그렇지? 그리고 형수는 자신의 옛 가정교사들을 위해서도 많은 걸 하는 사람이야. 그들을 하인 전용 계단으로 들여보내는 것도 금지했어. 맹세하는데, 아주 좋은 사람이야. 오리안도 마음속으로는 형수가 자기보다 총명하다고 느끼는지 별로 좋아하지 않아."

게르망트 댁 하인에 대해 느끼는 연민의 감정에 ― 문지기가 금방 고자질하는 탓에 공작 부인이 외출할 때조차도 약혼녀를 보러 갈 수 없는 ― 온통 마음을 빼앗긴 프랑수아즈는 그럼에도 자기가 없을 때 생루가 방문하면 무척이나 섭섭해했는데, 지금은 프랑수아즈 역시 자주 외출했다. 그것도 내게 필요한 날이면 어김없이. 오빠와 조카딸, 특히 최근에는 파리에 온 자기 딸을 자주 만나러 갔다. 그녀의 시중을 받지 못한 날이면 이런 가족적인 성격의 외출에 더욱 화가 났다. 왜냐하면 프랑수아즈가 그 외출 하나하나를, 마치 생탕드레데샹

---

* 1895년 드레퓌스가 종신형에 처하면서 갇혔던 섬으로, 남아메리카 프랑스령 기아나의 카이엔 북쪽에 위치한다. 이곳은 프랑스 혁명 때부터 정치범을 유배하던 곳으로 1938년부터는 이곳에 유형을 보내는 제도가 폐지되었다.

성당* 조각상이 가르치는 율법에 따라 불가피한 의무인 양 말할 게 뻔했기 때문이다. 따라서 나는 그녀가 하는 변명을 그녀에게는 부당하지만 무척이나 기분 나쁘게 들렸고, 이런 기분은 그녀가 "내 오빠를 보러 갔었어요." 혹은 "조카를 보러 갔었어요."라고 말하는 대신, "오빠를 보러 갔는데, 지나는 길에 조카딸에게(혹은 '정육점에서 일하는 내 조카딸에게') 인사나 하려고 잠시 '뛰어서' 들어갔어요."라고 말하는 방식에 이르면 절정에 달했다. 프랑수아즈의 딸로 말하자면, 프랑수아즈는 딸이 콩브레에 돌아가기를 바라는 것 같았다. 그러나 새로 파리지엔이 된 딸은 멋쟁이 여자처럼 자주 약칭을(하지만 저속한 약칭을) 쓰면서《랭트랑》** 없이 콩브레에서 일주일을 보낸다면 무척이나 길게 느껴질 거라고 말했다. 그녀는 산악 지방에 사는 프랑수아즈의 동생네 집에는 더 가기 싫어했는데 "산악 지방은 전혀 재미없어요."라고 '재미'라는 단어에 상당히 끔찍한 새 의미를 부여하며 말했다. 그녀는 메제글리즈에 돌아갈 결심을 하지 못했다. "사람들이 그토록 바보 같고" 장터에서 수다쟁이 여자들이나 '시골뜨기들'이 그녀와 사촌임을 알아보고 "아니, 넌 돌아가신 바지로의 딸이 아니냐?"라고 말할 것이기 때문이다. "이제 파리 생활을 맛본" 그녀로서는 그곳

** 콩브레에 있는 이 성당 정면 입구에 새겨진 사도상들의 표정에서 프랑수아즈는 가르침을 받는다.(『잃어버린 시간들을 찾아서』 1권 265쪽 참조.)

* L'Intran. 1880년 앙리 로슈포르(Henri Rochefort)가 창간한 일간 신문《랭트랑시장(l'Iintransigeant)》('비타협적인 사람'이란 뜻)의 약자이다. 이 신문은 드레퓌스에 반대하는 입장을 표명했다.

에 정착하러 돌아가는 것보다는 차라리 죽는 편이 낫다고 생각했을 것이다. 그렇지만 전통을 사랑하는 프랑수아즈는 딸이 "어머니, 쉬는 날이 아니라면 내게 '프뇌'* 하나만 보내면 돼요."라고 말할 때면, 이 새로운 '파리지엔'이 구현하는 개혁 정신에 만족해하는 미소를 지었다.

날씨가 다시 추워졌다. "외출? 왜요? 감기에 걸리려고요?" 하고 딸과 오빠와 정육점에서 일하는 조카딸이 콩브레에 가서 머무르는 주간에는 집에 있는 편을 더 좋아하는 프랑수아즈가 말했다. 게다가 물리학에 관한 한 암암리에 레오니 아주머니 학설의 마지막 신봉자로 남아 있던 프랑수아즈는, 이 계절답지 않은 날씨에 "주님이 진노하신 흔적이랍니다."라는 말을 덧붙였다. 그러나 나는 프랑수아즈의 한탄에 우수 어린 미소로 답했고, 나를 위해 날씨가 다시 좋아지리라고 확신했으므로 이런 예언에는 관심을 두지 않았다. 나는 벌써 피에졸레** 언덕에 아침 햇살이 반짝이는 모습을 보고 있었으며 그 빛에 몸을 녹이고 있었다. 햇살의 힘에 미소를 지으며 눈꺼풀을 반쯤 뜨다 감다 하자, 눈꺼풀은 설화 석고로 만들어진 야등마냥 분홍빛 미광으로 채워졌다. 종들만 이탈리아에서 돌아온 게 아니라 이

** 압축 공기를 이용해서 보내는 속달 우편 pneu는 pneumatique의 준말이다. 프뇌를 보내는 것은 당시 파리 사람들 고유 일상사의 한 단면이었다.
* 이탈리아 피렌체 근교에 있는 언덕 마을로, 피렌체와 피에졸레에 대한 화자의 몽상은 이곳 출신 화가 프라 안젤리코의 그림과 연결되어 있다.(『잃어버린 시간을 찾아서』 2권 339쪽 주석 참조.)

탈리아가 종들과 함께 왔다.* 내 충실한 손에는 예전에 내가 하려 했던 여행 기념일을 축하하기 위해서도 꽃이 부족하지 않았으리라. 왜냐하면 파리 날씨가 어느 해 사순절이 끝날 무렵 우리가 여행 출발 준비를 했던 시절처럼 다시 추워졌지만, 거리의 마로니에와 플라타너스와 우리 집 안마당의 나무들 잎을 적시는 차가운 습기 찬 공기 속에서, 베키오** 다리의 흰 수선화와 노란 수선화와 아네모네가 마치 깨끗한 수반에서처럼, 이미 그 꽃잎을 반쯤 열고 있었기 때문이다.

우리가 사는 건물에서 노르푸아 씨를 만난 아버지는 그분이 어디로 가는지 AJ를 통해 이제야 알게 되었다고 말씀하셨다.

"빌파리지 부인 댁에 가는 길이었다는구나. 나는 전혀 몰랐는데 부인과 잘 아는 사이였어. 부인이 아주 매력적이고 뛰어난 분이라고 하더구나. 가서 부인을 뵙는 게 좋겠다." 하고 아버지가 말씀하셨다. "게다가 난 무척 놀랐다. 그분이 게르망트 씨를 아주 훌륭한 분이라고 하셨거든. 난 게르망트 씨를 언제나 무식한 사람으로 여겨 왔는데. 모든 걸 무한히 다 알고 취향도 흠잡을 데가 없다고 하더라. 자기 이름과 친척 관계에 대해서는 무척이나 뽐내는 모양이지만. 하기야 노르푸아 말에 따르면 그분 위치가 대단하긴 대단한 모양이더라. 프랑

** 서양 전설 중 하나로, 성주간 금요일과 토요일에는 세계의 모든 종이 로마로 날아갔다가 일요일 부활절에는 다시 제자리에 돌아온다는 얘기가 있다.
* 1345년에 건설된, 피렌체에서 가장 오래된 다리로, 원래는 푸줏간, 대장간, 가죽 처리장 등이 있었으나 악취가 난다며 모두 철거되고 대신 금세공업자들이 들어섰다.

스뿐만 아니라 유럽 도처에서 말이다. 오스트리아 황제와 러시아 황제가 그분을 진짜 친구로 대한다는구나. 노르푸아 영감 말이 빌파리지 부인이 널 아주 좋아하고 또 부인 살롱에서 네게 유익한 사람들을 만날 수 있다고 하던데. 노르푸아 영감이 네 칭찬을 많이 했으니, 빌파리지 부인 댁에 가서 한번 만나 보렴. 네가 글을 쓰게 되면 유익한 충고를 해 주실 게다. 내가 보기에 넌 다른 일은 하지 못할 것 같다. 그 길로도 좋은 경력을 쌓을 수 있다니, 내가 너에게 바라는 최선의 길은 아니지만, 넌 금방 성인이 될 테고 우리가 항상 네 곁에 있지는 못할 테니, 네가 네 소명을 좇아가는 걸 막지는 말아야지."

내가 적어도 글을 다시 쓸 수만 있다면! 그러나 이 계획을 실현할 수 있는 조건이 어떠하든 간에(아! 슬프게도 술을 더 이상 마시지 말고, 일찍 잠자리에 들어 잠을 자고, 건강을 유지하는 일 같은) 열정적으로, 기쁜 마음으로, 규칙적으로 산책을 절제하거나 연기하면서, 또 그 산책을 열심히 글을 쓴 후의 보상으로만 남겨 두면서, 건강한 날에는 한 시간을 할애하고, 아픈 날에는 어쩔 수 없이 아무 일도 하지 않으면서 노력해 보았지만, 거기서 나온 결과는 언제나 하얀 종이, 마치 어느 마술에서 미리 카드를 뒤섞어 놓아도 반드시 꺼내기 마련인 그런 선택의 여지없는 카드마냥 피할 수 없는, 아무것도 쓰여 있지 않은 종이였다. 나는 글도 쓰지 않고 침대에 눕지도 않고 잠도 자지 않고, 기필코 실현되고 마는 이런 습관의 도구에 지나지 않았다. 만일 내가 거기에 저항하지 않고, 그날이 제시하는 첫 번째 상황에 습관이 제멋대로 행동하려고 꺼낸 구실에 만족한다면, 나는 내 몸에 큰 해를 끼치는 일 없이 거기서 빠져나와 새벽녘에는 몇 시간 휴식도 취하고 책도 조금 읽고 과도한 짓도 하지 않았을 것이다. 그러나 만일 내가 습관을 저지하려고 일찍 잠자리에 들고 물만 마시고 글을 쓰기로 결심한다면, 화가 난 습관은 보다 강력한 수단의 도움을 받아 나를 완전히 병자로 만들 것이고, 그래서 나는 어쩔 수 없이 술의 양을 두 배로 늘리고 이틀 동안 침대에도 눕지 못하고 책마저 읽지 못하고, 그리하여 다음번에는 보다 합리적인 사람이 되자고, 다시 말해 좀 덜 현명한 사람이 되자고 다짐했을 것이다. 마치 도둑을 맞아도 저항하다가 목숨을 잃을까 봐 겁이 나서 그대로 당하는 피해자마냥.

아버지는 그사이 한두 번 게르망트 씨를 만났는데, 노르푸아 씨가 공작이 매우 훌륭한 분이라고 말한 후부터는 공작의 말에 더 주의를 기울였다. 마침내 두 분은 안마당에서 만나 빌파리지 부인 이야기를 했다. "공작이 말하길 빌파리지 부인이 자기 숙모라고 하더구나. 공작은 '비파리지'*라고 발음하던데, 부인이 기가 막히게 총명한가 보더라. 부인의 살롱을 '재치의 서재'**라고까지 했어." 아버지는 회고록에서 한두 번 읽은 적 있는 이런 모호한 표현에 깊은 인상을 받았지만, 거기

---

* 고대 프랑스어에서는 빌파리지의 '빌(vil)'을 '비(vi)'로 발음했다. 아직도 지역에 따라서는 통용되고 있다.
** 여기서 '재치의 서재(bureau d'esprit)'라고 옮긴 표현은, 18세기 프랑스 계몽주의 백과사전파의 산실이었던 레스피나스 양(Lespinasse, 1732~1776)의 살롱 '재치의 가게(boutique d'esprit)'에서 연유한다. 또 서재라고 옮긴 프랑스어의 bureau에는 책상이란 뜻도 있다.

에 정확한 의미는 부여하지 않았다. 아버지를 지극히 존경하는 어머니는 빌파리지 부인의 살롱이 '재치의 서재'라는 사실에 아버지가 전혀 무관심하지 않다는 걸 알자, 그 사실을 매우 중대하게 판단했다. 할머니를 통해 후작 부인의 가치를 정확히 알게 된 어머니는 그 즉시 부인을 더욱 유익한 분으로 간주했다. 약간 몸이 편찮으셨던 할머니는 아버지가 제안한 방문을 처음에는 그렇게 탐탁하게 여기지 않으셨지만 이내 관심을 지우셨다. 우리가 새 아파트에 살러 온 후부터 빌파리지 부인은 여러 번 할머니께 찾아와 달라고 청했다. 그때마다 할머니는 언제나 요즘은 외출하지 않는다는 말을 편지에 써서 손수 봉하지 않고 프랑수아즈에게 시켰는데, 우리가 이유를 모르는 이런 습관은 할머니에게는 새로운 것이었다. 나로 말하면 그 '재치의 서재'가 어떤 것인지 그려 볼 수 없었지만, 발베크에서 만난 노부인이 '책상 앞에' 앉은 모습을 보아도 별로 놀라지 않았을 것이다. 게다가 실제로 그런 일이 일어났다.

아버지는 학사원의 자유 회원*으로 입후보할 생각이었으므로, 대사의 지지가 다수의 표를 얻는 데 도움이 될지 알고 싶어 하셨다. 사실을 말하자면, 노르푸아 씨의 지지를 감히 의심하지는 못했지만 확신이 없었다. 누군가가 청사에서 노르푸아 씨 혼자 학사원을 대표하는 처하며 게다가 특히 지금은 다

---

* 화자의 아버지는 학사원의 다섯 아카데미 중 도덕과학·정치학 아카데미 회원이 되기를 열망한다. 도덕과학·정치학 아카데미는 정회원 마흔 명과 자유 회원 열 명, 비상주 회원 다섯 명으로 구성되었다.(학사원에 대해서는『잃어버린 시간을 찾아서』3권 70쪽 주석 참조.)

른 후보를 지지하고 있어, 온갖 수단을 동원해 아버지의 입후보를 방해할지 모른다고 말했을 때도 아버지는 험담이라고 생각하셨다. 하지만 르루아볼리외*가 아버지에게 입후보를 권하면서 당선 가능성을 계산하며 기대할 수 있는 동료들 가운데 노르푸아 씨의 이름을 대지 않는 걸 보자 큰 충격을 받으셨다. 아버지는 전직 대사에게 이 점을 직접 물어보기보다는 내가 빌파리지 부인 저택에서 선거에 성공하리라는 확신을 가지고 돌아와 주기를 바랐다. 방문이 시급해졌다. 학사원 회원 표를 3분의 2 이상 확보할 수 있다는 노르푸아 씨의 선전이 아버지 눈에도 가능해 보였다면, 그 이유는 대사를 좋아하지 않는 사람들마저 그처럼 남의 일을 돌보아 주기를 좋아하는 사람은 없다고 말할 정도로 그의 친절이 정평이 나 있었기 때문이다. 한편 아버지가 근무하는 정부 부처에서 노르푸아 씨의 후원은 다른 어떤 관료보다도 아버지에게 훨씬 눈에 띄는 방식으로 전개되었다.

아버지는 또 다른 사람과도 만나셨는데, 이 만남은 처음에는 무척 큰 놀라움을 안겨 주었지만 나중에는 지극한 분노를 불러일으켰다. 어느 날 아버지는 길에서 우연히 사즈라 부인과 마주쳤다. 비교적 가난한 부인은 파리에서 지내는 일이 아주 드물었으며, 그것도 여자 친구 집에서 지내는 걸로 만족했다. 사즈라 부인만큼 아버지를 따분하게 하는 사람도 없었으

** 폴 르루아볼리외(Paul Leroy-Beaulieu, 1843~1916). 경제학자로 도덕과학·정치학 아카데미 회원이었다.

므로, 어머니는 일 년에 한 번 아주 부드럽고 애원하는 목소리로 "여보, 적어도 한번은 사즈라 부인을 초대해야 해요. 늦게까지는 있지 않을 거예요." 또는 "제 말 잘 들어 봐요. 무리한 부탁이라는 건 잘 알지만 사즈라 부인에게 잠깐 들렀다 오세요. 당신을 귀찮게 하는 건 저도 무척 싫지만, 그렇게 해 주면 정말 고맙겠어요."라고 부탁해야 했다. 아버지는 웃음을 터뜨리면서 조금은 화를 냈지만 방문하러 가셨다. 아버지가 자신을 따분하게 하는 그녀를 길에서 만나자 모자를 벗으며 다가간 것도 그 때문이었는데, 부인은 무척 놀랍게도 아버지에게 나쁜 죄를 저지른 사람이나 앞으로 지구 다른 쪽에서 살도록 선고받은 자에게 예의상 어쩔 수 없다는 듯한 차가운 인사만을 건넸다. 아버지는 화가 나서 아연실색하며 돌아오셨다. 다음 날 어머니는 어느 살롱에서 사즈라 부인을 만났다. 이번에도 사즈라 부인은 어머니에게 손도 내밀지 않고, 마치 어린 시절에 같이 놀았지만 방탕한 생활을 보낸 후 어느 도형수와 결혼했거나 더 나쁜 경우 이혼한 남자와 결혼해서 그 후에는 모든 관계를 끊고 지내는 그런 사람을 대하듯, 막연히 슬픈 표정으로 미소를 보냈다. 사실 내 부모님은 사즈라 부인에게 늘 깊은 존경심을 표했고, 부인에게도 존경심을 불러 넣었다. 그런데 (어머니께서는 몰랐지만) 사즈라 부인은 콩브레에서 그녀와 같은 부류 중 유일하게 드레퓌스 지지파였다. 멜린* 씨의 친구인

---

* 쥘 멜린(Jules Méline, 1838~1925). 온건 공화파로 1896년부터 1898년까지 총리를 지냈다. 1897년 "드레퓌스 사건은 없다."라는 유명한 말을 남겼다.

아버지는 드레퓌스의 유죄를 확신하셨다. 직장 동료가 드레퓌스 사건 재심 청원서에 서명해 달라는 부탁을 해 왔을 때도, 아버지는 불쾌한 얼굴로 그를 내쫓았다. 내가 아버지와 반대되는 행동 노선을 따른다는 사실을 알았을 때도, 아버지는 일주일 내내 내게 말을 하지 않으셨다. 아버지 의견은 모든 사람이 알고 있었다. 사람들은 아버지를 거의 민족주의자로 취급하기까지 했다. 우리 가족 중 유일하게 관대한 의혹의 눈초리를 불태울 것 같은 할머니도, 누군가가 드레퓌스의 무죄 가능성을 말할 때마다 고개를 저었는데, 당시 우리는 그 의미를 알지 못했으며, 또 그것은 가장 진지한 생각에 몰두하는 도중 방해받은 사람의 몸짓과도 흡사했다. 어머니는 아버지에 대한 사랑과, 내가 현명한 사람이 되기를 바라는 희망 사이에서 양분되어 불분명한 태도를 취했고 이를 침묵으로 표현했다. 마지막으로 군대를 찬양하던 할아버지는(국민군으로서의 임무가 할아버지의 성인 시절에는 마치 악몽과도 같았던) 연대가 울타리 앞을 따라 행진하여 연대장과 군기가 지나갈 때면 언제나 모자를 벗고 바라보셨다. 이 모든 것이 내 아버지와 할아버지의 무사 무욕하고도 명예로운 삶을 누구보다 깊이 잘 알던 사즈라 부인에게 두 분을 '불의'의 앞잡이로 간주하게 하기에 충분했다. 사람들은 흔히 개인의 죄는 용서하지만 집단적 범죄에 가담하는 것은 용서하지 않는다. 사즈라 부인은 아버지가 드레퓌스 반대파인 것을 알자 곧 자기와 아버지 사이에 여러 대륙과 여러 세기를 두었다. 시간과 공간에서의 이런 거리감이, 왜 그녀가 거의 눈에 띄지 않을 정도로만 아버지에게 인사를 했으며 악수와 인사말은 생각조차 못했는지, 또 그 악수와 인사말이 두 사람 사이를 갈라놓는 세계를 왜 극복하지 못하게 했는지를 설명해 준다.

파리에 올 예정이던 생루는 나를 빌파리지 부인 댁으로 데리고 가겠다고 약속했으며, 나는 그에게는 말하지 않았지만 그곳에서 게르망트 부인을 만날 것을 기대하고 있었다. 생루는 내게 애인과 함께 레스토랑에서 식사하고, 식사 후에는 그녀를 무대 연습하는 데 데려다주자고 했다. 우리는 그녀가 사는 파리 근교로 그녀를 찾으러 오전에 가기로 했다.

나는 생루에게 우리가 점심 식사를 할 레스토랑이(돈을 낭비하는 젊은 귀족의 삶에서 레스토랑은 아랍 콩트에 나오는 옷감 상자만큼이나 중요한 역할을 한다.) 에메가 발베크에서의 한 철을 기다리는 동안 식당 책임자로 일할 것이라고 내게 알려 주었던 바로 그 레스토랑이면 더 좋겠다고 말했다. 그토록 여행을 꿈꾸면서도 거의 하지 못했던 내게, 발베크의 추억에 속한다기보다는 발베크 그 자체라고 할 수 있는 누군가를 만나는 것은 상당히 매력적인 일이었다. 피로와 강의 때문에 내가 파리에 남아 있어야 할 때도, 에메는 매해 발베크에 가서 7월의 기나긴 오후 동안 저녁 식사 하러 오는 손님을 기다리면서, 해가 바닷속으로 내려가 잠드는 모습을 커다란 유리창 너머로 바라보았는데, 해가 사라진 후 유리창 뒤로 푸르스름한 배들의 움직이지 않는 측면이 마치 유리 상자 안에 든, 밤의 이국적인 나비처럼 보였으리라. 발베크라는 강력한 자석과 접촉하다 보니 그 자신도 자기를 띠게 된 이 식당 책임자가 이번에는 그 차례로 내게 자석이 되었다. 나는 그와 담소를 나누면서 발베크에 가기 전에 미리 발베크와 소통하고, 이곳 파리에 있는 채로 뭔가 여행의 매력을 실현하고 싶었다.

아침이 되자 나는 약혼한 하인이 어젯밤에 한 번 더 약혼녀를 만나러 가지 못했다고 한탄하는 프랑수아즈를 내버려 둔채 집을 나섰다. 프랑수아즈는 하인이 눈물 흘리는 장면을 목격했다며, 그가 문지기 뺨을 때리러 갈 뻔했지만 자기 자리에 연연했으므로 자제했다고 말했다.

문 앞에서 기다리고 있을 생루의 집에 도착하기 전에 나는 콩브레 시절 이후 보지 못했던 르그랑댕과 만났다. 이제는 거의 반백이 된 모습이었지만 젊고 순진한 표정은 여전했다. 그가 걸음을 멈추었다.

"아! 자네군." 하고 그가 말했다. "멋쟁이야. 연미복까지 입으셨고! 그런 제복은 나처럼 독립적인 인간에게는 어울리지 않네. 사교계 인사가 되어서 방문하러 다니는 게 틀림없군! 반쯤 무너진 묘지 앞에서 내가 보통 하듯이 몽상하러 가기에는 이 큰 넥타이와 재킷이 그렇게 어울리지 않는 건 아니라네. 알다시피 나는 자네 영혼의 아름다운 장점을 높이 평가하네. 다시 말해 '이방인들' 사이에서 자네의 아름다운 장점을 부인하러 가는 게 무척이나 안타깝네. 나로서는 잠시도 숨 쉴 수 없는 그 구역질 나는 살롱의 분위기에서 자네가 잠시라도 남아 있을 수 있다면, 그건 '예언자들'이 이방인들을 비난하고 저주했듯이, 자네가 자네 미래를 비난하고 저주하는 셈이라네. 여기서도 다 보이네, 자네가 '경박한 사람들'과 성관에 사는 사람들 무리와 사귀는 모습이. 이것이 바로 오늘날 부르주아의 악덕이지. 아! 귀족 놈들! '공포 시대'에 귀족 놈들의 목을 모두 자르지 않은 게 큰 실수였네. 그들은 모두 음산한 바보 아니면 사악한 방탕아에 지나지 않네. 어쨌든 내 가련한 친구, 그런 게 자네를 즐겁게 해 준다면! 자네가 어느 '5시(five o'clock)' 차 모임에 가 있는 동안, 자네의 늙은 친구는 자네보다는 행복할 걸세. 홀로 교외에서 장밋빛 달이 보랏빛 하늘에 떠오르는 모습을 보고 있을 테니까. 사실인즉 나는 전혀 지구에 속해 있지 않네. 유배된 듯 느껴지는 이곳에. 나를 이런 지구에 붙들고 다른 천체로 도망가지 못하게 하려면 만유인력 법칙의 온 힘이 필요할 걸세. 나는 다른 별에서 온 사람이라네. 잘 가게. 비본 시내의 농부이며 다뉴브 강의 농부*로 남아 있는 자의 오래된 솔직함을 불쾌하게 여기지는 말게. 자네를 존경하는 증거로 내가 최근에 쓴 소설을 보내 주겠네. 하지만 자네는 그 책을 좋아하지 않을 걸세. 충분히 퇴폐적이지 못하고 세기말적인 요소가 부족하다고 느낄 테니까. 내 책은 지나치게 솔직하고 정직하네. 자네에게는 베르고트의 책이 필요하겠지, 자네도 이미 고백하지 않았나. 세련된 쾌락가의 싫증난 입천장에는 썩은 먹잇감이 필요할 테니. 자네들 모임에서는 아마도 나를 낡은 기법을 고수하는 작가로 취급하겠지. 내 글 안에 온 마음을 담는 우를 범했으니. 이제 이런 건 유행이 지났네. 그리고 민중의 삶이란 것도 자네의 작은 속물 무리의

---

* 라퐁텐의『우화집』에 나오는 「다뉴브강의 농부」에 대한 암시이다. 사실적인 묘사로 시작하다 거창한 웅변으로 끝나는 라퐁텐의 이 이야기는, 소박함을 가장한 르그랑댕의 장황설을 풍자하기 위해 인용된 듯 보인다.

관심을 끌 만큼 충분히 품위 있는 것도 아니고. 그래도 때로는 그리스도의 말을 기억하려고 해 보게나. '그렇게 하여라. 그러면 네가 살 것이다.'*라는 말을. 친구여, 잘 가게."

르그랑댕과 헤어졌을 때 나는 그렇게 불쾌하지 않았다. 몇몇 추억은 우리 공동의 친구와도 같아서 화해를 주선할 줄 안다. 봉건 시대의 폐허가 쌓이고 미나리아재비가 심긴 들판 한가운데 놓인 작은 나무다리가 르그랑댕과 나를 비본의 두 시냇가처럼 연결해 주었다.

봄이 시작되었는데도 거리의 나무들에 겨우 새 잎이 돋을락 말락 하는 파리를 떠나, 교외선 열차가 생루와 나를 그의 애인이 사는 마을에 내려 주었을 때, 작은 뜰마다 꽃이 핀 과일나무들이 흡사 커다란 하얀 제단을 장식하는 것 같은 풍경을 바라보는 일은 무척이나 경이로웠다. 그것은 사람들이 멀리서 정해진 시기에 구경하러 오는, 하지만 자연이 베푸는 특이하고도 시적이며 덧없는 지방 축제였다. 벚꽃은 하얀 칼집마냥 그토록 조밀하게 가지에 붙어 있어, 햇빛은 비추지만 아직은 추운 날에 멀리서 바라보면, 거의 꽃도 피지 않고 잎도 나지 않은 나무들 사이 어떤 곳에서는 녹았고 작은 관목 사이에는 아직 남아 있는 눈을 보는 듯했다. 하지만 커다란 배나무들이 보다 광대하고 보다 눈부시고 한결같은 하얀빛으로 각각의 집과 작은 마당을 뒤덮고 있어 마을 모든 집이, 울타리가 쳐진 모든 밭들이 그들의 첫 영성체를 같은 날 올리는 듯했다.

** 「루카복음」 10장 28절에 나오는 구절이다.

파리 근교 마을 입구에는 17세기와 18세기에 만들어진 정원들이 아직 남아 있는데, 지방 장관과 왕의 정부 들의 '별장'이 있었던 곳이다. 도로보다 낮은 곳에 위치하는 이런 정원들 중 하나를 이용하여 한 원예가가 과일나무를 재배했다.(혹은 어쩌면 당시의 거대 과수원 도면을 그대로 보존한 것인지는 모르지만.) 오점형(五點形)*으로 심긴 배나무들은 내가 본 배나무들보다 훨씬 간격이 떨어지고 꽃이 덜 만발해서 그런지 거대한 하얀 꽃 사각형을 이루었으며 ── 낮은 벽으로 분리된 ── 변 각각에는 빛들이 다르게 채색되어 그 지붕 없는 옥외 방들은 마치 크레타 섬에서나 찾아볼 수 있는 '태양의 궁전'처럼 보였다.** 또 햇빛이 전시되는 방향에 따라 봄의 물 위를 비추듯 과일나무 위로 놀러 와서는, 여기저기 가지들의 푸른빛으로 가득한 창살 모양 울타리 사이로 반짝거리면서, 햇빛을 받은 가벼운 꽃의 하얀 거품을 터뜨릴 때면, 그 방들은 마치 낚시를 하거나 굴 양식을 위해 나누어 놓은 저수지의 칸들이나 바다의 그런 부분들을 연상시켰다.

　　그곳은 금빛으로 구워진 오래된 시청 건물이 있는 옛 마을로, 시청 앞에는 보물 따 먹기 기둥이나 장식용 깃발을 대신하여 하얀 새틴으로 우아하게 몸단장을 한 세 그루 배나무가 시

---

* 사각형의 네 점과 중심점에 식물을 심는 방식을 말한다.
* 1900년경에는 그리스령 크레타섬에서 크노소스 궁전과 파이스투스 궁전 등이 발견되었지만, 어디에도 '태양의 궁전'은 없었다고 한다. 아마도 크레타의 미노스 왕 부인 파시파에가 '태양의 딸'이라는 데서 이런 명칭이 유래한 것은 아닌지 추정될 뿐이다.(『게르망트』, 폴리오, 680쪽 참조.)

민들의 지역 축제를 축하하는 듯 서 있었다.

이곳에 올 때만큼 로베르가 그의 애인 얘기를 다정하게 한 적은 한 번도 없었다. 그의 마음속에는 오로지 그녀만이 뿌리 내리고 있음을 느낄 수 있었다. 그는 군대에서의 장래나 사교 계에서의 지위와 가족, 이 모든 것에 물론 무관심하지는 않았 지만, 자기 애인과 관계된 일이라면 아주 하찮은 것에도 관심 을 보이는 데 비해, 별로 고려하지 않는 것 같았다. 그녀만이 너무도 소중했으며, 게르망트네 사람들보다, 이 지상 모든 왕 들보다도 무한히 소중했다. 그녀가 이 세상 다른 모든 것보다 더 뛰어난 본질로 만들어졌다는 생각을 생루 자신이 스스로 에게 부여했는지는 모르겠지만, 그는 그녀와 관계된 일에만 관심이 있었고 또 걱정했다. 그는 그녀를 통해서만 괴로워하 고 행복할 수 있었으며 어쩌면 사람을 죽일 수도 있었다. 진정 으로 그의 관심을 끌고 그의 열정을 부추기는 것은 그의 애인 이 원하고 하려는 것, 또는 기껏해야 그녀 얼굴이라는 좁은 공 간과 사랑받는 그 특권적인 이마 아래서 순간적인 표정을 통 해서만 식별할 수 있는, 지금 일어나고 있는 일이었다. 다른 모든 일에 대해서는 그토록 섬세한 그가, 단지 그녀를 계속 부 양하고 간직할 수만 있다면 다른 사람과의 화려한 결혼조차 계획할 정도였다. 만일 누군가가, 그녀의 가치가 돈으로 얼마 나 되는지 물어본다 해도 그렇게 큰돈은 결코 상상해 보지 못 했을 거라고 생각한다. 그가 그녀와 결혼하지 않았다면, 이는 그의 실천적 본능이 그녀가 그에게서 더 이상 기대할 것이 없 어지면 그를 떠나거나 또는 적어도 제멋대로 살 것이기에, 그래서 내일에 대한 기대로 그녀를 붙잡아야 한다고 느끼게 했기 때문일 것이다. 어쩌면 그녀가 그를 사랑하지 않는다고 가정했기 때문일 수도 있었다. 아마도 사랑이라고 불리는 보편적 병이 — 모든 남자에게 그러하듯이 — 때로는 그녀가 그를 사랑한다고 믿게 했을지도 모른다. 하지만 실제로 그는, 그녀가 그에 대해 품고 있는 사랑이 돈 때문에 그의 곁에 남아 있는 걸 막지 못하며, 또 그에게서 더 이상 기대할 것이 없어지는 날이 오면, 그녀가 서둘러 떠날 거라는 걸 느끼고 있었다.(문학 동아리 친구들 이론의 희생물인 그녀가 그를 사랑하면서도 떠날 거라고 생각했다.)

"만일 그녀가 오늘 다정하게 대한다면." 하고 생루가 말했다. "그녀를 기쁘게 해 줄 선물을 할 텐데. 그녀가 부슈롱*에서 본 목걸이야. 지금의 내겐 좀 비싸지만. 3만 프랑이나 하니까. 하지만 내 가련한 친구의 삶에는 별로 즐거운 일이 없으니 아주 기뻐할 거야. 그녀가 내게 목걸이 얘길 했어. 또 그걸 사 줄 누군가도 안다고. 난 그 말이 정말이라고 믿지 않아. 그래도 만약을 위해 우리 집 단골 보석상인 부슈롱과 그걸 보관해 두기로 합의를 봤어. 네가 그녀를 만난다고 생각하니 정말 기뻐. 그렇게 대단한 얼굴은 아니지만.(나는 그가 정반대로 생각한다는 것을, 나를 더욱 경탄하게 하려고 그렇게 말한다는 것을 알고 있었다.) 특히 그녀의 판단력은 정말 뛰어나. 아마도 네 앞에선 말을 많이 하지 않으려고 할 테지만. 그래도 나중에 그녀가 너

---

* 1858년에 창립된 유명 보석상으로 파리 방돔 광장에 위치한다.

에 대해 뭐라고 말할지 생각만 해도 즐거워. 그런데 그녀는 무한히 깊이 생각할 수 있는 것들에 대해서만 말하거든. 어딘가 정말 피티아* 같은 데가 있어."

그녀가 사는 집에 가기 위해 우리는 작은 정원을 따라갔으며 정원에는 벚나무와 배나무 꽃이 활짝 피어 있어 걸음을 멈추지 않을 수 없었다. 어제까지만 해도 세든 사람이 없어 아무도 살지 않던 빈집이, 밤사이 새로 이사 온 사람으로 순식간에 채워지고 단장한 듯 정원 오솔길 모퉁이 철책 너머로 아름다운 하얀 옷들이 보였다.

"네가 이 모든 걸 바라보면서 시적 정취에 잠기고 싶어 하는 걸 알아." 하고 로베르가 말했다. "하지만 여기서 나를 기다려. 친구가 바로 옆에 살고 있으니 찾으러 갔다 올게."

그를 기다리는 동안 나는 몇 발짝 걸으면서 소박한 정원 앞을 지나갔다. 머리를 들면 이따금 소녀들이 창가에 보였고, 야외에서도 작은 층계 높이 여기저기에 나긋나긋하고 가벼우며 상쾌한 연보랏빛 의상으로 치장한 어린 라일락 꽃무리들이, 잎이 우거진 잔가지에 매달린 채 산들바람에 흔들거리면서, 초록빛 층계참까지 눈을 쳐드는 행인은 아랑곳하지도 않았다. 나는 꽃들을 바라보면서 따뜻한 봄 오후 나절에 스완 씨 정원 입구의 작고 하얀 울타리를 지나갈 때면 보랏빛 꽃무리들이 멋진 시골풍 장식 융단을 이루던 모습을 떠올렸다. 초원에 이르는 오솔길로 접어들었다. 그곳에서는 차가운 공기가 콩브레

** 그리스 델포이 신전에서 신탁을 행하던 무녀를 가리킨다.

에서처럼 매섭게 불었다. 그러나 비본 냇가에나 있을 법한 기름지고 축축한 들판 한가운데, 동반한 친구 무리와 마찬가지로 약속 시간에 정확히 솟아오른 커다란 하얀 배나무 한 그루가, 마치 물질로 변해 만질 수 있는 빛의 장막처럼, 산들바람에 바르르 떠는 빛을 받아 온통 은빛으로 매끄럽게 반짝거리는 배꽃들을 미소로 물결치게 하면서 햇빛에 드러났다.

갑자기 생루가 그의 애인을 동반하고 나타났다. 그러자 그에게서 사랑 그 자체이며 삶의 온갖 달콤한 가능성인 여인이, 그 인격이 신비스럽게도 '성막'*에 갇힌 듯 육체 속에 갇혀 여전히 내 친구의 상상력을 끊임없이 작업하게 하는 대상이자 그가 결코 알 수 없다고 느끼는 여인이, 그 시선과 육체의 베일 뒤에서 그녀의 실체가 무엇인지 줄곧 묻게 하던 여인이, '라셀, 주님께서'**임을 나는 단번에 알아보았다. 그녀는 몇 해 전 포주에게 — 이런 세계에 있는 여인들은 그럴 의사만 있으면 금방 변신하는 법이므로 — 이렇게 말한 적이 있었다. "그럼 내일 저녁 만나요. 누군가에게 제가 필요하다면, 절 찾아 주세요."

그리하여 누군가가 '그녀를 찾으러 가서' 단둘이 방에 있게 되면, 그녀는 그가 무엇을 원하는지 잘 알고 있었으므로 열쇠로 방문을 잠그고, 신중한 여인의 조심성으로 혹은 습관적인 몸짓으로, 마치 우리 몸을 진찰하는 의사 앞에서처럼 걸친 옷을 전부 벗기 시작했으며, 벗는 도중에 그 '누군가가' 여자의

---

* 고대 이스라엘의 이동 성전인 장막을 가리킨다.

** 화자는 질베르트로 인한 아픔을 잊기 위해 사창가에 갔다가 유대 여자인 라셀을 보았다.(『잃어버린 시간을 찾아서』 3권 264~267쪽.)

벌거벗은 몸을 싫어해서 속옷은 입어도 된다고 말하면 그제야 그 동작을 멈추었다. 마치 매우 귀가 밝은 임상의가 환자의 몸을 차갑게 할까 걱정되어 속옷 위로 호흡과 심장의 고동 소리를 듣는 것만으로 만족할 때처럼. 그녀의 모든 삶과 생각과 과거와 그녀를 소유했던 모든 남자들에게 나는 별 관심이 없었으므로, 그녀가 설령 그들 얘기를 한다 해도 그저 예의상 듣는 척했을 테지만, 생루의 불안과 번민과 사랑은 온통 그 여인에게 ─내게는 단순한 기계적인 노리개에 지나지 않은─ 집중되어 그녀를 무한한 고뇌의 대상으로, 실존 가치를 가진 대상으로 만들고 있음을 느낄 수 있었다. 내가 아는 라셀과 생루가 아는 라셀, 난 이 두 요소를 따로 분리해서 보았으므로 (내가 '라셀, 주님께서'를 안 것이 사창가였으니까.) 많은 여인들이 ─그 때문에 남자들이 살고 괴로워하고 자살하는─ 그녀들 자신에게나 다른 이들에게서 내가 아는 라셀과 비슷하리라는 생각이 들었다. 그녀 삶에 대해 그토록 고통스러운 호기심을 가질 수 있다는 사실 자체가 놀라울 뿐이었다. 내게는 세상에서 가장 관심 없는 일인 그녀의 문란한 성관계에 대해서도, 나는 로베르에게 많은 걸 알려 줄 수 있었다. 하지만 그랬다간 그 이야기들이 그를 얼마나 아프게 했을까! 또 그걸 알기 위해서라면 그가 무엇인들 내놓지 않겠는가. 비록 성공하지는 못하겠지만.

우리가 상상 속에서 여인을 처음 알게 되는 경우, 나는 인간의 상상력이 그 여인과 같은 작은 얼굴 조각 뒤에 얼마나 많은 것들을 집어넣을 수 있는지 깨달았다. 또 반대로 수많은 몽상의 대상이던 사람도 그 몽상과 상반된 방식으로 가장 하찮은 사실을 통해 알게 되는 경우에는 얼마나 초라하고 온갖 가치가 제거된 물질적 요소로 분해되는지도 알게 되었다. 사창가에서 20프랑에 제공되었을 때는 내게 20프랑 가치밖에 없어 보이던, 단지 20프랑을 벌기 원하는 여자로밖에 보이지 않던 여자를, 만일 우리가 알고 싶어 하는 미지의 존재로, 포착하기도 간직하기도 힘든 존재로 상상하기 시작만 하면, 그 존재는 100만 프랑 이상으로, 아니 가족이나 온갖 부러운 지위보다도 훨씬 가치가 있을 수 있다는 것도 깨달았다. 아마도 생루와 나는 똑같이 가느다랗고 좁은 얼굴을 보았을 것이다. 그러나 우리는 결코 소통할 수 없는 상반된 두 길을 통해 그 얼굴에 이르렀고, 그래서 결코 같은 얼굴을 볼 수가 없었다. 그 시선과 미소, 입술 움직임이 담긴 이 얼굴을 나는 외부에서, 단돈 20프랑만 주면 원하는 건 뭐든지 하는 그런 여자의 얼굴로 알았다. 그러므로 그녀의 시선과 미소와 입술 움직임은 개별적인 것이 하나도 없는, 단지 일반적인 행위만을 의미하는 듯 보였으며, 그런 행위 아래서 한 인간을 찾으려는 호기심은 느낄 수가 없었다. 그러나 어떻게 보면, 내게 출발점에서 제공되었던 그 허락하는 얼굴은 로베르에게는 수많은 기대와 회의와 의혹과 몽상을 통해 나아가던 결승점이었던 것이다. 그는 남들과 마찬가지로 내게 20프랑에 제공되었던 것을 가지기 위해서라면, 또 남들이 그녀를 가지지 못하도록 하기 위해서라면 100만 프랑이라도 지불했을 것이다. 그가 어떤 동기로, 그 가격에 그녀를 갖지 못했는지는 알 수 없지만, 아마도 그것은 어느 한순간의 우연, 몸을 내맡길 준비가 된 여인이 어쩌면 다른 만남이나, 그날따라 그녀를 더 까다롭게 만드는 어떤 이유 때문이었을 것이다. 만일 여인이 한 감성적인 남성을 상대로 하는 경우, 그녀가 그 사실을 깨닫지 못한다면, 아니, 그 사실을 깨닫는다면 무서운 놀이가 시작된다. 그녀에 대한 환멸을 극복하지 못하고 그녀 없이는 살아갈 수도 없는 남성은 여인을 쫓아다니고, 여인은 이런 남성을 피하고, 그러다가 결국은 감히 기대조차 못하는 미소 하나를 위해, 여인이 베푸는 가장 은밀한 마지막 애정 표현의 대가로 지불하는 돈보다 천배나 더 되는 돈을 지불한다. 그러나 때로는 비록 그렇게 많은 돈을 지불하는 경우라 할지라도, 미숙한 판단과 괴로움에 직면한 자의 비겁함이 한데 어우러져 한 창녀를 결코 가까이 다가갈 수 없는 우상으로 만드는 미친 짓을 저지르는 경우에는, 마지막 애정 표현 또는 첫 키스도 얻지 못하며, 정신적 사랑에 대한 확신을 저버리지 않으려고 감히 키스조차 요구하지 못한다. 그런데 사랑하는 여인의 입맞춤이 어떤 것인지 결코 알지 못한 채 삶을 마감한다는 것은 커다란 고통이다. 그렇지만 생루는 운 좋게도 라셀의 애정 표현을 전부 누릴 수 있었다. 물론 그녀의 애정이 20프랑짜리 금화 1루이로 남들에게 제공되었다는 사실을 안다면 무척이나 괴로울 테지만, 그 경우에도 그는 그녀를 간직하기 위해서라면 100만 프랑이라도 기꺼이 내던졌으리라. 어떤 얘기를 듣는다 해도 그 얘기는 그가 이미 들어선 길로부터 그를 벗어나게 할 수는 없었으며 ── 인간의 힘을 넘어서는 것은 자신도 모르는 사이에 몇몇 위대한 자연법칙의 활동을 통해서만 일어나는 법이므로 ─ 또 거기서 그 얼굴도 이미 그가 지어낸 꿈을 통해서만 나타날 수 있었다. 가냘픈 얼굴의 부동성은, 마치 거대한 공기 압력이 양쪽에서 똑같이 주어질 경우 움직이지 않는 종이처럼, 그녀에게 이르는 두 무한대에 의해 결코 서로 만나는 일 없이(그녀가 이 둘을 분리했으므로) 균형을 이루는 듯 보였다.* 사실 로베르와 나는 동일한 신비의 관점에서 그녀를 보지 않았다.

이는 '라셸, 주님께서'가 내게 하찮은 존재로 보여서가 아니라, 인간의 상상력이, 사랑의 고통이 근거하는 환상이 내게는 너무도 위대해 보였기 때문이다. 로베르는 내가 감동했다는 걸 알아차렸다. 나는 앞에 있는 정원의 배나무와 벚나무 쪽으로 시선을 돌리면서 꽃의 아름다움에 감동한 것처럼 믿게 하려고 했다. 또 꽃의 아름다움에도 조금은 같은 방식으로 감동했다. 그 아름다움은 눈에는 보이지 않지만 마음속에서 느끼는 것을 내 곁에 가져다주었다. 정원에서 본 이런 나무들을 이국의 신으로 여기면서, 나는 마치 마들렌이(곧 그 축일이 다가오는) 어느 날 다른 정원에서 한 인간의 형체를 보고 "정원지기라고 믿었듯이"** 착각한 것은 아니었을까? 황금시대 추

---

* 이 문장은 라셸의 얼굴을 종이에, 두 공기 압력을 화자의 관점과 생루의 관점에 비유한 은유로서, 물리학에서 똑같은 공기 압력이 양쪽에서 주어지는 경우 종이가 움직이지 않는다는 사실에 근거하여, 화자의 관점과 생루의 관점이 무한대로 평행선을 그리고 있음을 말한다.

* 우리말로 마리아 막달레나로 알려진 이 성녀는 제자들보다 먼저 예수님의 부활을 목격했으며, 그 축일은 7월 22일이다. 프루스트는 러스킨의 『참깨와 백합』을 번역하면서 이 일화에(「요한복음」 20장 15절) 주목한 것으로 보인다.(마들렌

억의 수호자들이여, 현실이란 우리가 생각하는 것과는 달리 시의 찬란함도 순결함의 경이로운 광채도 다시 빛날 수 있으며, 또 우리가 그럴 가치가 있는 노력을 한다면 반드시 보상받을 수 있다는 약속의 보증인들이여, 멋지게 휘늘어진 그늘 아래서 낮잠이나 낚시질 또는 독서를 하도록 초대하는 커다란 하얀 꽃들이여, 그대들은 차라리 천사가 아니었을까? 나는 생루의 애인과 몇 마디 나누었다. 우리는 마을을 가로질렀다. 마을 집들은 음산했다. 그러나 가장 초라한 집들 옆, 마치 유황비에 탄 듯한 집들 옆에, 이 저주받은 마을에 하루 동안 걸음을 멈춘 한 신비로운 나그네가, 눈부신 천사가, 마을 위로 활짝 꽃핀 순결함의 그 찬란한 보호의 날개를 펼치며 서 있었다. 배나무였다. 생루가 내 앞으로 몇 발짝 나아왔다.

"너와 단둘이서만 기다릴 수 있었다면, 우리 둘이서만 식사를 하고 아주머니 댁에 갈 때까지 함께 있을 수 있었다면 더 좋았겠지. 그러나 나의 저 가련한 사람이 점심 식사 하는 걸 어찌나 큰 기쁨으로 여기는지, 또 내게도 얼마나 상냥하게 대하는지 차마 거절할 수 없었어. 게다가 그녀가 마음에 들 거야. 문학을 좋아하고, 감수성이 예민하거든. 또 그녀와 함께 식당에서 하는 식사는 언제나 즐거워. 그녀는 상쾌하고 소박하고 언제나 모든 것에 만족하거든."

그렇지만 바로 그날 아침 로베르는 아마도 단 한 번, 그의 사랑을 겹겹이 쌓으면서 만들어 가던 여인으로부터 잠시 벗

___

의 상징적 의미에 대해서는 『잃어버린 시간을 찾아서』 1권 86쪽 주석 참조.)

어나, 갑자기 그로부터 몇 걸음 떨어진 곳에서 그녀의 분신인 듯 보이는 또 다른 라셸, 하지만 그녀와는 완전히 다른, 단지 한 시시한 매춘부에 지나지 않는 그런 라셸을 목격했는지도 몰랐다. 아름다운 과수원을 떠나 파리로 돌아가는 기차를 타러 갔을 때, 역에서 우리로부터 몇 걸음 떨어져 걸어가던 라셸을, 그녀처럼 천박한 '창녀들'이 알아보았는데, 그들은 라셸이 혼자인 줄 알고 큰 소리로 불렀다. "라셸, 우리와 함께 타지 않을래. 뤼시엔과 제르멘도 기차에 있어, 아직 자리가 있는데. 같이 스케이트* 타러 가." 그들은 라셸에게 그들을 동반한 애인들, 즉 '칼리코'**들을 소개하려 했고, 그때 라셸이 약간 어색해하는 걸 보고는 호기심 어린 눈초리로 조금 멀리 살피다가 우릴 보더니 사과하면서 작별 인사를 했으며, 라셸은 조금은 당황하면서도 다정한 인사를 보냈다. 그들은 가짜 수달피 깃을 단 옷을 입은 가난하고 시시한 두 '창녀들'로, 생루가 처음 라셸을 만났을 때 모습과도 흡사했다. 생루는 그들을 알지 못하고 이름조차 몰랐지만, 그들이 자기 여자 친구와 매우 친한 사이임을 알자, 어쩌면 그가 꿈에도 생각해 본 적 없던 삶, 그와 함께 보내는 삶과는 아주 다른 1루이짜리 금화 하나로 여자를 살 수 있는 삶 속에(반면 그는 매년 라셸에게 10만 프랑 이상을 주고 있었다.) 그녀의 자리가 있으며 어쩌면 아직도 있는 게

---

* 원문에는 영어로 skating이라고 적혀 있다. 스케이트는 프랑스에서 1875년경에 유행하기 시작했다.
** 시트나 모자, 신상품을 파는 점원을 지칭하는 말로, 수염을 기르고 자세가 군인 같다 하여 무대에서 희화화되었다. 이 책에서는 앞으로 점원이라 칭한다.

아닌지 하는 생각이 들었다. 그는 그런 삶을 엿본 데 지나지 않았지만, 그 가운데에는 그가 알던 라셸과는 다른 라셸이, 저두 시시한 창녀와도 흡사한 라셸이, 20프랑짜리 라셸이 있었다. 요컨대 라셸이 한순간 이중화되었고, 그리하여 그는 자신의 라셸로부터 약간 떨어진 곳에서 한 보잘것없는 창녀인 실제 라셸을 보았다.(창녀 라셸이 그가 아는 라셸보다 더 현실적이라고 가정한다면.) 그때 로베르는 자신이 살고 있는 이 지옥 같은 삶으로부터, 해마다 라셸에게 10만 프랑을 마련하려고 부유한 여인과 결혼하거나 자기 이름을 팔거나 하면서 살아가야 하는 그런 삶의 전망에서 어쩌면 쉽게 벗어나, 얼마 되지 않는 돈으로 매춘부들의 사랑을 받는 저 점원들처럼 자기도 애인의 사랑을 받을 수 있을지 모른다고 생각했을 것이다. 그렇다면 어떻게? 그녀는 비난받을 일은 전혀 하지 않았다. 그녀에게 주는 돈을 줄인다면, 그녀는 전보다 상냥하게 굴지 않을 테고 그토록 그를 감동시켰던 말들을 하거나 편지에 써 보내지도 않을 것이다. 그는 지금껏 동료들에게 그녀가 얼마나 상냥하게 구는지를 돋보이게 하려고 그런 말들을 조금은 뽐내면서 인용했지만, 자신이 그녀를 가장 사치스러운 방법으로 부양하며, 또 그가 그녀에게 무엇을 주든 간에, 그것은 사진에 쓰는 헌사나 전보문 끝말처럼 가장 간략하고도 소중한 형태로 전환한 10만 프랑이라는 사실은 빼놓았다. 라셸이 어쩌다 보내는 상냥함에 대가를 지불한다는 사실을 그가 말하려 하지 않은 것이 그의 자존심이나 허영 때문이라고 생각한다면 틀렸다. 그렇지만 우리는 이런 단순한 성찰을 쾌락의 대가로 돈을 지불하는 모든 연인들이나 많은 남편들에게 엉뚱하게 적용하기 마련이다. 자신의 허영심을 만족시켜 주는 온갖 쾌락을 그는 유명한 이름이나 잘생긴 외모 덕분에 사교계에서 쉽게 무상으로 얻을 수 있었으며, 이와 반대로 라셸과의 관계는 오히려 그를 사교계와 단절시켜 인기 없는 남자로 만든다는 사실을 알 만큼 그는 충분히 명석한 사람이었다. 아니, 연인이 자신의 사랑을 드러내는 명백한 징표를 무상으로 받은 것처럼 보이려는 이 자존심은 단순한 사랑의 여파에 지나지 않으며, 자신이 사랑하는 여인으로부터 사랑받는다는 사실을 스스로에게나 타인에게 보여 주고 싶은 욕망일 뿐이다. 라셸은 두 창녀를 열차 칸에 올라타도록 내버려 두고 우리 쪽으로 다가왔다. 그러나 그 여자들의 가짜 수달피 깃과 점원들의 태 부린 모양 못지않게, 뤼시엔과 제르멘이라는 이름이 한순간 로베르 앞에 새로운 라셸을 존속시켰다. 한순간 그는 그녀가 미지의 친구들과 함께 보내는 피갈 광장에서의 삶과 더러운 밀회를, 유치한 쾌락이나 산책 또는 오락으로 보내는 오후를 상상했으며, 이런 파리의 클리시 대로로부터 쏟아지는 거리의 햇빛은 그가 애인과 함께 산책할 때의 밝은 태양과는 아주 다르게 보였는데,* 이렇듯 사랑과, 사랑과 하나를 이루는 고뇌에는 취기처럼 우리에게 사물을 다르게 보이게 하는 힘이 있었다. 마치 파리 한가운데 그가 알지 못하는 또 다른 파

---

* 피갈 광장은 몽마르트 언덕 아래, 파리 9구의 클리시 대로와 로슈슈아르 대로 사이에 위치한다. 파리의 유명한 환락가가 있는 곳이다.

리가 있는 게 아닌가 하는 생각이 들 정도였다. 그녀와의 관계가 마치 낯선 삶의 탐색인 듯 보였다. 왜냐하면 그와 함께 있을 때의 라셸이 조금은 그와 비슷하게 느껴진다 할지라도, 그녀가 그와 함께 보내는 삶은 그녀 실제 삶의 일부이며, 그가 주는 막대한 돈 때문에 그녀의 가장 소중한 삶, 그래서 그녀 친구들이 선망하는 삶의 일부이기도 하며, 어느 날인가 그녀가 꾸준히 돈을 모은 후에는 시골로 은퇴하거나 연극 무대에 진출하게 해 줄 그런 삶의 일부에 지나지 않았기 때문이다. 로베르는 그녀에게 뤼시엔과 제르멘이 누구인지, 또 만일 그녀가 그 여자들이 탄 열차 칸에 들어간다면 그 여자들이 그녀에게 뭐라고 말할지, 또 스케이트를 타는 즐거움을 맛본 후에는, 만일 로베르와 내가 그 자리에 없다면, 올림피아 선술집*으로 가서 어떻게 최고의 오락거리를 만끽할지를 묻고 싶었을 것이다. 지금까지 권태롭게만 느껴졌던 올림피아 선술집 부근이 한순간 그의 호기심과 고뇌를 유발했고, 어쩌면 만일 그녀가 로베르를 알지 못했다면 잠시 후에 나가 1루이를 벌었을지도 모르는 코마르탱 거리**에 비치는 그날의 봄 햇살이 아련한 향수마저 자아냈다. 하지만 그런 질문을 해 본들 무슨 소용이 있으랴? 그녀의 대답이 침묵이나 거짓, 아니면 뭔가 그에게는 너무나 고통스러운, 하지만 아무것도 설명해 주지 않을 그런 것임을 그도 아는데. 기차 승무원들이 문을 닫았고, 우린 재빨

* 올림피아 선술집은 1893년에 문을 연 버라이어티 쇼 전문 올림피아 극장과 마찬가지로, 파리 9구 카퓌신 대로에 위치한다.
** 코마르탱 거리는 올림피아 선술집에서 그리 멀지 않은 오페라좌 근처에 있다.

리 일등칸에 올라탔다. 라셸의 멋진 진주 목걸이가 로베르에게 그녀가 꽤 가치 있는 여인임을 다시 알려 주었고, 그래서 그는 이런 그녀를 애무하면서 지금까지 늘 해 오던 대로 자기 마음속에 들어오게 하여 ― 인상파 화가가 그린 피갈 광장에서 그녀를 본 그 짧은 순간을 제외하고는 ― 내재화된 그녀를 관조했다. 기차가 출발했다.

그녀가 "문학을 좋아한다."라는 말은 게다가 사실이었다. 생루가 술을 너무 마신다고 나무랄 때를 제외하고 그녀는 줄곧 책이나 아르누보, 톨스토이주의에 대해 말했다.

"아! 당신이 나하고 일 년만 산다면, 달라진 모습을 볼 수 있을 거예요. 난 물만 마시게 할 테니까. 그럼 당신 건강이 훨씬 좋아질 거예요."

"그렇게 하자고. 자, 떠납시다."

"하지만 알다시피, 난 할 일이 많아요.(그녀는 무대 예술을 아주 진지하게 생각했다.) 게다가 당신 가족이 뭐라고 하겠어요."

그리고 그녀는 내게 로베르의 가족을 비난하기 시작했는데, 내가 보기에도 아주 정당한 비난 같았고, 샴페인 조항에 관해서만은 라셸의 의견에 따르지 않던 생루도 이런 비난에는 전적으로 동의했다. 술 때문에 생루를 걱정해 오던 나는 애인의 긍정적인 영향을 느꼈으며, 가족에 대한 생각 따위는 잊어버리라고 충고할 준비도 되어 있었다. 내가 경솔하게도 드레퓌스 사건 얘기를 꺼내자 젊은 여인의 눈에는 눈물이 솟구쳐 올랐다.

"가련한 순교자예요." 하고 그녀는 눈물을 참으며 말했다.

"그들이 그를 거기서 죽일 거예요."

"진정해, 제제트.* 그는 돌아올 테고, 무죄 선고를 받을 거요. 그들이 잘못했다는 걸 인정할 거요."

"그렇게 되기 전에 그는 먼저 죽을 거예요! 그의 자식들이야 적어도 오점 없는 이름을 가질 테지만. 그 사람이 고통받을 걸 생각하면 정말 미칠 것만 같아요! 그런데 신앙심이 깊은 로베르의 어머니는 그 사람이 무죄여도 악마의 섬에 남아 있어야 한다고 했으니, 끔찍한 말 아닌가요?"

"그래요, 전적으로 사실이오. 어머니가 그렇게 말했소." 하고 로베르가 동의했다. "내 어머니니 뭐라고 반박할 순 없지만, 우리 어머니에겐 확실히 제제트와 같은 감수성은 없소."

사실 '그렇게도 정다운' 이 점심 식사는 늘 좋지 않게 끝났다. 왜냐하면 생루는 자기 애인과 함께 공공장소에 있을 때면, 언제나 그녀가 거기 있는 모든 남자들을 쳐다본다고 상상했으므로 이내 침울해졌고, 또 그녀는 그의 기분이 상한 걸 보고는 재미있어서인지, 아마 더 흔히는 그녀의 어리석은 자존심 때문인지, 그의 그런 말투에 상처를 입고 좀처럼 진정되는 표정을 지으려 하지 않았다. 그녀는 이런저런 남자로부터 눈을 떼지 않는 시늉을 했고, 게다가 이런 시늉은 단순히 장난으로만 끝나지 않았다. 사실 극장이나 카페에서 그들 옆자리에 앉은 신사나, 그들이 탄 합승 마차 마부가 유쾌한 듯 보이기만 해도, 질투심에 휩싸이는 생루는 그의 애인보다 먼저 그를 주

---

* 라셀의 애칭이다.

목했다. 그 즉시 그는 자신이 발베크에서 말했던 것처럼 그 마부에게서 단순히 재미로 여자를 타락하게 만들고 욕보이는 그런 파렴치한 인간을 보았고, 그래서 애인에게 마부로부터 시선을 돌리라고 애원했지만, 그렇게 함으로써 오히려 그 마부를 주목하게 만들었다. 그런데 때로 그녀는 로베르의 이런 의혹에서 뛰어난 안목을 발견했으므로, 그에게 시비 걸기를 멈추고 그의 마음을 진정시키고 나서, 혼자서 장 보러 간다고 허락을 받아 그동안 그 낯선 남자와 대화를 하거나 종종 만날 약속을 잡으면서 가끔은 자신의 바람기를 날려 보내기도 했다. 레스토랑에 들어서자마자 나는 로베르의 얼굴이 근심에 싸이는 걸 볼 수 있었다. 그 이유는 발베크에서 우리가 놓쳤던 사실로, 에메가 그의 평범한 동료 가운데서 자기도 모르게 소박한 빛으로 뭔가 소설적인 분위기 같은 것을 풍겨, 가벼운 머리칼과 그리스풍 코로부터 몇 해 동안 발산된 이런 분위기 덕분에, 다른 종업원 무리 가운데서도 뚜렷이 구별된다는 것을 로베르가 즉시 알아차렸기 때문이다. 종업원 대부분은 나이든 사람들로, 위선적인 사제나 신앙의 탈을 쓴 고해 신부, 또 과거의 희극 배우 같은 모습이 주를 이루는 그런 추한 얼굴의 전형을 제공했는데, 사실 희극 배우들의 설탕 덩어리 같은 이마는 그들이 시종이나 중요한 거물역을 맡았던 시절에 그려져, 지금은 한물간 어느 소극장의 소박한 역사 휴게실에 전시된 초상화 수집품에서만 드물게 찾아볼 수 있는 것이었다. 이 레스토랑은 선별적인 종업원 고용과 어쩌면 세습적인 임용 방식 덕분에, 그 엄숙한 전형을 뭔가 점쟁이 학교에서처럼 보존한 듯했다. 불행하게도 에메가 우리를 알아보고 직접 주문을 받으러 왔고, 그동안 오페레타에나 나올 법한 위대한 사제들의 행렬은 다른 식탁 쪽으로 몰려갔다. 에메는 내게 할머니 건강을 물었고, 나는 그의 부인과 자녀들 안부를 물었다. 그는 한 집안의 가장이었으므로 내 말에 감동하며 그들 소식을 전했다. 그는 총명하고 정력적이면서도 공손했다. 로베르의 애인은 묘한 호기심으로 그를 바라보기 시작했다. 그러나 가벼운 근시가 뭔가를 감춘 듯한 깊이를 주는 에메의 움푹 들어간 눈은, 그의 움직이지 않는 얼굴 한가운데서 어떤 느낌도 드러내지 않았다. 그가 발베크에 오기 전 여러 해 동안 일했던 시골 호텔에는 그의 얼굴을 그린 멋진 그림이, 지금은 약간 누렇게 변색됐지만, 항상 똑같은 자리에서 오랫동안 마치 외젠 대공*의 모습을 새겨 놓은 판화처럼 거의 언제나 텅 빈 식당 한 구석에 있었는데, 아마도 호기심에 찬 이들의 시선을 많이 끌지는 못했던 모양이다. 그렇게 해서 그는 오랫동안, 어쩌면 전문가를 만나지 못했던지 자기 얼굴의 예술적 가치를 모르고 지냈고, 더 나아가 냉정한 기질인 그는 그 가치를 남들이 주목하는 것도 별로 원치 않았다. 기껏해야 어느 지나가던 '파리지엔'이 그 도시에 한번 발길을 멈추고 그를 향해 눈길을 들어

* 여기서 말하는 외젠 대공(prince Eugène)은 나폴레옹 1세의 의붓아들이자 황후인 조제핀의 아들 외젠 드 보아르네(Eugène de Beauharnais, 1781~1824)를 가리키는 것으로(나중에 로이히텐베르크 공작의 작위를 물려받은) 프루스트는 자신이 번역한 러스킨의 『참깨와 백합』 서문에서 그에 대한 강한 매혹을 서술했다.

올려 기차를 타기 전 그녀 방으로 시중들러 오라고 해서, 착한 남편과 시골에서의 하인이라는 삶의 그 창백하고도 단조로운 깊은 공허 속으로 어느 누구도 결코 발견하지 못할 비밀, 내일이 없는 충동적 기분의 비밀을 파묻는 것이 전부였다. 그렇지만 에메는 젊은 여배우의 눈이 끈질기게 자기를 향한다는 사실을 틀림없이 알아차렸을 것이다. 어쨌든 이런 집요함은 로베르에게도 들키지 않을 수 없었고, 나는 로베르의 얼굴에서 그가 느닷없이 감동을 느꼈을 때 얼굴을 붉게 물들이던 그런 활기찬 홍조가 아니라, 뭔가 희미하고 조각난 홍조가 쌓이는 걸 보았다.

"저 식당 책임자에게 무척이나 관심이 있는 모양이지, 제제트!" 하고 그는 에메를 조금은 갑작스레 보내고 나서 애인에게 물었다. "그를 습작이라도 하려는 모양이지."

"또 시작이야. 이럴 줄 알았어!"

"뭐가 시작이라는 거야. 나는 아무 말도 하지 않았지만, 만일 내가 잘못했다면 그런 말을 들을 용의도 있다고. 하지만 적어도 내겐 발베크에서부터 아는 저 천박한 자에게 조심하라는 말을 할 권리가 있지 않나.(그렇지 않다면 상관도 하지 않았겠지만.) 저자는 이 세상에 태어난 불량배 중에서도 가장 나쁜 놈이라고."

그녀는 로베르에게 순종하려는 듯 나와 문학에 대해 대화를 나누기 시작했고, 로베르도 곧 대화에 끼어들었다. 그녀와의 대화는 별로 지루하지 않았는데, 그녀는 내가 좋아하는 작품들을 아주 잘 알았으며 의견도 거의 일치했다. 그러나 빌파리지 부인을 통해 그녀가 재능이 없다는 말을 들었던 터라 나는 그녀의 이런 문학적 소양에 그다지 중요성을 부여하지 않았다. 그녀는 많은 것들에 대해 매우 재치 있는 농담을 했고, 만약 그녀가 문인이나 화가 동아리의 언어를 짜증나는 투로 과장해서 쓰려고만 하지 않았다면 나도 꽤 재미있다고 생각했을 것이다. 게다가 그녀는 그들의 언어를 모든 것에 확대 적용했는데, 예를 들어 어느 인상파 그림이나 바그너풍 오페라에 대해서는 "아! 좋은데요."라고 말하는 습관을 보였다. 어느 날 한 젊은이가 그녀 귀에 입을 맞추고 나서 그녀의 전율하는 척하는 모습에 감동하고 아무것도 아니라며 겸손한 체하자, 그녀는 "그래요. 난 감각적으로 '좋다'고 느꼈는데요."라고 말했다. 그러나 특히 날 놀라게 한 것은, 로베르에게 고유한 표현들을(게다가 이런 표현들은 아마도 그녀가 아는 문인들로부터 생루에게 전해진 것이 틀림없었다.) 그녀는 그 앞에서 그는 그녀 앞에서 사용한다는 점이었는데, 마치 그것이 필수 언어인 양, 또 모든 이에게 속하는 표현이며 독창성이 없다는 점은 전혀 의식하지 못하는 듯했다.

그녀의 식사 손놀림이 얼마나 서툴렀던지 무대에서의 연기도 무척이나 서툴 것 같다는 인상을 주었다. 남자의 몸을 그토록 사랑하여 자기 몸과 그렇게 다른 몸에 커다란 기쁨을 주는 것이 무엇인지 단번에 이해하는 여인들의 그런 감동적인 선견지명으로 그녀는 사랑의 행위를 할 때만 능숙한 솜씨를 발휘했다.

연극이 화젯거리로 떠오르자 나는 대화에 끼지 않았다. 이 주제에 대해서는 라셀이 지나치게 심술궂게 굴었기 때문이다. 그녀는 생루의 비난에 맞서 라 베르마를 동정적인 어조로 변호하면서 — 이는 라셀이 생루 앞에서 종종 라 베르마를 공격한다는 증거였다. — 이렇게 말했다. "오! 아니에요, 그분은 매우 훌륭해요. 물론 그분 연기가 더 이상 우리를 감동시키지 않으며 우리가 추구하는 것에도 완전히 부응하지는 않지만, 그분이 활동했던 시대에 놓고 생각해야 해요. 우린 그분에게 많은 빚을 졌어요. 그분은 매우 훌륭한 작업을 했어요. 그리고 아주 정직한 여인이고 마음씨도 무척 착한 분이에요. 물론 오늘날 우리 관심을 끄는 것들은 좋아하지 않았지만, 과거에는 꽤 감동적인 얼굴로 뛰어난 정신의 장점을 지닌 여인이었다고 할 수 있어요."(손가락은 우리의 모든 미학적 판단에 똑같은 식으로 동반하지는 않는다. 그것이 만약 그림이라면, 물감을 섞어 두껍게 칠한 작품이 뛰어나다는 걸 보여 주기 위해서는 엄지손가락을 내미는 것만으로도 충분하다. 그런데 '뛰어난 정신의 장점'인 경우에는 더 까다롭다. 거기에는 마치 먼지를 떨쳐 버리기라도 하듯 손가락 두 개, 아니 손톱 두 개가 필요하다.) 그러나 생루의 애인은 — 이런 예외적인 경우를 제외하고는 — 많이 알려진 여배우들에 대해 조금은 냉소적이고 우월감에 찬 어조로 말했으며, 내 귀에는 그 어조가 거슬렸다. 그녀를 그 여배우들보다 열등하다고 — 이 점에서는 내가 잘못 생각했지만 — 여겼기 때문이다. 내가 자신을 시시한 여배우로 여기며, 반대로 자신이 경멸하는 배우들에 대해서는 많은 존경심을 품고 있다는 걸 그녀는 분명 알아차린 듯했다. 하지만 그녀는 기분 나빠하지 않았다. 왜냐하면 아직 인정받지 못한 위대한 재능에는, 그녀의 재능이 그렇듯, 비록 그 자체로서는 확실하다 할지라도 어떤 수치심이 들어 있는 법이며, 또 우리가 타인에게 요구하는 존경심은 우리의 숨겨진 재능에 비례하지 않고 우리가 현재 취득한 자리에 비례하기 때문이다.(한 시간 후 극장에서 나는 생루의 애인이 지금 그렇게 가혹한 평을 한 바로 그 배우들에게 지극한 경의를 표하는 모습을 보게 된다.) 이처럼 나의 침묵은 그녀의 마음속에 아주 작은 의혹을 남겨 놓았지만, 그래도 그녀는 여전히 우리가 저녁마다 함께 식사하기를 고집하면서 어느 누구와의 대화도 나와의 대화만큼 즐겁지 않았다고 말했다. 점심 식사후에 갈 예정인 극장에 아직 가 있지는 않았지만, 우리는 이미 극단 옛 배우들의 초상화가 걸려 있는 극장 '휴게실'에 있는 기분이 들 정도로, 식당 지배인들의 얼굴은 마치 팔레루아얄 극장의 그 모든 비범한 배우들의 세대와 더불어 사라진 듯한 얼굴을 하고 있었다. 그들은 또한 한림원 회원들과도 흡사했다. 그들 중 하나는 음식을 차린 테이블 앞에서 걸음을 멈추고, 마치 쥐시외*처럼 사심 없는 호기심과 얼굴로 식탁에 놓인 배를 살폈다. 다른 사람들은 그 옆에 서서, 마치 일찍 도착한 학사원 회원들이 남들에게 들리지 않는 목소리로 서로 몇 마디 말을 나누며 가끔 객석에 던지는 그런 호기심과 냉정함이 새겨진 눈길을 방 안에 던지고 있었다. 단골손님들에게는 익

---

* 앙투안로렌 드 쥐시외(Antoine-Laurent de Jussieu, 1748~1836). 프랑스의 식물학자로 식물 분류법을 구축했다.

숙한 얼굴들이었다. 그렇지만 주름진 코에 입술이 위선적인, 성직자처럼 보이는 신참이 나타나자 모두들 새로 임용된 이 사람을 관심 있게 바라보았다. 그러나 곧 어쩌면 로베르를 쫓아 버리고 에메와 단둘이 있으려 했는지, 라셸은 옆 테이블에서 친구와 함께 식사하는 젊은 증권 회사 직원에게 윙크하기 시작했다.

"제제트, 제발 저 젊은이 좀 그렇게 보지 마."라고 생루가 말했는데, 내 친구의 얼굴에는 조금 전에 망설이던 홍조가 핏빛 구름으로 농축되어 그 긴장한 얼굴을 부풀리고 어둡게 만들었다. "혹시 당신이 여기서 우릴 구경거리로 만들 생각이라면, 난 다른 데 가서 식사하고 극장에서 기다리는 편이 낫겠어."

이때 누군가가 와서 에메에게, 한 신사가 마차 문 앞으로 나와 달라는 부탁을 했다고 전했다. 자기 애인에게 전하는 사랑의 메시지일까 늘 불안해하며 걱정하던 생루는 유리창 너머로 쳐다보았고, 사륜마차 구석에서 검은 줄이 쳐진 하얀 장갑을 손에 끼고 윗저고리 단춧구멍에 꽃을 꽂은 샤를뤼스 씨의 모습을 보았다.

"저기 봐." 하고 그는 내게 낮은 소리로 말했다. "내 가족이 여기까지 날 쫓아왔어. 제발 부탁인데, 난 할 수 없지만, 넌 식당 지배인을 잘 아니까, 그가 틀림없이 우릴 팔아넘길 테니 제발 마차에 가지 말라고 해. 아니면 날 모르는 종업원을 보내든가. 난 아저씨를 잘 알아. 그들이 날 모른다고 하면 아저씨는 카페 안까지 들어와서 찾지는 않을 거야. 이런 장소를 무척 싫어하거든. 아저씨처럼 여자 뒤를 쫓아다니는 늙은이가 자신의 방탕한 생활은 집어치우지 않으면서 내게 끊임없이 설교를 하며 염탐하러 오다니 어쨌든 구역질 나는 일이야!"

내 지시에 따라 에메는 즉시 종업원 중 하나를 시켜 자기는 나갈 수 없으며, 만약 생루 후작에 대해 물어보면 그런 사람은 알지 못한다고 말하라고 했다. 마차는 금방 떠났다. 그러나 우리가 낮은 목소리로 소곤거리는 이야기를 잘 알아듣지 못한 생루의 애인은, 자기가 윙크를 했다고 로베르가 비난한 그 젊은이 이야기를 하는 줄 알고 욕설을 퍼부었다.

"아! 그래, 이제는 저 젊은이야? 미리 알려 주다니 참 잘했어. 아! 이런 상태에서 식사를 하면 즐겁기도 하겠네! 이 사람 말에는 신경 쓰지 마세요. 정신이 좀 나간 모양이니. 그리고 특히." 하고 그녀는 나를 돌아보며 덧붙였다. "질투하는 게 우아하고 대귀족답다고 여기는 모양이에요."

그러고는 자신이 흥분했다는 걸 발과 손으로 표현하기 시작했다.

"하지만 제제트, 화난 건 바로 나야. 너는 저 작자가 우릴 우습게 보게 만들었어. 저자는 틀림없이 네가 수작을 건다고 확신할걸. 내가 보기엔 아주 나쁜 녀석 같은데."

"난 반대로 아주 마음에 드는데. 우선 저 사람 눈은 매력적이고, 게다가 여자를 바라보는 눈길에서 여자를 얼마나 사랑하는지가 느껴져."

"당신 미쳤어. 적어도 내가 여기서 나갈 때까지만이라도 입 좀 다물지." 하고 로베르가 소리쳤다. "웨이터, 내 소지품을 가져다줘요."

나는 그의 뒤를 쫓아가야 할지 어째야 할지 알지 못했다.

"아니, 난 혼자 있고 싶어." 하고 그는 내게도 화가 난 듯, 방금 그의 애인에게 했던 어조로 말했다. 그의 분노는 마치 그의미나 성격이 오페라 대본에서는 완전히 다른 여러 대사들이 음악에 의해 동일한 감정으로 녹아든 듯 단 하나의 악절로 부르는 것처럼 들렸다. 로베르가 떠나자 로베르의 애인은 에메를 불러 여러 가지를 물었다. 그런 후에 그녀는 에메에 대한 내 생각을 알고 싶어 했다.

"저 사람 눈길 정말 재미있지 않나요? 이해하시겠어요? 저사람이 정말로 뭘 생각하는지 알고, 가끔씩 그의 시중을 받으며, 여행할 때 데리고 다닐 수 있다면 즐거울 것 같아요. 하지만 그뿐이에요. 자기 마음에 드는 사람을 모두 사랑해야 한다면, 사실 '꽤 끔찍할' 거예요. 로베르는 잘못 생각하고 있어요. 그런 건 다 내 머릿속에서만 이루어지는 건데, 로베르는 마음을 편하게 가져도 좋으련만." 그녀는 여전히 에메를 바라보았다. "저기 저 사람의 검은 눈동자를 좀 보세요. 전 그 뒤에 뭐가 있는지 알고 싶어요."

이내 그녀는 로베르가 점심 식사를 마치기 위해 레스토랑을 다시 통과하지 않고 다른 문을 통해 특별실에 들어갔으며 거기서 그녀를 기다린다는 전갈을 받았다. 난 혼자 남았고, 그러다 이번엔 로베르가 날 불러들였다. 로베르의 애인은 소파에 드러누워 그가 퍼붓는 입맞춤과 애무에 미소 짓고 있었다. 그들은 샴페인을 마셨다. 그녀는 그에게 "어머나, 자기!"라고 말했다. 최근에 배운 이 말을 그녀는 다정함과 재치를 표현하는 최신 유행어로 생각하는 듯했다. 나는 점심 식사를 잘 하지 못했고 기분도 좋지 않아서 식당에 오기 전에 만난 르그랑댕의 말이 이 문제에 별 영향을 미치지 않았음에도, 이 봄날 첫 오후를 레스토랑의 작은 방에서 시작하여 극장 무대 뒤에서 끝내리라고 생각하자 후회가 밀려들었다. 라셸은 늦지 않았는지 시계를 쳐다보며 내게 샴페인을 주고 그녀가 피우는 동양 담배 한 개비를 건넸으며, 또 자신의 코르사주에서 장미 한 송이도 빼내 주었다. 나는 혼자 중얼거렸다. "오늘 하루를 이렇게까지 후회할 필요는 없어. 젊은 여인 곁에서 보낸 이 시간들이 그렇게 헛되이 낭비된 것만은 아냐. 그녀에게서 비싼 값을 줘도 살 수 없는 멋진 것을, 장미 한 송이와 향기로운 담배 한 개비와 샴페인 한 잔을 받았잖아." 이렇게 말함으로써 내가 그 권태로운 시간에 미학적 성격을 부여하고 그 시간을 정당화하여 구제하려고 한다는 생각이 들었다. 어쩌면 권태를 달래 주는 이유를 필요로 한다는 사실 자체가 미학적인 것은 전혀 느끼지 못한다는 것을 증명하는지도 몰랐다. 로베르와 그의 애인은, 자신들이 몇 분 전에 싸웠다는 것도, 내가 그 자리에 있었다는 것도 전혀 기억하지 못하는 것 같았다. 그들은 그 일에 대해 어떤 암시도 변명도 하려 하지 않았으며, 지금의 태도와 대조를 보이는 점에 대해서도 변명하려 들지 않았다. 그들과 함께 샴페인을 마신 탓에 나는 리브벨에서 느꼈던 것과 같은 취기를, 아마도 완전히 똑같은 취기는 아니겠지만, 조금 느끼기 시작했다. 햇빛이나 여행이 주는 취기에서 시작하여 피로나 술이 주는 취기에 이르기까지 갖가지 취기가, 바다의 심연마냥 '수위'가 다른 갖가지 다른 도수의 취기들이, 바로 그것이 다다른 정확한 깊이에서 우리 마음속에 있는 어떤 특별한 종류의 인간을 드러나게 한다. 생루가 있는 방은 작았지만, 방을 장식하는 유일한 거울이 무한한 원경에 따라 30여 개의 다른 거울들을 반사하는 듯한 느낌이 들도록 놓여 있다. 그리고 저녁마다 거울 테두리 윗부분에 달린 전구에 불이 켜질 때면 그와 비슷한 전구 30여 개의 반사 행렬이 이어지면서, 홀로 술 마시는 고독한 자에게 취기로 흥분한 감각과 동시에 그의 주변 공간이 무한히 증식되는 느낌을, 홀로 비좁은 작은 방에 갇혔으면서도 그 무한하고도 빛나는 곡선 탓에 '파리 정원'*의 오솔길보다 더 멀리 뻗어 있는 뭔가를 지배하는 듯한 느낌을 주었다. 그런데 술을 마시던 내가 거울에서 이런 술꾼의 모습을 보려는 그 순간, 한 낯설고 추악한 자가 날 응시하는 걸 보았다. 도취의 기쁨은 혐오감보다 더 컸다. 쾌활함 때문인지 혹은 허세 때문인지 나는 그에게 미소를 지었고, 동시에 그자도 내게 미소를 지었다. 나는 감각적인 것이 그토록 강렬하게 느껴지는 순간의 그런 덧없는 강력한 세력 아래 있다고 느꼈으므로, 나의 유일한 슬픔 때문에 지금 막 거울에서 포착한 그 추악한 자아가 어쩌면 그의 마지막 숨을 거두고 있으며, 그리하여 내 평생 이 낯선 자를 다시 만나지 못할 거라고

---

* 1881년에서 1896년까지 파리 샹젤리제 근처에 위치하던 '파리 정원'에서는 야외 음악회가 개최되었다.

생각한 것은 아닌지 잘 알지 못한다.

로베르는 내가 그의 애인 눈에 좀 더 뛰어난 모습을 보이려고 하지 않은 것을 두고 화를 냈다.

"저기, 오늘 아침 속물근성과 천문학을 겸한 신사에 관해 했던 얘기를 저 사람에게도 해 줘. 난 기억이 잘 나지 않으니." 하고 그는 그녀를 곁눈으로 바라보며 말했다.

"하지만 친구, 지금 네가 방금 말한 것 외에는 달리 할 말이 없어."

"이 따분한 친구, 그러면 프랑수아즈가 샹젤리제에서 한 말을 하면 될 거 아냐. 저 사람이 좋아할 거야."

"오! 그래요, 보비*가 프랑수아즈 얘기를 무척 많이 했어요." 하고 그녀는 생루의 턱을 잡으면서 생각이 안 나서 그런지 턱을 빛 쪽으로 끌어당기며 "어머나, 자기!" 하고 되풀이했다.

내가 배우들을 더 이상 대사 발성과 연기 분야에서 예술적 진리의 유일한 수탁자로 믿지 않게 된 후부터, 배우들은 그 자체로 내 관심을 끌었다. 지금 내 앞에서 옛 희극 소설에 나오는 인물들이 연기하는 모습을 본다고 여기면서 나는 즐거워했는데, 이를테면 순진한 여자가 지금 막 객석에 들어온 젊은 귀족의 새 얼굴에 매료되어 주인공 역의 젊은 남자가 하는 사랑 고백을 건성으로 듣고 있으며, 한편 젊은 남자 배우 또한 긴 사랑의 대사를 읊조리면서도 가까운 칸막이 좌석에 앉은 어느 노부인의 경탄할 만한 진주 목걸이에 넋을 잃은 채 노부

---

* 로베르의 애칭이다.

인 쪽으로 연신 불타는 눈길을 던지고 있었다. 이처럼 특히 생루가 배우들의 사생활에 관한 정보를 준 덕분에, 나는 우리에게 말해지는 연극 아래 또 다른 무언의, 표현력이 풍부한 연극이 상연되는 모습을 보았고, 비록 그것이 시시한 연극이라고 해도 관심이 갔다. 왜냐하면 한 시간 동안 각광이 비추는 가운데 ─ 한 배우의 얼굴에 분칠과 마분지로 만들어진 또 다른 얼굴이, 그의 개별적 영혼에 그가 맡은 배역의 대사가 겹치면서 ─ 우리가 좋아하고 감탄하고 동정하고 극장을 떠난 후에도 다시 보고 싶은 극중 인물들의 덧없고도 생생하고 매력적인 성격들이 싹트면서 피어나는 모습을 보았기 때문이다. 그러나 이런 인물들은 일단 극장을 떠나면 이미 연극에서의 조건을 더 이상 갖지 못하는 평범한 배우로, 배우의 얼굴은 더 이상 보여 주지 않는 대본으로, 손수건으로 지울 수 있는 유색 분칠로 산산조각 나며, 한마디로 말해 연극이 끝나자마자 완성되는 해체 작업 탓에 성격적인 특징은 하나도 갖지 못한 채 그 구성 요소로 환원되고, 그리하여 이것은 사랑하는 이의 해체와 마찬가지로 우리에게 자아의 실재를 의심하고 죽음의 신비를 명상하게 한다.

공연 목록 중 하나가 특히 나를 힘들게 했다. 라셀과 그녀의 여러 친구가 싫어하는 한 젊은 여인이 처음으로 옛 샹송을 부르며 무대에 출연할 예정이었는데, 그녀는 거기에 자기 미래의 희망과 가족들의 희망을 모두 걸고 있었다. 그런데 그 여인은 엉덩이가 너무 불룩해서 우스꽝스럽게 보일 지경이었고, 목소리는 아름다웠지만 너무 가늘었으며, 게다가 감정의 동요로 여느 때보다 목소리가 훨씬 작게 나와 힘센 근육질 몸과 대조를 이루었다. 라셀은 객석에 여러 남녀 친구들을 매복시켜 놓았는데, 그들의 역할은 무대에 처음 오른 이 겁 많은 여인에게 야유를 퍼부어 그녀를 당황하게 하고 정신을 못 차리게 하여 완전히 실패하게 만듦으로써 나중에 극장 지배인과 계약을 체결하지 못하도록 하는 것이었다. 이 불쌍한 여인이 부르는 첫 곡조가 입 밖에 나오자마자, 그 때문에 고용된 몇몇 남자 관객이 웃음을 터뜨리면서 등을 돌리기 시작했고, 거기 공모한 몇몇 여인들도 더 큰 소리로 웃어 댔으며, 플루트 같은 고음이 나올 때마다 의도적으로 폭소가 더해지면서 큰 소동이 벌어졌다. 분칠한 얼굴 아래서 고통으로 땀 흘리던 그 가련한 여인은 한순간 거기 맞서 싸워 보려고 애쓰면서 주변 청중에게 비탄에 잠긴 격노한 시선을 던졌지만, 야유의 함성은 더 커져만 갔다. 모방 본능과 재치 있고 용감한 척 보이려는 욕망이 미리 그 사실을 통고받지 못한 아름다운 여배우들까지 한패로 만들어, 그들은 심술궂은 공모의 눈짓을 다른 사람들에게 던지면서 몸을 비틀고 격렬한 웃음을 터뜨렸으므로, 두 번째 노래가 끝날 무렵에는 아직 부를 곡이 다섯 곡이나 남아 있었는데도, 무대 감독이 막을 내리게 했다. 작은 할아버지가 우리 할머니를 놀리려고 할아버지에게 코냑을 마시게 할 때마다 할머니가 느꼈던 고통에 대해 그러했듯이,* 나는 이 사건에

---

* 콩브레에서 할머니를 놀린 사람은 고모할머니였는데 여기서는 작은할아버지로 바뀌고 있다.(『잃어버린 시간을 찾아서』 1권 31쪽 참조.)

대해서도 더 이상 생각하지 않으려고 애썼는데 사악함이라는 관념이 뭔가 너무 고통스럽게 느껴졌기 때문이다. 그렇지만 불행에 대한 동정심 역시, 우리 자신이 상상 속에서 고통을 지나치게 확대해서 생각하는 법이므로 불행한 사람에겐 그것과 맞서 싸우느라고 자신을 동정할 여유도 없다는 점에서 어쩌면 정확하지 않다고 할 수 있다. 이와 마찬가지로 사악함에도, 악인의 영혼 속에는 상상만 해도 우리를 아프게 하는 그런 순수하고도 관능적인 잔혹은 아마 없을 것이다. 증오가 악인을 자극하고 분노가 열정을 불어넣으면서, 악인은 스스로도 전혀 기쁨을 느끼지 못하는 행동을 한다. 그런 행동에서 기쁨을 느끼려면 사디즘이 필요하다. 악인은 자기가 괴롭히는 사람이 바로 악인이라고 생각한다. 라셀은 틀림없이 자기가 괴롭힌 여배우가 재능 있는 여자와는 거리가 멀며, 어쨌든 그 여배우를 야유하게 함으로써 자신의 좋은 취향을 보호하고 나쁜 동료에게는 교훈을 준다고 생각했을 것이다. 그럼에도 나는 이 사건에 대해 말하지 않기로 했다. 내게는 그것을 막을 용기나 힘이 없었고, 피해자의 좋은 점을 말하면서 이 신인 여배우의 가해자를 부추긴 감정을, 잔혹의 충족과 흡사하게 만드는 것이 너무 괴로웠기 때문이다.

그러나 이 공연의 시작은 내 눈에 또 다른 방식으로 흥미로웠다. 그것은 나로 하여금 생루가 라셀에 대해 어떤 환상의 희생물인지 그 환상의 속성을 부분적으로나마 깨닫게 해 주는 동시에, 이 환상은 그의 애인에 대한 우리 이미지들 사이에, 로베르와 내가 그날 아침 꽃핀 배나무 아래서 그녀를 만났을 때처럼 어떤 심연이 있음을 인식하게 해 주었다. 라셸은 어느 시시한 작품에서 단역을 맡고 있었다. 그런데 이렇게 무대에서 보니 그녀는 완연히 다른 여인이었다. 라셸의 얼굴은 멀리서 보면 — 반드시 객석과 무대 사이 거리가 아닌, 세상 자체도 이런 점에서 보면 하나의 커다란 무대에 지나지 않지만 — 윤곽이 뚜렷했지만 가까이서 보면 먼지처럼 부서졌다. 그녀 곁에 있으면 주근깨 혹은 작은 여드름의 성운이나 은하수만 보일 뿐 다른 것은 아무것도 보이지 않았다. 적당한 거리에서 보면 이 모든 게 눈에 띄지 않았고, 지워지고 흡수된 두 뺨으로부터는 초승달처럼 아주 섬세하고 순수한 코가 떠올랐으며, 그리하여 우리는 라셸의 주의를 끌고 싶고 보고 싶으면 언제라도 다시 보고 싶고, 그녀를 우리 곁에 소유하고 싶다는 생각을 하게 되는데, 만약 다른 식으로 아주 가까이에서 그녀를 보았다면 그런 생각은 결코 들지 않았을 것이다! 내 경우는 아니었지만 무대에서 그녀가 연기하는 모습을 처음 보았을 때 생루가 그러했다. 그때 그는 어떻게 하면 그녀에게 접근해서 소개받을 수 있을지 물어보았고, 그러자 어떤 마술적인 세계가 — 그녀가 살고 있는 세계가 — 그의 마음속에서 열리면서 그로부터 감미로운 빛이 뿜어 나왔으며, 그러나 그 안으로 결코 들어갈 수는 없었다. 그는 극장을 나오면서 그녀에게 편지를 쓰는 일이 미친 짓이며, 그녀가 답장도 하지 않을 거라고 중얼거렸지만, 그는 이미 우리가 잘 아는 현실에 비해 너무도 탁월한 세계, 욕망과 꿈으로 치장된 세계에 사는 이를 위해서라면 자기 전 재산과 이름을 내던질 준비가 되어 있었다. 그

때 마침 무대 장치처럼 보이는 작고 오래된 건물인 극장 배우 전용 출구에서 조금 전 무대에서 연기했던 한 무리 여배우가 귀여운 모자를 쓰고 즐겁게 쏟아져 나오는 모습이 보였다. 거기에는 여배우들을 잘 아는 젊은이들이 기다리고 있었다. 인간이라는 체스 게임에는 졸의 수가 조합할 수 있는 수보다 부족하므로, 우리가 알 만한 사람이 없는 극장에서 다시는 결코 만나리라고는 생각하지 못했던 사람을 만나면, 그런 우연이 마치 신의 섭리처럼 생각된다. 그렇지만 우리가 그 장소가 아닌 다른 장소에 있었다 해도, 대신 다른 우연이 나타나 다른 욕망이 생길 수 있으며 그 욕망의 실현을 도와주는 다른 옛 친지들을 만나기 마련이다. 생루가 극장에서 나오는 라셀의 모습을 보기 전에 꿈의 세계를 여는 황금 문이 그녀 위로 닫히면서, 주근깨와 여드름 자국은 전혀 중요하지 않게 되었다. 그렇지만 그가 더 이상 혼자 있지 않고, 특히 극장에서 느꼈던 그 몽상하는 힘도 사라지자 그 주근깨나 여드름이 역겹게 느껴졌다. 그러나 그녀는, 지금은 비록 생루가 그녀를 볼 수 없었지만, 마치 우리 눈에 보이지 않는 동안에도 그 인력으로 계속 우리를 지배하는 별자리마냥, 계속해서 그의 행동을 지배했다. 그리하여 로베르의 추억에도 남아 있지 않은, 이목구비가 섬세한 배우에 대한 욕망 때문에 그는 우연히 거기 있던 옛 친구에게 달려가 그 특징 없는 주근깨투성이 여인을 소개해 달라고 부탁했다. 이 두 사람이 같은 인물이며 그들 중 어느 쪽이 진짜인지는 나중에 알게 될 거라고 생각했기 때문이다. 그녀는 바빴고 그 당시에는 생루에게 말도 건네지 않았지만, 며칠

이 지난 후 그는 마침내 동료들과 헤어진 그녀와 함께 돌아가도 좋다는 허락을 받았다. 그는 이미 그녀를 사랑했다. 꿈을 꾸고 싶은 욕구가, 우리가 꿈꾸어 온 여인을 통해 행복해지고 싶다는 욕망이, 며칠 전만 해도 극장 무대의 우연하고도 낯설며 무관심한 출현에 지나지 않았던 여인에게 그의 행복의 모든 가능성을 맡기는 데는 많은 시간이 필요하지 않다는 것을 말해 준다.

막이 내리자 우리는 무대로 갔다. 무대에서 돌아다니는 게 겁이 난 나는 생루에게 활기차게 말하려 했다. 그렇게 하면 새로운 장소에서 어떻게 해야 할지 모르는 내가 대화에 완전히 정신이 팔릴 테고, 사람들은 내가 대화에 지나치게 몰두해서 방심한 거라고 여겨 그런 장소에서 지을 표정을 짓지 않아도 당연하다고 생각할 테니까. 난 말하는 데 온통 정신이 팔려 내가 어디 있는지조차도 거의 잊을 정도였다. 그래서 빨리 해치우려고 머리에 떠오르는 첫 번째 화제를 포착했다.

"그런데." 하고 나는 로베르에게 말했다. "출발하던 날, 너에게 작별 인사 하러 갔었어. 이런 말을 할 기회가 없었지만 길에서 인사했지."

"그 이야긴 하지 마." 하고 그가 말했다. "미안해. 병영 아주 가까이서 만난 데다, 이미 내가 상당히 늦었던 터라 멈출 수가 없었어. 정말 미안하게 생각해."

그러니까 그가 날 알아보았던 것이다! 군모를 손으로 들어 올리면서 나를 알아본다는 눈길도 주지 않고, 마차를 멈출 수 없어 미안하다는 몸짓도 하지 않은 채 그가 내게 보낸 지극히 평범한 인사를 나는 다시 한 번 떠올렸다. 물론 그가 그 순간에 택한, 나를 알아보지 못한 척하는 거짓 꾸밈은 많은 일을 용이하게 해 주었으리라. 그러나 나를 본 느낌을 드러내기도 전에 반사 작용으로 그토록 빨리 그런 태도를 취할 수 있다는 사실이 그저 놀라울 뿐이었다. 나는 이미 발베크에서 투명한 피부가 몇몇 감정의 갑작스러운 쏠림을 환히 드러내는 그의 순진하고도 솔직한 얼굴에 비해, 그의 몸은 교육으로 일련의 예의범절에 적합한 자세를 꾸며 내도록 훈련되어 있어, 마치 완벽한 연극배우마냥 군대 생활이나 사교계 생활에서 그때마다 각기 다른 역할을 연출할 수 있다는 점에 주목했었다. 그런 역할 중 하나로 그는 나에 대해서도 마치 형인 양 행동했다. 그는 내 형이었고, 지금 또다시 형이 되었다. 그러나 한순간 그는 나를 알지 못하는, 또 고삐를 쥐고 눈에 외알 안경을 쓰고 시선도 미소도 주지 않은 채 군대식 경례를 예의 바르게 하기 위해 군모 챙을 손으로 들어 올린 다른 인물이었다!

무대 장치는 내가 지나갈 때까지도 그대로 남아 있었는데, 위대한 화가가 조명과 원근을 계산해서 설치한 무대 장치를 가까이에서 그런 효과가 제거된 채로 보니 무척 초라하게 느껴졌고, 라셀도 내가 옆에 다가가자 파괴적인 힘의 영향을 받지 않을 수 없었다. 그녀의 매력적인 콧방울은 객석과 무대 사이 원근에서만 매력적인 무대 장치의 부조(浮彫)로 남아 있던 것이다. 그녀는 더 이상 같은 사람이 아니었다. 나는 그녀의 자아가 도피한 눈을 통해서만 겨우 그녀를 알아볼 수 있다. 조금 전까지만 해도 그토록 빛나던 이 젊은 스타의 형체와 광채는 사라지고 없었다. 우리가 달을 가까이서 보면 더 이상 장밋빛이나 금빛으로 보이지 않듯이, 조금 전까지만 해도 그토록 조화로웠던 얼굴에서는 돌기나 얼룩, 구멍만 식별되었다. 여성의 얼굴뿐 아니라 거기 그려진 그림도 가까이서 보면 변하는 이런 무대의 비일관적인 양상에도, 난 무대에 있는 것이, 무대 장치 사이를 걸어 다닐 수 있는 것이 그저 행복했는데, 자연을 사랑하는 내 눈에는 권태롭고 인위적으로 보이던 이 모든 무대 장치에 『빌헬름. 마이스터』*에서 읽은 괴테의 묘사가 어떤 아름다움을 부여했기 때문이다. 신문 기자나 여배우의 친구인 사교계 인사들이 시내에서처럼 인사하고 담소하고 담배 피우는 가운데 챙 없는 검정 벨벳 모자를 쓰고 수국 빛깔 스커트를 입고 와토** 화집에 나오는 시종마냥 붉게 뺨을 칠한 한 젊은이를 보고 나는 이미 매혹되었다. 입술에 미소를 머금고 시선을 위로 하고 손바닥을 우아하게 놀리면서 자신의 황홀한 꿈을 미치광이처럼 좇는 모습이, 재킷과 프록코트 차림인 지각 있는 사람들 사이를 가볍게 튀어 오르며 그들 삶의 관심사와는 무관하고 문명의 관습보다 더 오래되고 자연 법칙에서도 해방된 꿈을 좇는 모습이, 그들과는 완전히 다른 인종으로 보였다. 그리하여 분장을 한 날개 달린 젊은이가 현수막 사이로 다채롭게 뛰놀며 그리는 자연스러운 아라베스

---

* 괴테는 『빌헬름 마이스터』의 앞부분에서 배우의 삶이나 무대 장치, 무대 뒤에서 일어나는 것에 대한 묘사를 통해 연극에 대한 열정을 토로했다.(『게르망트』, 폴리오, 682쪽 참조.)
** 와토에 대해서는 『잃어버린 시간을 찾아서』 1권 294쪽 주석 참조.

크 무늬를 눈으로 따라가는 일은, 마치 군중 속에서 길을 잃은 나비를 지켜보는 것만큼이나 안온하고 상쾌했다. 그러나 같은 순간 생루는 이제 곧 막간 여흥의 춤추는 인물로 등장하기 위해 총연습을 하는 이 무용수를 자기 애인이 주목한다고 생각하고는 얼굴이 어두워졌다.

"다른 쪽을 보는 게 어때." 하고 그는 애인에게 어두운 표정으로 말했다. "알겠지만, 저런 무용수들은 올라가기만 하면 이내 허리를 다치는 밧줄만큼도 가치가 없어. 게다가 나중에는 틀림없이 당신이 자기들을 주목했다고 자랑하러 다닐 작자들이야. 분장실에 가서 옷을 갈아입으라는 소리도 들었을 텐데. 그러다간 또 늦겠어."

신사 셋이 — 신문 기자 셋이 — 생루의 분노한 모습이 재미있는지 우리가 말하는 걸 들으려고 다가왔다. 또 다른 쪽에서는 무대 장치를 설치하는 중이었으므로 우린 그들과 아주 가까이 붙어 있었다.

"오! 난 저 사람 알아요, 내 친구예요." 하고 생루의 애인이 무용수를 바라보면서 외쳤다. "얼마나 잘생겼어요. 작은 손 좀 봐요. 저 인간의 전부인 듯 손이 춤추는 걸 좀 봐요."

무용수가 그녀 쪽으로 고개를 돌리자 그의 인간적인 형체가, 그가 표현하고자 연습하는 실프*의 모습으로 니타났다. 가느다란 잿빛 젤리 눈동자가 파르르 떨리면서 빳빳이 칠한 속

---

* 16세기 연금술사인 파라셀수스가 그의 『요정의 책』에 서술한 정령 중 하나로 공기의 정령이다.

눈썹 사이로 반짝거렸고, 입가 양쪽에 나타난 미소는 붉은 파스텔을 칠한 뺨까지 확대되었다. 그는 마치 우리 환심을 사기 위해 우리가 좋아한다고 말한 곡조를 흥얼거리는 여자 가수마냥, 젊은 여인을 즐겁게 하려고 손바닥 동작을 다시 시작하면서 모방자의 섬세함과 어린애같이 유쾌한 기분으로 자신의 몸짓을 스스로 흉내 냈다.

"오! 정말로 친절해요. 자기 몸짓을 따라 하다니." 하고 그녀는 손을 치며 외쳤다.

"제발, 내 사랑." 하고 생루가 비통한 어조로 말했다. "그렇게 자신을 구경거리로 만들지 마. 당신은 날 죽이고 있어, 한마디만 더 하면 맹세코 분장실까지 데려다주지 않고 그냥 가 버릴 거야. 그렇게 악의적으로 굴지 마."

"그렇게 여송연 연기 속에 서 있지 마. 네 몸에 해로울 거야." 하고 그는 내 쪽으로 돌아서면서 발베크 이래 그가 내게 보여 준 보살핌으로 덧붙여 말했다.

"오! 간다니, 정말 잘됐네."

"미리 말하지만 다시는 네 곁에 돌아오지 않을 거야."

"오지 않는다면 더 이상 바랄 게 없지."

"알다시피, 난 네가 상냥하게 굴면 목걸이를 사 준다고 약속했는데, 이런 태도로 나온다면……."

"아! 당신이 하는 짓으로 보아 놀랄 일도 아니야. 약속은 했지만 지키지 않을 거라고 생각해야 했어. 돈 좀 있다고 떠들어 대고 싶은 모양인데, 나 당신처럼 타산적이지 않아. 당신 목걸이 따위에는 관심도 없어. 또 목걸이를 사 줄 사람도 있고."

"어느 누구도 그 목걸이를 네게 줄 수는 없을걸. 내가 이미 부슈롱에 예약해 놓았으니까. 내게만 판다고 약속했거든."

"아, 그래. 날 협박하려고 모든 걸 대비했군. 바로 이게 마르상트(Marsantes), 다시 말해 마테르 세미타(Mater Semita)라고 하는 거란 말이지. 종족의 냄새가 풍겨." 하고 라셸은 조잡하고 잘못된 해석에 기초한 어원학에 따라 반복했다. 왜냐하면 '세미타'란 말은 오솔길을 뜻하는 '상트(sente)'이지, 유대인을 뜻하는 '세미트(sémite)'는 아니기 때문이다.* 그런데도 민족주의자들은 드레퓌스를 지지하는 생루의 의견 때문에, 실은 그가 그 여배우에게 빚진 의견 때문에 그를 이렇게 불렀다.(사회 인류학자들이 레비미르푸아** 가문과의 친척 관계를 제외하고는 어떤 유대인 흔적도 찾아내지 못했다고 단언한 마르상트 부인을 유대인으로 간주하는 사람들보다 그녀가 더 틀렸다고 할 수 있었다.) "물론 이게 끝은 아니야. 확실해. 이런 조건에서 한 약속은 어떤 가치도 없으니까. 당신은 내게 배신자처럼 행동했어. 부슈롱도 이 사실을 곧 알 테고. 나한텐, 두 배로 주고 그 목걸이를 살 사람도 있어. 곧 내 소식을 듣게 될 거야. 걱정하지 마."

---

* 마르상트의 어원인 '마테르 세미타(Mater Semita)'가 '유대인 어머니'란 뜻이 아니라, Mère-Sente, 즉 '원조 오솔길'이란 뜻임을 말하고 있다.
** Lévis-Mirepoix라고 표기되는 이 가문은 야곱의 셋째 아들로 이스라엘의 제사장을 맡은 레위 가문의 조상인 Lévy와는 아무 관계가 없다. 미르푸아(Mirepoix) 가문의 조상인 레비(Lévis)는 이런 유대인 부족과는 무관하게, 12세기 이후 알려진 슈브뢰즈 근처 레비생농(Lévis-Saint-Nom)이란 마을에서 유래한다고 지적된다.(『게르망트』, 폴리오, 692쪽 참조.)

로베르 쪽이 백배나 옳았다. 그러나 상황이 아주 복잡하게 뒤얽혀 백번이나 옳았던 사람도 한 번은 실수를 하는 법이다. 또 나는 그가 발베크에서 한 적 있는 그 불쾌한 말, 그러나 아무런 저의 없었던 순진한 말, "이렇게 하면 그녀를 지배할 수 있어."란 말을 떠올리지 않을 수 없었다.

"내가 목걸이에 대해 한 말은 네가 잘못 이해한 거야. 정식으로 약속한건 아니잖아. 네 곁을 떠나도록 온갖 짓을 다 하는데, 목걸이를 주지 않는 건 당연한 일 아냐? 거기 무슨 배신이 있으며 욕심이 있다는 건지, 난 도통 이해할 수 없어. 또 내가 돈이 있다고 떠들어 댄다고도 말할 수 없을걸. 난 늘 한 푼도 없는 가난뱅이라고 당신에게 말해 왔어. 그걸 그런 뜻으로 받아들인다면 당신이 틀린 거야. 그리고 내게 무슨 욕심이 있겠어. 알다시피 내 유일한 욕심은 당신인데."

"그래, 그래. 계속 떠들라고." 하고 그녀는 이발사가 면도날을 휘두르는 것과 같은 몸짓을 하며 냉소적으로 말한 후 무용수를 향해 돌아섰다.

그러고는 "저 친구 손놀림이 너무 멋져. 여자인 나도 저렇게는 못해."라고 말했다. 그녀는 무용수 쪽으로 몸을 돌리고는 로베르의 부들부들 떠는 얼굴을 가리키며 "좀 봐요. 괴로워한답니다." 하고 그에 대한 그녀의 진짜 애정과는 무관한, 한순간 사디즘적인 잔혹함의 충동에 빠진 듯 낮은 소리로 중얼거렸다.

"마지막으로 내 말 잘 들어요. 맹세하지만 당신이 뭘 해도 소용없어요. 일주일 후면 세상의 모든 후회를 혼자 도맡아서

하게 될 테니. 난 돌아가지 않아요. 더 이상은 못 참겠어. 조심해요. 이제는 돌이킬 수 없다는 걸. 언젠가는 후회할 테지만 그때는 이미 늦을 거예요."

어쩌면 생루의 말은 진심이었고, 어떤 조건에서는 애인과 헤어지는 아픔이 그녀 곁에 있는 것보다 덜 잔인하게 보였을 것이다.

"하지만 친구." 하고 그가 내게 말을 걸며 덧붙였다. "여기 있지 마. 기침할 거야."

나는 내 움직임을 방해하는 무대 장치를 가리켰다. 그는 가볍게 모자를 만지며 신문 기자에게 말했다.

"미안하지만 여송연을 좀 던져 주시겠어요. 내 친구에게 연기가 해로워서요."

그의 애인은 그를 기다리지 않고 분장실로 곧바로 가다 뒤돌아보면서 "저런 작은 손으로 여자들하고도 그런 짓을 하겠죠?" 하고 일부러 운율을 맞춘 듯한 순진한 목소리로 무대 구석에 있는 무용수에게 말했다. "당신 자신이 여자처럼 보이는데, 당신과 내 여자 친구 중 하나와 내가 함께라면 우린 아주잘 어울릴 거예요."

"내가 아는 한 담배 피우지 말라는 말은 없소. 그리고 몸이 아프면 집에 있으면 되잖소." 하고 신문 기자가 말했다.

무용수는 여배우에게 신비스러운 미소를 지었다.

"오! 입 다물어요. 당신은 날 미치게 해요." 하고 그녀는 무용수에게 외쳤다. "그걸로 함께 놀아 보자고요!"

"어쨌든, 친절하지 않으시군요." 하고 생루는 여전히 예의 바른 부드러운 어조로, 이미 끝난 사건을 회고하듯 판결하는 누군가가 확인하는 표정을 지으며 말했다.

그 순간 나는 생루가 마치 내가 보지 못한 누군가에게 신호를 보낸다는 듯, 혹은 오케스트라 지휘자인 양, 팔을 똑바로 머리 위로 들어 올리는 모습을 보았는데, 실제로 ─ 교향곡이나 발레곡 연주에서 단 한 번 활의 움직임으로 우아한 안단테의 뒤를 이어 격렬한 리듬이 나타날 때처럼 더 이상 중간 과정도 없이 ─ 그 예의 바른 말이 끝나자마자 그의 손은 곧바로 신문 기자의 뺨을 요란하게 때렸다.

이제는 외교관의 조화로운 대화와 미소 짓는 평화의 기술에 이어 공격이 공격을 부르는 맹렬한 전쟁의 기운이 돌았으므로, 나는 서로가 상대편 피에 젖은 모습을 보아도 별로 놀라지 않았을 것이다. 그러나 나는 생루가 어떻게 그처럼 다정한 분위기를 풍기는 말을 한 후에 그런 말에서는 전혀 나올 수 없으며 전혀 예고도 되지 않은 몸짓을, 인권을 무시할 뿐만 아니라 인과관계의 원칙마저 무시하는 즉흥적인 분노의 발작에서 우러난 그 팔을 쳐드는, 다시 말해 '무로부터(ex nihilo)' 창조된 몸짓을 했는지 전혀 이해할 수 없었다.(단순히 국경을 조정하는 문제밖에 없는데도 두 나라 사이에 전쟁이 일어나거나, 또는 간 비대*만이 문젠데도 환자가 사망하는 일이 생기면 사람들이 반칙이라고 생각하는 것처럼.) 다행히도 신문 기자는 그 세찬 따귀에 비틀거리고 얼굴이 창백해지면서 잠시 망설였지만 반격하지

─────────────

* 염증으로 간이 정상보다 커지는 병을 말한다.

는 않았다. 그의 친구들로 말하자면, 한 친구는 곧바로 얼굴을 돌리고 무대 뒤쪽을 바라보면서 분명 거기 없는 누군가를 주의 깊게 바라보는 척했고, 두 번째는 먼지가 눈에 들어가 아픈 척 얼굴을 찡그리며 눈꺼풀을 감기 시작했으며, 세 번째는 "저런, 막이 오르려고 하는군. 자리에 돌아가지 못하겠는걸." 하고 외치면서 달려갔다.

나는 생루에게 뭔가 말을 하고 싶었지만, 무용수에 대한 분노가 얼마나 가득했던지, 눈동자 표면에도 분노가 들러붙어 있었다. 마치 분노가 내부 뼈대에 붙어 있어 그의 뺨을 당기는 듯, 마음속에서 느끼는 동요가 밖에서는 완전한 부동의 모습으로 나타났고, 내가 말을 해도 그에 대답하는 데 필요한 '연기를' 할 여유조차 없었다. 신문 기자의 친구들은 모든 것이 끝난 걸 보고도 여전히 불안에 떨면서 친구 곁으로 돌아갔다. 하지만 친구를 버렸다는 사실에 수치심을 느낀 그들은 자신들이 전적으로 아무것도 눈치채지 못했음을 친구가 믿어 주기를 바랐다. 그렇게 해서 그들 중 하나는 눈에 먼지가 들어갔다고 했고, 다른 하나는 막이 오른다며 틀린 경고를 했고, 세 번째는 금방 지나간 사람이 자기 형과 기가 막히게 닮았다는 말을 늘어놓았다. 그들은 자신들이 느끼는 다양한 감정을 친구가 공유하지 못하자 조금은 불쾌해하는 표정까지 지어 보였다.

"뭐라고, 놀라지 않았다고? 눈이 잘 보이지 않는 모양이지?"

"다시 말해 너희 모두가 겁쟁이였단 말이지." 하고 뺨을 맞은 기자가 투덜댔다.

그들이 채택한 가짜 연극을 위해서는, 친구가 뭐라고 말하는지 알아듣지 못하겠다는 시늉을 해야 하는데도 ── 그들은 그 점을 미처 생각하지 못했다. ── 모순되게도 이런 상황에서 흔히 쓰는 구절을 발설하는 것이었다. "넌 지나치게 흥분했어. 화내지 마. 화가 나서 미쳐 날뛴다고 하겠어!"

나는 그날 아침 꽃핀 배나무 앞에서 '라셸, 주님께서'에 대한 생루의 사랑이 어떤 환상에 근거한다는 것을 깨달았다. 그런데 이에 못지않게 그 사랑에서 생긴 고뇌가 반대로 얼마나 현실적인지도 알게 되었다. 한 시간 전부터 그가 느끼는 고뇌가 조금씩 끊임없이 수축하면서 그의 마음속으로 들어갔고, 그리하여 뭔가 접근 가능한 유연한 지대가 그의 눈에 나타났다. 생루와 나는 극장에서 나와 우선 잠시 걸었다. 지난날 질베르트가 오는 모습을 자주 보았던 가브리엘 대로 모퉁이에서 나는 한순간 걸음을 늦추었다. 잠시 그 오랜 인상을 떠올리다가 '뛰어서' 생루를 쫓아갔을 때, 한 남루한 차림의 신사가 생루에게 말을 걸려고 다가가는 모습이 보였다. 나는 그 남자를 로베르의 개인적인 친구이겠거니 하고 판단했다. 그동안 그들은 서로 더 가까이 다가가는 것 같았다. 갑자기 하늘에서 뭔가 천체 현상이 발생하듯, 달걀 모양 여러 물체가 현기증이 날 만큼 빠른 속도로 생루 앞에 불안정한 성좌를 구성하는 데 필요한 모든 위치에 가닿는 모습이 보였다. 투석기 같은 것으로 내던져진 듯 보이는 물체는 적어도 그 수가 일곱 개는 되는 듯했다. 그렇지만 그것은 생루의 두 주먹이 이상적이고 장식적으로 보이는 전체 속에서 이동하는 속도에 따라 많아 보였을 뿐이다. 그 불꽃 조각은 단지 생루가 따귀를 때린 데 지나지 않았고, 미학적이라기보다는 공격적인 그 불꽃 조각은, 옷차림이 초라한 남자가 침착함을 잃고 동시에 턱이 빠지면서 피 흘리는 모습으로 먼저 내게 나타났다. 그 남자는 무슨 일이냐고 물어보려고 다가오는 사람들에게 거짓 설명을 하며 얼굴을 돌렸고, 생루가 내 옆에 오려고 멀어지는 모습을 원망과 낙담하는 표정으로 바라보았지만 분노한 기색은 전혀 찾아볼수 없었다. 생루는 이와 반대로 따귀를 맞지 않았는데도 분노로 가득했고, 내 곁에 왔을 때도 여전히 노여움으로 눈이 번득였다. 이 사건은 내 추측과는 달리 극장에서의 따귀 사건과 아무 관계가 없었다. 미남인 군인 생루를 보고 한 열정적인 산책자가 수작을 걸었던 것이다. 내 친구는 그런 모험을 감행하려고 밤의 어둠조차 기다리지 않은 '불량배'의 대담함에 무척이나 놀랐고, 대낮 파리 중심가에서 행해지는 무장 강도를 신문이 보도할 때와 똑같이 분노하면서 그가 받은 제안에 관해 얘기했다. 그렇지만 뺨을 맞은 신사도 아름다움 자체만으로도 이미 동의한 듯 보이는 그런 편향된 취향으로 자신의 욕망을 재빨리 쾌락으로 몰고 갔다는 점에서는 용서받을 만했다. 그런데 생루가 미남이라는 사실에는 논란의 여지가 없었다. 그가 방금 한 주먹질은 조금 전에 그에게 가까이 다가간 자와 같은 인간들에게는 그들의 행동을 진지하게 반성할 기회를 준다는 점에서는 효력이 있지만, 그들 스스로가 버릇을 고쳐 법의 처벌을 면할 정도로 그 효력은 그리 오래가지 않는 법이다. 따라서 생루는 별 생각 없이 주먹질을 했지만, 그런 구타는 비록 법을 강화하는 데는 도움이 될지 모르지만 풍속을 동질화하는 데는 이르지 못한다.

이런 사건과 아마도 그의 마음을 짓누르는 일 때문인지 로베르는 잠시 혼자 있고 싶어 하는 것 같았다. 그는 잠시 헤어져 있자고, 나 혼자 빌파리지 부인 댁에 가 달라고 부탁했다. 그곳에서 나와 다시 만나겠지만, 이미 우리가 함께 오후 한나절을 보냈다는 인상을 주기보다는 지금 막 그가 파리에 도착한 듯 보이게 하기 위해서는 우리가 함께 들어가지 않는 편이 낫다고 했다.

발베크에서 빌파리지 부인을 알기 전에 이미 내가 예감했던 것처럼, 부인이 사는 환경과 게르망트 부인의 환경 사이에는 큰 차이가 있었다.* 빌파리지 부인은 영광스러운 가문에서 태어나 결혼으로 그에 못지않은 가문에 진입했으면서도 사교계에서는 그에 준하는 지위를 차지하지 못한 사람들 가운데 하나였다. 그들의 살롱에는 조카나 올케인 몇몇 공작 부인과 집안의 오랜 친구인 왕족 한두 명을 제외하고는 제3계급**인 부르주아나 시골 귀족과 실추한 귀족에 속하는 손님들만이 드나들며, 이런 자들 때문에 우아한 사람들과 속물들은 오래전에

---

* 빌파리지 부인의 실추에 대한 화자의 긴 성찰은, 프루스트가 1907년《르 피가로》에 발표한 18세기 부아뉴 백작 부인의 『회고록』에 대해 쓴 「독서의 나날」에서 대부분 영감을 받았다. 회고록을 썼다는 점이나 애인이 있다는 점에서 빌파리지 부인은 부아뉴 부인과 흡사하다. 부아뉴 부인의 『회고록』에 대해서는 『잃어버린 시간을 찾아서』 4권 26쪽 주석 참조.
** 프랑스 혁명 전 앙시앵 레짐 아래서 귀족과 성직자에 이어 제3계급은 부르주아를 가리킨다.

발길을 멀리하여 다만 친척으로서의 의무나 오랜 친분에 의해서만 그곳에 갔다. 물론 나는 어떻게 해서 빌파리지 부인이, 발베크에 있을 당시 아버지가 스페인에서 노르푸아 씨와 함께한 여행에 대해 우리보다 더 잘 알았는지 이내 별 어려움 없이 이해할 수 있었다. 하지만 이런 사실에도 이십 년 이상이나 계속된 빌파리지 부인과 대사와의 관계가, 가장 뛰어난 여인들마저 대사보다 훨씬 존경받지 못하는 애인을 자랑하고 다니는 사교계에서 후작 부인의 지위를 실추시킨 원인이라고는 생각할 수 없었다. 게다가 대사는 오래전부터 후작 부인에게는 틀림없이 오랜 친구에 지나지 않았을 것이다. 과거에 빌파리지 부인에게 다른 연애 사건이 있었던 탓일까? 마음이 진정되고 신앙심 깊은 노년을 보내는 지금보다는 훨씬 열정적이었던 성격 탓에 — 아직도 조금은 열렬하고 사라진 시절에서 연유하는 빛깔이 남아 있긴 하지만 — 그녀가 오랫동안 살던 지방에서 젊은 세대는 알지 못하는 어떤 스캔들을 피하지 못했던 것은 아닐까? 젊은 세대는 단지 이질적인 분자들이 뒤섞인 불완전한 구성의 살롱이라는 점에서만 그 효과를 확인할 수 있지만, 만약 그런 일이 없었다면 부인의 살롱은 모든 시시한 불순물이 제거된 가장 동질적인 살롱이 되었을지도 모른다. 부인의 조카가 붙인 '독설가'란 별명이 당시 그녀의 적을 만들었을까? 이 별명이 남자들 사이에서의 인기를 이용하여 그녀로 하여금 다른 여인들에게 복수하도록 부추겼을까? 모든 것이 가능했다. 정숙함이나 선량함에 대해 빌파리지 부인이 표현에서뿐만 아니라 억양에서조차 미묘한 차이를 두며 그토록 섬세하고도 민감한 방식으로 말하는 것을 보면서, 나는 이 모든 가정을 부인할 수 없었다. 왜냐하면 몇몇 미덕에 대해 정확히 말하고, 그런 미덕의 매력을 느끼고 놀랍게도 잘 이해할 줄 아는(그들 회고록에서 미덕에 관한 고결한 이미지를 묘사할 줄 아는) 이들은 흔히 그 미덕을 실천했던, 조금은 말이 없고 투박하고 기교 없는 세대로부터 왔지만, 그들 자신은 그런 세대의 일원이 아니기 때문이다. 그 세대는 그들 마음속에 반영되나 지속되지는 않는다. 그들에게는 이전 세대의 장점 대신 행동에 도움이 되지 않는 감수성과 지성이 있다. 빌파리지 부인의 삶에서 그녀 이름의 광채를 바래게 한 스캔들이 있든 없든 간에, 사교계에서 실추한 진짜 원인은 틀림없이 사교계 여인으로서의 지성보다는 오히려 거의 이류 작가로서의 지성 때문일 것이다.

사실 빌파리지 부인이 특별히 격찬하던 중용과 절제는 그렇게 사람들의 마음을 열광시킬 만한 장점이 아니었다. 절제에 대해 설득력 있게 말하려면 절제만으로는 충분하지 않으며, 어떻게 보면 거의 절제 없는 열광을 전제로 하는 작가의 재능이 필요하다. 나는 발베크에서 빌파리지 부인이 몇몇 위대한 예술가의 천재성을 이해하지 못하고, 기껏해야 예술가들을 세련된 방식으로 조롱하면서 자신의 몰이해에 뭔가 재치 있는 우아한 형태를 부여한다는 사실에 주목했었다. 그러나 이런 재치나 우아함도 부인이 밀고 나가는 수준에서는—다른 면에서는 위대한 작품의 진가를 무시하기 위해 발휘되었다 해도—그 자체로 진정한 예술적 장점이 되고 있었다. 그렇지만 이런 장점은 의사들이 말하듯이 모든 사교적 지위에 대해 선택적으로 독이 되고 분해하는 요소로 작용하기 마련이므로, 아무리 확고하게 자리 잡은 지위라 할지라도 오래 지탱되지 않는다. 상류 사회 사람들 눈에는 예술가가 지성이라고 부르는 것이 단순한 주장에 불과하며, 그들은 예술가가 사물을 판단하는 단 하나의 관점도 쫓아갈 수 없으므로 예술가가 어떤 표현을 선택하거나 비교하면서 이끌리는 그 특별한 매력을 결코 이해하지 못하고 이들 예술가들 옆에 있기만 해도 피로와 짜증을 느끼는데, 바로 여기서 예술가에 대한 반감이 급속히 나타난다. 그렇지만 부인과의 대화에서나 또 부인이 이후에 발간한 '회고록'에서도 마찬가지지만, 빌파리지 부인은 거기서 일종의 지극히 사교적인 우아함을 과시했을 뿐이다. 중요한 것을 깊이 생각해 보거나 때로는 식별하지도 못한 채 그냥 지나쳐 버리면서, 부인은 자기가 살아온 세월로부터 — 게다가 아주 정확하고 매력적으로 묘사한 — 그것의 가장 경박한 양상만을 다루었다. 그러나 지적인 주제를 다루지 않은 작품이라 할지라도 그 작품은 여전히 지성의 산물이며, 책이나 책과 별로 다르지 않은 한담에서 완벽히 경박한 인상을 주려면, 단지 경박한 인물의 묘사만으로는 불가능하며 어느 정도는 진지함이 필요하다. 여성이 쓴 회고록 중 걸작으로 간주되는 몇몇 책에서 가벼운 우아함의 본보기로 인용되는 이런저런 글을 읽으면서, 나는 언제나 작가가 이런 가벼움에 도달하기 위해서는 과거에 조금은 무거운 학문이나 따분한 교양을 누렸으며, 또 젊은 시절에는 친구들이 견디기 힘들어했던 그 유식한 척 뽐내는 여류 작가였을 거라고 생각했다. 그리고 몇몇 문학적 장점과 사교계에서의 실패 사이의 연관성은 불가피해 보이므로, 오늘날 빌파리지 부인의 '회고록'을 읽는 독자는 적절한 형용사와 연이은 은유의 사용만으로도, 르루아 부인 같은 속물이 대사관저 계단에서 늙은 후작 부인을 만나면 정중하지만 냉담한 인사를 할 것이며, 또 어쩌면 게르망트 부인 댁에 가는 길에 빌파리지 후작 부인 댁에 들러 방문 표시로 명함 귀를 접을지는 모르지만, 후작 부인 댁 살롱에서 의사나 공증인 부인들 사이에 끼어 사회적으로 실추하게 될까 두려워 결코 그 살롱에 발을 들여놓지 않으리라는 것을 쉽게 유추해 낼 수 있다. 여류 작가인 빌파리지 부인은 아마도 젊은 시절 그런 사람들 가운데 하나였으며, 그래서 자신의 지식에 심취하여 그녀보다 지성이 떨어지고 교육을 덜 받은 사교계 인사들에 대해, 상처받은 사람은 결코 잊지 못하는 그런 신랄한 독설을 퍼부어 댔을 것이다.

그리고 재능이란, 사회에서 성공을 가져다주는 갖가지 다른 장점에, 이 모든 걸 가지고 소위 사교계 사람들이 '완벽한 여인'이라고 부르는 것을 만들려고 인위적으로 덧붙이는 별도의 부속품이 아니다. 재능은 일반적으로, 많은 자질이 부족하지만 감수성이 지배적인 어떤 정신적 기질의 살아 있는 산물로서, 우리는 그 상이한 발현들을 책에서는 지각하지 못하지만 삶의 여정에서 생생하게 느낄 수 있는데, 이를테면 사교적 관계의 증진이나 유지가 목적이 아니라 또는 단순히 사교 행위가 목적이 아니라, 이런저런 호기심이나 충동, 그저 자신의 즐거움을 위해 여기저기 가고 싶어 하는 욕망 같은 것이다.

나는 발베크에서 빌파리지 부인이 하인 사이에 갇혀 호텔 로비에 앉은 사람들에게는 눈길도 주지 않던 모습을 목격한 적이 있다. 그러나 나는 이런 회피가 부인의 무관심을 드러내지 않으며, 또 부인이 사람들을 피하는 데 늘 전념하지도 않는다고 느꼈다. 부인은 자기 집에 초대할 만하다고 생각하면 비록 작위가 없어도 이런저런 사람과 사귀려고 애썼는데, 때로는 그들이 미남이라고 생각해서, 때로는 재미있는 사람이라는 소문을 들어서, 또는 자신이 알던 사람들과는 다르게 보였기 때문이다. 당시 부인이, 자신이 알던 이들을 높이 평가하지 않은 이유는 그들 모두가 가장 순수한 포부르생제르맹의 혈통에 속해 있어 결코 자신을 버리지 않을 거라고 확신했기 때문이다. 그러다 부인이 찾아낸 그 보헤미안, 그 프티 부르주아에게 초대장을 보내야 할 때면, 초대장을 받은 사람은 초대한 사람의 가치를 높게 평가하지 않는 법이므로 부인은 끈질기게 초대장을 보내야 했고, 이런 끈질김은 여주인이 초대한 손님보다 오히려 오지 않은 사람들에 의해 살롱의 가치를 평가하는 데 익숙한 속물들 눈에 점점 부인의 가치를 떨어져 보이게 했다. 물론 젊은 시절 어느 순간에는 귀족의 우아한 꽃에 속한다는 만족감에 싫증을 느낀 빌파리지 부인은, 함께 사는 이들의 빈축을 사거나 자신의 지위를 일부러 망가뜨리며 어떻게 보면 재미를 느꼈겠지만, 그런 지위를 잃은 지금은 오히려 거기에 중요성을 부여하기 시작했다. 부인은 공작 부인들에게 그들이 감히 말하지도 행하지도 못하는 것을 모두 말하고 행하면서 자신이 그들보다 뛰어나다는 걸 보여 주고 싶었다.

그러나 가까운 친척들을 제외하고는 이런 공작 부인들이 그녀 집에 오지 않게 된 지금, 부인은 자신의 지위가 약화되었다고 느껴 다시 한 번 그들을 지배하고 싶었으나 재치가 아닌 다른 방식을 원했다. 그녀는 자신이 과거에 떨쳐 버리려고 그토록 애썼던 사람들을 전부 끌어모으고 싶었다. 얼마나 많은 여인들의 삶이, 게다가 별로 알려지지 않은 삶이(왜냐하면 우리는 각자 나이에 따라 다른 세계의 삶을 체험하며, 또 노인들의 신중함은 젊은이들에게 과거에 대한 정확한 관념을 수립하고 그 모든 시기를 포착하는 것을 가로막기 때문이다.) 그토록 대조적인 시기로 나뉘어, 두 번째 시기가 그처럼 즐겁게 바람에 날려 버린 것을 마지막 시기에 와서 다시 쟁취하려고 온 힘을 기울인다! 어떤 방법으로 바람에 날려 버렸을까? 젊은이들은 그들 눈앞에 존경할 만한 원로인 빌파리지 후작 부인을 보고 있으며, 또 부인의 하얀 가발 밑에서 그토록 품위 있는 근엄한 회고록 작가가 과거에 야식 파티에 참석하던 방탕한 여인, 어쩌면 오래전에 무덤 속에 잠든 남자에게 쾌락을 주었거나 재산을 탕진케 한 여인이었을지도 모른다는 생각은 결코 하지 못하므로 그만큼 더 상상하기가 힘들다. 비록 빌파리지 부인이 훌륭한 가문으로부터 물려받은 지위를 끈기 있게 자연스러운 솜씨로 벗어던져 버리려고 애를 썼다 해도, 아주 오래전에조차 그녀가 자신의 지위에 큰 가치를 부여하지 않았다는 의미는 아니다. 이와 마찬가지로 신경 쇠약 환자는 자신이 살고 있는 고립과 무위가, 비록 아침부터 저녁까지 자신이 꾸며 낸 것이라 할지라도 견디기 힘들다고 여기며, 그래서 자신을 포로로 가두는 그 그물에 또 다른 코를 덧붙이려고 서두르는 동안에도 여전히 무도회나 사냥과 여행만을 꿈꾼다. 우리는 매 순간 우리 삶에 어떤 형태를 부여하려고 노력하지만, 우리가 되었으면 하는 인간이 아니라, 우리도 모르는 사이에 현재 우리 모습을 그림처럼 복사하면서 그 형태를 부여한다. 르루아 부인의 경멸적인 인사는 어떤 방식에서는 빌파리지 부인의 진정한 본성을 표현해 줄 수 있었지만, 그녀가 진정으로 원하는 빌파리지 부인 댁에 초대받고 싶다는 욕망에는 부합되지 않았다.

아마도 르루아 부인이 후작 부인의 말머리를 '자르는' 순간에도(스완 부인에게 친숙한 표현을 따라 말해 보면) 빌파리지 부인은 어느 날 마리아멜리* 왕비가 그녀에게 "나는 당신을 딸처럼 사랑해요."라고 했던 말을 상기하면서 스스로를 위로했을지 모른다. 그러나 왕족의 이런 은밀하고도 남에게 알려지지 않은 호의는 단지 후작 부인에게만, 마치 국립 음악 학교에서 받은 옛 우등상장처럼, 먼지투성이인 채로 존재했다. 사교계의 유일하고도 참된 이점이란 살아 있는 삶을 창조한다는 것인데, 이런 이점이 사라져도 그 혜택을 받은 사람이 그것을 붙잡거나 누설하려 하지 않는 이유는, 바로 그 이점이 사라지는 날 다른 수많은 것들이 대신하기 때문이다. 부인은 왕비의 이런저런 말을 상기하면서도 그 말을 르루아 부인의 능력, 도처에서 계속 초대받는 능력과 기꺼이 교환했을 것이다. 이는 마

---

* 마리아멜리 드 브루봉(Marie-Amélie de Bourbon, 1782~1866). 프랑스 왕비. 루이필리프의 아내이다.

치 레스토랑에서 사람들에게 잘 알려지지 않은 어느 예술가가, 그 천재성이 수줍은 얼굴 이목구비나 낡아 빠진 재킷의 한 물간 재단 어디에도 씌어 있지 않은 예술가가, 사회 최하층에 속하지만 옆에 두 여배우를 거느리고 점심 식사를 하는 증권 회사의 브로커를 부러워하는 것과 같은 이치다. 이 브로커를 향해 식당 지배인이며 종업원들이며 하인들이며 요리사 보조들에 이르기까지, 마치 부엌에서 줄지어 인사하러 나오는 요정극 장면처럼, 모두들 아첨하려고 줄기차게 달음박질하며 달려드는 동안, 와인 담당자는 손에 든 술병마냥 온통 먼지투성이인 채로 지하실에서 빛이 비치는 쪽으로, 다리를 삐었는지 절룩거리면서 햇빛에 눈부셔하며 올라와 나온다.

그렇지만 빌파리지 부인 살롱에 르루아 부인이 나타나지 않아서 여주인이 섭섭했다면, 거기 참석한 대다수 손님들은 이 점을 알아차리지도 못했다는 것을 말해 두어야 한다. 그들은 우아한 사회에만 알려졌던 르루아 부인의 특별한 위치에 대해 전혀 알지 못했으며, 빌파리지 부인이 베푸는 연회가 오늘날 부인의 '회고록'을 읽는 독자가 확신하듯이 파리에서 가장 빛나는 연회였다고 믿어 의심치 않았다.

노르푸아 씨가 아버지에게 한 충고에 따라 생루와 헤어진 후 처음 빌파리지 부인을 방문했을 때, 부인은 노란 실크 천이 드리우고 보베의 장식 융단을 씌운 안락의자와 2인용 소파가 잘 익은 딸기의 거의 보랏빛 가까운 분홍빛으로 뚜렷이 드러나 보이는 살롱에 있었다. 게르망트가와 빌파리지 가의 초상화들 옆에는, 초상화 모델 자신이 보내온 마리아멜리 왕비와 벨기에 왕비, 주앵빌 대공, 오스트리아 황후의 초상화가 걸려 있었다.* 옛 시대의 검정색 레이스 헝겊 모자를(비록 손님이 파리지앵이라고 해도 예전처럼 하녀들에게 머리쓰개를 씌우고 소매 넓은 옷을 입히는 것이 보다 효과적이라고 판단하는 브르타뉴 호텔의 주인처럼, 부인이 지역적이고 역사적인 색채에 대한 빈틈없는 본능적인 감각에 따라 보존하고 있는) 쓴 빌파리지 부인은 작은 책상에 앉아 있었고, 그녀 앞에 놓인 화필과 팔레트, 또 그녀가 그리기 시작한 꽃들의 수채화 옆에는 몰려든 방문객들 때문에 그리다 만 이끼장미와 백일홍과 봉작고사리가 유리컵이나 찻잔과 찻잔 받침에 흩어져 있어, 마치 어느 18세기 판화에 그려진 꽃 가게 여자의 진열대를 장식하는 듯했다. 후작 부인이 성에서 돌아오는 길에 감기가 걸려 일부러 조금은 따뜻하게 불을 땐 이 살롱에 내가 들어갔을 때, 거기 와 있던 손님 중에는 역사적 인물들이 부인에게 보낸 자필 서한의 '복사본'을 그녀가 집필 중인 회고록에 사진 증빙 자료로 첨부하려고 부인과 아침 내내 그 자필 서한을 분류했던 고문서 학자와, 부인이 몽모랑시** 공작 부인의 초상화를 유산으로 물려받아 보관하고 있다는 소식을 듣고는 프롱드*** 난에 관한 저술에 이 초

---

* 루이필리프와 마리아멜리가 낳은 여덟 자식 중, 루이즈마리 도를레앙은 레오폴드 1세와 결혼하여 벨기에 왕비가 되었으며, 프랑수아 도를레앙은 주앵빌 대공이 되었다. 오스트리아 황후는 엘리자베스 폰 비텔스바흐로서 오스트리아의 프란츠 요제프 황제와 결혼했다가 암살당한 비운의 황후 엘리자베스를 가리킨다.
* Mme Montmorency. 몽모랑시 공작이자 앙리 2세의 부인으로, 남편의 사망 후 성모 방문회를 창설했으며, 1657년에는 수녀가 되었다.
** 17세기에 일어난 프랑스 내란으로 루이 14세의 어머니 안 도트리슈와 재상

상화 복사를 허락받으러 온 근엄하고도 겁먹은 사학자가 있었으며, 이런 방문객들에 이제는 젊은 극작가가 된 나의 옛 친구 블로크가 합류했다. 후작 부인은 다음번 자기 집 오후 모임에 출연할 배우들을 블로크가 무료로 출연시켜 주기를 기대하고 있었다. 사실 사회적 만화경은 돌아가는 중이었고, 드레퓌스 사건은 유대인들을 사회 계급의 최하층으로 떨어뜨리려 했다. 그러나 한편으로 드레퓌스의 폭풍이 아무리 맹위를 떨친다 해도, 성난 파도가 최고조에 달하는 것은 폭풍우가 불어닥치는 첫 순간이 아니므로 아직은 별 의미가 없었다. 그리고 빌파리지 부인은 그녀의 일가 전체가 유대인에게 신랄한 공격을 퍼붓는데도 지금까지는 드레퓌스 사건에 전적으로 무관심했으며 거의 신경도 쓰지 않았다. 끝으로 유대인 쪽을 대표하는 주요 인사들이 이미 위협을 받는 데 반해, 사람들에게 전혀 알려지지 않은 블로크 같은 젊은이는 그들 눈에 띄지 않고 넘어갈 수 있었다. 지금 그는 턱에 '염소수염'이 나 있고 코안경을 걸치고 긴 프록코트를 입었으며 손에는 파피루스 두루마리마냥 장갑을 둘둘 만 채로 들고 있었다. 루마니아인이나 이집트인과 터키인은 유대인을 싫어할지 모른다. 그러나 프랑스 살롱에서 이들 민족 사이의 차이는 그렇게 눈에 띄지 않았으며, 그리하여 한 이스라엘인이 마치 사막 한구석에서 나온 듯 몸을 하이에나처럼 구부리고 고개를 기울이고 커다랗

마자랭을 중심으로 한 궁정파에 맞선, 귀족들의 저항 혹은 최초의 시민 혁명으로 평가된다.

게 "살람!"*이라고 인사하며 살롱 안으로 들어온다면, 그들의 오리엔탈리즘적 취향은 완벽하게 충족될 것이다. 다만 그렇게 하기 위해서는 유대인이 '사교계'에 속해서는 안 되며, 만약 그렇지 않으면 유대인의 얼굴이 쉽게 영국 귀족의 얼굴로 보이고, 그 행동 방식도 지나치게 프랑스화되어, 한련화마냥 제멋대로 난 코가 엉뚱한 방향으로 뻗으면서 솔로몬 왕의 코보다는 차라리 마스카리유**의 코를 연상시킬지 모른다. 그러나 블로크의 몸은 '포부르생제르맹'의 체조로 유연해지지 않았고, 영국이나 스페인과의 교접으로 귀족 같은 기품도 갖추지 못했으므로, 이국 취향의 애호가 눈에는 유럽인 옷은 입었지만 여전히 드캉***이 그린 유대인마냥 낯설고 재미있는 구경거리로 남아 있었다. 종족의 놀라운 힘이 시대 깊숙한 곳으로부터 나타나 현대적인 파리로, 우리의 극장 복도로, 사무실 매표소 뒤로, 장례식장으로, 거리로, 하나의 온전한 밀집 군단을 진출시켜 그들의 현대적인 머리 스타일을 바꾸고, 그들이 입은 프록코트를 흡수하고 망각하게 하고 단련해, 결국은 수사의 다리우스 궁전 문 앞에 있는 건축물의 프리즈에 그려진 예복 입은 아시리아 율법사들의 옷차림과 비슷하게 만든다.**** (한 시

---

* 아랍어 인사이다. 히브리어의 '살롬'과 유사하다.

* 이탈리아 연극에서 들여온, 프랑스 연극에 나오는 교활한 하인의 전형이다.

** 알렉상드르 드캉(Alexandre Decamps, 1803~1860). 동양풍 인물을 많이 그린 화가로, 특히 유대인의 일상적 모습과 아랍인 술탄에 복종하는 풍습을 그렸다.

*** 기원전 550년에 탄생한 페르시아 왕 다리우스는 수사와 이집트, 페르세폴리스에 기념비를 세우고 운하를 건설하는 등 많은 업적을 남겼다. 수사에서 발

간 후 샤를뤼스 씨가 단지 미학적 호기심과 지방색에 대한 사랑으로 블로크에게 유대인 이름이 있느냐고 물었을 때, 블로크는 이 물음이 악랄한 반유대적 정서에서 나왔다고 생각했다.) 하지만 어쨌든 종족의 항구성을 말한다는 자체가 유대인이나 그리스인과 페르시아인 등 모든 민족들로부터 받는 인상을 ─ 그들의 다양성을 보존하는 편이 훨씬 나은 일인데도 ─ 부정확하게 만든다. 우리는 고대 그림을 통해 고대 그리스인의 얼굴을 인식해 왔으며, 수사 궁전의 합각에서 아시리아인의 얼굴을 보아 왔다. 그런데도 사교계에서 이런저런 집단에 속하는 '근동인'을 만나면, 마치 강신술의 힘이 우리 눈앞에 출현시킨 존재 앞에 서 있는 듯한 느낌을 받는다. 우리가 그들에 대해 알아 왔던 이미지는 피상적인 것이었다. 이제 그 이미지가 깊이를 획득하고 삼차원으로 확대되고 움직인다. 그리하여 부유한 은행가의 딸로 당시 인기가 높았던 한 젊은 그리스 여인*은 동시에 역사적이며 미학적인 발레에서 헬레니즘의 예술을 살과 뼈로 상징하는 발레리나 가운데 하나처럼 보인다. 그러나 극장에서

견된 다리우스 궁전 입구에는 노란색 혹은 초록색 긴 옷을 입은 사수들의 프리즈가 발견되었으며(루브르 박물관 소장) 이들은 이 텍스트에서 말하듯이, 수사 궁전이 건축되기 한 세기 전에 이미 파괴된 아시리아 제국의 군인들이 아니라, 아케메니아 군인들이었다고 지적된다. 게다가 프루스트는 초고에서 '율법사' 대신 '사수'라고 적었으나 옮기는 과정에서 실수인지 율법사로 바뀌었다.(『게르망트』, 폴리오, 684쪽 ; 『게르망트』 1권, GF플라마리옹, 427쪽 참조.)
* 이 '젊은 그리스 여인'은 수초 공주(princesse Soutzo, 1879~1975)로 그리스의 유명한 은행가 딸이자 발칸 반도의 유명 인사였다. 프랑스 작가이자 한림원 회원인 폴 모랑(Parul Morand)과 결혼했으며, 프루스트는 폴 모랑의 소개로 이 부인을 알게 되었다.

는 무대 연출이 이런 이미지들을 진부하게 만든다. 반대로 터키 여인이나 유대인 신사가 살롱에 입장하는 모습을 목격할 때면, 그 광경은 마치 어느 영매의 노력으로 실제로 불려온 존재인 듯, 그들 모습에 활기를 주면서 더 낯설어 보이게 한다. 우리 앞에서 이런 당혹스러운 몸짓을 흉내 내는 듯 보이는 것은 바로 영혼이며(적어도 지금까지 우리는 영혼이 이런 물질화 속에 축소되었다고 생각하고 아주 하찮은 것으로 간주해 왔다.) 예전에 박물관에서만 엿본 적 있는 영혼, 무의미하지만 동시에 초월적인 삶으로부터 빠져나온 고대 그리스인이나 고대 유대인의 영혼이다. 우리로부터 빠져나가는 젊은 그리스 여인에게서 그토록 포옹하기를 갈망하는 것은 예전에 우리가 그렇게 찬미하던 고대 그리스 꽃병 허리 부분에 그려진 바로 그 형상이다. 내가 만약 빌파리지 부인의 살롱을 배경으로 블로크 사진을 찍었다면, 그것은 심령술로 찍은 사진이 우리에게 주는 것과 동일한 사진을, 인간에게서 나오지 않은 듯 보여 무척 당혹스러우면서도 인간과 너무 흡사한 탓에 환멸적이기까지 한 그런 이스라엘인의 사진을 보여 주었으리라. 보다 일반적으로 말한다면 우리의 일상적이고 초라한 삶에서는, 우리가 함께 사는 사람들이 하는 시시한 이야기에서는 어떤 것도 초자연적인 느낌을 주지 않는다. 이런 세계에서는 회전 탁자 앞에 모여 앉아 무한의 신비를 말해 주기를 기대하는 그 천재 같은 남자조차도 단지 "내 실크해트에 주의하시오."(지금 막 블로크의 입에서 튀어나온)란 말만을 지껄인다.

"저런, 장관들이라뇨. 내 친애하는 연출가 선생님." 하고 빌파리지 부인은 다른 누구보다도 먼저 내 옛 친구에게 말을 건네면서 내 도착으로 중단된 대화의 말머리를 이었다. "아무도 그들을 만나고 싶어 하지 않았죠. 비록 어렸을 때지만, 나는 아직도 기억이 나요. 폐하께서 내 조부께 드카즈 씨*를 무도회에 초대해 주도록 부탁했는데, 이 무도회에서 아버지는 베리 공작 부인과 춤을 추기로 했었죠. '그렇게 해 주면 무척 기쁘겠네. 플로리몽.' 하고 폐하께서 말씀하셨어요. 귀가 좀 먼 조부께서는 카스트리** 씨로 잘못 알아듣고는 지극히 당연한 부탁이라고 생각했어요. 그러나 그것이 드카즈 씨라는 걸 알고는 무척 화를 냈지만, 이내 복종하고 그날 저녁으로 드카즈 씨에게 다음 주에 개최하는 무도회에 참석할 영광과 은총을 베풀어 달라고 간청하는 편지를 써 보냈죠. 예의 바른 시대였으므로, 여주인은 요즘처럼 명함에다가 '차 한 잔' 혹은 '춤을 추는 차 모임'이라고 몇 자 손으로 적어 보내는 걸로는 만족하지 않았어요. 하지만 그들은 예의를 아는 일 못지않게 무례한 언동도 할 줄 알았답니다. 드카즈 씨는 초대를 승낙했지만 무도회 전날 내 조부께서 몸이 불편하여 무도회를 취소했다는 걸 알게 되었죠. 조부께서는 폐하께 복종하긴 했지만, 드카즈 씨를 자신의 무도회에 받아들이지 않으셨던 거예요. ……그래요, 전 몰레 씨를 아주 잘 기억해요. 재치 있는 분이셨으니까요.

---

* Elie Decazes. 루이 18세의 총애를 받은 수상으로 진보적인 정책을 시도했으나 극우파로부터, 베리 공작의 암살을 주도했다는 공격을 받아 해임되었다.
* 아망 드 카스트리(Armand de Castries, 1756~1842). 프랑스 귀족원 위원이자 1814년에는 공작 계승자였다.

그가 비니 씨를 한림원에서 영접했을 때, 그 증거를 보여 주었지만 무척 정중한 분이셨죠. 자기 집에서 열리는 만찬에 손에 실크해트를 들고 내려오던 모습이 아직도 눈에 선하네요."

"아! 꽤나 해로운 속물근성이 지배하던 시절을 잘도 환기해 주시는군요. 아마도 자기 집에서 손에 모자를 드는 것이 당시에는 보편적인 관습이었나 봅니다." 블로크는 현장을 직접 본 증인에게서 예전 귀족 생활의 특성을 배우는 이런 드문 기회를 이용하고 싶었는지 이렇게 말했다. 한편 후작 부인의 임시 비서라 할 수 있는 고문서 학자는 부인에게 감동 어린 눈길을 던지면서, 마치 우리에게 "부인은 저런 분이오. 뭐든지 다 아시죠. 모든 사람하고 다 알고 지냈으니 뭐든지 물어보고 싶은 게 있으면 물어보시오. 참으로 비상한 분이라오."라고 말하는 듯했다.

"아니에요." 하고 빌파리지 부인은 잠시 후면 다시 그리기 시작할 봉작고사리가 담긴 유리컵을 자기 옆에 가까이 놓으며 말했다. "그건 그냥 몰레 씨 습관이었어요. 난 한 번도 아버지가 집에서 모자를 들고 있는 모습을 본 적이 없어요. 폐하께서 오실 때 말고는요. 폐하께서는 어딜 가시나 자기 집이니까, 그럴 때의 집주인은 자기 살롱에 있지만 손님에 지나지 않죠."

"아리스토텔레스는 2장에서 말하기를……." 하고 프롱드 난의 사학자인 피에르 씨가 용기를 내어 말을 꺼냈으나, 얼마나 수줍게 말했는지 아무도 그의 말에 주목하지 않았다. 그는 몇 주 전부터 신경 쇠약으로 불면증에 시달렸는데, 어떤 치료

법도 효과가 없어 아예 잠자리에 들지 않았으므로 피로로 기진한 나머지 작업상 불가피할 때만 외출했다. 다른 이들에게는 그렇게도 간단한 답사 여행이 그에게는 달에서 내려오는 일만큼이나 힘이 들어 자주 여행을 할 수 없었기에, 그는 자신의 열정이 갑자기 분출될 때 최대한 활용할 수 있기를 바랐지만, 다른 이들의 삶이 그렇게 항구적인 방식으로 조직되어 있지 않음을 보고 자주 놀랐다. 그는 웰즈의 소설에 나오는 인물처럼 프록코트를 걸치고 부자연스러운 포즈로 버티면서 도서관에 갔으나 때로는 도서관 문이 닫혀 있었다.* 다행히도 빌파리지 부인을 그녀 집에서 만나 초상화를 볼 수 있었다.

블로크가 그의 말을 잘랐다.

"정말로요." 하고 그는 왕 방문 시 의전 절차에 관해 빌파리지 부인이 방금 한 말에 대답하면서 말했다. "저는 그런 사실을 전혀 몰랐는데요."(마치 자기가 그런 사실을 모르는 게 이상하다는 듯이.)

"바로 이런 방문에 관해 내 조카 바쟁이 어제 아침 내게 얼마나 바보 같은 농담을 했는지 아시나요?" 하고 빌파리지 부인이 고문서 학자에게 물었다. "조카는 자기 이름을 알리는 대신, 나를 만나기를 원한 사람이 스웨덴 왕비**라고 전하게 했죠."

---

* 허버트 조지 웰즈(Herbert George Wells, 1866~1946)의 소설 『투명인간』(1897)에 나오는 주인공 그리핀은 때로 군중 속에 섞이기 위해 프록코트를 걸쳐 입고 거리에 나간다.
** 스웨덴 왕비는 나소 가문의 소피아(Sophia de Nassau, 1836~1913) 공주로 스웨덴을 통치한 오스카 2세와 1857년에 결혼했다.

"아! 그분이 그 말을 그처럼 태연하게 하셨다고요! 농담도 잘하시는군요." 하고 블로크가 폭소를 터뜨리며 외쳤고, 반면 사학자는 수줍어하면서도 품위 있게 미소 지었다.

"시골에서 돌아온 지 얼마 안 돼서 저도 놀랐어요. 조용히 지내고 싶어 내가 파리에 있다는 걸 아무에게도 알리지 말라고 했는데, 어떻게 스웨덴 왕비께서 그걸 벌써 아셨는지 전 혼자 생각해 보았죠." 하고 빌파리지 부인은 스웨덴 왕비의 방문이 그 자체로는 이 집 주인에게 하나도 이상한 일이 아니라는 듯, 놀란 손님들을 내버려 두며 말을 이었다.

사실 아침에 고문서 학자와 함께 자신의 '회고록'에 대한 자료 조사를 했던 빌파리지 부인은 지금, 앞으로 그 회고록 독자가 될 사람을 대표하는 표준 독자에게 책 구성과 매력을 자기도 모르는 사이에 시험해 보는 중이었다. 빌파리지 부인의 살롱은 진정으로 우아한 살롱과는 차이가 있었는데, 그런 우아한 살롱에서는 부인이 초대하는 대다수의 부르주아 부인들은 없고, 대신 르루아 부인이 마침내 끌어들이는 데 성공한 뛰어난 여인들만이 보였을 테지만, 그러나 이런 차이를 그녀의 '회고록'에서는 인지할 수 없었다. 저자가 삭제한 몇몇 시시한 관계들은 책에서 인용될 기회가 없었으며, 또 그녀를 방문하지 않은 부인들도 그 자리에 있는 것처럼 묘사되었기 때문이다. 이런 '회고록'이 제공하는 장소는, 필연적으로 제한된 탓에 극소수만이 등장할 수 있으며, 더욱이 이런 인물들이 왕족이나 역사적 인물일 경우 독자에게 미치는 우아함의 인상은 최대치에 이른다. 르루아 부인의 평에 따르면, 빌파리지 부인의 살롱은

삼류였고, 빌파리지 부인은 이런 르루아 부인의 평에 무척이나 괴로워했다. 그러나 오늘날 르루아 부인이 누구인지 아는 사람은 아무도 없으며, 그녀의 평가 역시 자취를 감췄지만, 스웨덴 왕비가 자주 드나들었으며, 오말 공작이나 브로이 공작, 티에르, 몽탈랑베르, 뒤팡루 주교가 드나들었던 빌파리지 부인의 살롱이야말로* 호메로스와 핀다로스** 시대 이후 변한 것이 전혀 없으며, 왕이나 거의 왕족 같은 고귀한 태생을 가장 부러운 계급으로 여기는, 혹은 왕과 민중의 우두머리와 저명한 사람들과의 친교를 쌓기를 원하는 후대에게는 19세기 가장 빛나는 살롱 중 하나로 평가될 것이다.

그런데 빌파리지 부인은 그녀의 현재 살롱과 추억 속에 이 모든 것을 조금은 가지고 있었으며, 그 추억은 가볍게 수정되어 자신의 살롱을 과거로 이어지게 하는 데 도움이 되었다. 그리고 여자 친구의 진정한 위치를 회복시켜 줄 수 없었던 노르푸아 씨는, 대신 그의 도움을 필요로 하는 외국 정치가나 프랑스 정치가를 그 살롱에 데려왔으며, 그들은 노르푸아 씨에게

---

* 오말 공작은 루이필리프의 넷째 아들이며(『잃어버린 시간을 찾아서』 2권 136쪽 참조.) 브로이 공작은 1877년 막마옹 대통령이 총리에 임명한 왕당파 인물이다.(『잃어버린 시간을 찾아서』 3권 19쪽) 티에르(Thiers)는 신문 기자이자 사학자로 1871년 제2제정이 붕괴된 후 제3공화국의 첫 번째 대통령을 지냈으며, 몽탈랑베르(Montelembert)는 19세기 말 진보적 가톨릭의 대표 인물이었다. 뒤팡루 주교(Mgr. Dupanloup)는 오를레앙의 주교로서 당시 가장 완강한 왕당파 가톨릭을 대표했다.
** 그리스의 서정 시인으로 후세에 '핀다로스풍' 오드를 남겼으며, 기원전 6세기 말 귀족들의 이상적인 삶을 노래했다.

아부하는 유일한 효과적인 방법이 빌파리지 부인 댁을 자주 드나드는 것임을 알게 되었다. 어쩌면 르루아 부인도 유럽의 이런 저명인사들을 잘 알고 있었을 것이다. 그러나 멋진 여인답게 유식한 척 뽐내는 여류 작가의 어조를 피할 줄 아는 빌파리지 부인은, 총리에게는 '근동' 문제에 관한 얘기를 피했고, 소설가나 철학가 들과는 사랑의 본질에 대해 말하는 것을 피했다. "사랑요?" 하고 그녀는, 어느 잘난 척하는 여인이 "사랑을 어떻게 생각하세요?"라고 묻자 이렇게 대답했다. "사랑요? 전 사랑을 자주 하지만 결코 사랑에 대해서 말하지는 않는답니다." 부인 집에 문단과 정계 저명인사들이 찾아올 때면, 그녀는 게르망트 공작 부인처럼 그들이 포커 게임을 하게끔 하는 걸로 만족했다. 그들은 빌파리지 부인이 그들에게 강요하는 일반 견해에 관한 진지한 대화보다는 포커 게임을 더 좋아했다. 이런 대화는 사교계에서는 우스꽝스러울지 모르지만, 빌파리지 부인의 '추억담'에는 매우 훌륭한 부분을, 코르네유의 비극에서처럼 회고록에 아주 잘 어울리는 정치적 논술을 제공했다. 게다가 빌파리지 부인의 살롱이 유일하게 후대에 전해질 수 있었던 이유는 르루아 같은 여인들은 글을 쓸 줄 모르며, 또 설령 글을 쓸 줄 안다 해도 글 쓸 시간이 없었을 것이기 때문이다. 또 빌파리지 부인의 문학적 소양이, 르루아 같은 여인들의 멸시 원인이 된다면, 이런 멸시는 그 차례로 문인 경력이 요구하는 여가를 유식한 척하는 여류 작가 부인들에게 마련해 주어 빌파리지 부인의 문학적 소양을 발전시키는 데 크게 기여한다. 잘 쓰인 책이 그나마 몇 권이라도 있기를 바라는 신께서, 르루아 같은 여인들이 빌파리지 같은 여인들을 만찬에 초대한다면 그 여인들은 즉시 필기도구를 내팽개치고 8시에 외출하기 위해 마차 준비를 시킬 것임을 알기에, 이런 목적을 위해 르루아 부인의 마음속에 멸시를 불어넣은 것인지도 모른다.

잠시 후에 키가 큰 한 노부인이 정중하고 느린 걸음으로 들어왔다. 추켜올린 밀짚모자 아래로 마리 앙투아네트식 거대한 백발이 보였다. 당시에는 몰랐던 일이지만, 그녀는 파리 사교계에서 그때까지 목격할 수 있었던 세 여인 중 하나로, 빌파리지 부인처럼 모두 고귀한 태생임에도 아주 오래전에 잊힌 어떤 이유로 (그 시대 어느 멋진 노인만이 우리에게 그 이유를 말해 줄 수 있는) 다른 곳에서는 초대하기를 꺼리는 최하류 인간이었다. 이 세 부인들에게는 각자 자기 의무를 다하기 위해 그들을 방문하는 유명한 조카, 저마다의 '게르망트 공작 부인'이 있었지만, 다른 둘 중 한 부인의 '게르망트 공작 부인'을 자기 집에 오게 할 수는 없었다. 빌파리지 부인은 이 세 부인과 친한 사이였지만 그들을 좋아하지는 않았다. 어쩌면 이 세 부인의 처지가 자기 처지와 너무 흡사해서 불쾌한 인상을 받았는지 모른다. 또 앙심을 품고 유식한 척하며 자기 집에서 공연하는 촌극의 횟수로 살롱의 환상을 심어 주려고 애쓰는 이 부인들은, 평탄하지 못한 삶 탓에 재산이 줄어들어 배우들의 무보수 출연을 기대하거나 이용하려고 마치 생존 경쟁이라도 하듯 치열한 경쟁을 벌였다. 게다가 마리 앙투아네트식 머리를 한 노부인은 매번 빌파리지 부인을 볼 때마다, 게르망트 공작 부인이 자기 집 금요일 모임에 오지 않았다는 사실을 상기하지 않을 수 없었다. 그녀는 같은 금요일에 그녀의 게르망트 부인에 해당되는 푸아 대공 부인이 훌륭한 친척이며 자기 집 모임에는 결코 빠지는 일이 없지만, 게르망트 공작 부인의 절친한 친구임에도 빌파리지 부인 댁에는 한 번도 방문한 적이 없다는 사실로 위안을 받았다.

그렇지만 말라케 강변로 저택에서 투르농 거리와 라셰즈 거리를 거쳐 포부르생토노레의 살롱에 이르기까지* 강한 연대감이, 하지만 증오의 연대감이 이 실추한 세 여인들을 결합시켰으며, 그리하여 나는 사교계에 관한 신화 사전을 뒤적거리면서 어떤 연애 모험이, 어떤 불손한 신성 모독이 이 여인들에게 벌을 내렸는지 알고 싶은 생각이 들었다. 똑같이 빛나는 태생이면서도 똑같이 실추한 현재가 이 여인들로 하여금 서로를 증오하면서도 동시에 자주 찾을 수밖에 없게 하는 데 중요하게 작용했을 것이다. 또 여인들은 저마다 상대방에게서 자기 손님들에게 예의를 지키는 편리한 방법을 체득했다. 그 여동생이 사강 공작 또는 리뉴 대공과 결혼한, 작위가 높은 부인에게 소개를 받는데 어떻게 손님들은 자신이 가장 폐쇄적인 귀족 사회로 진입하고 있다고 생각하지 않을 수 있단 말인가? 더구나 신문에서는 진짜 살롱보다는 자칭 살롱이라고 일컫는 이런 것에 대해 끝없이 떠들어 대는데 말이다. 친구로부

---

* 말라케 강변로는 센강을 따라 난 거리로 파리 6구에 속하며, 뤽상부르 공원 근처 투르농 거리 또한 파리 6구, 라셰즈 거리는 파리 7구, 포부르생토노레는 파리 7구와 파리 8구에 속한다.

터 사교계로 데려다 달라고 부탁받은 '상류 사회의' 조카들마저(생루를 위시하여) 이렇게 말했다. "자네를 빌파리지 아주머니 혹은 X 아주머니 댁에 데리고 가겠네. 흥미로운 살롱이거든."* 그들은 이렇게 하는 편이 앞에서 부탁한 친구들을 이 귀부인들의 우아한 조카딸이나 조카며느리 집에 데려가는 것보다는 훨씬 쉬운 일임을 알았던 것이다. 아주 나이가 많은 노인들이나 이 노인들로부터 얘기를 전해 들은 젊은 여인들은 내게 그 늙은 여인들이 사교계에 받아들여지지 않는 이유가 이들의 지독히 방탕한 품행 때문이라고 했으며, 그래서 내가 그런 이유만으로는 우아함의 걸림돌이 될 수 없다고 반박하자, 그들은 그것이 오늘날 우리가 아는 것을 훨씬 넘어서는 행동이었다고 말했다. 꼿꼿이 앉은 이 근엄한 부인들의 비행이란 것이, 그 비행에 대해 말하는 사람들 입에서 내가 상상도 할 수 없는, 마치 선사 시대, 매머드가 출현하던 시대의 거대함과도 맞먹는 그런 것이 되었다. 간단히 말해 '하양 파랑 분홍 머리칼의 세 모이라 여신'이** 헤아릴 수 없을 만큼 많은 신사들을 위험한 궁지에 몰아넣었다는 것이다. 나는 오늘날 인간들이 신화 시대의 악덕을 지나치게 과장한다고 생각했는데, 이는 마치 그리스인들이 그들과 별로 다르지 않은 인간으로부

** 생루에게 빌파리지 부인은 고모할머니지만 여기서는 원문 표현을 존중해 그대로 아주머니라고 옮긴다.

* 세 자매로 알려진 운명의 여신 모이라(혹은 로마 신화의 파르카이)는 운명의 실을 잣고 가위로 자르면서 모든 인간 운명을 결정한다고 한다. 흔히 젊은 처녀로 묘사되나 때로는 무섭게 생긴 절름발이 노파로 묘사되기도 한다.

터 이카로스나 테세우스, 헤라클레스를 만들어 낸 후에 오랫동안 이들을 신격화한 것과도 같았다. 그러나 우리는 한 존재가 저지른 악덕을 그 존재가 더 이상 그런 짓을 저지를 수 없는 상태가 되어서야 결산하며, 거의 끝에 이르러 확인된 사회적 징벌의 크기에 따라 그가 저질렀던 죄의 크기를 측정하고 상상하고 과장하는 법이다. 사교계라는 상징적 인물의 화랑에서는 정말로 경박한 여인들, 완벽한 메살리나*는 늘 거만하고 근엄한 일흔 살 정도의 노부인과 흡사한 모습을 취하기 마련인데, 이 여인들은 자기 집에 될 수 있는 한 많은 이들을 초대하지만 정작 원하는 이들은 초대하지 못하고, 비난받을 만한 처신 탓에 다른 여인들은 그들 집에 가는 데 동의하지 않지만, 교황께서는 그들에게 정기적으로 '황금 장미'**를 보내오며, 때로는 라마르틴***의 젊은 시절에 관한 책을 저술하여 프랑스 한림원 상을 받기도 한다. "안녕하세요, 알릭스." 하고 빌파리지 부인이 마리 앙투아네트식으로 하얀 머리를 높이 올린 부인에게 인사했고, 부인은 자신의 살롱을 위해 도움이 될 만한 사람이 있는지 살펴보려고 거기 모인 사람들에게 날카

---

* 1세기 로마 황제 클라우디우스의 아내이자 로마의 황후로, 타락한 성을 표상한다.
** '황금 장미'는 전통적으로 해마다 사순절 네 번째 일요일에 교황이 교회를 위해 훌륭한 업적을 쌓은 왕비나 공주에게 하사하는 최고의 선물이다. 이날은 '장미 주일'이라고 불리며, 예복 색깔이 자주색에서 분홍색으로 바뀌면서 부활의 기쁨과 희망을 나타낸다.
*** 알퐁스 드 라마르틴(Alphonse de Lamartine, 1790~1869). 19세기 낭만주의를 대표하는 시인이다

로운 눈길을 던졌으며, 또 이 경우 그녀는 도움이 될 만한 사람을 스스로 찾아야 했다. 교활한 빌파리지 부인이 틀림없이 그런 사람을 감추리라고 확신했던 것이다. 이처럼 빌파리지 부인은 블로크가 자기 집에서 공연할 예정인 촌극을 노부인의 말라케 강변로 저택에서 똑같이 공연할까 겁이 나서 그를 소개하지 않으려고 무척 신경 썼다. 게다가 이는 자신이 받은 걸 되돌려 주는 데 지나지 않았다. 왜냐하면 노부인은 전날 리스토리* 부인을 불러 시 낭송을 시키면서 그녀가 가로챈 이 이탈리아 여배우의 시 낭송이 끝날 때까지 빌파리지 부인이 알아채지 못하도록 지극히 주의했기 때문이다. 빌파리지 부인이 그 일을 신문에서 알고 기분이 상하지 않도록 하기 위해 일부러 그 얘기를 전하러 왔지만 노부인은 거기에 대해 어떤 죄책감도 느끼지 않은 듯 보였다. 빌파리지 부인은 나를 소개하는 일이 블로크의 경우와 같은 지장은 초래하지 않으리라고 여기고, 강변로에 사는 마리 앙투아네트에게 내 이름을 말했다. 그러자 부인은 가능한 한 움직이지 않으며, 예전에 젊은 멋쟁이들을 매혹했고 지금은 엉터리 작가들이 운율을 맞춘 시 구절에서 찬미되는 그런 쿠아즈복스**가 조각한 듯한 여신

* 아델라이데 리스토리(Adélaïde Ristori, 1822~1906). 이탈리아의 비극 배우로 1855년 만국 박람회 기념행사로 파리국립극장에 초대되어, 1856년 「메디아」 공연으로 큰 성공을 거두었다.
** 앙투안 쿠아즈복스(Antoine Coysevox, 1640~1720). 루이 14세 시대의 가장 유명한 조각가로, 이 텍스트에서 말하는 작품은 디아나 여신으로 조각한 부르고뉴 대공 부인의 조각상을 가리킨다.

의 자태를 나이가 들어도 간직하려고 애쓰면서 — 게다가 그녀에겐 상대에게 끊임없이 먼저 접근해야만 하는, 불운을 당한 사람들에게 공통된 거만함과 그걸 만회하려는 뻣뻣함이 습관처럼 배어 있었다. — 냉정하고도 위엄 있는 모습으로 머리를 가볍게 기울이다 이내 다른 쪽으로 돌려, 마치 나 같은 자는 존재하지도 않는다는 듯 더 이상 관심을 기울이지 않았다. 이중 목적을 담은 그녀의 태도는 빌파리지 부인에게 이렇게 말하는 듯 했다. "내가 사람들과의 교제를 그렇게 서두르지 않는다는 걸 알겠죠. 시시한 젊은이들 따위는 — 전혀 비방하려는 건 아니지만 — 관심 없어요." 그러나 십오 분이 지나 내가 그곳에서 물러가려고 했을 때, 부인은 소란스러운 틈을 타 다음 주 금요일에 세 여인 중 한 명과 함께 자기 칸막이 좌석으로 오라는 말을 내 귀에 속삭였다. 그 여인의 유명한 이름이 — 더욱이 슈아죌* 가문 태생이었다. — 내게 엄청난 효과를 자아냈다.

"몽모랑시 공작 부인에 관해 뭔가를 쓰고 싶어 하시는 걸로 알고 있는데요."라고 빌파리지 부인이 프롱드 난의 사학자에게 투덜대는 표정으로 말했는데, 자기도 모르게 토라지고 움츠러 들면서 거기다 늙음에 대한 생리적 분노와 시골 사람의

---

* 프루스트는 프랑스 명문 슈아죌 가문 태생 프레데리크 드 장제(Frédéric de Janzé) 자작 부인(결혼 전 이름은 알릭스 드 슈아죌구피에)을 소개받은 적이 있다. '마리 앙투아네트식으로 하얀 머리를 높이 올린 부인'은 1891년에 『알프레드 뮈세에 관한 연구와 이야기』라는 책을 발간한 이 장제 부인을 모델로 한 것처럼 보인다.

말투를 흉내 내는 것 같은 옛 귀족의 꾸밈이 더해져 그녀의 지극한 상냥함을 주름지게 했기 때문이다. "그분의 초상화를 보여 드리죠. 루브르 박물관에 있는 복제화의 원본이에요."

부인은 꽃 옆에 붓을 놓고 자리에서 일어났다. 그러자 물감에 옷을 더럽히지 않으려고 입은 작은 앞치마가 허리에 보였고, 여기에 챙 없는 헝겊 모자와 쓰고 있는 커다란 안경이 더해져 거의 시골 여자 같은 인상을 풍겼는데, 이런 모습은 홍차와 케이크를 가져온 집사와, 프랑스 동부에 있는 가장 유명한 수녀원 원장인 몽모랑시 공작 부인의 초상화에 불을 비추려고 그녀가 부른, 푸른 제복 입은 하인들의 사치와 대조를 이루었다. 모두들 일어섰다. "재미있는 일은." 하고 부인이 말했다. "우리 왕고모들께서 흔히 수녀원장으로 있던 이런 수녀원에 프랑스 왕녀들은 들어가지 못했다는 사실이죠. 매우 폐쇄적인 수녀원이었거든요." "왕의 딸들이 허용되지 않다니요. 왜 그런가요?" 하고 블로크가 어리둥절해하며 물었다. "프랑스 왕가가 신분 낮은 가문과 혼인을 한 후부터는 4등분 문장*을 충분히 갖지 못했으니까요." 블로크의 놀라움은 커져만 갔다. "신분 낮은 가문과 혼인을 하다니요? 프랑스 왕가가요? 어떻게 그런 일이?" "메디치** 가문과 혼인했거든요." 하고 빌

---

* 23쪽 주석 참조.
** 메디치 가문은 15~16세기에 피렌체에서 가장 영향력이 컸으나 평범한 중산층 가문으로 공직은 맡지 않았다. 그러나 카트린 드 메디치(Catherine de Médicis)가 프랑스 앙리 2세와 결혼하고, 마리 드 메디치가 앙리 4세의 왕비가 되면서 이런 전통이 깨졌고, 메디치 가문은 프랑스 왕실의 일원이 되어 막강한

파리지 부인은 지극히 자연스러운 어조로 대답했다. "이 초상화 아름답죠, 그렇지 않나요? 보존 상태도 아주 완벽하고요." 하고 부인이 덧붙였다.

"저기." 하고 마리 앙투아네트식 머리를 한 부인이 말했다. "내가 당신에게 리스트를 데리고 왔을 때, 리스트가 여기 있는 그림이 복제화라고 말했던 거 기억나요?"

"음악이라면 리스트의 의견을 얼마든지 따르겠지만, 그림에 관해서는 아니에요. 게다가 그분은 그때 이미 노망이 나서, 자기가 그런 말을 정말로 했는지도 기억하지 못할걸요. 하지만 그분을 모셔 온 건 당신이 아니에요. 나는 스무 번이나 그분과 함께 자인-비트겐슈타인* 공주 댁에서 식사했는걸요."

알릭스의 공격은 실패했고, 그러자 그녀는 입을 다문 채 꼼짝 않고 서 있었다. 더덕더덕 분을 바른 얼굴이 돌처럼 보였다. 그녀의 고결한 옆얼굴은 이끼 낀 삼각형 받침대 위에 짧은 망토로 감춰진 공원의 부서진 여신상 같았다.

"아! 저기 아름다운 초상화가 또 있군요." 하고 사학자가

힘을 구사하게 되었다.

* 헝가리 출신 음악가 프란츠 리스트(Frantz Liszt, 1811~1886)는 1847년 폴란드 공주 카롤리네 자인-비트겐슈타인(Carolyne de Sayn-Wittgenstein)을 만나 두 번째 사랑에 빠진다. 이미 결혼한 적 있는 카롤리네의 이혼을 교황청이 반대하자 카롤리네는 칩거 생활에 들어가고, 리스트 역시 수도원에 들어가 이때부터 작품에 종교성이 강하게 나타난다. 리스트의 첫 번째 사랑은 마리 드 플라비니(Marie de Flavigny)로, 그녀는 델핀 게, 그라몽 공작 부인과 더불어 '금발의 세 카리타스'를 이루었다고 한다. 아마도 프루스트는 "말라케 강변로에 사는 마리 앙투아네트"와 "하양 파랑 분홍 머리칼의 세 모이라 여신"을 구성하는 데 있어 장제 부인 외에도 이 일화를 참조한 듯 보인다.(『게르망트』, 폴리오, 686쪽 참조.)

말했다.

문이 열리고 게르망트 공작 부인이 들어왔다.

"아, 왔어, 안녕." 하고 빌파리지 부인은 머리도 움직이지 않은 채 호주머니에서 한 손을 꺼내 새로 도착한 여인에게 내밀었다. 그런 후 금방 그녀에 대한 관심을 멈추고 사학자 쪽으로 몸을 돌렸다. "라로슈푸코* 부인의 초상화랍니다."

조금은 무례해 보이는 표정에 매력적인 얼굴의 젊은 하인이(그러나 완벽함을 잃지 않을 정도로 정확하게 깎인 얼굴과 붉은 코와 발갛게 달아오른 살갗이 뭔가 최근에 조각칼로 도려낸 흔적이 남아 있는 듯했다.) 쟁반에 명함을 놓고 들어왔다.

"마님을 뵈려고 이미 여러 번 오셨던 분입니다."

"내가 손님 접대 중이라고 말했나요?"

"담소를 나누시는 걸 그분이 들었습니다."

"그렇다면 할 수 없지. 들어오시게 해요. 전에 소개받은 적이 있는 분이에요." 하고 빌파리지 부인이 말했다. "그분이 무척이나 초대받고 싶다고 말했어요. 한 번도 허락한 적은 없지만요. 그러나 이렇게 다섯 번이나 오셨으니 사람들 기분을 상하게 해서는 안 되겠죠. 저기요." 하고 부인은 내게 말했고 "그리고 선생님." 하면서 프롱드 난의 사학자를 가리키며 덧붙였다. "제 조카인 게르망트 공작 부인을 소개해 드릴게요."

사학자도 나처럼 머리를 깊이 숙여 인사했고, 뭔가 다정한 말이 이 인사에 뒤이어 나와야 한다고 생각했는지 두 눈을 반

---

* 『잃어버린 시간을 찾아서』 4권 73쪽 주석 참조.

짝이며 입을 열 준비를 했지만, 게르망트 공작 부인의 모습을 보고는 그만 기가 죽었다. 공작 부인은 자유로운 상반신을 앞으로 쭉 내밀면서 조금은 과장되게 인사를 하고는, 그녀의 눈이나 얼굴에서 앞에 누가 있는지 알아보는 기색도 전혀 없이 상반신을 다시 정확하게 제자리로 돌렸다. 그녀는 가벼운 숨을 내뱉으면서 사학자와 나를 본 인상이 시시하다는 것을 보여 주려고 콧방울을 몇 번 움직였는데, 그 정확한 움직임이 그녀의 한가로운 주의력에 담긴 지루한 무력감을 입증했다. 귀찮다는 방문객이 들어왔고, 그는 곧바로 순진하고도 열성적인 태도로 빌파리지 부인을 향해 걸어갔다. 바로 르그랑댕이었다.

"저를 받아 주셔서 대단히 감사합니다, 부인." 하고 그는 '대단히'란 말을 강조하면서 말했다. "저같이 늙고 외로운 사람에게 지극히 드문 자상한 기쁨을 베풀어 주셨습니다. 그 기쁨의 울림으로 말하자면……."

그가 나를 알아보고 갑자기 말을 멈추었다.

"저는 이분에게 『격언집』 저자의 부인인 라로슈푸코 공작 부인의 아름다운 초상화를 보여 드리고 있었답니다. 저희 집안에 내려온 거죠."

게르망트 부인은 알릭스에게 고맙다고 말하면서 올해도 다른 해처럼 방문하러 가지 못한 것을 사과했다. "마들렌*을 통해 소식 들었어요." 하고 그녀가 덧붙였다

"그분은 오늘 아침 우리 집에서 식사하셨어요." 하고 말라

---

* 푸아 대공 부인의 세례명이다.

케 강변로의 후작 부인은 빌파리지 부인은 결코 이런 말을 할수 없을 거라고 생각하며 만족스럽게 말했다.

그동안 나는 블로크와 얘기를 나눴는데, 그에 대한 부친의 태도가 변했다는 말을 들었으므로 혹시나 블로크가 내 삶을 부러워하지나 않을까 염려스러워 블로크에게 그의 삶이 더 행복할 거라고 말했다. 이 말은 내 쪽에서는 단지 상냥하게 대하려는 마음의 효과에 지나지 않았다. 그런데 이런 상냥함이 자존심 강한 이들에게는 쉽게 그들의 행운을 믿게 하고, 또는 다른 사람들이 그렇게 믿어 주도록 설득하고 싶은 욕망을 주는 모양이었다. "그래, 난 사실 멋진 생활을 하고 있어." 하고 블로크는 행복감에 젖은 표정으로 말했다. "친한 친구가 셋이나 있으니 더 이상은 바라지도 않고, 또 귀여운 애인도 있으니 정말 무한히 행복해. 제우스 영감이 이토록 많은 지복을 준 인간도 매우 드물 거야." 그는 특히 나의 부러움을 사려고 자기자랑을 늘어놓는 것 같았다. 어쩌면 또한 그의 낙천적인 성격에는 어떤 독창성의 열망 같은 게 있었는지도 모른다. 여하튼 다른 사람들처럼 "오! 그건 아무것도 아니라네." 등등과 같은 평범한 대답을 하고 싶어 하지 않는 건 분명했다. 그의 집에서 열린 한 오후 댄스파티에 대해, 나는 가지 못했지만 "좋았어?" 하고 묻자, 그는 남의 일처럼 무관심하고도 단조로운 어조로 "그래, 아주 좋았어. 더할 나위없는 성공이었지. 정말 근사했어."라고 대답했다.

"부인께서 하시는 말씀이 제 관심을 대단히 *끄는군요*." 하고 르그랑댕이 빌파리지 부인에게 말했다. "바로 요전 날 저는 부인의 기민하고도 명료한 표현법이 라로슈푸코와 무척 닮았다고 생각했으니까요. 모순된 두 단어로 말씀드린다면 뭐라고 할까, 간결한 신속함과 불멸의 순간성이라고나 할까요. 오늘 저녁 부인께서 말씀하시는 걸 모두 적어 두고 싶지만 그냥 기억해 두렵니다. 부인 말씀은, 주베르*가 한 말이라고 생각합니다만, 기억의 친구입니다. 주베르를 읽으신 적이 없으시다고요? 오! 부인 마음에 꼭 드실 겁니다! 오늘 저녁 안으로 그분 작품을 보내 드리죠. 그분의 재치를 부인께 소개해 드리는 일이 저는 무척 자랑스러우니까요. 그분에겐 부인만큼의 힘은 없지만 그래도 우아함은 있습니다."

나는 바로 르그랑댕에게 인사하러 가고 싶었지만, 그는 계속해서 되도록 내게서 멀리 떨어져 있으려고 했는데, 아마도 자신이 온갖 주제에 관해 빌파리지 부인에게 지극히 세련된 표현으로 계속 떠들어 대는 아첨을 내가 듣지 못하게 하고 싶었던 모양이다.

부인은 마치 그가 농담이라도 한다는 듯 미소를 지으며 어깨를 으쓱하고는 사학자 쪽으로 고개를 돌렸다.

"또 이 초상화는 저 유명한 마리 드 로앙, 슈브뢰즈 공작 부인 것이에요.** 첫 번째 결혼에서 뤼인 씨와 결혼했던."

---

* 조제프 쥐베르(Joseph Joubert, 1754~1824). 모럴리스트이자 수필가인 그는 『사상 수필 격언』에서 "유능한 작가는 기억의 친구들인 단어에 열중하며 그렇지 못한 단어는 버린다."라고 말했다.(『게르망트』, 폴리오, 686쪽에서 재인용.)
** Marie de Rohan-Montbazon, duchesse de Chevreuse(1600~1670). 프롱드 난에서 중요한 역할을 했던 인물이다.

"오! 뤼인 부인은 내게 욜랑드*를 생각나게 해요. 어제 우리 집에 왔었는데. 저녁에 아무하고도 약속이 없었던 걸 알았다면, 당신을 찾으러 사람을 보냈을 텐데. 리스토리 부인이 예고도 없이 찾아와서 카르멘 실바** 여왕의 시를 저자 앞에서 낭송했답니다. 얼마나 아름다웠는지!"

'대단한 배신이군!' 하고 빌파리지 부인은 생각했다. '요전 날 저 여자가 볼랭쿠르 부인과 샤포네 부인***에게 낮은 소리로 속삭인 게 바로 저거였어.' "그날 약속은 없었지만, 댁에는 가지 않았을 거예요." 하고 빌파리지 부인이 대답했다. "리스토리 부인이 한창이었을 때 낭송하는 걸 들었는데, 이제는 폐인이나 다름없더군요. 그리고 난 카르멘 실바의 시를 싫어한답니다. 한번은 아오스트 공작 부인****이 리스토리 부인을 이곳에 데리고 온 적이 있었는데, 그녀는 단테의 「지옥편」에 나오는 노래를 낭송했어요. 그녀의 비교할 수 없는 점은 바로 그런 부분이죠."

*** 욜랑드 드 라 로슈푸코(Yolande de La Rochefoucault, 1849~1905). 샤를 달베르와의 결혼으로 1867년 뤼인과 슈브뢰즈 공작 부인이 된다.
* Carmen Sylva. 루마니아 여왕인 엘리자베스 드 비드(Elisabeth de Wied, 1843~1916)의 필명이다. 독일어로 시와 콩트를 썼으며, 프랑스어로는 1882년 『여왕의 상념』이라는 책을 발간했다.
** 이 두 여인은 훌륭한 태생임에도 살롱은 두지 못했는데, 프루스트에 따르면 빌파리지 부인의 몇몇 모습은 이들 여인들에게서 영감을 받았다고 서술된다.(『게르망트』, 폴리오, 687쪽 참조.)
*** 헬렌 드 프랑스, 프린세스 도를랑스(Hélène de France, princesse d'Orléans, 1871~1951). 이탈리아의 국왕 비토리오 에마누엘레 2세의 증손자인 아오스트 공작(duc d'Aoste) 공작과 1895년에 결혼했다.

알릭스는 이런 빌파리지 부인의 일격에도 기가 꺾이지 않고 견뎌 냈다. 그녀는 대리석처럼 냉담했다. 그녀의 시선은 날카로웠지만 텅 비어 있었고 코는 고상하게 휘어 있었다. 그러나 한쪽 뺨은 꺼칠꺼칠했다. 뭔가 가볍고 이상한, 초록빛과 분홍빛이 감도는 증식 비대증이 턱에 번지고 있었다. 겨울이 한 번 더 오면 쓰러질 것 같았다.

"저기 선생님, 그림을 좋아하신다면, 몽모랑시 부인의 초상화를 좀 보세요." 하고 다시 시작되는 찬사를 멈추게 하려고 빌파리지 부인이 르그랑댕에게 말했다.

르그랑댕이 멀어진 기회를 틈타, 게르망트 부인은 냉소적인 눈길로 질문이라도 하려는 듯 아주머니에게 그를 가리켰다.

"르그랑댕 씨라네." 하고 빌파리지 부인이 낮은 소리로 말했다. "캉브르메르 부인이라고 불리는 여동생이 있고. 하기야 그 이름이 나와 마찬가지로 자네에게도 별 의미는 없겠지만."

"뭐라고요? 저는 그 여자를 잘 알아요." 하고 게르망트 부인이 입에 손을 대며 외쳤다. "안다기보다는, 그 남편을 어디선가 만난 적 있는 바쟁이 무슨 바람이 불었는지, 그 뚱뚱한 여자에게 나를 보러 오라고 했나 봐요. 그 여자의 방문이 어땠는지는 말할 수 없고요. 내게 런던에 갔던 이야기를 하면서 브리티시 박물관에 있는 그림들을 모두 열거하더라고요. 그런데 아주머니가 지금 보고 있는 나는, 아주머니 댁에서 나가는 대로 그 괴물 같은 여자에게 명함을 넣으러 간답니다. 쉬운 일이라고는 말씀하시지 마세요, 그 여자는 거의 죽기 직전이라는 핑계로 항상 집에 있답니다. 저녁 7시에 가든 아침 9시에 가든 항상 딸기 파이를 대접할 준비를 해 놓으니까요. 그 여자는 분명 괴물이에요." 하고 게르망트 부인은 아주머니의 질문하는 듯한 눈초리를 보면서 대답했다. "어떻게 할 수 없는 사람이에요. 그 여자는 '펜쟁이'*라든가, 여하튼 그 비슷한 말을 했어요." "펜쟁이라니 무슨 뜻인데?" 하고 빌파리지 부인이 조카에게 물었다. "저도 몰라요!" 하고 공작 부인은 짐짓 화내는 척하며 외쳤다. "알고 싶지 않아요. 전 그런 프랑스어는 말하지 않아요." 아주머니가 정말로 펜쟁이의 뜻을 알지 못하는 걸 보고 게르망트 부인은 자신이 언어의 순수성을 고집하는 동시에 학식이 많다는 걸 보여 줄 수 있다는 만족감에, 또 캉브르메르 부인을 조롱한 후 아주머니까지 조롱하려고 이렇게 말했다. "아주머니는 잘 아세요." 하고 그녀는 짐짓 분노한 척 억제했던 미소를 살짝 지으면서 말했다. "누구나 다 아는 말이에요. 펜쟁이란 작가를 뜻해요, '펜을 쥔 자'란 뜻이죠. 얼마나 끔찍한 말인지 사랑니가 다 뽑혀 나갈 정도예요. 그런 말을 하다니 결코 용납이 안 돼요. 그런데 그런 사람의 오빠라니! 전 아직도 실감이 나지 않아요. 하지만 이해할 수도 있을 것 같아요. 그 동생 역시 별 가치 없는 비천한 출신이고 회전식 서가의 지식밖에 모르니까요. 그 여자도 자기 오빠만큼이나 아첨꾼이고 성가신 사람이죠. 이제는 이들의 가족 관계를

---

* 여기서 펜쟁이라고 옮긴 '플뤼미티프(plumitif)'는 작가를 창조적 영감의 예술가가 아닌 단순히 펜으로 먹고사는 글쟁이로 간주한다는 뜻이다.

잘 알 것 같아요."

"앉아, 차를 좀 마실까." 하고 빌파리지 부인이 게르망트 부인에게 말했다. "직접 따르겠나? 자넨 증조부모 초상화를 볼 필요는 없겠지. 나만큼 잘 아니까."

빌파리지 부인은 곧 자기 자리로 돌아가 앉아서 그림을 그리기 시작했다. 모두들 그쪽으로 다가갔고 나는 그 틈을 타 르그랑댕에게 갔다. 빌파리지 부인 댁에 와 있다는 사실이 전혀 잘못이라고 생각하지 않았으므로, 내 말이 얼마나 그의 마음을 상하게 할지 또 그의 마음을 상하게 할 의도였다고 그가 믿으리라고는 꿈에도 생각하지 못한 채 이렇게 말했다. "선생님도 와 계신 걸 보니 살롱에 있는 게 용서받을 만한 일인 것 같네요." 르그랑댕 씨는 이 말로(그가 며칠 후에 나에 대해 내린 판단은 적어도 그러했다.) 내가 악을 통해서만 기쁨을 느끼는 근본적으로 사악한 젊은이라고 결론 내렸다.

"먼저 인사를 하는 예의부터 갖출 수 있었을 텐데." 하고 그는 내게 손도 내밀지 않고 내가 그에게서 전혀 의심한 적 없는 그런 천박하고도 격노한 목소리로 대답했다. 그 목소리는 그가 보통 때 하는 말과는 전혀 논리적인 연관성이 없었으며, 오히려 지금 그가 느끼는 것과 더 직접적이고 생생한 관계가 있었다. 이는 우리가 느끼는 감정을 언제까지나 감추려고 결심하는 경우, 그 감정을 표현하는 방식에 대해서는 결코 생각하지 않기 때문이다. 그러다 갑자기 우리 몸속에서 한 추악하고도 낯선 짐승의 소리가 들리면, 그 목소리는 때로 우리 결점이나 악덕을 본의 아니게 간략하고도 거의 억제할 수 없는 속말로 털어놓게 하여 듣는 사람으로 하여금 겁먹게 하는데, 이는 마치 우리가 결코 알지 못했던 살인을 저지른 범인이 그 사실을 고백하지 않고는 못 배겨 기이하고도 간접적인 방식으로 털어놓는 것과도 같다. 나는 위대한 철학자의 관념론이, 주관적인 관념론조차, 그 철학자의 식탐을 저지하지 못하며 끈질기게 아카데미 회원이 되려고 입후보하는 데 방해가 되지 않는다는 사실을 잘 알고 있었다. 그러나 그의 분노나 상냥함의 온갖 충동적인 행동이 이 세상에서 좋은 자리를 차지하기 위해 욕망의 지배를 받을 때는, 정말이지 자신이 다른 별자리에 속해 있음을 그렇게 여러 번씩 환기할 필요는 없었다.

"물론 어디선가 와 달라고 계속해서 스무 번이나 날 괴롭힐 때면." 하고 그는 낮은 소리로 계속했다. "비록 내 마음대로 할 권리는 있지만 그래도 버릇없는 인간처럼 굴 수는 없지 않은가."

게르망트 부인이 자리에 앉았다. 작위를 동반한 부인의 이름이 그녀라는 물리적 인간에 공작의 영지를 추가로 반사하면서, 게르망트 숲의 싱그러운 황금빛 그늘을 살롱 한복판 그녀가 앉은 의자 쿠션 주위에 감돌게 했다. 다만 나는 이런 숲과의 유사성이 공작 부인의 얼굴에서 그렇게 명료해 보이지 않는다는 사실에 놀랐으며, 부인 얼굴에도 식물적인 것이라곤 전혀 없이, 기껏해야 뺨에 난 붉은 반점이 ─ 게르망트라는 이름이 문장(紋章)처럼 새겨졌어야 할 뺨에 ─ 그녀가 야외에서 한 오랜 기마 여행의 이미지를 반사한다기보다는 그 결과에 지나지 않는다는 걸 보고 놀랐다. 나중에 공작 부인에게 무관심해졌을 때에야 나는 부인의 여러 특징을 이해할 수 있었으며, 특히(무엇인지 구별조차 못 하면서 이미 부인의 매력을 느꼈던 순간에 한해 말해 본다면) 그녀의 눈은 한 폭의 그림마냥 프랑스 어느 오후의 푸른 하늘을 담고 있어 반짝이지 않을 때에도 넓게 드러난 채로 빛에 젖어 있었고, 그녀의 목소리는 처음 들을 때는 쉰 소리에 거의 천박하기까지 했지만, 그 안에 콩브레 성당의 돌층계나 광장의 제과점마냥 시골 햇볕의 게으르고도 기름진 금빛이 구르고 있었다. 그러나 그 첫날 나는 아무것도 인지하지 못했으며, 나의 열렬한 주의력은 게르망트라는 이름에서 뭔가를 포착하기 위해 내가 받아들인 지극히 적은 인상마저 즉시 증발시켜 버렸다. 어쨌든 이것이 바로 게르망트 공작 부인이라는 작위가 모든 이들에게 가리키는 바로 그 사람이며, 다시 말해 그녀의 이름이 의미하는 그 상상할 수도 없는 삶이 정말로 그 몸 안에 담겼으며, 이제 그 몸은 사방에서 에워싸는 살롱 안 여러 다양한 사람들 한가운데로 자신의 삶을 끼워 넣었고, 또 이 삶은 살롱에 얼마나 활기찬 반응을 일으켰던지, 마치 그것이 뻗어 가기를 멈춘 지점에서, 양탄자 위에 드러난 푸른 북경 비단 스커트의 불룩한 부분 주위에서, 또 공작 부인의 눈동자를 채우는 걱정거리나 추억들이나 그 이해할 수 없는, 멸시하는, 재미있어하는, 호기심 어린 상념들과 거기 비친 낯선 이미지들이 서로 교차하는 부인의 맑은 눈동자에서, 이런 삶의 경계를 그리는 열광의 가장자리 장식을 보는 듯하다고 나는 혼자 중얼거렸다. 만일 내가 그녀를 이처럼 후작 부인의 '방문일'이나 오후 차 모임이 아닌,

후작 부인이 베푸는 저녁 파티에서 만났다면 이토록 깊은 감동은 느끼지 못했을지 모른다. 이런 오후 차 모임에서 부인들은 외출 도중에 잠깐 걸음을 멈추어 장을 보러 갔다 온 그대로 모자를 쓰고, 연이어 방문하는 살롱에 좋은 바깥 공기를 가져다주어, 무개 사륜마차의 덜거덕거리는 소리가 들리는 열린 높은 창보다 더욱 오후 끝자락의 파리 모습을 보여 준다. 게르망트 부인은 수레국화로 장식된 챙 좁은 밀짚모자를 쓰고 있었다. 수레국화가 상기시킨 것은, 내가 자주 그 꽃을 따던 콩브레의 밭고랑이나 탕송빌 울타리와 인접한 비탈에 비추었던 오래전의 햇빛이 아니라, 게르망트 부인이 조금 전 햇빛 비치는 라페 거리를 막 통과했을 때의 저녁놀 냄새와 먼지였다. 조소하는 듯 모호한 미소를 지으며 꽉 다문 입술로 약간 쌩긋한 표정을 지어 보이는 부인은 그녀의 신비로운 삶 끝에 달린 안테나인 양 보이는 파라솔 끝으로 양탄자에 동그라미를 그리고 있었고, 그러다 그녀와 사람들이 바라보는 것 사이에 모든 접촉점을 제거하려는 듯 냉담한 주의력으로 우리 한 사람 한 사람을 번갈아 뚫어지게 응시하다가 긴 의자와 안락의자를 살폈는데, 그때 그 눈길은 우리에게 친숙한, 거의 사람과도 같은 물건, 하지만 별 의미 없는 물건의 존재가 불러일으키는 그런 인간적인 호의로 조금은 부드러워져 있었다. 가구들은 우리와는 달리 막연하게나마 그녀의 세계에 속했고, 그녀 아주머니의 삶에 결부되었던 것이다. 그러다 보베 융단의 가구로부터 거기 앉은 사람 쪽으로 돌아온 눈길은 조금 전과 마찬가지로 예리하고도 비난하는 기색을 띠고 있었는데, 아주머니에 대한 게르망트 부인의 존경심 탓에 감히 입 밖으로 표현하지는 못하지만, 안락의자에서 우리라는 존재가 아니라 기름 자국이나 먼지가 덮인 걸 확인했을 때 지었을 법한 그런 표정이었다.

그때 마침 탁월한 작가 G 씨가 들어왔다. 그는 빌파리지 부인을 방문하러 왔는데 그는 이 방문을 늘 고역으로 여겼다. 공작 부인은 그를 만나 기뻤지만 내색하지 않았으며, 그래도 그는 당연히 부인 곁으로 갔다. 부인의 매력과 재치와 소탈함 때문에 그는 부인을 지적인 여인으로 여겼다. 게다가 그에겐 또한 예의상으로라도 그녀 곁에 가야 할 의무가 있었다. 쾌활한 저명인사인 탓에 게르망트 부인이 그를 여러 번 식사에 초대했고, 어떤 때는 부인과 부인 남편, 이렇게 셋이서만 마주 앉아 식사를 했으며, 또 가을이면 게르망트 영지에서 부인이 이런 친한 사이임을 이용하여 그를 만나고 싶어 하는 왕족 부인들과 함께 저녁 만찬에 초대한 적도 있었기 때문이다. 공작 부인은 몇몇 명사들을 독신 남성이라는 조건 아래에서만 즐겨 초대했으며, 기혼 남성인 경우에도 그들은 공작 부인을 위해 기꺼이 그 조건을 언제나 충족시켰다. 그들의 아내는 대개가 조금은 천박했고, 파리에서 가장 우아한 여인들만이 오는 살롱에 오점을 남길 수 있으므로, 그들은 늘 아내 없이 혼자 초대받았다. 그래서 공작은 본의 아니게 홀아비가 된 이들에게 그 상처 받기 쉬운 자존심 강한 성격을 건드리지 않으려고, 공작 부인이 여성은 초대하지 않으며, 여성과의 모임을 견디지 못한다고, 마치 의사의 지시에 따른다는 듯, 의사가 공작 부인에게 냄새 나는 방에 머물러서는 안 되고, 너무 짜게 먹지 말고, 뒤쪽으로 걷지 말고, 코르셋을 입지 말라고 말했다는 듯 설명했다. 물론 이런 명사들은 게르망트네 집에서 파름 대공부인과 사강 대공 부인(사강 부인 얘기를 늘 들어 온 프랑수아즈는, 이 이름에 문법상 여성 어미를 붙여야 한다고 생각하고는 드디어는 사강트 부인이라고 부르는 것이었다.)* 또 그 밖의 다른 여인들도 만났지만, 이런 여인들은 같은 집안사람이며 또는 유년 시절 친구여서 빼놓을 수 없었다고 공작은 변명했다. 여성들과 교제하지 못하는 게르망트 공작 부인의 이 특이한 병에 대해, 명사들은 공작이 자신들에게 해 준 설명에 설득되었건 그렇지 않건 이 설명을 그들의 아내에게 그대로 전했다. 그중 몇몇 여인들은 공작 부인이 찬미자들을 모아 놓고 궁전을 혼자서 지배하려 한다며 그 병이 부인의 질투심을 숨기기 위한 구실에 지나지 않는다고 생각했다. 좀 더 순진한 여인들은 공작 부인에게 특이한 취향이 있어, 이를테면 어떤 수치스러운 과거가 있어, 여인들이 부인 집에 가려고 하지 않기 때문에 부인이 어쩔 수 없이 필요에 따라 기행이라는 이름을 붙인다고 생각했다. 보다 훌륭한 여인들은 공작 부인의 지성이 뛰어나

---

* 프랑스어에서는 보통 남성 명사에 여성을 의미하는 어미 e를 붙여 여성 명사를 만들지만 언제나 그런 것은 아니며, 더욱이 고유 명사에는 이런 변형이 허용되지 않는다. 그러나 프랑수아즈는 마치 그것이 문법적으로 가능하다는 듯, 사강(Sagan)이란 고유 명사에 te을 덧붙여 Sagante라고 칭한 것이다. 사강 대공 부인은 제2제정 시대의 남작 딸로 그녀가 개최하는 무도회는 당시 사교계에서 명성이 높았다. 프랑수아즈 사강이 프루스트의 사강 대공 부인에서 자신의 이름을 차용했다는 것은 잘 알려진 사실이다.

다는 감탄을 남편으로부터 듣고는, 여자들이란 아무것도 말할 줄 모르므로 다른 여자들에 비해 탁월한 공작 부인이 여자들과의 모임을 따분하게 생각한다고 여겼다. 사실 부인은 왕족 신분인데도 특별히 흥미를 끌지 않는 여인들 옆에 있으면 권태를 느꼈다. 그러나 이렇게 제외된 여인들이, 문학이나 과학과 철학을 논하기 위해 공작 부인이 남자들만 초대한다고 생각한다면, 큰 오산이었다. 왜냐하면 부인은 그런 얘기를 결코, 적어도 유명한 지식인과는 하지 않았다. 위대한 장군의 딸이 아무리 허영에 정신이 팔렸다 해도 군대 일에는 경의를 표하는 그런 가문의 전통에 따라, 공작 부인은 티에르와 메리메와 오지에*와 교제했던 여인들의 손녀로서, 우선 자신의 살롱에 지적인 사람들의 자리를 보존해야 한다고 생각했고, 다른 한편으로는 명사들을 게르망트 영지에서 접대하던 그 오만하고도 동시에 친밀한 태도를 물려받아 재능 있는 사람들을 가족처럼 대하는 버릇이 있었다. 즉 그들의 재능에 현혹되지 않고, 그들의 작품에 대해서도 말하지 않았는데, 사실 작품 이야기를 했다 해도 그들은 지루해했을 게 분명하다. 게다가 메리메와 메이야크와 알레비** 같은 유형의 정신을 지닌 부인은 전 시대의 언어적 감상주의***와는 대조적으로, 미사여구나

---

* 티에르에 대해서는 313쪽 주석 참조. 메리메와 오지에에 대해서는 『잃어버린 시간을 찾아서』 4권 121쪽과 231쪽 주석 참조.
** 메이야크에 대해서는 71쪽 주석 참조. 알레비에 대해서는 『잃어버린 시간을 찾아서』 1권 164쪽 주석 참조.
*** 메리메와 메이야크는 여기서 '언어적 감상주의'라고 정의되는 낭만파 전성

고상한 감정 표현은 모두 거부하는 그런 대화에만 몰두하여, 시인 또는 음악가와 함께 있을 때면 그들이 먹는 음식이나 앞으로 할 트럼프 놀이에 대해 얘기하는 것을 일종의 멋으로 생각했다. 이런 거부는 이유를 모르는 제삼자에게는 뭔가 당혹스러우며 신비스럽기조차 했다. 게르망트 부인이 이 제삼자에게 시인과 함께 초대해도 좋은지 물어보기라도 하면, 그 제삼자는 호기심에 들떠 정확히 제시간에 도착했다. 공작 부인은 시인에게 날씨 얘기를 하고 식탁으로 안내해서는 "이런 달걀 요리를 좋아하세요?"라고 시인에게 물었다. 자기 집에 있는 거라면 뭐든지, 게르망트 영지에서 그녀가 가져오게 한 저 끔찍한 사과주까지도 부인은 진미라고 생각했으므로, 시인이 동의하면 부인도 곧 그 말에 동의하면서 "저분에게 달걀을 더 드리세요." 하고 집사에게 명했다. 그동안 불안을 느낀 제삼자는 시인의 출발에 앞서 수많은 난관에도 시인과 부인이 다시 만나기로 약속한 이상, 뭔가 그들이 서로 말하려 했던 것이 분명히 있다고 생각하고는 그것이 무엇인지 초조하게 기다렸다. 그러나 식사는 계속되었고, 게르망트 부인이 재담이나 짤막한 이야기를 할 기회가 없지는 않았지만, 접시는 그냥 하나씩 치워졌다. 그동안 시인은 여전히 식사를 하고, 공작이나 공작 부인은 그가 시인임을 기억도 못 한다는 표정을 하고 있었다. 이윽고 식사가 끝나 작별 인사를 하고, 그렇지만 그들 모두가 좋아하는 시에 대해서는, 지난날 스완이 내게 미리 맛보

___

기에, 이런 낭만파를 비난하고 고전적 필체로 리얼리즘 문학을 구현하고자 했다.

게 해 주었던 것과 유사한 신중함으로 어느 누구도 말하지 않았다. 이 신중함이 다만 좋은 취향에 속했기 때문이다. 그러나 제삼자가 조금 더 숙고해 본다면, 거기에는 뭔가 매우 울적한 것이 깃들어 있었는데, 게르망트네와의 식사는 수줍은 연인들이 헤어지는 순간까지 시시한 얘기만 하다 부끄러움이나 조심성 혹은 서투름 탓에 고백하고 나면 보다 행복해지는 커다란 비밀을 결코 그들의 가슴에서 입술로 옮기지 못한 채 함께 보내는 그런 시간을 연상시킨다. 게다가 가슴 깊숙이 간직한 것들에 대해 언젠가는 얘기할 날이 오겠지 하고 기다리다가 늘 헛되이 끝나 버리는 이런 침묵이 게르망트 부인의 특징이라고 하지만, 부인에게서 절대적인 것은 아니었다. 게르망트 공작 부인은 오늘날 그녀가 사는 것과 같은 귀족적 환경이지만, 조금은 덜 찬란하고 특히 덜 경박하며 교양이 풍부한 환경에서 젊은 시절을 보냈다. 이 환경은 공작 부인의 현재 경박함에, 보다 단단하고, 눈에 보이지는 않지만 자양분이 많은 어떤 응회암 같은 것을 남겨 놓아, 부인은 그곳으로(학자연하는 걸 싫어했으므로 아주 드물게만) 빅토르 위고나 라마르틴의 인용문을 찾으러 가기도 했으며, 무척이나 적절한 그 인용문을 부인의 아름다운 눈이 느낀 시선에 담아서 낭송할 때면 상대방은 틀림없이 놀라 매혹되곤 했다. 때로는 어느 한림원 회원 극작가에게 건방지지 않게 적절하고도 소박한 태도로 뭔가 예리한 충고를 해 주어 극작가가 극의 상황을 완화하거나 결말을 변경하기도 했다.

빌파리지 부인의 살롱에서, 페르스피에 양의 결혼식이 거행되던 콩브레 성당에서처럼 게르망트 부인의 이름이 지닌 미지의 것을 그녀의 그토록 인간적인 아름다운 얼굴에서 발견하지 못했다 해도, 나는 부인이 얘기할 때면 그 심오하고도 신비스러운 얘기 안에 뭔가 중세 장식 융단이나 고딕풍 채색 유리 같은 낯선 것이 담겨 있을 거라고 생각했다. 그러나 게르망트 부인이라고 불리는 사람의 입에서 나오는 말에 실망하지 않으려면, 설령 내가 부인을 좋아하지 않는다 해도, 그녀의 말들이 섬세하고 아름다우며 심오하다고 생각하는 것만으로는 충분치 않으며, 부인 이름의 마지막 음절이 지닌 그 맨드라미 빛깔을,* 처음 본 날 그녀에게서 발견하지 못하고 그래서 그녀에 대한 상념 속에 도피시켜야 했던 그 빛깔을 그녀의 말들이 반사해야 했다. 물론 나는 빌파리지 부인이나 생루처럼 그렇게 지성이 예외적이지 못한 이들이 이 게르망트라는 이름을, 지금 그들을 만나러 온 사람이나 함께 식사할 사람의 이름에 지나지 않는다는 듯, 그 이름 안에 노랗게 물든 수십 헥타르의 숲이나 지방의 신비스러운 구석을 느끼는 기색 없이 아무렇게나 조심하지 않고 발음하는 걸 이미 들은 적이 있었다. 그러나 고전 시인이 그 마음속에 품은 심오한 의도를 우리에게 미리 알려 주지 않듯이, 이는 그들의 어떤 가식적인 행동에 틀림없으며, 나 역시 게르망트 공작 부인이라는 이름을 다른 이름과 유사하다는 듯 아주 자연스러운 어조로 발음하면

---

* 게르망트(Guermantes)란 이름의 '앙트'라는 음절에서 오렌지 빛 또는 맨드라미 빛을 연상하는 의미에 대해서는 『잃어버린 시간을 찾아서』 1권 297쪽 주석 참조.

서 그런 행동을 흉내 내고자 했다. 게다가 모두들 부인이 매우 지적인 여인이며 재기 넘치는 대화를 하는 가장 흥미로운 작은 사단에서만 사는 여인이라고 단언하자, 이런 말들은 내 몽상의 공모자가 되었다. 왜냐하면 그들이 지적인 사단이니 재기 넘치는 대화니 하고 말할 때에도, 그것은 내가 상상하던 지성과는 전혀 닮은 데가 없었으며(가장 위대한 지성이라 할지라도) 내가 이런 사단의 회원이라고 상상한 사람들도 베르고트 같은 사람은 전혀 아니었기 때문이다. 그렇다. 나는 지성이라는 단어를 뭔가 말로는 표현할 수 없는, 숲의 싱그러움이 배어든 황금빛 능력으로 이해했다. 그래서 만일 게르망트 부인이 지극히 지적인 이야기를 한다 해도(나는 이 '지적'이라는 단어에 철학가나 비평가에 대해 말할 때와 같은 의미를 부여한다.) 그녀의 이런 특별한 능력에 대한 내 기대는, 그녀가 별 의미 없는 대화 중 요리법이나 성에 있는 가구 이야기를 할 때보다, 혹은 이웃 여자들이나 친척들의 이름을 말할 때보다(이 경우에는 적어도 내게 부인의 삶을 환기해 주었을 테니까.) 나를 더욱 실망시켰을 것이다.

"바쟁이 이곳에 있는 줄 알았는데요. 아주머니를 뵈러 온다고 했거든요." 하고 게르망트 부인이 그의 아주머니에게 말했다.

"며칠 전부터 자네 남편을 보지 못했어." 하고 빌파리지 부인이 화가 난 듯 격한 어조로 대답했다. "보지 못했어. 아니, 한 번 봤던가? 스스로를 스웨덴 왕비라고 알린 그 멋진 농담 이후로는."

게르망트 부인은 미소를 지으려고 제비꽃을 깨물듯 입술 끝을 오므렸다.

"우리는 어제 저녁 블랑슈 르루아 댁에서 왕비님과 함께 식사했어요. 아마 몰라보실 거예요. 거대해졌던걸요. 병이 드신 게 확실해요."

"마침 이분들에게, 자네가 왕비님이 개구리 같다고 했다는 얘기를 하는 중이었네."

게르망트 부인은 쉰 소리 비슷한 걸 냈는데 양심에 거리낌 없이 조롱한다는 의미였다.

"제가 그런 재미있는 비교를 했는지는 기억나지 않지만, 어쨌든 그렇게 말했다면, 지금은 개구리가 소처럼 불룩해지는 데 성공했죠.* 아니, 어쩌면 완전히 그런 건 아닐지도 모르겠네요. 불룩한 것이 전부 배에 모여 있으니까. 차라리 임신 중인 개구리라고나 할까요."

"아! 자네 비유가 재미있군." 하고 빌파리지 부인은 조카의 재치를 손님들에게 보여 줄 수 있어 자랑스럽다는 듯 말했다.

"그 비유는 특히 '작위적'이죠." 하고 게르망트 부인은 스완과 마찬가지로 자기가 선택한 형용사 음절을 하나하나 끊어 발음하며 비꼬듯 말했다. "실은 분만 중인 개구리를 본 적이 없거든요. 어쨌든 개구리는 남편이 죽은 후로는 내가 한 번도 본 적 없는 그런 쾌활한 모습이 되어 왕 같은 건 바라지도 않게 되었는데, 다음 주 중에 우리 집에 식사하러 올 거예요.

---

* 라퐁텐의 우화 「소처럼 커지고 싶은 개구리」에 대한 암시이다.

어쨌든 아주머니께 미리 알려 드린다고 했어요."

빌파리지 부인이 뭔가 알아들을 수 없는 소리로 투덜거렸다.

"왕비님께서 그저께 메클렌부르크* 부인 댁에서 저녁 식사를 했다는군." 하고 빌파리지 부인이 덧붙였다. "그 자리에는 아니발 드 브레오테**도 있었는데, 그분이 내게 와서 그 이야기를 하더구나. 꽤 재미있게 말이야."

"그 만찬엔 바발보다 훨씬 더 재치 있는 분이 계셨어요." 하고 게르망트 부인은 브레오테-콩살비 씨와 자신이 매우 친하게 지낸다는 걸 보여 주려고 그를 바발이란 애칭으로 부르면서 말했다. "베르고트 씨요."

나는 베르고트가 재치 있는 사람으로 간주될 수 있다고는 꿈에도 생각해 보지 못했다. 더욱이 그는 내게 지적인 세계에 속하는 인간으로서, 다시 말해 아래층 특별석 자줏빛 커튼 밑에서 얼핏 보았던 그 신비스러운 왕국으로부터 무한히 멀리 떨어진 존재처럼 보였다. 거기서 브레오테 씨는 공작 부인을 웃게 하면서 그녀와 더불어 '신들의' 언어로 그 상상도 할 수 없는 일인, 포부르생제르맹 인간들 사이에서 대화를 나누고 있었다. 그런데 이제 이런 균형이 깨지고 베르고트가 브레오테 씨의 재치를 넘어서는 모습을 보자 왠지 서글펐다. 하지만

** 메클렌부르크(Mecklenburg) 공작은 독일 북동쪽 발트해에 가까운 지역의 영주이다.

* 스완의 친구로서 스완이 익명의 편지를 받았을 때 오데트의 연인 중 하나로 의심하던 인물이다.(『잃어버린 시간을 찾아서』 2권 288쪽.) 보다 정확한 이름은 아니발 드 브레오테-콩살비이다.

특히 게르망트 부인이 빌파리지 부인에게 다음과 같은 말을 하는 걸 듣고는, 「페드르」를 보러 갔던 저녁에 내가 베르고트 옆으로 가지 않았던 게 무척이나 후회스러웠다.

"그분은 내가 유일하게 알고 싶은 분이에요." 하고 공작 부인이 덧붙였다. 재치의 물결이 밀어닥치는 순간, 그녀에게서 늘 저명한 지식인에 대한 호기심의 밀물이 도중에 귀족의 속물근성이라는 썰물에 부딪치는 모습이 보이는 것 같았다. "그런 일이 가능하다면 정말 기쁠 거예요."

내 옆에 베르고트를 앉게 하는 건 나로서는 무척이나 쉬운 일이었지만, 만약 그렇게 되면 게르망트 부인에게 그리 좋지 못한 인상을 줄지도 모르고, 그러나 반대 경우에는 부인이 어쩌면 내게 그녀의 특별석에 오라고 손짓하고 언젠가 이 위대한 작가를 그곳에 데리고 와 달라고 부탁하는 그런 결과를 낳을지도 모른다는 생각이 들었다.

"그리 상냥한 분은 아닌 모양이에요. 누가 코부르크* 씨에게 그분을 소개했는데, 한마디도 하지 않았다나 봐요." 하고 게르망트 부인은 마치 중국인이 종이로 코를 푼다고 말할 때처럼, 이런 신기한 특징을 강조하며 덧붙였다. "코부르크 씨에게 한 번도 '저하'라고 부르지 않더래요." 하고, 어느 프로테스탄트가 교황을 알현하는 자리에서 교황 성하 앞에 무릎 꿇기를 거부하는 것만큼이나 그렇게도 중요한 세부 사항이 재

---

* Cobourg. 독일 바이에른 주에 있는 작센 코부르크 공국의 공작 이름이다. 이 가문에서 유럽 왕들이 많이 나왔다.

미있다는 듯 덧붙였다.

베르고트의 이런 특징에 관심을 둔 그녀는 게다가 그 특징이 비난받을 만한 거라고는 생각하지 않는 듯, 오히려 그 특징이 정확히 어떤 종류인지도 모르면서 뭔가 그의 장점이라고 생각하는 것처럼 보였다. 베르고트의 독창성을 이해하는 이런 이상한 방식에도 불구하고, 나는 나중에 게르망트 부인이 베르고트를 브레오테 씨보다 더 재치 있다고 말함으로써 많은 이들을 놀라게 한 사실이 전혀 무시될 만한 일은 아니라고 생각했다. 이런 전복적이고 예외적이며, 그렇지만 어쨌든 정확한 판단은, 남보다 우월한 소수의 인간들에 의해 세상에 나오는 법이다. 그리하여 이 판단은 다음 세대가 영원히 과거 세대에 집착하는 대신 스스로 정하게 될 가치의 서열에 대한 첫 번째 밑그림이 된다.

벨기에 대리 대사이자 혼인에 의해 빌파리지 부인의 증손자가 된 아르장쿠르 백작이 발을 절뚝거리며 들어왔고, 그 뒤를 이어 두 젊은이, 게르망트 남작과 샤텔로 공작 각하가 들어왔다. 게르망트 공작 부인은 샤텔로 공작에게 "안녕, 내 사랑하는 샤텔로." 하고 쿠션 의자에서 움직이지도 않고 방심한 표정으로 말했다. 부인은 이 젊은 공작의 어머니와 아주 친한 친구 사이였는데, 그런 이유로 공작은 아주 어려서부터 부인에게 지극한 존경심을 품어 왔다. 키가 크고 날씬하며 금빛 피부와 머리칼이 게르망트의 완연한 전형을 이루는 이 두 젊은이는, 넘쳐나는 봄날 저녁 빛을 살롱에 응축해 놓은 듯했다. 당시 유행하던 관습에 따라 두 젊은이는 실크해트를 그들 옆 방바닥에 놓았다. 프롱드 난의 사학자는 시청에 들어선 농부처럼 그들이 당황해서 모자를 어떻게 해야 할지 모른다고 생각했다. 그들의 서투름과 수줍음을 자비롭게 도와줘야 한다고 생각한 사학자는 "그렇게 하지 마십시오." 하고 말했다. "방바닥에 놓지 마십시오. 모자가 망가질 거예요."

게르망트 남작의 시선이 눈동자의 면을 비스듬히 기울이며 거기에 느닷없이 예리하고도 짙푸른 빛을 돌게 하자, 그만 인자한 사학자의 가슴이 서늘해졌다.

"저분 성함이 어떻게 되나요?" 하고 빌파리지 부인에게서 방금 소개받은 남작이 내게 물었다.

"피에르 씨랍니다." 하고 나는 낮은 소리로 말했다.

"피에르 다음에는 뭐라고 하나요?"

"피에르가 성이죠. 아주 훌륭한 사학자랍니다."

"아! 정말 그럴까요?"

"그런 게 아니라 모자를 방바닥에 놓는 건 이 신사분들의 새로운 관습이랍니다." 하고 빌파리지 부인이 설명했다. "저도 선생님처럼 거기 익숙하지 않아요. 하지만 제 조카 로베르가 항상 응접실에 모자를 놓고 가는 것보다는 이편이 낫다고 생각해요.* 조카가 모자를 쓰지 않고 들어오는 걸 보면 전 조카에게, 시계집 주인 같다고, 시계태엽을 감으러 왔느냐고 물어보죠."

---

* 당시 관습은 저녁 파티나 무도회가 있을 경우에만 모자를 응접실에 놓고, 보통 때는 모자나 지팡이를 손에 들고 다녔다고 한다.(『게르망트』, 폴리오, 687쪽 참조.)

"후작 부인께서는 조금 전에 몰레* 씨의 모자에 관해 말씀하셨는데, 우린 오래지 않아 아리스토텔레스**처럼 모자에 관한 글을 한 장(章) 쓰게 될 겁니다." 하고 프롱드 난의 사학자는 빌파리지 부인의 중재에 약간은 마음을 진정시키고 말했지만, 아직도 목소리가 작아서 나 말고는 아무도 그 말을 듣지 못했다.

"공작 부인은 정말 놀라운 분입니다." 하고 아르장쿠르 씨가 G 작가와 담소를 나누는 게르망트 부인을 가리키면서 말했다. "살롱에 누군가 저명한 인물이 나타나기만 하면 반드시 부인 곁에 앉는 모습을 볼 수 있으니 말입니다. 물론 부인 곁에 앉는 분이 거물일 수밖에는 없겠지만, 그래도 매일같이 보렐리 씨나 슐럼베르제, 다브넬 같은 분일 수는 없겠죠.*** 하지만 그때는 피에르 로티 씨나 에드몽 로스탕 씨가 그 자리를 차지할 테니.**** 어제 저녁 두도빌 씨 댁에서, 여담이긴 하지만 에

** 『잃어버린 시간을 찾아서』 1권 46쪽 주석 참조.

*** 아리스토텔레스는 『범주론』의 「장점에 관하여」란 장에서 형태(forme)와 형상(figure)을 구별하며 "모자는 움직이지 않는 물체이므로 형태(움직이는 물체의 외적 표상)가 아닌 형상이라고 말해야 한다."라고 했는데, 이 말을 몰리에르가 「강제 결혼」과 「본의 아닌 의사」란 극작품에 인용하면서, 작중 인물에게 마치 이 말의 저자가 아리스토텔레스가 아닌 히포크라테스인 양 말하게 한 것을 암시한다.(『게르망트』, 폴리오, 687쪽 참조.)

* 레이몽드 드 보렐리(Raymond de Borrelli, 1837~1906). 1889년에 상연된 「알랭 샤르티에」의 극작가. 귀스타브 슐럼베르제(Gustave Schlumberger, 1844~1929). 프랑스 사학자로, 비잔틴 문명과 십자군 전쟁의 전문가였다. 드레퓌스 사건 전에는 스트로스 부인의 살롱을 드나들었으나, 나중에는 발길을 끊어 프루스트의 비난을 사기도 했다. 조르주 비콤테 다브넬(Georges, vicomte d'Avenel, 1855~1939). 프랑스 사학자이자 경제학자였다.

** 젊은 프루스트는 여행가이자 이국 취향 소설을 많이 쓴 피에르 로티(Pierre

메랄드 관을 쓰고 뒷자락이 길게 늘어진 분홍빛 드레스 차림에, 한쪽에는 데샤넬 씨를, 다른 한쪽에는 독일 대사를 거느린 부인 모습은 정말로 대단했어요.* 부인은 그들과 중국 문제로 맞섰죠. 예의상 조금 떨어져 있던 많은 사람들에게는 그 말이 들리지 않았지만, 그래도 전쟁이 터지는 게 아닌지 물을 정도였답니다. 정말이지 자기 사단을 지휘하는 여왕의 모습 같았다고나 할까요."

모두들 빌파리지 부인이 그림 그리는 모습을 보려고 가까이 다가갔다.

"이 꽃은 정말로 천상의 분홍빛이군요." 하고 르그랑댕이 말했다. "제 말은 분홍빛 하늘색이란 뜻입니다. 하늘빛 푸른색이 있듯이 하늘빛 분홍색도 있으니까요. 하지만." 하고 그는 후작 부인의 귀에 들리게 속삭였다. "저는 여전히 부인께서 그리시는, 실크처럼 부드러우면서도 살아 있는 살색이 더 좋습니다. 정말이지 부인께서는 피사넬로와 반 호이숨**을, 그들의 세밀 정물화인 식물도감을 훨씬 능가하시는군요."

Loti)를 자신이 좋아하는 산문가로 꼽았다. 「시라노 드 베르주라크」의 저자인 극작가 에드몽 로스탕(Edmond Rostand)은 1912년 『잃어버린 시간을 찾아서』 출간을 위해 출판사를 찾아 나선 프루스트에게 많은 도움을 주었다.

*** 소스티네 뒤크 드 두도빌(Sosthène, duc de Doudeauville, 1825~1908). 조키 클럽 회장이자 영국대사였다. 데샤넬에 대해서는 『잃어버린 시간을 찾아서』 3권 22쪽 주석 참조.

* 피사넬로에 대해서는 『잃어버린 시간을 찾아서』 4권 273쪽 주석 참조. 반 호이숨(Van Huysum, 1682~1749)은 네덜란드의 대표적인 꽃과 과일 정물화가이다.

아무리 겸손한 예술가라 할지라도 언제나 경쟁자들보다 더 많은 사랑을 받기를 원하나, 경쟁자를 정당하게 평가하려고 노력은 하는 법이다.

"선생님께 그런 인상을 준 건 그분들이 우리가 알지 못하는 시대의 꽃을 그렸기 때문이죠. 하지만 그분들은 그 방면에 대한 지식이 뛰어났어요."

"아! 그런 시대의 꽃이라니, 얼마나 멋진 표현인가요." 하고 르그랑댕이 외쳤다.

"과연 아름다운 벚꽃을 그리시는군요. 아니면 5월의 장미인 가요?" 하고 프롱드 난의 사학자가 꽃에 관해서는 약간 주저했지만, 모자 사건을 기억에서 지우며 자신 있는 목소리로 말했다.

"아니에요. 이건 사과나무 꽃이에요." 하고 게르망트 공작 부인이 빌파리지 아주머니를 향해 말했다.

"아! 자네 이제 정말 시골 사람이 다 됐군. 나처럼 꽃을 다 구별할 줄 알고."

"아! 정말 그렇군요. 그런데 사과꽃 계절은 이미 지나갔다고 생각했는데요." 하고 프롱드 난의 사학자가 변명 삼아 되는대로 말했다.

"아니에요. 오히려 아직 꽃도 피지 않은걸요. 이 주, 어쩌면 삼 주는 지나야 꽃이 필 거예요." 하고 빌파리지 부인의 영지를 조금 관리하고 있어 시골 일에 사학자보다 정통한 고문서학자가 말했다.

"그래요. 그리고 그것도 꽃이 아주 일찍 피는 파리 근교에만 해당되는 말이죠. 노르망디에서는 이를테면 당신 아버지 댁에는." 하고 빌파리지 부인은 샤텔로 공작을 가리키면서 말했다. "일본 병풍에 그려진 것과 같은 아주 멋진 사과나무가 바닷가 쪽으로 심어져 있는데, 5월 20일이 지나야 분홍색이 된답니다."

"전 본 적이 없어요." 하고 젊은 공작이 말했다. "거기 가기만 하면 건초열*이 생겨서요. 심하게요."

"건초열이라니, 한 번도 들은 적 없는데요." 하고 사학자가 말했다.

"요즘 유행하는 병이죠." 하고 고문서 학자가 말했다.

"그건 때에 따라 다르죠. 사과가 풍년인 해에는 아무렇지도 않을 겁니다. 노르망디의 속담을 아시죠. 사과가 풍년인 해에는……."** 하고 완전히 프랑스인이 아닌데도 파리지앵인 척 보이려고 애쓰는 아르장쿠르 씨가 말했다.

"자네 말이 맞아." 하고 빌파리지 부인이 조카에게 말했다. "프랑스 남부 사과나무라네. 어느 꽃 가게 여자가 받아 달라고 이 가지를 보내왔어. 놀라셨나요, 발네르*** 씨." 하고 그녀

---

* 공기 중의 꽃가루로 생기는 알레르기성 비염을 가리킨다.
* 이 속담은 1860년 아니세 부르주아와 아돌프 데느리가 쓴 희곡 「농부의 딸」(1862년 공연)에서 인용한 구절이다. "사과가 풍년인 해에는 사과가 없고, 사과가 풍년이 아닌 해에는 사과가 있다."(『게르망트』, 폴리오, 688쪽 참조.)
** 고문서 학자의 호칭에는 약간 흔들림이 있는 것처럼 보인다. 프루스트는 이 이름을 여러 번 수정했으며, 이런 수정에 따라 GF플라마리옹은 발메르(Valmère)(『게르망트』 1권, GF플라마리옹, 301쪽.)라고 표기하며, 플레이아드와 폴리오는 '발네르(Vallenères)'라고 표기한다.(『게르망트』, 플레이아드 II, 528쪽.)

는 고문서 학자 쪽으로 몸을 돌리며 말했다. "꽃 가게 여자가 사과나무 가지를 보내온 게. 비록 나이 든 여자이긴 하지만 전 사람들도 알고, 또 친구도 몇 명 있어요." 하고 그녀는 미소를 지으며 덧붙였는데, 보통은 그녀가 소박함에서 그런 미소를 지었다고 생각하겠지만, 내게는 오히려 부인이 찬란한 교우 관계에도 불구하고 꽃 가게 여자와의 우정을 자랑하는 데서 뭔가 재미를 느끼는 것처럼 보였다.

이번에는 블로크가 빌파리지 부인이 그리는 꽃을 찬미하려고 일어섰다.

"괜찮습니다, 후작 부인." 하고 사학자가 자기 의자에 다시 앉으며 말했다. "종종 프랑스 역사를 피로 물들인 혁명이 다시 일어난다 해도, 또 어쩌면 우리가 사는 시대에서도 무슨 일이 일어날지 알 수는 없지만."이라고 한 뒤 그는 살롱 안에 어떤 '불온 세력'도 없는지 확인하려고, 비록 그런 세력이 있다고는 전혀 의심하지 않았지만, 신중한 시선으로 한 바퀴 빙 둘러보고 나서 덧붙였다. "이런 재능이 있는 데다 5개 국어나 말씀하시니, 어떤 난관도 빠져나갈 수 있다고 확신하셔도 됩니다." 사학자는 자신의 불면증을 잊어버렸으므로 약간의 휴식을 맛보았다. 하지만 갑자기 엿새 전부터 자신이 잠을 자지 못했다는 사실이 생각났고, 그러자 정신에 생긴 심한 피로가 다리로 밀려와 축 처진 어깨와 침울한 얼굴이 마치 노인과 흡사해졌다.

블로크는 부인에 대한 찬미를 몸짓으로 표현하려 했으나, 그만 팔꿈치로 꽃가지가 꽂힌 병을 엎는 바람에 물이 온통 양탄자 위로 쏟아졌다.

"정말이지 부인은 손재주가 뛰어나시군요.*" 하고, 그때 마침 등을 돌리고 있어 블로크의 서툰 행동을 보지 못한 사학자가 후작 부인에게 말했다.

그러나 블로크는 이 말이 자기와 관계된다고 생각하고는 서툰 행동에 대한 수치심을 불손한 태도로 감추려고 이렇게 말했다.

"별로 대단치 않습니다. 몸이 젖지는 않았으니까요."

빌파리지 부인이 초인종을 울리자 하인이 들어와 양탄자를 닦고 유리 조각을 주웠다. 빌파리지 부인은 두 젊은이와 게르망트 부인을 오후 모임에 초대했고, 게르망트 부인에게는 이런 부탁도 했다.

"지젤과 베르트(도베르종과 포르트팽 공작 부인을 두고 하는 말이었다.)에게 2시 조금 전에 와서 날 도우라고 말하는 걸 잊지 말게." 그녀는 마치 임시 고용한 집사에게 일찍 와서 과일 접시를 준비하라고 말하는 것 같았다.

부인은 자신의 왕족 친척이나 심지어 노르푸아 씨에게도 사학자와 코타르와 블로크와 나를 대할 때와 같은 상냥함은 보이지 않고, 단지 우리의 호기심을 끄는 먹이로만 제공할 뿐 다른 관심은 없는 듯했다. 자신이 뛰어난 여자인지 아닌지는 별로 중요하지 않고, 단지 그들의 아버지나 아저씨가 비위를

건드리지 않으려고 조심하는 까다로운 누이로 보는 그런 사람들하고는 어려워할 필요가 없다는 걸 잘 알았기 때문이다. 게다가 그들 앞에선 뽐내 봐야 아무 소용도 없었는데, 어느 누구보다도 그녀의 과거를 잘 알고 그녀의 명문 혈통을 존경하는 그들에게 자기 처지의 강점이나 약점을 속일 수는 없었기 때문이다. 그러나 다른 무엇보다도 그들은 그들의 새로운 친구들을 소개하거나 기쁨을 같이 나누려 하지 않았으므로, 부인에게는 더 이상 열매를 맺지 못하는 죽은 가지에 지나지 않았다. 또는 부인은 그들의 모습을 보거나 얘기할 기회를 자신의 오후 5시 연회와 나중에 그녀가 펴낼 '회고록'에서만 가졌으며, 이런 회고록에서의 연회는 일종의 예행연습이거나, 선택된 작은 그룹 앞에서 자기 회고록을 큰 소리로 읽는 첫 낭독회에 지나지 않았다. 그리고 빌파리지 부인이 이 모든 귀족 친척들의 도움을 받아 관심을 끌고 현혹하고 유인하려는 그룹, 즉 코타르와 블로크와 저명한 극작가와 프롱드 난의 사학자 그룹에서 ― 그녀 집에 오지 않는 상류 사회의 한 부분을 대신하여 ― 그녀는 움직임과 새로움과 기분 전환과 삶을 발견했다. 이들을 통해서 부인은 자신의 사회적인 이점이나(게르망트 부인과의 교제는 결코 허용하지 않으면서 그들에게 이따금 게르망트 부인을 만나게 해 주어 자신의 가치를 더욱 빛나게 해 주는) 그녀의 관심을 끄는 작업을 하는 유명 인사들과의 만찬, 작가 자신이 그녀 살롱에서 공연하는, 무대에 올릴 준비가 다 된 희가극이나 무언극, 특별 공연을 위한 칸막이 좌석을 끌어낼 수 있었다. 블로크가 떠나려고 자리에서 일어났다. 꽃병을 엎은 일은 전혀 중요하지 않다는 듯 큰소리쳤지만, 그가 낮은 소리로 한 말은 이와 달랐으며, 그가 생각하는 것은 더더욱 달랐다. "손님의 옷을 젖게 하거나 다치지 않도록 꽃병을 잘 놓을 줄 아는 숙련된 하인을 두지 못할 바에야 하인을 두는 사치에 끼어들지 말아야지." 하고 그는 낮은 소리로 투덜댔다. 그는 자신이 서툰 짓을 했다는 걸 인정하지 않으면서도 그걸 견디지 못해 하루 종일 기분이 상하는, 예민하고도 '신경질적인' 사람 중 하나였다. 화가 몹시 난 그는 비참한 생각이 들었고, 다시는 사교계에 돌아가고 싶지 않았다. 약간의 기분 전환이 필요한 순간이었다. 다행히도 빌파리지 부인이 금방 그를 만류하러 왔다. 친구들 의견과 반유대주의 물결이 부상하기 시작한다는 소식을 알았는지 아니면 방심한 탓인지, 부인은 아직 블로크를 거기 있는 사람들에게 소개하지 않고 있었다. 그렇지만 그는, 사교계 습관에 별로 익숙하지 않았던 관계로 그곳을 떠날 때면 사람들에게 예의상 인사를, 하지만 상냥하지 않은 인사를 해야 한다고 생각했다. 그래서 그는 여러 번 이마를 숙이고, 탈부착이 가능한 옷깃 속으로 수염 난 턱을 잔뜩 움츠리고는 차갑고 불만스러운 표정으로 상대방을 번갈아 가며 코안경 너머로 노려보았다. 하지만 빌파리지 부인이 이런 그를 말렸다. 부인은 자기 집에서 공연될 예정인 단막극에 대해 그에게 아직 할 말이 있었고, 다른 한편으로 그가 노르푸아 씨와 인사하는 기쁨을 나누지 못한 채 떠나기를 원치 않았다.(부인은 노르푸아 씨가 들어오는 모습을 보지 못해 조금은 의아해하고 있었다.) 하지만 이 소개는 불필요했다. 왜냐하면 블로크가 조금 전에 언급한 두 여배우에게, 유럽의 엘리트가 자주 드나드는 연회이니 그들의 명성을 위해서라도 후작 부인 댁에 무료로 노래하러 와야 한다고 설득할 결심을 이미 했기 때문이다. 그는 추가로 부인에게 조형미에 대한 감각으로 서정적인 산문을 낭독할 그 "청록색 눈에 헤라 여신마냥 아름다운" 비극배우를 제안하기까지 했다. 그러나 그녀 이름을 들은 빌파리지 부인이 거절했다. 생루의 여자 친구였다.

"더 좋은 소식이 있어요." 하고 부인이 내 귀에 대고 말했다. "그 애들 관계가 상처를 입어, 오래지 않아 곧 헤어질 모양이에요. 이 모든 일에 한 장교가 가증스러운 역할을 했다는군요." 하고 부인은 덧붙였다.(왜냐하면 로베르 가족은 이발사의 간청으로 브뤼헤 여행 허가를 내준 보로디노 중대장을 죽일 듯이 미워했으며 또 그들의 치욕스러운 관계를 부추겼다고 비난했다.) "아주 나쁜 사람이에요." 하고 빌파리지 부인은 아무리 타락했다 할지라도 게르망트 사람이라면 사용하는 그런 도덕적인 어조로 말했다. "아주아주 나쁜 사람이에요." 하고 그녀는 이 아주(très)라는 단어에서 t를 세 번 반복하듯이 발음했다.* 보로디노 씨가 온갖 방탕한 짓을 하며 제삼자로만 있지 않았다는 걸 부인이 확신하고 있음을 느낄 수 있었다. 그러나 후작 부인에게서 상냥함은 주된 습관이었으므로, 그 끔찍한 중대장을 향한 찌푸린 표정이 — 제정 시대를 고려하지 않는 여인답게 그

---

* 귀족들의 발성법으로 très라는 단어에서 r을 심하게 굴리는 것이 마치 t란 음을 세 번 반복하는 것처럼 들린다는 의미이다.

녀는 보로디노 대공이라는 이름을 과장해서 비꼬며 발음했다. ─ 나를 향해서는 다정한 미소가 되어 뭔가 막연한 공모 관계를 암시하는 듯 기계적인 윙크를 했다.

"저는 생루엉브레*를 좋아합니다." 하고 블로크가 말했다. "나쁜 녀석이지만 지극히 교육을 잘 받고 자랐으니까요. 전 그 녀석을 매우 좋아합니다. 생루는 절 좋아하지 않지만요. 하지만 교육을 잘 받은 사람은 극히 드무니까요." 하고 그는 교육을 잘 받지 못한 탓에 그의 말이 얼마나 남을 불쾌하게 하는지도 모르고 계속 떠들어 댔다. "그가 얼마나 교육을 잘 받았는지를 보여 주는 증거를, 제가 생각하기에 아주 인상적인 그런 증거를 보여 드리죠. 한번은 생루가 한 젊은이와 있는 모습을 본 적이 있었는데, 귀리와 보리로 배부르다 보니 번쩍번쩍한 채찍으로 자극할 필요가 없는 그런 말 두 필에 아주 멋진 가죽 띠를 손수 두르고 나서 바퀴 테가 근사한 이륜마차에 올라타려는 참이었죠. 그가 우리를 소개했지만 제 귀에는 그 젊은이 이름이 들리지 않더군요. 하기야 남들이 소개하는 사람의 이름은 결코 들리지 않는 법이지만." 하고 블로크는 웃으면서 덧붙였는데, 그의 부친이 하던 농담이었기 때문이다. "생루엉브레는 소탈했고, 젊은이에게 지나치게 환심을 사려고 하지도 않고, 전혀 거북해하는 기색도 없더군요. 그런데 우연히도 며칠 후에 전 그 젊은이가 뤼퓌스 이스라엘 경의 아들인 걸 알게 되었지 뭡니까!"

** 이 호칭에 대해서는 『잃어버린 시간을 찾아서』 4권 152쪽 주석 참조.

이 이야기 끝 부분은 처음 부분보다는 불쾌감이 덜했는데, 그곳에 있는 사람들에게는 잘 이해가 가지 않았기 때문이다. 사실 뤼퓌스 이스라엘 경은 블로크나 그 부친에게는, 생루 같은 자가 그 앞에서 몸을 벌벌 떨어야 하는 거의 왕과도 같은 존재였지만, 반대로 게르망트네 사람들 눈에는 사교계에서 겨우 용납하는 정도의 외국인 벼락부자에 지나지 않았고 그런 인물과의 우정이란 어느 누구도 뽐낼 생각조차 하지 못하는, 오히려 정반대되는 것이었다.

"저는 그 이야기를 뤼퓌스 이스라엘 경의 대리인을 통해 들었는데, 그분은 제 부친의 친구로 아주 대단하십니다. 아! 정말 흥미로운 인물이지요." 하고 그는 스스로 만들어 내지 않은 신념에만 우리가 표명하는 그런 긍정적인 힘과 열광적인 어조로 덧붙였다.

"하지만 말해 줘." 하고 블로크는 낮은 소리로 내게 말했다. "생루의 재산은 얼마나 될까? 자네도 알다시피 난 이런 걸 우습게 여기지만, 발자크식 관점에서 묻는 거야, 이해하지? 자넨 그가 어디에 투자하는지조차도 모르는 거야? 프랑스 주식을 가지고 있는지, 아니면 외국 주식인지, 아니면 토지인지도?"

나는 그에게 아무것도 알려 줄 수 없었다. 낮은 소리로 말하기를 멈춘 블로크는 큰 소리로 창문을 열어도 좋은지 물었고, 대답도 기다리지 않고 창문 쪽으로 갔다. 빌파리지 부인이 감기에 걸려 창문을 열 수 없다고 말했다. "아! 창문을 여는 게 부인께 나쁘시다면!" 하고 실망한 블로크가 대답했다. "하지만 덥긴 하군요." 그러고는 웃기 시작하더니 눈으로 청중을 한 바퀴 빙 돌아보면서 빌파리지 부인에게 반대하는 지지자를 찾았다. 그러나 교육을 잘 받은 사람들 사이에서는 지지자를 찾을 수 없었다. 한 사람도 오염시키지 못한 그의 불붙은 두 눈은 체념한 듯 다시 진지해졌다. 그는 자신의 패배에 관해 이렇게 선언했다. "적어도 22도는 되겠군요. 25도? 별로 놀랍지 않군요. 거의 땀에 젖었으니까요. 제게는 알페이오스 강의 아들인 안테노르* 현인과는 달리, 아버지의 물결 속에 몸을 적시거나 땀을 식히려고 반짝거리는 대리석 목욕탕에 드러누워 향유를 바를 능력이 없으니까요." 그러고는 자신의 건강에 적용하면 좋을 의학적 이론을 다른 사람들도 알게 해 주고 싶은지 이렇게 말했다. "이런 게 당신 건강에 좋다고 생각하신다면야! 전 반대로 생각합니다만. 바로 이런 게 당신을 감기에 걸리게 하니까요."

블로크는 노르푸아 씨를 만난다는 생각에 무척이나 기분이 좋은 모양이었다. 노르푸아 씨에게서 드레퓌스 사건 이야기를 듣고 싶다고 했다.

"제가 잘 이해하지 못하는 정신 상태도 있으니 저명하신 외교관과의 대담은 매우 재미있을 겁니다." 하고 블로크는 대사보다 열등하게 보이지 않으려고 빈정대는 투로 말했다.

빌파리지 부인은 블로크가 그런 말까지 큰 소리로 하는 걸

---

* 안테노르는 트로이 전쟁 때 메넬라오스의 아내 헬레네를 그리스인에게 돌려주어 전쟁을 피해야 한다고 주장한 트로이의 장로다. 알페이오스강은 펠로폰네소스 반도에서 가장 긴 강으로, 이 강의 신 알페이오스 아들은 안테노르가 아닌 오르실로코스로서, 블로크의 잘못된 현학을 풍자하는 대목이다.

보고 마음속으로 개탄했지만, 고문서 학자가 그 말을 듣기에는 너무 멀리 있었으므로 대수롭지 않게 여겼다. 고문서 학자의 민족주의 사상은, 말하자면 부인을 사슬에 묶어 놓았다. 그러다 블로크가 예전에 자신을 눈멀게 했던 그 잘못된 교육의 악마에 이끌려, 자신의 아버지가 한 농담을 떠올리면서 웃음을 터뜨리며 다음과 같은 질문을 하는 걸 듣고는 부인은 더 기분이 상했다.

"노르푸아 씨의, 어떤 반론의 여지가 없는 이유로 러일 전쟁이 러시아의 승리와 일본의 패배로 끝날 수밖에 없다는 점을 증명해 보이신 한 박학한 논문을 읽은 적 있습니다만, 그분 좀 노망이 드신 것 아닙니까? 조금 전 자기 자리를 노려보면서 거기 가서 앉으려고 스케이트 타듯 미끄러져 가는 모습을 보았는데요."

"천만에요! 잠깐 기다리세요." 하고 후작 부인이 덧붙였다. "뭘 하느라고 여기 오지 않는지 모르겠네요."

부인은 초인종을 울렸고, 하인이 들어오자 그녀의 오랜 친구가 대부분의 시간을 자기 집에서 보낸다는 사실을 감추기는커녕 오히려 보여 주고 싶었으므로 이렇게 말했다.

"노르푸아 씨에게 가서 이쪽으로 오시라고 말씀드려요. 내 서재에서 서류를 정리하고 계시니. 이십 분 후에 오겠다고 하시고는 벌써 한 시간 사십오 분이나 기다리게 하시다니. 그분은 드레퓌스 사건이나, 당신이 원하는 거라면 뭐든지 말씀해 주실 거예요." 하고 약간은 짜증스러운 어조로 블로크에게 말했다. "요즘 일어나는 일에 대해서는 별로 동의하지 않지만요."

왜냐하면 노르푸아 씨는 현 정부와 사이가 좋지 않아 정부 요인들을 빌파리지 부인 댁에 데리고 오지 않았지만(여하튼 부인은 대귀족 귀부인다운 품위를 간직했으므로, 노르푸아 씨가 업무상 유지해야 하는 사람들과의 관계 밖에 있었고, 혹은 그런 관계에 초연했다.) 부인은 그를 통해 세상 돌아가는 형편을 잘 알았던 것이다. 마찬가지로 현 체제의 정치가들도 노르푸아 씨에게 감히 빌파리지 부인에게 소개해 달라는 부탁은 하지 않았다. 그러나 몇몇 사람들은 중대한 상황에서 노르푸아 씨의 도움이 필요할 때면, 시골에 있는 부인 댁으로 그를 찾으러 갔다. 그들은 주소를 알고 있었다. 성에 갔다. 성의 여주인은 만나지 않았다. 하지만 저녁 식사에서 부인은 "누군가가 당신을 방해하러 왔다는 걸 알아요. 그 일은 잘되어 가나요?"라고 말했다.

"많이 바쁜 건 아니죠?" 하고 빌파리지 부인이 블로크에게 물었다.

"아닙니다. 몸이 별로 좋지 않아서 떠나려 했던 것뿐입니다. 비시*에 가서 담낭 치료를 받아야 한다는 말까지 나왔으니까요." 하고 블로크는 이 말을 마치 악마처럼 조소하는 투로 또렷이 발음했다.

"어쩜, 내 조카 손자인 샤텔로도 그곳에 가기로 했는데, 같이 가면 좋겠네요. 아직 여기 있는지 모르겠군요. 좋은 녀석이

---

* 프랑스 오베르뉴주에 있는 온천지로, 소화기에 효과 있는 '비시' 광천수로 유명하다.

에요." 빌파리지 부인의 이 말은 어쩌면 진심이었는지도 몰랐다. 그녀가 아는 두 사람이 서로 친구가 되지 말라는 법은 없었으니까.

"글쎄요. 그렇게 하는 게 손자분 마음에 들지. 전 그분을 잘 모르니 말이죠. 저기 좀 멀리 있네요." 하고 블로크는 좀 당황해서 말했지만 기분은 좋았다.

집사는 조금 전에 받은 노르푸아 씨에 관한 심부름을 제대로 수행하지 못한 게 틀림없었다. 왜냐하면 노르푸아 씨가 방금 밖에서 들어와 여주인을 아직 만나지 못한 것처럼 보이려고 응접실에서 되는대로 모자 하나를 집어 들고는 빌파리지 후작 부인 손에 정중하게 입을 맞추면서, 마치 오랜만에 만난 듯한 관심을 보이며 부인 소식을 물었기 때문이다. 그는 후작 부인이 사전에 그 희극적인 장면을 그럴듯하게 보이게 하는 요소들을 모두 삭제해 버렸다는 사실을 알지 못했으며, 게다가 부인은 노르푸아 씨와 블로크를 옆방에 데리고 감으로써 이 희극을 중단했다. 블로크는 아직 자신이 노르푸아 씨인 줄 모르는 인간에게 사람들이 보이는 온갖 상냥함과 이에 대한 답례로 대사가 우아하면서도 정중하고 꾸민 듯한 인사를 하는 모습을 보고는 이 모든 의식에 비해 자신이 열등하다고 느꼈으며, 또 노르푸아 씨가 자기에게 결코 인사도 하지 않을 거라는 생각에 화가 났지만, 아무렇지도 않은 척하려고 내게 이렇게 말했다. "저 바보 같은 녀석은 누구지?" 어쩌면 노르푸아 씨의 그 모든 인사가 블로크에게서 가장 좋은 부분이라 할 수 있는 솔직성, 현대 사회의 보다 노골적인 솔직성과 충돌

하면서 부분적으로는 그 인사를 정말로 우스꽝스러운 것으로 여겼는지도 모른다. 어쨌든 블로크 자신이 인사를 받는 대상이 된 순간부터 그 인사는 우스꽝스럽게 보이기를 멈추었고 오히려 그를 기쁘게 했다.

"대사님." 하고 빌파리지 부인이 말했다. "블로크 씨를 소개할게요. 노르푸아 후작님이세요." 부인은 노르푸아 씨를 거칠게 다루면서도 '대사님'이라고 부르기를 고집했는데, 이는 예의범절이나, 후작이 부인에게 주입해 놓은 대사라는 지위에 대한 과도한 존경심, 또는 어떤 사람에 대해 덜 친숙하고 보다 정중한 태도를 보이기 위함이었다. 그런데 이런 태도는 품위 있는 여인의 살롱에서 다른 단골손님들에게 취하는 거리낌 없는 태도와는 뚜렷한 대조를 보였으므로 금방 그녀의 연인임을 드러냈다.

노르푸아 씨는 푸른 눈길을 하얀 수염에 적시면서, 블로크라는 이름이 표현하는 온갖 명성과 위엄 앞에 고개를 숙인다는 듯 그의 큰 키를 구부리면서 "만나서 기쁩니다."라고 속삭였고, 그러자 젊은 대화 상대자는 감동해서 유명한 외교관의 태도가 조금은 도를 벗어난다고 여겨 서둘러 그 말을 정정하며 "무슨 말씀을, 뵙게 되어 오히려 제가 기쁩니다!"라고 말했다. 그러나 노르푸아 씨가 빌파리지 부인에 대한 정으로 자신의 오랜 여자 친구가 낯선 이를 소개해 줄 때마다 되풀이하는 이런 의식도, 부인 눈에는 블로크에게 충분히 예의를 차리지 않은 것처럼 보였는지 부인이 블로크에게 말했다.

"당신이 원하는 건 뭐든지 물어보세요. 옆방에 가는 게 더

편하시다면 저분을 모시고 가세요. 당신하고 얘기 나누는 걸 좋아할 거예요. 저분과 드레퓌스 사건 얘기를 하고 싶어 하셨죠." 하고 부인은 사학자를 위해 몽모랑시 공작 부인 초상화에 불을 비추기 전에 초상화의 동의를 구하거나, 차 한 잔을 대접하기에 앞서 차의 의견을 물어보지 않은 것과 마찬가지로, 노르푸아 씨가 좋아할지는 전혀 개의치 않았다. "큰 소리로 말하세요." 하고 부인이 블로크에게 말했다. "귀가 좀 어두우시니까요. 하지만 당신이 알고 싶은 건 뭐든지 말씀해 주실 거예요. 비스마르크나 카부르* 하고도 교류하셨답니다. 그렇지 않나요, 대사님?" 하고 그녀는 힘을 주며 말했다. "대사님은 비스마르크하고도 잘 아는 사이셨죠?"

"현재 쓰고 있는 글이 있나?" 하고 노르푸아 씨가 다정하게 내 손을 잡으면서 공모의 눈길로 물었다. 나는 이 기회를 틈타 그가 예의 표시로 가져와야 한다고 생각한 모자를 친절하게 그의 손에서 치워 주었는데, 그가 되는대로 가져온 모자가 실은 내 모자였음을 알아차렸기 때문이다. "자네가 지나치게 자세하게 묘사하며 온갖 미사여구를 늘어놓은 소품을 내게 보여 준 적이 있었지. 난 자네가 쓴 걸 종이에 다시 정서할 필요가 없다고 솔직하게 내 의견을 말했고. 그런데 요즘은 무얼 준비하나? 내 기억이 맞다면, 자넨 베르고트에게 푹 빠져 있었는데." "아! 베르고트에 대해서는 나쁘게 말하지 마세요." 하

---

* 카미유 뱅소 카부르(Camille Benso Cavour, 1810~1860). 미모가 뛰어난 조카딸을 이용해 나폴레옹 3세의 마음을 오스트리아에서 이탈리아로 돌리게 함으로써 이탈리아를 통일한 인물이다.

고 공작 부인이 소리쳤다. "저는 그의 묘사 재능을 비난하지 않습니다. 아무도 그런 생각은 하지 않습니다, 공작 부인. 그는 셰르뷜리에*처럼 광대한 구성을 대략적으로 묘사하는 대신, 금속 조각용 끌이나 질산으로 섬세하게 새길 줄 압니다. 하지만 제 견해로는 오늘날엔 장르에 대한 혼동이 있으며, 또 소설가의 임무는 단단한 철침으로 권두 삽화나 장식 컷을 그리려고 공을 들이는 데 있는 게 아니라, 오히려 플롯을 잘 짜고 독자의 마음을 움직이는 데 있는 것 같습니다만. 난 이번 일요일에 저 충직한 AJ 씨 집에서 자네 부친을 만나기로 했네." 하고 그는 내 쪽으로 머리를 돌리며 덧붙였다.

나는 노르푸아 씨가 게르망트 공작 부인에게 얘기하는 걸 보면서 전에 내가 스완 씨 부인 댁에 가려고 부탁했을 때 도와주기를 거절했던 것과는 달리, 어쩌면 게르망트 부인 댁에 가는 일은 도와줄지 모른다는 생각이 들었다. "제가 몹시 존경하는 분 중에 또 한 분은." 하고 나는 그에게 말했다. "바로 엘스티르입니다. 게르망트 공작 부인께서는 엘스티르의 훌륭한 작품을, 특히 그 감탄할 만한 '빨간 무 다발'** 그림을 소장하고 계신다는군요. 그 그림을 전시회에서 본 적이 있는데 진심으로 다시 보고 싶군요. 걸작이니까요!" 사실 내가 만약 유명

** 빅토르 셰르뷜리에(Victor Cherbuliez, 1829~1899). 스위스 태생 소설가로 국제 사회를 배경으로 거대한 서사시적 역사와 모험 소설을 썼다.
* 여기서 '빨간 무'라고 옮긴 프랑스어의 radis는 뿌리가 무와 같으나 훨씬 작고 붉은색을 띠어 샐러드 같은 요리에 장식용으로 쓰이는 채소다. 이 부분은 「게르망트」 2부에서 마네의 그림 「아스파라거스 한 다발」과 연결된다.

인사여서 사람들이 가장 좋아하는 그림이 뭐냐고 물어본다면 난 이 '빨간 무 다발' 그림이라고 말했으리라.

"걸작이라고!" 하고 노르푸아 씨가 놀란 듯 비난하는 투로 외쳤다. "그건 그림이라기보다는 단순한 스케치에 불과하다네.(맞는 말이었다.) 그렇게 빨리 그린 채색 스케치를 걸작이라고 부른다면 에베르의 「성모상」이나 다냥부브레*의 작품은 뭐라고 하겠나?"

"아주머니께서 로베르의 여자 친구를 거절했다는 말을 들었어요." 블로크가 대사를 따로 데리고 간 후에 게르망트 부인이 빌파리지 아주머니에게 말했다. "후회하실 일은 없을 거예요. 아주 끔찍한 여자로 재능이라곤 눈곱만큼도 없어요. 게다가 아주 괴상한 여자예요."

"그런데 어떻게 그 여자를 아세요, 공작 부인?" 하고 아르장쿠르 부인이 말했다.

"어떻게라뇨? 부인은 그 여자가 다른 집보다 먼저 우리 집에서 공연했다는 걸 모르세요? 자랑하려는 건 아니지만요." 하고 게르망트 부인은 웃으면서 말했다. 하지만 사람들이 그 여배우 이야기를 하는 걸 보고는, 자신이 그녀의 우스꽝스러운 모습을 제일 처음 목격했음을 알릴 수 있는 걸 기쁘게 생각했

** 에르네스트 에베르(Ernest Hébert, 1817~1908). 이탈리아의 일상적인 장면과 종교화를 그렸으며 「출산 중인 성모」라는 그림을 그렸다. 파스칼 다냥부브레(Pascal Dagnan-Bouveret, 1852~1929). 농부들의 종교 생활을 주제로 그림을 그렸으며 초상화 작가로도 많이 알려졌는데, 신약 성서에서 영감을 받은 그림 가운데 「성모 마리아」는 1885년 살롱에서 큰 성공을 거두었다.

다. "자, 이젠 가야겠네요." 하고 그녀는 움직이지 않고 말했다.

그녀는 방금 남편이 들어오는 모습을 보았고, 그래서 그녀가 한 말은 신혼부부가 함께 인사차 들른 듯 보이는 그런 희극적인 장면을 암시했지, 늙어 가면서도 여전히 젊은이처럼 사는 저 거대한 몸집의 원기왕성한 남자와 그녀 사이에 자주 생기는 어려움을 암시한 것은 아니었다. 차를 마시는 테이블 주위 많은 사람들 위로, 명사수인 공작이 겨누어 완벽하게 맞힐 줄 아는 과녁의 '흑점'마냥 그의 눈 안에 정확히 박힌 작고 둥근 눈동자의 친절하고도 장난기 어린 눈길을, 석양빛에 조금은 눈이 부셔 하는 그 눈길을 여기저기 움직이면서, 공작은 마치 화려한 모임에 주눅 들어 드레스 자락을 밟지나 않을까, 대화를 방해하지나 않을까 걱정된다는 듯 신중하고도 천천히 감탄하면서 나아갔다. 조금은 취한 이브토* 왕처럼 착한 왕의 미소를 연신 보내면서, 그의 가슴 옆에 상어 지느러미처럼 흐느적거리는 손을 반쯤 편 채로, 또 오랜 친구나 방금 소개받은 낯선 이들이 구별 없이 그 손을 잡는 것도 내버려 둔 채로, 그 어떤 몸짓도 하지 않고 그의 관대하면서도 나태하며 왕족 같은 시찰을 멈추는 일도 없이 단지 입속으로만 "안녕한가, 내 착한 친구. 안녕하시오, 친애하는 친구분. 블로크 씨 반갑

* 오트노르망디에 실재하는 옛 도시다. 특히 이브토 왕국은 14세기, 15세기 문서에서 언급되는데 가장 오래된 것은 1021년까지 거슬러 올라간다. 확실한 것은 이브토라는 가문이 존재했으며 15세기까지의 족보가 전해진다는 것이다. 베랑제(Béranger)가 1813년 작곡한 「이브토 왕」이란 노래는 나폴레옹의 피비린내 나는 시대에서 평화에 대한 염원을 노래했다.

군요. 안녕, 아르장쿠르." 하고 중얼거리기만 해도 모든 이들의 열성적인 인사를 만족시켜 주었다. 내 옆에 이르러 내 이름을 들었을 때 그는 아주 큰 호의를 보이며 말했다. "안녕한가, 내 젊은 이웃, 아버님께서도 안녕하시고? 얼마나 좋은 분이신지!" 그는 빌파리지 부인에게만 허리를 구부리며 큰 인사를 했으며, 부인은 앞치마에서 손을 빼며 머리를 끄덕이는 걸로 그에 답했다.

점점 부자가 줄어드는 사회에서 엄청나게 부자인 그는, 지속적인 방식으로 이 막대한 부의 관념에 자신을 동화해 왔으므로 대귀족의 오만함이 부호의 오만함으로 증폭되어 전자의 세련된 교양이 간신히 후자의 자만심을 억제할 정도였다. 게다가 아내를 불행하게 만드는, 여성들로부터의 인기가 단지 이름과 재산 때문만은 아님을 알 수 있을 정도로 그는 무척 잘생겼으며, 옆얼굴에는 어느 그리스 신과 같은 순수함과 뚜렷한 윤곽이 새겨져 있었다.

"정말로 그 여자가 부인 댁에서 공연했나요?" 하고 아르장쿠르 씨가 공작 부인에게 물었다.

"그렇다니까요. 한 손에는 백합꽃다발을 들고, 또 다른 백합꽃은 드레스 '위쪽(su)'*에 달고 왔답니다."(게르망트 부인은 빌파리지 부인처럼 r 발음을 굴리지는 않았지만, 어떤 단어들은 그녀 아주머니처럼 아주 시골 여자식으로 발음하는 척했다.)

---

* '위쪽에'를 의미하는 sur라는 전치사를 제대로 발음하는 대신 시골 여자처럼 su라고 발음한다.

노르푸아 씨가 빌파리지 부인 때문에 마지못해 함께 이야기를 나누려고 창문 앞 트인 공간으로 블로크를 데리고 가기 전에 나는 잠시 노외교관 쪽으로 돌아가 아버지를 위해 아카데미 회원 자리 얘기를 한마디 슬쩍 비쳤다. 처음에 그는 이 대화를 나중으로 미루고 싶어 했다. 하지만 나는 발베크로 떠나야 해서 그럴 수 없다고 했다. "뭐라고? 발베크에 다시 간다고? 자네는 진정한 세계 일주 여행자로군!" 그런 후 그는 내 말을 들었다. 르루아볼리외*란 이름을 듣자 노르푸아 씨는 미심쩍은 눈으로 나를 쳐다보았다. 어쩌면 그가 르루아볼리외 씨에게 내 아버지에 관해 좋지 않은 말을 해서 그 경제학자가 아버지에게 다시 그 말을 전할까 봐 걱정할지도 모른다는 생각이 들었다. 이내 그는 아버지에 대해 진정한 애정으로 넘쳐나는 듯했다. 그의 빠른 어조가 잠시 느려지더니, 갑자기 말하는 자가 원치 않는데도 그 억제할 수 없는 신념이 침묵하려고 더듬거리는 노력을 압도한다는 듯, 한마디 말이 터져 나왔다. "안 되네." 하고 그는 흥분하며 외쳤다. "자네 아버님께서는 그 선거에 나가시면 '안 되네.' 자네 아버님의 이해관계나 아버님 자신을 위해, 또 그런 모험으로 위태로워질지도 모르는 아버님의 커다란 재능을 존중해서라도 그렇게 해서는 안 되네. 그렇게 하지 않는 편이 좋을 걸세. 설령 회원으로 선출된다 해도 모든 걸 잃고 아무것도 얻지 못할 거야. 다행스럽게도 자네 아버님은 웅변가가 아니네. 그런데 내 동료

* 242쪽 주석 참조.

사이에는 비록 늘 되풀이되는 상투적인 말이라 할지라도 그 점만이 중요하다네. 자네 아버님에겐 중요한 인생 목표가 있네. 그러니 그곳을 향해 똑바로 가야지, 덤불을 헤치려고 돌아가서는 안 되네. 꽃보다 가시가 더 많은 아카데모스* 동산의 덤불이라고 해도 말일세. 게다가 자네 아버님은 표를 많이 얻지 못할 걸세. 아카데미는 자기 품에 지원자를 받아들이기에 앞서 가르치는 걸 더 좋아하거든. 현재로서는 아무것도 할 일이 없네. 나중이라면 또 모를까. 어쨌든 학사원 자체가 아버님을 모시러 와야 하네. 학사원은 알프스 저편 우리 이웃들이 말하는 '스스로 이루리라.(*Fara da sé.*)'**라는 구호를 성공적으로 실천하기보다는, 그냥 맹목적으로 실천한다네. 르루아볼리외가 이 모든 점에 대해 마음에 들지 않는 방식으로 말했네. 게다가 얼핏 들으니 그 친구는 자네 부친과 결탁한 모양이던데? 아마도 늘 솜과 금속에 몰두해 있어, 내가 비스마르크의 말처럼 '예측할 수 없는 것(impondérable)'***의 역할을 소홀히 한다고 좀 심하게 느끼게 했는지는 모르겠지만. 다른 무엇보다도

* 아카데모스(Academos)는 그리스 신화에 나오는 영웅이다. 아테네 교외에 있는 올리브나무로 둘러싸인 그의 무덤 근처에서 철학자들이 철학을 가르쳤는데 그의 이름을 따 이곳을 아카데미라고 불렀다.
* 이 말의 원래 표현은 l'Italie fara da sé로 '이탈리아는 스스로 이루리라.'라는 뜻이다. 19세기 말 외국의 간섭 없이 통일을 이루겠다는 이탈리아 민족주의 열망을 담은 구호이다.
** 비스마르크는 정치에서 예측하거나 계산할 수 없지만 결정적인 결과를 초래하는 일에 대해 1868년 프로이센 의회에서 말한 적이 있다. 하지만 프루스트는 이 '예측할 수 없는 것(l'impondérable)'이란 단어를 《르 피가로》를 통해 처음 알게 된 것으로 보인다.(『게르망트』, 폴리오, 690쪽 참조.)

우선 자네 아버님이 선거에 나서는 일은 피해야 하네. '처음부터 막아라.(Principis obsta.)'*라는 말도 있잖나. 자네 아버님 친구분들이 낙선이라는 기정사실에 부딪치면 난처한 입장에 빠질 걸세." 하고 그는 느닷없이 솔직한 표정으로 푸른 눈을 내게 고정하며 말했다. "자네 부친을 몹시 좋아하는 내가 이런 말을 해서 놀랐겠지만 한 가지 말해 주지. 나는 자네 부친을 좋아하기 때문에(우리는 서로 떨어질 수 없는 두 친구, '두 아르카디아인(Arcades ambo)'**이라네.) 자네 부친이 국가에 어떤 기여를 할지, 법정에 그대로 계시면 어떤 난관으로부터 국가를 구할 수 있을지를 잘 알기에, 자네 부친에 대한 애정이나 존경심과 애국심에서 부친을 위해 투표하지 않을 걸세. 게다가 나는 자네 부친에게 이런 내 뜻을 비쳤다고 생각하네."(나는 그의 눈에서 르루아볼리외의 아시리아인 같은 준엄한 옆얼굴을 보는 느낌이 들었다.) "그러므로 내가 자네 부친에게 투표하는 일은 내가 예전에 한 말을 취소하는 셈이 된다네." 노르푸아 씨는 여러 번 그의 동료들을 시대에 뒤진 화석으로 취급했다. 몇 가지 이유를 제외하고 그는 클럽이나 아카데미 회원 동료들에게 자기와 정반대되는 성격을 부여하고 싶어 했는데, 이는 "그 일이 내 힘에만 달린 거라면 얼마나 좋겠는가!"를 말하기 위해서라기보다는 자신이 차지한 직위가 그만큼 힘들고 자랑스럽다는

*** 고대 로마시인 오비디우스의 「사랑의 치료법」에 나오는 라틴어 구절로 '처음부터 저항하라.' 혹은 '처음부터 막아라.'로 풀이된다.
* 두 아르카디인, 즉 '아르카데스 암보'란 말은 비르길리우스가 『목가집』에서 아르카디아 두 목동이 시에 대한 경합을 하는 글에서 사용했다.

걸 보이고 싶은 만족감에서 비롯됐다. "자네에게 말하지만 자네 집안 모두를 위해서라도 부친께서 십 년이나 십오 년 후에 나와 압승하길 바라네." 하고 그는 결론을 내렸다. 내가 판단하기에 이 말은 질투심이 아니라면 적어도 남을 돌보아 주려는 마음이 절대적으로 부족한 데서 나온 듯 보였는데, 나중에 선거에서는 다른 의미를 띠었다.

"대사님께서는 프롱드 난 동안 빵 값이 얼마였는지 학사원에서 얘기할 의사가 없으신지요?" 하고 프롱드 난의 사학자가 노르푸아 씨에게 수줍게 말했다. "그렇게 하신다면 상당한 성공을 거두실 겁니다.(이 말은 자기 책에 대해 엄청난 광고를 해달라는 뜻이었다.)" 하고 그는 대사에게 소심하고도 다정스러운 미소를 지으며 덧붙였는데, 이 다정함은 그의 눈꺼풀을 치켜세워 두 눈을 하늘처럼 크게 드러나게 했다. 나는 이 눈을 전에도 본 적 있다는 생각이 들었지만, 사학자를 만난 건 오늘이 처음이었다. 갑자기 기억이 났다. 이와 똑같은 눈길을 브라질 태생 의사에게서 본 적이 있었는데, 그는 호흡 곤란 같은 내병을 엉뚱한 식물 엑기스 흡입으로 고칠 수 있다고 주장했다. 그가 나를 더 정성스럽게 보살펴 주도록, 내가 그에게 코타르 의사를 잘 안다고 말하자, 그는 마치 코타르의 이익을 위해서라는 듯 이렇게 대답했다. "당신이 그분에게 이 치료법에 대해 말한다면, 의학 아카데미*에서 큰 울림을 자아낼 연설문의 자

---

* 1731년 창설된 왕립 외과 아카데미를 모태로 루이 18세가 1820년에 창설했다. 프랑스 학사원에는 속하지 않는다.

료를 제공하는 셈이 될 겁니다!" 그는 감히 더 이상 자기 말을
주장하지 못했지만, 내가 조금 전 프롱드 난의 사학자 눈에서
감탄했던 것과 같은 그런 질문하는 듯한, 소심하고도 타산적
이며 간청하는 눈길로 나를 바라보았다. 물론 이 두 사람은 서
로 알지 못했고 전혀 닮지도 않았지만, 심리적 법칙에는 물리
적 법칙과 마찬가지로 어떤 보편성이 있기 마련이다. 그리고
필요조건이 같으면, 마치 지구상에서 멀리 떨어져 서로 한 번
도 마주친 적 없는 두 장소를 같은 아침 하늘이 비추듯이, 같
은 표현이 서로 다른 인간이라는 동물들 눈에 비치는 법이다.
모두들 빌파리지 부인이 그림 그리는 모습을 구경하려고 가
까이 다가갔으므로, 나는 이 모든 웅성거림과 더불어 대사의
대답을 듣지 못했다.

"우리가 누구 얘기를 하는지 알아요, 바쟁?" 하고 게르망트
부인이 남편에게 말했다.

"물론이오, 짐작이 가오." 하고 공작이 말했다. "아! 그녀는
우리가 위대한 계보의 여배우라고 칭하는 사람은 아니잖소."

"절대 아니죠." 하고 게르망트 부인은 아르장쿠르 백작에게
말을 걸며 대답했다. "그렇게 재미있는 모습은 상상해 보지 못
했을 거예요."

"우스꽝스럽기(drolatique)조차 했다네." 하고 게르망트 씨
가 가로막았는데, 이런 괴상한 어휘 사용은 사교계 인사들에
게는 그가 바보가 아니라는 걸 말해 주었지만 동시에 문학가

들에게는 그가 지독한 바보임을 말해 주었다.*

"전 이해할 수 없어요." 하고 공작 부인이 다시 말을 이었다. "어떻게 로베르가 그런 여자를 사랑할 수 있는지. 아! 이런 일은 결코 따져서는 안 된다는 것도 잘 알아요." 하고 부인은 철학자인 듯, 미망에서 깨어난 감상적 인물이라도 된 듯, 얼굴을 귀엽게 찌푸렸다. "사람들은 누구나 어떤 것도 사랑할 수 있다는 걸 알아요. 그리고." 하고 그녀는 덧붙였다. 그녀는 여전히 새로운 문학을 비웃었지만, 이런 문학이 아마도 신문을 통한 대중화로 또는 몇몇 대화를 통해 그녀 마음속에 스며들었기 때문인지도 몰랐다. "바로 그 점이 사랑을 '신비롭게' 만드는, 사랑에서 가장 아름다운 점이죠."

"신비롭다고요! 아! 제게는 조금 지나친 것 같습니다, 사촌." 하고 아르장쿠르 백작이 말했다.

"그럼요. 아주 신비로워요, 사랑은." 하고 공작 부인은 상냥한 사교계 여인답게 부드러운 미소를 지으며, 또 그녀와 같은 사단의 남자에게 「발키리」에는 소음만 있지 않다고 단언하는 바그너 애호가로서의 강경한 신념으로 말을 이었다. "게다가 사실 우리는 어떤 이유로 한 사람이 다른 사람을 사랑하게 되는지 알지 못해요. 아마도 우리가 생각하는 이유 때문에 사랑

---

* '우스운'이란 말 대신에 공작은 drôle이란 단어에서 파생한 drolatique라고 표현했는데, 이 단어는 발자크의 『우스운 이야기(Contes drolatiques)』(1832)를 암시하는 듯 보인다. 사교계 인사들은 공작의 재담을 독창적이고도 재치 있는 것으로 간주하지만, 화자를 비롯한 문인들은 거기서 부적절하고 교양 없는 표현을 볼 뿐이다.

하게 되는 게 전혀 아닐지도 몰라요." 하고 부인은 미소를 지으면서 이런 설명을 함으로써 자신이 방금 한 발언을 단번에 취소해 버렸다. "결국 우리는 아무것도 알지 못하죠." 하고 그녀는 회의적이고 피로한 모습으로 결론을 내렸다. "그러니 연인들의 선택에 대해서는 이러니저러니 말하지 않는 게 보다 현명해요."

그러나 이런 원칙을 세운 다음에도 그녀는 즉각적으로 이를 어기고 생루의 선택을 비난했다.

"그런데, 그래도 어떻게 그런 우스꽝스러운 여자에게 매력을 느낄 수 있는지 정말 놀라워요."

블로크는 우리가 하는 생루 얘기를 듣고, 또 생루가 파리에 와 있음을 이해하고는 어찌나 지독한 험담을 늘어놓았는지 듣는 사람이 다 격분할 정도였다. 그는 증오심에서 출발하여 그 증오심을 충족시키기 위해서라면 어떤 것 앞에서도 물러서지 않을 것처럼 보였다. 자신은 도덕적으로 고매한 가치를 지녔으며, 또 라 불리*(그가 근사하다고 생각하는 스포츠 클럽)에 드나드는 녀석들은 모두 감옥에 보내야 마땅하다는 원칙을 세웠으므로, 그런 녀석들에게 가하는 모든 일격은 칭찬받을 만하다고 생각했다. 한번은 라 불리에 드나드는 자기 친구들 중 한 녀석에게 소송을 걸고 싶다는 말까지 했다. 재판 도중 그는 용의자가 증명하지 못할 그런 거짓 진술을 할 생각이었다. 계획을 실행에 옮기지는 않았지만, 그렇게 하면 어쨌든

---

* 라 불리는 파리 근교 베르사유에 위치한 골프장으로 오늘날에도 있다.

상대방은 절망하고 몹시 불안해하리라. 뭐가 나쁘단 말인가? 자신이 때릴 녀석이 멋 부릴 생각밖에 하지 않는 라 불리 클럽의 인간인데, 그런 녀석들과 맞서는 일이라면 어떤 무기든 허용되는 법이다. 특히 블로크 같은 성인(聖人)에게는.

"그렇지만 스완을 좀 보세요." 하고 사촌의 말뜻을 드디어 깨달은 아르장쿠르 백작이 그 말의 정확함에 놀라 자기 마음에 들지 않는 사람들을 사랑했던 이들의 예를 기억 속에서 찾으며 반론을 제기했다.

"아! 스완은 전혀 다른 경우죠." 하고 공작 부인은 반박했다. "무척이나 바보 같은 여자여서 놀라긴 했지만 그래도 우스꽝스러운 여자는 아니었고, 또 예뻤으니까요."

"우우." 하고 빌파리지 부인이 투덜댔다.

"아! 아주머니는 그 여자가 예쁘다고 생각하지 않으세요? 그래요. 그녀에게는 '매-력적인(ch-armantes)' 점이 있었어요. 예쁜 눈이며 예쁜 머리칼이며, 또 옷도 잘 입었고, 아직도 옷을 멋지게 입는답니다. 지금은 보기 흉해졌지만 예전에는 아주 매력적인 사람이었어요. 샤를이 그 여자와 결혼했을 때, 내가 슬프지 않았던 건 아니에요. 정말 쓸데없는 짓이었으니까요." 하고 공작 부인은 자신이 뭔가 특별한 걸 말했다고는 생각하지 않았지만, 아르장쿠르 씨가 웃기 시작하는 걸 보자 했던 말을 다시 했다. 그 말이 우습다고 생각해서인지, 아니면 단지 웃어 주는 사람이 친절하다고 생각해서인지, 공작 부인은 이런 재치의 매력에 상냥함의 매력을 덧붙이려고 어리광 부리는 투로 그를 바라보기 시작했다. 부인이 말을 이었다.

"그래요. 그럴 필요가 없었어요. 그러나 결국 그녀는 매력이 없지 않았고 사람들이 왜 그녀를 좋아하는지도 충분히 이해가 가요. 그런데 로베르의 아가씨는, 제가 장담하지만 정말 우스워서 죽을 지경이에요. 오지에의 이런 오랜 후렴구를 말하면, 사람들이 제게 반박을 하겠지만, '취하기만 하면 술병 같은 건 아무래도 좋다.'*라는 말 말예요. 그런데 로베르는 취했을지는 모르지만, 술병을 선택하는 데 있어서는 정말 안목이 없다는 걸 입증해 보였어요. 우선 그녀가 내 살롱 한가운데 계단을 세워야 한다는 요구를 했다는 게 도대체 상상이나 되세요? 그래도 그건 사소한 일이죠. 안 그래요? 계단 위에 배를 깔고 엎드려 눕겠다고 한 것에 비하면? 게다가 그녀가 말하는 걸 들었다면, 나야 한 장면밖에 모르지만, 사람들이 그와 비슷한 장면을 상상할 수 있다고는 생각되지 않아요. 「일곱 공주」**라고 불리는 것이었어요."

---

* 이 시구는 에밀 오지에(Emile Augier)가 쓴 것이 아니라 뮈세의 시집 「술잔과 입술」의 헌사에 나오는 구절이다. 프루스트는 아마도 오지에의 연극 「모험을 좋아하는 여인」(1848)에 나오는 "술병은 먼지투성이라도, 술이여 만만세!"라는 구절과 혼동한 듯 보인다고 지적된다.(『게르망트』, 폴리오, 690쪽 참조.)

** 벨기에 작가 모리스 메테를랭크(Maurice Maeterlinck, 1862~1949)의 일막극으로 저자는 이 작품의 무대 장치에 대해 이렇게 지시했다. "커다란 대리석 방에 월계수와 라벤더와 백합이 도자기에 꽂혀 있고, 흰 대리석 계단 일곱 개가 방을 세로로 나누며, 흰옷 입은 일곱 공주가 팔을 드러낸 채로 방석 놓인 계단 위에 잠들어 있다." 늙은 여왕과 늙은 왕과 병든 일곱 공주, 어린 시절 친구인 위르쉴 공주를 찾으러 온 마르셀뤼스 왕자, 이런 줄거리 구도는 게르망트 부인의 마음에 들 수 없다. 더욱이 생루의 애인이 맡은 역할은 일곱 공주 가운데서도 병어리 역할을 맡은 공주로서, 다른 공주들도 극의 끝에 가서야 잠에서 깨어난다. 왕자가 찾는 위르쉴 공주는 너무 오래 기다린 탓에 계단에 등을 대고 드러누운

"「일곱 공주」라고요? 아! 오이유, 오이유!(oïl, oïl!)* 대단한 스노비즘이로군요!" 하고 아르장쿠르 씨가 외쳤다. "아! 잠깐 기다려 보세요. 제가 희곡 전부를 아는 것 같습니다. 작가가 폐하께 작품을 보냈지만, 폐하께서는 아무것도 이해하지 못하셔서 절 불러 설명해 보라고 하셨거든요."

"혹시 사르 펠라당** 아닌가요?" 하고 프롱드 난의 사학자가 자신이 예리하며 시류에도 밝다는 걸 보여 주려고 물었는데, 목소리가 너무 낮아서 그 질문은 어느 누구의 주목도 끌지 못했다.

"어머! 「일곱 공주」를 안다고?" 하고 공작 부인이 아르장쿠르 씨에게 대답했다. "축하해요! 나는 한 명밖에 모르지만, 그걸로 다른 여섯 명을 알고 싶은 호기심이 싹 가셨으니까요. 나머지 여섯 명이 제가 본 것과 비슷하다면."

'정말 바보로군!' 하고 나는 부인의 냉대에 분노하며 생각

채 죽는다. 가시적 세계와 비가시적 세계, 자아와 우주의 분리를 거부했던 메테를랭크의 초기작으로, 그 상징성과 난해성이 "대단한 스노비즘이로군요."라는 아르장쿠르 백작의 말처럼 감탄을 자아낸다.(이 작가의 또 다른 작품인 「펠레아스와 멜리장드」를 프루스트는 무척이나 좋아했으며, 『잃어버린 시간을 찾아서』에서도 여러 번 언급된다.)

*** 중세 루아르강 이북의 사투리로 '예(oui)'란 뜻이다.

* 조제프 펠라당(Joseph Péladan, 1858~1918). 데카당 문학 작가로 동인 일곱 명과 더불어 1888년 일종의 비밀 결사단인 '장미 십자회'를 창건하여 전시회를 여섯 번 가졌다. '반사실주의, 가톨릭의 이상주의, 신비주의'를 내세우며 자신을 '사르 펠라당(Sar Péladan)'이라고 칭했으며(사르는 아시리아어로 왕을 뜻한다.) 이름도 조제프 펠라당에서 조제펭 펠라당으로 고쳤다. 벨기에 상징주의 문학에 큰 영향을 끼쳤다.

에 잠겼다. 메테를랭크에 대한 부인의 완벽한 몰이해를 확인하자, 어떤 쓰디쓴 만족감이 느껴졌다. '저런 여자를 위해 내가 아침마다 몇 킬로미터씩 걸어 다녔단 말인가! 내가 너무 착했군! 이젠 내가 저런 여자를 원치 않아.' 나는 스스로에게 이렇게 말했지만, 내 생각과는 정반대되는 말이었다. 그것은 순전히 대화체적인 말로, 우리 자신과 홀로 있기에는 너무 흥분해 있고, 하지만 다른 말상대가 없어 어쩔 수 없이 우리 자신을 상대로, 마치 낯선 이에게 하듯 지껄이는 진지함이 결여된 말이다.

"제가 말해도 상상이 잘 가지 않으시겠지만." 하고 공작 부인이 계속했다. "포복절도할 지경이었어요. 우린 거리낌 없이 웃어 댔죠. 지나치게 웃은 것 같기도 하지만. 그게 젊은 여자의 마음에 들지 않았던 모양이에요. 사실 로베르는 나를 늘 원망해요. 하지만 전 후회하지 않아요. 그 공연이 성공을 거두었다면 아가씨가 다시 왔을 테고, 그랬다면 마리에나르가 어느 정도로 기뻐했을지는 잘 모르겠네요."

집안에서는 로베르의 어머니이자 에나르 드 생루의 미망인인 마르상트 부인을, 그녀의 사촌이자 또 다른 마리라는 이름을 가진 게르망트 바비에르 대공 부인과 구별하기 위해 그렇게 불렀다. 조카나 사촌과 동서 들은 혼동을 피하려고 대공 부인에게는 본인 세례명인 마리에다 때로는 남편의 세례명, 때로는 부인 자신의 또 다른 세례명을 붙여 마리질베르, 또는 마리에드비주라고 불렀다.*

"우선 전날에는 총연습 같은 게 있었는데 아주 볼만했죠!" 하고 게르망트 부인이 냉소적으로 말을 이었다. "그녀가 한 문장, 아니 4분의 1 정도 되는 문장을 말했다고 상상해 보세요. 그녀는 곧 멈추었고, 오 분 동안이나 아무 말도 하지 않았어요. 과장하는 게 아니에요."

"오이유, 오이유, 오이유!" 하고 아르장쿠르 백작이 소리쳤다.

"난 모든 사교적인 예의를 갖추면서 사람들이 조금은 놀랄지도 모른다고 넌지시 말했죠. 그러자 그 여자가 말하길, 그녀 대답을 문자 그대로 인용하는 거랍니다. '뭔가를 낭송할 때는 항상 자신이 그 글을 짓고 있는 것처럼 해야 한답니다.' 하더군요. 가만히 생각해 보니 정말 기념비적인 대답이었어요."

"하지만 전 그녀의 시 낭송이 그렇게 나쁘지 않았다고 생각했는데요." 하고 두 젊은이 중 하나가 말했다.

"그녀는 그것이 뭔지 짐작도 못 해요." 하고 게르망트 부인이 대답했다. "게다가 난 그 낭독을 들어 볼 필요도 없었어요. 백합꽃을 들고 온 것을 본 것만으로도 충분했으니까요. 난 백합꽃을 보고 금방 그녀에게 재능이 없다는 걸 알아차렸죠."**

---

* 프랑스에서는 남편의 세례명으로 부인을 부르는 경우가 많다. 특히 마리처럼 흔한 이름인 경우에는 더욱 그러하다.
* 백합꽃은 프랑스 왕가의 상징으로, 게르망트 부인의 마음에 들기 위해 라셸은 백합꽃을 들고 왔지만, 게르망트 부인에게는 이런 몸짓이 재능의 결핍을 매우

모두들 웃었다.

"아주머니, 요전 날 스웨덴 왕비 일로 농담한 저를 원망하지 않으시겠죠? '아만',* 아니, 용서를 빌러 왔어요."

"천만에, 원망하지 않네. 시장하면 식탁에서 간식을 먹을 권리도 주겠네."

"자, 발네르 씨, 당신이 이 집 아가씨예요." 하고 빌파리지 부인은 이미 알려진 농담을 하며 고문서 학자에게 말했다.

게르망트 씨는 자기 옆 양탄자에 모자를 놓고 안락의자에 털썩 주저앉더니 곧바로 몸을 일으켜 만족한 표정으로 그에게 내놓은 프티 푸르 접시를 살폈다.

"기꺼이 들죠. 이 고상한 조력자와 이제 좀 친숙해지는 모양이니. 바바** 하나 먹겠습니다. 아주 맛있어 보이는데요."

"이분은 아가씨 역을 아주 잘하시는데요." 하고 아르장쿠르 씨는 모방 정신을 발휘하여 빌파리지 부인의 농담을 반복했다.

고문서 학자는 프롱드 난의 사학자에게 프티 푸르 접시를 내놓았다.

"맡은 역할을 훌륭히 해내시는군요." 하고 프롱드 난의 사학자는 수줍게, 또 거기 모인 사람들의 호감을 사려고 말했다.

그래서 그는 자기처럼 프티 푸르를 먹은 사람들에게 은밀히 공모의 눈길을 보냈다.

_____

기 위한 수작으로 보이는 것이다.

** 『잃어버린 시간을 찾아서』 3권 68쪽 주석 참조.

* 술이 든 시럽에 적신 카스테라를 말한다.

"저어, 내 착한 아주머니." 하고 게르망트 씨가 빌파리지 부인에게 물었다. "제가 들어올 때 나간, 그 꽤 근사한 신사는 누군가요? 제게 매우 정중히 인사하는 걸로 보아 아는 사람이 분명한데 기억이 잘 나지 않는군요. 아시다시피 제가 사람 이름을 잘 혼동해서요. 곤란한 일이지만." 하고 그는 만족한 표정으로 말했다.

"르그랑댕 씨라네."

"아! 오리안 사촌으로 그 모친이, 제 착오가 아니라면, 처녀 시절 이름이 그랑댕이라는 사람 말이죠. 잘 알아요, 그랑댕 드 레프르비에*라는 사람들요."

"아닐세." 하고 빌파리지 부인이 말했다. 전혀 관계없네. 그들은 그냥 그랑댕일 뿐이야. 귀족을 가리키는 것은 아무것도 붙지 않은 그랑댕. 하지만 뭐라도 좋으니 '그랑댕 드……'로 불리기만을 바라지. 그 사람 동생이 드 캉브르메르 부인이라네."

"하지만 바쟁, 아주머니가 말씀하시는 분을 당신도 잘 알잖아요." 하고 공작 부인은 화가 나서 외쳤다. "요전 날 당신이 무슨 괴상한 생각으로 그랬는지는 모르지만, 날 만나라며 우리 집으로 보낸 그 거대한 초식 동물의 오빠랍니다. 그녀는 한 시간 정도 있었는데 난 거의 미칠 지경이었어요. 그런데 내가 모르는 그 암소 같은 사람이 우리 집으로 들어오는 걸 보면서 오히려 그 사람 쪽이 미쳤다는 생각이 들더군요."

---

* Grandin de l'Eprevier. 실존하는 프랑스 귀족 가문의 성이었다.

"들어 봐요, 오리안. 그 사람이 당신 방문일을 물었소. 무례한 짓은 할 수 없지 않겠소. 그리고 좀 과장하는 것 같구려. 그여자는 암소 같지 않은데." 하고 공작은 투덜대며 덧붙였지만, 미소 짓는 시선을 슬그머니 거기 모인 사람들에게 잊지 않고 던졌다.

공작은 아내의 달변이 반대 의견, 이를테면 한 여인을 암소로 간주해서는 안 된다는 상식의 이름으로 제기되는 반론에의해 자극받을 필요가 있음을 알았다.(이렇게 해서 게르망트 부인은 자신의 첫 번째 비유를 넘어서는 아주 멋진 표현을 발견하는 경우가 종종 있었다.) 그래서 공작은 아내의 표현이 성공을 거둘수 있도록, 마치 기차에서 카드놀이 할 때 도박꾼의 숨겨진 공범처럼 도와준다는 기색 없이 은밀히 도와주려고 순진하게도그 자리에 있고 싶어 했다.

"그 여자가 암소 한 마리 같지 않았다는 건 인정해요. 암소여러 마리였으니까요." 하고 게르망트 부인이 외쳤다. "맹세하지만 암소 떼가 모자를 쓰고 살롱에 들어와서는 내 안부를 묻는 모습을 보고 전 무척이나 당황했어요. 한편으론 '암소 떼야, 너 정신 나갔지. 암소 떼 주제에 나와 교제를 하려는 거니.'라고 대꾸하고 싶었고, 다른 한편으론 기억을 더듬어 보다 당신의 그 캉브르메르를, 똑같이 우리 집에 한번 찾아오겠다고말한 적 있는, 역시 '소과'에 속하는 도로테 왕녀인 줄 알고 하마터면 '공주님'이라고 부르고, 그 암소 떼에게 삼인칭으로 말할 뻔했지 뭐예요.* 그 여자 위는 또 스웨덴 왕비와 같은 종류더군요. 게다가 그 활기찬 힘 공격은 모든 전술 규칙에 따라 원거리 사격으로 준비되었더군요. 언제부터인지 모르지만 나는 그 여자의 명함 폭격을 받아 왔는데, 도처에서, 모든 가구에서 마치 광고 쪽지처럼 발견했어요. 광고 목적은 몰랐지만요. 내 집에 보이는 거라곤 '캉브르메르 후작과 후작 부인'이라는 명함뿐, 주소가 적히긴 했지만 기억도 나지 않고 게다가 결코 사용할 생각도 없어요."

"하지만 왕비와 닮다니 아주 기분 좋겠는데요." 하고 프롱드 난의 사학자가 말했다.

"천만에요. 우리 시대에 왕이나 왕비는 그렇게 대단한 게 아니랍니다." 하고 게르망트 씨는 현대적 자유정신의 소유자라도 되는 듯, 자신이 그렇게도 집착하는 왕족과의 관계를 존중하지 않는 척하며 말했다.

자리에서 일어난 블로크와 노르푸아 씨가 우리 옆으로 왔다.

"대사님, 저분에게 드레퓌스 사건 얘기를 해 주셨나요?" 하고 빌파리지 부인이 말했다.

노르푸아 씨는 자신의 '둘시네아'**가 복종을 강요하는 그 변덕스러운 기분이 얼마나 대단한 것인지 증명이라도 하려는 것처럼 눈길을 천장으로 들어 올렸으나 미소를 잃지는 않았다. 그렇지만 그는 블로크에게 프랑스가 현재 당면한 그 끔찍

---

* 왕이나 공주인 경우 직접 당신이란 말을 사용하지 않고 '전하께서' 또는 '공주님께서'란 삼인칭으로 지칭한다는 의미이다.
* 돈키호테가 연인으로 택한 이상적인 여인상이다.

하고도 혹독한 시기에 대해 아주 친절하게 얘기해 주었다. 이런 모습이 짐작컨대 노르푸아 씨가 열렬한 드레퓌스 반대파임을 의미했는지(블로크는 그래도 노르푸아 씨에게 자신은 드레퓌스의 결백을 믿는다고 말했다.) 대사의 상냥함이나 상대방의 주장이 옳다고 인정하면서도 그들 의견이 같음을 믿어 의심치 않는 태도, 또 정부를 공격하기 위해 그와 결탁하려고 협력하는 척하는 태도가 블로크의 자만심을 우쭐하게 하고 호기심을 일깨웠다. 노르푸아 씨가 정확히 말하지는 않았지만, 블로크와 같은 의견이라고 암묵적으로 인정한 그 중요한 점이 과연 무엇이며, 이 사건에 대한 노르푸아 씨의 의견이 도대체 무엇이기에 이처럼 그들을 결속시킬 수 있단 말인가? 블로크는 그와 노르푸아 씨 사이에 존재하는 듯 보이는 이런 신비로운 일치가, 빌파리지 부인이 노르푸아 씨에게 자신의 문학 작업에 대해 하는 긴 이야기를 통해 정치에만 국한되지 않았다는 걸 알고 더욱 놀랐다.

"당신은 이 시대 사람이 아닌 모양이군." 하고 전임 대사가 블로크에게 말했다. "축하하오. 당신은 비타산적인 연구가 더 이상 존재하지 않는 시대, 외설적인 것이나 어리석음만을 대중에게 파는 이 시대 사람이 아니오. 당신네가 하는 그런 노력이야말로 당연히 장려되어야 하오. 만일 우리에게 정부라는 게 있다면 말이오."

블로크는 모든 사람이 난파당한 가운데 혼자서만 물 위에 떠 있는 듯하여 기분이 좋았다. 그러나 그는 이 점에 대해 더 자세히 알고 싶었고, 노르푸아 씨가 언급한 어리석음이 무엇인지도 알고 싶었다. 블로크는 다른 많은 이들과 같은 길에서 일한다는 느낌을 받았으며, 자신이 예외라고 생각되지 않았다. 그는 드레퓌스 사건 이야기를 다시 꺼냈으나, 노르푸아 씨 의견을 정확히 간파할 수는 없었다. 그는 그 무렵 신문에서 자주 이름이 거론되는 장교들에 대해 노르푸아 씨가 얘기해 주기를 바랐다. 장교들은 같은 사건에 연루된 정치가들보다 훨씬 더 많은 호기심을 불러일으켰는데, 그들은 정치가들처럼 이미 알려진 사람이 아니었으며, 특별한 제복 차림으로 다른 삶으로부터, 종교적 침묵을 지키는 깊은 곳으로부터, 마치 백조가 끄는 작은 배에서 로엔그린*이 내리는 것처럼 이제 막 솟아 나와 말하기 시작했기 때문이다. 블로크는 그가 아는 민족주의 변호사 덕분에 졸라 재판 법정에 여러 번 입장할 수 있었다.** 그는 일반 경시대회나 대학 입학 자격 논술 시험을 치를 때처럼 샌드위치와 커피 병을 준비하고 아침부터 법정에 가

---

* 바그너의 오페라로 1850년에 초연되었다. 갑옷 입은 기사가 사랑하는 여인을 구하기 위해 백조가 이끄는 배에서 내린다. 그러나 결혼식 날 자신의 신분을 말하지 말라는 금단의 언약을 깨고 여인이 신랑의 이름을 말하자 그 순간 로엔그린은 다시 백조가 끄는 배를 타고 성배의 고장으로 돌아간다.

** 1898년 1월 13일 대통령에게 보내는 졸라의 공개 서한 "나는 고발한다 (J'accuse)"가 《로로로》에 실리자 프랑스 의회가 졸라를 기소하여 1898년 2월 7일부터 23일까지 파리 법원에서 재판이 열린다. 졸라는 드레퓌스의 무죄를 주장하며 프랑스 군부가 서류를 조작하고 진실을 은폐했다고 비난했으나, 1898년 7월 베르사유 중죄 재판소는 졸라에게 징역 일 년에 벌금 3000프랑을 선고한다. 당일 영국으로 떠난 졸라는 1899년에 귀국하여 드레퓌스 사건을 소재로 '진실'을 쓰기 시작했지만 끝내지 못하고 가스 중독 사건으로 불과 삼 년 뒤인 1902년에 사망한다. 이런 졸라 재판을 프루스트는 거의 매일 참관했으며, 따라서 블로크의 일화는 작가 자신의 체험을 투영한 것이다.

서 저녁에야 나오곤 했다. 이런 습관의 변화가 신경성 흥분을 일으키고, 또 이 흥분이 커피와 재판의 감동으로 극에 달하면서, 그는 거기서 벌어진 모든 것에 얼마나 열중하며 나왔는지, 저녁에 집에 돌아와서는 아름다운 꿈속에 다시 잠기고 싶었고, 두 진영 사람들이 드나드는 레스토랑으로 친구들을 만나러 달려가서는 그날 벌어진 일을 끝없이 다시 얘기하면서, 자신에게 권력의 환상을 심어 주는 명령적인 말투로 야식을 주문하여 아침 일찍 시작되어 식사도 하지 못한 하루의 공복과 피로를 만회하곤 했다. 인간이란 경험과 상상의 두 차원을 지속적으로 넘나들기 때문에 자기가 아는 이들의 삶을 생각 속에서 보다 깊이 알고 싶어 하며, 또 자기가 상상을 통해서만 알던 삶을 영위하는 사람들에 대해서도 알고 싶어 하는 법이다. 블로크의 질문에 노르푸아 씨가 대답했다.

"두 장교가 현재 진행 중인 사건에 연루되었는데, 나는 예전에 내게 큰 신뢰를 준 판단을 했던 분이 이들에 대해 하는 얘기를 들은 적이 있소. 그런데 그분은(미리벨 씨요.)* 그들을 둘 다 높이 평가하더군. 앙리 중령과 피카르 중령을 말이오."**

---

* Miribel. 드레퓌스 사건 당시 프랑스 군대 참모 본부의 우두머리였다.
** 1894년 프랑스 정보국이 단지 필체가 같다는 이유만으로 드레퓌스를 간첩으로 지목하고 종신형을 선고하여 악마 섬으로 유배시킨 후, 1896년 조르주 피카르 중령이 또 다른 간첩 사건을 조사하는 과정에서 우연히 문제의 '명세서' 필체가 보병 대대장인 에스테라지 소령의 필체와 같다는 사실을 알게 되어 재판을 다시 열어야 한다고 주장한다. 군부는 이를 은폐하고 피카르를 해임한다. 하지만 많은 사람들이 피카르를 지지하는데, 이런 와중에 졸라의 재판이 열린다. 또 1898년 8월 처음부터 서류를 조작했던 앙리 중령이 자신의 죄를 인정하고

"하지만." 하고 블로크가 외쳤다. "제우스의 딸 아테네 여신은 다른 사람의 정신에 든 것과 정반대되는 것을 각자의 정신 속에 집어넣었죠. 그래서 그들은 두 마리 사자마냥 서로 싸우는 거랍니다. 피카르 중령은 군대에서 아주 훌륭한 위치에 있었지만, 그의 모이라가 그를 자신의 운명과는 다른 쪽으로 끌고 갔죠. 민족주의자들의 검이 그의 연약한 살덩어리를 자를 것이며, 그리하여 이 살덩어리는 죽은 자의 지방으로 양분을 취하는 육식 동물과 새 들의 먹이로 쓰일 겁니다."

노르푸아 씨는 대답하지 않았다.

"저 사람들은 구석에서 무슨 말을 저렇게 장황하게 하는 거죠?" 하고 게르망트 씨가 빌파리지 부인에게 노르푸아 씨와 블로크를 가리키며 말했다.

"드레퓌스 사건 얘기라네."

"아! 제기랄! 그런데 열렬한 드레퓌스 지지자가 누구인지 아십니까? 알아맞히면 1000프랑 드리죠. 바로 우리 조카인 로베르랍니다! 조키 클럽에 이런 어처구니없는 행동이 전해졌을 때 만장일치의 항의가, 진짜 격렬한 비난이 쏟아졌죠. 일주일 후에는 로베르를 조키 클럽 회원으로 출마시키려던 참이었는데……."

"당연히 그랬겠죠." 하고 공작 부인이 말을 가로챘다. "만약 그들이 전부, 유대인들을 모두 예루살렘에 보내야 한다고

자살한다. 그러나 군부는 여전히 이를 인정하지 않으며 1906년에 가서야 드레퓌스의 무죄를 인정하고 그를 복권시킨다.

항상 주장해 온 질베르*와 같다면야……."

"아! 그렇다면 게르망트 대공께서는 저와 전적으로 같은 의견이시군요." 하고 아르장쿠르 씨가 말을 가로챘다.

공작은 아내를 자랑스럽게 여겼지만 사랑하지는 않았다. 무척이나 '잘난 체하는' 공작은 남이 자기 말을 중단하는 걸 싫어했고, 집에서는 보통 아내에게 거칠게 대하는 습관이 있었다. 아내 때문에 중간에 말을 끊어야 하는 형편없는 남편으로서의 분노와, 사람들이 귀 기울이지 않는 달변가로서의 분노라는 이중 분노 탓에 그는 몸을 떨며 갑자기 말을 멈추더니 아내를 노려보았고, 이런 눈길에 모두들 당황했다.

"도대체 무슨 일로 질베르와 예루살렘 얘기를 꺼내는 거요?" 하고 드디어 그가 말했다. "그런 말이 아니잖소." 하고 다시 부드러운 어조로 덧붙였다. "우리 중 하나가 조키 클럽에서 거절당한다면, 특히 십 년이나 자기 아버지가 회장으로 있던 클럽에서 로베르가 거절당한다면, 그야말로 큰일이라는 걸 당신도 인정할 거요. 어쨌든 여보, 그 소식이 그들을 몹시 불쾌하게 만들었고 그들로 하여금 눈을 크게 뜨게 했소. 그들이 틀렸다고는 나도 말할 수 없소. 개인적으로는 당신도 알다시피 나는 인종에 대해 어떤 편견도 없고, 그런 게 우리 시대 일도 아니며, 나는 시대와 더불어 걸어간다고 자부하오. 하지만 제기랄, 소위 생루 후작이라고 불릴 때는 드레퓌스파가 되지 말아야지! 내가 달리 무슨 말을 하길 바라는 거

* 질베르는 게르망트 대공의 세례명이다.

요!"

게르망트 씨는 "소위 생루 후작이라고 불릴 때는"이란 말을 특별히 강조하면서 발음했다. 그렇지만 '게르망트 공작'이라고 불리는 것은 그보다 더 대단한 일임을 그는 잘 알았다. 그러나 그의 자존심에 게르망트 공작이라는 작위의 우월성을 과장하는 경향이 있었다면, 이런 작위의 중요성을 축소하도록 부추긴 것은 어쩌면 좋은 취향의 법칙이라기보다는 오히려 상상력의 법칙일 것이다. 멀리 보이는 것이, 다른 사람에게서 보는 것이 더 아름답게 보이는 법이다. 그리고 상상력의 원근법을 지배하는 일반 법칙은 다른 사람들과 마찬가지로 공작에게도 적용된다. 상상력의 법칙뿐 아니라 언어 법칙도 마찬가지다. 그런데 이런 언어의 두 법칙 중 어느 하나가 여기 적용될 수 있다. 그중 하나는 인간은 자신이 태어난 계층이 아니라 자신이 속한 정신적 계층의 사람들처럼 표현하고 싶어 한다는 점이다. 이렇게 해서 게르망트 씨는 귀족 이야기를 하고 싶어 할 때조차도, 그 표현법에서는 "소위 게르망트 공작이라고 불릴 때는"이라고 말하는 프티 부르주아에 속했다. 반면 스완이나 르그랑댕처럼 교양 있는 사람이라면 그렇게 말하지 않았을 것이다. 공작은 귀족 칭호가 아무 도움이 되지 않는 식료품 가게 주인의 언어로 통속 소설을, 그것도 상류 사회의 풍습에 관한 통속 소설을 쓸 수 있으며, 평민도 귀족적이라는 수식어를 받아 마땅한 그런 작품을 쓸 수 있다. 그렇다면 이 경우 게르망트 씨는 어느 부르주아로부터 "소위 ……라고 불릴 때는" 이란 표현을 들었을까? 아마도 그는 거기에 대해 아무것도 알지 못할 것이다. 언어의 또 다른 법칙은 마치 나타났다 사라져 더 이상 얘기조차 듣지 못하는 질병처럼, 어떻게 태어났는지, 자연 발생적인 것인지, 아니면 아메리카의 잡초 씨앗이 여행용 담요 털에 묻어 와 철도 선로 비탈길에 떨어져 프랑스에서 싹트는 일에 비교할 만한 그런 우연으로 생긴 것인지 알지 못하는 그런 수많은 표현법들이 동일한 십 년이란 기간 안에 그 말을 쓰기 위해 서로 상의한 적도 없는 사람들 입에서 오르내리는 걸 듣는다는 데 있다. 그런데 이와 마찬가지로 나는 어느 해인가 블로크가 스스로에 대해 "가장 매력적이고 가장 빛나고 가장 사려 깊고 가장 까다로운 사람들이, 유일하게 총명하고 유쾌하며 없어서는 안 될 사람이라고 여기는 이가 있으니, 바로 블로크였다."라고 말하는 걸 들은 적이 있었다. 그리고 블로크를 알지 못하는 다른 젊은이들의 입에서도 단지 블로크라는 이름을 그들 자신의 이름으로 바꾸었을 뿐, 똑같은 구절이 그들 입에서 나오는 것을 들었으며, 이와 마찬가지로 나는 앞으로도 자주 이 "소위 ……라고 불릴 때는"이란 표현을 들어야만 했다.

 "어찌하겠소." 하고 공작이 말했다. "그곳을 지배하는 정신이 그러하니 충분히 이해할 만하지 않소."

 "특히 희극적이죠." 하고 공작 부인이 대답했다. "아침부터 저녁까지 '프랑스 조국 연맹'*과 더불어 우릴 귀찮게 하는 생

---

* '프랑스 조국 연맹(la Ligue de la patrie française)'은 1898년 졸라의 재판 이후 드레퓌스 반대파에 의해 창설되었다.

루 어머니 생각이 그러하니."

"그렇소, 그러나 그의 어머니만 있는 게 아니오. 허풍을 늘어놓지 말구려. 거기에는 로베르에게 가장 큰 영향을 미친 그 잘난 체하는 우스꽝스러운 여자, 최악의 방탕한 여자가 있으니, 그 여잔 바로 드레퓌스 양반과 같은 나라 사람이오. 그 여자가 로베르에게 자신의 정신 상태를 전한 거라오."

"공작님께서는 이런 종류의 정신을 표현하는 새로운 단어가 있다는 걸 모르시는 모양이군요." 하고 드레퓌스 사건 재심 반대위원회 서기인 고문서 학자가 말했다. "망탈리테(mentalité)*라는 단언데, 공작님이 말씀하신 것과 정확히 같은 뜻입니다만, 적어도 모든 사람이 그 뜻을 알지 못한다는 이점이 있죠. 가장 훌륭하며 가장 '가장 최신'인 단어죠."

그렇지만 블로크라는 이름을 들은 고문서 학자는, 블로크가 노르푸아 씨에게 질문하는 모습을 불안하게 바라보았는데, 이런 불안이 후작 부인의 마음속에도 다른 형태이기는 하나 똑같이 심한 불안을 불러일으켰다. 고문서 학자 앞에서 늘 드레퓌스 반대파처럼 행동해 온 후작 부인은 몸을 떨며 자기 집에 조금은 '결사체(Syndicat)'**와 관계 있는 유대인을 초대

** 정신 상태의 역사에 대한 연구가 본격적으로 이루어진 것은 1차 세계 대전 후 뤼시앵 페브르(Lucien Febvre, 1878~1956)나 마르크 블로크(Marc Bloch, 1886~1944) 같은 역사학자들을 통해서이지만, 이 문단이 보여 주듯이 이에 대한 관심은 그보다 앞선 것처럼 보인다.

* 유대인 반대파들은 프랑스가, 강력한 비밀 조직 '유대인 결사체(Syndicat des juifs)'가 꾸민 음모의 희생양이 되었다고 상상했다.(『게르망트』, 폴리오, 691쪽 참조.)

한 사실을 그가 알아차리고 비난할까 봐 두려웠다.

"아! 망탈리테라고요! 적어 두었다 다시 써먹어야지." 하고 공작이 말했다.(이 말은 은유가 아니었으며, 실제로 공작은 자신이 들은 표현을 가득 적은 수첩을 들고 다니면서 대연회에 앞서 읽어 보곤 했다.) "망탈리테라니 마음에 드네요. 이처럼 새로운 말들은 세상에 나와도 오래가지 못하죠. 최근에는 한 작가가 '재능이 있다'고 '탈랑튀외(talentueux)'*라고 쓴 걸 읽은 적이 있습니다만. 이해할 수 있는 사람만 이해하라는 거죠. 그 후 이 단어를 두 번 다시 보지 못했으니까요."

"하지만 '망탈리테'는 '탈랑튀외'보다는 많이 사용됩니다." 하고 프롱드 난의 사학자가 대화에 끼려고 말했다. "저는 교육부의 한 위원회에 소속되어 있습니다만 거기서 수차례 이 단어를 쓰는 걸 들었고, 또 제가 속한 볼네** 동우회나 에밀 올리비에*** 씨 댁 만찬에서도 들었습니다."

"저는 교육부에 속하는 영광은 가진 적 없지만." 하고 공작은 공손히 대답하는 척했지만 얼마나 대단한 자부심을 가지고 말했는지 그의 입은 미소로 벌어졌으며, 눈은 좌중을 향해 기쁨으로 반짝이는, 하지만 약간은 야유하는 듯한 눈길을 감추지 못했는데, 그 눈길을 받은 가련한 사학자는 얼굴을 붉힐 수밖에 없었다. "교육부에 속하는 영광을 갖지 못한 저는."

** '재능(talent)'이란 명사를 형용사화한 것이다.

* 파리 2구 볼네 거리에 위치하는 문학예술 동우회로 1874년에 창설되었다.

** Emile Ollivier(1825~1913). 제2제정 시대 나폴레옹 3세에 의해 정부 조각을 위임받아 헌법을 개정했다. 황제와 의회의 이중 체제를 설립하는 데 성공했다.

하고 공작은 자신이 하는 말을 들으면서 천천히 되풀이했다. "또한 볼네 동우회에도 가입하지 못했지만,(저는 뤼니옹*과 조키 클럽에만 가입했습니다.) 선생님은 조키 클럽 회원이신가요?" 하고 그는 사학자에게 물었다. 사학자는 거기서 뭔가 무례한 냄새를 맡았지만 그 이유를 몰라 온몸을 부들부들 떨기 시작했다. "저는 에밀 올리비에 씨 댁에서 식사도 하지 않으며, '망탈리테'란 단어도 알지 못한다는 걸 인정합니다. 아마 자네도 나와 같겠지, 아르장쿠르. 자네는 왜 드레퓌스가 배신한 증거를 사람들이 제시할 수 없는지 아는가? 드레퓌스가 육군 장관** 부인의 정부라서 그런 모양이지. 그렇게들 은밀히 말하더군."

"아! 저는 총리 부인***의 정부인 줄 알았는데요."라고 아르장쿠르가 말했다.

"모두들 왜 그렇게 이 사건을 떠들어 대는지 지겨워요." 하고 게르망트 공작 부인이 말했다. 부인은 사교적인 측면에서 남들에게 끌려다니지 않는 모습을 보이고 싶어 했다. "이 사건은 유대인이라는 측면에서는 제게 어떤 영향도 주지 못해요. 제가 아는 사람 중에는 유대인이 한 명도 없다는 타당한

*** 뤼니옹 클럽은 조키 클럽처럼 상당히 폐쇄적인 클럽으로 파리 마들렌 거리에 있었다.

* 1948년에는 육군-공군-해군 장관이 국방 장관으로 통합되었다.

** 군부의 반대에도 불구하고 당시 에밀 루베(Emile Loubet, 1838~1929) 대통령은 1899년 공화정을 옹호하는 발데크루소(Waldeck-Rousseau)를 총리로 임명하여 드레퓌스를 사면한다.

이유 때문인데, 저는 늘 이런 다행스러운 무지 상태로 남아 있을 작정이에요. 하지만 마리에나르나 빅튀르니엔이 우리가 결코 알지도 못할 수많은 뒤랑이나 뒤부아 부인 같은 사람들을, 그들이 모두 보수적이라고 해서, 유대인 상점에서 아무것도 사지 않는다고 해서, 또는 단지 그들 양산에 '유대인을 죽여라.'라는 구호를 썼다고 해서 만나기를 강요한다면 정말 견딜 수 없을 거예요.* 그저께 마리에나르 집에 갔었죠. 예전엔 아주 매력적인 살롱이었어요. 그런데 지금은 거기서 우리가 평생 피해 온 사람들이, 그리고 어떤 사람인지 우리가 전혀 알 수도 없는 사람들이 단지 드레퓌스 반대파라는 이유로 득실거리더군요."

"아닙니다. 육군 장관의 부인입니다. 적어도 규방**에 떠도는 소문으로는 그렇습니다." 하고 대화 중 이렇게 앙시앵 레짐의 표현이라고 생각되는 표현을 몇 개 사용하는 공작이 말을 이었다. "요컨대 제가 개인적으로는 사촌 질베르와 반대 의견을 가졌다는 건 다들 알 겁니다. 저는 질베르처럼 봉건적인 사람이 아니라서, 만일 흑인이 제 친구라면 흑인하고라도 산책할 것이며, 어느 누구의 의견에도 개의치 않을 겁니다. 그렇지만 소위 생루라고 불릴 때는 볼테르보다, 아니, 내 조카보다 현명한 모든 사람들의 의견과 반대되는 의견을 내면서 장

*** 뒤랑이나 뒤부아는 프랑스에서 가장 흔한 성 중의 하나이다. 마리에나르는 마르상트 부인, 빅튀르니엔은 에피네 대공 부인의 세례명이다.
* ruelle. 부인들의 침실을 가리키는 말로 17세기나 18세기에는 상류 사회 부인들의 사교적, 문학적 살롱으로 사용되었다.

난치지는 말아야겠죠.* 더구나 클럽에 소개되기 일주일 전에 내가 감성의 곡예라고 부르는 짓은 하지 말아야죠! 그건 좀 심했어요! 아마도 그 매춘부가 생루를 부추겼는지도 몰라요. 그렇게 하면 '지식인'** 축에 끼게 될 거라고 설득했겠죠. 지식인, 이게 그 신사들의 크림 파이니까요.*** 하기야 이 때문에 무척 재미있는 말장난이 생겨나기도 했지만, 무척 악의적인 거랍니다."

그리고 공작은 공작 부인과 아르장쿠르 씨를 위해 낮은 소리로 '마테르 세미타'****라는 말을 인용했는데, 사실 이 말은 이미 조키 클럽에서 사용되고 있었다. 그 까닭은 모든 날아다니는 씨앗 중 싹튼 장소로부터 아주 멀리까지 퍼지게 하는 가장 튼튼한 날개를 가진 것이 바로 농담이기 때문이다.

"석학*****인 듯 보이는 이분에게 그에 대한 설명을 부탁드릴 수 있을 것 같습니다." 하고 공작은 사학자를 가리키면서 말했다. "하지만 전혀 사실이 아니므로 더 이상 언급하지 않는 게 나을지도 모르지요. 내 사촌 미르푸아가 주장하듯이, 가문

** 1821년 탈레랑(Talleyrand)이 상원에서 신문의 자유를 옹호하며 "볼테르 (Voltaire)보다 더 재치 있는 사람이 있다면 그건 우리 모두이다."라고 한 말을 인용하면서 게르망트 공작은 생루와 자신이 다른 사람보다 우월하다는 의견을 피력한다.

*** '지식인'이란 단어 사용에 대해서는 『잃어버린 시간을 찾아서』 4권 158쪽 주석 참조.

**** '크림 파이'에는 알맹이 없이 잘난 체한다는 뜻이 담겨 있다.

* 288쪽 주석 참조.

** 여기서 공작은 석학이라는 말 앞에 남성을 가리키는 부정 관사가 아니라 여성을 가리키는 부정 관사를 사용하여(une érudit) 문법상 오류를 범한다.

의 계보가 예수 그리스도 이전의 레위 부족까지 거슬러 올라
간다고 주장하고 싶은 야심이 제겐 없으며,* 또 우리 가문에는
유대인의 피가 한 방울도 섞이지 않았다는 것도 훌륭하게 증
명해 보일 수 있으니까요. 하지만 어쨌든 그래도 우리를 속이
려고 하지는 말아야죠. 내 조카 선생의 그 매력적인 의견이 랑
데르노**에서 커다란 물의를 일으키리라는 건 확실합니다. 게
다가 페장자크는 병중인지라 뒤라스가 모든 것을 이끌 테죠.
알다시피 뒤라스는 '잘난 체하기를' 좋아하니까." 하고 몇몇
단어의 뜻을 정확히 모르는 공작은 '골치 아픈 일을 일으키다'
란 뜻으로 알고 '잘난 체한다(faire des embarras)'고 말했다.***

"어쨌든 드레퓌스가 결백하다 해도." 하고 공작 부인이 말
을 가로막았다. "그는 거의 증거를 내놓지 못하고 있잖아요.
섬에서 보내온 편지를 보세요. 얼마나 어리석고 과장됐는지!
에스테라지 씨가 드레퓌스보다는 훨씬 나아요. 그가 문장을
다듬는 방식에는 뭔가 다른 멋과 색깔이 있어요. 드레퓌스 지
지파에게는 별로 기분 좋은 일이 아니지만요. 다른 사람을 결
백한 사람으로 내세울 수 없으니 그들은 얼마나 불행할까요!"

모두들 웃었다. "오리안의 말을 들으셨어요?" 하고 게르망

***

*** 288쪽 주석 참조.
**** '랑데르노에서 커다란 물의를 일으키다.(faire assez de bruit dans
Landerneau.)'라는 표현은 알렉상드르 뒤발(Alexandre Duval)의 「난파 또는 상
속자」(1796)라는 희곡에서 연유한다. 브르타뉴 지방의 랑데르노에서 일어난 이
야기를 다룬 작품이다.
* 공작은 embarras란 단어가 동사와 함께 사용되면 '잘난 체하다'는 뜻이 된다
는 걸 모르고 있다.

트 공작은 빌파리지 부인에게 대답을 애타게 기다리는 목소리로 물었다. "그래, 무척이나 우습더구나." 그러나 이런 대답으로는 공작을 만족시킬 수 없었다. "저는 그 말이 그렇게 우습다고 생각하지 않아요. 아니, 그 말이 우스운지 그렇지 않은지는 별 상관이 없어요. 저는 재담을 그렇게 높이 평가하지 않으니까요." 그러자 아르장쿠르가 그 말에 반박했다. "저이는 자기 생각과는 전혀 다른 말을 하네." 하고 공작 부인이 중얼거렸다. "그건 아마도 제가 의정 활동을 하면서 무척 훌륭하지만 아무 의미도 없는 연설을 들어 왔기 때문인지도 모릅니다. 의회 생활을 통해 저는 특히 논리적인 걸 중시해야 한다는 걸 배웠습니다. 아마도 그 때문에 재선에 실패했는지도 모르지만요. 우스운 것에는 별 관심이 없습니다." "바쟁, 조제프 프뤼돔* 같은 자의 흉내를 내지 말아요. 당신만큼 재담을 좋아하는 사람이 또 어디 있다고요." "내 말을 끝까지 들어 보구려. 제가 바로 어떤 유의 농담에 무감각한 탓에 아내의 재담을 높이 평가하는지도 모르죠. 아내의 재담은 대부분 정확한 관찰에서 나온 거니까요. 아내는 남자처럼 추론하고 작가처럼 표현한답니다."

블로크는 노르푸아 씨에게 피카르 중령 이야기를 하도록 부추겼다.

"중령의 진술이 필요하다는 데에는 이론의 여지가 없었

---

* 앙리 모니에(Henry Monnier)의 만화 『조제프 프뤼돔의 위대함과 몰락』(1852), 『조제프 프뤼돔 씨의 회고록』(1857) 등에 나오는 인물로, 약간은 자존심이 세고 거드름 피우는 낭만적인 소시민의 전형이다.

죠." 하고 노르푸아 씨가 대답했다. "저는 이런 의견을 지지한 탓에 많은 동료들로부터 비난을 받았지만, 제 의견으로는 정부가 중령에게 말을 하도록 내버려 둘 의무가 있다고 생각합니다. 이런 막다른 골목에서는 얼렁뚱땅 넘어가는 대답만으로는 빠져나올 수 없고, 또 그렇게 되면 긴 수렁에 빠질 위험이 있으니까요. 장교 자신으로 말하자면 그의 진술은 처음에는 법정에서 아주 호의적인 인상을 주었죠. 멋진 보병 제복에 간결하고도 솔직한 말투로 자신이 보고 믿은 것을 얘기하면서 '군인의 명예를 걸고(이 구절에서 노르푸아 씨의 목소리는 애국심의 가벼운 트레몰로*로 떨렸다.) 이것이 제 신념입니다.'라고 말했을 때는 얼마나 인상적이었는지 부정할 수 없었죠."

'아! 이분은 드레퓌스파야. 추호의 의심도 없어.' 하고 블로크는 생각했다.

"그러나 문서 담당자인 그리블랭**과의 대질 심문이 그가 처음 야기했던 이런 호의적인 인상을 완전히 지워 버렸죠. 약속을 잘 지키는 이 늙은 직원이(노르푸아 씨는 진지한 확신을 가지고 다음에 나오는 말을 힘차게 강조했다.) 상관을 똑바로 쳐다보며 상관을 안달 나게 하는 것도 두려워하지 않고, 대꾸도 허용하지 않은 말투로 '저기 중령님, 제가 한 번도 거짓말한 적이 없다는 걸 잘 아시잖습니까? 제가 이 순간에도 언제나처럼 진실을 말한다는 걸 잘 아시잖습니까?'라고 말하는 걸 사람들이

* 『잃어버린 시간을 찾아서』 2권 60쪽 주석 참조.
** Felix Gribelin. 정보국 문서 담당자로, 졸라 재판에 드레퓌스 반대 증인으로 출두했다.

보고 들었을 때는 바람의 방향이 완전히 바뀌었습니다. 피카르 씨가 온갖 수단을 다 동원했지만 아무 소용도 없이 완전히 실패로 끝났죠."

"그렇군. 이분은 확실히 드레퓌스 반대파로군. 틀림없어." 하고 블로크는 중얼거렸다. "하지만 그가 피카르를 거짓말쟁이 배신자로 믿는다면 어떻게 그의 폭로를 고려할 수 있으며 또 그 폭로에 매력을 느낀다는 듯, 진실이라고 믿는다는 듯 말할 수 있단 말인가? 만일 반대로 그가 피카르를 양심을 털어놓는 정의로운 사람으로 보았다면, 어째서 그리블랭과의 대질 심문에서 그가 거짓말을 했다고 가정할 수 있을까."

노르푸아 씨가 블로크의 의견에 동의한 것처럼 말한 것은, 열렬한 드레퓌스 반대파로서 정부의 조치가 충분하지 못하다고 여겨 드레퓌스 지지파만큼이나 정부를 미워했기 때문인지도 모른다. 어쩌면 그가 정치에서 전념하는 대상은 보다 심오한 다른 차원의 것이어서, 그런 관점에서 본다면 드레퓌스 사건 따위는 중요한 대외 문제를 염려하는 애국자의 관심을 끌 가치도 없는 하찮은 사건으로 보였는지도 모른다. 어쩌면 오히려 노르푸아 씨의 정치적 지혜의 좌우명이 형식과 절차와 시의성 문제에만 집중되어, 마치 철학에서 순수 논리만으로는 존재 문제를 해결할 수 없듯이 근본적인 문제를 해결하기에는 무력하며, 또 이런 지혜가 그로 하여금 이 문제를 다루는 일은 위험하니 신중하게 부차적인 상황에 대해서만 얘기하도록 했는지도 모른다. 그러나 노르푸아 씨의 성격이 그렇게 신중하거나 그의 정신이 형식적이기만 한 것도 아니어서 언제든 원하기만 하면 자신에게 앙리나 피카르와 뒤 파티 드 클람*의 역할과 이 사건의 모든 점에 관한 진실을 말해 줄 수 있다고 블로크가 믿은 것은 잘못이었다. 블로크는 노르푸아 씨가 이 모든 것에 관한 진실을 알고 있다는 것을 추호도 의심하지 않았다. 그토록 장관들을 잘 아는 그가 어떻게 진실을 모를 수 있단 말인가? 물론 블로크는 정치에서의 진실이란 것이 가장 명철한 머리를 통해 대략적으로 재구성될 수 있다고 생각했으나, 일반 대중 대다수와 마찬가지로 그 진실은 항상 대통령이나 수상의 기밀문서에 명백하고도 구체적인 형태로 존재하며, 또 이것들이 그 진실을 장관들에게 알려 준다고 상상했다. 그런데 정치적 진실이 비록 어떤 문서로 기록되는 경우에도, 이 문서에 엑스레이 사진 이상의 가치가 있는 경우는 드물다. 보통 사람은 환자의 병이 엑스레이 사진에 전부 나타난다고 생각하지만, 실제로 이 사진은 단지 판독에 필요한 하나의 요소만을 제공할 뿐 다른 많은 요소들이 더해져서 의사가 그 모든 걸 가지고 추론하며 진단을 내리는 것이다. 그러므로 정치적 진실이란, 진실을 아는 사람에게 접근하여 그 진실을 포착한다고 믿는 순간에도 빠져나가는 법이다. 마찬가지로 나중에 드레퓌스 사건에 국한하여 말해 본다면, 앙리의 자백**과

---

* Du Paty de Clam. 1894년 참모 본부의 제3지국 사령관으로 드레퓌스 사건에 대한 첫 조사 임무를 맡았으며 졸라의 재판에서 증언했던 인물이다. 훗날 참모 본부에 맞서 진실을 규명하는 데 앞장섰다.
* 이 부분에 대한 텍스트의 이해를 돕기 위해 드레퓌스 사건의 개요를 기술해 보면, 1894년 9월 프랑스 참모 본부는 프랑스 주재 독일 대사관의 우편함에서

이어 그의 자살과 같은 명백한 사실이 일어났을 때도, 이 사건은 드레퓌스파 장관들과, 스스로가 문서 위조를 발견하고 심문을 주관한 카베나크와 키네 사이에서는 정반대로 설명되었다.* 게다가 드레퓌스파 장관들 사이에서도, 같은 의견으로, 같은 문서뿐만 아니라 같은 정신으로 판단하는 사람들 사이에서도 앙리가 한 역할은 완전히 반대로 설명되었는데, 몇몇 사람은 앙리를 에스테라지의 공범으로 보았고, 반대로 몇몇은 이 역할을 뒤 파티 드 클람에게 부여함으로써 그들의 정적

———————

훔쳐 낸 프랑스 육군 기밀문서인 '명세서'를 입수한다. 파티 드 클람 사령관이 조사를 맡고 드레퓌스를 체포한다. 참모 본부는 확실한 증거가 없는데도 그해 12월 군법 회의에서 드레퓌스를 종신형에 처한다. 이 년 후 1896년 새로 정보국 책임자로 임명된 피카르 중령이 우연한 기회에 독일 슈바르크코프가 에스테라지에게 보낸 작은 속달 우편을 발견하고 그 필체가 드레퓌스의 유죄를 입증한 '명세서'의 필체와 같음을 인지하고 상부에 보고한다. 한편 피카르의 부관인 앙리 중령은 자료를 보충하기 위해 이탈리아 무관 파니자르디(Panizzardi)가 독일 무관에게 보내는 편지인 것처럼 자료를 조작한다. 참모 본부는 이를 알면서도 묵인하고 피카르를 군사 기밀 누설죄로 체포하여 북아프리카에 보낸다. 그러나 그때 그 증거 자료를 몰래 복사해서 실은 신문에 의해 그 진상이 폭로된다. 에밀 졸라는 1898년 《로로르》에 「나는 고발한다」라는 글을 발표한다. 이어 1898년 8월 앙리는 편지 조작을 고백하고 감옥에 수감되며 다음 날 자살한다. 드레퓌스는 재심을 받았으나, 그의 무죄와 복권은 1906년에 가서야 이루어진다.

* 1898년 참모 본부의 루이 키네(Louis Cuignet)는 앙리가 발견했다는 '파니자르디의 편지'가 여러 문서를 붙여서 만든 것임을 발견하고 새로이 육군 장관으로 임명된 고드프루아 카바냐크(Godefroy Cavagnac)에게 이 사실을 보고한다. 재심 반대파인 장관은 앙리를 심문하고 그의 자백을 받아 내지만, 드레퓌스의 유죄를 확신하여 재심을 거부한다. 드레퓌스 반대파인 키네 역시 여전히 드레퓌스를 유죄로 믿으며, 뒤 파티 드 클람이 앙리에게 거짓 자백하도록 했다고 주장한다.

인 키네의 주장에 동참했으며, 자기들 편인 레나크*와는 완전히 대립했다. 블로크가 노르푸아 씨에게서 끄집어낼 수 있었던 것은, 고작해야 부아데프르 참모 본부장이 로슈포르 씨에게 은밀히 정보를 준 것이 사실이라면 이는 어쩌면 대단히 통탄할 만한 일이라고 하는 정도였다.**

"육군 장관은 적어도 '마음속으로는(in petto)'*** 참모 본부장을 틀림없이 지옥의 신에게 보내고 싶었을 겁니다. 내 의견에는 그가 그 사실을 공식적으로 부인하는 게 그렇게 잘못된 처사는 아니었을 거라고 생각합니다. 하지만 그는 그 문제에 관한 의견을 '친구들 사이에서(inter pocula)'**** 매우 직설적으로 털어놓았죠. 어떤 문제는 나중에 가서 수습하는 게 불가능하므로 소란을 피우는 게 무척이나 신중하지 못할 때가 있는데도 말입니다."*****

** Joseph Reinach. 드레퓌스 사건 당시 국회위원으로 드레퓌스의 재심을 열렬히 주장했으며, 『드레퓌스 사건의 역사』(1901~1911)를 썼다.

*** 1897년 드레퓌스 반대파 신문 《랭트랑시장(L'Intransigent)》의 주간 앙리 로슈포르(Henri Rochefort)는 부아데프르 참모 본부장과 육군 장관을 공격한다. 이런 공격을 피하기 위해 부아데프르의 참모는 로슈포르를 방문하고 드레퓌스 유죄에 대한 결정적인 증거를 확보했다고 말하며 몇몇 조작된 정보를 제공한다. 로슈포르는 이를 신문에 공개했고, 부아데프르는 자신이 참모를 신문사에 보냈다는 사실을 나중에 인정한다.

* 교황이 추기경을 임명할 때 은밀하게 한다는 의미의 이탈리아어다.

** 직역하면 '술잔을 나누는 가운데'라는 뜻으로 지인에게 비밀을 털어놓는다는 의미의 라틴어 표현이다.

*** 참모 본부가 새로이 육군 장관으로 임명된 카비냐크에게, 앙리 중령이 자료를 조작했다는 사실을 보고했지만 이를 공식 부인하지 않고, 더욱이 이 사실을 지인들에게 털어놓음으로써 사건이 확대되었다고 노르푸아는 생각하는 것

"그러나 그 문서는 분명히 가짜인걸요." 하고 블로크가 말했다.

노르푸아 씨는 이 말에 대답하지 않고 앙리 도를레앙 대공*의 시위를 찬성하지 않는다고만 말했다.

"게다가 그런 시위는 법정의 공정성을 흐려 놓고 이쪽이나 저쪽에서 유감스럽게 생각하는 소요를 부추길 뿐입니다. 물론 우리는 반군국주의 음모를 중단해야겠지만 우익 무리가 선동하는 소요도 참을 수 없습니다. 그 소요는 애국심을 조장하는 대신 애국심을 이용하니까요. 다행히도 프랑스는 남미의 한 공화국이 아니며, 군사 쿠데타를 일으킬 장군의 필요성도 느끼지 않습니다."

블로크는 드레퓌스의 유죄 문제에 관해서 노르푸아 씨에게 말을 시킬 수 없었고, 현재 진행 중인 민사 재판 판결에 대한 그의 예측도 들을 수 없었다. 대신 노르푸아 씨는 이 판결 후에 일어날 세부 사항을 말하면서는 어떤 즐거움을 느끼는 것 같았다.

"그것이 유죄 판결이라면 틀림없이 파기될 겁니다. 왜냐하면 증인 진술이 그렇게 많은 사건에서** 변호사들이 형식상 오

이다.
**** 샤르트르 공작인 로베르 도를레앙의 두 번째 아들인 앙리 도를레앙 대공은 1898년 2월 18일 졸라 재판 때 '명세서'의 주범으로 군법 회의에서 사면을 받은 에스테라지가 출두하자 군중과 함께 열렬히 환호한다. 에스테라지를 포옹까지 했다는 비난이 대두되자 그는 자신이 단지 프랑스 군복과 군대 판결에 경의를 표했을 뿐이라고 대답한다.(『게르망트』, 폴리오, 693쪽 참조.)
* 졸라 재판에는 증인 200여 명이 법정에 출두했으며 변호사들은 무효 사례를

류를 들추어 내지 않는 경우란 드무니까요. 그리고 앙리 도를레앙 대공의 그 격렬한 분노에 대해 결론을 내린다면, 자기 아버지 취향을 물려받았다고 보기는 정말 어렵습니다."

"샤르트르*가 드레퓌스 편이라고 생각하세요?" 하고 공작 부인이 눈을 동그랗게 뜨고 코는 프티 푸르 접시에 박은 채 놀란 표정으로 분홍빛 뺨에 미소를 띠며 물었다.

"전혀 아닙니다. 나는 다만 그런 측면에서 집안 전체에 걸쳐 정치적 감각이 있다는 걸, 저 경탄할 만한 클레망틴** 공주의 감각은 '최고(*nec plus ultra*)'이며, 공주의 아들 페르디낭*** 대공이 소중한 유산처럼 간직하는 그런 감각에 대해 말하고 싶었을 뿐입니다. 뷜가리 대공이 설마 에스테라지 소령을 자기 품에 껴안기야 하겠습니까?"

"병사를 껴안는 일이 더 즐거울 텐데요." 하고 게르망트 공작 부인은 중얼거렸다. 부인은 주앵빌 대공 댁에서 뷜가리 대공과 자주 식사를 했는데, 한번은 뷜가리 대공이 공작 부인에게 질투를 느끼지 않느냐고 물은 적이 있었다. 그때 부

일곱 개 찾아냈다.

** 앙리 도를레앙 대공의 아버지 로베르 도를레앙을 가리킨다.

* 쿨레망틴 도를레앙(Clémentine d'Orléans, 1817~1907). 루이필리프의 막내딸인 그녀는 후일 불가리아 황제가 된 페르디낭 드 뷜가리(Ferdinand de Bulgarie) 대공의 모친이다. 왕의 딸로 태어나 왕비는 되지 않았지만 왕의 모후가 될 정도로 정치적 야심이 많은 여인이었다.

** Ferdinand I[er](1861~1948). 1887년 이래 뷜가리-불가리아 대공이었던 그는 1908년에 황제가 되었고 1918년에 양위했다. 이 문단에서 노르푸아는 「되찾은 시간」에서도 여러 번 언급되는 그의 동성애 성향을 암시한다.

인은 "예, 저하, 전 저하의 팔찌를 질투한답니다."라고 대답했다.

"오늘 저녁 사강 부인 댁 무도회에 가세요?" 하고 노르푸아 씨가 블로크와의 대담을 중단하려고 빌파리지 부인에게 물었다. 하기야 블로크가 대사 마음에 아주 들지 않은 것은 아니었다고 대사는 나중에 조금은 순진하게 말했다. 아마도 블로크의 언어에는, 그가 나중에 버리긴 했지만 조금은 당시 유행하던 신(新)호메로스풍 흔적이 남아 있었는지, 대사는 이렇게 말했다. "그 친구는 약간 구식으로 엄숙하게 말하는 듯하는 것이, 재미있더군요. 아마 아무것도 아닌 것에도 라마르틴이나 장 바티스트 루소처럼 '박학한 자매'* 운운할 겁니다. 요즘 젊은이들 사이에는 아주 드물지만 전 시대 사람들은 정말로 그랬잖습니까. 우리 자신도 약간은 로맨티스트였으니까요." 그러나 상대방이 아무리 특이한 사람으로 보일지라도 노르푸아 씨에게는 그 대담이 너무 길다고 생각되었다.

"아뇨, 전 이젠 무도회에는 안 가요." 하고 빌파리지 부인이 나이 든 여인 특유의 아름다운 미소를 지으면서 대답했다. "다른 분들은 다 가시나요? 여러분 나이에는 어울리는 일이죠." 하고 그녀는 샤텔로와 그녀 친구와 블로크를 하나의 시

---

* 이 표현은 19세기 낭만파 시인 라마르틴의 작품에서는 찾아볼 수 없지만, 장 바티스트 루소(Jean Baptiste Rousseau, 1671~1741)의 「르 뤼크 백작에게 보내는 오드」에서는 나온다.(『게르망트』, 폴리오, 694쪽 참조.) '박학한 자매'란 학문과 예술의 여신인 뮤즈를 가리키며, 흔히 세 명으로 묘사되지만 나중에는 아홉 명으로 묘사되기도 한다.

선에 담으며 덧붙였다. "저도 초대받았어요." 하고 그녀는 자랑하듯 농담 삼아 말했다. "그 사람이 저를 초대하러 일부러 왔더군요."(여기서 그 사람이란 사강 대공 부인을 가리킨다.)

"전 초대장이 없는데요." 하고 블로크는 빌파리지 부인이 자기에게 초대장을 줄 것이며 사강 부인도 몸소 초대하러 찾아간 분의 친구를 맞이하면 기뻐할 거라고 생각하며 말했다. 후작 부인은 아무 대답도 하지 않았고 블로크도 더 이상 고집하지 않았다. 그는 부인과 함께 중대한 일을 다룰 예정이었고, 그 일 때문에 부인에게 이틀 후 만날 약속을 방금 청한 터였기 때문이다. 누구나 방앗간처럼 드나드는 루아얄 거리의 클럽*에서 두 청년이 사퇴했다는 말을 듣고 빌파리지 부인에게 자기를 그곳에 들어가게 해 달라고 부탁하고 싶었던 것이다.

"그 사강네 사람들이란 게 가짜 멋을 부리는 데다가 속물근성도 있는 그런 사람들 아닌가요?" 하고 블로크가 빈정대는 투로 말했다.

"전혀 그렇지 않아요. 우리가 아는 분 중 최고인 분들입니다." 하고 파리풍 농담을 모두 섭렵한 아르장쿠르 씨가 대답했다.

"그럼." 하고 블로크는 반쯤 야유하듯 말했다. "장엄한 의식이자 금년 시즌 '사교계 전당 대회'라고 불리는 모임인가요?"

빌파리지 부인은 게르망트 부인에게 쾌활하게 말했다.

"사강 부인의 무도회가 사교계의 장엄한 축제인가?"

---

* 『잃어버린 시간을 찾아서』 4권 225쪽 주석 참조.

"제게 물어보지 마세요." 하고 공작 부인은 야유하듯 말했다. "저는 아직도 사교계의 축제란 것이 뭔지 모른답니다. 게다가 사교계는 제 전문이 아니고요."

"아! 전 그 반대라고 생각했는데요." 하고 게르망트 부인 말이 진심이라고 생각한 블로크가 말했다.

노르푸아 씨가 무척이나 골치 아파하는 데도 블로크는 계속해서 드레퓌스 사건에 대해 많은 질문을 해 댔다. 노르푸아 씨는 '얼핏 보기에' 파티 드 클람 대령의 두뇌가 조금은 몽롱하다는 인상을 받았으며, 그토록 냉철한 정신과 판단력을 필요로 하는 예심이라는 까다로운 일을 맡기에 어쩌면 적절한 선택은 아니었는지도 모른다고 말했다.

"사회당이 요란하게 그의 머리를 요구하며, 또 '악마의 섬'에 유배된 죄수의 즉각적인 석방도 요구한다는 걸 난 잘 알고 있소. 하지만 우리가 아직은 제로리샤르* 씨 일당의 굴욕적인 조건을 받아들일 수밖에 없는 그런 단계에 있다고는 생각하지 않소. 그들에게 있어 이 사건은 지금까지 해결할 수 없는 문제였소. 이쪽이나 저쪽에서 다 숨겨야 할 그런 추악한 비열함이 없다고 말하는 건 아니오. 그대의 고객에 대해서도 조금은 비타산적인 몇몇 보호자들이 좋은 의도를 가질 수 있음을 부정하려는 건 아니오. 하지만 좋은 의도가, 그대도 알다시피

---

* 알프레드레온 제로리샤르(Alfred-Léon Gérault-Richard, 1860~1911). 당시 사회당 신문 《라 프티트 레퓌블리크》의 주간이었다. 사회당은 오랫동안 드레퓌스 사건에 대해 별 관심을 보이지 않다가 1898년 말에 가서야 조레스(Jaurès)의 주도 아래 개입한다.

반드시 좋은 결과를 가져오는 건 아니니까." 하고 그는 교활한 눈길로 덧붙였다. "요컨대 중요한 건 정부가 좌파 손에 있지 않다는 인상을 주어야 하며, 어느 친위대인지는 모르겠지만 — 내 말을 믿으시오, 그건 '군대'가 아니오. — 정부가 친위대 명령에 꼼짝하지 못한다는 인상도 주지 말아야 한다는 거요. 물론 새로운 증거가 나타나면 두말할 것도 없이 재심 절차가 시작될 거요. 너무도 명백한 사실이지. 그러므로 지금 재심을 청구하는 것은 자명한 사실을 증명하려고 괜한 헛수고를 하는 셈일 거요. 그때 가면 정부는 큰 소리로 분명히 말할 테고, 아니면 정부의 본질적인 특권마저 실추되고 말 거요. 횡설수설하는 것만으로는 부족하오. 드레퓌스에게 판사를 임명해야 하오. 또 이것은 쉬운 일이오. 왜냐하면 스스로를 비난하기 좋아하는 우리의 온건한 프랑스에서는, 진실과 정의의 말을 들으려면 망슈 해협을 건너가야 한다고 믿거나 그렇게 믿도록 내버려 두는 습관이 있는데, 이는 대체로 스프레* 강 쪽으로 가기 위한 우회 수단에 불과한 것으로, 판사는 베를린에만 있는 게 아니라오.** 하지만 정부가 일단 행동을 개시하면

---

* 베를린을 관통하는 강 이름이다.
** 프랑수아 앙드리외(Francois Andrieux, 1759~1833)가 쓴 콩트 「상수시 궁전의 방앗간지기」에 대한 암시다. 프로이센의 프레데리크 2세는 베르사유 궁전을 모방하여 상수시(Sans-souci) 궁전을 베를린 교외 포츠담에 세운다. 프랑스어로 '근심 없는' 궁전이란 뜻인데, 그 앞에 불행히도 방앗간이 세워져 전망을 해치자 왕은 이를 없애려 한다. 그러자 방앗간지기는 왕을 베를린 법정에 고소하고, 이에 법정은 왕의 잘못을 인정한다는 내용이다. 그러므로 '판사는 베를린에 있다.'라는 표현은 권력이 법을 장악하려고 할 때 자주 쓰는 표현

그대는 정부가 하는 말을 듣겠소? 정부가 시민으로서의 의무를 다하는 것이 필요하다고 하면 그대는 그 말을 듣고 정부 편에 서겠소? 정부가 애국심에 호소한다면 그대는 못 들은 척하지 않고 '예, 여기 있습니다.'라고 대답하겠소?"

노르푸아 씨는 블로크에게 이런 질문을 격렬하게 쏟아붙였고, 내 친구 블로크는 이 질문에 겁을 먹으면서도 기분이 좋았다. 마치 블로크가 당(黨)의 지령을 받아 앞으로의 결정을 책임지고 있다는 듯, 대사가 블로크를 통해 당 전체를 향해 말을 거는 듯했기 때문이다. "만일 그대가 무장 해제를 하지 않는다면." 하고 노르푸아 씨는 집단을 대표하는 블로크의 대답을 기다리지도 않고 계속했다. "재심 절차를 규정하는 칙령의 잉크가 채 마르기도 전에 그대가 어떤 기만적인 구호에 복종하여 무장 해제를 하지 않고 몇몇 사람들에게 정치에서 '최후의 수단(*ultima ratio*)'으로 보이는 무모한 반대만을 일삼는다면, 만약 그대가 화가 나서 '천막 안으로 물러가'* 배수진을 친다면, 이는 그대에게 커다란 해가 될 거요. 그대는 혼란을 선동하는 자들의 포로요? 그들에게 그렇게 하기로 맹세했소?" 블로크는 대답할 말을 찾느라 쩔쩔맸다. 노르푸아 씨는 대답할 시간조차 주지 않았다. "만일 그 반대가 사실이라면, 나는 그렇게 믿고 싶소만, 그대의 몇몇 지도자들이나 친구들에게는 불행하게도 존재하지 않는 듯 보이는 어떤 정치 감각이 그

이다.

* 이 말의 프랑스어 표현은 se retirer sous sa tente로 아가멤논에게 화가 난 아킬레스가 취한 행동에서 유래한다.

대에게 있다면, 사건이 형사 재판으로 넘겨지는 바로 그날 수상쩍은 일을 저지르는 무리에 끼어 있지만 않다면, 그대는 승리를 차지하게 될 거요. 참모 본부 전체가 시의적절하게 이 일에서 손을 뗀다고 장담은 못 하겠지만, 적어도 그 일부만이라도 분쟁을 일으키지 않고 체면을 지킬 수 있다면 그것만으로도 이미 잘된 일이라고 할 수 있소. 물론 사회주의자들이나 어느 이름 모를 난폭한 군대의 선동에 복종함이 없이, 판결을 내리고 처벌받지 않은 범죄의 긴 명단을 끝내는 것이 정부가 해야 할 일임은 두말할 필요도 없을 거요." 하고 그는 블로크를 뚫어지게 바라보면서 어쩌면 적 진영에서도 지지를 확보하려는 보수파 특유의 본능과 더불어 이렇게 덧붙였다. "정부의 행동은 어느 쪽에서 압력이 오든 상관하지 말고 집행되어야 하오. 정부는 다행히도 드리앙* 대령의 명령도, 또 다른 중심에 있는 클레망소**의 명령도 따르지 않소. 직업적인 선동가들을 꼼짝 못하게 짓눌러 두 번 다시는 머리를 쳐들지 못하게 해야 하오. 프랑스 국민 대다수가 '질서' 속에서 일하기를 바라오. 그 점에 대한 내 신념은 확고하오. 하지만 여론을 일깨우는 일을 두려워해서도 안 되오. 몇 마리 양들이, 우리의 라블레 선

---

* 에밀 드리앙(Emile Driant, 1855~1916). '당리 대위'라는 필명으로 글을 쓴 장교이자 작가로 군사 쿠데타를 일으켜 제3공화정을 위기에 몰아넣은 불랑제(Boulanger) 장군의 사위이다.
** 조르주 클레망소(Georges Clémenceau, 1848~1929). 프랑스의 정치가이자 언론인으로 《로로르》에 졸라의 「나는 고발한다」를 실은 책임자이며, 나중에 총리 겸 내무 장관으로 큰 활약을 했다.

생에게 그토록 친숙한 양들이* 고개를 숙이고 물속으로 뛰어든다면, 우리는 양들에게 물이 혼탁하며, 또 우리 것이 아닌 다른 품종이 그 위험한 바닥을 은폐하려고 의도적으로 혼탁하게 만들었다는 것을 가르쳐 주는 게 좋을 거요. 그리고 정부는 본질적으로 그 고유의 권리를 행사하는 데 있어, 내 말은 '정의의 저울'을 작동하는 데 있어, 마지못해 소극적인 태도에서 빠져나온 듯한 인상을 주어서는 안 될 것이오. 정부는 그대들의 모든 제안을 받아들일 거요. 만일 재판에 오류가 있었다는 사실이 확인된다면, 정부는 압도적인 다수의 찬성을 확보하여 자유롭게 행동할 수 있을 거요."

"선생님은." 하고 블로크는 다른 사람들과 함께 소개를 받은 아르장쿠르 씨 쪽으로 고개를 돌리면서 말했다. "물론 드레퓌스 지지파시겠죠. 외국에서는 다들 그렇잖습니까."

"프랑스 사람하고만 관계되는 일 아닌가요?" 하고 아르장쿠르 씨는 특별히 무례한 태도를 취했는데, 이런 태도는 상대방이 동의하지 않으리라는 걸 명백히 아는 의견을 — 지금 막 반대 의견을 말했으므로 — 마치 상대방이 한 것처럼 돌릴 때 하는 태도였다.

블로크는 얼굴을 붉혔다. 아르장쿠르 씨는 주위를 돌아다보며 미소를 지었다. 그가 이 미소를 다른 손님들에게 보냈을 때는 블로크에 대한 악의적인 감정으로 채색되었지만, 마침내 블로크에게 고정했을 때는 자신이 지금 막 들은 말 때문에

***『잃어버린 시간을 찾아서』 3권 77쪽 주석 참조.

화를 낸다는 핑계를 대지 않으려고 조금은 우호적인 감정으로 부드럽게 채색됐다. 하지만 그 말은 여전히 참기 어려웠다. 게르망트 부인은 아르장쿠르 씨의 귀에 대고 뭔가 속삭였는데, 내 귀에는 잘 들리지 않았지만 아마도 블로크의 종교와 관계된 말인 것 같았다. 왜냐하면 그 순간 게르망트 부인의 얼굴에는 지금 입에 올리는 주인공에게 들키지 않을까 하는 두려움으로 망설이는 듯 부자연스러운 표정과, 우리와 근본적으로 다른 인간의 무리를 볼 때 느끼는 호기심과 악의에 찬 즐거운 표정이 나타났기 때문이다. 블로크는 그 상황을 수습하려고 샤텔로 공작 쪽으로 몸을 돌렸다. "당신은 프랑스 사람이니, 틀림없이 외국에서는 다들 드레퓌스파라는 사실을 잘 아실 겁니다. 프랑스에서는 외국에서 일어나는 일은 전혀 모른다고 주장하지만 말입니다. 게다가 당신하고라면 얘기할 수 있을 거라고 생루가 말하더군요." 그러나 젊은 공작은 모든 이들이 블로크에 반대한다는 걸 느꼈고, 사교계가 흔히 그렇듯 비겁했으며, 게다가 그가 샤를뤼스 씨로부터 물려받은 것처럼 보이는 유전적 특성에 의해 꾸밈이 많고 비꼬는 재치로 말했다. "드레퓌스에 관해 당신과 토론하지 않는 걸 용서해 주십시오. 이런 문제는 야벳족*끼리만 말하라는 게 제 원칙입니다." 블로크를 제외하고 모두들 웃었다. 블로크는 그의 유대인 기원, 시나이 산과 조금 관계가 있는 기원에 대해서는 야

---

* 「창세기」 10장 18절에 보면 "방주에서 나온 노아의 아들은 셈과 함과 야펫이다."라는 구절이 나오는데, 야벳은 노아의 세 번째 아들로 백인의 시조이며, 셈은 유대인, 함은 흑인을 가리킨다.

유하는 듯 말하는 습관이 없지 않았다. 그러나 그날은 아마 그런 문장이 준비되어 있지 않았던지, 대신 내면의 기계를 작동시키는 장치에 의해 다른 문장을 입에서 내뱉고 말았다. 우리가 들을 수 있었던 건 겨우 이런 말이었다. "그런데 당신은 어떻게 알았죠? 누가 당신에게 말했죠?" 하고 그는 마치 자신이 강제 노역자의 자식이라도 되듯 말했다. 한편 그의 이름은 기독교인으로 보이지 않았으므로 얼굴이나 놀라움에는 뭔가 순진한 구석이 있었다.

노르푸아 씨의 이야기가 블로크를 완전히 만족시켜 주지 못했으므로, 블로크는 고문서 학자 쪽으로 다가가서 빌파리지 부인 댁에 이따금 파티 드 클람 씨나 조제프 레나크 씨가 오느냐고 물었다. 고문서 학자는 아무 대답도 하지 않았다. 민족주의자인 그는 머지않아 사회 혁명이 일어날 테니까 교제할 사람을 선택하는 데 신중해야 한다고 끊임없이 후작 부인에게 설교해 왔다. 그는 블로크가 '유대인 결사체'의 특사로 정보를 수집하러 온 게 아닌지 묻고 있었고, 그래서 블로크가 그에게 한 질문을 즉시 빌파리지 부인에게 알리러 갔다. 부인은 적어도 블로크가 교육을 잘못 받고 자랐으며, 어쩌면 노르푸아 씨의 지위에 위험한 존재가 될지도 모른다고 판단했다. 마침내 부인은 그녀에게 유일하게 뭔가 두려움을 불러일으키는 인간이자, 별 도움이 되지 않는 가르침을 주입하는(그는 아침마다 부인에게 《르 프티 주르날》*에 실린 쥐데 씨의 논설을 읽어

_____
* Le Petit Journal. 1863년에 창간된 신문으로 드레퓌스 사건이 진행되는 동안

주었다.) 고문서 학자를 만족시켜 주고 싶었다. 그래서 부인은 블로크에게 다시는 오지 말라는 뜻을 비치고 싶었고, 자신이 가진 사교계 일람에서 어느 귀부인이 누군가를 문밖에 내쫓는 장면을, 그것도 우리가 상상하듯 손가락질이나 활활 타오르는 눈길로 바라보는 일 없이 자연스럽게 내쫓는 장면을 찾아냈다. 블로크가 작별 인사를 하려고 부인 곁으로 다가갔을 때, 부인은 큰 안락의자에 깊숙이 파묻혀 어렴풋이 비몽사몽 상태에서 반쯤 깨어난 듯 보였다. 허공을 바라보는 그녀의 시선에는 매력적인 희미한 진주 빛만이 비쳤다. 블로크의 작별 인사는 후작 부인의 얼굴에 생기 없는 미소를 드러나게 했을 뿐 한마디도 뽑아 내지 못했고, 그녀는 손조차 내밀지 않았다. 블로크는 무척이나 놀랐지만, 한 무리 사람들이 주위에서 보고 있었으므로, 이 장면이 계속되면 자신에게 불리하게 작용할 거라고 생각해서 부인이 그의 손을 잡지 않자 부인이 억지로 손을 잡도록 자기 손을 내밀었다. 빌파리지 부인은 몹시 화가 났다. 그렇지만 고문서 학자와 드레퓌스 반대파 패거리들을 즉시 만족시켜 주면서도 앞일을 생각하여 눈꺼풀을 내리깔고 눈을 반쯤 감는 걸로 만족했다.

"잠이 드신 모양이에요." 하고 블로크는 고문서 학자에게 말했는데, 학자는 부인이 자기 편을 든다고 생각해서 화난 표정을 지어 보였다. "안녕히 계십시오, 부인." 하고 블로크가

100만 부를 찍을 정도로 영향력이 매우 컸다. 쥐데(Ernest Judet)는 이 신문사 주간으로 민족주의적인 색채의 논설을 썼다.

외쳤다.

후작 부인은 입술을 벌리고 싶지만 죽어 가는 사람이라 아무것도 보이지 않는다는 듯 가볍게 입술을 움직였다. 그런 후 부인은 생기를 되찾고 아르장쿠르 후작을 향해 고개를 돌렸으며, 반면 블로크는 부인이 '노망들었다'고 확신하며 그곳을 떠났다. 그토록 기이한 사건을 밝히고 싶은 호기심과 계획으로 가득한 블로크가 며칠 후 부인을 만나러 다시 왔다. 부인은 그를 매우 반갑게 맞이했는데, 워낙 마음씨가 착한 여인인 데다 그날은 마침 고문서 학자가 자리에 없었으며, 또 블로크가 그녀 집에서 공연해 줄 촌극에 집착했고, 끝으로 자신이 바라는 귀부인 연기를 할 수 있었기 때문이다. 그날 밤 안으로 그녀의 연기는 여러 살롱에서 더 이상 진실과는 아무 관계도 없는 해석에 따라 찬미와 논평의 보편적 대상이 되었다.

"부인께서는 조금 전 「일곱 공주」에 대해 말씀하셨지만, 공작 부인, 그 '보고서(factum)'* — 뭐라고 불러야 할지 잘 모르겠네요. — 의 저자는 저와 같은 나라 사람이랍니다.(그렇다고 해서 자랑으로 여긴다는 뜻은 전혀 아닙니다.)"하고 블로크는 아르장쿠르 씨가 방금 말한 작품의 저자에 대해 다른 사람들보다 더 잘 안다는 듯 만족감 섞인 냉소적인 어조로 말했다. "예, 그의 국적은 벨기에입니다." 하고 그가 덧붙였다.

"정말요? 하지만 우리는 「일곱 공주」와 당신의 관계가 무엇이든 전혀 비난하지 않아요. 당신이나 당신 나라 사람들에

---

* 누군가를 공격하기 위한 논쟁적인 보고서나 진술서를 가리킨다.

게는 다행스러운 일이지만, 당신은 저 바보 같은 희곡 작가와
는 전혀 닮은 데가 없어요. 저는 아주 상냥한 벨기에 사람들
을, 당신과 좀 소심하지만 재치가 넘치는 당신네 왕인 제 사촌
리뉴,* 그 밖에도 많은 사람들을 알아요. 그나마 다행스럽게도
당신들은 「일곱 공주」의 작가와 같은 언어는 쓰지 않네요. 게
다가 제 의견을 정말로 알고 싶다면, 언급할 가치조차 없다는
거죠. 아무것도 아닌 것 때문에 괜히 시간을 낭비하는 셈이 될
테니까요. 아무 생각도 없는 사람들이 그걸 감추기 위해 일부
러 모호하게 표현하려고, 필요에 따라서는 우스꽝스럽게 보
이려고 애쓰는 거예요. 그 안에 조금이라도 뭐가 들어 있다면
전 몇몇 대담한 표현도 겁내지 않았을 거예요." 하고 그녀는
진지한 어조로 말했다. "거기에 사상이란 게 조금이라도 있다
면 말예요. 보렐리** 연극을 보셨는지는 모르겠지만, 그 연극
에 놀란 사람들도 있는 모양이에요. 하지만 전 돌을 맞는다 해

** Ligne. 벨기에서 가장 오래된 명문 중 하나로, 리뉴란 성(姓)은 1020년에 이
미 존재했다.

* 레이몽드 드 보렐리 자작(Raymond de Borrelli, 1837~1906)은 1889년 「알
랭 샤르티에」라는, 한 프랑스 시인의 삶을 환기하는 희곡을 썼다. 이 작품에서
미래의 루이 11세인 황태자의 첫 번째 부인 마르그리트 데코스가 황태자를 위
해 시를 써 줄 것을 시인에게 요청하고, 시인은 단지 "백합 아래서…… 공주는
마술적인 긴 잠을 자고 있었네."라는 시만을 써 보내면서 자신이 시적 영감을 잃
었으니 왕비에게 키스를 해 달라고 간청한다. 이에 왕비는 잠든 시인에게 키스를
해 줌으로써 그 청을 들어준다는 내용이다. 게르망트 부인은 이런 보렐리의 작
품을 환기하면서 백합 아래 잠든 공주 얘기를 쓴 메테를랭크의 「일곱 공주」를
비난하고, 또 다른 공주 얘기를 쓴 보렐리를 칭찬하고 있다.(『게르망트』, 폴리오,
695쪽 참조.)

도." 하고 부인은 자신이 얼마나 대단한 위험을 무릅쓰고 있는지도 깨닫지 못하고 덧붙였다. "그것이 무척 흥미로운 작품임을 고백할 거예요. 그런데「일곱 공주」는! 일곱.공주 중 하나가 내 조카에게 아무리 다정하게 굴어도, 전 가족에 대한 감정을 물리칠 수가 없군요."

공작 부인이 갑자기 말을 멈추었다. 로베르의 어머니인 마르상트 자작 부인*이 들어왔기 때문이다. 포부르생제르맹에서 마르상트 부인은 선한 마음씨와 천사 같은 인내심을 가진 숭고한 존재로 여겨지고 있었다. 누군가가 내게 그렇게 말했고, 나도 그 말에 놀랄 만한 다른 이유를 찾지 못했는데, 그 무렵에는 부인이 게르망트 공작의 친누이라는 사실은 알지 못했다. 나중에 이 사회에서 침울하고 순결하며 희생당한 여인들이, 마치 채색 유리에 그려진 이상적인 성녀인 양 숭앙받는 여인들이, 난폭하고 방탕하고 야비한 형제들과 같은 핏줄에서 태어났다는 얘기를 들을 때마다, 나는 언제나 놀라움을 금치 못했다. 형제자매가, 게르망트 공작과 마르상트 부인처럼 완전히 얼굴이 닮은 경우, 마치 한 인간이 동시에 착하거나 악할 수도 있지만, 그래도 편협한 사람에게서는 폭넓은 관점을, 냉혹한 사람에게는 숭고한 희생을 기대할 수 없듯이, 그들이 단 하나의 지성과 똑같은 마음씨를 틀림없이 공통으로 가지고 있다고 생각했기 때문이다.

** 『잃어버린 시간을 찾아서』 3권 166쪽에는 마르상트 백작 부인으로 나온다.

마르상트 부인은 브륀튀에르*의 강의를 들으러 다녔다. 부인은 포부르생제르맹의 경탄을 자아냈고, 또한 성녀 같은 삶으로 그곳 사람들을 교화했다. 그러나 아름다운 코와 예리한 눈이라는 형태학적인 유사성 덕분에, 나는 마르상트 부인을 그 동생인 공작과 동일한 지적, 도덕적 가족으로 분류했다. 단지 여인이라는, 불행하다는, 또 모든 이의 동정을 한 몸에 받는다는 사실만으로도, 마치 온갖 미덕과 우아함이 사나운 형제들의 누이에게 집중된 중세 무훈시에서처럼 어쩌면 그토록 나머지 가족들과 다를 수 있는지 나는 도저히 믿을 수가 없었다. 나는 자연이 옛 시인들만큼 자유롭지 못한 까닭에 아마도 거의 배타적으로 한 가족에 공통된 요소만을 사용하며, 또 바보와 촌사람을 만드는 것과 유사한 재료로 어리석음의 흔적이라곤 전혀 찾아볼 수 없는 위대한 정신, 난폭함에 전혀 오염되지 않은 성녀를 만들어 낼 만큼 그렇게 혁신적인 힘을 가졌다고도 생각하지 않았다. 마르상트 부인은 커다란 종려나무 잎이 수놓인 하얀 인도 실크 드레스를 입고 있었는데 드레스 위로 검은 헝겊 꽃들이 뚜렷이 드러나 있었다. 석 주 전에 사촌인 몽모랑시 씨를 잃었기 때문인데, 이런 사실이 그녀가 상복 차림으로 다른 집을 방문하거나 작은 만찬에 참석하는 걸 가로막지 못했다. 그녀는 진짜 귀부인이었다. 그녀의 영혼은 격세 유전에 의해 궁정 생활의 경박함으로, 온갖 표피적이고

---

*『잃어버린 시간을 찾아서』 3권 30쪽 주석 참조. 당시 문학계의 최대 거물이었던 브륀티에르는 1900년에 가톨릭으로 개종했으며, 그의 민족주의 강연에는 많은 사교계 여인들이 참석했다.

격식을 갖추는 엄격함으로 물들어 있었다. 마르상트 부인은 아버지와 어머니를 잃었을 때는 오래 슬퍼할 힘이 없었지만, 사촌이 사망했을 때는 한 달 동안 무슨 일이 있어도 색깔 있는 옷은 입지 않았다. 부인은 내가 로베르의 친구이자, 또 로베르와 같은 세계의 인간이 아님을 알고는 더 상냥하게 대했다. 이런 호의에는 조금은 가식적인 수줍음이, 목소리와 시선과 생각에서 일종의 뒤로 물러서는 듯한 간헐적인 움직임이, 너무 많은 자리를 차지하지 않으려고 제멋대로 움직이는 스커트를 자기 쪽으로 끌어당기거나, 편안한 자세를 취할 때도 바른 예절이 요구하는 꼿꼿한 자세를 취하는 것과 같은 그런 움직임이 뒤따랐다. 하지만 바른 예절이라고 해서 이를 문자 그대로 해석해서는 안 된다. 이런 부인들 중 상당수가 아이들 같은 단정한 태도를 결코 잃는 일 없이 아주 빨리 방탕한 생활에 빠져들기 때문이다. 마르상트 부인은 대화를 나눌 때 조금은 사람들을 짜증나게 하는 버릇이 있었다. 이를테면 베르고트나 엘스티르 같은 평민 이야기를 할 때마다, 부인은 "베르고트 선생님을 뵙게 되어, 또는 엘스티르 선생님을 알게 되어 영광입니다. 아주 커다란 영 — 광(hon — neur)입니다." 하고 게르망트네 특유의 음조에 따라 단어를 한 음절씩 분리하고 강조하면서 상이한 두 어조로 낭송하듯 발음했다. 이는 자신의 겸손함을 사람들이 찬미하게 하거나, 아니면 게르망트 씨처럼 옛 말투로 돌아가는 취향을 가진 사람들이, 좀처럼 "영광입니다."라는 말을 하지 않는 오늘날의 바르지 못한 교육 풍토에 반기를 들기 위함이었다. 두 이유 중 어느 쪽이 진실이든, 사람들은 어쨌든 마르상트 부인이 "영광입니다. 아주 커다란 영 — 광입니다."라고 말할 때면, 부인이 자기가 맡은 중요한 역할은 다 했다고 믿으며, 또 마치 어느 훌륭한 분들이 그녀의 성관 근처에 와 있어 그분들을 성관 안으로 맞아들일 때처럼 훌륭한 분들의 이름을 환대할 줄 알며 이를 보여 준다고 믿는 듯 느꼈다. 한편 부인의 가족은 많았고, 부인은 이 가족들을 무척 사랑했으므로, 설명하기를 좋아하는 부인이 느린 말투로 자신의 친척 관계를 사람들에게 이해시키려 할 때면, 신성 로마 제국의 '배신(陪臣)*'이었던 유럽의 모든 가족 이름들을 매 순간 인용하여(남들을 놀라게 할 생각은 전혀 없이, 솔직히 말하면 부인은 감동적인 농부 얘기나 숭고한 사냥터지기에 대해서만 얘기하고 싶었을 것이다.) 부인보다 덜 명문가에 속하는 사람들은 이 점을 용서하지 않았고, 좀 더 지적인 사람들은 그녀를 어리석다고 비웃었다.

시골에서 마르상트 부인은 숭앙받는 존재였다. 그녀가 베푸는 선행과, 특히 여러 세대에 걸쳐 프랑스 역사상 가장 고귀한 피밖에 찾아볼 수 없는 혈통의 순수함이 그 태도에서 소위 서민들이 '거드름 피운다'고 부르는 요소를 모두 제거하고 완벽한 소박함을 부여했다. 그녀는 가난한 여인이라도 불행하다면 포옹하기를 마다하지 않았고, 더 나아가 그 여인에게 성관으로 장작 한 수레를 받으러 오라고 말했다. 사람들은 그녀

---

* 원문에 인용된 단어는 *médiatisé*로서 이 단어는 신성 로마 제국 시기 제후제도가 정비되어 황제에게 직속하는 직신인 제국 제후와 간접적으로 종속된 배신으로 나뉘게 되는데, 이때 간접적으로 종속된 봉건 영주를 가리킨다.

를 보고 완벽한 기독교인이라고 했다. 부인은 로베르를 엄청난 부자의 딸과 결혼시키고 싶어 했다. 귀부인이란 바로 귀부인을 연출하는 것, 다시 말해 어느 정도는 소박함을 연출하는데 지나지 않는다. 이는 지극히 돈이 많이 드는 유희로, 당신이 소박할 수 없다는 것을, 다시 말해 당신이 무척 돈이 많다는 것을 남들이 아는 조건에서만 사람들을 매혹시킨다. 나중에 내가 누군가에게 부인을 만난 적이 있다고 얘기하자 그는 "그녀가 매력적인 여인이라는 걸 틀림없이 알아차렸겠죠."라고 말했다. 그러나 진정한 아름다움이란 그만큼 특별하고 그만큼 새로운 것이기에 알아차리기 어려운 법이다. 그날 나는 부인이 매우 작은 코와 매우 푸른 눈, 긴 목과 슬픈 표정을 가졌다고 중얼거렸을 뿐이다.

"그런데." 하고 빌파리지 부인이 게르망트 공작 부인에게 말했다. "좀 있으면 자네가 만나고 싶어 하지 않는 여인이 방문할 걸세. 자네가 불편할까 봐 미리 알리는 거라네. 하지만 안심해도 좋아. 앞으로는 우리 집에 초대하는 일이 없을 테니, 오늘 단 한 번일세. 스완 부인이라네."

스완 부인은 드레퓌스 사건이 확대되는 걸 보고 남편의 출생이 자신에게 좋지 않은 방향으로 작용할까 두려워, 죄인의 결백함을 결코 남들에게 말하지 말라고 남편에게 신신당부했다. 남편이 자리에 없을 때면, 거기서 좀 더 나아가 가장 열렬한 민족주의를 표방했다. 게다가 그녀는 이 점에 있어 베르뒤랭 부인을 따르는 데 지나지 않았는데, 베르뒤랭 부인에게서 잠복하던 부르주아의 유대인 배척주의가 드디어 잠에서 깨어나 진정한 격앙 상태에 이르고 있었다. 스완 부인은 이런 태도를 취한 덕분에 당시 결성되기 시작한 반유대인 연합 여성 연맹에 가입할 수 있었고, 몇몇 귀족 계급 사람들과도 교우 관계를 맺었다. 스완의 친한 친구인 게르망트 부인이 이런 귀족들을 모방하기는커녕 오히려 그 반대로, 자신의 아내를 소개하고 싶다는 소망을 감추지 않고 고백해 온 스완의 부탁을 늘 거절해 왔다는 사실은 조금 이상하게 보일지 모른다. 그러나 나중에 알게 되지만, 이는 공작 부인 특유한 성격의 효과로, 부인은 이러저런 일을 '하지 말아야 한다'고 판단했으며, 또 매우 자의적이고 사교적인 '자유 의지'가 결정한 것을 강압적으로 부과했다.

"미리 알려 줘서 감사해요." 하고 공작 부인이 말했다. "사실 무척 불쾌한 일이에요. 하지만 얼굴을 아니 제때 일어나지요."

"단언하지만 오리안, 무척이나 기분 좋은 여자야. 아주 괜찮은 여자라고." 하고 마르상트 부인이 말했다.

"틀림없이 그럴 테죠. 하지만 나는 그 점을 스스로 확인해 볼 필요는 전혀 느끼지 않아요."

"레이디 이스라엘 댁에 초대받았어?" 하고 빌파리지 부인이 화제를 바꾸기 위해 공작 부인에게 물었다.

"다행히도 전 그분을 잘 몰라요." 하고 게르망트 부인이 대답했다. "그분에 대한 거라면 마리에나르게 물어보세요. 잘 아니까요. 왜 그런지 이해할 수는 없지만요."

"사실 그분하고는 예전에 사귄 적이 있어요." 하고 마르상트 부인이 대답했다. "제 실수라는 걸 인정해요. 하지만 두 번 다시는 사귀지 않을 작정이에요. 그분은 그쪽 사람들 중에서도 가장 고약한데, 자기가 고약하다는 걸 감추지도 않는다나 봐요. 게다가 우린 오랫동안 지나치게 신뢰하고 관대했어요. 이제는 그 민족의 어느 누구하고도 사귀지 않을 거예요. 같은 피를 나눈 시골의 오랜 사촌들에게는 문을 닫고 유대인들에게는 문을 열었지만. 이제 우리는 그들이 어떤 식으로 고마워하는지 알게 되었답니다. 하지만 슬프게도! 전 할 말이 없어요. 내 사랑하는 아들이 정신 나간 젊은이가 되어 온갖 미치광이 같은 소리를 하고 다니니."라고 부인은 아르장쿠르 씨가 로베르를 넌지시 암시하는 말을 듣고 덧붙였다. "그런데 로베르 얘긴데요, 로베르를 보지 못하셨나요?" 하고 그녀는 빌파리지 부인에게 물었다. "오늘은 토요일이니 로베르가 파리에서 이십사 시간을 보내러 올 테고, 그럼 틀림없이 아주머니를 뵈러 올 거라고 생각했어요."

사실 마르상트 부인은 아들이 휴가를 받았다고 생각하지 않았다. 그러나 어쨌든 휴가를 받았다 해도 빌파리지 부인 댁에는 오지 않을 거라고 생각했지만, 이곳에서 만날 거라고 믿는 척하면서 아들이 지금까지 방문하지 않은 데 대해 마음이 상한 아주머니께 대신 용서를 구하고 싶었다.

"로베르가 여길! 편지 한 장도 못 받았는걸. 발베크 이후로는 보지 못한 것 같은데."

"아주 바쁘답니다. 할 일이 많아서요." 하고 마르상트 부인이 말했다.

게르망트 부인의 속눈썹이 희미한 미소로 파르르 떨렸고,

부인은 파라솔 끝으로 양탄자에 그리고 있는 동그라미를 바라보았다. 공작이 지나치게 공공연하게 아내를 혼자 남겨 놓을 때마다, 마르상트 부인은 큰 소리로 자기 동생에 맞서 올케 편을 들었다. 올케는 이런 두둔에 고마움과 원망을 섞어 기억 속에 간직했고, 그래서 로베르의 탈선에도 반 정도밖에 화를 내지 않았다. 그때 문이 다시 열리더니 로베르가 들어왔다.

"호랑이도 제 말하면 온다더니!"* 하고 게르망트 부인이 말했다.

문에 등을 돌리고 있던 마르상트 부인은 아들이 들어오는 것을 보지 못했다. 아들이 시야에 들어오자 어머니로서의 가슴이 날개 치듯 기쁨으로 고동치면서 몸은 의자에서 반쯤 들어 올려졌고 얼굴은 파르르 떨렸는데, 그녀는 감탄하는 눈길로 로베르를 응시했다.

"어머나, 너 왔니? 뜻밖이구나!"

"'호랑이도 제 말하면 온다더니.'라는 말이 이해가 가네요." 하고 벨기에 외교관이 폭소를 터뜨리며 말했다.

"재미있군요." 하고 말장난을 싫어하는 게르망트 부인이 퉁명스럽게 대답했는데, 스스로를 비웃는 듯 어쩌다 그 말을 했을 뿐이다. "안녕, 로베르." 하고 그녀가 말했다. "그래, 이렇게 외숙모를 잊어버리기냐."

---

* '호랑이도 제 말하면 온다.'의 프랑스어 표현은 quand on parle du loup, on en voit la queue이다. 이를 직역하면 '늑대에 대해 말하면 늑대 꼬리가 보인다.'로 생 루라는 이름이 성인(聖人)을 의미하는 '생(saint)'과 늑대를 의미하는 '루(loup)' 가 합쳐진 점에서 말장난을 한 것이다.

그들은 잠시 함께 이야기를 나눴는데, 아마도 내 얘기를 했는지 생루가 자기 어머니 곁으로 가는 동안 게르망트 부인이 나를 돌아보았다.

"안녕하세요, 어떠세요?" 하고 그녀가 내게 말했다.

그녀는 시선의 푸른 광채를 내 위로 쏟아 부었고, 잠시 망설이더니 팔의 줄기를 펴서 내밀고는 몸을 앞으로 기울였다 재빨리 뒤로 젖혔는데, 마치 작은 관목을 쓰러뜨렸다 손을 놓으면 원래 위치로 돌아가는 것과 흡사했다. 그녀를 주시하는 생루의 불길 같은 눈길 아래서, 외숙모로부터 좀 더 많은 걸 얻어 내려고 멀리서 절망적인 노력을 하는 눈길 아래서, 그녀는 이렇게 행동했다. 대화가 끊어질까 봐 걱정하는 생루가 대화를 이으려고 나 대신 대답했다.

"저 친구 건강이 별로 좋지 않아요. 조금 지쳐 있어요. 하지만 아주머니를 좀 더 자주 뵐 수 있다면 아마도 훨씬 좋아질 거예요. 솔직히 말하면 저 친구는 아주머니를 무척 뵙고 싶어 해요."

"아! 그래요, 친절하시군요." 하고 게르망트 부인은 일부러 상투적인 어조로 말했는데, 마치 내가 그녀의 외투를 가져다주어 "영광이에요."라고 말하는 것 같았다.

"그럼 나는 어머니 곁으로 잠시 가 볼 테니, 내 의자를 줄게." 하고 생루가 나를 자기 아주머니 곁에 억지로 앉히면서 말했다.

우린 둘 다 말이 없었다.

"아침에 이따금 뵌 것 같은데요." 하고 부인은 마치 내게 새로운 소식이라도 전하듯, 마치 내가 부인을 한 번도 본 적이 없다는 듯 말했다. "건강에는 아주 좋은 일이죠."

"오리안." 하고 마르상트 부인이 낮은 소리로 말했다. "조금 전에 생페레올 부인을 보러 간다고 말하던데, 미안하지만 저녁 식사 때 나를 기다리지 말라고 좀 전해 주겠어요? 로베르가 왔으니 그냥 집에 있으려고요. 미안하지만, 또 가는 길에 우리 집에 잠시 들러 로베르가 좋아하는 여송연을 즉시 사 놓으라고 해 주겠어요? 이름이 '코로나'인데 집에는 떨어졌거든요."

로베르가 다시 옆으로 왔다. 생페레올 부인의 이름을 방금 들었던 것이다.

"생페레올 부인이라니, 그건 또 뭐죠?" 하고 그는 사교계에 관한 것은 아무것도 알지 못하는 척 놀라고 결연한 어조로 물었다.

"저런, 너도 잘 알지 않니?" 하고 그의 어머니가 말했다. "베르망두아*의 누님이란다. 네가 그렇게 좋아하던 그 멋진 당구대를 주신 분이야."

"베르망두아의 누님이라고요? 상상조차 못 했는데요. 아! 우리 가족은 정말 놀라워요." 하고 그는 반쯤 내 쪽을 돌아다보며 자신이 블로크의 생각뿐만 아니라 그의 말투도 빌렸다는 걸 의식하지 못한 듯 이렇게 말했다. "우리 친척들은 전대미문의 인간들, 조금은 생페레올(생과 페레올의 마지막 자음을 강조하면서)**이라고 불리는 자들하고만 사귀지. 그들은 무도회에 가고 무개 사륜마차로 산책하고 전설 속 삶을 살아. 대단하잖아."

---

* Vermandois. 카를로스의 아들 루이 왕(814~840)이 세운 백작령으로 아주 오래된 명문이다.

* Saint-Ferréol. 성인을 의미하는 '생'과 페레올의 마지막 자음을 분리하여 발음함으로써 여러 명의 성인을 배출한 유서 깊은 가문이라는 점을 강조하고 있다.

게르망트 부인은 친척 관계라는 의무 때문에 어쩔 수 없이 조카의 재담을 인정한다는 걸 보여 주려고 억지웃음을 삼키 듯 가볍고 짧게 날카로운 소리를 목구멍에서 냈다. 파펜하임 문스터부르크바이니겐 대공으로부터 노르푸아 씨에게 그의 도착을 알리는 전갈이 왔다.

"그분을 모시러 가세요." 하고 빌파리지 부인은 전직 대사 에게 말했고, 대사는 독일 총리를 마중하러 갔다.

그러나 후작 부인이 그를 불러 세웠다.

"잠깐만요, 대사님. 그분에게 샤를로테 황후*의 미세화를 보여 드려야 할까요?"

"아! 무척 좋아할 겁니다." 하고 대사는 이런 환대가 기다 리고 있는 그 운 좋은 장관이 부럽다는 듯, 확신에 찬 어조로 말했다.

"아! 저는 그분이 '아주 보수적인' 분이라는 걸 잘 알아요." 하고 마르상트 부인이 말했다. "외국인으로서는 아주 드문 일 이죠. 하지만 누군가가 가르쳐 주더군요. 반유대주의의 화신 이라고요."

대공의 이름(Faffenheim)은 첫 음절의 거침없는 발생 부분 (음악 용어로 말해 보면)과 박자에 맞춰 음절을 나누는 더듬거

** 샤를로테 데 사세코부르(Charlotte de Saxe-Cobourg, 1840~1927). 벨기에 공주로 오스트리아 대공 막시밀리안과 결혼했으나 나폴레옹 3세에 의해 남편이 1863년 멕시코 황제에 오르면서 비운의 인물이 되었다. 멕시코 국민의 마음을 사로잡는 데 실패한 남편이 총살당하자, 황후는 정신을 잃고 망상과 광기 속에 서 생을 마감했다.

리는 반복 부분에 게르만적인 열광을, 그 가식적인 순진함과 둔중한 '세련됨'을 간직하고 있어, 이를 18세기 독일의 희미하고도 정교하게 새겨진 금박 무늬 뒤에 라인풍 채색 유리의 신비로움을 펼쳐 보이는 짙푸른 칠보 '하임(heim)'* 위로 초록빛 가지인 양 내뻗고 있었다. 이 '하임'으로 만들어진 수많은 이름에는 내가 어렸을 때 할머니와 함께 갔던 독일의 한 작은 온천지 이름도 포함되었는데, 우리는 괴테의 산책으로 잘 알려진 산과 포도밭 밑에 있는 쿠르호프에서 그곳의 유명한 토산물이자, 호메로스가 그의 영웅들에게 붙인 수식어마냥 복합적으로 울리는 이름을 가진 포도주를 마시곤 했다.** 그래서 대공의 이름이 발음되는 걸 듣자마자, 온천지 추억이 떠오르기 전에는 축소되었던 이름이, 인간적인 의미로 적셔지고 내 기억 속 작은 자리를 차지할 만큼 충분히 커지면서, 친숙하고도 세속적이며 그림처럼 아름답고 맛깔스럽고 가벼워져 뭔가 허락을 받은 듯한 미리 정해진 모습으로 내 기억 속에 달라붙는 것 같았다. 게다가 게르망트 씨는 대공이 어떤 사람인지 설명하기 위해 그의 작위를 몇 개 인용했는데, 나는 거기서 치료가 끝나면 저녁마다 모기 떼를 뚫고 배를 탔던 그 강물이 흐르던 마을 이름을 알아보았다. 또 너무 멀리 떨어져 있어 의사가 산책을 허락하지 않았던 숲의 이름도 알아보았다. 사실 영

---

* 독일어로 집, 가정이란 뜻이다.
** 프루스트는 1895년과 1897년 어머니와 함께 독일의 바트크로이츠나흐(Bad Kreuwnach)로 요양을 간 적이 있는데, 그곳에서의 체류는 『장 상퇴유』에서 묘사된다. 쿠르호프는 식당을 의미한다.

주의 봉토권이 주변 마을까지 확대되어 우리가 지도에서 나란히 읽을 수 있는 이름들을 이런 작위의 나열에 다시 결합시킨 것은 이해할 만했다. 그리하여 이 신성 제국의 대공이자 프랑켄* 기사의 투구 아래서 내가 본 것은 오후 6시의 햇살이 나를 위해 자주 걸음을 멈추던 사랑스러운 대지의 얼굴이었는데, 적어도 라인 강의 백작이며 팔라티나 선거후(選擧侯)**인 대공이 들어오기 전까지는 그러했다. 그러나 잠시 후 내가 알게 된 사실은, 대공이 난쟁이와 물의 요정이 사는 숲과 강으로부터, 루터와 루트비히*** 왕의 추억을 간직한 옛 성이 우뚝 솟아 있는 마법의 산으로부터 얻는 수입을 가지고, 샤롱**** 자동차 다섯 대와 파리와 런던에 각각 저택 하나, 월요일에는 오페라좌 칸막이 좌석, 화요일에는 '프랑스 학사원'에 칸막이 좌석을 빌리는 데 쓴다는 것이었다.***** 내게는 그가, 재산과 나이는 같지만 시적(詩的) 뿌리는 없는 사람들과 그리 달라 보이지 않았고, 그 자신도 그렇게 다르다고 믿지 않는 듯했다. 그에겐

---

* 독일 중남부에 위치하며 주요 도시는 뷔르츠부르크이다.

* 신성 로마 제국은 중세에서 근대에 이르는 중부 유럽의 정치 연방제로 18세기에는 지금의 독일과 동부 유럽에 해당하는 광대한 영토를 유지했다. 중세의 신성 로마 제국 황제는 투표권이 있는 일곱 제후가 투표로 선출했으며, 이를 가리켜 팔라티나(palatinat) 선거후라고 지칭했다.

*** 프랑스에서는 루이 르 제르마니크(Louis le Germanique)라고 불리는 왕으로, 프랑스 카롤링거 왕국 루트비히 1세(프랑스어로는 루이 1세)의 아들인 루트비히 2세다. 843년 베르됭 조약에 의해 제국이 세 개로 나뉘며 현재의 독일 제국을 차지했다.

* 1901년에 프랑스 퓌토에 세워진 자동차 회사를 가리킨다.

** 프랑스 학사원에 대해서는 『잃어버린 시간을 찾아서』 3권 70쪽 주석 참조.

그들과 똑같은 교양과 이상이 있었고, 그저 자신의 계급이 주는 이점 때문에 그 계급을 자랑스럽게 여겼으며, 이런 그에게서 인생에 남은 단 하나의 야심은 프랑스 학사원의 도덕과학·정치학 아카데미 해외 통신원으로 선출되는 일이었으며, 바로 이 일로 그는 빌파리지 부인 댁을 방문했던 것이다. 베를린에서 가장 폐쇄적인 사단의 지도자인 아내를 둔 그가 처음부터 후작 부인을 소개받고 싶어 했던 것은 아니다. 몇 해 전부터 학사원에 들어가고 싶은 야망에 시달려 온 그는 불행하게도 자신을 위해 투표해 줄 회원이 다섯 명을 넘지 않는다는 걸 알게 되었다. 그는 노르푸아 씨 혼자서도 열 표 정도를 마음대로 할 수 있고, 그의 능란한 뒷거래 덕분에 더 많은 표를 얻을 수 있다는 것도 알았다. 그래서 그들이 둘 다 대사였을 때 러시아에서 노르푸아 씨와 알고 지내던 대공은, 노르푸아 씨를 방문하고 그의 마음을 얻기 위해 온갖 시도를 했다. 그러나 그가 후작에게 아무리 상냥하게 대하고 러시아 훈장을 받도록 해 주고, 후작 이름을 국제 정치 논문에 인용해 줘 봐야 아무 소용없는 일로, 그는 자기 앞에 놓인 이 모든 세심한 배려를 전혀 고려하지 않는다는 듯, 자신의 입후보를 위해 한 걸음도 노력해 주지 않고, 하물며 자기 표마저도 약속해 주지 않는 배은망덕한 자를 보게 되었다. 물론 노르푸아 씨는 지극히 공손하게 그를 접대했으며, 대공이 귀찮게 일부러 "그의 집까지 멀리 찾아오는 수고를 하는" 것을 원치 않았으므로, 자신이 직접 대공의 저택까지 찾아가곤 했다. 그래서 이 튜턴 기사단*의 기사가 "저는 당신의 동료가 되고 싶습니다."라고 말하면, 노르푸아 씨는 확신에 찬 어조로 "아! 저도 무척 기쁠 겁니다."라고 대답했다. 아마도 코타르 의사처럼 순진한 사람이었다면, 아마도 이렇게 말했을 것이다. "저런, 저자가 여기 내 집까지 왔군. 날 자기보다 뛰어난 인물로 생각해서 이렇게 찾아오겠다고 우긴 거야. 저자는 내가 학사원 회원이 되면 기쁘다고 말했어. 말에는 어쨌든 의미가 있으니까, 제기랄! 아마도 저자가 내게 투표하겠다고 말하지 않은 건 아직 그 문제에 대해 생각해 보지 못했기 때문일 거야. 저자는 내 권력이 엄청나다고 여러 번 말했는데, 내가 가만히 있어도 호박이 덩굴째 들어올 거라고, 내가 원하는 만큼 표를 얻게 될 거라고 믿는 모양이야. 바로 그래서 내게 자기 표를 주지 않으려는 거야. 그러니 지금 내가 저자에게 결단을 촉구하며 우리 둘만 있는 자리에서 '자! 날 위해 투표해 주십시오.'라고 말하면 그렇게 하지 않고는 못 배길걸."

그러나 파펜하임 대공은 순진한 사람이 아니었다. 그는 코타르 의사가 '교활한 외교관'이라고 불렀을 만한 사람으로, 노르푸아 씨가 자기 못지않게 교활하며, 어느 후보자에게 투표하면 그를 기쁘게 할지 스스로 알아차리지 못할 인간이 아님을 잘 알았다. 대공은 대사직을 맡았을 때나 외무성에 있을

---

* 1199년에 세워진 기독교 군단으로 독일 군단이라고도 불린다. 16세기에 해체되었다.

때, 지금처럼 그 자신을 위해서가 아니라 자기 나라를 위해 상대방이 어디까지 가려고 하는지, 말하지 못하게 하는 게 무엇인지를 미리 아는 회담을 여러 번 해 본 적이 있었다. 그는 외교 용어로 이야기한다는 것이 뭔가를 제의한다는 의미임을 모르지 않았다. 그 때문에 그는 노프루아 씨가 성 안드레아* 훈장을 받도록 해 주었다. 그러나 그 일 때문에 노르푸아 씨와의 회담에 대해 정부에 보고해야 했다면, 그는 "접근 방법이 잘못되었음을 인지함."이라고 전보에 진술했을 것이다. 학사원 이야기를 다시 시작하자마자 노르푸아 씨가 이런 말을 되풀이했기 때문이다.

"그렇게 되신다면 저와 제 동료들에게는 커다란 기쁨일 겁니다. 제 동료들은 대공님께서 그토록 생각해 주신 것을 무한한 영광으로 여길 겁니다. 우리 관습과는 조금 다르지만 아주 흥미로운 출마시니까요. 아시다시피 학사원이란 대단히 판에 박힌 곳이라 조금이라도 새로운 소리가 나면 뭐든지 겁을 냅니다. 개인적으로 저는 그 점을 비난합니다. 얼마나 여러 번 동료들에게 그 점에 대해 언급했는지 모릅니다. 한번은, 용서해 주십시오, 제 입에서 '판에 박힌 데 안주하는 무기력한 자들'이라는 말이 나오지 않았는지 모르겠군요." 하고 그는 성

---

* 러시아 표토르 1세가 1698년에 만든 훈장으로, 러시아에서는 가장 권위 있다. 성 안드레아는 러시아의 수호성인으로 러시아에서 설교했다는 설이 있다. 대공은 『잃어버린 시간을 찾아서』의 초고에서는 러시아 사람으로 묘사되었다 나중에는 독일 사람으로 바뀌었는데 이런 사실이 간과된 듯 보인다.(『게르망트』, 폴리오, 696쪽 참조.)

난 미소를 지으며 작은 목소리로 마치 연극적 효과를 노리는 것처럼 거의 '독백'하듯 덧붙였으며, 또 그 효과가 어떤지 판단하려는 듯 늙은 배우처럼 푸른 눈을 재빨리 대공 쪽으로 비스듬히 던지며 덧붙였다. "이해하시죠? 대공님처럼 훌륭한 분이 이미 진 시합에 끼어드시는 걸 그냥 보고만 있을 수 없군요. 제 동료들의 생각이 지금처럼 구태의연한 채로 남아 있는 한, 선거에 출마하시지 않는 편이 현명하다고 생각합니다. 게다가 조금이라도 새로운 정신이, 조금이라도 살아 있는 정신이 이제 무덤이 되어 가는 그 집단에 나타나는 게 보이면, 대공님께 조금이라도 기회가 있다고 느껴지면, 제가 제일 먼저 대공님께 알려드리겠습니다."

'성 안드레아 훈장은 실수였어.' 하고 대공은 생각했다. '우리 거래는 전혀 진척이 없군. 그가 원하는 건 이게 아니었어. 맞는 열쇠에 손을 대지 못했어.'

이것은 대공과 같은 학파에서 교육을 받은 노르푸아 씨도 할 수 있는 그런 추론이었다. 우리는 노르푸아식 외교관들이, 거의 아무것도 의미하지 않는 공식적인 말 앞에서 열광하며 세세한 것을 따지는 바보 같은 모습을 보며 비웃을 수 있다. 하지만 그 유치함에는 반대급부가 따른다. 외교관들은 유럽이나 여타 나라들과의 균형을 유지하는, 소위 우리가 평화라고 부르는 저울 위에서 좋은 감정이나 훌륭한 연설과 간청 따위는 거의 무게가 나가지 않으며, 가장 무게가 나가는 진짜 결정적인 것은 다른 데 있음을, 즉 상대방이 힘센 자인 경우 그 교환의 대가로 어떤 욕망을 충족해 줄 능력에 있음을 안다. 이런 진리를, 이를테면 우리 할머니처럼 비타산적인 사람들은 이해하지 못하겠지만, 노르푸아 씨와 폰* 대공은 여러 번 경험했다. 프랑스와 전쟁 직전 상태에 놓인 나라에서 대리 대사를 맡은 적 있는 노르푸아 씨는 사태가 어떻게 돌아갈지 근심하면서도 그 사태가 '평화'나 '전쟁'이란 말을 의미하는 게 아니라, 겉보기에는 평범하지만 공포나 축복을 의미하며, 외교관은 그의 전문적인 언어의 도움을 받아 그 말을 금방 해석할 줄 알고 프랑스의 존엄성을 보존하기 위해 똑같이 평범한 단어로 대답하지만, 상대 국가의 장관은 거기서 금방 '전쟁'을 간파한다는 사실을 잘 알고 있었다. 더 나아가 오랜 관습에 따라, 결혼할 두 사람의 첫 만남을 마치 짐나즈** 극장의 공연에서 우연히 만난 것처럼 꾸미는 것과 유사한, '전쟁'이나 '평화'라는 단어를 발언할 운명적인 회담은 보통 장관 집무실이 아니라 '쿠르가르텐'***의 긴 의자 위에서 이루어졌으며, 장관과 노르푸아 씨는 각각 온천 약수를 작은 잔으로 받아 마시려고 그곳에 갔다. 그들은 일종의 암묵적인 약속으로 치료 시간에 만나 우선 함께 몇 걸음 산책을 했고, 이 산책은 겉보기에는 평화롭지만 두 대화자들은 그것이 동원령과도 흡사한 비극적인 것임을 알았다. 그런데 학사원 출마와 같은 이런 개인적인 사

---

* von. 독일 귀족 앞에 붙는 전치사로 프랑스어의 de와 같다. 여기서는 파펜하임 대공의 약칭으로 쓰이므로 그냥 폰 대공으로 칭하고자 한다.
** 파리 10구에 있는 극장으로 원래 이름은 짐나즈 마리벨 극장이다. 콩세르바투아르 학생들을 교육하기 위해 1820년에 세워졌다.
* 온천지 정원을 가리킨다.

건에 대공은 그가 외교관 경력에서 사용한 것과 동일한 귀납법 장치를, 중복되는 상징을 통한 동일한 판독법을 사용했다.

물론 나의 할머니나 할머니와 비슷한 적은 사람들만이 이런 계산을 이해하지 못한다고 할 수는 없다. 부분적으로는, 이미 정해진 절차에 따르는 직업에 종사하는 보통 인간은, 직관력이 부족한 탓에 나의 할머니가 비타산적이어서 빠져든 것과 동일한 무지에 빠지기 마련이다. 이해관계나 생존을 위해 표면상 가장 순진한 척하는 행동과 말 뒤에 숨긴 진짜 동기를 발견하기 위해서는, 남자든 여자든 그들이 부양하는 사람으로까지 종종 내려가야 한다. 한 남자가 돈을 내려고 할 때 여인이 "돈에 대해서는 더 이상 아무 말도 하지 마세요."라고 말하면, 이 말은 보통 음악에서 연주하지 않는 소절마냥 아무 의미가 없으며, 또 나중에 가서 같은 여인이 "당신이 날 너무 아프게 했어요. 당신은 내게 여러 번 진실을 감췄어요. 이제는 끝이에요."라고 말하면, "다른 후원자가 그녀에게 더 많은 걸 제공하는구나."라고 해석해야 한다는 걸 어찌 모르겠는가. 게다가 이 말은 사교계 부인과 그리 멀지 않은 화류계 여자의 입에서 나온 언어에 불과하다. 아파치 족은 더 놀라운 사례를 보여 준다. 노르푸아 씨와 독일 대공은 물론 이런 아파치 족을 알지 못했으나 평소에 민족과 동일한 차원에서 사는 데 익숙했다. 그런데 민족이란 제아무리 위대하다 할지라도 이기주의와 술책에 능란한 존재로서 힘이나 이해관계를 고려할 때라야만 굴복하며, 이런 이해관계는 그들을 살인으로, 종종 상징적인 살인으로까지 몰고 갈 수 있는데, 단순히 싸우는 것을 망설이거나 거부하는 행위 자체가 민족에게는 '멸망'을 의미할 수 있기 때문이다. 그러나 이 모든 것은 '노란 문서'*나 다른 책에는 쓰여 있지 않으므로 민족은 기꺼이 평화를 사랑한다. 민족이 호전적인 경우, 그것은 본능적인 증오나 원한 때문이지, 노르푸아 같은 사람들의 조언에 따라 국가 원수가 결정한 이유 때문은 아니다.

다음 해 겨울 대공은 몸이 몹시 아팠고 병은 나았지만 심장이 회복할 수 없을 정도로 손상되었다.

"제기랄." 하고 그는 중얼거렸다. "학사원에 들어가려면 시간을 아껴야겠군. 너무 오래 걸리면 선출도 되기 전에 죽겠어. 그건 정말 기분 나쁜 일이야."

그는 최근 이십 년의 정치에 관한 연구를 《르뷔 데 되 몽드》에 발표했는데 거기서 그는 여러 번에 걸쳐 노르푸아 씨를 아첨하는 최상의 표현을 했다. 노르푸아 씨는 대공을 찾아가 감사를 표했다. 그는 어떻게 감사의 말을 표해야 할지 모르겠다고 덧붙였다. 대공은 자물쇠 구멍에 지금 막 다른 열쇠를 시도해 본 사람처럼 "이것도 아니군." 하고 중얼거렸으며, 노르푸아 씨를 배웅하면서는 조금은 숨이 가빠 옴을 느끼며 생각에 잠겼다. "빌어먹을! 저 건장한 녀석들은 내가 들어가기도 전에 날 죽게 내버려 둘 거야. 서두르자!"

그날 저녁으로 그는 오페라좌에서 다시 노르푸아 씨를 만났다.

"존경하는 대사님." 하고 그가 말했다. "대사님께서는 오늘

---

* 정부가 의회에 제출하는 노란 겉표지 안에 든 외교 문서를 가리킨다.

아침 제게 어떻게 감사를 표해야 할지 모르겠다고 하셨는데 그건 너무 과분한 말씀입니다. 대사님은 제게 빚진 게 없으니까요. 하지만 저는 그 말씀을 곧이곧대로 받아들이는 무례함을 범하겠습니다."

노르푸아 씨는 대공이 자신의 수완을 높이 평가하는 것 못지않게 대공의 수완을 높이 평가했다. 그는 즉시 파펜하임 대공이 청탁이 아니라 어떤 제안을 하려 한다는 것을 깨닫고, 곧 미소를 지으며 상냥하게 그의 말을 들을 준비를 했다.

"이런 말을 하면 절 아주 경솔한 사람으로 여기실지 모르지만, 제가 무척 소중히 아끼는 두 사람이 있는데 아주 다른 방식으로 소중히 아낀다는 걸 대사님께서도 곧 아시게 될 겁니다. 얼마 전부터 파리에서 체류하며 앞으로도 파리에 살 작정인 제 아내와 장 대공작 부인 얘긴데, 그들은 가끔 만찬을 베풀고 싶어 하며 특히 영국 왕과 왕비*를 위한 만찬을 원한답니다. 그들의 꿈은 손님들에게, 아는 사이는 아니지만 두 사람 다 깊이 존경하는 어떤 분을 소개해 드리고 싶다는 겁니다. 터놓고 말하면 저는 이 두 여인의 소망을 어떻게 하면 채워 줄 수 있을지 잘 몰랐는데, 조금 전 정말로 우연하게도 대사님께서 그분을 아신다는 걸 압니다. 그분은 거의 칩거 생활을 하면서 극소수의, '행복한 소수(happy few)'의 사람들만을 만나는 걸로 알고 있습니다. 혹시 대사님께서 그동안 베풀어 주신 호의로 절

---

* 여기서 말하는 왕비는 덴마크의 알렉산드라(Alexandra de Danemark)로 영국 왕 에드워드 7세의 부인이다.

도와주신다면, 틀림없이 그분 댁에서 대사님이 저를 소개하도록 그분이 허락해 주실 테고, 그렇게 되면 대공작 부인과 대공부인의 소망을 그분에게 전할 수 있을지도 모릅니다. 그분이 저의 집에서 영국 왕비님과 함께 식사하는 것을 허락하시거나, 또 우리가 그분을 너무 지루하게만 하지 않는다면 부활절 휴가를 우리와 함께 볼리외에 있는 장 대공작 부인 댁에서 보내시게 될지 누가 알겠습니까? 바로 빌파리지 후작 부인입니다. 솔직히 말해 그런 교양인들이 모이는 살롱의 단골손님 가운데 하나가 된다는 희망만으로도 제 마음은 위로를 받아 학사원 출마를 단념해도 별 상관이 없다는 생각도 드는군요. 그분 댁에서도 학사원과 마찬가지로 지성과 세련된 대화를 나누니까요."

대공은 마침내 형언할 수 없는 기쁜 감정과 더불어 열쇠가 자물쇠에 저항 없이 들어가는 걸 느꼈다.

"그런 선택을 하실 필요는 없습니다, 친애하는 대공님." 하고 노르푸아 씨가 대답했다. "대공님께서 말씀하신 살롱만큼 학사원과 일치하는 곳도 없으며, 그 살롱이야말로 진정한 아카데미 회원 양성소라고 할 수 있습니다. 대공님의 청원을 빌파리지 후작 부인께 전하겠습니다. 부인께서는 틀림없이 기뻐하실 겁니다. 대공님 댁 만찬에 가는 건, 그분이 좀처럼 외출하지 않으시니 아마도 좀 어려울 겁니다. 하지만 그분께 소개해 드릴 테니 직접 대공께서 그런 사정을 말씀드리고 간청해 보시죠. 특히 학사원은 단념하지 마십시오. 내일부터 두 주 후 르루아볼리외 댁으로 오찬을 하러 가는데, 우리는 식사 후에 아주 중요한 회의에 갈 겁니다. 그분 없이는 선거를 할 수 없습니다. 전 그분 앞에서 이미 대공님 존함을 말한 적이 있고, 물론 그분도 대공님 존함을 아주 잘 압니다. 그분은 몇 번 반대 의견을 낸 적 있습니다만, 다음 선거에는 제 그룹의 지원이 필요하니 다시 한 번 시도해 볼 생각입니다. 대공님과 저를 결합시켜 주는 아주 친밀한 관계에 대해 그분에게 솔직히 말하고, 또 대공님께서 입후보하시면 제 모든 친구들에게도 대공님을 위해 투표하라고 부탁할 거라는 사실을 숨기지 않을 작정입니다.(대공은 크게 안도의 숨을 쉬었다.) 그분은 제게 친구들이 있다는 걸 압니다. 그분 협조만 확보한다면, 대공님의 당선은 보다 확실해질 겁니다. 그날 저녁 6시에 빌파리지 부인 댁에 오십시오. 그러면 안으로 모시고 들어가 오전 회담에 대해 보고드리죠."

이렇게 해서 파펜하임 대공은 빌파리지 부인을 방문하게 되었다. 그런데 그가 입을 열었을 때 나는 깊은 환멸에 사로잡혔다. 같은 시대를 산 사람들에게는 국적이 같은 사람들보다 더 두드러지고 고유하며 공통적인 특징이 있어서 삽화 중에 미네르바의 진본 초상화까지 실려 있는 사전을 보면 가발을 쓰고 주름 깃을 단 라이프니츠가 마리보나 사뮈엘 베르나르와 매우 흡사해 보인다.* 하지만 나는 국적이 같은 사람들 사이에서도 사회 계급 이상으로 더 강한 특징이 있다는 것은

---

* 여기 인용된 인물들은 모두 18세기에 속한다. 라이프니츠(Leibniz, 1646~1716)는 독일의 수학자이자 철학자이며, 마리보(Marivaux, 1688~1763)는 프랑스 극작가이자 소설가, 사뮈엘 베르나르(Samuel Bernard, 1651~1739)는 프랑스 재정가였다.

꿈에도 생각해 보지 못했다. 그런데 이런 특징은, 난쟁이 요정 '엘프'*의 스치는 소리와 '코볼트'**의 춤추는 소리가 들릴 것이라고 예상했던 연설을 통해 나타나지 않았는데, 그렇다고 해서 그 시적(詩的) 기원을 증명해 주지 않는 것은 아닌 어떤 전환을 통해 나타났다. 사실인즉 작은 키에 붉은 얼굴과 배가 나온 그 라인 강의 백작은 빌파리지 부인 앞에서 몸을 기울이며 알자스 출신 문지기와 같은 억양으로 "칸녕하십니까, 후작 푸인.(Ponchour, matame la marquise.)"***이라고 말했다.

"내가 차 한 잔과 파이를 대접해도 괜찮겠죠. 아주 맛있어요." 하고 게르망트 부인은 내게 최대한 상냥한 어조로 말했다. "이 집에서는 내 집에 있는 것처럼 손님 접대를 해요." 하고 부인은 쉰 목소리로 웃음을 참는다는 듯, 뭔가 목소리에 후두음 같은 걸 내면서 비꼬는 말투로 덧붙였다.

"대사님." 하고 빌파리지 부인이 노르푸아 씨에게 말했다. "학사원 관계로 잠시 후 대공님께 말씀드릴 게 있다는 걸 잊지 마세요."

게르망트 부인은 눈길을 내리며 시간을 보려고 손목을 4분

** 북유럽 신화에 나오는 난쟁이로 엄지손가락보다도 작은 정령이다. 빛을 많이 받은 '흰 난쟁이'는 새나 나비 들과 놀고, '검은 난쟁이'는 햇볕에 닿으면 돌이 되는 운명을 지녔으며, 아이들을 훔쳐 다른 아이와 바꿔치기하는 심술을 부렸다고 한다. 그러나 이런 엘프는 가정의 신으로 소중히 여겨졌으며, 그리스도교가 전파되면서 점차 악마로 배척받았다.
*** 독일 광산에 살며 광부를 괴롭히는 난쟁이 요정으로 알려져 있다.
**** 독일식 억양으로, 프랑스어의 Bonjour, madame la marquise를 거칠게 발음한 것이다.

의 1가량 돌렸다

"어머나, 아주머니께 작별 인사를 해야 할 시간이네요. 생 페레올 부인 댁에 잠시 들르려면, 또 르루아 부인 댁에서도 저녁 식사를 해야 하니까요."

그리고 그녀는 내게 작별 인사도 하지 않고 자리에서 일어났다. 그때 그녀는 스완 부인을 보았고, 스완 부인은 나를 그곳에서 만나자 거북해했다. 아마도 드레퓌스의 무죄를 확신한다고 다른 누구보다 내게 먼저 말했던 일이 기억났던 모양이다.

"어머니가 날 스완 부인에게 소개하지 않으면 좋겠는데." 하고 생루가 말했다. "예전에 창녀였던 여자야. 남편이 유대인이라서 민족주의자인 체하려고 온 거야. 저런, 팔라메드 아저씨가 왔군."

스완 부인의 도착은 며칠 전에 일어난 일 때문에 특별히 내 관심을 끌었다. 그 일은 나중에 있을 일의 여파로 해서 더 자세히 얘기할 필요가 있는데 때가 되면 말하려고 한다. 여하튼 빌파리지 부인 댁을 방문하기 며칠 전 나는 뜻하지 않게 샤를 모렐의 방문을 받았고, 그는 내 작은할아버지 옛 시종의 아들로 나는 그를 잘 알지 못했다. 작은할아버지(그 댁에서 내가 분홍빛 드레스를 입은 여인을 만났던)는 작년에 돌아가셨다. 할아버지의 시종은 여러 번 나를 만나러 오고 싶다는 의사를 표했다. 방문 목적이 뭔지는 몰랐지만 그가 오면 기꺼이 만나 볼 생각이었는데, 왜냐하면 프랑수아즈를 통해 그가 작은할아버지를 진심으로 추모하며, 기회가 될 때마다 할아버지 묘소로 참배하러 간다는 말을 들었기 때문이다. 그런데 고향에 건강을 보살피러 가야 했던 그는 거기서 오래 머무르기로 했고, 그래서 대신 아들을 보냈다. 나는 열여덟 살가량의 미남 소년이 들어오는 모습을 보고 깜짝 놀랐는데, 소년은 안목이 있는 옷차림이라기보다는 꽤 사치스러운 옷차림을 하고 있었으며, 어쨌든 전혀 시종의 아들로는 보이지 않았다. 그는 만족스러운 미소를 지으며 콩세르바투아르에서 일등상을 받았다고 말하면서 처음부터 하인 출신이라는 자신의 신분과 관계를 끊으려 했다. 그의 방문 목적은 다음과 같았다. 그의 아버지가 아돌프 할아버지 유품들 가운데서, 우리 부모님께 보내기에는 부적절하지만 내 또래 젊은이에게는 관심이 있을지도 모른다고 생각되는 것들을 몇 개 따로 모아 두었다는 것이다. 할아버지가 사귀었던 유명 여배우나 고급 화류계 여자들 사진이었는데, 할아버지가 자기 가족의 삶으로부터 방수벽을 쳐서 분리해 놓은 늙은 탕아의 삶에 대한 마지막 이미지였다. 젊은 모렐이 내게 사진을 보여 주는 동안, 나는 그가 나와 동등한 사람인 척 말하고 있음을 알아차렸다. 내 부모님께 말을 걸때면 '삼인칭'밖에 결코 사용한 적 없는 자의 아들로서, 그는 가능한 한 '므시외'라는 말 대신 '당신'이라는 말을 쓰면서 어떤 기쁨을 느끼는 것 같았다. 거의 모든 사진에는 "내 가장 친한 친구에게"란 헌사가 적혀 있었다. 어느 배은망덕하고 보다 신중한 여배우는 "최고의 친구에게"라고 썼는데 누군가가 내게 말하기를, 그렇게 쓰면 내 할아버지는 그녀와 전혀 친한 친구가 아니며, 아니, 친한 친구와는 거리가 멀고 그저 그녀가 이용한, 그녀를 위해 작은 일을 해 준 훌륭한 사람, 거의 늙은 바보로 보이기 때문이라고 말했다. 젊은 모렐은 자기 출신에서 벗어나려고 애썼지만 소용없었다. 늙은 시종의 눈에 그토록 존경스럽고 거대해 보이는 아돌프 할아버지의 유령이 이 아들의 유년 시절과 젊음 위에 뭔가 성스러운 존재처럼 끊임없이 감돌고 있음을 나는 느낄 수 있었다. 내가 사진을 바라보는 동안 샤를 모렐은 내 방을 살폈다. 내가 사진을 어디에 끼워 넣을까 찾으니 "어떻게 당신 방에 할아버지 사진이 한 장도 보이지 않죠?" 하고 그가 말했다.(비난을 어조로 표현할 필요가 없을 만큼 이미 말 자체에 비난이 담겨 있었다.) 나는 얼굴이 붉어지는 걸 느꼈고 그래서 더듬거렸다. "아마 사진이 없을걸요." "뭐라고요? 당신을 그토록 사랑했던 아돌프 할아버지의 사진을 한 장도 갖고 있지 않다고요! 그럼 내 부친께서 가지고 계시던 많은 사진 가운데 하나를 보내 드리죠. 할아버지가 당신에게 물려준 저 옷장 바로 위 가장 좋은 자리에 그 사진을 놓길 바라요." 내 방에는 사실 아버지와 어머니 사진도 없었으니까 아돌프 할아버지 사진이 없다고 해서 그토록 화낼 일은 아니었다. 그러나 나는 모렐이 내 작은할아버지가 집안에서 가장 중요한 인물이며, 우리 부모님은 그분의 작은 빛을 물려받은 자들에 지나지 않는다고 아들에게 가르쳐 왔음을 어렵지 않게 짐작할 수 있었다. 할아버지는 매일같이 내가 라신이나 볼라벨* 같은 인물이 될 거라고 말했으므로 그들에게 있어 나

* Vaulabelle. 『잃어버린 시간을 찾아서』 1권 144쪽을 보면, 아돌프 할아버지

는 특권적인 존재였고, 모렐은 이런 나를 거의 할아버지의 양자로, 할아버지의 선택받은 아이로 간주했다. 나는 금방 모렐의 아들이 '출세주의자'임을 알아차렸다. 그날 그는 자신이 또한 조금 작곡도 해서 몇 편의 시에 곡도 붙일 수 있는데, 혹시 '귀족'* 사회에서 중요한 위치를 차지하는 시인을 아는지 물었다. 나는 한 시인의 이름을 말해 주었다. 그는 그 시인의 작품을 알지 못했고 이름도 전혀 들은 적 없다며 수첩에 이름을 적었다. 그런데 나는 얼마 되지 않아 그가 그 시인에게 편지를 보내 시인의 작품을 열광적으로 찬미하는 사람으로서 시인이 지은 소네트에다 곡을 붙였으니, 혹시 작사자인 시인이 모 백작 부인 댁에서 그 곡을 듣는 모임을 열게 해 준다면 기쁘겠다는 뜻을 전했다는 걸 알게 되었다. 일의 진행 속도가 조금은 너무 빨랐고, 그래서 그의 의도는 발각되고 말았다. 상처 받은 시인은 응답하지 않았다.

게다가 샤를 모렐은 이런 야심 외에도 보다 구체적인 현실에 취향이 강한 것처럼 보였다. 그는 안마당에서 쥐피앵의 조카딸이 조끼 만드는 모습을 눈여겨보고는 마침 '색다른' 조끼가 필요하던 참이라고 말했는데, 나는 아가씨가 그에게 강한 인상을 주었다는 걸 느낄 수 있었다. 그는 내게 아래층으로 내려가서 아가씨에게 소개시켜 달라고 주저 없이 부탁했다. "그

는 당시 신문 기자였던 볼라벨을 거의 빅토르 위고와 같은 수준으로 평가했음을 알 수 있다.
** 신세대 젊은이답게 모렐은 프랑스어로 귀족을 의미하는 aristocratie란 말을 aristo라고 약칭한다.

러나 내가 당신 가족과 관계가 있었다는 말을 하면 안 됩니다. 알아듣겠어요? 제 아버지에 대해서는 비밀을 지켜 줄 거라고 믿어요. 단지 당신 친구 가운데 한 훌륭한 예술가라고 말해 주 길 바랍니다. 이해하시죠. 장사꾼들에게는 좋은 인상을 주어 야 하니까요." 자신을 '내 친한 친구'라고 부를 만큼 그렇게 가 까운 사이가 아님을 그도 알았으므로, 그는 내게 젊은 아가씨 앞에서 "물론 친애하는 스승님은 아니지만, 그래도 당신이 원 하면 친애하는 훌륭한 예술가"라고 불러 달라고 암시했다. 나 는 가게에서 생시몽의 말처럼 그에게 '수식어를 늘어놓는' 일 은 피하고, 그저 그가 말하는 '당신에' '당신으로' 대답하는 것 에 만족했다. 그는 몇 가지 벨벳 천 중에 가장 강렬하고 가장 요란한 빨간색을 골랐으며, 그 형편없는 안목에도 그는 나중 에 결코 이 조끼를 입을 수 없었다. 아가씨는 두 '견습공'과 함 께 다시 일하기 시작했으며 내가 보기에는 두 사람 다 서로에 게 강한 인상을 받은 듯 느껴졌다. 아가씨는 샤를 모렐을, '그 녀와 같은 세계'(조금 더 멋있고 조금 더 부유한) 사람이라고 믿 어 무척 마음에 들어 했다. 그의 부친이 보내온 사진 가운데 엘스티르가 그린 '미스 사크리팡'(다시 말해 오데트)의 초상화 가 있는 걸 보고 깜짝 놀란 나는 샤를 모렐을 대문까지 배웅하 면서 이렇게 말했다. "당신이 내게 말해 줄 수 있을지는 모르 겠지만, 우리 할아버지가 이 여인과 잘 아는 사이였나요? 할 아버지의 삶 어느 시기에 이 여인을 둬야 할지 잘 몰라서요. 스완 씨 때문에 관심이 많거든요." "아버지께서 특히 이 여인 에게 당신이 주목하도록 말씀하신 걸 제가 깜빡 잊어버리고 말하지 않았네요. 사실 이 화류계 여자는 당신이 마지막으로 할아버지를 뵈었던 날 그 댁에서 점심을 들었답니다. 제 아버지께서는 당신을 들여보내도 좋을지 어떨지 잘 몰랐대요. 그런데 그 경박한 여자가 당신이 무척 마음에 들었던지 다시 당신을 보고 싶어 했다나 봐요. 하지만 그때 제 아버지 말씀에 따르면 집안에 불화가 생겼고, 당신은 할아버지를 다시 보지 못했다더군요." 그러면서 그는 쥐피앵의 조카딸에게 멀리서 작별 인사를 하려고 미소를 지었다. 그녀 또한 그를 바라보았고, 이목구비가 반듯한 그의 야윈 얼굴과 가벼운 머리칼과 쾌활한 눈길에 아마 감탄하는 듯했다. 나는 그의 손을 잡으면서 스완 부인을 생각했고, 이제부터는 그토록 내 기억 속에 멀리 따로 떨어져 있던 그 '분홍빛 드레스의 여인'을 스완 부인과 동일시해야 한다고 말하면서 놀라워했다.

샤를뤼스 씨는 이내 스완 부인 옆에 가서 앉았다. 어느 모임에 가건 그는 남자들을 무시하고 여인들로부터는 환대를 받았으므로, 가장 우아한 여인과 하나가 되려고 재빨리 그 옆에 가서 앉았는데 여인의 옷차림으로 자신의 옷차림도 돋보인다고 생각했다. 남작이 입은 프록코트나 연미복은 그를 어느 위대한 색채화가가 그린, 검정 옷차림이지만 옆 의자에는 가장 무도회에서 입을 화려한 망토를 놓아둔 남성의 초상화와 닮아 보이게 했다. 대개는 왕족 부인과 단둘이서만 나누는 담소 덕분에 샤를뤼스 씨에게는 그가 좋아하는 몇몇 특전이 주어졌다. 이를테면 그런 결과 중 하나로 여주인은 파티에서 남작에게만 앞쪽 부인석에 앉는 걸 허용했고, 반면 다른 남자들은 구석에서 혼잡하게 서로를 떼밀었다. 게다가 샤를뤼스 씨는 자신에게 매혹된 귀부인에게 큰 소리로 재미있는 이야기를 하느라 정신이 팔린 듯 보여 다른 사람에게 인사할 필요도, 예의를 지킬 필요도 없었다. 선택받은 미인이 그에게 만들어 주는 향기로운 장벽 뒤에서, 그는 살롱 한가운데 있으면서도 마치 극장 칸막이 좌석에 앉은 듯 남들로부터 고립되어 누군가 그에게 와서, 이를테면 그의 말상대인 아름다운 여인 너머로 인사해도 여인과의 담소를 중단하지 않고 아주 짧게 대꾸했으며, 사람들은 이런 그를 용서했다. 물론 스완 부인은 함께 있는 걸 자랑하고 싶은 그런 계층의 여인은 아니었다. 그러나 스완 부인에게는 찬미를, 스완에게는 우정을 공공연히 표방해 왔던 터라, 그녀는 이런 그의 열성에 기뻐할 것이며 그 자신도 가장 아름다운 여인과 관련이 있다는 사실에 기분이 좋았다.

빌파리지 부인은 게다가 샤를뤼스 씨의 방문을 별로 달가워하지 않았다. 그는 아주머니에게 큰 결점이 있다고 생각하면서도 아주머니를 매우 좋아했다. 그러나 때때로 분노가 치밀어 또는 어떤 가상의 원한 때문에 자신의 충동적 기분을 억제하지 못하고, 지금까지는 주목하지도 않은 듯했던 아주 사소한 일까지 늘어놓는 그런 지극히 격렬한 편지를 아주머니에게 보냈다. 그런 많은 예들 중에는 발베크에서 내가 체류한 바람에 알게 된 이런 일도 있었다. 빌파리지 부인은 발베크에서의 피서 생활을 연장하면서 돈을 충분히 가지고 오지 않아 걱정을 했지만, 구두쇠인 데다 또 불필요한 비용이 나갈까 염려스러워 파리에서 송금해 오기를 꺼려, 샤를뤼스 씨로부터 3000프랑을 빌렸다. 한 달 후 샤를뤼스 씨는 하찮은 이유로 아주머니에게 화가 나서 그 돈을 전신환으로 갚으라고 독촉했다. 그는 2990하고 몇 프랑을 받았다. 며칠 후 아주머니를 파리에서 만난 그는 아주머니와 다정스럽게 담소를 나누면서 송금한 은행이 저지른 실수에 대해 부드럽게 지적했다. "아니, 그건 실수가 아닐세." 하고 빌파리지 부인이 말했다. "전신환 발송료가 6프랑 75상팀이니까." 하고 빌파리지 부인이 대답했다. "아! 의도적이셨던 거라면 좋습니다." 하고 샤를뤼스 씨가 대꾸했다. "전 다만 아주머니가 그 사실을 모르실 경우를 위해 말씀드린 거예요. 왜냐하면 그 경우, 만일 은행이 나만큼 아주머니와 가깝지 않은 사람에게 그렇게 했다면 아주머니를 아주 난처하게 만들었을 테니까요." "그렇지 않아. 실수가 아닐세." "아주머니가 전적으로 옳습니다." 하고 샤를뤼스 씨는 아주머니 손에 다정한 키스를 하며 쾌활하게 결론을 내렸다. 사실 그는 아주머니를 원망했던 게 아니라 이런 작은 인색함에 미소를 지었을 뿐이다. 그러나 얼마 후 어떤 집안일로 아주머니가 그를 농락하고 '그에 맞서 음모를 꾸미려고 한다고' 믿은 그는 아주머니가 자신이 결탁했다고 의심하는 그런 기업가들 뒤로 몸을 피했다고 생각하면서 분노와 무례함이 넘치는 편지를 아주머니에게 보냈다. "저는 복수하는 것만으로는 만족하지 않아요." 하고 그는 추신에 덧붙였다. "아주머니를 웃음거리로 만들겠어요. 내일부터 모든 사람들에게 전신환 얘기와, 제가 아주머니에게 빌려드린 3000프랑에서

6프랑 75상팀을 돌려받지 못한 얘기를 할 테고, 그래서 아주머니 명예를 훼손시킬 거예요." 그러나 그는 그렇게 하는 대신 다음 날 아주머니에게 용서를 빌러 갔고, 편지에다 그렇게 끔찍한 구절을 쓴 사실을 후회했다. 게다가 어느 누구에게 전신환 얘기를 꺼낼 수 있단 말인가? 그는 복수하고 싶은 생각이 없었고 단지 진심 어린 화해만을 원했으므로, 이제는 그 얘기를 하지 않을 것이다. 하지만 그전에, 아주머니와 사이가 매우 좋은 채로 곳곳에 그 이야기를 별다른 악의 없이 그저 사람들을 웃기기 위해 이미 해 버렸다. 조심성 없는 사람 그 자체였으니까. 그는 그 이야기를 했고 빌파리지 부인은 그 사실을 전혀 알지 못했다. 그래서 그의 입으로 잘했다고 말한 상황을 폭로하여 자신을 욕보이려고 했음을 편지를 통해 알게 된 아주머니는, 그가 자기를 좋아하는 척하면서 실은 속이고 거짓말한다고 생각했다. 이제 그 모든 일은 다 진정되었지만, 두 사람은 서로에 대한 생각을 정확히 알지 못했다. 물론 이런 간헐적인 불화는 조금은 예외적인 것이다. 블로크와 그 친구들의 불화는 성격이 달랐다. 거기다 나중에 알게 되겠지만, 샤를뤼스 씨가 빌파리지 부인 외에 다른 사람들하고 일으킨 불화는 또 달랐다. 그럼에도 서로에 대한 우리 의견이나 우정 또는 가족 관계는 표면적으로만 고정되어 있을 뿐, 바다만큼이나 영원히 유동적임을 기억해야 한다. 바로 거기서 그토록 완벽하게 결합된 것처럼 보였던 부부 사이에 이혼 소문이 돌다가도 오래지 않아 곧 서로 다정하게 얘기를 나누며, 절대 헤어질 수 없을 것처럼 보였던 친구가 우리에 대한 욕을 해 대어 놀라지만, 우리의 놀라움이 다 가시기도 전에 다시 화해를 하고, 민족 사이에도 아주 짧은 시간에 그토록 많은 동맹 관계가 뒤바뀌는 모습을 보게 되는 것이다.

"저런, 아저씨와 스완 부인 사이가 뜨거운걸." 하고 생루가 말했다. "그리고 엄마는 순진하게도 그들을 방해하러 가고. '깨끗한 자들에게는 모든 것이 깨끗하나니!'*"

나는 샤를뤼스 씨를 바라보았다. 앞머리를 살짝 세운 회색 머리털과 외알 안경 때문에 눈썹을 치켜뜨며 미소 짓는 한쪽 눈, 그리고 붉은 꽃이 꽂힌 단춧구멍이 마치 사람들의 눈길을 끄는 경련성 삼각형의 움직이는 세 꼭짓점 같았다. 그는 내게 어떤 신호도 하지 않았으므로, 나는 감히 인사조차 할 수 없었다. 내 쪽으로 머리는 돌리지 않았지만 그가 나를 보고 있음을 확신할 수 있었다. 그가 스완 부인에게 뭔가 지껄이는 동안, 부인이 입은 멋진 제비꽃 빛깔 망토가 남작의 무릎까지 펄럭거렸고, 샤를뤼스 씨의 방황하는 눈길은 '경찰'이 올까 봐 두려워하는 노점상인의 눈길처럼 살롱의 각 부분을 훑어보면서 거기 있는 사람들 모두를 알아보았다. 샤텔로 씨가 인사하러 왔지만, 샤를뤼스 씨의 얼굴엔 이 젊은 공작이 자기 눈앞에 나타나기도 전에 이미 그를 알아보았다는 기색은 전혀 드러나지 않았다. 그날처럼 사람들이 많은 모임에서 샤를뤼스 씨는 어떤 정해진 방향이나 특정 사람을 향하지 않고 거의 지속적으로 미소를 보냈고, 그리하여 옆으로 다가오는 이들보다

---

* 「티토에게 보낸 서간」 1장 15절을 인용한 것이다.

이렇게 먼저 존재하는 미소는 정작 이들이 그의 구역 안에 들어왔을 때는 이들에 대한 상냥함의 의미를 모두 상실했다. 그렇지만 나는 스완 부인에게 인사하러 가야 했다. 그런데 부인은 내가 마르상트 부인과 샤를뤼스 씨와 아는 사이라는 걸 모르고, 내가 소개시켜 달라고 할까 봐 겁이 났는지 나를 꽤 냉담하게 대했다. 그래서 샤를뤼스 씨 쪽을 향해 갔지만 이내 후회했다. 나를 분명히 보았을 텐데도 그가 전혀 아는 티를 내지 않았기 때문이다. 내가 그 앞에 고개를 숙이는 순간, 그가 긴 팔을 뻗으며 가까이 다가오지 말라고 막는 몸으로부터 약간 떨어진 곳에서 손가락 하나를, 흔히 주교 반지를 낀다고 알려진 손가락을, 주교 반지를 끼지는 않았지만 마치 그곳이 키스를 위해 축성된 자리라는 듯 내게 내미는 걸 보았으며, 또 남작이 자기도 모르게 지속적으로 퍼뜨리는 그 익명의 멍한 미소 속으로 내가 마치 불법 침입이라도 했다는 듯 그 책임을 묻는 것 같았다. 이런 냉정함도 스완 부인의 냉정함을 포기하게 하는 데는 그다지 도움이 되지 않았다.

"몹시 피곤하고 흥분한 것처럼 보이는구나." 하고 마르상트 부인은 샤를뤼스 씨에게 인사하러 온 아들에게 말했다.

사실 로베르의 시선은 바다 밑에 닿은 잠수부처럼 깊은 곳에 닿자마자 금방 다시 떠오르는 것 같았다. 로베르에게 그토록 고통스러운, 닿자마자 금방 떠났다 잠시 후에 다시 돌아가는 그 바다 밑이란 바로 자신이 애인과의 관계를 끊었다는 생각이었다.

"괜찮다." 하고 어머니가 그의 뺨을 어루만지며 덧붙였다.

"괜찮다. 내 어린 아들을 보니 참 좋구나."

그러나 로베르는 이런 다정함이 오히려 성가셨는지, 마르상트 부인은 이제 아들을 살롱 구석으로 데려갔으며, 노란 비단이 드리운 창문 앞 트인 공간에는 보베 융단을 씌운 팔걸이 의자 몇 개가 마치 미나리아재비 들판을 붉게 물들이는 아이리스꽃마냥, 의자의 보랏빛 융단을 한데 모으고 있었다. 혼자가 된 스완 부인은 내가 생루와 친한 사이임을 알아차리고는 그 곁으로 오라고 손짓했다. 오랫동안 그녀를 보지 못했으므로 나는 무슨 말을 해야 할지 알지 못했다. 양탄자 위에 놓인 많은 모자들 가운데서 내 모자를 지켜보다가, 나는 게르망트 공작의 모자가 아닌데도 G라는 글자가 공작이 쓰는 관으로 둘러싸인 걸 보고, 도대체 누구의 모자인지 호기심을 느껴 혼자 추측해 보았다. 그곳에 있는 손님들 이름은 다 알았지만 모자의 주인처럼 보이는 사람은 전혀 생각나지 않았다.

"노르푸아 씨는 정말 호감 가는 분이에요." 하고 나는 스완 부인에게 노르푸아 씨를 가리키며 말했다. "하기야 로베르 드 생루는 저분을 페스트 같다고 하지만, 그래도……."

"그의 말이 맞아요." 하고 그녀가 대답했다.

부인의 시선이 뭔가 내게 숨기는 것과 관련이 있음을 깨달은 나는 부인에게 질문을 퍼부었다. 아는 사람이라고는 거의 없는 살롱에서 어쩌면 누군가와 몰두하는 모습을 보이는 데 만족했는지 그녀는 나를 구석으로 끌고 갔다.

"생루 씨가 당신에게 말하고 싶었던 건 분명 이런 거예요." 하고 부인이 대답했다. "하지만 그분에게는 내가 말했다고 하지 마세요. 입이 가벼운 사람으로 여길 테고 또 나는 그분의 존경을 받는 걸 중요하게 생각하니까요. 아시다시피 나는 매우 '충직한 사람'이거든요. 최근에 샤를뤼스가 게르망트 대공 부인 댁에서 저녁 식사를 했는데, 왜 당신 말이 나왔는지는 모르겠지만, 노르푸아 씨가 그분들에게 — 바보 같은 말이니 그 때문에 너무 근심하지는 마세요. 아무도 중요하게 생각하지 않으니. 그런 말을 한 사람이 정확히 어떤 부류 사람인지 잘 아니까요. — 당신이 조금은 신경질적인 아첨꾼이라고 했다나 봐요."

노르푸아 씨 같은 아버지 친구분이 나에 대해 그렇게까지 표현할 수 있었을까 하는 놀라움은 이미 앞에서 얘기했다. 그런데 스완 부인과 질베르트에 대해 오래전에 말했던 내 감정이, 내 존재조차 모른다고 생각했던 게르망트 대공 부인에게까지 알려졌다는 말을 듣자 나는 더욱 놀라지 않을 수 없었다. 우리 각각의 행동이나 말과 태도는 그걸 직접 지각하지 않은 '사회'나 사람들로부터 어떤 중간 지대에 의해 분리되며, 이런 중간 지대의 투과성은 무한히 변화하기 때문에 우리에게 알려지지 않은 채로 남아 있다. 우리가 그토록 열렬히 전해지기를 바라면서 했던 이런저런 중요한 말이(이를테면 예전에 내가 뿌린 좋은 씨앗 가운데 하나는 돋아나겠지 하고 생각하면서 모든 사람에게 모든 기회에 스완 부인에 대해 했던 그 숱한 열광적인 말들처럼) 우리 욕망 자체 때문에 즉각적으로 은폐되는 일이 있다는 사실을 이미 경험한 적이 있는 나로서는, 하물며 우리 자신도 잊어버린 하찮은 말, 한 번도 입 밖에 내지 않았지만 다른 말의 불완전한 굴절 작용으로 도중에 형성된 말이 그 진행을 멈추지 않고 끝없이 멀리까지 뻗어 나가서는 ─ 이 경우에는 게르망트 대공 부인 댁까지 뻗어 가서는 ─ 신들의 향연에서 우리를 웃음거리로 삼으며 즐거워하리라고는 꿈에도 생각하지 못했던 것이다. 우리의 행동 가운데 우리 자신이 기억하는 행동은 가장 가까운 이웃도 모르는 법이다. 그런데 우리가 말한 사실조차 잊어버린 말, 하물며 우리가 말한 적도 없는 말이 다른 별자리에서는 웃음을 야기하며, 또 우리 행동과 태도에 대한 다른 사람들의 이미지도 마치 그림에 먹지를 대고 복사하지만 실패하는, 검정 선 있는 곳에는 빈 공간이, 하얀 부분에는 뭐라고 설명할 수도 없는 윤곽이 나타나는 그림만큼이나 자신에 대한 우리 이미지와 닮지 않는다. 옮겨지지 않은 부분은 뭔가 존재하지 않는 모습으로 단지 우리가 자기만족으로 떠올린 것이며, 우리에게 추가된 듯 보이는 요소가 실은 우리의 일부이고, 하지만 그토록 우리 몸 깊숙이 그 본질이 배어들어 있어 우리로부터 빠져나가는지도 모른다. 그러므로 우리와 그토록 닮지 않은 이 이상한 판본에도 엑스레이 사진처럼 물론 유쾌하지는 않지만 때로는 심오하고 유익한 진실이 있기 마련이다. 그렇다고 이것이 우리가 그 안에서 우리 자신을 알아보는 이유는 되지 못한다. 잘생긴 얼굴과 멋있는 상반신을 거울에서 바라보며 미소 짓는 습관이 있는 누군가에게, 사슬처럼 이어진 뼈의 묵주가 바로 그의 모습이라고 가리키면서 엑스레이 사진을 보여 준다면, 그는 마치 전람회에 간 사람이 젊은 여인의 초상화 앞에서 '드러누운 단봉낙타'라고 목록에 쓰인 걸 읽을 때와 똑같은, 뭔가 착오가 있다는 의구심을 품게 될 것이다. 나중에 나는 우리 자신 혹은 타인이 그리는 것에 따라 달라지는 우리 이미지의 차이를 내가 아닌 다른 사람들에 대해서도 알게 되었는데, 그들 자신이 찍은 사진더미 안에서 마음 편히 사는 동안 그들 주위에는 무시무시한 이미지들이 찌푸리고 있었으며, 이런 이미지들은 평소에 그들에게 보이지 않았지만, 어떤 우연이 그걸 가리키며 "바로 이게 당신이야."라고 말하는 순간 당사자를 놀라움 속에 빠뜨렸다.

몇 해 전이라면 내가 노르푸아 씨에게 '어떤 이유 때문에' 그토록 그에게 다정하게 대했는지 스완 부인에게 기쁘게 말했을 것이다. 그 '이유'란 바로 스완 부인과 사귀고 싶은 욕망이었으니까. 그러나 이제는 더 이상 그런 욕망을 느끼지 못했고 질베르트도 사랑하지 않았다. 다른 한편으로 나는 스완 부인을 내 유년 시절의 분홍빛 드레스 여인과 같은 사람으로 보는 데에도 이르지 못했다. 그래서 그 순간 내 마음을 차지한 여인에 대해 말했다.

"조금 전 게르망트 공작 부인을 보셨나요?" 하고 스완 부인에게 물었다.

그러나 공작 부인이 스완 부인에게 인사하지 않았으므로, 스완 부인은 그녀를 별 관심이 없는, 사람들 눈에 모습이 띄지조차 않는 사람으로 간주하는 듯한 표정을 지었다.

"모르겠는데요. 전 '알아차리지(réalisé)'* 못했어요." 하고 그

---

* 영어 표현을 즐겨 사용하는 스완 부인은 '알아차리다'를 의미하는 순수한 프랑스어 표현 대신 영어의 realize에서 온 프랑스어 표현을 사용한다.

녀는 영어를 프랑스어로 옮긴 단어로, 불쾌한 표정을 지으며 대답했다.

그렇지만 나는 게르망트 부인뿐만 아니라 부인과 가까이 지내는 사람들 모두에 관한 정보를 모으고 싶었는데, 이를테면 블로크처럼 대화 중 상대방 마음에 들려는 생각보다는 오로지 이기주의자로서 그들의 관심을 끄는 점만 밝히려 드는 그런 분별없는 사람마냥, 게르망트 부인의 생활을 내 머릿속에 정확히 그려 보이기 위해 빌파리지 부인에게 르루아 부인에 관한 질문을 했다.

"그래요. 알아요." 하고 부인은 멸시하는 투로 대답했다. "아주 큰 목재상의 딸이라고 하더군요. 요즘 사교계에 드나드는 모양이에요. 하지만 새로운 사람들과 사귀기에 난 너무 늙었어요. 그동안은 매우 흥미롭고 다정한 분들만 알아 왔기 때문에, 내가 가진 것에 르루아 부인이 뭔가 추가해 줄 게 있다고는 정말 생각되지 않는군요."

후작 부인의 시녀 노릇을 하던 마르상트 부인이 나를 대공에게 소개했고, 부인의 소개가 끝나기도 전에 노르푸아 씨도 가장 열렬한 말로 나를 소개했다. 어쩌면 지금 막 내가 소개되었으므로 대공에게 소개해도 자신의 신망을 해칠 위험이 전혀 없으니 내게 인사치레를 하기에 적절한 기회라고 생각했는지, 어쩌면 아무리 저명인사라 해도 외국인은 프랑스 살롱에 대해서는 잘 알지 못하므로 대공이 상류 사회 젊은이를 소개받는다고 믿을 거라고 생각했는지, 아니면 대사 자신의 추천이라는 무게를 덧붙이는 그런 특권 중 하나를 행사하기 위함이었는지, 또는 왕족에게 소개되려면 추천인 두 명이 필수적이라는 조금은 아첨하는 듯한 관습을 대공을 위해 다시 부활시키고 싶은 복고적인 취향 때문이었는지 여하튼 그는 나를 대공에게 소개했다.─

빌파리지 부인이 갑자기 노르푸아 씨에게 말을 걸었는데, 르루아 부인를 알지 못해도 그녀로서는 별로 애석해할 점이 없다는 걸 노르푸아 씨를 통해 내게 알려 줄 필요를 느꼈던 모양이다.

"대사님, 르루아 부인은 별로 흥미롭지 않은 사람이고, 이곳에 드나드는 여느 여인들보다 훨씬 못하지 않나요? 그러니 그런 사람을 끌어들이지 않은 제가 옳지 않나요?"

독립성을 지키려는 마음에서인지, 아니면 피로한 탓인지 노르푸아 씨는 매우 공손하면서도 의미 없는 인사로 답하는 데 그쳤다.

"대사님." 하고 빌파리지 부인이 웃으면서 말했다. "정말 우스꽝스러운 사람들도 많아요. 전 오늘 어느 신사분의 방문을 받았는데 그분은 글쎄 내 손에 키스하는 게 젊은 여인 손에 키스하는 것보다 더 기쁘다는 걸 믿게 하려고 무척이나 애를 쓰더군요."

르그랑댕을 두고 하는 말임을 나는 금세 깨달았다. 노르푸아 씨는 가볍게 윙크하며 미소를 지었다. 마치 그것이 아주 자연스러운 성적 욕망이어서 그런 욕망을 느끼는 사람을 비난할 수 없다는 듯, 또는 거의 소설 시작 부분이어서 부아즈농*이나 크레비용 피스**풍의 변태적인 관용과 더불어 그 사람을 용서하고 나아가 격려할 준비가 되었다는 듯이 말했다.

"여기서 내가 본 것을 대다수 젊은 여인들 손으로는 그릴 수 없을걸요." 하고 대공은 빌파리지 부인이 그리기 시작한 수채화를 가리키면서 말했다.

그리고 그는 최근에 전시된 팡탱라투르***의 꽃 그림을 보았느냐고 부인에게 물었다.

"그 그림들은 일류며, 오늘날 말하듯이 아주 훌륭한 화가이자 팔레트 대가의 작품이지요." 하고 노르푸아 씨가 단언했다. "그렇지만 꽃의 색조를 더 잘 알아볼 수 있는 빌파리지 부인의 꽃 그림과는 비교가 될 수 없다고 생각합니다."

옛 연인으로서의 편애와 아첨하는 습관, 어느 주어진 사단에서의 공인된 의견 탓에 전직 대사가 이런 말을 했다고 가정한다 해도, 이 말은 사교계 인사들의 예술적 판단이 얼마나 진정한 취향과는 무관한 것에 근거하며, 그 판단이 얼마나 자의적이고 지극히 사소한 일로도 엉뚱한 것에 이를 수 있는지, 또

---

* Voisenon(1708~1775). 계몽주의 철학가인 볼테르의 친구이자 사제로 방탕한 생활을 했으며 외설적인 이야기나 시와 희곡을 썼다.
** Crébillon fils(1707~1777). 비극 작가 크레비용의 아들로 퇴폐적인 풍속 소설을 썼다.
*** 앙리 팡탱라투르(Henri Fantin-Latour, 1836~1904). 개인이나 가족 초상화를 많이 그린 프랑스 화가로, 특히 모네와 르누아르, 졸라에게 둘러싸인 마네의 모습을 그린 「바티뇰의 아틀리에」가 유명하다. 꽃 그림으로 대중적인 명성을 얻었다.

도중에 그걸 중단할 어떤 참된 인상도 만나지 못하는지를 입증해 주었다.

 "꽃을 좀 안다고 해서 내세울 건 없죠. 전 늘 들판에서 살았거든요." 하고 빌파리지 부인이 겸손하게 대답했다. "하지만." 하고 부인은 대공에게 말을 걸며 우아하게 덧붙였다. "제가 아주 어렸을 때 다른 시골 아이들보다 꽃에 관해 조금 더 진지한 생각을 할 수 있었다면, 그건 대공님 국가의 아주 저명하신 슐레겔* 선생님 덕분이에요. 코르델리아(카스텔란 원수 부인) 숙모가 절 데리고 브로이 성에 갔었는데 거기서 그분을 만났어요.** 르브렁 씨와 살방디 씨, 두당 씨가 그분에게 꽃 이야기를 해 달라고 부탁하던 게 기억나요.*** 그땐 너무 어려서 그분 말씀을 잘 이해할 수 없었어요. 하지만 그분은 저하고 노는 걸 즐거워했고, 대공님 나라로 돌아가시면서는 제게 우리가 함께 발리세****에서 사륜마차로 산책을 했던 기념으로 ― 전 그분의 무릎을 베고 잠이 들었죠. ― 아름다운 식물표본을 보내 주셨어요. 전 그 표본을 늘 간직해 왔는데, 그것이 없었다면

----

* 아우구스테 슐레겔(Auguste Wilhelm von Schlegel, 1767~1845). 독일 낭만파의 창시자로 프랑스 낭만주의를 주도한 스탈 부인(Mme de Staël)의 자식을 가르치기도 했다.

** 크르델리아 그레퓔(Cordelia Greffulhe, 1796~1847). 보니파스 드 카스텔란(Boniface de Castellane) 백작의 아내이자 빌파리지 부인을 구성하는 모델 중 하나인 볼랭쿠르(Beaulaincourt)의 어머니로, 샤토브리앙에게 큰 열정을 불러 일으켰던 여인이다. 브로이 성은 오트노르망디 주 외르 데파르트망에 위치하며 1716년 이래 이 가문에 속해 왔다.

*** 『잃어버린 시간을 찾아서』 4권 121쪽과 148쪽 주석 참조.

* 바스노르망디 주, 칼바도스 데파르트망에 위치하며 옛 수도원이 유명하다.

주목하지도 않았을 꽃들의 갖가지 특성을 그 표본이 가르쳐 주었어요. 바랑트 부인이 브로이 부인의 편지 몇 통을 발간했을 때,* 그 편지는 브로이 부인마냥 아름답고 꾸민 듯했으나, 그 안에서 저는 슐레겔 씨와 나눈 몇몇 대화를 발견할 거라고 기대했어요. 하지만 브로이 부인으로 말하자면 자연에서 종교를 증명할 증거만을 찾던 분이죠."

로베르가 어머니와 함께 있던 살롱 구석에서 나를 불렀다.

"넌 너무 친절해." 하고 나는 그에게 말했다. "뭐라고 고마워해야 할지 모르겠어? 내일 저녁에 식사라도 같이 할 수 있을까?"

"네가 원하면 내일 하지, 뭐. 하지만 블로크와 함께해야 해. 조금 전 문 앞에서 만났는데, 그 친구가 보낸 편지 두 통에 내가 본의 아니게 답장을 보내지 못했는데, 잠시 냉정하게 날 대하더니(감정이 상했다고까지는 말하지 않았지만 내 생각엔 그랬던 것 같아.) 이내 얼마나 다정하게 구는지, 그런 친구에게 배은망덕하게 굴 수는 없어. 우리끼리 하는 얘기지만, 적어도 그 친구 편에서는 평생의 우정인 듯 느끼는 모양이야."

나는 로베르가 전적으로 틀렸다고는 생각하지 않았다. 블로크의 심한 비방은 대개 자신의 강한 호감이 보상받지 못한다고 여겼을 때 나오는 결과였다. 또 그는 타인의 삶을 거의

** 브로이 공작 부인은 스탈 부인의 딸인 알베르틴 드 스탈홀슈타인(Albertine de Staël-Holstein)으로 신앙에 관한 책을 썼다. 그녀의 편지는 바랑트(Barante) 남작 부인이 아니라 아들인 브로이 공작이 출판했다.(『게르망트』, 폴리오 697쪽 참조.)

상상하지 않았고, 타인이 병에 걸리거나 여행 중이거나 혹은 다른 여러 일들이 있을 수 있다고는 꿈에도 생각해 보지 못했으므로, 일주일만 침묵을 지켜도 그것을 의도적인 냉담에서 나온 행동으로 해석했다. 그러므로 나는 친구로서, 또 나중에는 작가로서의 그의 지극한 난폭함이, 가슴 깊은 곳에서 우러나왔다고는 생각하지 않았다. 그의 난폭함에 냉랭한 위엄으로 답하거나 그의 공격적인 태도가 심해지도록 부추기는 진부한 말로 답하면 그 난폭함은 더 격렬해졌지만, 뜨거운 호감 앞에서는 자주 굴복했다. "친절하다는 얘기로 말할 것 같으면." 하고 생루가 계속했다. "넌 내가 친절했다고 주장하지만, 난 조금도 그렇지 않았어. 외숙모가 말하길 네 쪽에서 피했다고 하던데. 한마디 말도 하지 않고. 혹시 외숙모에 대해 뭔가 언짢게 생각하는 건 아닌지 외숙모가 물으셨어."

내게는 다행스러운 일이지만, 비록 내가 이 말에 속아 넘어갔다 해도 발베크로의 출발이 임박하다고 생각했으므로, 이런 생각 때문에 게르망트 부인을 다시 만나려고 하지 않았을 것이며, 따라서 내가 부인을 언짢게 생각할 만한 것은 아무것도 없으며 오히려 날 언짢게 생각하는 것은 부인 쪽이라고 억지로 증명해 보이려고 하지도 않았을 것이다. 그러나 부인이 엘스티르의 그림을 보러 갈 기회조차 주지 않았다는 사실을 떠올리는 것만으로도 충분했다. 게다가 이것은 환멸이 아니었다. 부인이 그런 이야기를 하리라고는 기대하지도 않았으니까. 내가 부인 마음에 들지 않으며 부인의 사랑을 기대할 수조차 없다는 것을 나는 잘 알고 있었다. 그러므로 내가 바랄 수 있는 최선의 일은 ── 파리를 떠나기 전에는 그녀를 다시 보지 못할 테니까 ── 그녀의 선한 마음씨 덕분에 불안과 슬픔이 섞인 추억 대신 전적으로 감미로운 인상을 가지고, 무한히 그렇게 그대로 지속되는 인상을 가지고 발베크로 떠나는 것이었다.

매 순간 마르상트 부인은 로베르와의 얘기를 중단하고, 로베르가 얼마나 자주 내 말을 하며 얼마나 날 좋아하는지에 대해 말했다. 나에 대한 부인의 열성이 오늘 하루 종일 보지 못한 아들과 단둘이 있고 싶어 초조해하는, 나 때문에 아들을 화나게 할까 두려워하는 마음에서 나왔음을 느낄 수 있었으므로 나는 무척 마음이 아팠다. 또 부인은 자신이 아들에게 미치는 영향력이 나만 못하다고 느껴 내 영향력을 이용해야 한다고 생각하는 것 같았다. 조금 전에 내가 블로크에게 그의 니심 베르나르 아저씨 소식을 묻는 걸 들은 마르상트 부인은 그분이 혹시 니스에서 사신 적 있느냐고 물었다.

"니스에서 사신 적이 있다면, 저와 결혼하기 전에 마르상트 씨와 알고 지내던 분일 거예요. 제 남편은 여러 번 그분이 아주 훌륭하며 자상하고 너그러운 분이라고 말한 적 있어요."

"적어도 아저씨 인생에서 단 한 번 거짓말을 하지 않은 모양이지! 정말 믿어지지 않아!"라고 블로크는 생각했으리라.

나는 내내 마르상트 부인에게, 로베르가 나보다는 부인에 대한 애정이 더 깊으며, 아무리 부인이 내게 적대감을 표한다 해도, 내가 로베르로 하여금 부인에 맞서도록 미리 알려 주어 그녀로부터 그를 떼어 놓으려고 애쓰는 그런 사람이 아니라는 걸 말해 주고 싶었다. 그러나 게르망트 부인이 자리를 뜨자, 나는 보다 자유롭게 로베르를 관찰할 수 있었으며, 그제야 비로소 그의 몸에서 어떤 분노가 다시 치솟아 그의 굳고 어두운 표정이 스쳐 가는 걸 볼 수 있었다. 오후 장면에 대한 기억이 갑자기 떠올라 자기 애인으로부터 그토록 냉정한 대접을 받고 아무 대꾸도 하지 못하고 물러난 것을 수치스럽게 생각하는 건 아닌지 염려되었다.

갑자기 그는 자신의 목을 껴안은 어머니의 팔을 뿌리치고 내 옆으로 와서는 빌파리지 부인이 앉은, 꽃이 놓인 긴 탁자 뒤로 나를 데리고 가더니, 작은 거실로 따라오라는 손짓을 했다. 내가 꽤 활기찬 걸음으로 가고 있을 때, 샤를뤼스 씨는 내가 출구로 가는 줄 알고 얘기 중인 파펜하임 씨 곁을 돌연히 떠나 재빨리 한 바퀴 빙 돌더니 내 앞에 섰다. 나는 그가 살롱 구석에서 G자와 공작 관이 그려진 모자를 집어 드는 모습을 불안스럽게 바라보았다. 작은 거실 틈 사이로 그는 나를 쳐다보지도 않고 말했다.

"이제는 자네도 사교계에 나온다는 걸 알았으니 나를 보러 오는 기쁨을 베풀어 주지 않을 텐가? 좀 복잡하기는 하지만." 하고 그는 방심하면서도 계산한 듯한 표정으로 덧붙였는데, 마치 그 기쁨을 실현할 방법을 나하고 꾸밀 기회를 한번 놓치기라도 하면, 다시는 되찾지 못할까 봐 두려운 그런 기쁨인 것처럼 말했다. "나는 집에 거의 없네. 편지를 보내야 할 걸세. 그러나 이 점에 대해서는 보다 조용히 설명하고 싶군. 나는 곧 나가려고 하는데 잠시 나와 걷지 않겠나? 잠깐이면 되네."

"조심하세요, 남작님." 하고 나는 말했다. "다른 분 모자를 잘못 집으셨어요."

"내 모자를 집는 걸 방해할 셈인가?"

그와 비슷한 일이 조금 전에 내게도 일어났으므로, 나는 누군가가 그의 모자를 가져가 버려 맨머리로 돌아가지 않으려고 그가 무턱대고 모자 하나를 찾아내 집어 든 것이 틀림없으며, 또 이런 속임수를 내게 들켜 당황한다고 생각했다. 그래서 나는 더 이상 우기지 않았다. 먼저 생루에게 몇 마디 해야 한다고 말했다. 나는 "그는 지금 저 바보 같은 게르망트 공작과 얘기 중이랍니다." 하고 덧붙였다. "재미있는 말을 하는군. 내형에게 그렇게 말해야겠군.""아! 제 말이 샤를뤼스 씨의 관심을 끌 거라고 생각하세요?"(나는 만일 그에게 형이 있다면 그 형 역시 샤를뤼스라는 이름일 거라고 생각했다. 생루가 이 점에 관해 발베크에서 몇 가지 설명을 해 준 적 있지만 그걸 잊고 있었다.) "누가 자네에게 샤를뤼스 씨에 대해 말했나?" 하고 남작은 거만한 태도로 말했다. "로베르 곁에 가게나. 나는 자네가 오늘 아침 로베르의 명예를 더럽힌 여자와 함께 벌인 그런 난삽한 점심 식사에 참석했음을 아네. 자네는 로베르에 대한 영향력을 이용해서, 로베르가 우리 이름을 진흙탕으로 끌어들임으로써 그의 불쌍한 어머니와 우리 모두에게 초래한 슬픔을 깨닫게 해 줘야 할 걸세."

나는 그 타락했다고 하는 점심 식사 동안 우리가 에머슨과 입센과 톨스토이* 얘기만을 했으며, 또 젊은 여인은 로베르에

---

* 셋 모두 종교적이고 신비주의적인 색채를 띤 엄격한 도덕 철학의 대표자이다.

게 물을 마시라는 설교만을 했다고 대꾸하고 싶었다. 자존심이 상한 것처럼 보이는 로베르의 마음을 조금이라도 달래기 위해 난 그의 애인을 변호하고자 했다. 나는 그 순간 로베르가 아무리 그녀에게 화가 난 듯 보여도 실은 그가 비난하는 것이 그 자신임을 알지 못했다. 착한 남자와 나쁜 여자의 말다툼에서 한쪽이 전적으로 옳은 경우에도, 지극히 사소한 점이 악녀에게 적어도 한 가지 점에서는 표면상 잘못이 없는 것처럼 보이게 하기 마련이다. 또 악녀는 착한 남자가 그녀와의 이별에 의기소침해서는 조금이라도 그녀를 필요로 하면 다른 모든 것은 무시하는 법이므로, 남자는 자신의 나약함으로 스스로를 자책하고 그녀가 퍼부었던 그 터무니없는 비난을 떠올리면서 그것이 어느 정도는 근거가 있는 게 아닌지 묻게 된다.

"목걸이 문제는 내가 잘못했나 봐." 하고 로베르가 말했다. "물론 내가 나쁜 의도로 한 말은 아니지만, 다른 사람은 우리와 관점이 같지 않을 수도 있겠지. 그녀는 무척이나 힘든 어린 시절을 보냈어. 그녀에게서 나는 그래도 돈으로 모든 걸 다 할 수 있다고 믿는 부자, 부슈롱 보석상에 영향력을 미치거나 법정 소송에서 이기는 문제에 관해서도 가난한 사람은 그에 맞서 아무것도 할 수 없는 그런 부자인 거야. 물론 그녀가 잘되기만을 바라는 나에게 그녀는 잔인하게 굴었어. 하지만 이젠 깨달았어. 그녀는 내가 그녀를 돈으로 잡아 둘 수 있다는 걸

프루스트는 니체와 러스킨과 더불어 이들을 '양심의 지도자'로 간주했다.(『게르망트』, 폴리오, 698쪽 참조.)

그녀로 하여금 느끼게 하려고 그랬다고 믿는 게 아냐. 나를 그토록 사랑하는 그녀가 지금 무슨 말을 하고 있을까! 불쌍한 여자, 그녀가 얼마나 섬세한 여자인지 네가 만약 알 수 있다면. 그녀가 날 위해 얼마나 멋진 일들을 자주 해 주었는지 말로 다 할 수 없어. 지금 그녀는 얼마나 불행할까! 어쨌든 무슨 일이 있어도 그녀가 나를 야비한 인간으로 여기는 건 원치 않아. 부슈롱 상점에 달려가 목걸이를 찾아 올 거야. 누가 알아? 내가 그렇게 하는 걸 보고 그녀가 자기 잘못을 깨달을지? 그녀가 지금 괴로워할지도 모른다고 생각하면 그 생각만으로도 견딜 수 없어! 괴로운 게 뭔지 아니까 내가 괴로워하는 건 아무것도 아니야. 하지만 그녀가 괴로워한다고 생각하면, 그 괴로워하는 게 뭔지 그려 볼 수 없어서 더 미칠 것 같아. 그녀가 괴로워하도록 내버려 두기보다는 차라리 다시 만나지 않는 편이 나아. 내가 바라는 건 오로지 그녀가 행복해지는 거고, 내가 없어져야 한다면 그럴 용의도 있어. 내 말 들어 봐. 너도 알지만 내게는 그녀와 관계된 것은 모두 엄청나게 중요하고 뭔가 우주적인 일로 보이기 때문에, 나는 보석상에 달려갔다가 그 후에 용서를 빌러 갈 거야. 하지만 내가 거기 갈 때까지 그녀는 나를 어떻게 생각할까? 적어도 내가 그녀 집에 금방 간다는 걸 알아주면 좋으련만! 만일을 생각해서 네가 그녀 집에 가 주면 어떨까? 어쩌면 모든 일이 잘될지 누가 알아? 어쩌면." 하고 그는 마치 이런 꿈은 감히 믿지 못하겠다는 듯, 미소를 지으며 말했다. "우리 셋이서 전원으로 저녁 식사를 하러 가게 될지. 하지만 아직은 알 수 없어. 그녀를 다루는 데 너무 서툴

러서 말이야. 불쌍한 여자. 어쩌면 나는 계속해서 그녀를 아프게 할지도 몰라. 또 어쩌면 이미 그녀의 결심이 돌이킬 수 없는 것인지도 모르고."

로베르가 갑자기 나를 어머니 쪽으로 끌고 갔다.

"안녕히 계세요." 하고 그는 어머니에게 말했다. "전 아무래도 가야겠어요. 언제 휴가를 받아서 올지는 모르지만 아마도 한 달 안에는 못 올 거예요. 알게 되는 대로 편지 쓸게요."

물론 로베르는 어머니와 함께 사교계에 있을 때면, 낯선 이들에게 보내는 미소나 인사와 균형을 이루기 위해 어머니에게 화난 태도를 취해야 한다고 생각하는 그런 아들은 결코 아니었다. 예의를 갖춘 행동에는 으레 가족에 대한 무례함이 따른다고 믿는 자들의 추악한 복수심만큼 세상에 널리 퍼진 것도 없다. 가련한 어머니가 무슨 말을 해도 아들은 억지로 끌려왔다는 듯, 자기가 온 대가를 비싼 값으로 치르게 하려는 듯, 아들 마음을 아프게 할까 봐 머뭇거리며 말을 꺼내는 어머니에게 그 즉시 냉소적이고 정확하고 잔인한 반박으로 대응한다. 어머니는 이런 뛰어난 아들의 의견에 금방 굴복하지만 그렇다고 해서 아들의 기세를 수그러들게 하지는 못하며, 또 아들이 없는 자리에서 아들의 착한 성품에 대해 누구에게나 자랑하지만, 아들 쪽은 어머니에게 가장 신랄한 독설을 가차 없이 퍼붓는다. 물론 생루는 이런 아들들과는 전혀 달랐지만 라셀의 부재가 야기한 고뇌 탓에, 이유야 달랐지만 이런 아들들이 자기 어머니에게 해 대는 것 못지않게 어머니에게 가혹하게 굴었다. 아들이 하는 말에, 조금 전 그가 방에 들어왔을 때

마르상트 부인이 억누르지 못했던, 날개와도 같은 떨림이 그녀의 온몸을 곤두세우는 것을 보았다. 그러나 지금 그녀는 근심에 찬 얼굴과 비통한 눈을 아들에게서 떼지 않고 있었다.

"뭐라고? 로베르, 간다고? 정말이냐? 내 귀여운 아이, 너와 단둘이 지낼 수 있는 게 겨우 하루뿐인데!"

그러고는 아주 낮게, 그러면서도 되도록이면 가장 자연스러운 어조로, 아들을 힘들게 할지도 모르는 혹은 아무 소용도 없는, 단지 아들을 짜증나게 할 뿐인 동정심을 불러일으키지 않으려고 애써 슬픔을 쫓아 버리면서 그저 상식적인 이유를 대듯 덧붙였다.

"네가 하는 짓이 상냥하지 않다는 건 알지?"

그러나 이런 단순한 말에도 그녀는 아들의 자유를 침범하지 않는다는 걸 보여 주려고 너무도 소심했으며, 아들의 기쁨을 방해한다는 비난을 받지 않으려고 애정을 더했으므로, 생루는 뭔가 마음속에서 연민의 가능성을, 다시 말해 여자 친구와 저녁을 보내는 데 뭔가 장애물 같은 걸 인지하지 않을 수 없었다. 그러자 그는 화를 내기 시작했다.

"안됐네요. 하지만 상냥하든 상냥하지 않든 어쩔 수 없어요."

그러고는 자신이 아마도 그 비난을 받아 마땅하다고 느꼈는지 어머니에게 비난을 퍼부었다. 이렇게 이기주의자들은 언제나 싸움에서 결정권을 갖는다. 처음부터 그들은 자기 결심이 확고부동하다는 전제에서 출발하기 때문에 그 결심을 단념하도록 호소하는 감정이 가슴에 와 닿으면 닿을수록, 그 감정에 저항하는 자신은 비난하지 않고, 오히려 저항하지 않을 수 없게끔 만든 이들을 비난한다. 그리하여 그들의 완강함은 지극한 잔혹의 경지에까지 이르며, 이런 잔혹은 상대가 괴로워하거나 옳은 말을 하거나, 비겁하게도 그들 자신의 연민에 맞서 행동하는 고통을 줄 정도로 무례한 사람이라면 그 눈에 더욱더 그 사람의 죄를 가중시킨다. 게다가 마르상트 부인은 아들을 붙잡지 못하리라는 걸 알았으므로 스스로 더 이상 고집하지 않았다.

"나 갈게." 하고 그는 내게 말했다. "어머니, 이 친구도 곧 방문해야 할 데가 있으니 오래 붙잡지는 마세요."

내가 있어도 마르상트 부인이 전혀 기뻐하지 않으리라는 것을 알았지만, 그래도 나는 로베르와 함께 떠나지 않고, 부인으로부터 아들을 빼앗아 가는 기쁨에 내가 끼어 있다고 부인이 생각하지 않는 편이 더 낫다고 생각했다. 로베르에 대한 애정에서라기보다는 부인에 대한 연민에서 나는 그녀 아들의 처신에 대해 어떤 변명거리를 찾고 싶었다. 하지만 부인이 먼저 말을 꺼냈다.

"불쌍한 아이." 하고 그녀가 말했다. "내가 틀림없이 저 앨 아프게 한 모양이에요. 보다시피 어머니란 아주 이기적인 존재예요. 파리에는 거의 오지 못하니 즐거운 일도 별로 없을 텐데. 저런, 그 애가 아직 떠나지 않았다면 다시 붙잡고 싶어요. 물론 내 옆에 붙들어 두려는 건 아니고, 다만 내가 원망하지 않는다고, 그 애가 옳았다고 생각한다고 말해 주려고요. 계단에 가 보고 싶은데 괜찮겠어요?"

우리는 계단까지 갔다.

"로베르! 로베르!" 하고 부인이 외쳤다. "저런, 떠났어요. 너무 늦었어요."

그 순간 나는 로베르가 그의 애인과 헤어지게 하는 임무를, 몇 시간 전만 해도 그가 애인과 영영 함께 살기 위해 떠나는 것을 도와주고 싶었던 만큼이나 기꺼이 떠맡고 싶었다. 첫 번째 경우라면 생루가 나를 그의 배신자 친구로 여겼을 테고, 두 번째 경우라면 그의 가족이 날 그의 사악한 정령이라고 불렀을 것이다. 그렇지만 나는 몇 시간 간격을 두고 같은 사람이었다.

우리는 살롱으로 돌아왔다. 생루가 돌아오지 않은 걸 본 빌파리지 부인은 지나치게 질투하는 아내나 지나치게 애정이 넘치는 어머니를(남의 눈에는 희극적으로만 보이는) 가리키면서 "저런, 한바탕 난리가 났군."을 의미하는 그런 의혹이 담긴 빈정거리는, 인정 없는 눈길을 노르푸아 씨와 교환했다.

로베르는, 그들이 정한 규약에 따라 그가 그녀에게 주어서는 안 되는 찬란한 보석을 가지고 그녀 집으로 갔다. 하지만 결과는 같았다. 그녀는 보석을 받고 싶어 하지 않았고, 그 후에도 그는 결코 그녀에게 보석을 받게 하는 데 성공하지 못했다. 로베르의 몇몇 친구들은 그녀가 보인 이런 비타산적인 행동이 로베르를 붙잡아 두기 위한 계산된 행동임을 증명한다고 생각했다. 그렇지만 그녀는 돈을 계산하지 않고 마구 쓰는 경우를 제외하고는, 별로 돈에 연연하지 않았다. 나는 그녀가 가난하다고 생각되는 사람들에게 닥치는 대로 엄청난 자선을 베푸는 걸 보았다. "지금쯤." 하고 로베르의 친구들은 라셸의 비타산적인 행동을 험담으로 견제하려고 했다. "지금쯤 그녀는 폴리베르제르* 극장의 입석에 있을 거야. 라셸은 정말 수수께끼 같은 여자야. 정말 스핑크스 같은 존재라고." 하기야 남자로부터 부양을 받아 타산적인 여인이 될 수밖에 없지만, 그런 생활을 하는 가운데서 피어난 자상한 마음씨로 애인의 후한 인심에 스스로 수많은 작은 제동을 거는 여인들이 얼마나 많던가!

로베르는 애인의 부정한 짓을 거의 알지 못했고, 라셸의 진짜 삶, 매일 그와 헤어지고 나서야 비로소 시작되는 그녀의 삶에 비해 아주 하찮고 시시한 것에만 정신을 집중했다. 그는 이 모든 부정한 짓을 거의 알지 못했다. 설령 누가 알려 주었다 해도 라셸에 대한 그의 신뢰를 동요하게 하지는 못했으리라. 왜냐하면 사랑하는 이를 완전히 알지 못하고 사는 것은 지극히 복잡한 사회에서 표출되는 자연의 매력적인 법칙이니까. 거울 한쪽에서 사랑하는 남자는 말한다. "그녀는 천사야. 결코 내게 몸을 맡기지 않을 거야. 나는 죽을 수밖에 없어. 하지만 그녀는 나를 정말 사랑하고. 어쩌면 그녀는 ……하니까 날 사랑하는지도 몰라. 아냐, 그럴 리 없어!" 그리하여 욕망으로 인한 열광과 기다림의 고뇌 속에, 얼마나 많은 보석을 여인

---

* 파리 9구에 위치하는 음악 홀이자 버라이어티 쇼 극장이다. 1869년에 문을 연 이 극장은 아름다운 시대(Bel Epoque)에서 미친 시절(Années folles)에 이르기까지 파리지앵의 생활을 상징했다. 카바레와는 달리 좌석 번호가 있었으며 1679개의 좌석이 놓여 있었다. 오늘날에도 뮤지컬이나 연주회가 열린다.

의 발밑에 놓으려고, 여인의 걱정거리를 없애려고 돈을 빌리러 돌아다니는가! 그렇지만 유리 칸막이 저편, 수족관 앞에서 주고받는 산책자들의 대화처럼 들리지 않는 칸막이로부터 한 구경꾼은 말한다. "그녀를 모르세요? 축하해요. 저 여자는 얼마나 많은 남자들의 돈을 훔치고 그들을 망하게 했는지 몰라요. 저 여자보다 더 나쁜 여자도 없을걸요. 순 사기꾼이에요. 또 교활하고요!" 이 교활하다는 형용사를 쓴 구경꾼의 말은 그래도 완전히 틀린 것은 아닐지 모른다. 왜냐하면 그 여인을 진심으로 사랑하지는 않았지만 그래도 꽤 마음에 들어 하는 한 회의주의자가 친구들에게 이렇게 말했기 때문이다. "아닐세, 친구. 저 여자는 절대 화류계 여자가 아닐세. 사는 동안 두세 번 바람을 피우지 않았다는 말은 아니지만, 그래도 돈으로 살 수 있는 여자는 아니야. 아니면 엄청나게 비싼 돈을 치러야 하거나. 저런 여자하고는 5만 프랑을 쓰든가, 아니면 거저 가지든가 하지." 그래서 그자는 그녀를 위해 5만 프랑을 쓰고 단 한 번 가졌지만, 그녀는 그 남자로 하여금 그의 자존심이라는 한 공모자를 발견하여 자신을 거저 가진 자에 속한 사람처럼 믿게 했다. 바로 이것이 사회다. 모든 존재가 이중적이며, 가장 비밀이 많이 드러나고 가장 악명 높은 사람이 어떤 이에게는 단지 조개껍질이나 부드러운 누에고치, 달콤하고 자연스러운 호기심 속에서 또 그 보호막 아래서만 알려지는 곳이 사회다. 파리에는 생루가 더 이상 인사를 나누지 않는 점잖은 사람이 둘 있었다. 이들 얘기를 할 때면 생루는 여성 착취자라고 부르며 언제나 목소리를 떨곤 했는데, 둘 다 라셀로 인해 파산했기 때문이다.

"내가 유일하게 자책하는 건." 하고 마르상트 부인이 낮은 소리로 말했다. "로베르에게 상냥하지 않다고 말한 거예요. 그렇게 멋지고 세상 어느 누구와도 닮지 않은 단 하나뿐인 아들인데, 모처럼 만나서 상냥하지 않다고 했으니. 차라리 매를 맞고 싶어요. 즐거운 일이 거의 없는 아인데, 오늘 저녁의 그 얼마 안 되는 즐거움을, 내 부당한 말이 망쳐 버릴 거예요. 하지만 '므시외', 당신을 붙잡지 않을게요. 바쁜 것 같으니."

마르상트 부인은 근심스러운 표정으로 내게 작별 인사를 했다. 로베르에 관한 한 그녀의 감정은 진지했다. 그러나 부인이 다시 귀부인이 되자, 이런 진지함은 곧 사라졌다.

"당신과 잠시 얘기를 나누게 되어 무척 '재미있고 기쁘고 기분이 좋았어요.' 고마워요, 고마워요."

그리고 부인은 겸손한 표정으로 나와의 대화가 자신의 삶에서 경험한 가장 큰 기쁨이라도 되는 듯, 고마움에 도취된 눈길로 나를 뚫어지게 바라보았다. 그 매력적인 눈길은 하얀 덩굴무늬 드레스에 달린 검은 꽃과도 아주 잘 어울렸다. 자신의 일을 잘 알고 있는 귀부인의 눈길이었다.

"전 바쁘지 않습니다. 부인." 하고 난 대답했다. "게다가 함께 돌아가기로 한 샤를뤼스 씨를 기다려야 하거든요."

빌파리지 부인이 내가 한 마지막 말을 들었다. 부인은 이 말에 당황한 듯 보였다. 나는 그때 빌파리지 부인을 놀라게 한 것처럼 보이는 감정이, 이런 종류의 반응을 불러일으킨 일과 관계가 없다면 아마도 수치심이라고 생각되었을 것이다. 그러나 내 머리에 이런 가정은 떠오르지 않았다. 나는 게르망트 부인과 생루와 마르상트 부인과 샤를뤼스 씨, 빌파리지 부인에게 만족해서는 생각도 하지 않고 활기차게 무턱대고 지껄였다.

"내 조카 팔라메드와 같이 간다고요?" 하고 부인이 내게 말했다.

빌파리지 부인이 그토록 높이 평가하는 조카와 친하다는 사실이 부인에게 매우 좋은 인상을 줄 거라고 생각한 나는, "그분이 함께 돌아가자고 하더군요." 하고 즐겁게 대답했다. "전 기뻐요. 게다가 우린 부인께서 생각하시는 것보다 훨씬 친하답니다. 그분과 더 친해질 수 있다면 뭐라도 할 작정입니다."

빌파리지 부인의 얼굴은 당황한 표정에서 근심하는 표정으로 바뀌었다. "기다리지 마세요." 하고 부인은 걱정된다는 듯 말했다. "그 사람은 파펜하임하고 얘기하고 있어요. 당신에게 한 말은 이미 생각하지도 않을걸요. 자, 그가 등을 돌린 틈을 타서 빨리 떠나요."

다른 상황이었다면 빌파리지 부인의 이런 첫 반응은 수치심과도 흡사했으리라. 내가 남기를 반대하는 부인의 집요한 주장은, 그녀 얼굴로만 판단해 본다면 아마도 어떤 도덕적인 감정에 따라 구술된 듯 보였다. 나는 서둘러 로베르와 로베르의 애인을 다시 만나러 갈 필요가 없었다. 그러나 빌파리지 부인이 어찌나 내가 떠나기를 바랐던지, 부인이 어쩌면 조카와 의논할 아주 중요한 일이 있을지도 모른다고 생각한 나는 작별 인사를 했다. 부인 옆에는 오만한 올림푸스의 신과도 같은 게르망트 씨가 육중하게 앉아 있었다. 그의 모든 팔다리에 편재하는 막대한 부의 관념이 그를 대단히 가치 있는 인간으로 만들기 위해, 마치 부가 도가니에 녹아서는 인간 금괴 단 하나로 주조된 듯, 그에게 특별히 강도 높은 밀도를 부여했다. 내가 작별 인사를 하자 그는 의자에서 공손하게 일어났고, 그러자 난 무기력한 3000만 프랑 덩어리가 프랑스의 옛 교육에 따라 움직이면서 몸을 일으켜 내 앞에 서 있는 듯한 느낌을 받았다. 페이디아스가 모든 걸 금으로 만들었다고 전해지는 올림피아의 제우스 동상을 보는 것 같았다.* 바로 이것이 예수회 교육이 게르망트 씨에게 끼친 힘, 공작의 정신에는 그렇게 주인으로 군림하지 못하지만 적어도 그의 몸에 끼친 힘이었다. 게르망트 씨는 자신의 멋진 재담에는 웃었지만, 남의 재담에는 웃지 않았다.

뒤쪽 계단에서 나를 부르는 소리가 들렸다.

"나를 기다리는 게 이런 건가?"

샤를뤼스 씨였다.

"잠시 걸어도 괜찮겠는가?" 하고 우리가 안마당에 나왔을 때 그는 냉담하게 말했다. "내게 어울리는 합승 마차를 만날 때까지 좀 걷도록 하지."

"제게 할 말이 있으신가요, 선생님?"

"아! 그렇다네. 실은 자네에게 할 말이 있었는데 지금은 그

---

* 올림피아 사원에 있는 이 제우스 동상은 고대 그리스 조각가 페이디아스(Pheidias)가 기원전 5세기경에 황금과 상아로 만들었다고 한다.

말을 해야 할지 잘 모르겠군. 물론 이 말이 자네로선 헤아릴 수 없는 엄청난 이득을 취할 수 있는 출발점이 되리라고 생각하지만. 그러나 나처럼 조용한 생활을 햐고 싶은 나이에는 대단한 시간 낭비이고, 또 온갖 골치 아픈 일만 일으킬지 모른다는 막연한 예감이 들어서 말이야. 게다가 또 자네라는 사람이, 이 모든 골치 아픈 일을 감수할 정도로 가치가 있는지도 의심스럽고, 그런 결정을 할 정도로 내가 충분히 자네를 안다는 기쁨을 느끼는지도 모르겠고. 내가 수고를 마다하지 않고 자네를 위해 해 주려는 일을 자네가 원치 않을지도 모르고. 정말로 다시 한 번 솔직히 말하지만 이 일은 내게 귀찮은 일일 수밖에 없네."

그렇다면 그 일은 전혀 생각하지 말라고 나는 반박했다. 이런 협상의 결렬이 그의 취향에 맞지 않았던 모양이다.

"이런 예의는 아무 의미가 없네." 하고 그는 퉁명스럽게 말했다. "그럴 가치가 있는 사람을 위해 노력하는 일만큼 즐거운 일도 없지. 우리 중 가장 훌륭한 이들에게서 예술 연구나 골동품에 대한 취미, 수집품과 정원 가꾸기가 단지 대용품이나 대리, 알리바이에 지나지 않을 때가 있네. 우리는 통 깊숙이에서 디오게네스처럼 한 인간을 찾고 있네.* 어쩔 수 없이 베고니아

---

* Diogenes. 고대 그리스의 철학자로 통 속에 살면서 환한 대낮에 등불을 켜고 아테네 시내를 돌아 다녔는데, 이를 이상하게 여긴 사람들이 물어보자 그는 "나는 한 인간을 찾고 있소."라고 대답했다. 이런 디오게네스의 일화를 상기하면서, 샤를뤼스는 한 인간(남자)을 원하는 자신의 욕망을, 그것도 어린 남자를 원하는 동성애자의 언어를 극화하고 있다고 설명된다.(『게르망트』, 폴리오, 698쪽.)

를 재배하고 주목(朱木)*을 전지하기도 하지만, 그건 베고니아나 주목이 그렇게 하도록 내버려 두기 때문이지. 그러나 노력할 가치가 있다는 확신이 서면 우리는 작은 인간 나무에 더 많은 시간을 할애하고 싶어 하네. 모든 문제는 여기 있네. 자네는 자신을 조금은 알겠지? 자네에게 그런 가치가 있는지 없는지를?"

"무슨 일이 있어도 저는 선생님께 걱정을 끼치고 싶지 않습니다." 하고 나는 말했다. "그리고 선생님으로부터 오는 거라면 무엇이든 제게는 대단히 큰 기쁨이 됩니다. 이렇게 신경을 써 주시고 도움을 주시려는 모습에 크게 감동했습니다."

놀랍게도 그는 나의 이런 말에 진심으로 고마워했다. 발베크에서 이미 나를 놀라게 했던 퉁명스러운 말투와 대조를 이루는 그런 간헐적인 친숙함을 보이며 그는 내 팔짱을 꼈다.

"자네 나이에 가능한 무분별함으로 자네는 우리 사이에 뛰어넘을 수 없는 간극이 파이게 할 만한 말을 할 수도 있었네. 그런데 지금 자네가 한 말은, 이와는 반대로 내 마음을 감동시켰고, 자네를 위해 더 많은 걸 해 주고 싶은 생각이 들게 했네."

내 팔짱을 낀 채로 걸으면서 경멸이 깃들었지만 매우 다정한 말을 하면서, 샤를뤼스 씨는 때로 강렬한 눈초리로 날 뚫어지게 바라보았다. 그 날카롭고 냉혹한 눈길은 내가 발베크의 카지노 앞에서 그를 처음 본 아침, 아니 그보다 몇 해 전 탕송빌 정원의 분홍빛 산사 꽃 옆, 그의 정부인 줄 알았던 스완 부

---

* 잎이 많은 고산 지대 식물로 공원이나 묘지에서 관상용으로 많이 기른다.

인 곁에서 이미 내게 강한 인상을 주었던 바로 그 눈길이었다. 때로는 주위를 두리번거리며 교대 시간이라 꽤 많이 지나가는 합승 마차를 살피는 눈길이 얼마나 집요했던지, 마부들은 그가 타려는 줄 알고 여러 번 마차를 멈췄다. 그러나 샤를뤼스 씨는 마차들을 모두 쫓아 버렸다.

"내게 맞는 건 하나도 없군." 하고 그가 말했다. "마차에 달린 등잔이나 마차가 돌아가려는 거리 방향이 모두 문제여서 말이야. 여보게, 이제 자네에게 하려는 내 제의가 순전히 비타산적이고 자비로운 성질의 것이라는 점에 오해가 없기를 바라네."

나는 발베크에 있을 때보다 그의 말투가 훨씬 더 스완과 흡사하다는 사실에 놀랐다.

"자네는 총명하니까, 내 제의가 '교제하는 사람이 부족해서' 혹은 고독과 권태를 두려워해서 나왔다고는 여기지 않으리라고 생각하네. 내 가문에 대해선 두말할 필요도 없겠지. 프티 부르주아(그는 이 단어를 만족스럽게 발음했다.)에 속하는 자네 또래 청년이라면 프랑스 역사를 잘 알 테니까. 책을 읽지 않는 사람들은 바로 사교계 인사들이지. 그래서 그들은 시종들에 대해서도 잘 모른다네. 과거에 왕의 시종들은 대귀족들 사이에서 선택되었지만, 오늘날 대귀족들은 그런 시종에 지나지 않네. 자네같이 젊은 부르주아들은 틀림없이 내 가문에 대해 미슐레가 쓴 아름다운 글을 알겠지. '나는 저 강력한 게르망트가문이 얼마나 위대한지 알게 되었다. 그들에 비하면 파리 궁전에 갇힌 프랑스의 가련한 왕은 도대체 무엇이란 말

인가?'* 나는 개인적으로 내가 누구인지 별로 말하고 싶지 않
지만,《타임스》에 게재되어 꽤 많은 울림을 자아낸 기사가 그
점을 암시하고 있으니, 자네도 어쩌면 알고 있을지 모르겠군.
내게 언제나 관대하셨고 나와 의형제를 맺고 싶어 하시던 오
스트리아 황제께서, 예전에 만일 샹보르 백작이 그 옆에 나만
큼 유럽 정계의 이면을 속속들이 아는 사람을 두었다면 오늘
날 프랑스 국왕이 되었으리라고 선언하신 대담이 최근에 공
개되었네.** 나는 자주 내 속에 있는 미미한 재능 때문이 아니
라, 자네도 언젠가는 알게 될 여러 상황 탓에 어떤 경험의 보
배가, 헤아릴 수 없이 많은 비밀 문서가 있는데, 그 문서를 취
득하는 데 삼십 년이라는 세월이 걸렸고, 어쩌면 나 혼자만 소
유할지도 모르는 이 문서를 개인적으로 이용해서는 안 되며,
어느 젊은이에게 몇 개월 만에 전수해 주면 그에게는 돈으로
환산할 수 없는 큰 가치가 될 거라고 자주 생각해 왔네. 오늘
날의 미슐레라고 할 수 있는 자가, 자기 삶의 몇 해에 걸쳐 알
게 된 비밀을, 그 덕분에 몇몇 사건이 전혀 다른 양상을 띠게
될 비밀을 깨우치면서 자네가 누리게 될 그런 지적 향유를 말

---

* 이 인용문은 물론 프루스트 자신의 모작으로, 프루스트는 1908년《르 피가로》
에 미슐레에 대한 모작을 발표한 적이 있다. 미슐레의 『프랑스사』(1833~1867)는
지리적 환경을 중요시한 방대한 역사적 기록물로 오늘날에도 높이 평가된다.
** 샹보르 백작이자 보르도 공작인 앙리 드 부르봉(Henri de Bourbon,
1820~1883)은 프랑스 왕 샤를 10세의 손자로서, 샤를 10세의 퇴위 후에 합법
적인 계승자임을 주장했지만, 7월 혁명의 물결로 부르주아 세력의 지지를 받은
루이필리프가 프랑스의 새 왕이 되면서 곧 해외로 추방되어 오스트리아에서 사
망했다.

하는 게 아닐세. 그리고 나는 이미 완결된 사건에 대해서만 말하는 게 아니라, 거기 관련된 일련의 상황들에 대해 말하는 걸세."(샤를뤼스 씨가 좋아하는 표현 중 하나로, 그는 이런 표현을 할 때면 흔히 기도라도 하듯 손가락을 쭉 펴고 두 손을 한데 모았는데, 마치 관절 뼈마디를 늘리는 운동을 통해 자신이 구체적으로 언급하지 않는 상황과 거기 관련된 일련의 상황을 이해시키려는 것 같았다.) "과거만이 아니라 미래에 대해서도 어느 누구도 알지 못하는 설명을 해 주겠네."

샤를뤼스 씨는 말을 중단하고 빌파리지 부인 댁에서 얘기가 나왔을 때는 듣지 않는 척하던 블로크에 관해 질문을 했다. 그리고 그는 자신이 하는 얘기와 아주 거리가 먼 어조로 말할 줄 알았으므로, 마치 다른 것을 생각한다는 듯, 그래서 기계적이며 단지 예의상 말한다는 투로, 내 친구가 젊은지 혹은 미남인지 등등을 물었다. 만일 블로크가 그의 말을 들었다면, 샤를뤼스 씨가 드레퓌스파인지 드레퓌스 반대파인지를 아는 것은, 물론 이유야 다르겠지만, 노르푸아 씨보다 훨씬 힘들었을 것이다. 샤를뤼스 씨는 블로크에 관한 질문을 하고 나서 "자네가 뭔가를 깨우치고 싶다면." 하고 말했다. "친구 중에 외국인이 몇 명 있는 것도 그리 나쁘지 않네." 나는 블로크가 프랑스인이라고 대답했다. "아!" 하고 샤를뤼스 씨가 대답했다. "난 그 친구가 유대인인 줄 알았는데." 이런 양립 불가능성의 선언 탓에 나는 샤를뤼스 씨를 내가 만난 누구보다 격렬한 드레퓌스 반대파로 생각하게 되었다. 그런데 이와는 반대로 그는 드레퓌스가 반역죄로 고소된 데 대해 반론을 제기했다. 그러나 그는 이런 투로 말했다. "신문에서는 드레퓌스가 자기 나라에 맞서 죄를 지었다고 말하는 모양이더군. 모든 사람들이 그렇게 말하는 모양이야. 난 신문 같은 건 별로 신경 쓰지 않는 사람이라 흥미를 끌 만한 건 하나도 발견하지 못한 채 그저 손을 씻는 셈치고 신문을 읽지만, 그런 죄는 존재하지 않네. 자네 친구와 같은 나라 사람이 유대국을 배신했다면, 자기 조국에 맞서 죄를 지은 게 되겠지만, 도대체 그가 프랑스와 무슨 관계가 있단 말인가?" 나는 만약 전쟁이 일어나면, 유대인도 다른 사람들처럼 군대에 동원된다고 말하며 그의 말에 반박했다. "물론 그럴 수도 있겠지. 하지만 그들을 군대에 동원하는 게 얼마나 무모한 일인지는 어느 누구도 확신할 수 없네. 만약 세네갈 사람이나 마다가스카르 사람들을 오게 한다면, 그들이 진심으로 프랑스를 지키리라고는 생각하지 않네. 그리고 그건 자연스러운 일일세. 자네의 드레퓌스는 차라리 외국인 환대 규정을 위반한 죄로 형을 선고받을 수 있을지는 모르지. 하지만 이런 얘기는 그만하세. 자네 친구에게 부탁해서 날 유대교 사원에서의 멋진 축제나 할례식 혹은 유대교 노래를 듣는데 참석하게 해 줄 수는 없겠나? 어쩌면 그가 방을 하나 빌려, 마치 라신이 루이 14세의 기분 전환을 위해 구약성경의 「시편」에서 뽑아낸 몇몇 장면을 생시르* 여학교 소녀들에게 연기하게 했듯이, 뭔가 성경 장면에 나오는 여흥을 마련할 수 있을

* 루이 14세의 정부였던 멩트농 부인이 세운 여학생 교육기관이다. 라신의 「에스텔」은 이런 생시르 여학교 학생들을 위해 쓰인 작품이다.(『잃어버린 시간을 찾아서』 4권 114쪽 참조.)

걸세. 어쩌면 자네는 사람들을 웃기기 위한 시합을 마련할 수 있을 테고. 이를테면 자네 친구와 그 부친의 싸움에서 다윗이 골리앗을 해치듯, 자네 친구가 아버지에게 해를 입히는 싸움 같은. 아주 재미있는 소극이 될 걸세. 자네 친구가 거기 있는 동안 그는 화냥년 같은 자기 어미를, 아니, 우리 늙은 하녀 식으로 말하면 '하낭년'*을 두들겨 팰 수도 있을 걸세. 그건 아주 멋진 구경거리일 테고, 우리 마음에도 들 거라네. 자! 어린 친구, 우린 이국적인 구경거리를 좋아하고, 유럽인이 아닌 자를 패는 건, 그 늙은 블로크의 어미에게 주는 마땅한 벌 아니겠는가." 이런 끔찍한, 거의 미치광이 같은 말을 뱉으면서 샤를뤼스 씨는 내 팔을 아플 정도로 꼭 붙잡았다. 샤를뤼스 씨 가족이 그가 늙은 하녀에게 베푼(하녀가 쓰던 몰리에르풍 사투리를 조금 전에 떠올렸던) 감탄할 만한 선행을 말했던 일이 기억났고, 그래서 나는 오늘날까지도 거의 연구가 안 된 동일한 마음에서 선과 악의 관계를 수립한다면 — 비록 다양한 양상으로 나타날 테지만 — 흥미로울 거라고 생각했다.

여하튼 나는 블로크의 어머니는 더 이상 존재하지 않으며, 또 블로크 씨로 말하자면 두 눈이 완전히 뽑힐지도 모르는 그런 놀이를 어느 정도나 즐길지 모르겠다고 경고했다. 샤를뤼스 씨는 기분이 상한 것처럼 보였다. "죽는다는 큰 잘못을 저지른 여자가 여기 있군. 또 뽑힌 눈으로 말하자면 바로 유대교

---

* 프루스트는 몰리에르의 『스가나렐』로부터 빌린 '화냥년(carogne)'이란 단어를 썼다. 이 carogne는 charogne와 어원이 같은데, 지역에 따라 달리 표현되었다. 다만 여기서는 charogne와 구별하기 위해 '하낭년'으로 옮겼다.

가 앞을 보지 못하는 소경이어서 복음서의 진리를 제대로 보지 못하는 거라네.* 어쨌든 모든 불행한 유대인이 그리스도교인의 어리석은 분노 앞에서 몸을 떠는 지금, 나 같은 인간이 그들의 놀이를 즐길 정도로 비열한 모습을 보이고 있으니 그들에게는 얼마나 영광스러운 일인가!” 바로 그때 나는 아버지 블로크 씨가 아마도 아들 마중을 나가는지 지나가는 걸 보았다. 그는 우리를 보지 못했는데, 나는 샤를뤼스 씨에게 그를 소개해 주겠다고 제안했다. 나는 이 제안이 얼마나 내 동반자의 분노를 야기할지 짐작하지 못했다. “그자에게 나를 소개한다고! 가치에 대한 감각이 전혀 없는 모양이군. 나는 그렇게 쉽게 사귈 수 있는 사람이 아니라네. 이 경우 소개하는 사람의 젊음과 소개받는 사람의 부적절함 때문에 두 배로 합당치 않네. 그래도 고작해서 내가 조금 전에 떠올린 아시아풍 구경거리를 내게 어느 날 보여 준다면, 저 끔찍한 영감에게 몇 마디 호의적인 말을 할 수는 있겠지. 하지만 아들에게 실컷 두들겨 맞는다는 조건으로 말일세. 그렇다면 나는 만족한다는 표현도 할 수 있네.” 게다가 블로크 씨는 우리에게 전혀 주의를 기울이지 않았다. 사즈라 부인에게 허리를 구부리는 큰 인사를 하는 중이었고, 부인도 그 인사를 호의적으로 받아들였다. 나는 조금 놀랐다. 예전에 콩브레에서 우리 부모님이 아들 블로

---

* 파리 노트르담 성당 정면에는 눈을 가린 유대교인과 눈을 가리지 않은 그리스도교인의 모습이 조각되어 있는데, 에밀 말(Emile Mâle)에 따르면 유대교인은 성경을 이해하지 못하고, 그리스도교인은 성경을 잘 이해한다는 점을 상징적으로 묘사했다고 설명된다.(『게르망트』, 폴리오, 698쪽 참조.)

크를 집에 받아들이는 걸 보고 부인이 분개한 적이 있었는데, 그토록 부인은 유대인 반대파였기 때문이다. 그런데 드레퓌스 지지 운동이 마치 공기 배출기처럼 며칠 전에 블로크 씨를 사즈라 부인에게까지 날아가게 했던 것이다. 블로크 씨는 사즈라 부인을 매력적인 여인으로 생각했고, 부인의 진지한 신념과 드레퓌스파로서의 의견이 진실임을 입증해 주는 그녀의 유대인 배척주의에 특히 우쭐했으며, 또 이것이 부인이 그에게 허락한 방문의 가치를 더욱 높여 주었다. 부인이 그 앞에서 경솔하게 "드뤼몽* 씨는 재심 요구파들을 프로테스탄트와 유대인과 같은 부류라고 주장해요. 이런 잡동사니는 근사하죠."라고 말했을 때도 그의 마음은 그렇게 아프지 않았다. "베르나르 아저씨." 하고 그는 집에 돌아오자 니심 베르나르에게 자랑스럽게 말했다. "사즈라 부인에겐 편견이 있어요!" 그러나 니심 베르나르 씨는 아무 대답도 하지 않고 천사 같은 눈길을 하늘로 쳐들었다. 유대인들의 불행을 슬퍼하고 그리스도교인들과의 우정을 기억하면서, 그는 세월이 흘러감에 따라 나중에 우리가 알게 될 어떤 이유 때문에** 점점 부자연스럽게 꾸민 모습이 되어 갔는데, 지금은 유백색 오팔빛에 잠긴 머리털과 아

---

* 에루아르드 드뤼몽(Édouard Drumont, 1844~1917). 프랑스 신문 기자이자 작가로서 《라 리브르 파롤》을 창간했다. 유대인 반대파이자 민족주의자로서 그의 저서 『유대인 프랑스』는 당시 큰 반향을 불러일으켰다. "프랑스는 프랑스인에게 돌려주어야 한다."라는 것이 그의 신념이었다.
* 『잃어버린 시간을 찾아서』 4편 「소돔과 고모라」에 이르면 화자는 니심 베르나르가 발베크 호텔의 보조 요리사와 동성애 관계임을 알게 된다.

무렇게나 난 수염 때문에 마치 프레라파엘*파 화가가 그린 악령과도 흡사했다.

　"드레퓌스 사건을 통틀어 나쁜 점이 한 가지 있다면." 하고 남작은 여전히 내 팔을 잡은 채 다시 말했다. "그건 우리 사회가(좋은 사회라고는 말하지 않겠네. 사회가 이런 찬사의 수식어를 받을 자격이 없어진 지는 이미 오래니까.) '샤모, 샤멜르리, 샤플리에르'**라고 불리는 신사 숙녀 들, 마침내는 내가 우리 사촌들 집에서조차 보게 되는 낯선 자들의 침입으로 붕괴되고 있다는 점일세. 그들이 유대인 반대파인지 뭔지 하는 프랑스 조국 연맹에 속하다 보니, 마치 그 정치적 견해가 귀족 사회를 드나들어도 되는 권리를 그들에게 준 것처럼 보이네."

　샤를뤼스 씨의 이런 경박함은 그가 게르망트 공작 부인과 같은 혈연임을 더욱 강조했다. 나는 두 사람의 닮은 점을 지적했다. 내가 부인을 모른다고 생각하는 것 같아, 그가 자신을 내 눈에 띄지 않게 하려고 했던 오페라좌의 밤을 상기시켰다. 그렇지만 날 결단코 보지 못했다고 너무나 힘주어 말했으므로, 곧 어떤 작은 사건이 생겨 샤를뤼스 씨가 너무 오만한 탓에 나와 함께 있는 모습을 남에게 보이고 싶어 하지 않는다는 생각이 들지 않았다면, 그 말을 그대로 믿을 뻔했다.

** 『잃어버린 시간을 찾아서』 3권 360쪽 주석 참조.
*** 보통 명사인 낙타를 의미하는 샤모(Chameau), 낙타 부대를 의미하는 샤멜르리(Chamellerie), 낙타 돌보는 여자를 의미하는 샤믈리에르(Chamellière)를 고유 명사로 간주하고 유대인을 희화화했다. 낙타에는 유대인의 유목민적이고 아시아적인 함의가 담겨 있다.

"자네 일과 자네에 대한 내 계획으로 돌아가지." 하고 그는 내게 말했다. "몇몇 남자들 사이에는 일종의 프리메이슨단이 존재하지만 내가 자네에게 말할 수는 없네. 현재 이 진영에는 유럽의 군주 네 분이 포함되어 있네. 그런데 그들 중 한 사람이 독일 황제로, 그 측근이 황제의 광기를 고치고 싶어 했네.* 이는 매우 중대한 일이며 어쩌면 우리를 전쟁으로 인도할지도 모르네. 그렇다네, 정말로 그렇다네. 자네는 중국 공주를 병 안에 가두었다고 믿은 남자 이야기를 아는가?** 미친 짓이었지. 그래서 사람들은 그의 병을 고쳤지만 광기가 낫자마자 그는 바보가 되었네. 우리가 고치려고 해서는 안 되는 병이 있는데, 그 병이 우리를 보다 심각한 병으로부터 막아 주기 때문이지. 내 사촌 중 하나는 위병에 걸려 뭘 먹어도 소화할 수 없었네. 가장 훌륭한 위 전문가가 치료했지만 별 효과가 없었지. 그래서 내가 어느 의사에게 데리고 갔네.(하도 별난 사람이라 그에 대해서는 할 말이 많지만.) 의사는 병이 신경성임을 금방 간

---

* 아마도 화자는 1906년에 독일에서 일어난 올렌부르크(Eulenbourg) 사건을 암시하는 것처럼 보인다. 독일의 빌헬름 황제는 비스마르크를 해임한 후 올렌부르크 대공에게 많은 것을 일임했다. 그러나 1906년 올렌부르크가 동성애자로 법정에 서면서, 이후부터 황제는 군인과 범게르만주의자로만 둘러싸인 채 적극적인 세계 정책을 펼쳤으며 그러다 1차 세계 대전이 발발했다.(『게르망트』, 폴리오, 699쪽 참조.)
** 동일한 이야기가 『잃어버린 시간을 찾아서』 5편 「갇힌 여인」에도 인용된다. 1895년 프루스트는 페르낭 그레그, 다니엘 알레비, 루이 드 라 살과 함께 쓴 서간체 소설에서 이 이야기를 이미 언급한 적이 있는데, 이 이야기의 원전은 메리메(Mérimée)가 시니어(Senior) 부인에게 보낸 편지에서 찾아볼 수 있다고 설명된다.(『게르망트』, 폴리오, 699쪽 참조.)

파하고 환자를 설득해서는 환자가 먹고 싶은 걸 다 먹어도 전부 소화할 수 있을 테니, 아무 걱정 말고 먹으라고 했네. 그런데 내 사촌에게는 신장염도 있었지. 위가 완벽하게 소화한 것을 신장이 더 이상 배출할 수 없게 되었네. 그래서 사촌은 어쩔 수 없이 식이 요법을 하면서 오래 사는 대신, 위는 나았지만 신장이 망가져 마흔 살에 죽고 말았네. 자네는 나이보다 훨씬 성숙하니, 또 누가 아나, 주위 인간이 무지한 가운데, 자비로운 정령이 수증기와 전기 원리를 가르쳐 준 어느 과거의 위인과 같은 사람이 될지? 어리석은 척하지 말게. 신중하다는 이유로 거절하지 말게. 내가 자네에게 큰 도움을 준다면 나 역시 그에 못지않은 도움을 기대한다는 것도 알아 두게. 나는 사교계 인사들에 대해 관심을 끊은 지 오래되었네. 내게는 이제 미덕을 향해 불태울 줄 아는 아직 순결한 영혼에, 내가 아는 것을 나누어 주어 내 삶의 과오를 속죄하려는 열정밖에 남아 있지 않네. 나는 큰 슬픔을 겪었네. 언젠가는 자네에게 말해 주지. 난 아내를 잃었는데, 가장 아름답고 가장 고귀하고 사람들이 꿈꿀 수 있는 사람 중 가장 완벽한 존재였네. 물론 내게는 젊은 친척들이 있지만, 내가 말하는 정신적 유산을 물려받을 자격이 없다고까지는 말하지 않겠지만 그들에겐 그걸 받을 능력이 없네. 누가 아나? 어쩌면 자네야말로 이 유산을 물려받을 사람이며, 내가 그 삶을 지도하고 고양할 수 있는 사람인지. 그렇다면 내 삶도 그 덕분에 얻는 게 있겠지. 아마도 외교적으로 중요한 사건을 자네에게 가르치다 보면 나 자신도 거기 취미를 붙여, 자네도 한몫 끼는 그런 흥미로운 일을 마침

내 시작하게 될지. 하지만 그걸 알기 전에 나는 아주 자주, 거의 매일처럼 자네를 봐야 하네."

나는 샤를뤼스 씨에게서 보이는 이런 예기치 않은 호의적인 기분을 이용해 그의 형수를 만나게 해 줄 수 있는지 물어보았다. 그 순간 내 팔이 전기에 닿은 듯 충격으로 세차게 움직이는 걸 느꼈다. 샤를뤼스 씨가 내 팔 밑에서 그의 팔을 재빨리 빼냈던 것이다. 그는 여전히 말을 하며 사방을 두리번거렸고 그러다 마침 아르장쿠르 씨가 횡단로에서 오는 모습을 보았다. 우릴 본 아르장쿠르 씨는 의혹에 찬 눈길을, 거의 게르망트 부인이 블로크에게 던진 것과 같은, 다른 인종에게 보내는 눈길을 내게 던지면서 피하려 했다. 그러나 샤를뤼스 씨는 결코 그의 눈을 피하지 않았다는 걸 보이고 싶은 듯 그를 불렀고 별 의미 없는 얘기를 했다. 그리고 아르장쿠르 씨가 나를 알아보지 못했을까 봐 걱정된다는 듯, 샤를뤼스 씨는 내가 빌파리지 부인과 게르망트 공작 부인, 로베르 생루의 친한 친구이며, 자기로 말하자면 내 할머니의 옛 친구로서 할머니에 대한 호감을 손자인 내게 조금 보여 줄 수 있어 만족한다고 말했다. 그렇지만 빌파리지 부인 댁에서도 내 이름을 겨우 말했을까 말까 했던 아르장쿠르 씨에게, 샤를뤼스 씨가 내 가족 얘기를 길게 하자, 그는 한 시간 전보다 더 냉담한 얼굴을 했으며, 그 후에도 오랫동안 나를 만나면 그런 태도를 취했다. 그날 저녁 그는 전혀 호의적이지 않은 호기심으로 나를 관찰했고, 헤어질 때도 잠시 망설인 후에 손을 내밀었다가 금방 뺐는데 뭔가 극복해야 할 혐오감이 있는 것처럼 보였다.

"후회스러운 만남이었네." 하고 샤를뤼스 씨가 말했다. "아르장쿠르란 놈은 태생은 훌륭하지만 교육을 잘못 받은 탓에 형편없는 외교관이며, 가증스러운 난봉꾼 남편이며, 연극 속 인물처럼 교활하며, 정말로 위대한 것은 이해하지 못하지만 그런 것을 파괴할 힘은 충분히 가진 놈이라네. 만일 어느 날인가 우리가 우정을 쌓게 된다면, 난 그 우정이 그런 위대한 것이 되리라고 기대하네. 또 자네가 이런 당나귀 같은 바보들이 심심풀이나 실수 또는 사악함에서 하는 발길질로부터 나와 마찬가지로 우리 우정을 지켜 주기를 바라네. 불행하게도 사교계 인사 대부분은 이런 주물 틀에서 만들어졌지."

"게르망트 공작 부인은 아주 지적인 여인처럼 보이던데요. 조금 전에 우리는 전쟁이 일어날 가능성에 대해 얘기했어요. 그 점에서 부인에겐 특별한 지식이 있나 봐요."

"그녀에겐 그런 지식이 전혀 없네." 하고 샤를뤼스 씨는 퉁명스럽게 말했다. "여인이란 게다가 대다수 남자들도 마찬가지지만, 내가 말하고 싶은 것에 대해서는 아무것도 이해하지 못하지. 내 형수는 여인이 정치에 영향을 미쳤던 발자크 소설 시대에 아직도 자신이 살고 있다고 믿는 매력적인 여인이라네. 그녀와의 교제는, 다른 사교계 인사와의 교제도 마찬가지지만, 지금의 자네에게는 좋지 않은 영향만을 미칠 걸세. 바로 이것이 저 바보 같은 녀석이 조금 전 내 말을 중단했을 때 자네에게 하고 싶었던 첫 번째 말이었네. 나를 위해서 해야 하는 첫 번째 희생은 ── 내가 자네에게 선물을 주는 만큼 나도 희생을 요구하네. ── 사교계에 나가지 않는 일일세. 조금 전 그런 우스꽝스러운 모임에서 자네를 보게 되어 무척이나 괴로웠네. 자네는 내가 거기서 별로 불편해 보이지 않았다고 말하겠지. 하지만 내게 있어 그것은 사교 모임이 아니라 가족 방문이라네. 나중에 자네가 성공한 사람이 되면, 잠깐 사교계에 내려가는 일이 즐겁다면 그렇게 해도 별 지장은 없을 걸세. 그때 가서 내가 자네에게 어떤 도움을 줄 수 있을지는 말할 필요도 없겠지. 게르망트 저택과 자네 앞에 문을 활짝 열게 할 만큼 가치 있는, 온갖 저택의 '참깨야, 열려라!'는 바로 내가 가지고 있네. 나는 그 일을 결정하는 판관이 될 것이며 또 시대의 주인으로 남기를 원하네. 지금 자네는 예비 신자에 불과하네. 사교계에서 자네의 존재는 뭔가 물의를 빚을 만한 것으로, 다른 무엇보다도 부적절한 행동은 피해야 하네."

샤를뤼스 씨가 빌파리지 부인 댁을 방문한 얘기를 했으므로, 나는 그에게 후작 부인과의 정확한 친척 관계와 그녀의 출생에 관해 묻고 싶었는데, 그 질문이 내가 바라는 것과는 다른 식으로 입술에서 나와 나는 빌파리지 가문이 도대체 무엇이냐고 묻고 말았다.

"저런, 대답하기가 쉽지 않군." 하고 샤를뤼스 씨는 그 말에서 빠져나가려는 듯한 목소리로 대답했다. "자네는 마치 아무것도 아닌 것이 무엇인지를 묻는 것 같군. 뭐든지 할 수 있는 내 아주머니는 티리옹*이라는 별 볼일 없는 인간과 재혼함으로써, 프랑스의 가장 위대한 이름을 무(無)로 빠뜨리는 바보 같은 짓을 했다네. 그런데 이 티리옹이라는 자는 마치 소설에서 그렇듯이 후손이 끊어진 귀족 이름을 써도 무방하다고 생각했지. 역사는 그가 라 투르 도베르뉴라는 이름에 마음이 끌렸는지, 또는 툴루즈와 몽모랑시 사이에서 망설였는지에 대해서는 우리에게 말해 주지 않네.** 어쨌든 그는 완전히 다른 선택을 했고, 그래서 드 빌파리지 씨가 됐네. 1702년 이래 빌파리지란 이름은 존재하지 않으니까. 난 그가 겸손하게, 자신이 파리 근교 작은 마을 빌파리지의 한 신사이며, 빌파리지라는 마을에서 소송 대리인 사무실 또는 이발소를 소유했다는 걸 표현하고 싶어 한다고 생각했네. 그런데 내 아주머니는 그런 말에 절대로 동의하지 않았네. 하기야 남의 말은 전혀 듣지 않는 나이가 되었으니까. 아주머니는 후작이란 작위가 이 집안에 있었다고 우겨 댔고, 자신은 모든 일을 규정대로 하고 싶다면서 우리 모두에게 편지를 보냈네, 왜 그랬는지는 나도 모르겠네. 자신이 가질 권리가 없는 이름을 취할 경우 가장 좋은 방법은 우리의 저 훌륭한 여자 친구, 자칭 M 백작 부인처럼 소란을 피우지 말아야 하는데, 그녀는 알퐁스 로칠드 부인의 충고에도 교황에게 바치는 헌금을 더 많이 내기를 거부했네. 그렇다고 해서 작위가 더 진짜로 보이는 건 아니니까.*** 희극적인 건 그때

---

* 빌파리지(Villeparisis)는 파리가 속해 있는 일드프랑스 주, 센에마른 데파르트망에 있는 한 마을이며, 티리옹(Thirion)이란 이름은 프루스트가 발자크의 소설 『고대 예술품 진열실』에서 빌린 것처럼 보인다.(『게르망트』, 폴리오, 699쪽 참조.)

** 여기 인용된 이름은 모두 실존하는 프랑스 명문이다.

* 알퐁스 로칠드 부인(Alphonse de Rothschild)은 프랑스 은행 이사의 부인으로, 샤를뤼스는 로칠드 부인 같은 유대인들이 교황이나 교회에 돈을 내는 것이 부적절하다고 생각한다. 그래서 그는 유대인인 M 백작 부인이 교황에게 돈을 내

부터 아주머니는, 고인이 된 티리옹 가문과는 아무 친척 관계도 없는 진짜 빌파리지 가문에 관계된 그림들을 모두 독점했다네. 아주머니의 성은 진짜든 가짜든 이들 초상화들이 독차지하는 장소가 되었고, 그 확대되어 가는 물결 아래서 시시하다고만 할 수 없는 게르망트가문과 콩데 가문의 몇몇 초상화는 사라져야 했네. 화상들은 매해 아주머니에게 빌파리지 가문의 초상화들을 만들어 주었네. 아주머니 별장의 식당에도 생시몽의 초상화가 걸렸는데, 생시몽의 조카딸이 빌파리지씨와 첫 번째 결혼을 했기 때문이라네. 『회고록』의 작가 생시몽은 아마도 내 아주머니 방문객들에게는 티리옹 씨의 증조부가 아니었다는 점보다 다른 이유로 관심을 끌었을 테지만 말일세."

빌파리지 부인이 티리옹 부인에 지나지 않는다는 사실은 내가 부인 살롱에서 그 잡다한 구성 분자들을 보면서 느끼기 시작한 부인의 실추를 마무리하는 기회가 되었다. 작위나 이름이 거의 최근 것인 한 여인이, 왕족과의 우정 덕분에 동시대 사람들을 현혹하며 후세까지 현혹할 거라고 생각하니 조금은 부당하게 느껴졌다. 부인이 내가 어린 시절에 보았던, 귀족같은 모습이라곤 전혀 없는 그런 사람으로 돌아가자, 나는 부인을 둘러싼 그 대단한 친척들도 부인과 무관하게 생각되었다. 부인은 그 후에도 우리 가족들에게 계속해서 친절하게 대했다. 나는 이따금 부인을 보러 갔고, 부인도 때때로 기념품을

지 않은 것을 보자 좋은 취향이라고 여기는 것이다.

보내왔다. 그러나 부인이 포부르생제르맹에 속하는 분이라는 느낌은 전혀 들지 않았고, 그래서 뭔가 거기에 대해 묻고 싶은 것이 있으면, 부인은 내가 제일 나중에 물어보는 사람 중의 하나였을 것이다.

"현재로서는." 하고 샤를뤼스 씨가 말을 이었다. "만일 자네가 사교계에 나간다면, 자네 처지에 해를 끼치게 될 것이며, 자네 지성과 성격도 망칠 걸세. 게다가 특히 친구 관계에도 주의해야 하네. 자네 가족이 별다른 반대를 하지 않는다면, 애인도 몇 명 둘 수 있을 걸세. 그 일은 나하고 상관없으며 난 그렇게 하라고 권할 수도 있네. 이 어린 개구쟁이야, 오래지 않아 곧 면도해야 할 개구쟁이야!" 하고 그는 내 턱을 만지면서 말했다. "하지만 남자 친구를 선택하는 일은 아주 중요하네. 열 명의 청년 가운데 여덟 명은 형편없는 불량배이자 파렴치한 녀석들로, 결코 회복할 수 없는 과오를 저지르게 할지도 몰라. 내 조카 생루는 부득이한 경우, 자네에게 좋은 친구가 될 걸세. 자네 장래라는 관점에서 보면 아무 도움이 안 되겠지만, 이 점에 있어서는 나만으로도 충분하니까. 요컨대 생루는 나와 있는 게 지겨울 때 함께 외출할 수 있는 사람으로, 내가 보기에 별다른 문제가 없어 보이네. 적어도 생루는 남자고, 오늘날 흔히 보는 여성적인 남자는 아니지. 사기꾼들(truqueurs)* 같은 그들은 아마도 내일이면 그 결백한 희생자들을 단두대에 보낼지도 모른다네."(나는 이 '사기꾼'이란 단어의 은어적인 의

---

* 은어로, 남자에게 몸을 파는 젊은 남자를 가리킨다.

미를 몰랐다. 누구든 그 단어의 뜻을 알았다면 나처럼 놀랐으리라. 사교계 인사들은 은어 쓰기를 좋아하며, 또 뭔가 비난받을 점이 있는 사람들은 그 점에 대해 말하기를 두려워하지 않는다는 걸 보여 주고 싶어 한다. 그것이 자신의 결백을 증명해 주는 방법이기 때문이다. 하지만 그들은 비율에 대한 감각을 상실하여, 어떤 농담이 정도를 넘어서면 지나치게 특별하고 불쾌해져 순진함의 증거보다는 타락의 증거가 된다는 걸 알지 못한다.) "생루는 보통 사람들과는 다르네. 매우 상냥하고 매우 진지하다네."

나는 이 '진지한(sérieux)'이란 형용사를 말할 때 샤를뤼스 씨의 억양이, 마치 사람들이 젊은 여공 아가씨가 진지하다고 말할 때처럼 '정숙한'이나 '얌전한'이란 의미를 부여하는 것 같아 미소를 감출 수 없었다. 그때 합승 마차 하나가 비틀거리면서 지나갔다. 마부가 제자리를 비우고 마차 안 방석에 앉아 반쯤 취한 채로 마차를 몰고 있었다. 샤를뤼스 씨가 급히 마차를 세웠다. 마부가 잠시 그와 협의했다.

"어느 쪽으로 가십니까?"

"자네 가는 쪽으로."(이 말에 나는 놀랐는데 샤를뤼스 씨는 이미 같은 색 등잔을 단 합승 마차를 여러 대 거절했기 때문이다.)

"하지만 저는 제자리에 다시 올라타기는 싫은데요. 마차 안에 그대로 있어도 괜찮을까요?"

"좋아. 하지만 마차덮개를 내리도록 하게. 그럼 내 제안을 잘 생각해 보게나." 하고 샤를뤼스 씨는 헤어지기 전에 말했다. "며칠 생각해 볼 시간을 줄 테니 내게 편지를 보내게. 반복해서 말하지만 매일 자네를 만나야 하고, 자네로부터 충직함과 신중함의 약속을 받아야 하네. 하기야 자네는 이미 내게 그런 모습을 보여 준 것 같지만. 그러나 내가 살아오는 동안 하도 여러 번 겉모습에 속아 와서 더 이상은 신뢰하고 싶지 않네. 제기랄! 보물을 포기하기에 앞서 적어도 내가 어느 손에 보물을 쥐어 주는지는 알아야 하지 않겠나. 어쨌든 내가 자네에게 제공하는 걸 상기해 보게나. 자네는 헤라클레스처럼, 불행하게도 그렇게 힘센 근육은 없는 듯 보이네만 두 갈림길에 서 있네.* 미덕으로 인도하는 길을 선택하지 않아서 평생토록 후회하는 일이 없도록 하게. 저런, 아직도 덮개를 내리지 않은 건가? 내가 직접 스프링을 접지. 게다가 자네 상태를 보니 마차 역시 내가 몰아야 할 것 같군."

그리고 그는 마차 안 마부 곁으로 뛰어올랐고 마차는 빠른 속도로 출발했다.

나는 집에 돌아오자마자 조금 전 블로크와 노르푸아 씨가 나누던 대화와 비교할 만한 것을 간략하고도 뒤바뀐 끔찍한 형태로 발견했는데, 즉 드레퓌스파인 우리 집 집사와 드레퓌스 반대파인 게르망트네 집사의 말다툼이었다. 상층부에서 지식인들을 '프랑스 조국 연맹'과 '인권 옹호 연맹'**이라는 두

---

* 소피스트인 프로디코스(Prodicos)가 쓴 「갈림길의 헤라클레스」에 따르면 아르고스로 내려오는 헤라클레스가 갈림길을 만난다. 하나는 언덕으로 올라가는 가시밭길이며, 다른 하나는 평원으로 내려가는 쉬운 길이다. 첫 번째는 지혜의 여신 아테나, 즉 '미덕'을 상징하며, 두 번째는 사랑의 여신 아프로디테를 상징한다. 헤라클레스는 한참 고민하다 첫 번째 길을 택한다.(『게르망트』, 폴리오, 700쪽 참조.)
* 프랑스 조국 연맹은 전통적인 민족주의자들로 드레퓌스 반대파이며, 인권옹

진영으로 갈라놓은 진실과 반진실의 대립이 사실상 민중 깊숙한 곳까지 확산되고 있었다. 레나크* 씨의 영향력은 그가 한 번도 본 적 없는 사람들의 감정까지 조종했다. 그에게서 드레퓌스 사건은 그의 이성 앞에 반박하지 못할 명제로 제시되었고, 그래서 그는 사람들이 한 번도 본 적 없는 합리적인 정책의 놀라운 성공으로(어떤 이들에 따르면 프랑스에 위배되는 성공) 이 명제를 '실제로 증명해 보였다.' 그리하여 그는 이 년 만에 비요 내각을 클레망소 내각으로 바꾸었으며,** 위에서부터 아래까지 여론을 송두리째 변화시켰고, 피카르를 감옥에서 꺼내 그 배은망덕하다고 하던 자를 국방 장관에 앉혔다.*** 이렇게 대중을 조종하는 합리주의자도 어쩌면 그 자신은 조상에 의해 조종되었는지 모른다. 가장 많은 진리를 담은 철학 체계도 마지막 분석에서는 어떤 감정적 이유에 따라 그들 저자들에게 구술된 듯 보이는데, 하물며 드레퓌스 사건 같은 단순한

호 연맹은 인도주의적 정의에 입각한 드레퓌스 지지파이다. 인권 옹호 연맹은 1898년 뤼도비크 트라리외(Ludovic Trarieux)가 창설한 단체로 드레퓌스파 지식인들을 결집하는 데 기여했다.

** 조제프 레나크(Joseph Reinach, 1856~1921). 신문 기자이자 정치가로 강베타의 뒤를 이어 《라 레퓌블리크 프랑세즈》 주간으로 활동했다. 앙리 중령의 위조 문서를 《르 시에클》에 알려 드레퓌스의 재심에 크게 기여했다. 『드레퓌스 사건의 역사』(1901)를 집필했다.

*** 비요(Billot) 장군은 1896년에서 1898년까지 국방 장관을 지냈다. 클레망소(Clemenceau)는 1893년 파나마 사건으로 한때 정계를 떠났으나 드레퓌스의 변호를 위해 힘쓴 결과 1903년 상원 의원이 되었으며, 사리엥 내각의 내무 장관을 거쳐 1909년에는 총리가 되었다.

* 드레퓌스 사건의 진상을 밝히는 데 결정적인 역할을 한 피카르 중령은 1898년 체포되어 1899년 석방되었으며, 클레망소 내각에서 국방 장관을 지냈다.

정치 사건에 있어, 어느 누가 이런 이유들이 추론가도 모르는 사이에 그의 이성을 지배하지 않았다고 가정하겠는가? 블로크는 드레퓌스주의를 논리적으로 선택했다고 믿었지만, 그의 코와 피부와 머리칼이 혈통에 의해 부과되었다는 것도 잘 알고 있었다. 물론 이성이란 더 많은 자유를 향유한다. 그렇지만 이성도 스스로 정하지 않은 어떤 법칙을 따르는 법이다. 게르망트네 집사와 우리 집 집사의 경우는 특별했다. 프랑스를 위에서부터 아래까지 갈라놓은 드레퓌스주의와 반드레퓌스주의라는 두 흐름의 파도는 이제 조용해졌지만, 이따금 거기서 드물게 나오는 울림은 꽤 진지했다. 누군가가 이 사건과 의도적으로 거리가 먼 얘기를 하다가도 슬그머니 도중에 정치 소식을 꺼내면 ─ 대개는 틀린 소식이었지만 말하는 사람이 의도한 바라고 할 수 있는 ─ 사람들은 그의 예측 대상에서 원하는 방향을 이끌어 낼 수 있었다. 이처럼 한쪽의 자신감 없는 선전 행위와, 다른 한쪽의 정당한 분노가 몇몇 지점에서 충돌했다. 그런데 내가 집에 돌아오면서 마주친 두 집사는 이런 규칙에 예외를 보였다. 우리 집 집사는 드레퓌스의 유죄를, 게르망트네 집사는 드레퓌스의 결백을 암시했다. 그들의 신념을 은폐하기 위해서가 아니라 사악함과 치열한 경쟁심 탓이었다. 드레퓌스파인 우리 집 집사는 재심이 이루어질지 어떨지 확신이 없었으므로, 실패할 경우를 대비하여 게르망트네 집사로부터 정당한 주장이 패배하리라고 믿는 기쁨을 미리 박탈하고 싶었다. 드레퓌스 반대파인 게르망트네 집사는 재심이 거부되는 경우, 결백한 사람을 악마의 섬에 붙들어 두는 걸 보고 우리 집 집사가 더욱 불편해할 거라고 생각했다. 문지기는 이런 그들을 바라보고 있었다. 난 게르망트네 하인들 사이에 분열을 야기한 사람이 문지기는 아니라는 느낌을 받았다.

나는 위층으로 올라갔다. 할머니가 보통 때보다 더 몸이 편찮아 보이셨다. 얼마 전부터 할머니는 뭔지도 모르면서 그냥 자신의 건강을 한탄해 오셨다. 우리는 병에 걸려서야 비로소, 우리가 혼자 사는 게 아니라 다른 세계의 존재에 묶여 있으며, 어떤 심연이 우리를 그 존재로부터 갈라놓아 그 존재는 우리를 알지 못하고, 우리도 그 존재에게 자신을 이해시킬 수 없다는 사실을 깨닫는데, 이 존재가 바로 우리 몸이다. 노상에서 강도를 만나는 경우에는, 우리의 불행으로 강도를 설득할 수 없다면 적어도 강도 자신의 개인적인 이득을 위해 강도의 마음을 설득할 수 있다. 그러나 우리 몸에 동정을 구하는 일은, 우리가 하는 말이 물소리만큼이나 무의미한 낙지 앞에서 떠드는 격으로, 이런 존재와 살도록 선고받은 우리는 두려움에 휩싸인다. 할머니의 관심이 늘 우리를 향하고 있었으므로, 할머니 자신은 스스로의 병을 깨닫지 못하고 넘어가는 경우가 많았다. 심하게 아프실 때는 병을 치료하기 위해 아픈 원인을 알려고 애썼지만 아무 소용 없었다. 이처럼 육체가 무대인 병의 현상들이 할머니의 생각엔 뭔가 막연하고 포착할 수 없는 것으로 남아 있었다면, 그 현상과 동일한 물리적 세계에 속하며, 또 육체가 말하는 것을 이해하기 위해 인간 정신이 마침내 문의하게 되는 사람들에게서, 마치 외국인이 하는 대답 앞에서 그 말을 통역해 줄 사람을 같은 나라 사람들 사이에서 찾는 것처럼, 그 현상은 분명하고 명료했다. 이 존재들은 우리 육체와 소통하며, 육체의 분노가 심각한지 아니면 곧 진정될지 말해 줄 수 있다. 할머니 옆으로 부른 코타르에게 할머니의 병 얘기를 하자마자, 그는 처음부터 꾀바른 미소를 지으며 "병이라뇨? 적어도 꾀병은 아니겠죠?"라고 물어 우리를 화나게 하더니, 이내 환자의 흥분을 가라앉히려고 우유 식이 요법을 시도했다. 그래서 할머니는 줄기차게 우유 수프를 드셨지만 별 효력이 없었는데, 소금을 지나치게 많이 넣었기 때문이다. 당시에는 소금이 해롭다는 사실을 알지 못했다.(비달*이 그 사실을 발견하기 전이었다.) 의학이란 의사들의 연속적인 모순된 오류의 집합으로, 가장 뛰어난 명의를 부른다 해도 대개 몇 해 후에는 틀림없이 오진으로 판명될 진실을 부탁하는 셈이 된다. 그러므로 의학을 믿는 것은 지극히 미친 짓이며, 그러나 믿지 않는 것은 더 미친 짓이니, 이런 오류더미에서 결국은 몇몇 진실이 나왔다. 코타르는 체온을 재 보라고 했다. 체온계를 가지러 갔다. 체온계 유리관에는 대부분 텅 비어 수은이 없었다. 작은 관 맨 밑바닥에 웅크린 은색 도마뱀을 식별하기란 거의 불가능했다.** 도마뱀은 죽어 있는 듯했다. 우리는 이 작은 유리관을 할머니 입안에 집어넣었다. 오래 집어넣을 필요는

---

* 조르주 페르낭 비달(Georges Fernand Widal, 1862~1929). 프랑스 의학자로 1903년 신장염에 소금이 치명적이라는 사실을 발견하고는 염분 없는 식이 요법을 처방했다.
* 옛 사람들의 상상력에서 도마뱀은 불 속에서도 별 위험 없이 사는, 불을 끌 수 있는 동물로 간주되었다.

없었다. 작은 마법사는 점을 치는 데 오래 걸리지 않았으니까. 마법사는 탑 중간쯤에 걸린 채 꼼짝하지 않으면서 우리가 물어본 숫자, 할머니 영혼이 스스로에게 온갖 생각을 하면서 물어보아도 가르쳐 줄 수 없던 숫자를 정확하게 가르쳐 주었는데, 38도 3부였다. 우리는 처음으로 뭔가 불안감에 휩싸였다. 운명의 신호를 지우려는 듯, 마치 거기 표시된 온도와 마찬가지로 열을 내릴 수 있다는 듯, 우리는 세차게 체온계를 흔들었다. 슬프게도 이성을 잃은 어린 무녀가 제멋대로 이런 대답을 하지 않았다는 건 명백했다. 왜냐하면 다음 날 체온계를 할머니 입술 사이로 다시 넣자마자, 거의 동시에 그 어린 예언자는 우리 눈에 보이지 않는 사실에 대한 직관과 확신을 자랑하면서 단번에 튀어 올라 같은 지점에서 멈추더니 완강하게 움직이기를 거부하면서 그 반짝이는 막대기로 또다시 38도 3부라는 숫자를 가리켰기 때문이다. 어린 예언자는 우리가 아무리 욕망하고 원하고 간청해도 귀가 먹은 듯 다른 말은 전혀 하지 않았고, 그것이 그녀의 마지막 경고이자 협박인 듯했다. 우리는 이런 그녀의 대답을 바꾸게 하려고 그녀와 같은 세계에 속하지만 보다 힘센 존재에게 부탁했는데, 질문하는 데 그치지 않고 우리 몸을 지배할 수 있는 이 존재는 당시에는 아직 사용되지 않던 아스피린과 같은 종류의 해열제였다. 우리는 체온계가 37도 5부 이하로 내려가지 않도록 했는데, 그렇게 하면 더 이상 올라가지도 않을 거라는 기대 때문이었다. 해열제를 할머니에게 먹이고 나서 다시 체온계를 입안에 넣었다. 인정사정없는 문지기에게, 높은 사람에게 도움을 요청하여 얻어

낸 허가증을 보이면, 문지기는 합법적으로 생각하고 이렇게 응답한다. "좋습니다. 더 이상 할 말이 없습니다. 사정이 그렇다면 지나가십시오." 이번에는 주의를 게을리 하지 않는 탑지기 여자도 움직이지 않았다. 하지만 그녀는 울적한 표정으로 이런 말을 하는 듯했다. "그게 무슨 소용이 있나요? 이제는 키니네를 아니까 말이지만, 그 약은 내게 한 번, 열 번, 스무 번쯤 움직이지 말라는 명령을 내리다가 다음에는 지칠 거예요. 전 키니네를 잘 알아요. 그러니 그냥 두세요. 약효가 늘 계속되지는 않을 거예요. 괜한 헛수고가 될 거예요."* 그때 할머니는 자신보다 인간의 육체를 더 잘 아는 존재, 지구에서 멸종한 종족과 동시대에 살았던, 이 지구에 처음 살았던 존재를 — 생각하는 사람의 창조보다 훨씬 앞선 — 자신의 몸속에서 인지했다. 할머니는 수천 년이나 되는 이 협력자가 자기 머리와 심장과 팔꿈치를 약간은 세차게 만지는 걸 느꼈다. 협력자는 그 장소들을 알아보았고, 선사 시대의 싸움을 위해 모든 걸 조직했으며 이내 싸움이 시작되었다. 순식간에 피톤**이 퇴치되었고, 강력한 화학 원소가 열을 내리게 했으며, 할머니는 그 모든 왕국을 가로질러 온갖 동물과 식물을 통과한 데 대해 고마움을 표하고 싶었다. 그토록 많은 세기를 뛰어넘어, 어떻게 보면 식물의 창조보다 훨씬 앞선 것과의 만남에 감동하셨던 것이다.

---

* 체온계가 차례로 마법사, 무녀, 예언자, 문지기, 탑지기로 비유되고 있다.
* 아폴론은 어머니 레토가 임신한 동안 줄곧 어머니를 괴롭혔던 큰 비단구렁이 피톤을 델포이 근처에서 화살로 쏘아 퇴치한 후 피톤이 지키던 가이아 신전을 차지하고 무녀 피티아를 통해 신탁을 내린다.

체온계로 말하자면, 보다 오래된 신에게 잠시 정복당한 운명의 여신 모이라처럼, 은빛 실타래를 꼼짝하지 않고 붙들고 있었다. 아! 슬프게도 우리 몸 깊숙한 곳에 있어 쫓아다닐 수 없는 그 신비로운 사냥감을 사냥하기 위해 인간이 뒤따르게 한 다른 열등한 생물들이, 잔인하게도 매일같이 단백질 수치를 알려 왔는데, 이 수치는 미미했지만 눈에 보이지 않는 어떤 지속적인 상태와 관계가 있다고 생각될 만큼은 일정했다. 언젠가 베르고트가 내게 뒤 불봉 박사 얘기를 하면서 나를 지루하게 하지 않을 분이며, 겉보기에는 괴상할지 모르지만 나의 특이한 지성에 적합한 치료법을 발견할 분이라고 말했을 때, 그는 지성을 따르지 않는 내 신중한 본능에 충격을 주었다. 하지만 우리 의견이란 것은 마음속에서 달라지기 마련이며, 그리하여 처음에 반대했던 저항을 극복하고, 그 의견을 위해 미리 존재하는, 또 우리가 그것을 위해 만들어졌다는 걸 모르는 그런 지적인 풍요로움의 보고로부터 양분을 받는다. 우리가 알지 못하는 누군가에 대해서 들은 이야기가 우리 머릿속에서 위대한 재능이라는 관념, 어떤 천재의 관념을 깨어나게 하는 힘을 가질 때마다 종종 있는 일이지만, 이제 나는 내 정신 깊은 곳에서 어느 누구보다 통찰력 깊은 눈으로 진실을 꿰뚫어 보는 인간이 우리에게 불어넣는 그런 무한한 신뢰감을 뒤 불봉 의사에게 부여하고 있었다. 물론 그는 오히려 신경증 전문가라고 할 수 있으며, 샤르코*가 죽기 전에 그가 장차 신경학

---

* 장마르틴 샤르코(Jean-Martin Charcot, 1825~1923). 현대 신경학의 창설

과 정신 의학을 지배하게 될 거라고 예언했다는 사실도 알았다. "아! 전 알지 못해요. 하지만 그럴지도 모르죠."라고 그 자리에 있던 프랑수아즈가 말했는데, 그녀로서는 샤르코도 뒤 불봉도 처음 들어 보는 이름이었던 것이다. 그래도 그런 사실이 그녀에게 "그럴지도 모르죠."라고 말하는 것을 막지 못했다. 그녀의 "그럴지도 모르죠." "어쩌면요." "전 알지 못해요." 란 말이 이 순간에는 무척 귀에 거슬렸다. 우리는 이렇게 대꾸하고 싶었다. "물론 프랑수아즈는 우리가 지금 말하는 것에 대해 아무것도 모르니 모를 수밖에 없죠. 그런데 어떻게 '그럴지도 모른다' 또는 '아닐지도 모른다' 같은 말을 할 수 있는 거죠? 아무것도 모르면서 말이에요? 어쨌든 지금은 샤르코가 뒤 불봉에게 한 말을 모른다고는 할 수 없을 거예요. 왜냐하면 우리가 프랑수아즈에게 그 사실을 말해 주었으니까요. 프랑수아즈의 '어쩌면요.' 또는 '그럴지도 모르죠.'는 인정할 수 없어요. 확실한 거니까요."

뒤 불봉 의사가 특히 뇌와 신경 분야에서 재능이 뛰어났음에도, 그에 못지않게 창조적이고 심오한 명의이며 뛰어난 인간임을 알고 있던 나는 어머니께 그분을 모시자고 애원했다.

자로서, 프로이트가 1885년에서 1886년 사이 약 오 개월 동안 프랑스에 체류하며 그의 밑에서 히스테리 연구와 최면 요법을 배운 것으로 유명하다. 그러나 프루스트는 뒤 불봉 의사를 묘사하기 위해 이런 샤르코보다는 에두아르 브리소(Edouard Brissaud) 의사에게 더 많은 영향을 받은 것처럼 보인다고 지적된다. 브리소는 『천식 환자의 건강법』(1896)의 저자로, 프루스트도 이 책을 읽었다.(『게르망트』, 폴리오, 700쪽 참조.)

그분이라면 병에 대한 정확한 견해로 할머니를 낫게 할지도 모른다는 희망이, 드디어는 우리가 의사를 부르면 할머니를 겁먹게 할지도 모른다는 두려움을 떨쳐 버리게 했다. 어머니의 결심을 부추긴 것은 할머니가 무의식적으로 코타르 의사의 영향을 받았는지, 외출도 하지 않고 좀처럼 자리에서 일어나려고 하지 않았기 때문이다. 할머니는 이런 우리 애원에도 세비녜 부인이 라파예트 부인에 대해 쓴 편지를 인용하면서 이렇게 헛되이 대답하셨다. "그분이 전혀 외출하지 않는 걸 보고 사람들은 미쳤다고 했어요. 나는 그처럼 성급하게 판단하는 사람들에게 '라파예트 부인은 미치지 않았어요.'라고 말하는 걸로 만족했어요. 그분은 외출하지 않는 자신이 옳다는 걸 보여 주려고 돌아가셔야만 했어요."* 우리 집에 불려온 뒤 불봉 의사는 세비녜 부인의 잘못이 아니라면(우리는 그에게 세비녜 부인의 말은 인용하지 않았다.) 적어도 할머니에게 잘못이 있다고 나무랐다. 그는 할머니에게 청진기를 대고 들어 보는 대신 감탄하는 시선으로 할머니를 바라보았는데, 거기에는 어쩌면 환자를 면밀하게 들여다본다는 환상, 혹은 지금은 자발적으로 보이지만 이내 기계적인 것이 되어 버릴 그런 환상을 주고 싶은 욕망, 혹은 자신이 다른 것을 생각한다는 사실을 보이고 싶어 하지 않는, 환자를 제압하고 싶은 욕망이 깃들어 있는지도 몰랐다. 그는 베르고트 얘기를 하기 시작했다. "아! 부

---

* 세비녜 부인은 1693년 기토(Guitaut) 백작 부인에게 보낸 편지에서 슬픔으로 외출을 피하다가 드디어는 죽음을 맞이한 라파예트 부인(Mme de La Fayette)에 대해 이렇게 말했다고 한다.

인, 아주 훌륭하십니다. 그분 책을 좋아하시다니 아주 좋은 일
이네요. 그런데 그분 책 중에 어느 책을 제일 좋아하세요? 아!
정말요! 아마도 사실 그게 가장 좋은 책일 겁니다. 어쨌든 제
일 구성이 잘된 소설이니까요. 클레르는 아주 매력적이에요.
남자 인물 중에는 누구에게 제일 호감을 느끼세요?"

처음에 나는 그가 할머니에게 이렇게 문학 얘기를 시키는
건 그 자신이 의학에 권태를 느끼거나, 아니면 또 자신의 폭넓
은 정신을 과시하거나, 치료를 하는 데 있어 환자에게 보다 신
뢰감을 주기 위해 자신은 별로 걱정하지 않는다는 모습을 보
여 줌으로써 환자를 병 상태로부터 벗어나게 하는 데 있다고
생각했다. 그러나 나중에야, 정신병 전문의이며 뇌에 관한 탁
월한 연구를 한 그가 이런 질문을 통해 할머니의 기억력이 훼
손되지 않았는지 확인하고 싶어 했음을 알게 되었다. 그는 마
지못한다는 듯 어두운 눈길로 할머니를 응시하며 할머니 삶
에 관해 조금 물었다. 그러다 갑자기 진실을 엿보았는지, 아니
면 기어코 그 진실에 이르기로 결심을 했는지, 그는 자신에게
남아 있는 마지막 망설임과 우리가 그에게 제기할지도 모르
는 온갖 반박의 물결을 떨쳐 버리기가 힘들다는 듯한 몸짓을
먼저 하고 나서, 마침내 단단한 땅 위에 자유롭게 서 있다는
듯 명철한 눈길로 할머니를 바라보면서, 우리 지성이 가진 온
갖 미묘한 억양 차이를 느끼게 하면서도 조용히 사람 마음을
끄는 어조로 단어 하나하나를 강조하면서 말했다.(게다가 그의
목소리는 방문 내내 자연스럽게 우리 마음을 어루만졌고, 덥수룩한
눈썹 아래 그의 냉소적인 눈길에는 선의가 가득했다.)

"부인은 좋아지실 겁니다. 나중에 혹은 가까운 시일에, 아니면 당장 오늘이라도. 어쨌든 모든 건 부인에게 달렸습니다. 부인은 아무 병도 없으며, 다른 사람과 같은 생활을 다시 시작하는 날 상태가 좋아질 겁니다. 먹지도 않고, 전혀 외출도 하지 않는다고 말씀하셨나요?"

"하지만 선생님, 전 열이 있어요."

그는 할머니의 손을 만졌다.

"어쨌든 지금은 없는데요. 게다가 참 좋은 구실이군요! 열이 39도까지 오르는 결핵 환자에게도 바깥 공기를 쐬게 하고 음식을 많이 섭취하게 한다는 걸 모르십니까?"

"하지만 전 소변에 단백이 조금 있어요."

"알지 못하실 텐데요. 부인께는 제가 정신적 단백이라고 기술한 것이 있습니다. 인간은 모두, 몸이 불편할 때면 단백질이 나오기 마련입니다. 그런데 의사는 그것을 들추어내어 만성적인 걸로 만들려고 서두릅니다. 의사는 약으로 병을 치료하지만(적어도 그런 경우가 종종 있기는 한 모양입니다만.) 갖가지 세균보다 천배나 악성인 질병 요인이 되는, 즉 자신이 아프다는 생각을 주입함으로써 열 가지 병을 일으킵니다. 모든 체질에 강력하게 작용하는 이런 믿음은 예민한 분들에게는 특히 효과적입니다. 그런 분들은 닫힌 창문이 등 뒤에서 열렸다는 말만 들어도 재채기를 하기 시작합니다. 수프에 마그네슘을 넣었다고 믿게만 해도 복통을 일으키고, 커피가 여느 때보다 진하다는 말만 해도 밤새도록 눈을 붙이지 못하죠. 부인, 부인 눈을 들여다보고, 부인이 표현하는 방식을 듣고, 또 이런 말을 할 수 있을지는 모르겠지만, 부인과 꼭 닮은 따님과 손자를 관찰하는 것만으로도 내가 누구를 상대하는지 알기에 충분하다고 생각하지 않으십니까?"

"의사 선생님이 허락하신다면, 할머니께서 네가 예전에 놀던 샹젤리제 월계수 숲 근처 조용한 산책로로 가서 앉아 계시면 좋을 텐데." 하고 어머니는 내게 말하면서 간접적으로는 뒤 볼봉 의사와 상의를 하고 있었는데, 그 때문에 어머니 목소리는 내게만 건네는 말에서는 찾아볼 수 없는, 뭔가 수줍은 듯한 공손함을 띠었다. 의사는 할머니 쪽으로 머리를 돌리더니 그의 박학한 지식 못지않게 문인의 소양을 보이며 이렇게 말했다.

"샹젤리제로 가세요. 부인, 손자분이 좋아하는 월계수 숲 옆으로 가세요. 월계수는 부인 건강에 좋을 겁니다. 정화 작용을 하니까요. 아폴론이 피톤을 퇴치한 후 델포이에 입성했을 때 손에 든 것이 바로 월계수 가지 아닙니까. 아폴론은 이렇게 해서 유독한 짐승의 치명적인 균으로부터 자신을 보호하려 했던 겁니다. 부인도 아시다시피 월계수는 가장 오래되고 가장 존중할 만한, 덧붙여 말하자면 — 치료학에서나 예방 의학에서도 가치 있는 — 가장 탁월한 해독젭니다."

의사들이 아는 지식 대부분은 환자로부터 배운 것이므로, 의사들은 '환자'가 보여 주는 이런 지식이 모든 이들에게 적합하다고 쉽게 믿으며, 그래서 예전에 돌본 환자로부터 배운 몇 가지 지식으로 현재 돌보는 환자를 놀래 줄 수 있기를 은근히 기대한다. 이처럼 뒤 볼봉 의사는, 마치 시골 농부와 대화

중에 사투리 하나를 써서 상대를 깜짝 놀라게 하려는 파리지 앵처럼 꾀바른 미소를 지으면서 할머니께 말했다. "아마도 부인께서는, 가장 강력한 수면제가 효과를 내지 못할 때에도 바람이 불어오면 잠이 드실걸요." "박사님, 그 반대예요. 전 바람이 불면 통 잠을 잘 수 없는걸요." 그러나 의사는 예민한 사람이다. "어이쿠!" 하고 뒤 불봉은 누가 발등이라도 밟았다는 듯, 폭풍우가 부는 밤에 할머니가 잠을 이루지 못한다는 사실이 자신에게 개인적인 모욕이라도 되는 듯, 눈썹을 찌푸리며 중얼거렸다. 그렇지만 그는 자존심이 그렇게 세지 않았으며, 또 '탁월한 지성'의 소유자로서 의학을 지나치게 신뢰하지 않는 것이 자신의 의무라고 생각했으므로 이내 철학자다운 평정을 되찾았다.

베르고트의 친구가 안심시켜 주는 말을 해 주기를 열렬히 바랐던 어머니는 자신의 말을 증명하려고, 할머니의 오촌 조카가 신경증을 앓아 콩브레 집의 자기 방에서 칠 년이나 칩거하며 일주일에 한두 번밖에 자리에서 일어나지 않았다는 얘기를 덧붙였다.*

"그것 보세요, 부인. 전 그 일은 몰랐지만 같은 말을 할 수 있었을 겁니다."

"하지만 박사님, 전 제 조카와는 아주 달라요. 제 의사는 반대로 절 드러눕게 할 수 없을걸요." 하고 할머니는 의사의 이

---

* 콩브레의 레오니 아주머니를 가리킨다.(『잃어버린 시간을 찾아서』 1권 94쪽 참조.) 할아버지 사촌 동생인 고모할머니의 딸 레오니를 가리키므로 조카로 옮겼다.

론에 짜증이 났는지, 아니면 거기에 대해 반론을 제기하고 의사가 그 말을 부정해 줄 거라고 기대했는지, 또 의사가 떠나면 그의 고마운 처방에 마음속으로 어떤 의혹도 품을 필요가 없다고 생각했는지 그렇게 말했다.

"물론입니다, 부인. 우리는 모든 정신병을, 이런 단어를 써서 죄송합니다만, 앓지는 않습니다. 부인의 병은 다른 종류이고 그분과 같은 게 아닙니다. 어제 저는 신경증 환자들이 있는 요양원을 방문했습니다. 한 남자가 정원 벤치에 서서 이슬람교 고행자인 양 꼼짝하지 않고 아주 고통스러울 것 같은 자세로 목을 숙이고 있더군요. 뭘 하느냐는 제 질문에 그 사람은 움직이지도 않고 머리도 돌리지 않은 채 이렇게 말하더군요. '박사님, 저는 지독한 류머티즘 환자에다, 감기가 쉽게 걸리는 체질이랍니다. 그런데 조금 전 운동을 너무 많이 했지 뭡니까. 바보처럼 몸에 열이 날 정도로 운동을 하는 동안 제 목이 플란넬 셔츠에 들러붙었어요. 만일 지금 몸에 난 열을 떨어뜨리기 전에 플란넬 셔츠에서 목을 뗀다면, 목이 삐뚤어지거나 기관지염에 걸릴지도 모릅니다.' 또 그 사람은 실제로 기관지염에 걸렸을 겁니다. 저는 '당신은 진짜 신경증 환자군요. 그게 바로 당신 병입니다.'라고 말했죠. 그러자 그는 그렇지 않다는 증거로 어떤 이유를 댔는지 아십니까? 그 요양소 모든 환자들에게는 몸무게를 재 보는 괴벽이 있었는데, 그들이 하루 종일 몸무게를 재며 시간을 보내지 않도록 체중계에 자물쇠를 채워야만 했다는 거예요. 그런데 자신은 몸무게 재기를 싫어해서 사람들이 강제로 체중계에 올려놓아야만 했다는 거죠. 그는 다른 사람의 괴벽이 자기에게는 없다는 사실에 무척이나 의기양양해했지만 그 역시 나름대로의 괴벽이 있었고, 그것이 그를 다른 괴벽으로부터 막아 주었다고는 생각하지 못했어요. 이런 비교에 상처받지 마세요, 부인. 왜냐하면 감기에 걸릴까 봐 감히 목도 돌리지 못한 그 남자야말로 우리 시대의 가장 위대한 시인이니까요. 그 불쌍한 편집증 환자는 제가 아는 한 가장 뛰어난 지성인이랍니다. 사람들이 신경증 환자라고 불러도 참으세요. 부인께서는 지상의 소금이라고 할 수 있는 그 찬란하고도 가련한 가족에 속하는 분이니까요. 우리가 아는 모든 위대한 것은 전부 신경증 환자로부터 나왔답니다. 종교를 세우고 걸작을 만든 사람들은 바로 그들이지 다른 사람들이 아닙니다. 세상이 그들에게 빚진 것이 무엇인지, 또 그들이 그걸 세상에 주기 위해 얼마나 괴로워했는지 세상은 전혀 알지 못할 것입니다. 우리는 훌륭한 음악과 아름다운 그림, 수많은 진기한 것들을 즐기지만, 그걸 창조한 사람들은 얼마나 많은 불면증과 눈물과 경련적인 웃음과 두드러기, 천식, 간질, 또 이 모든 것보다 더 끔찍한 죽음의 공포를 겪었는지는 결코 알지 못합니다. 아마 부인도 그걸 체험하셨을 겁니다만." 하고 그는 할머니에게 미소 지으며 덧붙였다. "그렇다고 고백하십시오. 제가 왔을 때 부인께서는 뭔가 불안해하는 모습이셨어요. 부인은 자신이 병에 걸렸다고, 그것도 어쩌면 아주 위험한 병에 걸렸다고 믿으시는 거죠. 부인이 자기 몸에서 어떤 병의 증상을 발견했다고 믿으시는지는 신만이 아실 겁니다. 또 부인이 잘못 생각하시는 것도 아닙니다. 실제로 그런 증상이 있으시니까요. 신경증이란 천재적인 모작가라고 할 수 있습니다. 신경증이 완벽하게 모방하지 않는 병은 하나도 없지요. 소화 불량자의 위 확장이나 임신한 사람의 구역질, 심장병 환자의 부정맥, 결핵 환자의 발열을 남들이 알아보지 못할 정도로 완벽하게 흉내 내죠. 의사를 속일 정도니, 어떻게 환자가 속지 않겠어요? 제가 부인의 병을 비웃는다고는 생각하지 마세요. 그 병이 어떤 건지 이해할 줄 몰랐다면, 전 그 병을 치료하려고 시도하지도 않았을 겁니다. 서로 마음을 털어놓아야 좋은 고백이라고 할 수 있습니다. 신경증에 걸리지 않는다면 위대한 예술가도 없다고 말씀드렸는데, 더 나아가." 하고 그는 엄숙하게 집게손가락을 들어 올리며 덧붙였다. "위대한 학자도 없습니다. 덧붙여 말하면 신경병에 걸려 보지 않고는 — 명의를 말하는 게 아닙니다. — 의사도 신경병을 제대로 다루기 힘듭니다. 신경 병리학에서 그다지 어리석은 말을 하지 않는 의사는 반쯤 회복된 환자로, 이는 비평가가 더이상 시를 쓰지 않는 시인이며, 경찰이 더 이상 자기 일을 하지 않는 도둑인 것과도 같습니다. 저는 부인처럼 자신을 단백뇨 환자라고 생각하지 않으며, 음식이나 바깥 공기에 대해서도 신경질적인 두려움을 느끼지 않습니다. 하지만 문이 잘 닫혔는지 보려고 스무 번이나 자리에서 일어나지 않으면 잠을 자지 못합니다. 어제, 목을 돌리지 않는 시인을 만난 요양원에도 실은 방을 예약하려고 갔던 겁니다. 우리끼리 얘기지만 다른 사람의 병을 치료하는 데 너무 지쳐 고통이 심해지면 전 거기서 휴가를 보내면서 제 몸을 돌본답니다."

"하지만 박사님, 저도 그와 같은 치료를 받아야 하나요?" 하고 겁에 질린 할머니가 말했다.

"그러실 필요는 없습니다. 부인께서 호소하는 증상이 제 말 앞에서 사라져 버릴 테니까요. 그리고 부인 옆에는 제가 앞으로 의사로 임명하게 될 아주 강력한 누군가가 있을 겁니다. 바로 부인의 병, 부인의 신경과민입니다. 설령 제가 병을 고치는 방법을 안다 해도, 전 그 방법을 쓰지 않으려고 조심할 겁니다. 병을 지휘하는 것만으로도 충분하니까요. 탁자 위에 베르고트의 책이 보이는군요. 신경증이 나으면 부인은 더 이상 저 책을 좋아하지 않을 겁니다. 그런데 저 책이 주는 기쁨을, 그런 기쁨을 전혀 줄 수 없는 건강한 신경과 바꿀 권리가 제게 있을까요? 아니, 그 기쁨이야말로 강력한 처방이자, 어쩌면 모든 것 중에서도 가장 강력한 처방일 겁니다. 저는 부인의 신경 에너지를 결코 원망하지 않습니다. 단지 제 말에 귀 기울여 달라고 부탁할 뿐이죠. 저는 부인을 그 에너지에 맡기겠습니다. 그 에너지의 방향을 뒤로 돌리기만 하면 되니까요. 부인이 산책하거나 충분한 영향을 취하지 못하도록 하는 데 쓰였던 에너지가, 이번에는 부인이 식사하고 책을 읽고 외출하고 갖가지 방식으로 기분 전환하는 데 쓰일 겁니다. 피곤하다는 말은 제게 하지 마십시오. 피로란 우리가 앞서 생각했던 것이 우리 몸 조직에 나타난 것에 불과하니까요. 피로하다는 생각부터 하지 마세요. 혹시 몸에 뭔가 작은 불편이라도 느끼신다면, 누구에게나 있는 일이지만, 아무것도 없는 거나 같습니다. 왜냐하면 그 불편함이 탈레랑* 씨의 심오한 말처럼, 부인을 상상의 건강인으로 만들 테니까요. 저런, 불편함이 이미 부인을 고치기 시작했군요. 부인은 한 번도 기대는 일 없이 생생한 눈과 건강한 안색으로 똑바로 앉아서 제 말을 듣고 계시네요. 벌써 시계가 삼십 분이나 지났는데도 부인께선 알아차리지 못하셨어요. 그럼 부인, 전 이만 인사를 드리겠습니다."

뒤 불봉 의사를 배웅한 후, 나는 어머니가 혼자 계신 방으로 들어갔다. 몇 주 전부터 나를 짓누르던 슬픔이 날아가자 난 어머니가 이내 기쁨을 터뜨리고 또 내 기쁨도 보게 되리라고 느꼈으며, 우리 옆에서 한 사람이 그 기쁨을 보며 곧 감동하게 될 임박한 순간을 기다린다는 것이 얼마나 견디기 어려운지도 체험했다. 다른 종류이긴 하지만, 마치 닫힌 문으로 누군가가 당신에게 겁을 주기 위해 들어오리라는 사실을 알 때 느끼는 공포와 어느 정도 흡사했다. 나는 어머니에게 한마디 하고 싶었지만, 내 목소리는 산산조각 부서져 눈물로 터져 흘렀고, 고통이 내 삶에서 떠난 것을 아는 지금, 마치 어떤 사정 때문에 실행하지 못한 고결한 계획에 열광하기를 바란다는 듯, 오랫동안 어머니의 어깨에 머리를 기대고 울면서 그 고통을 음미하고 받아들이고 소중히 다루면서 그대로 있었다. 프랑수아즈

---

* 프루스트는 이 구절을 음악가 레날도 안(Reynaldo Hahn)에게 보내는 편지에서 인용했다. "상상의 건강인(un bien-portant imaginaire)이 되어야 한다.'라는 탈레랑(Talleyrand)의 말은 얼마나 멋진가요?" 18세기 정치가인 탈레랑은, 17세기 희곡 작가 몰리에르의 「상상병 환자(le malade imaginaire)」를 빗대어서 이 말을 했다고 한다.(『게르망트』, 폴리오, 701쪽 참조.)

가 우리의 이런 기쁨에 동참하지 않는 게 몹시 화가 났다. 그녀는 하인과 밀고자 문지기 사이에 터진 그 무시무시한 말다툼 때문에 흥분해 있었다. 착한 공작 부인께서 그 둘 사이에 개입하여 화해시키는 척하면서 하인을 용서해야만 했다. 사실 공작 부인은 친절한 분이었으므로, 그들이 '수다 떠는' 것만 엿듣지 않았다면, 이런 모습이 그녀의 '이상적인' 역할이었으리라.

　이미 며칠 전부터 사람들은 할머니가 아프시다는 소식을 듣고 안부를 물어 오기 시작했다. 생루는 이런 편지를 보내왔다. "나는 네 소중한 할머니 건강이 좋지 않은 때를 틈타 네게 비난을, 아니, 할머니와는 전혀 상관없는 일이니 비난보다 더한 게 되겠지만, 난 그런 걸 하고 싶지 않아. 그러나 내가 너의 불충한 처신을 영원히 잊어버릴 것이며, 따라서 내 속임수와 배신을 영원히 용서할 거라는 사실을 빠뜨리고 말하지 않는다면, 그건 거짓말이 될 거야." 그러나 다른 친구들은 할머니 병이 대단치 않다고 생각해서인지, 또는 할머니가 아프다는 사실조차 알지 못해서인지, 다음 날 샹젤리제에서 만나 거기서 어느 집을 방문하고 그런 후에는 교외에 가서 즐거운 저녁 식사를 하자고 청해 왔다. 나는 이제 이 두 가지 즐거움을 거절할 필요가 없었다. 뒤 불봉 의사의 말을 따르기 위해서라도 산책을 많이 해야 한다고 말하자, 할머니가 곧바로 샹젤리제 얘기를 꺼내셨기 때문이다. 할머니를 그곳에 모시고 가는 일은 쉬웠다. 할머니가 앉아서 책을 읽는 동안 친구들과 다시 만날 장소를 의논하고, 또 아마도 좀 서두르면 친구들과 같이 빌다브레*로 가는 기차를 탈 시간도 있을 것이다. 그러나 약속한 시간이 되자 할머니는 피로해서 나가기 싫다고 하셨다. 그러나 뒤 불봉의 가르침을 받은 어머니가 용기를 내어 할머니를 질책하며 억지로 따르게 했다. 할머니의 신경이 또다시 약해질지 모르며, 그래서 다시는 자리에서 일어나지 못할지 모른다는 생각에 어머니는 거의 울먹이다시피 했다. 할머니가 외출하기에는 그 이상 좋을 수 없을 만큼 화창하고 따뜻한 날씨였다. 여기저기 이동하는 태양은 단단한 발코니를 부수고 부드러운 모슬린 조각을 끼워 넣어, 일정한 크기로 자르고 다듬은 돌에 따뜻한 표면과 흐릿한 금빛 후광을 주고 있었다. 프랑수아즈는 딸에게 '튀브'**를 보낼 시간이 없었으므로, 점심 식사가 끝나자마자 곧바로 떠났다. 그녀는 외출하기 전에 쥐피앵네 가게에 들러 할머니가 외출할 때 걸칠 짧은 망토에 한 바늘 꿰매게 하는 것으로 충분하다고 생각했다. 마침 나도 이때 산책에서 돌아오는 길이었으므로, 프랑수아즈와 함께 조끼 재봉사 가게에 갔다. "젊은 주인이 아주머니를 여기로 데리고 오셨나요?" 하고 쥐피앵이 프랑수아즈에게 말했다. "혹은 아주머니가 젊은 주인을 데리고 오신 건가요? 아니면 무슨 바람이 불어서 '우연히' 두 분이 함께 들어오신 건가요?" 쥐피앵은

---

* 파리 서쪽에 위치한 이 마을은 그림 같은 풍경을 자랑한다. 장바티스트 카미유 코로(Jean-Baptiste Camille Corot)가 이곳을 소재로 많은 그림을 그렸는데, 특히 「빌다브레의 연못」이 유명하다.
** '튀브(tube)'는 프랑스어로 관을 의미하지만, 여기서는 압축 공기관을 통한 '속달 우편(pneumatique)'을 가리킨다.

학교에 다니지는 않았지만, 게르망트 씨가 아무리 노력을 기울여도 문장 규칙을 어기는 것처럼 본능적으로 문장 규칙을 준수했다. 프랑수아즈는 떠났고 망토 수선도 끝났으며 이제는 할머니가 옷을 입으실 시간이었다. 할머니는 어머니가 곁에 있겠다는 것도 완강히 거절하고 혼자서 옷을 입는 데 많은 시간을 들였으며, 또 나는 할머니가 건강하시다는 걸 알았으므로, 부모님이 살아 계신 동안은 무슨 일에나 부모님을 항상 뒷전에 두는 그런 이상한 무관심과 더불어 내가 친구들과 만나기로 약속을 했으며, 또 빌다브레에서 저녁 식사를 한다는 것도 아실 텐데 이토록 늑장을 부려 날 지각하게 만들다니 할머니가 정말 이기적이구나 하고 생각했다. 나는 준비가 다 되어 간다는 전갈을 두 번이나 받고 나서 초조한 나머지 먼저 아래층으로 내려갔다. 마침내 나와 합류한 할머니는 이런 경우에 늘 하시던 것처럼 자신이 늦은 데 대해 사과도 하지 않으셨고, 뭔가 급히 나오느라 소지품을 반쯤 잃어버린 사람처럼 붉게 달아오른 얼굴에 멍한 모습이었다. 내가 현관 유리문에 이르렀을 때 살짝 열린 문을 통해, 마치 벽 사이에 물탱크를 열어 놓은 것처럼 저택의 차가운 벽을 조금도 덥혀 주지 않는 밖의 미지근한 공기가 물 흐르듯 밀려왔다.

"저런, 네가 친구들을 보러 가는데 다른 망토를 걸칠 걸 그랬구나. 이걸 입으면 좀 초라해 보이겠지."

나는 할머니의 얼굴이 빨갛게 달아오른 걸 보고 할머니가 늦을까 봐 무척이나 서둘렀음을 알아차렸다. 샹젤리제의 가브리엘 거리 입구에 이르러 합승 마차에서 내렸을 때, 나는 할

머니가 내게 말도 하지 않고 뒤돌아서서는, 언젠가 프랑수아
즈를 기다렸던 초록색 철책이 쳐진 작은 옛 건물 쪽으로 걸어
가는 걸 보았다.* 구역질이 나는지 입에 손을 대고 가는 할머
니 뒤를 따라 공원 한가운데 세워진 작은 시골풍 극장 계단을
올라가니, 그곳에는 여전히 예전과 같은 공원 감시원이 '후작
부인' 곁에 앉아 있었다. 화장실 입구에는, 마치 순회 서커스
단에서 분가루를 얼굴에 바른 어릿광대가 곧 무대에 나갈 채
비를 한 채 문 앞에서 직접 자리 값을 받는 것처럼, '후작 부인'
이 입장료를 받고 있었는데, 싸구려 분을 덕지덕지 바른 크고
울퉁불퉁한 코에, 빨간 꽃이 달린 작은 검정 레이스 헝겊 모자
를 붉은 가발에 올려놓은 그녀는 언제나처럼 그곳에 있었다.
하지만 그녀는 날 알아보지 못했다. 감시원은 그의 제복과 잘
어울리는 색깔의 푸른 초목에 감시하는 일을 맡기고는 후작
부인 곁에 앉아 수다를 떨었다.

"여전히 이곳에 계시는군요. 은퇴할 생각은 없으신가 봐
요?" 하고 그가 말했다.

"제가 왜 은퇴를 하나요? 여기보다 더 좋은 곳이 있다면 말
해 보세요. 더 편안하고 더 안락한 곳이 있나요? 또 늘 사람들
이 왔다 갔다 하니 심심하지도 않고. 전 이곳을 내 작은 파리
라고 부른답니다. 손님들이 세상 돌아가는 것도 알려 주시고.
나간 지 오 분도 안 되는 저분은 엄청나게 높으신 판사님이랍

---

* 이 상젤리제의 화장실 일화에 대해서는 『잃어버린 시간을 찾아서』 3권
121~123쪽 참조.

니다. 그런데 감시원님." 하고 그녀는 열정적으로 외쳤다. 만일 어느 당국 관계자가 자기 말의 정확성을 의심하는 얼굴을 보이기라도 하면, 폭력으로라도 자기 주장을 밀어붙일 기세였다. "팔 년 전부터, 잘 들어 보세요, 하느님이 만드신 이런 나날에 날마다 3시 종이 땡 치면 그분이 오셔서 항상 예의 바르게, 다른 사람보다 더 소리 높여 말하거나 어떤 것도 더럽히는 일 없이 작은 일을 보면서 신문을 읽으며 삼십 분 이상을 보낸답니다. 단지 하루 그분이 오시지 않았어요. 그때는 깨닫지 못했는데 저녁에 갑자기 생각이 나서 '저런, 그분이 안 오셨네. 아마도 돌아가셨나 봐.' 하고 중얼거렸죠. 제 마음이 좀 아프더군요. 훌륭한 분들에게는 좀 애착이 가서요. 그런데 다음 날 그분을 다시 뵙게 되자 얼마나 기쁘던지 전 이렇게 말했죠. '손님, 어제 아무 일도 없으셨죠?' 그러자 그분이 대답하시길 자기에겐 아무 일도 없었지만, 아내가 죽어 너무 큰 충격을 받은 탓에 오지 못했다고 하더군요. 물론 그분 표정은 정말 슬퍼 보였어요. 결혼한 지 이십오 년이나 된 분들이었으니까요. 이해가 가시죠? 그래도 그분은 다시 오게 되어 만족한 표정이었어요. 평소에 그분의 작은 습관을 자주 방해받아 왔다는 게 느껴지더군요. 전 그분의 사기를 북돋아 주려고 이렇게 말했죠. '되는 대로 사시면 안 돼요. 이전처럼 오세요. 슬플 때 그 일은, 조금은 작은 심심풀이가 될 테니까요.'"

'후작 부인'은 보다 부드러운 어조로 말을 이어 갔는데, 숲과 잔디의 보호자가 자기 말에 반박할 생각 없이, 뭔가 정원 도구나 원예 부품인 듯 보이는 위험하지 않은 칼을 칼집에 넣고 착하게 자기 말을 듣는 걸 확인했기 때문이다.

"그리고 전 손님을 고른답니다." 하고 그녀가 말했다. "제가 살롱이라고 부르는 곳에는 아무나 받아들이지 않아요. 꽃이 핀 이곳이 살롱 같지 않나요? 제게는 상냥한 손님들이 많이 찾아오시는데 그중 몇 분이 늘 아름다운 라일락 꽃이나 작은 자스민 꽃가지, 또는 제가 좋아하는 장미꽃을 가져다주시죠."

라일락 꽃이나 아름다운 장미를 가져다준 적 없는 우리를 그녀가 어쩌면 나쁜 사람으로 판단할지도 모른다는 생각에 나는 그만 얼굴이 붉어졌고, 이런 혹평에 몸이라도 피하려고 — 또는 단지 궐석 재판을 통해서만 재판을 받으려고 — 출구 쪽으로 발걸음을 옮겼다. 그런데 우리 삶에서는 아름다운 장미꽃을 가져다주는 사람만 늘 가장 다정한 대우를 받는 것은 아닌지, '후작 부인'은 내가 따분해한다고 여기고 말을 걸었다.

"어때요, 화장실 하나를 열어 드릴까요?"

내가 거절하자 그녀는 미소를 지으며 덧붙였다.

"그래요, 싫다고요? 난 좋은 뜻에서 한 말인데. 하지만 이런 생리적인 욕구는 돈을 내지 않는다고 해서 생기는 게 아니라는 걸 잘 알아요."

그때 마침 남루한 옷차림의 한 여자가 생리적인 욕구를 느낀 듯 서둘러 들어왔다. 그러나 그녀는 '후작 부인'의 세계에 속하지 않았다. 후작 부인은 속물들 특유의 그런 잔인함을 드러내며 퉁명스럽게 말했다.

"빈 게 하나도 없는데요, 부인."

"오래 걸릴까요?" 하고 모자에 달린 노란 꽃 밑에서 얼굴이 빨개진 가련한 여인이 물었다.

"아! 부인, 다른 곳에 가 보라고 권하고 싶군요. 보시다시피 여기 이 두 분께서 기다리고 계셔서." 하고 그녀는 나와 감시원을 가리키며 말했다. "화장실이 하나밖에 없어요. 다른 것들은 지금 수리 중이고……."

"돈을 잘 내지 않을 낯짝이에요." 하고 '후작 부인'이 말했다. "여기 올 사람이 못 돼요. 저런 여자는 깨끗하지도 않고 이곳에 경의를 표하지도 않는답니다. 결국은 내가 저 여자 때문에 한 시간이나 청소해야 할걸요. 저 여자가 낼 두 푼이 아깝지 않아요."

드디어 할머니가 나오셨다. 그렇게도 오래 화장실에 계신데 대한 무례함을 팁으로 지워 버릴 생각은 전혀 하지 않으리라고 생각한 나는, '후작 부인'이 틀림없이 할머니에게 보일 멸시의 몫을 받지 않으려고 재빨리 그곳을 떠나 산책길로 들어섰는데, 그래도 할머니가 쉽게 날 쫓아와 함께 산책을 계속할 수 있도록 천천히 걸었다. 곧 그렇게 되었다. 나는 할머니가 "널 오래 기다리게 했구나. 그래도 친구들을 놓치지 않았으면 좋겠는데."라고 말하리라 생각했지만, 할머니는 한마디도 하지 않으셨고, 그래서 조금은 실망했지만 먼저 말을 꺼내고 싶지는 않았다. 그러다 할머니 쪽으로 눈을 들어 보니, 할머니께서는 내 옆에서 걸으면서도 다른 쪽으로 머리를 돌리고 있었다. 또다시 구역질이 나는 게 아닌가 걱정되었다. 나는 할머니를 보다 주의 깊게 바라보았고, 할머니의 고르지 못한 걸음걸이에 깜짝 놀랐다. 비뚤어진 모자며 더러워진 망토하며 할머니는 흐트러지고 낙담한 모습이었으며, 이제 막 마차에서 넘어진 사람처럼, 혹은 웅덩이에서 꺼내진 사람처럼 새빨갛게 상기된 얼굴로 뭔가에 몰두하고 있는 듯했다.

나는 "할머니가 구역질이 났을까 봐 걱정했어요. 할머니, 이젠 좀 괜찮아요?" 하고 말했다.

아마도 할머니는 대답하지 않으면 틀림없이 내가 걱정할 거라고 생각했던지 이렇게 말씀하셨다.

"'후작 부인'과 감시원이 하는 이야기를 전부 들었단다. 게르망트네와 베르뒤랭의 작은 패거리와 어쩌면 그렇게도 똑같으냐. '어쩌면 그렇게도 점잖은 말로 잘도 해 대던지.'"* 그리고 또 한 번, 할머니의 후작 부인인 세비녜 부인의 구절을 열심히 덧붙였다. "그들이 하는 말을 듣다 보니, 그들이 나를 위해 이별의 기쁨을 준비한다는 생각이 드는구나."**

할머니가 하시는 말씀에는, 온갖 섬세함과 인용에 대한 취향, 고전 작품에 대한 기억이 평소에 할머니가 가지셨던 것보다 더 많이 들어 있었는데, 마치 할머니가 이 모든 걸 본인이 온전하게 소유했음을 증명해 보이려 한다는 생각이 들었다. 그러나 이 구절들은 내가 실제로 들었다기보다는 오히려 들었다고 짐작했던 것인지도 모른다. 구역질이 날까 두려워한다는 설명만으로는 납득이 가지 않을 만큼 할머니는 그토록 투덜거

---

* 몰리에르의 「인간 혐오자」에 나오는 구절이다.
** 세비녜 부인이 1680년 딸인 그리냥 부인에게 보낸 편지에 나오는 구절이다.

리는 목소리로 이를 꽉 물고 그 구절들을 발음했으니까.

"자, 가요." 하고 나는 할머니의 불편함을 대수롭지 않게 여기는 듯한 모습을 보이려고 조금은 경쾌하게 말했다. "좀 구역질이 나시는 것 같으니 원하시면 그냥 돌아가요. 소화가 되지 않는 할머니를 모시고 샹젤리제를 산책하고 싶지는 않으니까요."

"난 네 친구들 때문에 감히 그런 제안을 못 했단다." 하고 할머니가 대답하셨다. "불쌍한 아이! 하지만 네가 원하니 그편이 더 현명하겠지."

나는 할머니가 자신이 그 말을 어떻게 발음하는지 알아차릴까 봐 겁이 났다.

"그런데." 하고 나는 갑자기 말했다. "자꾸 힘들게 말하지 마세요. 구역질 나는데, 바보 같은 짓이에요. 집에 돌아갈 때까지만이라도 가만히 계세요."

할머니는 서글픈 미소를 지으며 내 손을 잡았다. 내가 방금 눈치챘다는 걸 알고 더 이상 감출 필요가 없다고 깨달으신 모양이었다. 조금 전에 가벼운 마비가 왔었다는 것을.

(6권에서 계속)

옮긴이 **김희영** Kim Hi-young. 한국외국어대학교 프랑스어과를 졸업하고 프랑스 파리 3대학에서 마르셀 프루스트 전공으로 불문학 석사와 박사 학위를 받았다. 서울대 불어불문학과 및 대학원 강사, 하버드대 방문교수와 예일대 연구교수, 한국외국어대학교 서양어대 학장 및 프랑스학회와 한국불어불문학회 회장을 역임했다. 「프루스트 소설의 철학적 독서」, 「프루스트의 은유와 환유」, 「프루스트와 자전적 글쓰기」, 「프루스트와 페미니즘 문학」 등의 논문을 발표했고, 『문학장과 문학권력』(공저)을 썼으며, 롤랑 바르트의 『사랑의 단상』과 『텍스트의 즐거움』, 사르트르의 『벽』과 『구토』, 디드로의 『운명론자 자크와 그의 주인』을 번역 출간했다. 현재 한국외국어대학교 명예 교수로 있다.

잃어버린 시간을
찾아서 5

게르망트 쪽 1

1판 1쇄 펴냄 2015년 12월 18일
1판 17쇄 펴냄 2023년 12월 8일

지은이 마르셀 프루스트
옮긴이 김희영
발행인 박근섭·박상준
펴낸곳 (주)민음사

출판등록 1966. 5. 19. 제16-490호
주소 서울특별시 강남구 도산대로1길 62(신사동)
강남출판문화센터 5층 (우편번호 06027)
대표전화 02-515-2000 | 팩시밀리 02-515-2007
홈페이지 www.minumsa.com

© 김희영, 2015. Printed in Seoul, Korea

ISBN 978-89-374-8565-7 (04860)
978-89-374-8560-2 (세트)